열세 번째 이야기

THE THIRTEENTH TALE
by Diane Setterfield

열세 번째 이야기

THE THIRTEENTH TALE

1

다이앤 세터필드 _이진 옮김

비채

열세 번째 이야기

1판 1쇄 인쇄 2016년 10월 21일 **1판 1쇄 발행** 2016년 10월 28일

지은이 다이앤 세터필드 **옮긴이** 이진
펴낸이 김강유
편집 김지선 **디자인** 조명이
발행처 비채
주소 경기도 파주시 문발로 197(문발동) 우편번호10881
등록 1979년 5월 17일(제406-2003-036호)
주문 및 문의 전화 031)955-3200 **팩스** 031)955-3111
편집부 전화 02)3668-3290 **팩스** 02)745-4827 **전자우편** literature@gimmyoung.com

비채 카페 http://cafe.naver.com/vichebooks
트위터 @vichebook **페이스북** http://www.facebook.com/vichebook
ISBN 978-89-34976-25-7 04840 책값은 뒤표지에 있습니다.

비채는 김영사의 문학 브랜드입니다.

이 도서의 국립중앙도서관 출판시도서목록(CIP)은 서지정보유통지원시스템 홈페이지(http://seoji.nl.go.kr)와 국가자료공동목록시스템(http://www.nl.go.kr/kolisnet)에서 이용하실 수 있습니다. (CIP제어번호: CIP2016025117)

아이비 도라와 프레드 홀란드 모리스,
코리나 에델과 앰브로스 찰리 세터필드를
추모하며

TALES OF CHANGE AND DESPERATION

아이들은 자신의 탄생을 신화화한다. 그것은 모든 아이들에게서 나타나는 특성이다. 어떤 사람을 이해하고 싶은가? 그의 머리와 가슴, 영혼을 이해하고 싶은가? 그가 태어나던 순간의 이야기를 들려달라고 하라. 당신이 듣게 될 이야기는 진실이 아닌 한 편의 지어낸 이야기일 수도 있다. 그러나 한 편의 이야기보다 더 우리 마음을 사로잡는 것은 없다.

_《변형과 절망의 이야기》, 비다 윈터

Beginnings
발단

편지

11월이었다. 늦은 시간은 아니었지만 골목으로 들어설 무렵 하늘은 어두워져 있었다. 아빠는 책방 일을 마치고 불을 끄고 셔터를 내렸다. 그러나 내가 들어올 때 컴컴하지 않도록 3층 내 방으로 올라가는 계단에 불을 하나 켜두었다. 계단의 전등 불빛이 현관 유리문으로 새어나와 젖은 도로에 책 크기의 직사각형을 드리우고 있었다. 내가 그 편지를 발견한 것은, 바로 그 직사각형 안에 서서 열쇠 구멍에 열쇠를 꽂고 돌리려는 순간이었다. 밑에서 다섯 번째 계단 위에 또 하나의 흰색 직사각형이 놓여 있었다. 눈에 띄지 않을 수 없는 위치였다.

책방 문을 닫고 늘 하던 대로 열쇠를 베일리의《고급 기하 원리》뒤에 두었다. 가엾은 베일리. 지난 30년 동안 낡고 뚱뚱한 그의 책을 찾는 사람은 아무도 없었다. 어쩌다 그 책이 책방 열쇠나 지키는 신세가 되었을까 생각해보곤 했다. 열쇠나 지키라고

20년에 걸쳐 그 책을 쓰진 않았을 텐데.

편지가 왔다. 그것도 내 앞으로. 그야말로 일대 사건이었다. 꽤 두툼했다. 빳빳한 편지봉투에 적힌 내 이름 때문에 집배원이 애를 먹었을 게 분명했다. 잔뜩 모양을 낸 대문자와 한껏 꼬부려 쓴 고풍스러운 글씨에도 첫 느낌에 어린아이가 쓴 것 같았다. 어딘가 서툴러 보이는 글씨였다. 고르지 않은 획은 중간에서 사라지거나 종이를 파고들 정도로 힘이 들어가 있거나 둘 중 하나였다. 내 이름 철자에서도 전혀 흐름이 느껴지지 않았다. 모든 철자가 따로 놀았다. **마. 거. 릿. 리.** 마치 매번 새로 힘을 주어 쓴 글자 같았다.

나는 알고 지내는 어린아이가 없었다. 환자가 쓴 글씨일지도 모른다는 생각이 든 것은 바로 그 순간이었다.

기분이 묘했다. 어제, 혹은 그제, 아무 생각 없이 시간을 보내고 있을 때 내가 알지 못하는 누군가가 편지에 내 이름을 쓰느라 애를 쓰고 있었다니. 방심하고 있던 그때, 마음의 눈으로 나를 지켜보고 있었던 그는 누굴까.

코트를 입고 모자를 쓴 채로 계단에 주저앉아 편지를 읽기 시작했다. (나는 제대로 자리를 잡기 전에는 절대로 글을 읽지 않았다. 일곱 살 때 높은 돌담 위에 앉아서 《물의 아이들》을 읽다가 생생하게 묘사된 바다 속 세계에 빠져들면서 어느 순간 근육이 풀리고 말았다. 나는 상상 속에서처럼 바닷물 위로 몸이 붕 떠오르기는커녕 땅바닥에 떨어져서 의식을 잃었다. 지금도 내 이마에는 그때의 상처가 남아 있다. 글을 읽는 것도 때로는 위험할 수 있었다!)

나는 봉투 속에서 여섯 장짜리 편지를 꺼냈다. 처음부터 끝까지 공들인 필체였다. 업무상 악필을 읽는 데에는 익숙했다. 비법 따위는 없다. 인내심과 노력만이 필요할 뿐. 거기에다 마음의 눈으로 읽으려는 의지가 필요하다. 물이나 불, 불빛이나 세월에 의해 손상된 글씨를 읽을 때면 글자의 형태는 물론 다른 것들까지 읽어낼 수 있어야 한다. 이를테면 펜의 속도, 손의 압력, 흐름 속의 끊김과 방출. 우선 긴장을 풀어야 한다. 아무것도 생각해선 안 된다. 나 자신이 종이 위를 날아다니는 펜과 그 펜이 간질이는 백지가 된 것 같은 느낌이 들 때까지. 그렇게 되고 나서야 비로소 쉽게 읽히기 시작한다. 마치 펜이 움직일 때 종이를 비추던 촛불이 된 듯 편지를 쓴 사람의 의도와 그의 생각, 그의 머뭇거림, 열망과 의미를 분명하게 읽어낼 수 있는 것이다.

이 편지는 그렇게 힘든 축에 들지는 않았다. '리 양'으로 시작되는 공손한 편지였다. 그다음에는 비밀 문자들이 저절로 글자로, 단어로, 문장으로 순식간에 모습을 드러냈다.

편지의 내용은 이런 것이었다.

오래전에 〈밴버리헤럴드〉의 기자와 인터뷰를 한 적이 있지요. 그 인터뷰 기사를 찾아볼 생각입니다. 내 전기에 필요할 테니까요. 신문사에서 이상한 사람을 보냈더군요. 소년이었어요. 어른처럼 키가 컸지만 얼굴은 통통하고 앳되더군요. 새 양복이 영 어색했어요. 보기 흉한 갈색 양복이었는데 나이가 훨씬 더 많은 사람에게나 어울릴 것 같았어요. 갓 학교를 졸업하고 첫 직장에 출근하게 된 아들에게 어머니가 사줄 법한 양복이었지요. 어머니는 아이가 갑자기 어른이 되어서 그 양복이 어울릴 거라고 기대하지만 교복을 벗는 순간 소년티도 벗어지는 것은 아니지요.

소년의 태도는 어딘가 달랐어요. 강렬함 같은 것이 있더군요. 그를 보자마자 난, '이 녀석이 노리는 게 도대체 뭐지?' 하고 생각했어요.

진실을 사랑하는 사람들에게 반감이 있는 건 아닙니다. 물론 그들이 지루하다는 건 별개의 문제이지요. 자신의 정직함을 드러내며 이야기를 길게 늘어놓지만 않으면 난 개의치 않아요. 그러나 개중에는 그런 사람들이 있어요. 그럴 때면 당연히 화가 납니다. 그러나 나를 건드리지만 않으면 난 결코 먼저 그들을 건드리지 않아요.

나의 불만은, 진실을 사랑하는 사람에 대한 것이 아니라 진실 그 자체에 대한 것이지요. 지어낸 이야기와 비교했을 때, 진실이 우리에게 어떤 위안을 주던가요? 포효하는 한 마리 곰처럼 굴뚝 위에서 바람이 거세게 몰아치는 밤, 진실이 도움이 되던가요? 침실 벽에 번개가 번쩍거리고 빗줄기가 그 긴 손가락으로 유리창을 두드릴 때는 또 어떤가요? 전혀 쓸모가 없지요. 오싹한 두려움이 침대 위에서 당신을 얼어붙게 만들 때, 살점이라고는 하나도 없는 앙상한 뼈다귀 같은 진실이 당신을 구하러 달려올 거라고 기대하진 않겠지요. 그럴 때 당신에게 필요한 것은 포동포동하게 살이 오른 이야기의 위안이지요. 거짓말이 주는 아늑함과 포근함 말이에요.

물론 인터뷰를 좋아하지 않는 작가들도 있어요. 인터뷰라면 질색을 하지요. 기자들이 매번 똑같은 질문을 한다면서 투덜댑니다. 기자들에게 뭘 기대하겠어요? 어차피 기자들은 갈보가 아니던가요? 우리 작가들이야말로 진짜이지요. 그들이 항상 똑같은 질문을 한다고 우리가 항상 똑같은 대답을 해야 하는 건 아니잖아요. 안 그런가요? 내 말은, 결국 이야기를 꾸며내는 것, 그것이야말로 우리의 본업이라는 뜻이에요. 그래서 나는 일 년에 열두 번쯤 인터뷰를 합니다. 평생 수백 번은 했을 거예요. 천부적인 재능은 결코 억눌러서는 안 된다고 생각했어요. 나의 천재성은 신문기자들이 뻗어오는 더러운 손가락을 피해 움츠러들 만큼 나약하지 않아요.

처음에는 그들이 날 잡으려고 하더군요. 나름대로 조사를 해서, 주머니 속에 한 조각 진실을 숨겨 가지고 와서는 날 당황하게 만들 셈으로 불쑥 꺼내놓더군요. 그럴 때면 조심해야 해요. 난 그들이 알아채지 못하도록 미끼로 유인하면서 그들이 알고 있는 것보다 훨씬 더 예쁜 이야기 속으로 그들을 이끌었지요. 아주 정교한 작업이었어요. 그들의 눈빛이 반짝이기 시작했고 조그만 진실 조각을 잡고 있던 손은 서서히 풀어졌어요. 결국 진실은 그들의 손에서 떨어져 외면당한 채 길바닥에 뒹굴게 되지요. 한 번도 실패하지 않았어요. 지어낸 이야기는 부서진 진실 한 조각보다 항상 더 눈부시니까요.

유명인이 되고 나서 비다 윈터와의 인터뷰는 모든 기자들에게 일종의 통과의례가 되었지요. 그들은 나와의 인터뷰에 막연한 기대를 갖게 되었어요. 이야기를 못 들은 채 떠나야 했다면 실망했겠지요. 평범한 질문들(주로 어디서 영감을 얻으십니까? 여사님의 소설에 등장하는 인물은 모두 실재 인물인가요? 주인공들은 여사님 자신과 얼마나 비슷합니까?)에 대한 대답은 짧을수록 좋았지요. ('내 머릿속에서요.', '아니요.', '전혀') 그 과정이 끝나고 나면 그들은 자신이 이곳에 온 목적을 이루기 위해 기다리지요. 꿈을 꾸는 듯한, 기대감으로 가득한 표정이 그들의 얼굴에 떠오릅니다. 잠들기 직전의 어린아이처럼.

"여사님, 이제 여사님 자신에 관한 이야기를 좀 들려주세요."

그러면 나는 이야기를 합니다. 사실 별로 대단할 것도 없는, 간단하고 짧은 이야기들이에요. 몇 가닥을 예쁘게 엮어서 여기는 인상적인 장식을 하나 붙이고, 또 저기는 반짝이는 조각들을 달면 되니까요. 내 헝겊가방 바닥에서 뒹굴던 조각들일 뿐이지요. 내 가방 안에는 그런 조각들이 수없이 많습니다.

끝내지 못한 소설이나 이야기에서 잘라낸 것들, 사산된 주인공들, 한 번도 써먹지 못한 그림 같은 장소들……. 편집 과정에서 우수리가 떨어져 나갑니다. 그러고 나서 가장자리를 다듬고 마무리 바느질을 하고 나면 그걸로 끝이지요. 그렇게 또 하나의 새로운 전기가 탄생하는 거예요.

그들은 흐뭇한 마음으로 돌아갑니다. 생일 파티가 끝나고 사탕을 움켜쥔 아이들처럼 두 손으로 노트를 꼭 움켜쥔 채로. 손주들에게 들려줄 이야깃거리가 생겼으니까요. '옛날에 내가, 비다 윈터를 인터뷰했는데, 이런 이야기를 들려주더구나' 하고 말이에요.

다시 〈밴버리헤럴드〉에서 보낸 소년의 이야기로 돌아가서, 그는 '여사님, 진실을 말해주세요'라고 말했어요. 이게 무슨 뚱딴지같은 소리인가 생각했지요. 수많은 사람들이 어떻게든 나에게서 이야기를 끌어내려고 온갖 술수를 동원했지요. 그런 낌새라면 1마일1,609 킬로미터 밖에서도 감지할 수 있는 나였어요. 그런데 진실이라니. 우습더군요. 도대체 그는 내게 무엇을 원했던 것일까요?

좋은 질문이에요. 그는 내게 무엇을 원했던 것일까요? 그의 눈빛은 열정으로 빛났고 나를 뚫어지게 바라보고 있었어요. 무언가를 찾는 듯한, 꿰뚫는 듯한 눈빛이었어요. 뭔가 구체적인 것을 원하고 있다고 나는 확신했지요. 그의 이마는 땀으로 축축해져 있었어요. 어디가 아픈 것 같기도 했어요. 진실을 말해달라고, 그가 말했어요.

기분이 묘하더군요. 과거가 되살아나는 기분이랄까. 과거의 소용돌이가 뱃속에서 꿈틀거리면서 일으키는 파장이, 그 서늘한 파장이, 관자놀이 뒤에서 부서지는 것 같더군요. 그 섬뜩한 쾌감이란.

진실을 말해달라. 그의 제안에 대해 생각해보았지요. 머릿속에서 그 생각을 만지작거리면서 그 결과를 예측해보았어요. 그 소년이 불편했어요.

그의 창백한 얼굴과 타는 듯한 눈동자가 불편했어요.

"좋아요."

내가 말했습니다. 그리고 한 시간 뒤, 그는 떠났어요. 공허한 안사를 주고받은 뒤 그는 뒤를 돌아보지 않았지요.

나는 그에게 진실을 말해주지 않았습니다. 어떻게 그럴 수 있었겠어요? 대신 이야기를 들려주었지요. 남루하고 영양실조에 걸린 작은 이야기였어요. 반짝이지도, 장식이 달리지도 않은, 지루하고 낡은 누더기를 기워 만든 이야기, 너무 대충 기워서 가장자리가 너덜거리는 이야기였지요. 얼핏 실제 삶처럼 보이는 이야기였어요. 조금 특이하지만 실제 삶이라 여길 법도 한 그런 이야기. 나와 같은 재능을 지닌 사람이 그런 남루한 이야기를 만들어내는 것은 결코 쉬운 일이 아니었어요.

나는 창문으로 그를 지켜보았습니다. 그는 고개를 숙이고 어깨를 축 늘어뜨린 채 무거운 발걸음을 내디디고 있더군요. 그의 에너지와 열정, 기백은 모두 사라져버렸어요. 내가 죽인 거예요. 그러나 전적으로 내 탓이라고 말할 순 없어요. 나를 믿은 그에게도 잘못은 있었으니까요.

그 후로 다시는 그를 보지 못했습니다.

그날의 그 기분, 내 뱃속, 관자놀이, 손가락 끝에서 느꼈던 그 파장은 한동안 내게 남아 있었지요. 그리고 그 소년의 말과 함께 나타났다가 사라지곤 했어요.

'진실을 말해주세요.'

'안 돼.'

나는 말했지요. 수없이 반복했어요. '안 돼'라고. 그러나 그 목소리는 결코 잦아들지 않더군요. 계속 신경이 쓰였어요. 아니, 실은 그 이상이었습니다. 그것은 위협이었어요. 결국 난 타협을 했어요. '아직은 안 돼'라고. 그 목소리는 한숨을 쉬고 안절부절못하더니 결국 잠잠해졌어요. 너무 조용해서 한동안은 잊고 지냈을 정도로.

그게 얼마나 오래전의 일이었을까요? 30년? 아니면 40년? 아마 그보다 더 오래전일지도 모르겠군요. 세월이 얼마나 화살처럼 빠른지.

최근 들어 그 소년이 내 마음에서 떠날 줄을 모르네요. 진실을 말해주세요. 그때의 그 불편한 기분이 다시 살아나기 시작했어요. 가슴속에서 무언가가 나뉘고 증식되고 있어요. 동그랗고 단단한, 포도알만한 무언가가 뱃속에서 느껴져요. 긴 휴면상태를 거치는 동안 그렇게 변한 것이지요. 온순하고 고분고분하던 아이가 이제 거친 사내가 된 거예요. 이제 녀석은 모든 타협을 거부하고 대화를 차단하면서 자신의 권리를 주장하고 있어요. '안 돼'라는 대답은 더는 통하지 않아요. 진실이, 진실의 메아리가, 떠나가는 소년의 뒷모습을 바라보면서 소년을 부르고 있어요. 그리고 다시 내 쪽으로 돌아서서 내 옆구리를 잡아 비틀고 있어요. 우린 약속을 했으니까요.

이제 때가 되었습니다.

월요일에 만나요. 해러게이트 역으로 4시 반쯤 차를 보내드리지요.

비다 윈터

편지를 읽은 뒤 얼마나 오랫동안 계단에 앉아 있었을까? 알 수 없었다. 무언가에 홀린 것만 같았다. 편지의 내용은 심상치 않았다. 숙련된 문체로 능숙하게 써내려간 글은 읽는 사람을 단숨에 휘어잡았다. 그 글이 거미줄처럼 내 목을 칭칭 휘감아 꼼짝도 못하게 만든 다음 살갗을 뚫고 들어와 혈관으로 파고들어 생각을 마비시켰다. 몸 안에 들어온 글은 내게 마법을 걸었다. 한참 뒤에야 나는 비로소 정신을 차릴 수 있었지만 무의식의 암흑 속에서 무슨 일이 일어났는지는 그저 어렴풋이 추측할 수 있을 뿐이었다. 그 편지가 내게 무슨 짓을 한 것일까?

비다 윈터에 대해서는 아는 게 거의 없었다. 물론 그 이름에 따라붙는 수식어들이라면 여러 가지 알고 있었다. 영국인이 가장 사랑하는 작가. 금세기의 디킨스. 현존하는 세계 최고의 작가. 물론 그녀가 대단한 작가라는 사실은 알고 있었지만 나중에 본 통계 수치는 또 다른 놀라움으로 다가왔다. 그녀는 56년 동안 56권의 책을 썼고 그 책들은 49개 언어로 번역되었다. 그녀의 책은 영국 도서관에서 가장 많이 대출된 책으로 27회 선정되었고, 그녀의 소설이 영화화된 것만도 무려 19차례였다. 그 통계를 보았을 때 가장 먼저 떠오른 질문은, 그녀의 책이 성경보다 더 많이 팔렸을까 하는 것이었다. 그런데 문제는, 그녀의 책이 얼마나 많이 팔렸는지 파악하는 것보다 성경이 얼마나 많이 팔렸는가를 파악하기가 더 어렵다는 것이었다. 사람들이 하느님의 말씀을 얼마나 소중하게 생각하는지와 상관없이 성경의 판매 실적은 믿을 수 없기로 악명 높았다. 그때 계단에 앉아 있던 나에게 의미 있는 숫자가 있었다면 그것은 '22'였다. 바로 그녀의 전기를 쓴 작가의 숫자였다. 그녀에 대한 정보가 부족했거나, 용기가 부족했거나, 혹은 윈터 여사 본인의 회유와 협박에 의한 것이었거나, 그들 모두 그녀의 진실을 알아내는 데에는 실패했다. 그러나 당시 나는 그런 사실을 전혀 모르고 있었다. 내가 알고 있는 숫자는 오직 한 가지였고 그것이 나에게 의미 있는 유일한 숫자였다. 그것은 바로 나, 마거릿 리가 비다 윈터의 책을 몇 권이나 읽었는가 하는 것이었다. 나는 한 권도 읽지 않았다.

나는 계단에 앉아 하품을 하며 기지개를 켰다. 정신을 차리고 보니 나도 모르는 사이에 생각들이 정리되고 있었다. 그 과정에서 기억 저편에 처박혀 있던 두 가지 사건이 나의 주의를 끌었다.

한 가지는 아빠와 함께 책방에 있을 때 일어난 일이었다. 우리는 누가 서재를 정리하면서 내놓은 헌책 한 상자를 풀고 있었다. 그 상자 속에 비다 윈터의 책이 몇 권 들어 있었다. 우리 책방에서 현대 소설은 팔지 않았다.

"점심시간에 자선단체에 갖다주고 올게요."

그렇게 말하고는 그 책들을 책상 한옆에 놓아두었다. 그러나 오전이 지나가기도 전에 네 권 중 세 권이 사라졌다. 그새 팔린 것이었다. 목사가 한 권, 지도 제작자가 한 권, 전쟁사학자가 한 권을 사갔다. 페이퍼백의 표지를 보는 순간 우리 고객들의 얼굴은, 외모는 창백하지만 내면은 독서광의 열정으로 가득한 그들의 표정은, 환하게 빛났다. 점심식사 후, 짐을 풀고 목록을 작성하고 책들을 서가에 정리해놓은 뒤 찾아오는 손님도 없을 때 우리는 언제나처럼 책을 읽기 시작했다. 늦은 가을이었고 빗방울로 창문이 얼룩지고 있었다. 히터의 소음이 깔렸지만 우리에게는 들리지 않았다. 우리는 나란히 앉아서, 함께, 그러나 제각기 다른 세계로 깊이 빠져들었다.

"차 가져올까요?"

내가 건성으로 물었다.

대답은 없었다.

나는 차를 준비했고 아빠의 책상 위에 가져다 놓았다.

한 시간 뒤 손도 대지 않은 차는 차갑게 식어 있었다. 나는 다시 따듯한 차를 또 한 잔 아빠의 책상 위에 올려놓았다. 나의 모든 움직임이 아빠의 눈에는 보이지 않는 것 같았다.

나는 아빠가 들고 있는 책을 조심스럽게 기울여서 표지를 확인했다. 마지막 남은 비다 윈터의 책이었다. 나는 아빠의 표정을 살펴보았다. 아빠는 내 말을 듣지 못했다. 내 얼굴을 볼 수도 없었다. 다른 세계에 있었고 아빠에게 나는 유령이었다.

그것이 나의 첫 번째 기억이었다.

두 번째로 떠오른 것은 사진이었다. 빛과 그림자 속에서 4분의 3 정도가 드러난 얼굴이 기다리거나 서성거리는 사람들을 내려다보고 있었다. 기차역의 광고판에 걸려 있는 홍보용 사진이었지만 나에겐 고대 문명의 바위에 새겨진, 무표정하지만 위엄이 넘치는, 잊힌 여왕이나 여신의 얼굴처럼 보였다. 절묘한 곡선을 그리는 눈매와 우아하게 도드라진 광대뼈, 완벽한 윤곽과 비율의 코를 보고 있자면, 인간의 다양성이 지닌 무작위성이 때로는 이러한 초자연적인 완벽함을 창조해낼 수도 있다는 사실에 감탄하게 된다. 만약 미래의 고고학자들이 이 사진을 발견한다면 실제의 모습을 찍은 것이 아닌, 완벽을 추구한 하나의 예술작품으로 여길 것이 분명했다. 빼어난 골격을 드러내는 피부에는 석고와도 같은 무광의 아름다움이 있었다. 흰 피부는 적갈색 머리카락과 대조를 이루며 더욱 창백하게 빛났다. 적갈색 머리카락은 아름다운 관자놀이와 길고 우아한 목 주변에서 흐트러짐 없이 섬세하게 물결치고 있었다.

이러한 눈부신 아름다움도 부족하다는 듯, 여자의 얼굴에는 눈이 있었다. 조작으로 만들어낸 비인간적인 초록빛, 교회 창문의 유리에서 볼 수 있는 초록빛, 에메랄드, 혹은 사탕의 초록빛 눈동자였다. 그 눈동자가 행인들의 머리를 무심하게 내려다보고 있었다.

다른 사람들도 그 사진에 대해 나와 같은 느낌을 받았는지는 알 수 없었다. 그녀의 책을 읽은 사람들은 나와는 다른 느낌으로 그 사진을 보았을지도 모른다. 그러나 그 초록빛 눈동자를 바라보는 순간 나는, 눈이 영혼의 통로라는 상투적인 말을 떠올리지 않을 수 없었다. 아무것도 보지 못하는 초록빛 눈동자를 바라보면서 나는 생각했다. 그녀에게는 영혼이 없을 거라고.

편지를 받은 날 밤, 비다 윈터에 대해 내가 알고 있던 것은 그게 전부였다. 대단한 건 아니었다. 누구나 그 정도는 알고 있었다. 비다 윈터를 모르는 사람은 없었다. 누구나 그녀의 이름과 얼굴, 책에 대해 알고 있었다. 그러나 그 누구도 그녀를 알지 못했다. 그녀는 소설가로 유명한 만큼 비밀이 많기로도 유명했다. 그녀는 완벽한 미스터리였다.

편지의 내용대로라면, 비다 윈터는 이제 자신의 진실을 말하려 하고 있었다. 그것만으로도 이상한 일이었지만, 더 이상한 것은 그다음으로 떠오른 생각이었다. 왜 하필 **나에게** 말하려는 걸까?

마거릿의 이야기

나는 계단에서 일어나 책방의 어둠 속으로 들어섰다. 불이 없어도 길은 훤했다. 나는 어린 시절 살던 집처럼 책방을 훤히 꿰고 있었다. 가죽과 낡은 종이 냄새가 나를 편안하게 감싸주었다. 건반 위에서 춤추는 피아니스트의 손가락처럼 나는 손끝으로 책등을 훑었다. 책마다 특징이 있었다. 다니엘이 쓴 《지도 제작의 역사》는 결이 거친 리넨으로 책등을 감쌌고, 상트페테르부르크 지도 제작협회의 회의록을 모아놓은 라쿠닌의 책은 균열이 간 가죽 제본이었다. 그가 직접 손으로 그리고 색을 칠한 지도책은 낡아서 접는 부분이 너덜너덜했다. 눈을 가린 채로 3층짜리 책방 어디에 세워두어도, 손끝에 닿는 책의 느낌만으로도 내가 서 있는 곳을 정확히 말할 수 있었다.

'리 헌책방'에는 손님이 거의 없었다. 하루 평균 대여섯 명이 찾아올 뿐이었다. 학생들이 새 학기 책을 사는 9월, 그리고 그 책을 되가져오는 시험 이후에 가끔 부산해지는 것이 전부였다. 그런 책들을 우리는 철새라고 불렀다. 그러나 그 시기를 제외하면 하루 종일 손님 구경을 못하고 지나가는 날도 허다했다. 해마다 여름이 되면 거리의 환한 햇살에서 벗어나 책방의 어둠 속으로 들어서는 호기심 많은 여행객들을 만나곤 한다. 그들은 잠시 멈추어 서서 실내조명에 적응하기 위해 눈을 깜박인다. 아이스크림을 먹거나 강 위의 배들을 구경하느라 얼마나 지쳤느냐에 따라 그들은 어둠과 고요함 속에서 잠시 쉬어 갈 수도 있고, 또 그렇지 않을 수도 있다. 그들을 제외하면 우리 책방을 찾는 고객들은 주로 친구의 친구를 통해 우리 책방 이야기를 듣고 케임브리지 부근에 오게 되었을 때 일부러 시간을 내어 찾아주는 사람들이었다. 그들은 책방에 들어서는 순간부터 기대에 찬 얼굴을 하고 있었고 방해해서 미안하다는 인사를 하는 경우도 드물지 않았다. 책만큼이나 착하고 조용하며 온화한 사람들이었다. 그러나 대부분의 시간, 우리 책방에는 아빠와 나, 그리고 책들뿐이었다.

이쯤 되면, 그렇게 손님이 적어서 어떻게 생계를 유지하느냐고 묻고 싶을 것이다. 그러나 재정적인 측면에서 보면 책방은 부업에 불과하다. 본업은 따로 있다. 일 년에 대여섯 차례 정도 되는 희귀본 거래가 우리의 본업이다. 우리의 본업은, 말하자면 이런 식으로 이루어진다. 아빠는 전 세계의 유명한 수집가들을 알고 있고 또한 전 세계의 유명한 수집품들을 알고 있다. 아빠는 경매나 도서전에 자주 참가한다. 그럴 때면 점잖게 차려입은 사람들이 나지막한 목소리로 말을 걸면서 은밀한 이야기를 나누기 위해 아빠를 한쪽으로 이끌곤 한다. 그들의 눈빛은 고요하다. **'혹시 이런 거…….'** 그들은 묻는다. **'혹시 이런 소문…….'** 그렇게 책 한 권이 언급된다. 아빠는 대답을 흐린다. 헛된 희망을 주지는 않는다. 그래 봐야 득 될 게 없기 때문이다. 그러나 행여라도 아는 제목이 나오면, 그리고 그것이 이미 확보하고 있는 것이 아니라면, 아빠는 조그만 초록색 노트에 그의 이름과 주소를 적어놓는다. 그러고 나서 한동안은 아무 일도 일어나지 않는다. 그러나 한 달, 혹은 여러 달이 지난 뒤, 경매나 도서전에서, 또 다른 사람을 보게 되면, 아빠는 '혹시……'라며 조심스럽게 운을 뗀다. 거기서 책의 제목이 다시 한 번 언급된다. 거기서 끝나고 마는 경우도 더러 있다. 그러나 그 대화에 이어 편지가 오고 가는 경우도 있다. 프랑스어나 도이칠란트어, 이탈리아어, 심지어는 라틴어로 아빠는 편지를 쓴다. 열 번 중 아홉 번은 공손한 두 줄짜리 거절의 답장이 돌아온다. 그러나 일 년에 대여섯 번은 아빠가 받은 답장이 여행을 예고한다. 그 책을 찾아 다른 사람에게 전해주기 위한 여행이다. 48시간 이상 걸리는 여행은 거의 없다. 일 년에 여섯 차례의 거래. 이것이 우리의 생계수단이다.

책방에서는 거의 수입이 없다. 이곳은 편지를 쓰고 받는 장소일 뿐이다. 다음번 국제 도서전을 기다리면서 시간을 보내는 장소일 뿐이다. 우리의 재정 문제를 상담해주는 은행 직원의 말에 의하면, 이 책방은 아빠의 성공이 아빠에게 가져다준 일종의 특권이라고 했다. 그러나 아빠와 내 삶의 현실 속에서는—나는 현실이라는 것이 누구에게나 똑같다고는 생각하지 않는다—이 책방이야말로 모든 일의 중심이다. 책방은 한때 너무도 사랑받았지만 더 이상은 아무도 찾지 않는 책들의 안전한 보금자리다.

책방은 책을 읽는 곳이기도 하다.

나에게 A는 오스틴Austen, B는 브론테Bronte, C는 찰스Charles, D는 디킨스Dickens였다. 나는 여기에서 알파벳을 깨쳤다. 아빠는 나를 안고 책장 사이를 거닐며 알파벳을 가르쳐주었고 읽는 법을 가르쳐주었다. 서명과 저자명을 색인카드에 옮겨 쓰면서 쓰는 법도 배웠다. 그 카드들은 30년이 지난 지금도 카드함에 그대로 남아 있다. 책방은 내게 집이자 일터였다. 그 어떤 학교보다도 멋진 학교였으며, 학교를 졸업한 뒤에는 나만의 대학이었다. 책방은 나의 삶이었다.

아빠는 어떤 책을 읽어보라고도, 읽지 말라고도 하지 않았다. 내가 책방 안을 배회하며 스스로 선택하도록 내버려두었다. 나는 부모님들이 아이들에게 권장할 만한 19세기 영웅의 전기도 읽었고 중세 후기의 괴기스러운 이야기들도 읽었다. 페티코트를 입은 노처녀들의 힘겨운 오지 탐험기도 읽었고 양갓집 어린 숙녀들을 위한 교양서도 읽었다. 그림이 있는 책도 읽었고 그림이 없는 책도 읽었다. 영어로 된 책도 읽었고 프랑스어로 된 책도 읽었다. 내가 이해하지 못하는 언어로 쓰인 책도 읽었다. 그럴 때면 아는 단어 몇 개를 바탕으로 혼자 이야기를 꾸며보기도 했다. 나에겐 책, 책, 오직 책뿐이었다.

학교에 다닐 때에도 늘 책방에서 책을 읽었다. 그러다가 낡은 문법책에서 찾아낸 고풍스러운 프랑스어 단어가 내 작문 속으로 흘러 들어가기도 했다. 선생님들은 그것을 철자가 틀린 것으로 생각했다. 그러나 선생님들조차도 나의 습관을 뿌리 뽑지는 못했다. 때로는 역사시간에 배운 것이 책방 안에서 무작위 독서를 통해 얻은, 심오하지만 두서없는 지식의 언저리에 맞닿을 때도 있었다. **샤를마뉴 대제?** 나는 생각했다. **내가 읽은** 그 샤를마뉴를 말하는 건가? 책방에 있는 그것? 그럴 때면 동떨어진 두 세계의 충돌로 인해 잠시 멍해지곤 했다.

책을 읽는 틈틈이 아빠의 일을 도왔다. 아홉 살 때는 갈색 종이로 책을 포장하여 멀리 있는 고객에게 보내는 일을 맡게 되었다. 열 살 때에는 그 소포를 들고 우체국에 가는 일까지 영역을 넓혔다. 열한 살 때에는 우리 책방에서 엄마가 맡은 유일한 소임이었던 청소로부터 엄마를 해방시켰다. 낡은 책에서 나오는 먼지와 세균에 대비하여 앞치마와 두건으로 무장한 채 깃털로 만든 먼지떨이를 들고 책장 사이를 걸을 때면 엄마는 숨을 들이쉬지 않으려고 힘주어 입을 다물곤 했다. 먼지떨이가 커다란 먼지 뭉텅이를 건드릴 때면 엄마는 움찔하며 재채기를 했다. 엄마는 가끔 청소를 하다 말고 책 상자 위에 앉아 흘러내린 양말을 추켜올리곤 했는데, 그럴 때면 마치 기다리고 있었다는 듯이 등 뒤에 쌓여 있던 책들이 무너져 내리면서 엄마에 대한 적의를 드러내곤 했다. 그래서 내가 청소를 하겠다고 제안했다. 책방 청소야말로 엄마가 기꺼이 그만두고 싶은 일이었고 그 뒤로 엄마는 책방에 나오지 않았다.

열두 살이 되었을 때 아빠는 분실된 책들을 찾는 일을 내게 맡겼다. 기록에는 있는데 제자리에 없는 책들을 파악하는 일이었다. 도난당한 것일 수도 있지만 책을 보고 난 뒤 아무 생각 없이 꽂아놓는 손님들 때문에 엉뚱한 자리에 꽂혀 있는 경우가 대부분이었다. 우리 헌책방에는 방이 여섯 개 있었고 방마다 천장에서 바닥까지 수천 권의 책이 쌓여 있었다.

"알파벳순으로 꽂혀 있는지도 확인해봐라."

아빠가 말했다.

그것은 영원히 끝나지 않는 작업이었다. 그럴 때면 아빠가 과연 진지하게 그 일을 내게 맡긴 건지 의문이 들었다. 그러나 아무래도 상관없었다. 그 작업을 수행하는 **내가** 진지했으니까.

그 작업은 여름 내내, 매일 아침 이루어졌다. 9월 학기가 시작될 무렵이면 잃어버린 책들은 모두 발견되었고, 잘못 꽂힌 책들은 모두 제자리를 찾았다. 그게 다가 아니었다. 그때쯤이면 비록 짧은 순간이지만 책방 안에 있는 모든 책들이 내 손을 스쳐갔다. 돌이켜 생각해보면 그게 바로 그 일이 내게 그토록 큰 의미를 가진 이유가 아니었을까.

10대가 되자 아빠의 일을 더 많이 도울 수 있었고 덕분에 특별히 할 일이 없는 날도 많아졌다. 아침 작업이 끝나고, 새로 들어온 책을 정리하고, 편지를 쓴 다음 강가에 앉아 오리에게 먹이를 던져주며 샌드위치를 먹고 나면 우리는 책방으로 돌아와 책을 읽었다.

마구잡이였던 나의 독서는 서서히 방향을 잡기 시작했다. 2층을 배회하는 시간도 차츰 늘어났다. 주로 19세기 문학, 전기, 자서전, 회고담, 일기와 편지들이었다.

아빠는 내 독서 성향을 간파했다. 도서전이나 세일 행사에서 돌아올 때면 내가 재미있어할 만한 책들을 들고 오셨다. 대부분 너덜너덜하고 조그만, 원고 상태 그대로인 책들이었다. 노란 종이를 리본이나 끈으로 묶은 책이 많았고 직접 제본한 책들도 있었다. 모두 평범한 사람들의 평범한 삶에 관한 이야기였다. 나는 그런 책들을 단지 읽는 것 정도가 아니었다. 게걸스럽게 먹어치웠다. 식욕은 줄어든 반면 책에 대한 갈증은 잦아들 줄 몰랐다. 내 직업은 그렇게 시작되었다.

사실 나는 제대로 된 전기 작가는 아니다. 어쩌면 전기 작가라고 말할 수조차 없을지도 모른다. 나는 취미 삼아 문학사에서 그리 크게 부각되지 않았던 인물들의 짧은 전기를 몇 편 썼을 뿐이다. 항상 보잘것없는 사람들에게 마음이 끌렸다. 살아 있는 동안 명성의 뒤안길에서 살았던 사람들, 죽음과 함께 깊은 어둠 속으로 사라져버린 사람들……. 나는 100년, 혹은 그보다 더 오랜 시간 동안 책장에 파묻혀 있었을 일기 속에서 그들의 삶을 발굴해내고 싶었다. 수십 년 동안 절판되었던 회고록에 숨결을 불어넣는 것보다 더 기분 좋은 일은 없었다.

가끔 나의 취미는 지역 학술 출판사에서 관심을 가질 정도로 진지해지기도 했다. 덕분에 내 이름으로 몇 권의 책이 출판되었다. 사실 책이라고 할 수도 없었다. 그리 대단한 건 아니었다. 얄팍한 종이 몇 페이지를 스테이플러로 찍어서 종이 표지로 마감한 에세이 몇 권이 전부였다. 내가 쓴 에세이 중에는《형제의 시》라는 것도 있는데 줄스 랜디어와 에드먼드 랜디어 형제에 관한 것으로, 그들이 번갈아 쓴 일기가 역사물을 출판하는 출판사 담당자의 눈에 들었고 19세기 가족과 글쓰기에 관한 총서에 포함되어 하드커버로 출간되었다. 비다 윈터의 눈에 띈 건 바로 그 책이었을 것이다. 그러나 총서에 그 책이 포함된 것은 다소 부적절했다. 그 책은 학자나 전업 작가들의 에세이와 함께 꽂혀 있었다. 마치 내가 제대로 된 전기 작가이기나 한 것처럼. 그러나 사실 나는 그저 취미로 글을 쓰는, 재능이 있는 아마추어 작가일 뿐이다.

죽은 자들의 삶은 나의 부업이다. 본업은 책방에 있다. 책을 파는 일은 내 일이 아니다. 그 일은 아빠의 관할이다. 내 일은 책들을 **돌보는 것이다.** 나는 수시로 아무 책이나 한 권 뽑아서 한두 페이지를 읽어본다. 결국 내가 이 책방에 있는 이유는, 말하자면, 책을 보살피기 위해서다. 오래되어 가치가 있는 책들이어서가 아니다. 수집가들이 찾는 희귀본이어서도 아니다. 심지어 겉모습으로 보나 내용으로 보나 지루하기 짝이 없는 책들이라 해도 그 책들에 대한 나의 임무가 즐겁다.

내용이 진부하다고 해도 책 속에는 항상 나를 감동시키는 무언가가 있었다. 어쨌건 지금은 이 세상에 없는 누군가에게 그것은 책으로 쓸 만큼 중대한 사안이었을 것이다.

인간은 죽음과 함께 사라진다. 그들의 목소리, 그들의 웃음, 숨결의 온기, 살과 뼈도 함께 사라진다. 살아 있는 그들의 기억도 거기에서 멈춘다. 슬프지만 자연스러운 일이다. 그러나 그러한 소멸에는 예외가 있다. 그들이 남겨놓은 책 속에서 그들은 영원히 존재한다. 책을 통해 우리는 그들의 존재를 다시 발견할 수 있다. 그들의 유머, 문체, 기분까지도. 그들은 책을 통해 독자를 화나게 할 수도 있고 행복하게 할 수도 있다. 위안을 줄 수도 있다. 당황하게 할 수도 있다. 변화를 일으킬 수도 있다. 세상을 떠났지만 그토록 많은 일을 할 수 있는 것이다. 호박 속의 파리처럼, 얼음에 파묻힌 시신처럼, 자연의 섭리에 따라 사라졌어야 마땅할 것들이 종이 위에 적힌 잉크의 기적으로 보존된 것이다. 그것은, 하나의 기적이다.

죽은 자의 무덤을 보살피듯 나는 책을 보살핀다. 책을 닦아주고, 작은 흠집을 보수하고, 말쑥한 상태로 유지한다. 날마다 나는 책을 한두 권 뽑아 몇 줄, 몇 페이지를 읽으며 죽은 자의 목소리가 내 머릿속에 울려 퍼지게 한다. 죽은 작가들은 자신들의 책이 읽히는 것을 느낄 수 있을까? 날카로운 한줄기 빛이 그들의 어둠을 가를까? 자신의 책을 읽는 누군가의 섬세한 손길에 그들의 영혼이 동요할까? 그러기를 바란다. 죽는다는 것은 참으로 외로운 일일 테니까.

지금까지 나의 은밀한 관심사들을 털어놓았지만 본질을 회피하고 있다는 것을 나도 잘 안다. 나 자신을 드러내는 일에 익숙치 않다. 내게 그것은 습관적 과묵함을 극복해야 하는 일로 다가온다. 지금까지 내가 써온 모든 글들은 정작 중요한 문제를 쓰지 않기 위한 것이다.

그러나 나는 이제 그 이야기를 **하려고 한다.**

"침묵은 이야기가 나오기에 좋은 환경이 아니야."

윈터 여사가 내게 한 말이다.

"이야기에겐 말이 필요해. 말을 하지 않으면 이야기는 시름시름 앓다가 결국엔 죽어버리고 말아. 그리고 늘 따라다니면서 우릴 괴롭히지."

옳은 말씀이다.

나의 이야기는 이렇게 시작된다.

내가 열 살 때, 엄마가 숨겨온 비밀이 있다는 것을 알게 되었다. 그 비밀이 중요한 이유는, 그것이 엄마의 비밀이 아니라는 데에 있었다. 그것은 나의 비밀이었다.

부모님은 그날 밤 외출을 했다. 두 분은 자주 외출을 하지는 않았지만 어쩌다 외출을 할 때면 나를 옆집 로브 아줌마네 부엌에 데려다 놓으셨다. 옆집은 우리 집과 똑같았지만 정확히 대칭을 이루는 구조였다. 거꾸로 된 부엌이 멀미를 일으켰다. 그 다음번에 부모님이 외출을 할 때, 나는 이제 혼자 집에 있을 나이가 되었다고 주장했다. 엄마는 로브 아줌마가 8시 반에 우리 집을 한 번 들여다보는 것을 조건으로 나의 요구를 들어주었다.

두 분은 7시에 집을 나섰다. 나는 컵에 우유를 따라 소파에 앉아 홀짝거리면서 나의 어른스러움을 자축했다. 마거릿 리가 드디어 보호자 없이 혼자 집을 지킬 만큼 의젓해진 것이다. 밀크셰이크까지 마시고 난 뒤 뜻밖에도 따분하다는 생각이 들었다. 이 자유로 무얼 하지? 나는 탐험을 시작했고 자유의 영역을 넓혀갔다. 식당, 거실, 그리고 아래층 화장실까지. 모든 것이 늘 보던 모습 그대로였다. 문득 〈아기 돼지 삼형제〉 이야기가 떠올랐다.

'훅 불어서 이 집을 날려버리겠어!'

늑대라면 순식간에 우리 집을 날려버릴 수 있을 것 같았다. 늑대에게 저항하기에 텅 빈 방들은 너무도 무기력했다. 부실한 가구들도 모조리 쓰러져 성냥개비처럼 부서져 쌓일 것만 같았다. 늑대가 휘파람만 불어도 우리 집은 무너질 것이고 우리 가족 셋은 늑대 밥이 될 것 같았다. 책방에 있었다면 무섭지 않았을 텐데. 늑대가 와서 불고 또 불어도 벽마다 이중으로 두껍게 쌓인 책 속이라면, 견고하게 지은 성안에 숨은 것처럼 안전했을 텐데.

나는 2층에 올라가 화장실 거울을 들여다보았다. 어른스러운 여자애처럼 보이는지 확인해보고 싶었다. 왼쪽으로, 또 오른쪽으로 고개를 돌리며 달라진 데가 있는지 살펴보았다. 그러나 거울에 비친 모습은 그저 나 자신을 바라보는 내 모습일 뿐이었다.

내 방도 따분하긴 마찬가지였다. 내 방이라면 속속들이 알고 있었고, 내 방 역시 나를 잘 알았다. 지금 우린 서로에게 좋은 친구가 될 수 없었다. 나는 손님방의 문을 열었다. 밋밋한 옷장과 아무것도 없는 화장대를 본 순간, 여기서 머리를 빗고 옷을 입어보면 어떨까 하는 생각이 들었지만 옷장이나 화장대 서랍 안에는 아무것도 없었다. 말끔하게 안으로 접어 넣어 정돈한 침대 시트와 담요는 전혀 매혹적이지 않았다. 얄팍한 베개는 한때 생명이 있었지만 지금은 전부 빠져나가버린 것 같은 느낌을 자아냈다. 그 방은 항상 손님방으로 불렸지만 손님이 묵은 적은 한 번도 없었다. 그곳은 엄마가 자는 방이었다. 나는 낭패감을 느끼며 방에서 나와 층계참에 섰다.

결국 이런 것이었다. 혼자 집을 지킨다는 것은.

이제 나는 어른스러운 아이들의 대열에 올랐다. 놀이터에서 "어젯밤에 나 혼자 집에 있었다!"라고 말할 수도 있을 것이다. 그러나 너무도 오랫동안 원해왔던 일이라, 막상 현실로 닥치자 무얼 해야 할지 알 수 없었다. 내가 이러한 어른스러운 행동에 걸맞은 어른이 될 거라고 생각했건만. 내가 어떤 모습의 어른으로 자랄지 흘긋 엿볼 수도 있을 거라고 생각했건만. 나를 둘러싼 세상이, 어린아이 같은 모습을 벗어 던지고 은밀하고도 성숙한 모습을 드러낼 거라고 생각했건만. 낯선 자유에 주눅이 든 나는 그 어느 때보다도 어린아이 같았다. 혹시 내게 문제가 있는 걸까? 언젠가는 나도, 정말 어른이 될 수 있기는 한 걸까?

로브 아줌마네 집에 가볼까 하는 생각도 들었다. 그러나 말도 안 되는 생각이었다. 문득 더 좋은 장소가 떠올랐다. 나는 아빠의 침대 밑으로 기어 들어갔다.

바닥과 침대 사이의 공간은 마지막으로 들어갔을 때보다 훨씬 더 좁아져 있었다. 오른쪽 어깨에 딱딱하게 부딪히는 것은, 대낮에 보아도 잿빛이고 어둠 속에서도 잿빛인 여행 가방이었다. 가방 속에는 선글라스와 여분의 필름, 엄마가 한 번도 입은 적 없지만 버리지도 않는 수영복 같은 것들이 들어 있었다. 그 맞은편에 상자가 하나 있었다. 내 손가락이 상자의 뚜껑을 더듬어 열고는 안으로 파고들었다. 크리스마스트리 전구들이 손에 잡혔다. 장식용 천사 인형의 스커트에 달린 깃털도 손끝에 닿았다. 오래전 마지막으로 침대 밑에 들어왔을 때만 해도 나는 산타클로스의 존재를 믿었다. 그러나 이제는 아니었다. 그것도 내가 컸다는 의미일까?

몸을 비틀어 침대 밖으로 빠져나오다가 양철 과자통 하나를 건드리게 되었다. 과자통은 침대보 밑으로 반쯤 나와 있었다. 나는 그 통을 기억하고 있었다. 그것은 늘 그 자리에 있었다. 스코틀랜드의 바위산과 전나무들이 그려진 통의 뚜껑은 좀처럼 열리지 않았었다. 나는 무심히 뚜껑을 돌려보았다. 조금 더 커지고 힘이 세어진 내 손에 뚜껑이 스르르 열렸고 나는 깜짝 놀랐다. 통 속에는 아빠의 여권과 다양한 크기의 서류들이 들어 있었다.

손으로 직접 쓰거나 인쇄된, 다양한 양식의 서류들이었다. 곳곳에 아빠의 서명이 보였다.

나에게 보는 것은 곧 읽는 것이었다. 항상 그랬다. 나는 서류들을 헤치며 읽기 시작했다. 아빠 엄마의 결혼증명서, 두 분의 출생증명서, 그리고 나의 출생증명서가 있었다. 크림색 종이에 붉은 글씨였고 아빠의 서명이 있었다. 나는 내 출생증명서를 조심스럽게 접어 다른 것들과 함께 둔 다음 다른 것을 찾아보았다. 똑같은 서류가 한 장 더 있었다. 이상하다는 생각이 들었다. 왜 내 출생증명서가 두 장이지?

나는 내용을 읽어보았다. 아빠와 엄마의 이름이 똑같았고 태어난 날, 태어난 장소도 똑같았지만 **다른 이름**이 적혀있었다.

그 순간 나에게 무슨 일이 일어났느냐고? 내 머릿속에서 모든 것이 산산이 부서졌다가 전혀 다른 모습으로 조합되었다. 인간의 두뇌만이 할 수 있는 놀라운 재구성이었다.

나에겐 쌍둥이 자매가 있었다.

머릿속의 소용돌이를 애써 외면하면서 나는 두 번째 증명서를 접었다. 그것은 사망증명서였다.

나의 쌍둥이 자매는, 죽었다.

비로소 나는 오랫동안 나를 괴롭혀온 것이 무엇이었는지 알 수 있었다. 갑작스러운 발견에 어리둥절하긴 했지만 놀라지는 않았다. 나에겐 늘 어떤 느낌이 있었다. 너무 익숙해서 말조차 필요하지 않았던 그 느낌, 뭔가가 있는 것 같은 느낌이었다. 어딘가 다른 것 같은 내 오른편의 공기. 그것은 응고된 빛이었고, 허공에 파장을 일으키는 이상한 무엇이었으며, 창백한 나의 그림자였다.

나는 양손으로 오른쪽 옆구리를 누르고 어깨에 닿을 정도로 고개를 숙였다. 심리적인 압박감을 느낄 때마다 고통과 당혹스러움 속에서 늘 해왔던 동작이었다. 너무 익숙한 동작이었기에 그 의미를 생각해본 적이 없었지만 이제야 그 의미를 알 수 있었다. 내 쌍둥이 자매를 찾고 있었던 것이다. 그 애가 있어야 할 그 자리에서. 내 곁에서.

두 개의 서류를 본 순간, 온 세상이 새로운 축으로 돌아가기 시작했고, 나는 생각했다.

그래서 그랬구나. 나의 상실감. 슬픔. 외로움. 누군가와 멀리 있는 것 같은, 혹은 가까이 있는 것 같은 특별한 느낌. 이제 또 하나의 증명서를 찾은 나는 그 느낌이 무엇이었는지 분명히 깨달았다. 그것은, 내 쌍둥이 자매였다.

한참 뒤 아래층의 부엌문이 열리는 소리가 들렸다. 다리에 쥐가 난 채로 나는 층계참으로 갔다. 로브 아줌마가 계단 아래쪽에서 있었다.

"별일 없니, 마거릿?"

"네."

"뭐 필요한 건 없고?"

"네."

"심심하면 우리 집에 놀러 오렴."

"그럴게요."

"조금 있으면 아빠와 엄마가 오실 거야."

아줌마는 집으로 돌아갔다.

나는 서류들을 통에 넣고 통을 다시 침대 밑에 밀어 넣었다. 그리고 침실을 나와 문을 닫았다. 욕실 거울 앞에서 또 하나의 눈동자와 마주친 순간 섬뜩한 기분이 들었다. 살갗 아래 두개골이 느껴질 정도로.

잠시 후 부모님의 발자국 소리가 들렸다.

문을 열자 아빠가 층계참에서 나를 끌어안았다.

"기특하네! 혼자 집을 다 지키고!"

엄마는 창백하고 피로해 보였다. 외출에서 돌아오면 늘 두통이 시작되었다.

"그러게. 정말 장하네."

엄마가 말했다.

"혼자 집에 있어보니까 어떻든?"

아빠가 물었다.

"아무렇지도 않았어요."

"그럴 줄 알았다."

그러고 나서, 미처 피할 틈도 없이 아빠는 양팔로 나를 꽉 끌어안으며 이마에 키스했다.

"그만 가서 자렴. 책 너무 오래 보지 말고."

"그럴게요."

잠시 후, 두 분이 잠자리에 들 준비를 하는 소리가 들렸다. 아빠가 엄마의 약을 꺼내기 위해 찬장 문을 여는 소리가 들렸고, 유리잔에 물을 따르는 소리도 들렸다. 언제나처럼 아빠는 "한잠 푹 자고 나면 괜찮을 거야"라고 말했다. 그리고 손님방의 문이 닫혔다. 잠시 후 또 다른 방의 침대가 삐거덕거리는 소리가 들렸고 아빠가 불을 끄는 소리가 들렸다.

쌍둥이에 대해서라면 나도 잘 알았다. 한 생명이 들어 있어야 할 세포에 어쩌다가 똑같은 두 생명이 들어간 게 쌍둥이였다.

나는 쌍둥이였다.

내 쌍둥이 자매는 죽었다.

그게 지금 나에게 어떤 의미가 있을까?

이불 속에서 나는 옆구리에 있는 반달 모양의 점을 손으로 눌렀다. 그것은 그 애가 내게 남겨놓은 흔적이었다. 고고학자처럼 나는 오래전에 일어난 일의 흔적을 찾아 내 몸을 탐사하기 시작했다. 몸이 시체처럼 차가웠다.

편지를 손에 들고 내 방이 있는 3층으로 갔다. 책방은 전체 3층 건물로 위층으로 올라갈수록 계단이 좁아졌다. 계단을 오르며 불을 끄는 동안 나는 공손한 거절의 문장을 생각하고 있었다. 그 일의 적임자가 아니라고 말할 생각이었다. 살아 있는 사람의 전기에는 관심이 없었다. 더구나 비다 윈터의 책은 한 권도 읽지 않았다. 도서관과 기록 보관소라면 내 집처럼 드나들었지만 살아 있는 사람을 인터뷰한 적은 없었다. 오히려 죽은 사람들과 함께 있는 게 훨씬 더 편안했다. 솔직히 말하면, 살아 있는 사람들은 전부 다 신경에 거슬렸다.

마지막 말까지 편지에 넣을 필요는 없을 것이다.

먹을 것을 만들기도 귀찮았다. 코코아 한 잔이면 충분했다.

우유가 데워지는 동안 나는 창밖을 바라보았다. 유리창에 창밖의 어둠을 고스란히 담고 있는 투명한 얼굴이 하나 있었다. 우리는 유리처럼 차가운 뺨을 서로 맞대었다. 만약 당신이 우릴 보았다면, 유리만 없으면 우리 둘을 분간할 수 없다는 것을 알았을 것이다.

열세 번째 이야기

진실을 말해주세요.

편지의 한 구절이 내 머릿속에 갇혀 있었다. 굴뚝으로 날아들어와 내 다락방의 경사진 천장 밑에 갇힌 새처럼.

소년의 말이 나를 사로잡은 것은 당연했다. 그 누구도 나에게 진실을 말해주지 않았다. 나는 혼자서 진실을 찾았고 그것을 간직해왔다.

진실을 말해주세요.

그것은 나 자신의 목소리였다.

그러나 나는 그 목소리와 편지를 머릿속에서 지워버리기로 결심했다. 시간이 거의 다 되었다. 나는 민첩하게 움직였다. 욕실에서 얼굴에 비누칠을 하고 이를 닦았다. 8시가 되기 꼭 3분 전이 되었을 때 잠옷과 슬리퍼 차림으로 주전자에 올린 물이 끓기를 기다리고 있었다. 빨리! 빨리! 이제 1분만 있으면 8시였다. 뜨거운 물도 준비되었다. 나는 유리컵에 뜨거운 물을 부었다. 내 가장 소중한 시간. 8시가 되면 세상이 멈춘다. 책 읽을 시간이었다.

저녁 8시부터 새벽 한두 시까지는 마법의 시간이었다. 보드라운 파란색 면 침대보 위에 펼쳐진 흰 책장 위로 램프의 불빛이 동그란 원을 그리면 새로운 세계의 문이 열렸다. 그러나 그날 밤은 마법이 통하지 않았다. 팽팽한 긴장감 속에서 전개되었던 줄거리는 하루 사이에 김이 빠져버려서 어떻게 짜 맞출지조차 알 수 없게 되어버렸다. 나는 마음을 다잡고 다시 이야기의 맥을 찾으려고 애써보았지만 간신히 흐름을 파악한 순간 누군가의 목소리, **'진실을 말해주세요!'**가 끼어들면서, 매듭을 다시 느슨하게 풀어놓았다.

결국 아끼는 고전들을 뒤적이게 되었다.

《흰옷 입은 여인》, 《폭풍의 언덕》, 《제인 에어》.

그러나 소용없었다.

진실을 말해주세요.

책은 지금껏 한 번도 실망시킨 적이 없었는데. 책만큼은 항상 믿을 수 있었는데. 나는 불을 끄고 베개를 벤 다음 잠을 청했다.

메아리처럼 들려오는 목소리. 그리고 편지 속에 담긴 이야기의 단편들……. 어둠 속에서 더욱 크게 울려 퍼졌다.

진실을 말해주세요.

새벽 2시였다. 나는 침대에서 일어나 양말을 신고 가운을 걸친 다음 방문을 열고 좁은 계단을 내려가 책방으로 들어갔다. 책방 안쪽에는 조그만 방이 있었다. 찬장보다 조금 더 큰 그 방을 우리는 소포를 포장하는 장소로 사용했다. 테이블과 작은 책장,

갈색 종이들, 가위와 끈 한 뭉치가 있었다. 열 권 남짓한 책이 들어 있는 허름한 목제 캐비닛도 있었다.

캐비닛 속 물건들은 좀처럼 바뀌지 않았다. 지금도 그 캐비닛을 열어보면 그날 밤 내가 보았던 물건들이 그대로 들어 있을 것이다. 표지가 없는 책 한 권이 눕혀져 있고 그 옆에는 보기 흉한 가죽 제본 책이 한 권 있다. 라틴어 책 두 권이 똑바로 꽂혀 있고 낡은 성경책 한 권, 식물학 책 세 권, 역사책 두 권, 너절한 천문학 책 한 권. 일본어 책 한 권, 폴란드어 책 한 권, 그리고 고대 영어 시집들 몇 권이 있었다. 왜 이 책들을 따로 보관하냐고? 왜 깔끔하게 분류명이 붙은 책장에 다른 책들과 함께 꽂혀 있지 않냐고? 캐비닛은 비밀이 담긴 책, 귀중한 책, 희소가치가 있는 책을 보관하는 곳이었다. 그 책들이야말로 책방 안에 있는 모든 책들을 합친 것과 맞먹는, 혹은 그 이상의 가치를 지닌 책들이었다.

그리고 내가 찾던 책이 거기 있었다. 출판된 지 50년 정도 된, 가로세로가 10센티미터, 15센티미터 정도 되는 조그만 하드커버였다. 그 책이 다른 책들과 함께 그곳에 있었다. 몇 달 전, 그 책이 캐비닛 안에 있는 것을 보고 나는 아빠가 실수로 그 책을 여기 놓아둔 모양이라고 생각했었다. 조만간 아빠에게 물어보고 책장에 도로 꽂아놓아야겠다고. 나는 혹시 몰라서 흰 장갑을 끼었다. 그런 책들을 다룰 때면 우리는 꼭 장갑을 끼었다. 역설적이긴 하지만 그 책들을 읽으면서 책에 생명을 불어넣는 동안, 책장을 넘기는 손끝에서 묻어난 유분이 책을 훼손시킬 수도 있기 때문이었다. 책장이 붙어 있고 가장자리도 반듯하게 보존되어 있는 것을 보면 책의 상태는 괜찮은 편이었다. 지금은 존재하지 않는, 그러나 한때는 꽤 유명했던 출판사에서 상당히 심혈을 기울여 만든 인기 시리즈 중 한 권이었다. 잘 만든 책이었고 초판이었지만 희귀본으로 분류될 만한 책은 아니었다. 세일 행사나 마을 축제 때면 이 시리즈의 다른 책들이 몇 펜스에 팔리곤 했다.

크림색과 초록색으로 된 표지였다. 물고기 비늘 무늬가 있는 바탕 위에 아무 무늬도 없는 두 개의 직사각형이 있었다. 두 직사각형 중 한 개 안에는 펜으로 그린 것 같은 인어가 있었고 또 한 개 안에는 책의 제목과 작가의 이름이 있었다. 비다 윈터의 《변형과 절망의 열세 가지 이야기》였다.

나는 캐비닛을 잠근 뒤 열쇠와 손전등을 제자리에 둔 다음 계단을 올라갔다. 여전히 양손에 장갑을 끼고 있었다.

읽을 생각은 아니었다. 그럴 생각은 전혀 없었다. 내가 원하는 것은 단 몇 구절뿐이었다. 머릿속에서 맴도는 한 구절을 지워줄 대담하고 강력한 어떤 것……. 불에는 불이라고 사람들은 말한다. 몇 줄 혹은 몇 페이지만 읽으면 잠을 잘 수 있을 것 같았다.

나는 조심스럽게 책 커버를 벗겨낸 다음 그런 것을 보관하는 내 특별한 서랍 안에 넣었다. 장갑을 끼었지만 최대한 조심해야 했다. 책을 펼치는 순간 나는 숨을 들이쉬었다. 오래된 책 냄새, 강렬하고도 건조한 향기가 밀려왔다.

서문은 짧았다. 그러나 첫 줄을 스치는 순간부터 나의 두 눈은 덫에 걸려들고 말았다.

아이들은 자신의 탄생을 신화화한다. 그것은 모든 아이들에게서 나타나는 특성이다. 어떤 사람을 이해하고 싶은가? 그의 머리와 가슴, 영혼을 이해하고 싶은가? 그가 태어나던 순간의 이야기를 들려달라고 하라. 당신이 듣게 될 이야기는 진실이 아닌 한 편의 지어낸 이야기일 수도 있다. 그러나 한 편의 이야기보다 더 우리 마음을 사로잡는 것은 없다.

마치 물속으로 빠져드는 기분이었다.

농부와 왕자, 영주, 빵 굽는 사람, 상인, 인어. 모든 인물들이 너무도 친근했다. 그런 이야기들을 나는 수백 번, 수천 번도 더 읽었다. 누구나 알 만한 이야기들이었다. 그러나 책장을 넘길수록 그들에게서 느껴지던 친근감은 서서히 사라졌다. 모두 낯설어졌다. 완전히 새로워졌다. 그들은 어린 시절 그림책에서 읽었던, 기계적으로 자신의 역할을 연기하는 마네킹들과는 달랐다. 그들은 **사람들이었다.** 물레 가시에 손을 댄 순간 공주의 손가락에서 떨어진 핏방울은 축축했고 잠들기 직전 그녀가 손가락을 핥았을 때는 쇠바늘의 찝찔한 맛이 느껴졌다. 혼수상태의 딸이 실려 왔을 때 왕은 눈물 때문에 얼굴이 따가웠다. 모든 이야기 속에 낯선 무언가가 관통하고 있었다. 왕은 낯선 남자가 딸에게 키스하는 것을 허락함으로써 딸을 살아나게 했고, 괴물은 털이 깎여 발가벗은 사람이 되었고, 인어공주는 걷게 되었지만 주어진 운명을 거부한 대신 치러야 하는 대가가 무엇인지 깨닫고 후회했다. 오래오래 행복하게 살았다는 결말은 모두 오염되었다. 처음에는 순조롭고, 합리적이며, 얼마든지 바꿀 수 있었던 운명이 결국에는 행복에 대한 잔혹한 복수로 끝났다.

동화들은 잔인했고, 날카로웠으며, 가슴 아팠다. 나는 그 동화들이 마음에 들었다.

인어공주 이야기인 열두 번째 이야기를 읽는 동안에는 이야기 자체와 무관한 불안감이 밀려들기 시작했다. 집중할 수가 없었다. 내 엄지손가락과 집게손가락이 나에게, **이제 몇 페이지 안 남았어!**라는 메시지를 보내고 있었다. 그 생각이 머리에서 떠나지 않았고 나는 결국 책을 비스듬히 하며 남은 페이지를 확인해 보았다. 사실이었다. 열세 번째 이야기는 무척 짧은 것 같았다.

나는 열두 번째 이야기를 읽은 뒤 다음 장을 넘겼다.

아무것도 없었다.

앞뒤로 책장을 넘겨보았다.

아무것도 없었다.

열세 번째 이야기는 없었다.

갑자기 머릿속이 복잡해졌다. 바다속 깊이 잠수했다가 너무 갑자기 수면 위로 올라왔을 때처럼 어지러웠다. 내 방 안의 물건들이 하나씩 눈에 들어왔다. 침대보. 내 손안의 책. 얇은 커튼 사이로 새어들기 시작한 아침 햇살 속에서 창백하게 빛나는 램프의 불빛.

아침이었다.

밤새 책을 읽었다.

열세 번째 이야기는 없었다.

아빠가 머리를 양손으로 감싸 쥐고 책상 앞에 앉아 있었다. 내 발소리를 듣고 아빠가 하얗게 질린 얼굴로 날 올려다보았다.

"무슨 일이에요?"

얼른 아빠에게 다가서며 내가 물었다.

아빠는 말을 할 수조차 없다는 듯, 절망적으로 양손을 들어 보이더니 다시 천천히 양손을 두려움에 휩싸인 두 눈으로 가져갔다. 아빠가 신음했다.

나의 손이 아빠의 어깨 언저리를 서성거렸다. 그러나 다른 사람을 만지는 데 익숙하지 못한 나는 대신 바닥에 떨어진 카디건을 주웠다.

"제가 도와드릴 일이라도……."

내가 물었다.

마침내 입을 연 아빠의 목소리는 가늘게 떨리고 있었다.

"경찰에 신고해야겠다. 지금 당장."

"경찰이요? 도대체 무슨 일인데 그러세요?"

"누군가 책방에 들어와서 그걸 훔쳐갔어."

세상이 끝난 것 같은 절망감이 느껴졌다.

나는 어리둥절한 얼굴로 책방을 둘러보았다. 모든 것이 제자리에 있었다. 서랍이 부서져 있지도, 책장이 뒤죽박죽이거나 창문이 깨어져 있지도 않았다.

"캐비닛."

아빠가 말한 순간 비로소 나는 깨달았다.

"《열세 가지 이야기》, 제 방에 있어요. 제가 잠깐 빌렸어요."

아빠가 날 바라보았다.

안도감과 함께 놀라움이 스쳤다.

"네가 빌려갔다고?"

"네."

"네가?"

"네!"

나는 당황했다.

내가 늘 책방의 책을 빌려간다는 것을 아빠도 알고 있었다.

"하지만 **비다 윈터는**……."

아빠가 내게 설명을 요구하고 있음을 깨달았다.

나는 **오래된** 소설을 좋아했다. 이유는 간단하다. 합리적인 결말이 좋았다. 결혼이나 죽음, 고귀한 희생이나 기적적인 소생, 비극적인 이별과 뜻밖의 재회, 엄청난 파멸과 꿈의 실현. 내가 보기엔 그런 것들이야말로 기다릴 가치가 있는 것들이었다. 온갖 우여곡절을 거친 뒤에는 반드시 그런 것들이 찾아와서 모든 것을 깔끔하게 정리해주어야만 했다. 이러한 결말은 현대 소설보다는 고전에서 더 자주 나타났고 그래서 나는 고전이 좋았다.

현대문학에 관해서라면, 거의 아는 게 없었다. 일상 속에서 책에 관한 이야기를 나눌 때면 아빠는 그러한 나의 성향에 대해 자주 이야기했다. 아빠도 나만큼이나 책을 많이 읽었지만 나보다는 훨씬 폭이 넓었다. 나는 아빠의 견해를 전적으로 신뢰했다. 아빠는 인간에게는 결코 고통이 끝나지 않으며, 오직 인내만이 있을 뿐이라는 메시지가 담겨 있는 어떤 소설의 결말에 대해 이야기하면서 아빠가 느끼는 아름답고도 쓸쓸한 감정을 특유의 간결하고 정확한 단어로 표현했다. 때로는 요란하고 파격적인 결말보다는 모호한 결말이 기억에 더 오래 남는다고도 했다. 내가 좋아하는 죽음이나 결혼 같은 결말보다 모호함이 더 감동적으로 느껴지는 이유에 대해서도 설명했다.

나는 아빠의 말을 주의 깊게 들었고 고개를 끄덕였지만 결국엔 내 오랜 습관으로 돌아가고 말았다. 그러나 아빠는 그런 나를 나무라지는 않았다. 우리 두 사람은 한 가지에 대해서만큼은 완전히 의견이 일치했다. 그것은 바로 한 번뿐인 인생에서 다 읽어내기에는 이 세상에 책이 너무 많기 때문에 어디에서건 선을 그을 수밖에 없다는 것이었다.

비다 윈터에 관해 아빠는 이런 말을 한 적이 있었다.

"살아 있는 작가 중에도 네가 좋아할 만한 작가가 있단다."

그러나 나는 비다 윈터의 책을 한 번도 읽지 않았다. 죽은 작가들의 책 중에도 아직 못 읽은 게 많은데 왜 비다 윈터의 책을 읽어야 하는가?

그런 내가 한밤중에 책방 캐비닛을 열고 《열세 가지 이야기》를 읽었으니 아빠가 궁금해하는 것도 당연했다.

"어제 편지를 한 통 받았어요."

마침내 내가 입을 열었다.

아빠가 고개를 끄덕였다.

"비다 윈터의 편지였어요."

아빠가 눈썹을 추켜올렸다. 그러나 아빠는 내 말을 기다려주었다.

"자기를 만나러 오래요. 전기를 맡길 생각인가 봐요."

아빠의 눈썹이 거기서 몇 밀리미터 더 올라갔다.

"잠이 안 와서 그 책을 가지러 내려왔어요."

대답을 기다렸지만 아빠는 아무 말도 하지 않았다. 아빠는 이마를 찌푸리며 생각에 잠겼다. 잠시 후 내가 다시 물었다.

"그 책이 왜 캐비닛 안에 있어요? 그 책이 왜 특별하죠?"

아빠는 내 질문에 대답하기 위해 생각의 열차에서 내려서고 있었다.

"영어권 최고 작가의 첫 번째 작품, 초판인 것도 의미가 있지만 그보다 더 중요한 건, 그 책에 결함이 있기 때문이란다. 그 뒤로 나온 판들은 모두 《변형과 절망의 이야기》로 제목이 바뀌어서 나왔지. 《열세 가지 이야기》에 대한 언급은 없어졌어. 이야기가 열두 편만 들어 있는 거, 너도 봤지?"

나는 고개를 끄덕였다.

"아마 원래 열세 편이었을 거다. 그런데 열두 편만 실렸어. 표지 디자인에서 착오가 생기는 바람에 열두 편만 수록된 상태로, 바뀌기 전 제목이 나간 거야. 결국 전부 회수되었단다."

"그럼 아빠가 갖고 계신 그 책은……."

"거기서 빠진 책이지. 한 묶음이 도싯 주에 있는 한 서점으로 나갔어. 전량 회수하라는 통보를 받고 서점 측에서 책을 반품하기 전에 그걸 산 독자가 있었단다. 30여 년 전, 그 책을 산 사람이 책의 가치를 알고 수집가에게 팔았지. 그 수집가의 재산이 지난 9월에 경매로 처분되었는데, 거기서 내가 다시 그 책을 샀고. 아비뇽 계약에서 번 돈으로."

"아비뇽 계약이요?"

아비뇽 계약은 계약조건을 협의하는 데에만 2년이 걸린 거래였고. 아빠에게 가장 큰 수익을 남겨준 거래였다.

"물론 장갑은 끼었겠지?"

걱정스러운 표정으로 아빠가 물었다.

"절 그렇게 못 믿으세요?"

아빠는 미소를 지으며 말을 이었다.

"결국 다 부질없는 짓이 되어버렸지 뭐냐."

"뭐가요?"

"제목이 잘못되었다고 책을 회수한 것 말이야. 반세기 동안 그 책이《변형과 절망의 이야기》로 출판되었는데도 사람들은 아직도 그 책을《열세 가지 이야기》로 기억하고 있으니까."

"왜 그렇죠?"

"비밀과 명성이 만나면 그렇게 되지. 작가에 대해 알려진 게 거의 없기 때문에 회수된 초판이 필요 이상으로 중요한 의미를 지니게 된 거야. 작가를 둘러싼 미스터리의 일부가 되었다고나 할까. 열세 번째 이야기의 미스터리! 사람들에게 뭔가 생각할 거리를 주잖니?"

잠시 침묵이 흘렀다. 아빠는 먼 곳을 보다가 혼잣말 하듯 중얼거렸다.

"그런데 이제 와서 전기를 출판하겠다니, 정말 뜻밖이군."

나는 그 편지를 떠올렸다. 그 편지를 쓴 사람이 믿을 수 없는 사람이라는 사실이 두려웠다. 진실을 말해달라는 소년의 말을 생각해 보았다. 그리고 첫 장부터 나를 사로잡았고 밤새도록 나를 포로로 만들었던《열세 가지 이야기》를 생각했다. 다시 한 번 그녀의 포로가 되고 싶었다.

"어떻게 해야 좋을지 모르겠어요."

내가 아빠에게 말했다.

"지금까지 네가 해왔던 일과는 다를 거야. 비다 윈터는 살아 있는 인물이니까. 자료를 수집하는 대신 직접 인터뷰를 해야 되겠지."

나는 고개를 끄덕였다.

"《열세 가지 이야기》를 쓴 작가가 어떤 사람인지 궁금하지 않니?"

나는 다시 고개를 끄덕였다.

아빠는 양손을 내 무릎 위에 올려놓은 뒤 한숨을 쉬었다. 아빠는 책을 읽는다는 것이 어떤 의미인지 아는 사람이었다. 책이 우리를 어떻게 지배하는지 아는 사람이었다.

"언제 오라고 하든?"

"월요일이요."

내가 말했다.

"역까지 바래다줄까?"

"고마워요, 아빠. 그리고……."

"그리고?"

"오늘 쉬어도 돼요? 가기 전에 몇 권 더 읽어야 할 것 같아요."

"그래도 되고말고."

아빠는 미소를 지었지만 걱정을 감추지는 못했다.

그날부터 성인이 된 이후 가장 찬란한 시간들이 이어졌다. 태어나서 처음으로 일반 서점에서 산 반짝이는 새 문고판들이 내 침대 맡 테이블 위에 쌓였다. 비다 윈터의 《이도 저도 아닌》, 비다 윈터의 《두 번은 영원이다》, 비다 윈터의 《사로잡힌 마음》, 비다 윈터의 《원 밖으로》, 비다 윈터의 《불행의 법칙》, 비다 윈터의 《생일을 맞은 소녀》, 비다 윈터의 《인형극》. 책의 표지는 모두 같은 화가가 그렸고, 황갈색과 주황색, 금색과 짙은 보라색이 어우러져 힘과 열정으로 빛났다. 《변형과 절망의 이야기》도 한 권 샀다. 아빠의 소장품을 값지게 해주는 **'열세 가지'**라는 말이 빠져서인지 어딘가 허전해 보였다. 아빠의 책은 캐비닛에 다시 넣어두었다.

어느 작가의 작품을 처음 읽을 때면 항상 특별한 기대감을 품곤 한다. 비다 윈터의 책들은, 말하자면 랜디어 형제의 일기를 처음 발견했을 때와 같은 스릴을 맛보게 해주었다. 나는 늘 책을 읽었다. 내 인생의 모든 순간에 책을 읽었고, 책을 읽는 것이 가장 큰 즐거움이 아니었던 적은 한 번도 없었다. 그러나 성인이 되어서 읽은 책들은 어린 시절에 읽은 책들만큼 나를 강하게 사로잡진 못했다. 나는 여전히 이야기를 좋아했고 지금도 좋은 책에 빠져들면 나 자신을 잊었지만 어렸을 때처럼은 아니었다. 물론 책은 여전히 나에게 세상에서 가장 소중했다. 그러나 나는 잊을 수가 없었다. 예전에는 지금보다 더 소중했고 더 절실했었다는 것을.

어렸을 때, 책은 나의 **전부**였다. 나의 마음속에는 **잃어버린** 보물을 찾는 애타는 그리움 같은 것이 남아 있었다. 채워지기를 기대하는 그리움은 아니었다. 그러나 비다 윈터의 책을 읽는 동안 나는 밤이나 낮이나 읽고 또 읽었다. 책으로 뒤덮인 이불 밑에서 잠이 들고 꿈도 없는 암흑 속에서 그 잠이 순식간에 지나가고 나면 다시 일어나 책을 읽기 시작했고 잃어버렸던 기쁨이 되살아났다. 비다 윈터는 나에게 처음 책에 빠져든 사람의 순수한 마음을 되찾게 해주었고, 갖가지 이야기로 나를 완전히 매혹시켰다.

아빠는 층계참에서 내 방문을 두드리곤 했다. 아빠가 날 응시했다. 아마 나는 오랫동안 책을 읽은 사람 특유의 멍한 표정을 지었을 것이다.

"끼니도 거르고 책만 읽는 건 아니겠지?"

아빠는 내게 먹을 것이 든 봉투나 우유 따위를 건네주었다.

그 책들과 함께라면 영원히 방에 갇혀 있어도 좋을 것 같았다. 그러나 요크셔에 가서 윈터 여사를 만나기 전에 해야 할 일들이 있었다. 책 읽기를 하루 쉬기로 하고 도서관에 갔다. 신문 보관실에서 일간지의 신간 안내 지면에 실린 윈터 여사의 기사를 찾아보았다. 새 책을 출간할 때마다 윈터 여사는 해러게이트 호텔에 기자들을 초청해서 그들을 일대일로 만나 자신의 삶에 관한 각기 다른 이야기를 들려주었다. 그런 이야기는 수십 개, 어쩌면 수백 개가 있는 것 같았고 그중 대여섯 가지를 찾아내기란 그다지 어렵지 않았다.

《이도 저도 아닌》을 출판한 뒤에 윈터 여사는 자신이 목사와 여자 교장의 숨겨놓은 딸이라고 말했다. 일 년 뒤 같은 신문사와의 인터뷰에서는 신작 《사로잡힌 마음》을 홍보하면서, 자신이 파리의 고급 창부의 딸이라고 말했다. 《인형극》을 출간하면서 그녀는 여러 신문사와의 인터뷰에서 자신이 스위스 수도원에서 자랐다고 했고, 영국 빈민가의 뒷골목 출신이라고도 했으며, 열 명의 남자형제들 틈에서 억눌리며 자랐다고도 했다. 그중 가장 내 마음에 든 이야기는 인도에서 스코틀랜드 선교사였던 부모를 잃어버린 뒤 거리에서 생계를 위해 사람들에게 이야기를 들려주면서 비로소 자아를 발견하게 되었다는 대목이었다. 그녀는 사람들에게, 신선한 고수풀 향이 나는 소나무에 대한 이야기, 타지마할 못지않게 아름다운 스코틀랜드의 산맥에 대한 이야기, 해기스*보다 더 맛있는 길거리 음식은 없을 거라는 이야기를 들려주었다. 백파이프도 빼놓을 수 없었다. 백파이프의 소리는 또 얼마나 아름다운지! 너무도 아름다워서 말로 표현할 수조차 없다고 했다. 세월이 흐른 뒤, 마침내 그녀가 어렸을 때 떠났던 고국 스코틀랜드로 돌아갔을 때 그녀는 무척 실망했다고 했다. 소나무에서는 전혀 고수풀 향이 나지 않았다. 눈은 **차가웠다.** 해기스는 맛이 없었다. 그리고 백파이프 소리로 말하자면…….

예측을 불허하는, 감각적이고도 비극적이며, 신랄하고 코믹하고 교활한 이야기들이었다. 모든 이야기가 걸작의 축소판이라고 해도 과언이 아니었다. 다른 작가들이었다면 일생일대의 걸작이 될 만한 이야깃거리가 비다 윈터에게는 한낱 일회용품일 뿐이었다. 그 누구도 그녀의 이야기가 진실이라고 생각하진 않았을 거라고, 나는 생각했다.

윈터 여사를 만나기 전날은 일요일이었다. 나는 부모님 집에서 오후를 보냈다. 그 집은 조금도 달라진 게 없다. 늑대의 입김

* 양의 위장 속에 다진 양 내장과 오트밀 따위를 넣어서 삶은 요리

한 번이면 그대로 무너져버릴 것 같다.

엄마는 조금 웃었다. 씁쓸한 웃음이었다. 우리는 차를 마시면서 가벼운 대화를 나누었다. 이웃집 정원, 시내의 도로공사, 새 향수를 샀더니 발진이 일어났다는 이야기 등등. 침묵을 견디지 못해 나온 가볍고 공허한 대화였다. 바로 그 침묵 속에 엄마를 괴롭히는 악마가 살고 있었다. 엄마의 연기는 훌륭했다. 엄마가 집 밖으로 나가지 않는다는 얘기, 아주 사소한 것이라도 일정에 없던 일이 발생하면 두통이 시작된다는 얘기, 감정의 변화가 두려워 책을 읽지 못한다는 얘기는 하지 않았다.

아빠와 나는 엄마가 새로 끓인 차를 가지러 갈 때까지 기다렸다가 윈터 여사에 관한 이야기를 나누었다.

"본명이 아니에요."

내가 먼저 입을 열었다.

"그게 본명이라면 추적하기가 쉬웠을 거예요. 뒷조사를 하려던 사람은 전부 다 실패했어요. 비다 윈터에 관한 그런 단순한 사실조차도 아는 사람이 아무도 없어요."

"이상한 일이구나."

"하늘에서 떨어진 사람 같아요. 작가가 되기 전에는 세상에 존재하지도 않았던 사람. 책을 쓰면서 처음으로 자기 자신을 만들어낸 사람."

"그 여자가 필명으로 선택한 이름은 알고 있잖니. 분명 그 안에 무언가가 있을 거야."

"'비다'는 라틴어 '비타'에서 온 말이에요. 생명이라는 뜻이죠. 그런데 프랑스어로 생각해보면……."

비드Vide는 비어 있음을 뜻하는 단어였다. 공허함. 존재하지 않음. 부모님의 집에서는 사용할 수 없는 단어였다. 나는 아빠가 생각하도록 말을 흐렸다.

"그럴듯하구나. 그럼 윈터는?"

아빠가 물었다.

윈터. 나는 영감을 얻기 위해 창밖을 내다보았다. 내 쌍둥이 자매의 유령 뒤로 발가벗은 검은 나뭇가지가 어두워진 하늘을 향해 뻗어 있었다. 화단에는 검고 메마른 흙만 남아 있었다. 유리는 추위를 막아주지 못했다. 가스난로를 틀어놓았지만 방 안에는 쓸쓸한 적막이 감돌았다. 겨울이 내게 무슨 의미냐고? 꼭 한 가지, 바로 죽음이었다.

침묵이 흘렀다. 대화가 너무 무거워지지 않도록 무슨 말이든 해야만 했고 나는 이렇게 말했다.

"희한한 이름이에요. V하고 W를 나란히 쓰다니."

엄마가 돌아왔다. 엄마가 받침과 찻잔을 내려놓고 차를 따랐다. 엄마는 이야기를 시작했다. 엄마의 삶이 갇혀 있는 좁은 공간이 마치 3만 제곱미터는 된다는 듯 엄마의 목소리는 자유로웠다.

나의 관심은 다른 곳으로 흘러들었다. 벽난로 위에 거실의 유일한 장식품이 놓여 있었다. 사진이었다. 엄마는 사진에 먼지가 앉는다며 서랍에 넣자고 했다. 그러나 아빠는 그 사진을 보기를 좋아했다. 엄마에게만큼은 결코 자신의 주장을 내세우지 않는 아빠였기에 이것만큼은 엄마가 양보했다. 젊은 신랑과 신부의 사진이었다. 아빠는 언제나처럼 멋진 모습이었다. 점잖은 미남형 얼굴에 짙고 깊은 눈빛. 세월은 아빠의 모습을 망가뜨리지 않았다. 여자의 얼굴은 무척 낯설었다. 자연스러운 미소, 눈가에 머금은 웃음, 아빠를 바라보는 따스한 눈빛. 여자는 행복해 보였다.

비극이 모든 것을 뒤흔들어놓았다.

내가 태어났고, 사진 속의 여자는 사라졌다.

나는 죽은 정원을 바라보았다. 흐릿한 불빛이 드리워진 유리창에 나의 그림자가 죽은 방 안을 들여다보고 있었다. 그 애는 우리 가족에게 무슨 짓을 한 걸까? 정상적인 삶을 살고 있는 척 스스로를 설득하려 애쓰는 우리 모습을 그 애는 어떻게 생각할까?

도착

집을 나서던 날은 전형적인 겨울 날씨였다. 내가 탄 기차는 투명한 겨울 하늘 아래 한참을 달렸다. 기차를 갈아타자 구름이 몰려오기 시작했다. 북쪽으로 달리는 동안 구름은 점점 더 두꺼워졌고 어두워졌으며 커다랗게 부풀어 올랐다. 금방이라도 빗방울이 차창을 두드릴 것만 같았다. 그러나 비는 오지 않았다.

해러게이트에 도착해 보니 윈터 여사의 기사가 나와 있었다. 검은 머리에 턱수염이 난 그는 말수가 적었다. 나는 그의 과묵함이 반가웠다. 시내를 벗어나면서부터 눈앞에 펼쳐지기 시작한 낯선 풍경을 마음껏 감상할 수 있었기 때문이었다.

북부지방은 처음이었다. 자료 수집차 런던까지는 나가본 적이 있었다. 해협을 건너 한 번인가 두 번 파리에 들른 적도 있었다. 그러나 요크셔는 소설 속에서만 가본 도시였다. 그것도 주로 지난 세기의 소설이었다. 시내를 벗어나자 현대 도시다운 풍경은 거의 눈에 띄지 않았다. 이 길은 시골 마을로 향한 길이기도 했지만 과거로 가는 길이기도 했다. 교회와 식당, 석조 주택들이 들어선 마을의 모습은 특이했다. 안으로 들어갈수록 인가는 점점 더 드물어졌고 외진 농장들 사이에는 벌거벗은 겨울 들판만이 펼쳐져 있었다. 농장들마저 모두 지나치고 나니 어느덧 어둠이 내리고 있었다. 자동차의 헤드라이트가 아무것도 없는 무색 풍경을 비추었다. 담도, 벽도, 울타리도, 건물도 없었다. 끝이 보이지 않는 길과 양쪽으로 펼쳐진 어둠뿐이었다.

"황무지인가요?"

내가 물었다.

"예."

기사가 대답했다. 나는 차창 가까이로 얼굴을 가져가보았다. 그러나 보이는 것이라고는 황무지와 도로, 자동차를 무겁게 짓누르는 물기 머금은 하늘뿐이었다. 우리가 탄 차에서 새어나오는 불빛마저도 저만치 어딘가에서 사라져버렸다.

우리가 탄 차는 표지판도 없는 교차로에서 꺾어져 자갈길로 몇 킬로미터를 더 달렸다. 기사는 저택의 문을 열고 닫기 위해 차에서 두 번 내렸고 그다음에도 덜컹거리며 한참을 더 들어갔다.

윈터 여사의 저택은 두 개의 낮은 산봉우리 사이에 자리 잡고 있었다. 산이라기보다는 거의 포개어진 두 개의 언덕 같았다. 진입로의 마지막 모퉁이를 돌았을 때 비로소 계곡과 저택이 모습을 드러냈다. 자줏빛, 남빛, 흙빛 구름이 피어오르는 하늘 아래 낮고 길게 누운 저택은 어두웠다. 기사가 차 문을 열어주었고 나는 차에서 내렸다. 그는 어느새 내 짐을 내려놓고 있었다. 기사는 저택의 불 꺼진 현관 앞에 나를 혼자 세워두고 차를 몰고 어디론가 사라졌다. 빗장이 달린 덧문이 창문들을 모두 가리고 있었고 인기척이라고는 없었다. 외부와 차단된 저택의 모습은 외부인의 방문을 꺼리는 것 같은 인상을 주었다.

나는 벨을 눌렀다. 벨소리마저 눅눅한 공기 속에 묻혀버리는 것 같았다. 기다리는 동안 하늘을 바라보았다. 신발창 밑으로 한기가 파고들었다. 다시 한 번 벨을 눌렀다. 아무도 나오지 않았다. 세 번째로 벨을 누르려는 순간 소리 없이 문이 열렸고 나는 깜짝 놀랐다.

문을 연 여자가 사무적인 미소를 지으며 기다리게 해서 미안하다고 말했다. 평범한 여자였다. 짧고 단정한 머리는 피부색만큼이나 창백했고, 눈동자는 푸른빛도 회색빛도 초록빛도 아니었다. 그러나 결정적으로 그녀의 얼굴을 평범하게 만드는 것은 눈동자의 색이라기보다는 표정이었다. 그녀의 표정에서 조금만 따스함이 배어났다면 눈빛이 한결 생기 있어 보일 것 같았다. 내가 그녀의 얼굴을 뜯어보는 동안에도 그녀는 여전히 무표정했지만 무표정함을 유지하기 위해 애쓰는 것처럼 보였다.

"안녕하세요. 마거릿 리라고 합니다."

"전기 작가시죠. 어서 오세요. 기다리고 있었습니다."

인간으로 하여금 다른 사람의 가식을 꿰뚫어 보게 하는 것은 도대체 무얼까? 바로 그 순간 그녀가 몹시 불안해하고 있다는 것을 분명히 느낄 수 있었다. 사람의 감정에도 향이나 맛이 있어서 그것을 무의식중에 발산하는 걸까? 어떤 경로로 발산되는 것이건 나는 그녀를 불안하게 한 것이 나 자신이 아니라 누군가 이 집을 찾아왔으며 그 사람이 낯선 사람이라는 사실 자체임을 확신할 수 있었다.

그녀가 나를 집 안으로 안내했고 내 뒤로 문을 닫았다. 기름친 볼트가 소리 없이 제자리로 들어가듯 소리 없이 자물쇠가 걸렸다.

코트를 입은 채로 현관 앞에 서 있는 동안 낯설고도 묘한 기분이 들었다. 윈터 여사의 집은 너무도 고요했다.

여자는 이름이 주디스이며 이 집의 가정부라고 자신을 소개했다. 그녀는 내게 여행이 어땠는지 묻고는 식사 시간과 뜨거운 물을 쓸 수 있는 시간을 알려주었다. 그녀의 입이 열렸다가 닫혔다. 입술 사이로 단어가 빠져나오는 순간부터 곧바로 정적의 장막이 드리워지면서 그 말들을 소멸시켰다. 주디스가 내게 식당과 거실, 음악 감상실 등을 차례로 안내해주는 동안 우리의 발소리와 문이 열리고 닫히는 소리마저도 정적이 삼켜버렸다.

사실 집 안의 정적은 불가사의한 것이라고는 말할 수 없었다. 푹신한 가구들이 만들어내는 조화일 뿐이었다. 지나칠 정도로 푹신한 소파에는 벨벳으로 만든 쿠션이 잔뜩 쌓여 있었고, 곳곳에 푹신한 발판과 의자들이 있었으며, 수를 놓은 장식용 비단이 벽에 걸려 있거나 가구 위에 걸쳐져 있었다. 바닥에는 어디고 카펫이 깔려 있었고 카펫 위에는 다시 여러 개의 조그만 러그들이 깔려 있었다. 창문에 드리워진 능직 커튼이 벽까지 덮었다. 종이가 잉크를 빨아들이듯 사방에 널린 울과 벨벳이 소리를 빨아들였다. 한 가지 다른 점이 있다면 종이는 여분의 잉크만을 빨아들이지만 이 집의 직물들은 우리가 하는 말 자체를 남김없이 빨아들이는 것 같았다.

나는 가정부를 따라 걸었다. 우리는 왼쪽으로, 그다음엔 오른쪽으로, 다시 오른쪽으로 또 왼쪽으로 돌아서 계단을 올라갔다가 다시 내려갔다. 결국 나는 방향감각을 완전히 잃고 말았다. 겉으로 보기에는 단순해 보이는 저택의 내부가 어떻게 이렇게 복잡할 수 있을까 하는 생각도 어느 틈엔가 더는 들지 않았다.

저택은 오랜 세월에 걸쳐 구조가 달라진 것 같았다. 새로 지어진 곳도 있는 것 같았다. 주디스와 내가 있는 곳은 아마도, 앞에서는 보이지 않는 측면이거나 확장된 부분인 것 같았다.

"곧 익숙해지실 거예요."

가정부가 내 얼굴을 바라보며 말했다. 나는 독순술로 그녀의 말을 이해했다. 마침내 주디스가 계단 중간의 층계참에서 빠져나와 멈추어 섰다. 그녀가 열쇠로 문을 열자 거실이 보였다. 거실에는 세 개의 문이 있었다.

"여긴 욕실이에요."

가정부가 그중 한 개의 문을 열면서 말했다.

"여긴 침실이고."

또 한 개의 문을 열었다.

"여긴 서재예요."

세 개의 방 모두 이 집의 다른 방들과 마찬가지로 쿠션과 커튼, 장식용 비단으로 채워져 있었다.

"식사는 식당에서 하시겠어요? 아니면 여기서 하시겠어요?"

창가에 놓인 작은 테이블과 의자를 가리키며 그녀가 물었다.

식당에서 식사를 한다는 것이 이 집의 주인과 함께 식사를 한다는 의미인지 확실히 알 수 없었다. 게다가 이 집에서의 나의 위치도 분명치가 않았다. 나는 손님일까? 아니면 고용인일까?

나는 주인의 제안을 받아들이는 게 공손할지, 아니면 거절하는 게 공손할지를 생각하며 망설였다. 내가 망설이는 이유를 간파한 가정부가 마치 오랫동안 몸에 밴 과묵함을 애써 털어내려는 듯 이렇게 덧붙였다.

"윈터 여사님은 항상 혼자 식사를 하십니다."

"폐가 안 된다면 여기서 먹겠어요."

"바로 수프와 샌드위치를 가져다드릴게요. 기차 타고 오시느라 시장하셨죠? 커피와 차는 여기 준비되어 있어요."

가정부가 침실 한구석에 있는 찬장을 열고 주전자와 차를 만드는 데에 필요한 도구들을 꺼냈다. 조그만 냉장고도 있었다.

"부엌까지 내려오지 않으셔도 돼요."

그녀가 겸연쩍은 미소를 지으며 말했다. 부엌에 내려오지 말아주었으면 하는 의사를 내비친 것에 대해 미안해하는 기색이었다.

그녀가 나가고 나자 나는 짐을 풀기 시작했다.

옷가지 몇 벌과 책, 세면도구가 전부였기 때문에 짐 정리는 간단했다. 나는 차와 커피를 한옆에 치워두고 그 자리에 집에서 가져온 코코아를 올려놓았다. 가정부가 다시 돌아오기까지 높은 앤티크풍의 침대에 누워볼 시간도 있었다. 얼마나 푹신한지 매트리스 밑에 완두콩이 잔뜩 깔려 있다고 해도 알 수 없을 것 같았다.

"윈터 여사님이 8시에 서재에서 보자고 하십니다."

가정부가 제안처럼 들리게 하려고 애썼지만 나는 그 말이 명령임을 바로 알 수 있었다.

윈터 여사와의 만남

운이 좋았는지 아니면 우연이었는지는 알 수 없지만 나는 약속 시간보다 20분이나 일찍 윈터 여사의 서재에 도착했다. 나에겐 전혀 문제가 되지 않았다. 시간을 때우기에 서재보다 더 좋은 장소가 어디 있을까? 상대가 어떤 사람인지 알고 싶을 때 그의 독서 취향을 파악하는 것보다 확실한 방법이 있을까?

서재에 대한 첫 인상은, 이 집의 다른 방들과는 전혀 다르다는 것이었다. 다른 방들은 질식한 언어의 시체들로 숨이 막혔지만 이곳 서재에서는 숨을 쉴 수가 있었다. 이 방은 헝겊이 아닌 목재의 방이었다. 바닥도 마루였고, 커다란 창문에 달린 덧문도 나무였으며, 벽마다 오크로 만든 책장이 있었다.

넓다기보다는 길고 높은 방이었다. 한쪽 벽에는 거의 천장에서 바닥에 닿을 정도로 큼직한 아치형 창문이 다섯 개 있었고 창문 아래쪽에는 의자가 놓여 있었다. 의자와 마주 보는 자리에 창밖의 풍경이 비치도록 세워둔 것 같은, 비슷한 모양의 거울 다섯 개가 있었는데, 오늘 밤 거울 속에는 무늬가 새겨진 덧문 외에는 아무것도 없었다. 모든 책장은 앞으로 돌출된 벽에 세워져 있었고 책장과 책장 사이의 움푹한 공간마다 조그만 호박색 램프와 테이블이 놓여 있었다. 방 끝 쪽의 벽난로를 제외하면 램프가 서재의 유일한 조명이었다. 보드랍고 따스한 램프의 불빛 가장자리에서 책들의 행렬이 어둠 속으로 녹아들고 있었다.

나는 천천히 방 안쪽을 향해 걸으며 양옆의 책장을 훑어보았다. 책들을 훑어보면서 나도 모르게 고개를 끄덕였다. 이 정도면 훌륭한 장서였다. 모든 책들이 주제별로 분류되어 알파벳순으로 정리되었고 깔끔하게 보존되어 있었다. 나라도 꼭 그렇게 정리했을 것 같았다. 내가 좋아하는 책들도 전부 있었다. 잘 알려진 고전은 대중적으로 많이 읽힌 판형들은 물론 희귀본들까지도 여러 권씩 있었다. 《제인 에어》와 《폭풍의 언덕》, 《흰옷 입은 여인》은 물론이고, 《오트란토의 성》, 《오들리 부인의 비밀》, 《유령 신부》도 있었다. 아빠가 끝내 구할 수 없어서 이 세상에 없는 것으로 결론을 내렸던 《지킬 박사와 하이드 씨》 희귀본을 발견한 순간 나는 전율했다.

윈터 여사의 놀라운 안목에 경탄하면서 나는 벽난로가 있는 안쪽을 향해서 걸었다. 오른편으로, 멀리서 보기에도 눈에 띄는 책장 하나가 있었다. 비교적 오래된 고전들은 대부분 책등이 옅은 갈색 줄무늬였지만 그 책장에 꽂힌 책들은 은빛이 감도는 푸른색이거나 회색빛을 띤 녹색, 혹은 분홍빛을 띤 베이지색으로 그나마 최근의 책들임을 암시하고 있었다. 그 책장에는 이 서재에서 유일한 현대물이 꽂혀 있는 것 같았다. 가까이 다가가 보니 윈터 여사가 쓴 책들이었다. 초기작들은 위쪽에, 최신작들은 아래쪽에 꽂혀 있었다. 작품의 판형은 다양했고 언어 또한 다양했다. 책방에서 읽었던《열세 가지 이야기》는 보이지 않았다. 그러나《변형과 절망의 이야기》는 판형만도 열 가지가 넘었다.

나는 그중 최신작을 한 권 뽑아 들었다. 첫 페이지에서 한 늙은 간호사가 이탈리아를 연상케 하는 이름 없는 도시의 뒷골목, 조그만 집에 도착한다. 영국인 혹은 미국인으로 추측되는 오만한 젊은 청년이 놀라움으로 그녀를 맞이한다. 나는 페이지를 넘겼다. 그녀의 책을 읽을 때마다 늘 그랬던 것처럼 첫 장을 넘기는 순간부터 빠져들기 시작했고 어느덧 내 의지와는 상관없이 완전히 책에 몰입했다. 젊은 청년은 독자들이 이미 알고 있는 것을 알지 못한다. 그를 찾아온 사람이 중대한 임무를 맡고 있으며 그가 전혀 예기치 못했던 방향으로 그의 삶을 바꾸어놓으리라는 것을. 방탕한 젊은 청년이 그녀를 함부로 대하려는 순간 간호사가 침착하게 자신의 이야기를 시작한다. 책장을 넘기는 동안 나는 서재도, 윈터 여사도, 나 자신도 잊었다.

그러나 어느 순간부터 책에 파묻힌 나의 주의를 끄는 무언가가 있었다. 목덜미가 뜨끔거렸다.

누군가 날 지켜보고 있었다.

목덜미에서 시선을 느끼는 것이 드문 일이 아니라는 건 알고 있었지만 직접 경험해보긴 처음이었다.

혼자 있기 좋아하는 사람들이 대부분 그렇듯 나의 감각은 다른 사람의 존재를 감지하는 데에 유난히 예민했다. 몰래 다른 사람을 관찰하는 데는 익숙했지만 관찰당하는 것에는 익숙하지 않았다. 그런데 누군가 날 지켜보고 있었다. 그것도 꽤 오랫동안. 의심의 여지가 없는 그 분명한 느낌이 얼마나 오랫동안 나를 간질이고 있었던 걸까? 나는 잠시 책에 대한 기억 저편에서 내 몸의 기억을 더듬어보았다. 간호사가 남자에게 이야기를 하면서부터였을까? 아니면 그보다 더 앞에서였을까? 나는 아무것도 눈치채지 못한 척하면서 여전히 책에 시선을 고정하고 꼼짝도 하지 않은 채로 서 있었다.

비로소 나는 깨달았다. 내가 책을 뽑아 들기도 전부터였다는 것을.

마음을 추스를 시간을 벌기 위해 나는 계속 책장을 넘기며 책을 읽는 척했다.

"날 속일 셈인가?"

오만하고, 웅변하는 듯한, 고압적인 말투였다.

이제 고개를 돌려 그녀를 바라보는 수밖에 없었다.

비다 윈터의 모습은 전혀 숨길 이유가 없어 보였다. 그녀는 고대 여왕이었고 주술사였으며 여신이었다. 자주색과 붉은색의 폭신한 쿠션에 기대어 앉은 그녀의 몸은 꼿꼿했다. 어깨에 둘러 몸 전체를 덮고 있는 청록색 숄도 그녀의 차가운 이미지를 부드럽게 해주지는 못했다. 밝은 갈색 머리카락은 공들여 꼬고, 구부리고, 말아 올렸다. 마치 한 장의 지도처럼 섬세하게 주름진 얼굴은 흰색 파우더로 화장한 뒤 대담한 주홍색 립스틱으로 마무리했다. 무릎 위에 얹은 두 손은 루비와 에메랄드, 앙상한 뼈의 집합체였다. 내 손톱처럼 짧고 각이 진, 전혀 손질하지 않은 그녀의 손톱이 왠지 보석들과 어울리지 않는 것 같았다.

무엇보다도 불편했던 것은 그녀의 선글라스였다. 그녀의 눈빛을 볼 수는 없었지만 광고 사진에서 보았던 비인간적인 초록색 홍채를 떠올린 나는 검은 선글라스 렌즈가 일종의 탐조등처럼 느껴졌다. 선글라스를 통해 그녀가 내 피부를 뚫고 영혼을 꿰뚫어 보는 것만 같았다.

나는 베일을 드리웠다. 그리고 무표정의 가면을 쓰고 그 뒤로 숨었다.

그녀는 내가 투명하지 않으며, 나를 꿰뚫어 볼 수 없다는 사실에 놀라는 것 같았다. 그러나 그녀 역시 재빨리 자신을 수습했다. 어쩌면 나보다도 더 민첩하게.

"좋아."

그녀가 씁쓸하게 말하며 미소를 지었지만 그 미소는 나보다는 그녀 자신을 위한 것이었다.

"자네 편지를 읽어보니 내 제안을 받아들이기까지 조금 망설인 것 같던데."

"그랬어요. 왜냐하면……."

마치 내 말을 듣지 못했다는 듯 그녀의 말이 이어졌다.

"체류비와 원고료를 좀 더 올려줄 의향도 있었지."

나는 적당한 말을 찾으려 입술을 축였다. 내가 입을 떼기도 전에 윈터 여사의 검은 선글라스가 위아래로 움직이면서 나의 갈색 앞머리와 주름 없는 스커트, 남색 카디건을 훑었다. 그녀는 엷은 미소를 지었다. 동정의 미소였다. 그리고 다시 말을 이었다.

"하지만 돈은 분명 자네의 관심사가 아니더군. 참, 별난 일이야."

그녀의 목소리는 건조했다.

"돈을 좋아하지 않는 사람들 이야기를 쓰긴 했어도 그런 사람을 실제로 만나게 될 줄은 몰랐어."

그녀가 쿠션에 몸을 기대며 말했다.

"결국 정직성 문제라는 얘긴데. 돈에 대한 건전한 애착으로 삶의 균형을 유지하지 않는 사람들은 주로 인간의 정직성에 집착하면서 고통스러워하지."

내가 입을 떼기도 전에 그녀가 손짓으로 내 입을 막았다.

"자율성이 보장되지 않은 전기를 쓰게 될까 봐 두려웠겠지. 최종 원고에 내가 어떤 식으로든 영향력을 행사하지 않을까 의심이 들었을 테고. 내가 지금까지 전기 작가들을 거부해왔다는 걸 자네도 알고 있겠지? 그런데 이제 와서 무슨 꿍꿍이로 마음을 바꾸었을까 궁금했겠지. 그리고 무엇보다도……."

선글라스의 검은 시선이 다시 나를 향하고 있었다.

"내가 자네한테 거짓말을 하지 않을까 두려웠을 거야."

나는 항의하려는 듯 입을 벌렸지만 무슨 말을 해야 할지 알 수 없었다. 그녀의 말은 다 옳았다.

"그것 봐. 무슨 말을 해야 할지 모르겠지? 자네한테 거짓말을 하고 싶었다고 해서 날 비난하기가 부끄러운가? 사람들은 거짓말을 했다고 서로 비난하는 걸 좋아하지 않지. 이런 내 정신 좀 봐, 일단 자리에 앉게."

나는 자리에 앉았다.

"여사님을 비난할 뜻은 결코……."

마침내 내가 공손히 말했지만 그녀는 곧바로 내 말을 잘랐다.

“너무 예의 차릴 것 없어. 한 가지 분명히 말해두는데, 난 예의라면 질색인 사람이야.”

그녀의 이마에 주름이 잡혔고 선글라스 위로 눈썹이 솟아올랐다. 짙고 검은 아치형 눈썹은 자연스러움과는 거리가 멀었다.

“예의. 예의라는 게 실제로 존재한다면 그건 가난한 자의 미덕일 뿐이지. 다른 사람의 신경을 거스르지 않는 것 따위가 왜 그렇게 중요하지? 예의를 갖추기란 참으로 쉽지 않은가? 특별한 재능이 필요치 않으니까. 다른 모든 것에서 실패했을 때, 그때 남아 있는 것이 바로 선함이지. 야망을 가진 사람들은 다른 사람들이 어떻게 생각하건 신경 쓰지 않아. 예를 들면, 바그너 같은 사람이, 다른 사람의 감정을 상하게 할까 봐 고민했을까? 그렇지만 그는 천재였어.”

그녀의 이야기는 거침없이 이어졌다. 천재와 천재의 못된 벗인 이기심에 관해 수많은 사례들이 이어졌다. 그녀가 말하는 동안에도 솔의 주름은 조금도 흐트러지지 않았다. 아마 무쇠로 만들어진 여자인 모양이라고 나는 생각했다.

마침내 그녀가 “예의. 나는 그것을 갖고 있지 않을 뿐더러 다른 사람한테 기대하지도 않아. 그러니까 그런 것 따윈 신경 쓰지 말게”라는 말로 긴 강의를 끝냈다. 그 문제에 대한 최후통첩을 했다는 듯 그녀가 말을 멈추었다.

“거짓말 얘기를 먼저 하셨으니 말인데, 우리가 신경 쓸 일은 바로 그 문제인 것 같습니다.”

“어떤 면에서 그렇다는 거지?”

검은 렌즈 속으로 그녀의 속눈썹이 움직이는 것을 느낄 수 있었다. 마치 몸체 주위에서 흐느적거리는 거미의 긴 다리처럼 눈동자 주위에 웅크리고 있던 그녀의 속눈썹이 움직였다.

"여사님께선 지난 2년간 기자들에게 열아홉 가지의 다른 이야기를 들려주셨어요. 여기 오기 전에 알아낸 것만 해도 열아홉 편이니까 실제로는 그보다 훨씬 더 많겠죠. 아마 수백 편쯤."

그녀가 어깨를 으쓱했다.

"그게 내 직업이니까. 난 작가야."

"전 전기 작가예요. 진실만을 다루죠."

그녀가 갑자기 고개를 쳐들었고 뻣뻣하게 말아 올린 머리카락들이 일제히 움직였다.

"그것 참 고리타분한 직업이군. 나라면 전기 작가 따위는 절대 하지 못했을 거야. 한 편의 지어낸 이야기가 더 많은 진실을 담고 있다고 생각하지 않나?"

"지금까지 여사님이 세상에 내놓은 이야기들은, 그렇지 않은 것 같던데요."

윈터 여사가 고개를 끄덕였다.

"리 양."

한결 느긋해진 목소리로 그녀가 말했다.

"나에겐 내 과거에 연막을 칠 만한 충분한 이유가 있었다네. 그리고 이제 그 이유들은, 분명히 말하건대, 더 이상 존재하지 않아."

"어떤 이유인가요?"

"인생은 퇴비야."

나는 눈을 깜박였다.

"조금 이상하게 들리겠지만, 사실이 그래. 지금까지의 내 삶, 내가 경험한 모든 일들, 내게 일어난 모든 사건들, 내가 아는 모든 사람, 나의 모든 기억, 꿈, 환상, 내가 읽은 모든 것들. 그 모든 것이 그 퇴비더미에 던져졌다네. 시간이 흘러 반죽이 발효했고 결국엔 검고 비옥한 거름이 된 거야. 세포분열을 거치면서 본래의 형태를 알아볼 수 없게 되었지. 어떤 사람들은 그걸 상상력이라고 부르지. 난 그걸 퇴비더미라고 생각한다네. 때때로 어떤 생각이 떠오르면 나는 그걸 그 거름 위에 심어놓고 기다리지. 나의 생각은, 한때는 생명이 있었던 그 검은 퇴비로부터 양분을 먹고 자라는 거야. 그리고 스스로 힘을 갖게 되면 싹을 틔우고 뿌리를 내리고 열매를 맺지. 그러다가 어느 화창한 날, 난 하나의 이야기, 소설을 갖게 되는 거야."

나는 고개를 끄덕였다. 그녀의 비유가 마음에 들었다.

"독자들이란……."

윈터 여사가 말을 이었다.

"다 바보들이야. 모든 글이 자전적일 거라고 생각하지. 그건 사실이지만 그들이 생각하는 방식으로는 아니야. 작가의 삶이 소설의 퇴비로 사용되기 위해서는 부패의 과정이 필요하니까. 썩도록 내버려두어야 해. 내가 기자들이나 전기 작가들이 내 과거를 캐고 다니면서 이런저런 정보들을 수집해서 그들의 말로 보존하지 못하게 했던 건 바로 그런 이유였다네. 책을 쓰기 위해서 나의 과거가 부패되도록 조용히 묻어두어야만 했지."

"그렇다면 왜 생각을 바꾸셨죠?"

그녀의 말을 생각해보다가 내가 물었다.

"난 늙고 병들었어. 그 두 가지를 합쳐보게, 전기 작가 양반. 뭐가 나오지? 그걸로 얘긴 끝난 거 같은데."

나는 입술을 깨물었다.

"그렇다면 왜 직접 쓰지 않으시죠?"

"그러기엔 너무 늦었어. 게다가 누가 내 말을 믿어주겠나? 난 늑대가 나타났다고 너무 자주 소리를 질렀어."

"진실을 말해줄 생각이신가요?"

내가 물었다.

"그렇다네."

그녀가 말했다. 그러나, 비록 찰나이기는 했지만, 나는 그녀의 망설임을 감지할 수 있었다.

"그렇다면 왜 하필 **저에게** 말씀하시려는 거죠?"

그녀가 흠칫했다.

"자네 그거 아나? 지금까지 약 15분 동안 나도 나 자신에게 그걸 묻고 있었다는 걸. 리 양, 자넨 도대체 어떤 사람이지?"

나는 정색을 한 뒤 대답했다.

"전 책방에서 보조원으로 일하고 있어요. 헌책방이죠. 아마추어 전기 작가고요. 혹시 랜디어 형제의 전기를 읽으셨나요?"

"그런 게 뭐가 중요하지? 함께 일하려면 자네가 어떤 사람인지 나도 좀 알아야 하지 않겠나? 아무한테나 내 인생을 털어놓을 순 없으니까. 어디 한번 얘길 해보게. 어떤 책들을 좋아하지? 꿈은 뭔가? 누굴 사랑하고 있나?"

그 순간, 나는 대답을 하기에는 너무 심한 모욕감을 느꼈다.

"어서 대답해봐! 젠장! 날보고 모르는 사람하고 한집에서 지내라는 건가? 알지도 못하는 사람을 고용하라고? 있을 수 없는 일이야. 어서 말해봐. 자넨 유령을 믿나?"

이성보다 더 강력한 무언가에 이끌려 나는 자리에서 벌떡 일어나고 말았다.

"지금 뭐하는 거지? 어딜 가려고? 잠깐만!"

나는 발자국을 떼어놓았다. 한 걸음, 한 걸음. 뛰지 않으려 애쓰면서. 마룻바닥에 닿는 내 발자국 소리의 리듬을 의식하면서.

그녀는 당황한 목소리로 나를 불렀다.

"돌아와! 이야기를 들려주지! 아주 재미있는 이야기를!"

나는 멈추지 않았다.

"옛날 옛날에, 유령이 사는 저택이 있었지!"

나는 문 쪽으로 다가갔고 손잡이를 잡으려 손을 뻗었다.

"옛날 옛날에, 책으로 둘러싸인 방이 있었어!"

나는 문을 열었다. 바로 그 순간 두려움과 비슷한 무언가에 사로잡힌 거친 목소리에 나는 멈춰 섰다.

"옛날 옛날에, **쌍둥이**가 있었어……."

나는 그 말의 울림이 잦아들 때까지 기다렸다가, 미처 생각할 틈도 없이 뒤를 돌아보고 말았다. 두 손으로 얼굴을 가린 채 떨고 있는 그녀의 모습이 보였다.

나는 조심스럽게 다시 안쪽으로 걸음을 옮겼다. 나의 발소리에 그녀가 고개를 들었다.

나는 깜짝 놀랐다. 선글라스가 없었다. 유리처럼, 실제 사람의 눈처럼 환한 밝은 초록빛 눈동자가 애원하듯 나를 바라보고 있었다. 나도 잠시 그녀를 바라보았다.

"제발 앉게나."

불안정한 목소리였다. 비다 윈터의 목소리이기도 했고 그렇지 않기도 했다.

저항할 수 없는 어떤 힘에 이끌려 나는 의자에 앉았다.

"아직 마음을 정한 건 아니에요."

내가 머뭇거리며 말했다.

"난 자네한테 아무것도 강요할 수 없어."

조그만 목소리로 그녀가 대답했다.

휴전이었다.

"왜 절 선택하셨죠?"

내가 물었고 이번에는 대답을 들을 수 있었다.

"랜디어 형제의 전기 때문에. 그리고 자네가 우애가 무엇인지 알고 있기 때문이야."

"진실을 말해주실 건가요?"

"진실을 말해주겠네."

단호한 대답이었지만 그 이면의 떨림을 느낄 수 있었다. 그녀는 진실을 말할 생각이었다. 의심의 여지가 없었다. 진실을 말하기로 이미 결심한 것 같았다. 어쩌면 정말 진실을 말하고 싶은 건지도 모른다. 그러나 그녀는 자신이 과연 진실을 말할 수 있을지 확신하지 못하고 있었다. 진실을 말하겠다는 건 나와의 약속이기도 했지만 그녀 자신과의 약속이기도 했다. 내가 느꼈던 것처럼 그녀 역시 자신의 대답에 확신이 부족하다는 것을 느끼고 있었다.

그래서 나는 제안을 했다.

"세 가지 질문을 하겠어요. 객관적인 사실에 관한 거예요. 여기서 나가면 여사님이 말씀해주신 것들을 확인해볼 수 있어요. 제게 말씀해주신 것들이 사실로 확인되면 이 일을 하겠어요."

"세 가지 진실이라……. 셋. 셋이야말로 마법의 숫자지. 어여쁜 공주를 아내로 맞으려면 왕자는 세 번의 시험을 통과해야 하고, 말하는 물고기를 잡은 어부는 세 가지 소원을 말하지. 금발 소녀와 세 마리 곰, 세 마리 염소의 모험……. 만약 자네가 나한테 두 가지나 네 가지 질문을 하겠다고 했다면 거짓말을 했을지도 몰라. 하지만 세 가지라면……."

나는 노트의 용수철 사이에 끼워둔 연필을 꺼낸 다음 노트의 첫 장을 펼쳤다.

"본명이 뭐죠?"

그녀가 침을 꿀꺽 삼켰다.

"정말 이렇게 시작하는 게 최선이라고 믿나? 유령 이야기를 해줄 수 있는데. 아주 재미있는 얘기야. 그편이 이야기의 핵심에 더 빨리 도달할 수……."

나는 고개를 저었다.

"여사님의 본명을 말씀해주세요."

손가락 관절과 루비 반지들이 무릎 위에서 움직였다. 벽난로의 불빛에 보석들이 반짝였다.

"내 이름은 비다 윈터라네. 나는 그 이름을 얻기 위해 필요한 모든 법적 절차를 밟았어. 자네가 알고 싶은 건, 그 이름을 얻기 전의 내 이름이겠지. 그 이름은……."

자기 안의 장애물을 극복하려는 듯, 그녀가 잠시 말을 멈추었다. 마침내 그녀의 입에서 나온 이름에서는 아무런 감정도, 어조도 느껴지지 않았다. 마치 그녀가 한 번도 배워본 적 없는 낯선 외국어의 단어를 말할 때처럼.

"그 이름은, 애덜린 마치."

그 이름이 남긴 작은 여운까지도 모두 쓸어내버리려는 듯 그녀가 차갑게 말을 이었다.

"생년월일 같은 건 묻지 말게. 그런 것 따위는 잊어도 좋을 나이야."

"태어난 장소로 대신할게요."

그녀가 짜증스럽다는 듯 한숨을 내쉬었다.

"내 방식으로 말할 수 있게 해준다면 훨씬 더 재미있을 텐데."

"이미 합의한 사항이에요. 공식 기록이 남아 있는 세 가지 사실……."

그녀가 입술에 힘을 주었다.

"런던의 성 바톨로뮤 병원에서 애덜린이 태어났다는 기록을 찾을 수 있을걸세. 하지만 그 사실의 진위여부에 대해 어떤 확인도 해줄 수가 없어. 내가 특별한 사람인 건 사실이지만 출생을 기억할 정도로 특별하진 않아."

나는 받아 적었다.

이제 세 번째 질문을 할 차례였다. 사실 세 번째 질문으로 생각해둔 게 없었다. 그녀는 나이를 밝히기를 꺼렸다. 사실 그녀의 출생일을 알 필요는 없었다. 출판계에서의 긴 이력과 그녀의 첫 번째 책이 출간된 날짜를 안다면 그녀가 적어도 일흔셋이나 넷은 넘었을 거라는 추측이 가능했다. 병을 앓았거나, 화장술로 조금 달라졌을 수는 있겠지만 외모로 판단해보건대, 여든은 넘지 않았을 것 같았다. 그러나 그런 건 문제가 되지 않았다. 이름과 출생지가 정확하다면 얼마든지 출생년도를 알아낼 수 있을 것이다. 두 가지 질문을 통해 나는 이미 애덜린 마치라는 사람이 실제로 존재했는지 알아내는 데에 필요한 모든 정보를 얻은 셈이었다. 그렇다면 그다음엔 무엇을 물어야 할까? 어쩌면 나도 그저 윈터 여사의 이야기를 듣고 싶었는지도 모른다. 그러나 그녀에게 내 마음대로 질문할 기회가 주어졌는데 그 기회를 놓칠 수 없었다.

"이름을 바꾸시기 전에……."

내가 천천히, 조심스럽게 입을 열었다. 마법사가 등장하는 동화 속에서 가까스로 얻은 것들을 순식간에 빼앗기고 마는 계기는 늘 세 번째 소원이었다.

"일어났던 일들 중에서 공식 기록이 남아 있는 사건을 한 가지만 말씀해주세요."

나는 학창시절의 우수한 성적표 따위를 생각했다. 혹은 운동에 관한 기록일 수도 있다고 생각했다. 그러한 자잘한 성취는 부모와 후손들을 위해 기록으로 남겨지는 것들이었다.

그 뒤로 이어진 한숨 속에서 윈터 여사는 자신의 모든 껍질을 벗어버리는 것처럼 보였다. 바로 내 눈앞에서 그녀는 자신의 겉모습으로부터 이탈하고 있었다. 문득 내가 그녀를 제대로 보지 못했다는 생각이 들었다. 나는 그녀의 껍데기만 보고 있었다. 그 껍데기 속에서 무슨 일이 일어나고 있는지 전혀 알지 못했다.

마침내 그녀가 입을 열었다.

"사람들이 왜 내 이야기를 좋아하는지 아나?"

"여러 가지 이유가 있겠죠."

"물론 그렇겠지. 하지만 가장 중요한 이유는, 내 이야기에는 발단과 전개, 결말이 있기 때문이야. 순서가 있다는 뜻이지. 모든 이야기에는 발단과 전개, 결말이 있다네. 그 순서를 따르는 것이야말로 이야기에서 가장 중요한 부분이지. 사람들이 내 책을 좋아하는 이유이기도 하고."

그녀는 한숨을 쉬며 손가락을 꼼지락거렸다.

"그 질문에 대답을 해주지. 내가 작가가 되기 전, 이름을 바꾸기 전에 나에게 일어난 일에 대해서. 공식 기록이 남아 있는 것으로. 그 사건이야말로 내 인생에게 가장 중요한 사건이었으니까. 하지만 그 얘기를 이렇게 빨리 하게 될 줄은 몰랐다네. 그 얘길 하려면 내 이야기의 법칙 하나를 어겨야만 해. 이야기를 시작하기도 전에 결말부터 말해야 하니까."

"**결말**이라고요? 어떻게 그 일이 결말일 수 있죠? 작가가 되기도 전에 일어난 사건이잖아요."

"내 이야기는 그 사건과 함께 끝나버렸어. 글을 쓰기 전에. 소설을 쓰는 일은 모든 것이 다 끝나버린 뒤에 시간을 채우는 수단일 뿐이었지."

나는 기다렸다. 자기가 놓은 말이 잡힐 위기에 처했음을 알게 된 체스 선수처럼 그녀가 길게 숨을 들이켰다.

"이렇게 빨리 말할 생각은 아니었네. 하지만 약속을 했으니 어쩔 수 없지. 안 그런가? 세 가지 법칙 말이야. 그건 결코 피할 수 없어. 마법사가 소년에게 세 번째 소원을 말하지 말라고 구슬려볼 수도 있겠지. 결국 재앙으로 끝나리라는 걸 알고 있으니까. 하지만 소년은 세 번째 소원을 **말해야만 하고** 마법사는 그것을 받아들여야만 해. 그것이 이야기의 법칙이야. 자네가 나한테 세 가지 진실을 말해달라고 했으니, 나도 말해야만 하겠지. 세 가지여야만 하니까. 하지만 먼저 한 가지 부탁을 해야겠네."

"무슨 부탁이죠?"

"앞으로는 절대로 내 이야기에 끼어들지 말게. 내일부터는 내가 나의 이야기를 들려주겠네. 발단으로 시작하고, 전개를 거쳐서 결말로 끝내겠어. 제대로 된 순서로. 그 순서를 어겨선 안 돼. 앞을 넘겨짚어서도, 뒤를 돌아보아서도, 질문을 해서도 안 돼. 마지막 장을 훔쳐보는 것도 안 돼."

그런 단서를 달 만한 권리가 그녀에게 주어졌던가? 나에게 강요할 권리가 없다는 것을 그녀 자신도 인정하지 않았던가? 그러나 나는 고개를 끄덕였다.

"좋아요."

그녀는 나를 바라보지 않고서 이야기를 시작했다.

"난 엔젤필드에 살았어."

엔젤필드라는 지명을 말하는 순간 그녀의 목소리가 떨렸다. 그녀는 무의식적으로 자신의 손바닥을 긁었다.

"내 나이 열여섯이었지."

그녀의 목소리는 갈수록 불안정해졌다. 유창한 언변은 자취를 감추었다.

"어느 날 불이 났고……."

마침내 그녀의 목에서 빠져나온 그 말은, 돌멩이처럼 거칠고 메말라 있었다.

"난 모든 걸 잃었어."

그리고 그녀가 미처 깨닫기도 전에 그녀의 입에서 비명처럼 새어나온 말은, "오! 에멀린!"이었다.

어떤 문화권에서는 이름에 사람의 영혼이 담겨 있다고 믿는다. 그들은 사람의 이름이 하느님과 그 이름의 주인, 그리고 소수의 특별한 사람들에게만 알려져야 한다고 믿는다. 함부로 이름을 말하면, 자기 이름이건 남의 이름이건, 재앙을 부른다고 생각하기 때문이다. 윈터 여사가 말한 그 이름도 그런 이름처럼 들렸다.

그녀는 입술을 깨물었지만, 추스르기에는 너무 늦어버린 것 같았다. 전율이 그녀의 온몸을 관통했다.

나는 꼼짝없이 이야기에 말려들었음을 깨달았다. 나도 모르는 사이에, 내가 들어야 하는 이야기의 핵심을 건드려버렸다. 그것은 사랑이었다. 또한 상실감이었다. 잃어버린 사랑이 아니라면 그 이름에 담긴 슬픔이 달리 무엇이겠는가? 그 순간 나는 흰 화장과 우아한 주름의 가면 뒤에 숨겨진 무언가를 보았다. 아주 짧은 순간이었지만, 윈터 여사의 심장과 머리를 꿰뚫어 볼 수 있을 것도 같았다. 그녀의 실체를 볼 수 있을 것만 같았다. 어떻게 그것을 놓칠 수 있었겠는가? 그것은 결국 나 자신의 모습이었다. 그녀와 나는 둘 다 외로운 쌍둥이였다. 그 사실을 깨닫는 순간 그녀의 이야기가 사슬처럼 내 손목을 힘껏 묶는 것만 같았다. 나의 기대감에 갑자기 두려움이 스며들기 시작했다.

"그 사건의 공식 기록을 어디서 찾을 수 있죠?"

마음속의 혼란이 목소리에 배어나지 않도록 조심하며 내가 물었다.

"지역 신문에 보도가 됐다네. 〈밴버리헤럴드〉."

나는 고개를 끄덕이면서 받아 적은 뒤 노트를 접었다.

"그 사건에 대한 기록이 또 하나 있지. 지금 보여줄 수도 있어."

나는 눈썹을 추켜올렸다.

"가까이 와보게."

나는 의자에서 일어나 한 걸음을 내디뎠고 그녀와 나의 거리가 반으로 줄었다.

그녀는 천천히 오른팔을 들더니 주먹을 쥔 채 앞으로 내밀었다. 발톱 모양으로 세팅된 보석들이 주먹의 4분의 3을 뒤덮고 있었다. 손안에 놀라운 선물이 들어 있기라도 하다는 듯, 그녀가 힘겹게 주먹을 뒤집고는 주먹을 폈다.

그러나 선물은 없었다. 놀라운 것은, 그녀의 손 자체였다.

그녀의 손바닥은 지금까지 내가 보았던 그 어떤 손바닥과도 달랐다. 여기저기 하얗게 부풀어 오르고 자줏빛으로 팬 그 손에서는 내 손바닥의 옅은 손금과 핑크빛 손가락 끝마디와의 공통점도 찾을 수가 없었다. 불길에 녹은 그녀의 살점은, 마치 용암이 휩쓸고 지나간 뒤 돌이킬 수 없게 변해버린 풍경처럼, 본래의 형체를 알아볼 수 없는 전혀 다른 것으로 변해 있었다. 제대로 펼 수조차 없는 손가락은 안으로 구부러져 있었고 손바닥 한 복판에는 끔찍한 흉터가 있었다. 그것은 흉터 속의 흉터였고, 화상 속의 화상이었다. 너무도 깊이 파인 상처라 손바닥이 저 지경이 되었다면 그곳에 있어야 할 뼈는 어떻게 된 것일까 생각하다 나도 모르게 구역질을 했다. 비로소 나는 왜 그녀의 손이 그토록 뻣뻣했는지, 왜 나무토막처럼 힘없이 팔에 매달려 있었는지 이해할 수 있었다. 동그란 모양으로 깊이 팬 흉터에는 엄지손가락 방향으로 짧은 줄이 그어져 있었다. Q자를 연상시키는 흉터였다. 그러나 그 순간에는 그녀의 갑작스러운 고백에 충격을 받은 나머지 그런 생각을 할 겨를이 없었다. 마치 영어로 된 글을 읽다가 느닷없이 해독이 불가능한 암호를 발견했을 때처럼 혼란스러웠다.

갑자기 현기증을 느낀 나는 뒷걸음을 치며 의자를 찾았다.

"미안하네."

그녀가 말했다.

"사람은 자신이 지니고 있는 끔찍한 고통에는 쉽게 익숙해지는 법이라 다른 사람에게 어떻게 보일지 잊곤 하지."

나는 의자에 앉았다. 캄캄했던 눈앞이 서서히 밝아졌다.

윈터 여사는 손을 오므린 다음 보석으로 뒤덮인 손을 다시 무릎 위에 올려놓았다. 그리고 마치 보호하려는 듯 다른 손 손가락으로 그 손을 감쌌다.

"내 유령 이야기를 듣고 싶지 않은 것 같아 유감이군."

"다음번에 듣겠어요."

인터뷰는 끝났다.

내 방으로 돌아오는 길에 나는 그녀가 내게 보낸 편지를 생각했다. 한번도 본 적이 없는, 부자연스럽지만 공들여 쓴 필체였다.

나는 그녀가 환자일 거라고만 생각했다. 기껏해야 관절염 정도일 거라고 생각했다. 이제야 알 것 같았다. 윈터 여사는 첫 작품을 쓸 때부터 지금까지 자신의 위대한 걸작들을 왼손으로 써왔던 것이다.

내가 일하게 될 서재의 벨벳 커튼은 초록색이었고 벽지는 엷은 황금빛 물결무늬를 넣은 공단이었다. 방 안의 아늑함은 마음에 들었지만 창가 옆에 놓인 널찍한 나무 책상과 반듯한 의자가 그 아늑함을 희석시켰다. 나는 책상 램프를 켠 뒤 내가 가져온 백지 묶음과 열두 자루의 연필을 그 위에 올려놓았다. 연필은 전부 새것이었고, 붉은색이었으며, 아직 깎지도 않았다. 이런 식으로 새로운 일을 시작하는 게 좋았다. 가방에서 마지막으로 꺼낸 물건은 연필깎이였다.

나는 나사못을 조여 책상 모퉁이에 연필깎이를 고정한 다음 종이로 만든 바구니를 그 밑에 놓았다.

나는 충동적으로 책상 위에 올라가서 커튼 봉으로 손을 뻗었다. 커튼 윗부분을 더듬다 보니 커튼을 꿴 고리가 만져졌다. 혼자 하기엔 조금 벅찬 일이었다. 커튼은 바닥까지 닿아 있었고 주름에 심까지 대어져 있었다. 어깨에 들쳐 멘 커튼의 무게는 대단했다. 그러나 몇 분 뒤, 커튼은 하나씩 개어져 벽장 속으로 들어갔다. 나는 서재 한가운데에 서서 내 작업의 결과를 감상했다.

크고 검은 유리창이 드러났고 그 한가운데에, 투명한 나의 유령이 나를 바라보고 있었다. 그 애는 나와는 다른 세상에 살고 있었다. 유리창을 사이에 두고 건너편 세상에도 책상의 엷은 윤곽이 보였고 그 뒤로 램프의 동그란 불빛 속에 푹신한 팔걸이의자도 있었다. 그러나 내 의자는 빨간색이었고 그 애의 의자는 회색이었다. 내 의자의 배경은 인도산 양탄자와 밝은 황금빛 벽지였지만 그 애의 의자는 뻥 뚫린 공간 속에 괴기스럽게 떠 있었다. 끝없이 펼쳐진 어둠 속에서 마치 빛의 파장처럼 모호한 형체들이 움직이고 숨을 쉬는 것 같았다.

우리는 일을 시작하기 전에 우리만의 조촐한 예식을 치렀다. 먼저 백지를 작은 묶음 몇 개로 나눈 다음 공기가 들어가도록 쭉 훑었다. 그다음에는 하나씩 연필을 깎았다. 우리는 연필깎이의 손잡이를 돌리면서 꼬불꼬불한 연필 부스러기가 휴지통에 떨어지는 것을 지켜보았다. 마지막 연필을 뾰족하게 깎은 뒤 우리는 그것을 다른 연필들과 함께 두지 않고 손에 쥐었다.

"자, 준비됐어."

그 애가 입을 벌렸다. 내게 무슨 말을 하는 것 같았지만 나는 그 애의 말을 들을 수 없었다.

나는 속기를 할 줄 모른다. 인터뷰를 하면서 중요한 단어만을 대강 받아 적었을 뿐이다. 인터뷰가 끝난 뒤 곧바로 기록을 해둔다면 전부 기억해낼 수 있을 것 같았다. 첫 번째 인터뷰는 그런대로 순조로운 편이었다.

노트를 흘금흘금 보면서 나는 윈터 여사의 말들로 백지를 채워나갔다. 머릿속에 그녀의 모습을 떠올린 채로 그녀의 목소리를 들으며 그녀의 버릇을 관찰했다. 어느 순간부터 노트는 잊은 채 내 머릿속의 윈터 여사가 하는 말을 받아 적고 있었다.

여백을 충분히 남겨 두었다. 왼쪽 여백에는 그녀가 하는 말에 의미를 부여할 수도 있는 습관이나 표정, 제스처 같은 것들을 기록해두었다. 오른쪽 여백은 비워 두었다. 나중에 다시 읽을 때 나의 생각이나 의견, 질문 같은 것들을 추가하기 위해서였다.

몇 시간 동안 일을 한 것 같았다. 일어나서 코코아를 한 잔 마셨지만 그마저도 일의 연장이었고 생각의 끈을 놓을 수가 없었다. 나는 다시 일로 돌아가서, 마치 한 번도 쉬지 않은 것처럼 곧바로 조금 전까지 쓰고 있던 내용의 가닥을 잡은 뒤 이어서 쓰기 시작했다.

'사람은 자신이 지니고 있는 끔찍한 고통에는 쉽게 익숙해지는 법이라 다른 사람에게 어떻게 보일지를 잊곤 하지.'

그녀의 말을 적은 다음 왼쪽 여백에 성한 손가락으로 다친 손가락을 감싸던 모습을 기록해두었다.

그 대목에 두 줄로 밑줄을 긋고 나서 기지개를 켰다. 유리창에 비친 또 하나의 나도 기지개를 켰다. 그 애는 뭉툭해진 연필들을 하나씩 깎았다.

하품을 하려는 순간 그 애의 얼굴에서 이상한 일이 일어났다. 이마에 갑자기 점이 돋기 시작하더니 뺨에도 하나, 눈 밑에도 하나, 코에도 하나, 입술에도 하나 점이 돋았다. 점이 돋을 때마다 둔탁한 소리가 났다. 소리는 점점 더 빨라졌다. 그 애의 얼굴이 녹아내리기 시작했다.

그러나 그 애가 녹아내린 건 아니었다. 비였다.

오래 기다렸던 비.

나는 창문을 열고 손을 적신 다음 눈과 얼굴을 닦았다. 몸이 떨려왔다. 이제 잠자리에 들 시간이었다.

나는 숨죽인 듯 부드럽게, 규칙적으로 울려 퍼지는 빗소리를 듣기 위해 창문을 조금 열어두었다. 옷을 벗는 동안, 책을 읽는 동안, 그리고 잠을 자는 동안, 빗소리를 들었다. 꿈을 꾸는 동안에도 빗소리는, 마치 주파수를 잘못 맞추어 밤새 켜놓은 라디오의 소음처럼, 알아들을 수 없는 언어와 낯선 선율들의 바탕에 깔린 희미한 백색 소음처럼, 내 꿈의 배경이 되었다.

이야기가 시작되다

다음 날 아침 9시였다. 윈터 여사가 나를 불렀고 나는 다시 서재로 갔다.

환한 서재는 분위기가 전혀 달랐다. 덧문을 열고 최대한 높이 올린 창문으로 맑은 하늘에서 내리쬐는 햇빛이 흘러들었다. 간밤의 비에 촉촉하게 젖은 정원이 아침 햇살에 반짝였다. 창가에 놓인 이국적인 화초들은 유리창 너머에 있는, 보다 생명력 넘치고 물기 머금은 식물들을 향해 잎을 뻗는 것 같았다. 창틀에 새겨진 섬세한 무늬는 정원 오솔길의 나뭇가지 사이에 드리워진 거미줄만큼이나 가냘프게 보였다. 서재는 어젯밤보다 훨씬 더 길고 좁게 느껴졌고 촉촉한 겨울 정원 한가운데에 서 있는 책들의 신기루 같았다.

투명한 푸른 하늘과 우윳빛 태양의 서늘함과는 대조적으로 윈터 여사는 열정이 넘쳤다. 그녀는 마치 북부의 겨울 정원에서 홀로 피어난 온실 속 화초 같았다. 오늘은 선글라스를 쓰지 않았지만 보라색 눈 화장을 한 다음 클레오파트라처럼 눈가를 먹색으로 그렸고 속눈썹도 어제와 똑같이 짙고 검게 칠했다. 환한 햇살 속에서 나는 간밤에 보지 못한 것을 볼 수 있었다. 바로, 적갈색 곱슬 머리를 자로 그은 듯 정확하게 가르고 있는 가르마를 따라 난 순백색의 가느다란 여백이었다.

"우리 약속은 잊지 않았겠지?"

그녀가 먼저 시작했고 나는 벽난로 맞은편의 의자에 앉았다.

"발단과 전개, 결말의 순서로, 앞을 넘겨짚어서도, 뒤를 돌아보아서도, 질문을 해서도 안 된다는 것 말이야."

나는 피곤했다. 낯선 집의 낯선 침대에서 잤고 아침에 눈을 뜨니 머리가 띵했다.

"편하신 대로 하세요."

"그럼 발단으로 시작하겠네. 물론 내가 생각하는 발단은 자네가 생각하는 발단과는 전혀 다르겠지만. 사람들은 자신의 삶을 너무 소중하게 생각한 나머지, 세상의 모든 것이 자신의 탄생과 함께 시작된다고 믿곤 하지. 태초에 아무것도 없었고, 그곳에 내가 태어났노라! 하는 식으로 말이야. 하지만 그렇지가 않아. 인간의 삶은 그보다 앞서 살아간 사람들로부터 분리될 수 있는 것이 아니라네. 가족이란 마치 거미줄과 같은 것이지. 어느 한 곳을 만져도 다른 곳에 파장을 일으키지 않을 수가 없어. 전체를 이해하지 않으면 아무것도 이해할 수 없다는 뜻이야.

내 이야기는 나만의 이야기가 아니라네. 엔젤필드의 이야기이지. 엔젤필드는 마을이야. 저택이기도 하고. 또 가족이기도 해.

조지와 마틸드, 그들의 아이들인 찰리와 이사벨, 이사벨의 아이들인 에멀린과 애덜린. 그들의 집, 그들의 운명, 그들의 두려움이 있는 곳. 그리고 그들의 유령이 있는 곳. 우리는 결코 유령을 외면해선 안 돼. 안 그런가, 리 양?"

그녀가 날카롭게 나를 바라보았지만 나는 그녀의 눈빛을 못 본 척했다.

"태어난 순간이 시작이 아니라네. 우리의 삶은 처음부터 우리 자신의 것이 아니었어. 다른 누군가의 이야기가 이어지는 것일 뿐이지. 내 경우만 해도 그렇다네. 나를 봐. 자네는 나의 출생이 어딘가 특별했을 거라고 생각하겠지? 안 그런가? 태어날 때부터 앞날을 예고하는 특별한 징조가 있었을 거라고 생각하겠지? 이를테면 마법사나 요정 따위가 등장한다든가. 하지만 그렇지 않았어. 전혀. 사실 세상에 태어났을 때 나는 이야기의 중심에 있지도 않았다네.

그렇다면 내가 태어나기 전의 이야기들을 어떻게 알게 되었는지 궁금하겠지. 어떻게 알았느냐고? 그런 정보가 어디서 나오던가? 엔젤필드 같은 저택에서 그런 얘기를 어디서 듣겠나? 물론 하인들이지. 그중에서도 가정부라고 해야겠군.

직접 들은 건 아니라네. 가정부가 은식기를 닦으면서 옛날을 회상하기도 했고 내가 있다는 것을 모르고 이야기를 하기도 했어. 마을에 떠도는 소문이나 험담을 듣게 되면 그녀는 얼굴을 찌푸렸지. 갖가지 사건이나 소문, 소동들이 그녀의 입에서 흘러나와 부엌 식탁 위에서 펼쳐졌지. 그런 이야기들은 결국에는, 어린아이가 들어서는 안 되는 이야기로 흘러들었어. 특히 내가 들어서는 안 되는 이야기로. 그러다가 문득 내가 듣고 있었다는 것을 깨달은 가정부는 하던 얘기를 멈추고, 마치 과거를 지워버리려는 듯, 열심히 칼을 갈기 시작했지. 그러나 아이들이 있는 집에 비밀이란 있을 수 없는 법! 나는 나만의 방식으로 이야기를 짜맞추어 나갔지. 아침에 차를 마시며 가정부가 정원사와 이야기를 나눌 때, 평범해 보이는 대화에 갑작스러운 침묵이 이어지는 것이 어떤 의미인지를 알게 된 거야. 아무것도 눈치채지 못한 척하면서, 나는 그들 두 사람이 말없이 눈짓을 주고받게 만드는 단어가 무엇인지 알게 되었어. 그들은 단둘이 남게 되었을 때, 실제로는 단둘이 아니었지만, 비로소 은밀한 이야기들을 나눌 수 있었어. 그런 식으로 나는 내 탄생에 얽힌 이야기들을 알게 되었어. 그리고 세월이 흐른 뒤, 가정부는 더 이상 예전의 그녀가 아니었어. 나이가 그녀를 혼란에 빠뜨려 제멋대로 움직이는 혀를 통제할 수 없게 되었을 때, 그녀의 두서없는 이야기들이 수년 동안 내가 추측해왔던 이야기들을 분명하게 해주었지. 이 이야기는 바로 그렇게 해서 만들어진 거라네. 암시와 눈빛, 침묵으로 나에게 다가왔던 이야기. 이제 나는 그 이야기를 말로 풀어내려고 해."

윈터 여사가 이야기를 시작하기 위해 헛기침을 했다.

"이사벨 엔젤필드는 특별한 아이였어."

그녀의 목소리가 어디론가 새어나가는 것 같았다. 당황한 그녀는 말을 멈추었다. 다시 말을 시작하는 그녀의 목소리는 조금 더 조심스러워졌다.

"이사벨 엔젤필드는 폭풍 속에서 태어났지."

이번에도 마찬가지였다. 목소리가 제대로 나오지 않았다.

진실을 감추는 데에 길들여진 그녀의 근육이 경직되고 있었다. 그녀는 다시 한 번 이야기를 시작하려 했고 이번에도 실패하고 말았다. 그러나 천부적인 재능을 타고난 음악가가 오랜 시간 동안 손을 놓았던 악기를 다시 들었을 때처럼, 마침내 그녀는 제 목소리를 찾았다.

그녀는 내게 이사벨과 찰리의 이야기를 들려주었다.

이사벨 엔젤필드는 특별한 아이였다.

그녀는 폭풍 속에서 태어났다.

그 두 가지 사실이 연관이 있는지에 대해서는 알아낼 길이 없다. 그러나 25년 뒤 이사벨이 두 번째로 집을 떠나게 되었을 때 마을 사람들은 그녀가 태어나던 날 끝없이 쏟아 붓던 폭우를 떠올렸다. 어떤 이는 강물이 범람하는 바람에 의사가 늦게 도착했던 이야기를 마치 어제 일처럼 생생하게 기억했다. 또 어떤 이는 탯줄이 목을 감고 있어서 아기가 태어나기도 전에 죽을 뻔했다는 이야기를 기억하고 있었다. 난산이었지만 여느 출산과 다르지 않았다. 6시 종이 울리는 순간 아기가 태어났고 의사는 벨을 울렸다. 산모가 그렇게 세상을 저버리지만 않았다면 말이다. 만약 날씨가 좋았더라면. 그래서 의사가 좀 더 일찍 도착했더라면. 만약 탯줄이 아기에게서 산소를 빼앗아가지만 않았더라면. 그렇게 산모가 죽어버리지만 않았더라면.

만약, 만약 또 만약. 그런 생각을 해봐야 무슨 소용이 있을까? 어쨌건 이사벨은 그렇게 태어났고 그날 일에 대해 우리가 이야기할 수 있는 것이라고는 그것뿐이었다.

그 아기, 그 작은 분노의 화신은 어미가 없었다. 그리고 처음 세상에 태어났을 때는 아비도 없었다고 말하는 게 옳았다. 그녀의 아버지 조지 엔젤필드는 처참하게 무너졌다. 그는 문을 잠그고 서재에 틀어박혀 좀처럼 나올 생각을 하지 않았다. 그의 그런 태도는 다소 지나친 감이 없지 않았다. 결혼 생활 10년이면 배우자에 대한 애정이 식을 법도 한데 엔젤필드는 좀 유별난 사람이었다. 그는 아내를 사랑했다. 사납고, 게으르고, 이기적이며, 아름다운 아내 마틸드를 사랑했던 것이다. 그는 말이나 개보다 아내를 훨씬 더 사랑했다. 아홉 살짜리 아들 찰리로 말하자면, 마틸드보다 그 녀석을 더 사랑하는지 사랑하지 않는지에 대해서는 생각해볼 필요도 없었다. 찰리에 대해서라면, 생각해본 적조차 없었다.

깊은 슬픔에 반쯤 정신이 나간 조지 엔젤필드는 하루 종일 서재에 틀어박혀 아무것도 먹지 않았고 아무도 만나지 않았다. 밤에도 서재 소파에 앉아 벌겋게 충혈된 눈으로 달만 바라보았다. 그렇게 몇 달이 흘렀다. 그의 창백한 피부는 더 창백해졌다. 그는 야위어갔고 말을 잃었다. 런던에서 전문가들이 불려왔고 목사도 다녀갔다. 애정 결핍으로 개마저 시름시름 앓다가 죽고 말았지만 조지 엔젤필드는 그 사실조차 알지 못했다.

가정부는 이러한 상황을 도저히 견딜 수가 없었다. 그녀는 아기를 안고 아래층으로 내려갔다. 집사의 항의도 무시한 채, 노크도 하지 않고, 곧바로 서재로 들어갔다. 그녀는 한마디도 하지 않고 조지 엔젤필드의 품에 아기를 안겨주었다. 그리고 돌아서서 문을 쾅 닫고 나왔다.

집사가 들어가 아기를 다시 데리고 나오려고 했지만 가정부는 손을 입에 대고 말했다.

"쉿! 가만히 있어요!"

놀란 집사마저도 그녀의 말에 순종했다. 집안의 하인들이 모두 서재 앞에 모였다. 그들은 서로 얼굴만 바라보며 어쩔 줄을 몰랐다. 그러나 가정부의 자신감이 그들을 꼼짝 못하게 만들었고 결국 모두 잠자코 있었다.

긴 오후가 끝나갈 무렵, 가정부의 심부름을 하는 하녀 중 하나가 가정부의 방으로 달려갔다.

"나오셨어요!"

가정부는 평상시와 똑같은 걸음걸이와 태도로 아래층으로 내려가서 하인들에게 경과를 전해 들었다. 하인들은 벌써 몇 시간째 서재 밖에서 열쇠 구멍으로 안을 들여다보고 있었다. 처음에 그들의 주인은 그저 가만히 앉아 당혹스럽고 어리둥절한 표정으로 아기를 들여다보았다. 아기가 꿈틀거리며 소리를 냈다. 마침내 조지 엔젤필드가 아기를 어르기 시작했고 밖에 있던 하인들은 놀란 얼굴로 서로를 바라보았다. 자장가 소리가 들려왔을 때는 한층 더 놀랐다. 하인들의 말에 의하면, 그는 아기에게서 한 번도 눈을 떼지 않았다. 그러다가 아기가 배가 고파 울기 시작했다. 아기의 울음소리가 높아지자 마침내 서재 문이 열린 것이다.

그렇게 내 할아버지는 아기를 품에 안고 서 있었다.

일손을 놓고 있는 하인들을 쏘아보며 그는 냅다 소리질렀다.

"이 집에서는 아기가 우는데 먹을 것도 안 주나!"

그날부터 조지 엔젤필드는 자신의 딸을 손수 키웠다. 먹여주고 씻겨주었다. 한밤중에 울 때를 대비하여 흔들침대도 서재로 옮겼다. 차를 탈 때 데리고 타기 위해 아기띠를 만들었고, 글을 읽어주었고(사업상의 편지들이나 일간지의 스포츠면, 혹은 로맨틱한 소설들) 자신의 모든 생각과 계획을 딸과 나누었다. 한마디로 그는 이사벨을, 아무 생각 없는 무심한 아기가 아닌, 분별력이 있는 유쾌한 벗으로 대했다.

그가 이사벨을 사랑했던 것은 어쩌면 외모 때문이었는지도 모른다. 방치된 아이, 아홉 살 된 이사벨의 오빠는 아비를 닮았다. 껄렁한 태도와 창백한 얼굴, 붉은색 머리카락, 감정 표현에 서툰 것이 꼭 제 아빠였다. 아빠와 오빠의 붉은 머리카락은 이사벨에게서만큼은 탐스럽고 반짝이는 적갈색으로 변했다. 창백한 조지 엔젤필드의 외모는 그녀에게서는 섬세하고 귀족적인 이목구비로 승화되었다. 이사벨의 턱은 아빠를 닮았지만 더 보기 좋았고 입은 엄마를 닮았지만 더 반듯했다. 마틸드의 올라간 눈꼬리와 긴 속눈썹을 닮았지만 눈썹을 추켜올리는 순간 엔젤필드 가문의 문장이나 다름없는 황홀한 에메랄드빛 눈동자가 드러났다. 이사벨은 적어도 겉모습만큼은 완벽한 아이였다.

온 집안이 새로운 상황에 적응했다. 하인들은 아빠가 어린 딸을 직접 돌보는 것이 지극히 자연스러운 일인 양 처신하기로 암묵적인 합의를 했다. 항상 어린 딸 옆에 붙어 있는 것이 남자답지 못하거나, 신사답지 못하거나, 엉뚱한 일이 전혀 아니라는 듯.

그렇다면 아기의 오빠인 찰리는 어떻게 되었을까? 찰리는 둔한 아이였다. 그 아이의 생각은 자신이 집착하고 있는 것 몇 가지 속에서만 맴돌았다. 새로운 것을 배울 줄도, 논리적으로 사고할 줄도 몰랐다. 찰리는 아기에게는 관심이 없었지만 아이가 태어나면서 집안에 일어난 변화가 마음에 들었다. 이사벨이 태어나기 전에는 하녀들이 그의 잘못을 일러바치는 부모가 둘이었고 반응을 예측할 수 없는 부모도 둘이었다. 그의 어머니는 일관성이 없는 사람이었다. 그가 잘못을 저지르면 어쩔 때는 엉덩이를 때리다가도 어쩔 때는 웃어넘겼다. 아버지로 말하자면, 엄격했지만 정신이 없었고 벌을 주겠다고 해놓고도 곧잘 잊어버렸다. 그러나 우연히 찰리와 눈이 마주치면, 조지 엔젤필드는 분명히 아들이 뭔가 잘못을 저질렀을 거라고 생각하고, 당장 바로잡지 않으면 그런 일이 반복될 거라는 생각에 엉덩이를 때려주곤 했다. 이런 식의 체벌은 그에게 한 가지 교훈을 남겨주었다. 그것은, 아빠의 눈에 띄어선 안 된다는 것이었다.

그러나 이사벨이 태어나면서부터 모든 것이 달라졌다. 엄마는 사라졌고, 아빠는 어린 이사벨 때문에 너무 바빠서 불에 탄 생쥐나 누군가 일부러 비누에 핀을 깊이 박아놓았다고 투덜거리는 하녀들의 불평에 귀를 기울이지 않았다. 찰리는 제 마음대로 할 수 있었다. 다락방으로 올라가는 계단의 마룻널 하나를 떼어내고 하녀들이 넘어져 발을 삐는 장면을 지켜보는 게 재미있었다.

가정부가 그를 야단칠 수도 있었겠지만, 가정부는 가정부일 뿐이었다. 새롭게 주어진 자유로운 삶 속에서 그는 원하는 만큼 자신을 망가뜨릴 수 있었고 그 누구도 그를 막지 못하리라는 걸 알고 있었다. 자식은 한결같은 애정으로 키워야 한다고 사람들은 말한다. 그러나 한결같은 무관심이야말로 이 아이에겐 더없이 즐거운 것이었다. 고아나 다름없던 그 시기야말로 찰리 엔젤필드에게는 행복한 나날이었다.

딸에 대한 조지 엔젤필드의 사랑은 자식이 부모에게 고통을 줄 수 있는 나이가 될 때까지 계속되었다. 아기가 말을 하기 시작하자 조지 엔젤필드는 아이가 비범한 재능을 타고난 것은 물론 뛰어난 예지력을 지녔다고 믿게 되었다. 그는 모든 일을 딸과 상의하기 시작했고 온 집안이 세 살짜리 여자아이의 변덕에 따라 움직였다.

찾아오는 사람은 거의 없었다. 집안이 엉망이 되자 사람들의 발길은 점점 뜸해졌다. 하인들은 자기들끼리 불평하기 시작했다. 집사는 아이가 두 살이 되기 전에 떠나버렸고 요리사는 그로부터 일 년을 더 버텼다. 아이의 요구에 따라 식사시간이 불규칙했던 데다, 마침내 아이까지 그에게 주의를 주기에 이르렀기 때문이었다. 요리사가 떠나면서 시중을 들던 소년까지 데리고 가버렸고 결국 아무 때고 케이크나 젤리 따위를 준비하는 것은 가정부의 몫으로 남게 되었다. 다른 하녀들은 집안의 허드렛일을 할 의무감 같은 것을 느끼지 않았다. 찰리의 가학적인 실험 덕분에 그들의 몸에 생긴 상처와 멍, 복통이나 삔 발목을 생각하면 임금이 턱없이 부족하다고 생각하는 것도 당연했다. 그들은 모두 떠났고 그 자리를 임시로 고용된 사람들이 채웠다. 누구도 오래 머물지 않았다. 마침내는 임시로 일할 사람조차 구할 수 없게 되었다.

이사벨이 다섯 살이 되었을 때 집에는 조지 엔젤필드와 두 아이, 가정부, 정원사, 사냥터지기만이 남게 되었다. 개는 죽었고, 고양이는 찰리가 무서워서 밖으로 떠돌다가 날씨가 추울 때면 정원 그늘에 숨어 지냈다.

조지 엔젤필드가 그들의 비극을 알았다고 하더라도 결코 후회하지 않았을 것이다. 그에게는 이사벨이 있었고 그는 행복했다.

떠난 사람들을 그리워하는 사람이 있었다면 바로 찰리였다. 그들이 없으니 실험을 할 대상도 없었다. 곯려줄 사람을 찾다가 그의 눈길은, 마치 언젠가는 그렇게 될 운명이었던 것처럼, 여동생에게로 향했다.

아버지가 있을 때는 이사벨을 울릴 수 없었다. 이사벨이 아버지 곁을 거의 떠나지 않았기 때문에 일은 쉽지 않았다. 그렇다면 어떻게 그녀를 유인한다?

속임수를 써야 했다. 찰리는 마술처럼 놀라운 걸 보여주겠다고 여동생을 샛문으로 유인했다. 정원을 지나 화단 샛길을 걷고 조형 정원을 가로지르고 너도밤나무 가로수 길을 지나 숲으로 향했다. 그곳에 찰리가 아는 장소가 있었다. 창문이 없는 음산한 헛간은 남의 눈을 피하기에 그만이었다.

찰리는 희생양을 찾고 있었다. 그의 뒤를 따라온 여동생은 그보다 어리고 약한, 완벽한 대상이었다. 그러나 이사벨은 특별한 아이였고 영리했다. 상황은 그가 기대한 방향으로 흘러가지 않았다.

찰리는 이사벨의 소매를 걷어 올린 다음 노랗게 녹이 슨 철사를 집어 들어 그녀의 흰 팔뚝 위에 줄을 그었다. 이사벨은 붉은 피가 선명한 선으로 솟아오르는 것을 바라보다가 고개를 들어 그를 바라보았다. 그녀의 초록색 눈동자는 놀라움과 쾌감으로 휘둥그레졌다. 그녀가 손을 내밀자 찰리는 무의식적으로 철사를 내밀었다. 그녀는 반대편 소매를 걷어 올린 뒤 거의 손목에 닿을 정도로 길게 죽 그었다. 그가 그은 것보다 훨씬 더 깊었다. 곧바로 피가 솟았다. 그녀는 묘한 쾌감을 느끼며 신음소리를 내면서 혓바닥으로 피를 핥았다. 그녀는 철사를 그에게 내밀면서 그에게 소매를 걷으라는 시늉을 했다.

찰리는 당황했다. 그러나 그녀가 원했기 때문에 소매를 걷고 철사로 자신의 팔을 그었다. 그리고 고통을 참으며 웃었다.

결국 찰리가 찾아낸 것은 희생양이 아닌 괴팍한 공모자였다.

엔젤필드에서도 삶은 계속되었다. 파티도 없었고, 사냥대회도 없었으며, 하녀도 없었다. 당시 그들과 같은 계급의 사람들이 당연하게 누리던 것들이 엔젤필드에는 없었다.

그들은 이웃사람들로부터 멀어졌고, 땅은 소작인들에게 맡겨졌으며, 생존에 필요한 외부세계와의 접촉을 도맡게 된 가정부와 정원사의 정직하고 선한 성품에 의존하며 살았다.

조지 엔젤필드는 세상을 잊었다. 세상도 한동안 그를 잊었다. 그러다가 세상이 그를 기억해낸 것은 돈 때문이었다.

부근에는 다른 저택들도 있었다. 대체로 귀족 집안이었다. 그들 중에 유독 돈에 관심이 많은 사람이 있었다. 그는 돈을 벌 궁리를 하다가, 안전한 곳에 큰돈을 투자했고, 위험부담이 있지만 성공하기만 하면 엄청난 돈을 벌 수 있는 쪽에 적은 돈을 투자했다. 결국 적은 돈은 조금 불어났고 큰돈은 모두 잃고 말았다.

그는 곤경에 처했다. 게다가 그에게는 게으르고 씀씀이가 헤픈 아들과 커다란 눈이 툭 튀어나온 데다 발목이 굵은 딸이 있었다. 어떻게든 수를 내야만 했다.

조지 엔젤필드는 사람을 만나지 않았기 때문에 재정적인·조언을 들을 기회도 없었다. 그의 사무 변호사가 제안서를 보내왔을 때에도 그는 무시했다. 은행에서 편지가 왔을 때에도 답장을 하지 않았다. 결국 엔젤필드의 돈은 이런저런 계약으로 지출되지 않았고 은행 금고 속에서 갈수록 불어났다.

돈은 스스로 말하는 법. 소문이 퍼졌다.

"조지 엔젤필드한테 아들이 있지 않았나요?"

파산한 남자의 아내가 물었다.

"지금 몇 살쯤 되었을까요? 한 스물여섯?"

그 집 아들을 시빌라와 엮을 수 없다면 그 집 딸을 롤랜드와 엮어줄 수도 있지 않을까? 조지 엔젤필드의 딸도 혼기가 찼을 것이다. 게다가 듣기로는 그 딸을 끔찍하게 아낀다던데, 빈손으로 시집을 보내지는 않을 것이다.

"야유회 하기 좋은 날씨네요."

그녀가 말했다.

그녀의 남편은 그 이야기의 연관성을 깨닫지 못했다.

이사벨이 아니었다면 거실 창가에서 2주간이나 방치된 편지는 햇볕에 잉크가 날아가버릴 때까지 계속 버려져 있었을 것이다. 어느 날 오후, 특별히 할 일이 없었던 이사벨이 계단을 내려왔다. 그녀는 무료하고 새침한 얼굴로 그 편지를 집어 들었다.

"뭐야?"

찰리가 말했다.

"야유회 초대장."

야유회라고? 찰리는 곰곰이 생각해보았다. 이상한 일이었다. 그러나 어깨를 으쓱하고는 바로 잊어버렸다.

이사벨이 일어났다.

"어디 가?"

"내 방에."

찰리가 그녀를 쫓아가서 멈추어 세웠다.

"혼자 있고 싶어. 오빠하고 놀 기분 아니야."

찰리는 투덜거리면서 그녀의 머리를 들추고 목덜미를 어루만지며 얼마 전에 만들어놓은 멍 자국을 찾아보았다. 그러나 그녀는 그를 뿌리치고 계단을 뛰어 올라가서 방문을 잠갔다. 한 시간 뒤 그녀가 계단에서 내려오는 소리를 듣고 그가 다가갔다.

"서재에 가자."

그가 말했다.

"싫어."

"그럼 사슴 공원 갈까?"

"싫어."

그는 그녀가 옷을 갈아입고 나왔음을 깨달았다.

"옷이 그게 뭐냐? 이상해."

이사벨은 엄마의 여름 드레스를 입고 있었다. 흰색 바탕에 초록색 무늬가 있는 얇은 드레스였다. 거기에 늘 신던, 끈이 너덜너덜한 테니스 운동화 대신 한 치수나 큰 초록색 공단 샌들을 신었다. 역시 엄마의 것이었다. 머리에는 핀으로 꽃을 한 송이 꽂았다. 립스틱도 칠했다.

그의 마음이 어두워졌다.

"어디 가는데?"

그가 물었다.

"야유회."

그가 그녀의 팔을 잡고 손톱으로 팔을 찌르며 그녀를 서재 쪽으로 끌었다.

"싫어!"

그는 더 세게 끌었다.

"싫다고 했잖아!"

그녀가 소리쳤다.

찰리는 그녀를 놓아주었다.

이사벨이 그런 식으로 말할 땐 정말 싫다는 의미였다. 찰리는 경험을 통해 그 사실을 터득했다. 그럴 때 억지를 부리면 이사벨은 며칠 동안 그에게 화를 내곤 했다.

그녀가 그에게서 돌아서서 앞문을 열었다.

화가 난 찰리는 뭔가 부술 것을 찾았다. 그러나 부술 수 있는 것은 이미 모두 부서져 있었다. 남아 있는 것이라곤 그가 입힐 상처보다 그가 입을 상처가 더 큰 것들뿐이었다. 그의 주먹이 풀어졌다. 그는 이사벨을 따라 야유회가 열리는 곳으로 향했다.

화사한 드레스와 흰 셔츠 차림으로 호숫가에 앉아 있는 그들의 모습은 멀리서 보기엔 한 폭의 그림 같았다. 그들이 들고 있는 유리잔은 햇살에 반짝였고 풀밭은 맨발로 걸어 다녀도 좋을 만큼 보드라워 보였다. 그러나 사실 그 두 사람은 땀을 흘리고 있었고, 샴페인은 미지근했으며, 정말 신발을 벗었다면 거위 똥을 밟아야 했을 것이다. 그러나 그들은 기꺼이 즐거움을 가장했다. 마치 즐거운 척하다 보면 정말로 그렇게 될 수 있다는 듯이.

무리의 가장자리에 있던 남자가 자신의 집 쪽을 바라보았다. 이상한 옷을 입은 여자가 한 남자와 앉아 있었다. 그녀에겐 특별한 무언가가 있었다.

그는 옆에 있던 친구의 농담에 대꾸하는 것조차 잊고 있었다. 그의 친구가 그의 시선을 사로잡은 것이 무엇인지 확인한 다음 입을 다물었다. 비록 그의 등 뒤에 서 있긴 했지만 젊은 남자들의 모든 움직임을 의식하고 있던 젊은 여자들도 갑작스러운 침묵의 원인이 무엇인지 돌아보았다. 일종의 파장 효과로 파티에 참석한 모든 사람들이 낯선 인물들에게로 고개를 돌렸다. 그들의 모습을 본 사람들은 할 말을 잃었다.

잔디를 가로지르며 이사벨이 걸어오고 있었다.

그녀가 가까이 다가오자 사람들은, 마치 모세에게 길을 열어주듯 양쪽으로 갈라졌다. 이사벨은 그 사이를 걸어 곧장 호숫가로 갔다. 그리고 평평한 바위에 올라서서 물 쪽으로 발을 뻗었다. 누군가 유리잔과 포도주 병을 들고 그녀에게 다가갔지만 이사벨은 싫다며 손을 내저었다. 태양이 뜨거웠다. 한참을 걸어온 그녀에겐 샴페인 이상의 무언가가 필요했다.

그녀는 신발을 벗어 나뭇가지에 걸어두고 양팔을 벌린 다음 물속에 첨벙 뛰어들었다.

사람들은 숨을 죽였다. 그녀가 물 위로 솟아올랐을 때 물에 흠뻑 젖은 그녀의 모습은 비너스의 탄생을 연상시켰고 사람들은 다시 한 번 숨을 죽였다.

그날의 사건은 이사벨이 두 번째로 집을 떠난 뒤에 훗날 사람들이 기억하는 일화 중 하나가 되었다. 사람들은 동정과 경멸이 뒤섞인 표정으로 고개를 저으며 그날 일을 회상했다. 이사벨은 본래 그런 아이였다. 그러나 그날만큼은, 그녀의 그런 행동은 그저 대담함으로만 여겨졌고 사람들은 그녀에게 감사했다. 그녀가 순식간에 파티에 생기를 불어넣은 것이다.

젊은 남자들 중 금발 머리에 웃음소리가 호탕하고 가장 용감한 사람이 신발을 벗고 넥타이를 푼 다음 호수로 뛰어들었다. 그의 세 친구도 뒤를 따랐다. 머지않아 젊은 남자들이 모두 물속에 들어가서 다이빙을 하고 친구를 부르고 고함을 지르고 흥분하며 서로에게 물을 튀겼다.

약삭빠른 여자들은 자신들에게 오직 한 가지 선택만이 남아 있음을 깨달았다. 그들은 샌들을 나뭇가지에 걸어놓고 한껏 상기된 얼굴로 물속에 뛰어들었다. 그들은 머리가 너무 많이 젖지 않도록 신경 쓰면서도 자신들의 비명이 더 이상 아무것도 신경 쓰지 않는 것처럼 들리기를 원했다.

그러나 여자들의 노력은 수포로 돌아갔다. 남자들의 시선은 오직 이사벨에게로 쏠렸다.

찰리는 여동생을 따라 물속에 뛰어들지 않았다. 그는 멀찌감치 떨어져서 그 광경을 지켜보았다. 붉은 머리카락에 창백한 얼굴. 그는 비 오는 날을 좋아했고 집 안에서 뒹굴기를 좋아하는 사람이었다. 뜨거운 태양 아래, 그의 얼굴은 분홍빛으로 물들었고 이마에서 흘러내린 땀으로 눈이 따가웠다. 그러나 그는 눈을 깜박이지 않았다. 그는 이사벨에게서 눈을 뗄 수가 없었다.

이사벨이 다시 그에게 돌아오기까지 몇 시간이 흘렀을까? 그것은 영원처럼 긴 시간이었다. 이사벨의 출현으로 야유회는 사람들이 생각했던 것보다 훨씬 더 길어졌지만 시간이 쏜살같이 지나갔고 모두 더 머물고 싶어했다. 다음번 야유회에 대한 기대와 상투적인 초대의 인사, 젖은 키스로 파티는 끝났다.

찰리가 다가갔을 때 이사벨은 남자의 재킷을 걸치고 있었고 재킷의 주인인 남자의 손이 이사벨의 손안에 있었다. 조금 떨어진 곳에 자기가 있어도 되는지 확신이 없어 보이는 여자가 서성거리고 있었다. 통통하고 수수하며 왜소한 체구로 보아 남자의 여동생임을 단박에 알 수 있었다.

"가자."

찰리가 퉁명스럽게 이사벨에게 말했다.

"벌써? 산책이나 좀 할까 하는데. 롤랜드, 시빌라하고."

이사벨이 롤랜드의 여동생 시빌라에게 환하게 웃어 보이며 말했다. 뜻밖의 호의에 시빌라도 웃음으로 답했다.

찰리는 자기 방식대로 폭력을 휘둘러 이사벨을 집으로 데려갈 수도 있었다. 그러나 사람들 앞에서 그럴 수는 없었다. 찰리는 이사벨의 뜻에 따랐다.

그 산책에서 무슨 일이 있어났을까? 숲속에서 무슨 일이 있었는지 목격한 사람은 아무도 없었다. 목격자가 없었기에 소문도 없었다. 적어도 처음에는 그랬다. 그러나 여름날 저녁 숲속 나무 그늘 아래서 무슨 일이 일어났는지 짐작하기는 어렵지 않다.

아마도 이런 식이었을 것이다.

이사벨은 남자들을 떠나보낼 구실을 찾았을 것이다.

"샌들을 나무에 걸어두고 그냥 왔네!"

그녀는 롤랜드에게 신발을 가져다달라고 했다. 시빌라의 숄을 두고 왔다며 찰리도 보냈다.

여자들은 보드라운 풀밭에 앉았다. 남자들이 가고 난 뒤 샴페인에 몽롱해진 그들은 어둠 속에서, 오후의 태양이 남긴 열기를 들이마시며, 숲속의 밤보다 더 은밀한 무언가를 시작했다. 젖은 드레스는 체온에 서서히 말라갔다. 옷이 마르는 동안 젖은 옷 밑의 살갗이 간지러웠다.

이사벨은 자신이 원하는 게 무언지 알고 있었다. 그녀는 롤랜드와 단둘이 있고 싶었다. 그렇게 하기 위해서는 자신의 오빠를 떼어놓아야 했다.

나무에 기대어 앉아 이사벨은 이야기를 시작했다.

"누가 네 남자친구?"

"남자친구 없어."

시빌라가 대답했다.

"그럴 리가……."

이사벨이 그녀의 곁으로 다가갔다. 이사벨은 보드라운 나뭇잎 하나를 따서 자신의 입술을 간질였다. 그리고 그것을 시빌라의 입술로 가져갔다.

"간지럽다……."

시빌라가 중얼거렸다.

이사벨이 다시 한 번 시빌라의 입술을 간질였다. 시빌라가 미소를 지었다. 반쯤 눈을 감은 채로. 보드라운 나뭇잎이 그녀의 목과 드레스의 네크라인을 지나, 봉긋한 젖가슴을 쓸어내릴 때에도 시빌라는 이사벨을 막지 않았다. 시빌라는 비음이 섞인 목소리로 키득거렸다.

잎사귀가 허리를 지나 그 밑으로 내려가자 시빌라가 눈을 떴다.

"끝이야?"

그녀가 불평했다.

"아니. 드레스 때문에 네가 느끼지 못한 것뿐이야."

이사벨은 시빌라의 드레스를 들추고 그녀의 발목을 간질였다.

"훨씬 좋지?"

시빌라는 눈을 감았다.

초록빛 깃털 같은 나뭇잎이 굵은 발목에서부터 통통한 무릎을 향해 움직였다. 시빌라의 입술 사이로 깊은 신음이 새어나왔다. 나뭇잎이 무릎 위까지 올라왔을 때, 이사벨의 섬세한 손가락이 초록색 나뭇잎을 대신할 때까지 시빌라는 꼼짝도 하지 않고 숨을 죽였다.

이사벨의 예리한 눈빛은 자기보다 몇 살 위인 시빌라의 얼굴을 떠나지 않았다. 시빌라의 눈꺼풀이 파르르 떨리는 순간 이사벨은 손을 떼었다.

"너한테 필요한 건 남자인 게 확실해."

완성되지 않은 환희에서 마지못해 깨어난 시빌라는 그 말을 바로 이해하지 못했다.

"내 말은, 남자 손길이 닿으면 훨씬 좋다는 뜻이야."

시빌라가 새 친구에게 "네가 그걸 어떻게 알아?"라고 물었을 때 이사벨은 준비해두었던 대답을 했다.

"찰리 오빠 덕분에 알지."

남자들이 샌들과 숄을 들고 돌아왔을 때, 이사벨은 자신이 목적을 달성했음을 알았다. 스커트와 페티코트를 들추고 흐트러진 자세로 앉아 있던 시빌라는 애정 어린 눈빛으로 찰리를 바라보았다.

시빌라의 흐트러진 모습을 눈치채지 못한 찰리는 이사벨을 바라보았다.

"이사벨, 시빌라. 정말 비슷하지 않아?"

이사벨이 아무렇지도 않게 말했다. 찰리가 이사벨을 바라보았다.

"내 말은, 발음이 그렇다고. 서로 바꾸어도 상관없을 정도로. 안 그래?"

이사벨은 찰리를 쏘아보며 자신의 말뜻을 이해할 것을 강요했다.

"난 롤랜드하고 산책 좀 할게. 시빌라는 피곤하대. 오빠가 옆에 있어줘."

이사벨이 롤랜드의 팔을 잡았다.

찰리는 냉랭한 눈빛으로 시빌라를 쏘아보았다. 그제야 흐트러진 그녀의 모습이 눈에 들어왔다. 시빌라는 눈을 크게 뜨고 입을 벌린 채 그를 바라보았다.

찰리가 이사벨에게로 돌아섰을 때 그녀는 이미 사라진 뒤였다. 어둠 속에서 그녀의 웃음소리만이 들려왔다. 롤랜드의 낮은 목소리도 함께 들려왔다. 언젠가는 갚아주고 말겠다고 찰리는 생각했다. 이사벨은 오늘 일의 대가를 치르게 될 것이다.

어떻게든 지금은 그의 분노를 발산해야만 한다.

그는 시빌라를 향해 돌아섰다.

그해 여름은 온통 야유회뿐이었다. 찰리에게는 시빌라가 여럿 있었지만 이사벨에게는 롤랜드뿐이었다. 이사벨은 매일 찰리의 눈을 피해 자전거를 타고 그에게서 달아났다. 찰리는 이사벨이 어디서 롤랜드를 만나는지 도무지 알아낼 수가 없었다. 게다가 그녀의 속도를 따라잡을 수가 없었다. 발밑에서 도는 자전거 바퀴와 그녀의 머리카락이 함께 날았다. 때로는 날이 저문 뒤에야 돌아왔고 때로는 날이 저물어도 돌아오지 않았다. 그가 야단을 쳐도 마치 그를 보지 못했다는 듯 아무렇지도 않게 그에게서 돌아섰다. 이사벨에게 상처를 입히거나 가두어보려고도 했지만 그럴 때마다 그녀는 교묘하게 그의 손길을 피했다. 그는 비로소 그들의 게임이 전적으로 그녀의 의지에 달려 있었음을 깨닫게 되었다. 그가 아무리 힘이 세다고 해도 그녀는 민첩함과 영리함으로 매번 그를 이겼다. 벌에 쏘인 곰처럼 그는 무기력했다.

어쩌다가 한번은 그의 부탁을 들어주었다. 한 시간, 혹은 두 시간쯤 그가 하자는 대로 몸을 내맡기면서 그에게 그녀가 다시 돌아왔고, 두 사람의 관계가 예전으로 돌아갔다는 환상을 심어 주었다. 그러나 그것은 환상일 뿐이었다. 그런 변덕의 시간이 지나고 나면 그녀의 부재는 더 큰 고통으로 다가왔다.

시빌라 같은 여자들과 함께 있을 때 찰리는 잠시나마 고통을 잊었다. 한동안 이사벨은 찰리를 위해 일부러 기회를 만들어주었다. 이사벨이 롤랜드에게 빠져들수록 찰리는 혼자 시간을 보낼 수밖에 없었다. 찰리는 동생의 교활함을 따라갈 수 없었다. 소문이 날 뻔한 일도 있었다. 난감해진 이사벨은 그에게 일이 커지는 걸 원치 않는다면 다른 부류의 여자를 선택해야 할 거라고 말해주었다. 그때부터 찰리는 귀족 가문의 여자들을 거부하고 편자공이나 농부, 사냥터지기의 딸들과 어울렸다. 찰리는 그 두 계층의 차이를 인식하지 못했지만 세상은 신분이 천한 여자들에게는 별로 관심이 없는 듯했다.

여자들과 자주 어울리긴 했지만 망각의 시간은 잠시뿐이었다. 놀란 눈동자, 멍든 팔, 피 묻은 허벅다리는 그들에게서 돌아서는 순간 곧바로 잊혔다. 그 무엇으로도 그가 평생 품어온 열정을 대신할 수는 없었다. 그것은 이사벨에 대한 열정이었다.

여름이 끝나갈 무렵 어느 날 아침, 이사벨은 일기장을 넘기며 날짜를 세어보았다. 그녀는 조심스럽게 일기장을 덮어 책상 서랍에 넣었다. 마침내 결심이 서자 이사벨은 아래층, 아빠의 서재로 내려갔다.

아버지가 고개를 들었다.

"이사벨!"

아버지는 이사벨을 반겼다. 밖에서 보내는 시간이 부쩍 많아진 딸이 일부러 자신을 찾아준 것이 황송하기만 했다.

"아빠!"

이사벨이 미소를 지었다.

그는 이사벨의 눈빛에서 무언가를 감지했다.

"무슨 일 있니?"

이사벨은 천장 한 모퉁이를 바라보면서 미소를 지었다. 이사벨은 천장에서 시선을 떼지 않은 채 아버지에게 떠나겠다고 말했다.

처음에 그는 이사벨의 말뜻을 이해하지 못했다. 머리를 한 대 얻어맞은 것만 같았다. 눈앞이 흐릿해졌다. 그는 눈을 감았다. 그러나 머릿속에서는 화산과 유성이 폭발하고 있었다. 그 불길이 잦아들었을 때 그의 마음속에는, 침묵과 황폐함 외에는 아무것도 남아 있지 않았다. 그가 눈을 떴다.

그가 무슨 짓을 했던가?

그의 손에는 피 묻은 살점이 붙은 한 움큼의 머리카락이 있었다. 이사벨은 방문에 기댄 채 서 있었다. 아름다운 초록빛 눈동자는 붉게 충혈되었고 한쪽 뺨은 벌겋게 부어올라 있었다. 머리에서 흘러내린 피가 그녀의 눈썹을 지나 눈으로 옆으로 흘러내렸다. 그는 자기 자신에게 놀랐고 그녀에게 놀랐다. 그는 그녀에게서 돌아섰고 이사벨은 방을 나왔다.

그 뒤로 그는 몇 시간을 앉아 있었다. 손에 쥐고 있던 적갈색 머리카락을 손가락에 칭칭 감았다. 살을 파고들 정도로. 너무 세게 감아 풀 수도 없을 정도로. 마침내 손가락에서 시작된 고통이 그의 의식을 파고들었을 때 그는 울었다.

찰리는 그날 집에 없었고 자정이 되어서야 집으로 돌아왔다. 이사벨의 방이 빈 것을 보고 그는 집 안을 돌아다녔다. 뭔가 불길한 일이 일어났다는 것을 직감으로 알 수 있었다. 여동생을 찾지 못하자 그는 아버지의 서재로 갔다. 잿빛이 된 아버지의 얼굴을 바라보는 것만으로도 상황을 알 수 있었다. 아버지와 아들은 잠시 서로를 바라보았다. 그러나 상실감조차도 두 사람의 마음을 이어주지는 못했다. 그들이 서로를 위해 할 수 있는 일은 아무것도 없었다.

방으로 돌아간 찰리는 직사각형 모양으로 드리워진 달빛에 그림자를 드리우며 창가에 놓인 의자에 몇 시간을 앉아 있었다. 그러다가 어느 순간 서랍을 열고 밀렵꾼에게서 빼앗은 권총을 꺼냈다. 그는 자신의 관자놀이에 두세 번 총구를 겨누었지만 매번 무릎 위로 총을 내려놓고 말았다.

새벽 네 시. 그는 총을 치우고 10여 년 전, 하녀의 반짇고리에서 훔친 긴 바늘을 꺼냈다. 그동안 거의 사용해본 적이 없는 것이었다. 그는 바지를 걷고 양말을 내린 다음 바늘로 살갗을 찌르기 시작했다. 부르르 어깨가 떨려왔지만 그의 손은 침착했다. 그는 정강이뼈 위에 '이사벨'이라는 단어를 새기고 있었다.

그때쯤 이사벨은 이미 집에서 한참 멀리 떠나 있었다. 그녀는 몇 분 뒤에 집으로 돌아왔다가 부엌 뒷문으로 다시 나왔다. 부엌에서 그녀는 이상할 정도로 힘을 주어 가정부를 포옹했다. 그녀답지 않은 행동이었다. 그러고 나서 뒷문으로 나가 부엌 정원을 가로지른 다음 돌담에 달린 문을 열었다. 가정부는 눈이 침침했지만 공기의 진동만으로도 사람들의 움직임을 느낄 수가 있었다. 가정부는 정원의 문이 닫히기 전 아주 짧은 순간이지만 이사벨이 머뭇거렸다는 것을 느낄 수 있었다.

이사벨이 집을 나간 것이 분명해지자 조지 엔젤필드는 서재로 들어가 문을 잠갔다. 그는 아무것도 먹지 않았고 아무도 만나지 않았다. 이제 그를 찾아오는 사람은 의사와 목사뿐이었지만 두 사람 다 쫓겨났다.

"당신 하느님한테 지옥이나 가라고 해!"

"제발 상처 입은 짐승이 편안히 죽게 내버려둬!"

그들이 들은 말은 그것뿐이었다.

며칠 뒤 그 두 사람은 정원사를 불러 문을 부수게 했다. 조지 엔젤필드는 이미 죽어 있었다. 부검 결과 사인은 패혈증이었다. 오른손 약지에 칭칭 감은 머리카락이 원인이었다.

찰리는 죽지 않았지만 살아야 할 이유를 알지 못했다. 그는 집 안을 방황했다. 그는 먼지에 발자국을 남긴 다음 그 발자국을 따라다녔다. 그렇게 저택의 꼭대기 층에서 시작해서 아래층으로 내려왔다. 몇 년 동안 사용하지 않은 하녀들의 다락방 침실, 서재, 공부방, 피아노방, 응접실, 부엌까지 끝도 없고 희망도 없는 탐색을 계속했다. 밤이면 밖으로 나가 집 근처를 배회했다. 그의 다리는 지칠 줄 모르고 계속 움직였다. 주머니 속에서 늘 하녀의 바늘을 만지작거렸다. 그의 손가락 끝은 항상 피범벅이었다. 그는 이사벨이 그리웠다.

찰리는 그렇게 9월, 10월, 11월, 12월, 1월, 2월을 보냈다. 그리고 3월에 이사벨이 돌아왔다.

찰리는 자신의 발자국을 따라 부엌 안을 돌아다니고 있었다. 말 울음소리와 마차 소리가 들려왔다. 그는 얼굴을 찌푸리며 창밖을 내다보았다. 방문객은 달갑지 않았다.

마차에서 낯익은 사람이 내리고 있었고 그는 심장이 멎는 듯했다.

그는 한달음에 현관을 지나고, 계단을 지나, 마차 옆에 섰다.

거기 이사벨이 있었다.

찰리가 그녀를 바라보았다.

이사벨이 웃었다.

"자, 받아."

이사벨이 말하며 천으로 감싼 무언가를 내밀었다. 그녀는 마차 뒤에서 또 다른 무언가를 꺼내 그에게 말했다.

"이것도."

찰리는 그녀가 시키는 대로 그 둘을 받아 들었다.

"지금 나한테 가장 필요한 건, 바로 브랜디 한 잔이야."

그녀가 말했다.

찰리는 멍한 얼굴로 이사벨을 따라 집 안으로, 서재로 들어갔다. 이사벨은 곧바로 찬장으로 가서 유리잔과 술병을 꺼냈다. 그녀는 잔 가득히 브랜디를 따른 뒤 흰 목을 드러내며 죽 들이켰다. 그리고 또 한 잔을 채워 찰리에게 내밀었다. 그는 양팔에 꾹 여민 보따리를 하나씩 든 채로 할 말을 잃고 얼어붙은 듯 그 자리에 서 있었다. 이사벨의 웃음소리가 그의 귓가에서 메아리쳤다. 마치 거대한 교회 종에 아주 가까이 서 있는 것만 같았다. 그는 머리가 빙빙 돌았고 눈물이 솟구쳤다.

"내려놔."

이사벨이 말했다.

"건배하자."

그가 유리잔을 받아 들고 영혼의 연료인 듯 브랜디의 향을 들이마셨다.

"미래를 위하여!"

그가 브랜디를 한 번에 들이켰고 낯선 열기에 재채기를 했다.

"아직 못 봤지?"

찰리가 얼굴을 찌푸렸다.

"봐!"

이사벨이 그가 책상 위에 내려놓은 보따리를 가리키며 말했다. 보드라운 천을 걷은 뒤 찰리가 볼 수 있도록 뒤로 물러섰다. 찰리는 천천히 고개를 돌려 그것을 바라보았다. 보따리는 아기들이었다. 둘이었다. 쌍둥이였다. 찰리는 눈을 깜박였다. 무슨 말이든 해야 한다는 건 알았지만 무슨 말을 해야 할지 몰랐다.

"오빠! 제발 **정신 좀 차려!**"

이사벨은 찰리의 손을 잡고 춤을 추기 시작했다. 이사벨은 돌고, 돌고, 또 돌았다. 현기증으로 쓰러지기 직전에 이르러서야 두 사람은 춤을 멈추었다. 이사벨이 찰리의 얼굴을 양손으로 감쌌다.

"롤랜드는 죽었어. 이제 오빠와 나, 둘뿐이야. 알겠어?"

찰리는 고개를 끄덕였다.

"아빠는 어디 계셔?"

찰리가 대답하자 이사벨은 오열했다. 울음소리를 듣고 부엌에서 달려 나온 가정부가 이사벨을 침실로 데려갔다. 마침내 이사벨이 진정하자 "아기들의 성이 뭐지요?" 하고 물었다.

"마치예요."

이사벨이 대답했다.

가정부는 이미 알고 있었다. 몇 달 전 그 두 사람의 결혼 소식과 아기가 태어났다는 소식을 전해 들었기 때문이었다. (굳이 그럴 필요는 없었지만 가정부는 달을 따져보았다. 그리고 입술을 깨물었다.) 몇 주 전 롤랜드가 폐렴으로 죽었다는 것도 알고 있었다. 마치 부부가 아들의 죽음을 얼마나 애통해했는지도 들었고 아들의 죽음에 며느리가 조금도 동요하지 않는 모습을 보고 이사벨과 아이들을 멀리했다는 소식도 전해 들었다.

"이름은요?"

"애덜린과 에멀린이에요."

이사벨이 졸린 목소리로 말했다.

"둘을 어떻게 구별하지요?"

그러나 어린 과부는 이미 잠이 들어 있었다. 익숙한 침대에서 꿈을 꾸는 동안, 그녀가 집을 떠났던 일과 그녀의 죽은 남편은 잊혔다. 처녀 시절의 이름이 그녀에게 되돌아왔다. 아침에 눈을 떴을 때, 이사벨은 결혼을 한 적조차 없었고, 쌍둥이는 자신이 낳은 것이 아니라 이 집에서 저절로 생겨난 것 같은 기분이 들었다. 그녀에게 모성 따위는 본래 존재하지도 않았다.

아기들도 잠이 들었다. 부엌에서 가정부와 정원사는 가냘프고 창백한 얼굴들을 들여다보며 낮은 목소리로 소곤거렸다.

"누가 누군지 어떻게 알지?"

"저도 모르겠어요."

낡은 아기 침대에 두 아이를 눕혀놓고 두 사람은 바라보았다. 반달 모양의 눈썹 두 쌍, 주름 잡힌 두 개의 입술, 솜털 같은 두 개의 머리……. 한 녀석이 한쪽 눈꺼풀을 파르르 떨더니 반쯤 눈을 떴다. 정원사와 가정부는 숨을 죽였다. 눈은 다시 감겼고 아기는 깊은 잠속으로 빠져들었다.

"이 녀석이 애덜린일 거야."

가정부가 속삭였다.

그리고 서랍에서 줄무늬 행주를 하나 꺼내 무늬가 있는 부분을 길게 두 번 잘라냈다. 그리고 빨간색을 뒤척인 아기의 손목에, 흰색을 뒤척이지 않은 아기의 손목에 묶었다.

가정부와 정원사는 각각 한 손을 아기 침대에 올려놓고 아기들을 바라보았다. 마침내 가정부가 감격스러운 표정으로 정원사를 바라보며 말했다.

"이 나이에 아기를 둘씩이나 얻다니!"

아기들에게서 고개를 들었을 때 정원사는 가정부의 동그란 갈색 눈에 눈물이 고여 있는 것을 보았다. 그는 투박한 손을 아기 침대 맞은편으로 뻗었다. 가정부는 주책없는 눈물을 닦아내고 작고 통통한 손으로 그의 손을 맞잡았다. 정원사의 손끝에 촉촉한 눈물이 느껴졌다.

두 사람이 반원을 그리며 맞잡은 손 아래에서, 그들의 떨리는 시선 아래에서, 아기들은 꿈을 꾸고 있었다.

이사벨과 찰리의 이야기를 정리하고 나니 이미 밤이 깊었다. 하늘은 어두웠고 집 안은 모두 잠들었다. 오후 내내, 그리고 밤늦도록, 나는 책상 앞에 앉아 이야기를 머릿속에서 재현했고 내 연필은 그 이야기를 한 줄 한 줄 받아 적었다. 나의 백지는 윈터 여사로부터 흘러나온 이야기로 어느덧 빼곡하게 채워지고 있었다. 연필은 이따금 왼쪽 여백으로 이동하여 이야기의 일부로 여겨졌던 윈터 여사의 어조나 제스처를 기록했다.

마침내 마지막 페이지를 옆으로 밀어놓고 나서 나는 연필을 놓고 욱신거리는 손가락을 쭉 폈다. 몇 시간 동안 윈터 여사의 목소리가 또 하나의 세계를 창조해냈고 내 안의 죽은 무언가를 깨웠다. 나는 그녀의 이야기가 만들어낸 인형극을 보았다. 그러나 그녀의 목소리가 더 이상 들리지 않았을 때에도 그녀의 모습은 내 머릿속에 남아 있었다. 그녀가 이야기를 하는 도중에 마치 마법처럼 회색 고양이 한 마리가 그녀의 무릎 위에 올라앉았다. 그녀가 쓰다듬어주는 동안 고양이는 가만히 앉아서 동그랗고 노란 눈동자를 나에게 고정했다. 나의 유령을 보았다고 해도, 나의 비밀을 보았다고 해도, 녀석은 조금도 동요하지 않고 눈을 깜빡이며 무심히 우리를 바라보았을 것이다.

"이름이 뭐죠?"

내가 물었다.

"섀도."

그녀가 덤덤하게 대답했다.

마침내 나는 침대에 누워 불을 끄고 눈을 감았다. 연필이 손가락에 옴폭한 홈을 만들어놓았다. 오랜 시간 글씨를 쓰느라 뻐근해진 오른 어깨는 풀릴 기미가 보이지 않았다. 어두웠고 눈을 감고 있었지만 넓은 여백을 두고 써내려간 나의 필체가 눈앞에 펼쳐져 있는 것 같았다. 오른쪽 여백이 내 관심을 끌었다. 아무것도 써 있지 않은 흰 공백이 눈을 따갑게 했다. 그곳은 나 자신의 논평이나 질문을 위해 남겨둔 자리였다.

어둠 속에서 나는 유령 연필을 쥐고 몽롱한 상태에서 머릿속에 떠오른 질문을 써내려갔다. 찰리가 자신의 몸에 새긴 여동생의 이름 문신은 어떻게 되었을까? 그 문신은 얼마나 오래 남아 있었을까? 그가 죽을 때까지 남아 있었을까? 관 속에서 그의 몸이 썩어갈 때에도 어둠 속에서 이사벨이라는 이름이 남아 있었을까? 너무 쉽게 잊힌 죽은 남편, 롤랜드 마치. 그리고 이사벨과 찰리. 찰리와 이사벨. 쌍둥이의 생부는 누구일까? 윈터 여사의 손바닥이 다시 눈앞에 펼쳐졌다. 사람의 살에 새겨진 Q라는 글자는 또 무슨 의미일까?

잠에 빠져들면서 질문을 써내려가는 동안 여백은 더욱 넓어졌다. 종이는 빛으로 가득했다. 커다랗게 부풀어 오른 종이가 나를 집어삼켰다. 문득 정신을 차려보니 나는 그녀의 이야기로 꾸며진 백지 속에 갇혀 있었다. 두렵기도 했고 놀랍기도 했다. 나는 무중력상태에서 밤새도록 윈터 여사의 이야기 속을 떠돌며 흰 세상에 펼쳐진 조경을 감상하고 지형을 둘러보다가, 그 세계 가장자리에서 발꿈치를 들고 저편에 있는 비밀들을 훔금거렸다.

정원

일찍 일어났다. 너무 이른 시간이었다. 하나의 목소리가 끊임없이 내 머릿속을 뒤흔들어놓았다. 주디스가 아침식사를 들고 와서 내 방문을 노크하기까지 한 시간도 더 남았다. 나는 코코아를 만들어 입을 델 만큼 뜨거운 상태로 마시고는 밖으로 나갔다.

윈터 여사의 정원은 놀라움 그 자체였다. 엄청난 면적만으로도 위압감을 주기에 충분했다. 정원의 끝이라고 생각했던 소나무 울타리가 알고 보니 정원과 정원을 구분하는 울타리였다. 그런 식의 구분이 셀 수도 없을 만큼 많았다. 산사나무 울타리, 쥐똥나무와 너도밤나무 울타리, 담쟁이와 뒤섞여 아무렇게나 뻗은, 꽃이 피지 않은 장미 덩굴, 나무를 깎거나 버드나무를 엮어 만든 펜스.

길을 따라 걸으며 이곳저곳을 둘러보았지만 도무지 전체의 윤곽을 파악할 수가 없었다. 정면에서 보았을 때 꽉 막혀 있는 것 같은 소나무 숲도 비스듬히 보면 대각선으로 길이 나 있었다. 관목 숲은 들어가기는 쉬워도 빠져나오는 것은 거의 불가능했다. 한참 전에 지나친 분수나 동상이 눈앞에 다시 나타나곤 했다. 나는 여러 번 고개를 설레설레 저으며 멍하니 서 있었다. 정원은 그 자체가 하나의 미궁이었고 교묘하게 나를 골탕 먹이고 있었다.

모퉁이를 도는 순간 역에서 집까지 나를 태워주었던 과묵한, 턱수염 기른 남자의 모습이 보였다.

"모리스라고 합니다."

그가 마지못해 자신을 소개했다.

"어떻게 여기서 길을 잃지 않을 수 있죠? 무슨 비법이라도 있나요?"

나는 정말 궁금했다.

"시간이 약이지요."

그가 고개도 들지 않고 하던 일을 하며 대답했다. 그는 새로 심은 화초 뿌리 주변의 흙을 평평하게 다지고 있었다.

모리스는 내가 정원에 있는 것이 달갑지 않은 게 분명했다. 나는 개의치 않았다. 나 역시 혼자 있기를 좋아하는 사람이었다. 그날 이후 나는 그를 만날 때마다 다른 길로 돌아갔다. 그 역시 나와 같은 생각임을 알 수 있었다. 한두 번 그가 나를 보고 갑자기 방향을 트는 것을 곁눈질로 보았기 때문이었다. 이런 식으로 우리는 서로의 영역을 지켜주었다. 우리의 공간은 서로를 피해주는 것이 조금도 불편하지 않을 정도로 넓디넓었다.

그날 오후 나는 윈터 여사를 만났고 다시 엔젤필드 사람들의 이야기를 들었다.

가정부의 이름은 던 부인이었다. 그러나 집안의 아이들에게 그녀는 항상 가정부일 뿐이었다. 그녀는 내내 그 집에 살았던 것 같았다. 흔치 않은 일이었다. 사람들은 엔젤필드에 오래 머물지 않았다. 들어오는 사람보다 나가는 사람이 더 많아지기 시작했고 어느덧 그녀가 집안일을 돌보는 유일한 사람이 되었다. 말이 가정부이지 실제로는 모든 일을 그녀가 떠맡게 되었다. 그녀는 막일꾼처럼 술독을 솔로 문질러 닦았고 불을 지폈다. 식사시간이 되면 요리사가 되었고 음식을 나를 때가 되면 집사가 되었다. 그러나 쌍둥이가 태어날 무렵 그녀는 나이가 들어 있었다. 귀도 먹었고 눈도 침침했다. 비록 그녀는 인정하지 않았지만 감당하기 벅찬 일들도 많았다.

아이들을 키우는 방법에 관해서라면 그녀도 알고 있었다. 규칙적으로 먹이고, 재우고, 씻겨야 했다. 이사벨과 찰리는 각각 지나친 관심과 지나친 무관심 속에서 자랐고 그녀는 그 결과를 똑똑히 보았다. 가정부는 이사벨과 찰리가 쌍둥이를 방치해두는 것이 오히려 다행이다 싶었고, 아이들을 잘 키우려 애썼다. 그녀에게는 나름대로 계획이 있었다. 그들의 눈앞에서, 그리고 이 혼란의 한복판에서, 쌍둥이를 평범하고 정상적인 아이들로 키워낼 생각이었다. 하루 세 번 식사하고, 저녁 6시에 잠자리에 들고,

일요일에는 교회에 가는 아이들로.

그러나 생각만큼 쉽지 않았다.

무엇보다도 그 둘이 싸우는 게 문제였다. 애덜린은 툭하면 에멀린에게 달려들어 주먹질을 했고, 발길질을 했으며, 머리채를 잡아당겼고, 닥치는 대로 두들겨 팼다. 부젓가락으로 벌겋게 달구어진 석탄을 들고 에멀린을 쫓아다녔고 그러다가 에멀린을 잡으면 머리카락을 태웠다. 가정부는 둘 중 누가 더 문제인지조차 알 수 없었다. 늘 잔인한 공격을 일삼는 애덜린이 문제인지, 아니면 늘 참기만 하는 에멀린이 문제인지. 에멀린은 제발 자기를 괴롭히지 말라고 애원할망정 한 번도 반격하지 않았다. 그저 묵묵히 고개를 숙이고 애덜린의 주먹이 어깨와 등에 꽂히기를 기다렸다. 가정부는 에멀린이 애덜린 앞에서 고개를 똑바로 쳐드는 것을 보지 못했다. 에멀린은 둘의 선함을 모두 지니고 있었고 애덜린은 그 둘의 악함만을 지니고 있었다. 가정부는 결국 그렇게 상황을 이해했고 그 논리는 그럴듯해 보였다.

게다가 식사 문제도 여간 골치 아픈 게 아니었다. 식사시간이 되면 아이들은 문자 그대로 아예 사라져버렸다. 에멀린은 먹는 걸 좋아했지만 음식에 대한 집착은 결코 규칙적인 식사 예절로 다듬어지지 않았다. 에멀린의 식욕은 엄청나고도 변덕스러워서 하루 세 번의 식사로는 채워지지 않았다. 열 번, 스무 번, 때로는 쉰 번도 좋았다. 느닷없이 먹을 것을 달라고 해서 먹을 것을 주면 몇 숟가락을 먹은 뒤 금방 시들해졌다. 허기를 느낄 때마다 곧바로 먹을 수 있도록 항상 주머니 속에 빵과 건포도를 넣고 다닌 덕에 에멀린은 늘 통통한 모습이었다. 에멀린이 식탁에 다가

올 때는 벽난로나 잔디밭에서 서성거리다 먹을 것을 주머니에 채울 때뿐이었다.

반면 애덜린은 정반대였다. 애덜린은 팔다리가 철사처럼 가늘었다. 그녀는 다른 생명체들과는 다른 에너지원을 지닌 것 같았다. 애덜린에겐 식사라는 게 없었다. 그 아이가 먹는 것을 본 사람이 없을 정도였다. 그녀는 자가 충전되는 건전지로 쉬지 않고 돌아가는 바퀴 같았다.

그러나 영원히 돌아가는 바퀴는 없었다. 전날 남겨둔 베이컨이나 빵이 사라진 빈 접시를 볼 때마다 가정부는 누구의 소행인지를 짐작하며 한숨을 쉬었다. 왜 이 집 아이들은 자리에 앉아 접시에 담긴 음식을 먹을 수가 없는 것일까?

그녀가 젊었다면 이 모든 상황을 좀 더 잘 다스릴 수 있었을지도 모른다. 아이가 둘이 아니라 하나였다고 해도 훨씬 나았을 것이다. 그러나 엔젤필드 아이들의 피에는 먹을 것과 규칙적인 생활만으로 바꾸어놓을 수 없는 암호가 숨겨져 있었다. 그녀는 그것을 보고 싶지 않았다. 그리고 아주 오랫동안 그것을 외면했다. 그러나 결국 그녀는 깨닫게 되었다. 그 쌍둥이들은 이상한 아이들이었다. 그렇게밖엔 달리 생각할 수가 없었다. 그들은 영혼 깊은 곳까지 이상한 아이들이었다.

그들이 말하는 방식만 보아도 알 수 있었다. 그녀는 부엌 창가에서 무어라고 우물거리며 다가오는 아이들을 자주 보곤 했다. 가까이 다가온 아이들에게서 그녀는 그저 이런저런 단어의 단편만을 들을 수 있을 뿐이었다. 부엌으로 들어오면 아이들은 아무 말도 하지 않았다.

"말을 똑바로 해야지요!"

가정부는 늘 아이들에게 그렇게 말했다. 그러나 그녀는 귀가 먹어갔고 아이들은 말하기를 싫어했다. 그들이 하는 말은 저희들끼리만 알아들을 수 있는 말이었고 다른 사람을 위한 것이 아니었다.

"말도 안 되는 소리!"

아이들이 아예 말을 할 줄 모르는 게 아니냐고 정원사 존이 말했을 때 가정부는 그렇게 일축했다.

"일단 말을 하기 시작하면 누구도 막을 수 없을 테니 두고 봐."

어느 겨울날, 그녀는 마침내 깨닫게 되었다. 마침 두 아이들이 모두 집에 있었다. 비가 내리고 있었고 에멀린이 따듯한 불가에 앉아 있자고 애덜린을 설득했다. 평상시에는 뿌연 안개 속에서 살았던 가정부는 그날따라 유난히 눈이 밝았고 소리도 잘 들렸다. 거실을 지나가다가 그녀는 그 아이들의 대화를 듣게 되었다. 아이들은 테니스공을 주고받듯 이야기를 주거니 받거니 하고 있었다. 그들은 미소를 짓기도 했고, 웃기도 했으며, 서로를 고약한 눈빛으로 보기도 했다. 그들의 목소리는 고함으로 높아지기도 했고 속삭임으로 잦아들기도 했다. 멀리서 들었더라면 평범한 아이들의 수다라고 생각했을 것이다. 그러나 가정부는 가슴이 무너지는 것 같았다. 그들의 언어는 그녀가 한 번도 들어보지 못한 것이었다. 적어도 영어는 아니었다. 마틸드가 살아 있을 때 들었던, 그리고 찰리와 이사벨이 여전히 사용하고 있는 프랑스어도 아니었다. 존의 말이 옳았다. 이 아이들은 제대로 말을 할 줄 몰랐다.

그 사실을 깨닫는 순간 충격에 휩싸인 그녀는 문간에 얼어붙고 말았다. 살다 보면 하나의 깨달음이 또 다른 깨달음으로 이어지는 경우가 종종 있다. 그때 벽난로 위에 있던 시계가 시각을 알렸다. 시계 아래쪽의 유리문이 열리면서 새장 속의 새가 튀어나왔다 들어갔다. 첫 번째 새소리를 듣는 순간 두 아이가 고개를 들어 시계를 바라보았다. 커다란 두 쌍의 초록색 눈동자가, 단 한 번도 깜빡이지 않고, 날개를 폈다, 접었다, 폈다, 접었다 하며 새장을 들락거리는 새를 바라보고 있었다.

그들의 눈빛이 특별히 섬뜩하다거나 비인간적인 것이었다고는 말할 수 없었다. 그저 무생물의 움직임을 바라볼 때의 눈빛이었다. 그러나 가정부는 심장까지 얼어붙는 것만 같았다. 왜냐하면 그것은 그녀가 아이들을 야단치거나 타이를 때마다 그녀를 쳐다보던 바로 그 눈빛이기 때문이었다.

그녀가 살아 있는 사람이라는 것을 아이들은 알지 못했다. 아이들은 자신들을 제외한 누구도 살아 있는 사람이라고 생각하지 않았다.

그녀가 아이들을 미워하지 않았던 것은 심성이 착했기 때문이었다. 그녀는 오히려 아이들을 측은하게 여겼다.

얼마나 외로울까. 얼마나 외로울까.

그녀는 문가에서 돌아섰다.

그날부터 가정부는 모든 기대를 접었다. 규칙적인 식사와 목욕, 일요일 예배도 좋지만 정상적인 아이들에게나 가능한 일들이었다. 그런 꿈은 창문 밖으로 날아가버렸다. 그녀가 할 일은 오직 한 가지뿐이었다. 아이들을 안전하게 지키는 것이었다.

곰곰이 생각해본 끝에 그녀는 마침내 그 아이들을 이해하게 되었다. 쌍둥이는 항상 둘이 함께 있다. 그들 세계에서는 둘인 것이 정상일 것이다. 둘이 아닌 하나인 사람들이, 그들에게 어떻게 보일까? 아마 반쪽으로 보일 거라고 가정부는 생각했다. 그녀는 신체의 일부를 잃은 사람들을 표현하는 단어를 떠올렸다. 이상한 단어라고 생각했었다. 절단자. 그 아이들에게 우리는 그런 사람이었다. 절단자들이었다.

그 아이들이 정상일까? 물론 그렇지 않았다. 그 아이들은 지금도, 그리고 앞으로도 결코 정상일 수는 없을 것이다. 그러나 그녀는 상황을 있는 그대로 받아들여야 한다고 자신에게 말했다. 쌍둥이는 쌍둥이였다. 그 아이들이 이상한 것은 어떻게 보면 **당연한 일**이었다.

물론 모든 절단자들은 자신의 짝을 찾아 완전해지고 싶어한다. 쌍둥이가 아닌 평범한 사람들은 영혼의 짝을 찾아 사랑을 하고 결혼을 한다. 자신의 불완전함으로 고통스러워하면서 잃어버린 반쪽을 찾으려 애쓴다. 그런 면에서는 가정부 역시 다른 사람들과 다르지 않았다. 그녀에게도 반쪽이 있었다. 바로 존 더딕이었다.

그들은 전형적인 의미의 부부라고는 말할 수 없었다. 그들은 결혼을 하지 않았다. 심지어는 연인도 아니었다. 열두 살, 어쩌면 열다섯 살 정도 위였던 가정부는 존 더 딕의 엄마뻘이라고는 할 수 없었지만 아내가 되기에는 나이가 너무 많았다. 두 사람이 만났을 때 가정부는 이미 그 누구와도 결혼할 생각이 없었다. 반면 그는 한창 젊은 나이였고 결혼할 생각도 있었지만 그렇게 되지 않았다. 게다가 가정부와 함께 지내게 되면서, 매일 아침 그녀와 차를 마시고 그녀가 만들어준 음식들을 먹으면서, 젊은 여자를 만나고 싶다는 생각을 하지 않게 되었다. 그들이 조금만 상상력을 발휘했더라면 자신들이 그어놓은 한계를 뛰어넘을 수도 있었을 것이다. 자신들의 감정을 있는 그대로 받아들일 수도 있었을 것이다. 서로에 대한 존경과 애정을 불현듯 깨달을 수도 있었을 것이다. 다른 시대, 다른 문화권에서라면 그가 그녀에게 청혼을 하고 그녀가 받아들일 수도 있었을 것이다. 적어도 어느 금요일 저녁, 생선과 감자 요리를 먹고 나서, 혹은 소스를 곁들인 파이를 먹고 나서, 그가 그녀의 손을, 혹은 그녀가 그의 손을 잡을 수도 있었을 것이다. 그리고 아무 말 없이 서로를 침실로 이끌 수도 있었을 것이다. 그러나 그런 생각은 한 번도 그들의 머릿속에 떠오르지 않았다. 그렇게 그들은 친구로 남았다. 그들은 오랜 세월을 함께한 부부처럼 열정의 반대편에 있는 익숙함과 든든함만을 즐기며 살았다. 단 한 번도 열정을 선택하지 않았다.

그의 이름은 존 더 딕John the Dig이었다. 모르는 사람들에게는 존 디젠스John Digence로 통했다. 쓰기 편한 이름은 아니었다. 학교를 졸업한 뒤로는(학교를 다니던 시기는 길지 않았기 때문에 빨리 지나갔다) 그는 성에서 몇 글자를 빼버림으로써 시간을 절약했다. 처음 세 글자만으로도 충분한 것 같았다. 그 세 글자만으로도 그가 누구인지, 어떤 사람인지 표현하기에 충분하지 않은가? 그래서 그는 자신의 이름을 존 딕John Dig이라고 쓰기 시작했고 언젠가부터 아이들 사이에서 존 더 딕*이라고 불리게 된 것이다.

그는 다양한 빛깔을 지닌 사람이었다. 햇살에 반짝이는 유리처럼 투명한 파란 눈동자, 태양을 향해 자라는 식물처럼 위로 뻗은 흰 머리카락, 삽질을 할 때면 분홍빛으로 달아오르는 뺨. 그 누구도 그렇게 땅을 잘 파지는 못했다. 그에게는 정원을 가꾸는 그만의 비법이 있었다. 그는 달의 모양을 보고 정원을 가꾸었다. 달이 차기 시작할 때 씨를 뿌린 다음 그 주기로 시간을 가늠했다. 그는 밤마다 주기표를 살펴보면서 모든 일의 적절한 때를 가늠했다. 그의 증조할아버지가 그런 식으로 정원을 가꾸었고 할아버지와 아버지도 그렇게 했다. 그들은 그러한 지혜를 자손에게 물려주었다.

존 더 딕의 가족은 대대로 엔젤필드 집안의 정원사였다. 엔젤필드에 수석 정원사를 비롯한 일곱 명의 조수가 있던 시절, 그의 증조할아버지는 창문 밑에서 회양목 하나를 뿌리째 뽑아 그 가지를 몇 센티미터씩 수백 개로 잘랐다. 그는 가지들을 모판에 심은 다음 25센티미터 정도로 자랐을 때 정원에 옮겨 심었다. 그는 그중 일부를 깎고 다듬어서 낮고 반듯한 울타리로 만들었고 나머지는 멋대로 자라도록 내버려두었다. 회양목들이 충분히 자란 뒤에는 둥근 모양으로 다듬었다. 어떤 사람은 피라미드 모양으로 자르라고 했고 어떤 사람들은 원뿔이나 모자 모양으로 자르라고 했다. 크고 두툼한 손을 가진 그는 자신의 초록색 재료로 모양을 만들면서 인내심을 배웠으며 레이스 뜨는 사람의 섬세함을 배웠다. 그는 동물이나 인간의 형상은 만들지 않았다. 다

* '땅 파는 사람 존'이라는 의미

른 저택의 정원에서 볼 수 있는 공작새나 사자, 자전거를 탄 실물 크기의 사람 같은 것은 만들지 않았다. 그는 기하학적이거나 난해하고 추상적인 도형을 더 좋아했다.

말년에는 조형 정원이 그의 전부가 되었다. 그는 항상 다른 일들을 빨리 끝내고 싶어했다. 그의 바람은 그저 자신의 정원에 있는 것뿐이었다. 그곳에서 자신이 만들어놓은 모양 위로 손을 움직이면서 50년 뒤, 혹은 100년 뒤, 그의 정원이 어떤 모습이 되어 있을지를 상상해보는 것뿐이었다.

그가 세상을 떠나자 그의 전지가위를 아들이 물려받았고 수십 년 뒤 다시 그의 손자가 물려받았다. 그의 손자가 세상을 떠났을 때 멀리 떨어진 곳의 큰 정원에서 도제 살이를 하고 있던 아들 존 더 딕이 그 일을 맡기 위해 돌아왔다. 초보 정원사였음에도 조형 정원은 처음부터 그의 책임이었다. 달리 어쩌겠는가? 그는 가위를 들었다. 가위 손잡이는 아버지의 손 모양으로 닳아 있었고 그는 자신의 손가락이 가위에 꼭 맞는다는 것을 알았다. 마침내 그는 보금자리를 찾았다.

조지 엔젤필드가 아내를 잃은 뒤 집안 고용인들의 수가 급격히 줄어들 때에도 존 더 딕은 남아 있었다. 정원사들이 떠나갔고 그들의 자리는 채워지지 않았다. 그는 젊은 나이에, 일찌감치 수석 정원사가 되었을 뿐 아니라 저택의 유일한 정원사가 되었다. 할 일은 태산 같았고 주인은 무관심했다. 그는 고맙다는 인사도 받지 못한 채 묵묵히 일했다. 다른 일을 찾을 수도 있었고 다른 정원 일을 맡을 수도 있었다. 그가 원했다면 어디든 갈 수 있었을 것이다. 그는 누가 보아도 믿음직스러운 일꾼이었다. 그러나 그는 엔젤필드를 떠나지 않았다. 어떻게 그럴 수 있었겠는가? 하루 종일 정원에서 일하다가 해 질 무렵 전지가위를 가죽으로 만든 가위집에 집어넣으면서 그는 자신이 손질한 나무들이 증조할아버지가 심은 것이며, 자신이 하고 있는 일이 3대에 걸쳐서 가족들이 해왔던 일이라는 사실을 굳이 떠올릴 필요가 없었다. 그 모든 것은 굳이 생각하지 않아도 이미 그의 가슴 깊이 새겨져 있었다. 그는 그 모든 것을 담담하게 받아들일 수 있었다. 그가 돌보는 나무들처럼 그 역시 엔젤필드에 뿌리를 내렸던 것이다.

무참하게 짓밟힌 자신의 정원을 바라보았을 때 그의 심정이 어땠을까? 나무들은 속살을 드러낸 채로 곳곳이 파여 있었고 둥근 부분들은 모두 잘려 바닥에 뒹굴고 있었다. 완벽한 균형을 이루고 있었던 피라미드는 한쪽으로 기울어졌고, 원뿔은 잘려나갔고 모자도 난도질을 당한 채 사방에 흩어져 있었다. 그는 잔디에 널려 있는, 아직 푸르고 싱그러운 나뭇가지들을 바라보았다. 나뭇가지들은 서서히 오그라들고 비틀어지고 말라가겠지만 아직 죽지는 않았다.

머리에서 발끝까지 전율이 관통하는 것을 느끼며 그는 멍하니 그 자리에 서서 상황을 이해해보려 애썼다. 그의 정원을 망쳐놓으려고 하늘에서 벼락이라도 떨어진 것일까? 소리 없이 내리치는 벼락도 있던가?

그렇지 않았다. 누군가가 일부러 저지른 일이었다.

모퉁이를 돌아서는 순간 그는 증거물을 발견했다. 축축한 잔디 위에 전지용 손가위와 대형 가위, 톱이 뒹굴고 있었다.

점심때가 되어도 그가 돌아오지 않자 불안해진 가정부가 그를 찾아 나섰다. 조형 정원에 들어선 순간 그녀는 한 손으로 입을 가리고 다른 한 손으로 앞치마를 꽉 움켜쥐고는 다급하게 정원을 가로질렀다.

마침내 그를 찾아낸 순간 그녀는 땅바닥에 주저앉은 그를 일으켰다. 그리고 그를 부축하여 부엌으로 돌아와서 의자에 앉혔다. 그녀는 따끈한 차를 만들었다. 그는 멍한 얼굴로 허공만 바라보았다. 그녀는 아무 말도 하지 않고 찻잔을 그의 입에 대고 기울였다. 마침내 그의 눈이 그녀를 향했다. 그의 눈에 가득한 절망감을 본 순간 그녀는 저도 모르게 눈물이 차오르는 것을 느꼈다.

"존! 말 안 해도 알아. 다 안다고."

그의 양손이 그녀의 어깨를 움켜쥐었고 그의 흐느낌은 곧 그녀의 흐느낌이 되었다.

쌍둥이들은 그날 오후 나타나지 않았고 가정부도 아이들을 찾지 않았다. 마침내 저녁 늦게 쌍둥이가 돌아왔을 때에도 존은 여전히 초췌한 얼굴로 의자에 앉아 있었다. 아이들의 모습을 보고 존은 얼굴을 찌푸렸다. 아이들의 무심한 초록색 눈빛이 마치 거실의 벽시계를 스치듯 그의 얼굴을 스쳤다.

아이들을 재우기 전 가정부는 톱과 가위에 베인 아이들의 손에 약을 발라주면서 말했다.

"존 아저씨 물건에 손대면 안 돼요. 이렇게 다치잖아요."

소용없는 일이라는 것을 알면서도 가정부는 묻지 않을 수 없었다.

"왜 그러셨어요? 도대체 왜 그러셨느냐고요? 저렇게 속상해하잖아요."

아이의 손이 그녀의 손을 잡았다.

"가정부, 슬퍼."

아이가 말했다. 에멀린이었다.

깜짝 놀란 가정부는 얼른 눈물을 닦고 에멀린을 바라보았다.

"정원사도 슬퍼."

"그래요. 우리 모두 슬퍼요."

가정부가 말했다.

아이가 웃었다. 악의 없는 웃음이었다. 죄책감도 없는 웃음이었다. 그것은 무언가를 제대로 이해했고 그것을 정확히 표현한 것을 흐뭇해하는 웃음이었다. 에멀린은 예전에도 눈물을 본 적이 있었다. 그리고 당황했었다. 그러나 이제 그 당황스러움의 답을 깨달은 것이다. 그것은 슬픔이었다.

가정부는 문을 닫고 아래층으로 내려갔다. 이것은 하나의 돌파구일 수도 있었다. 하나의 소통일 수도 있었다. 어쩌면 훨씬 더 나은 무언가의 시작일 수도 있었다. 그렇다면, 언젠가는 쌍둥이들도 세상을 이해할 수 있지 않을까?

그날 밤 나는 꿈을 꾸었다.

윈터 여사의 정원에서 나는 내 쌍둥이 자매를 만났다. 그 애가 마치 나를 품으려는 듯 커다란 황금빛 날개를 펼쳤고 나는 한없이 행복했다. 그러나 가까이 다가가 보니 그 애가 눈이 멀어 나를 볼 수 없었다. 나는 절망에 휩싸였다.

잠에서 깨어났을 때, 나는 옆구리의 통증이 잦아들 때까지 동그랗게 몸을 웅크리고 있었다.

유모차 사건

윈터 여사의 저택은 외진 곳에 있었고 이곳 사람들은 거의 고립된 생활을 하고 있었기 때문에 자갈길로 차 들어오는 소리가 들렸을 때 나는 깜짝 놀랐다. 나는 서재 창문을 통해 커다란 검은색 승용차의 문이 열리면서 키가 크고 머리색이 검은 남자가 내리는 것을 지켜보았다. 그는 현관문 안으로 사라졌고 잠시 후 벨소리가 들렸다.

다음 날 나는 그를 다시 보았다. 나는 정원에 있었다. 현관에서 3미터쯤 떨어진 곳이었다. 자갈길에 타이어 부딪히는 소리가 들려왔다. 나는 그 자리에 서서 나 자신 속으로 숨어들었다. 일부러 보려고 애쓰는 사람이라면 나를 볼 수 있을 것이다. 그러나 아무것도 보지 않으려는 사람은 대체로 아무것도 보지 못한다. 그는 나를 보지 못했다.

그의 표정은 침울했다. 대체로 무표정한 얼굴임에도 이마에 깊이 파인 주름이 그의 눈동자에 그늘을 만들었다. 그는 자동차 뒷문을 열고 가방을 꺼낸 다음 자동차 문을 닫고 계단을 올라가 벨을 눌렀다.

문 열리는 소리가 들렸고 그도, 주디스도 한마디도 하지 않았다. 그는 현관문 안으로 사라졌다.

그날 오후, 윈터 여사는 나에게 메릴리와 유모차 이야기를 들려주었다.

쌍둥이가 자라면서 그들이 탐험하는 세상도 점점 더 넓어졌다. 머지않아 아이들은 마을의 밭과 농장을 훤히 꿰게 되었다. 아이들에게는 경계나 구분에 대한 개념이 없었기 때문에 가고 싶은 곳이면 어디든지 갔다. 문을 열고 들어가면 꼭 닫아놓지는 않았다. 필요하면 울타리를 타넘었고 부엌문을 열어보고 열리면 들어갔다. 마을 사람들은 대체로 자물쇠를 채우지 않았다. 아이들은 식료품 저장실에서 먹고 싶은 것을 마음대로 집어 먹었고, 피곤하면 2층에 올라가 침대에서 잠을 잤으며, 부엌에서 프라이팬이나 국자 같은 것을 들고 나와 새를 쫓았다.

마을 사람들이 불평하기 시작했다. 그런데 누군가 쌍둥이의 소행을 고발할 때마다 비슷한 시간에 다른 장소에서 그 아이들을 보았다는 사람이 나타나곤 했다. 적어도 둘 중 한 아이는 보았다고 그들은 말했다. 그들은 그렇게 믿었다. 그렇게 해서 유령

이야기가 등장하기 시작했다. 오래된 저택치고 사연 없는 집 없었고 유령 없는 집도 없었다. 아이들이 쌍둥이였다는 점 역시 유령 이야기에 한몫을 했다. 그 아이들에게 문제가 있다는 건 누구나 인정했다. 그것이 아이들 자체의 문제이건, 아니면 다른 이유 때문이건, 사람들은 오래된 저택에 얼씬거리지 않았다. 아이들은 물론 어른들까지도 저택에서 무엇을 보게 될지 두려워했다.

그러던 어느 날, 마침내 아이들이 피우는 말썽의 정도가 유령에 대한 두려움을 넘어서게 되었다. 여자들은 폭발할 지경에 이르렀다. 때로는 쌍둥이들을 현장에서 붙잡아 고함을 지르기도 했다. 분노로 여자들의 얼굴은 일그러졌고, 입술은 빨리 움직였으며, 쌍둥이는 웃었다. 그들의 입에서 쏟아져 나오는 말의 속도 때문에 아이들이 웃는다는 사실을 그들은 알지 못했다. 그들은 아이들을 사악한 존재로 여기고 더 크게 소리를 질렀다. 쌍둥이들은 마을 사람들의 분노가 폭발하는 재미있는 광경을 한동안 지켜보다가 돌아서서 집으로 향했다.

밭에서 일하던 남편들이 돌아오면 여자들은 뭔가 조처를 취해야 한다고 남편들을 다그쳤다. 그럴 때면 남자들은 대저택의 아이들이라는 것을 잊었느냐고 반문하곤 했다.

"저택에 살건 안 살건 아이들을 그렇게 마음대로 돌아다니도록 내버려두는 건 옳지 않아요. 뭔가 조처를 취해야만 한다고요."

남자들은 감자와 고기가 담긴 접시를 앞에 두고 고개를 저으며 소용없는 일이라고 말하곤 했다.

유모차 사건이 일어나기 전까지는.

마을에는 메리 제임슨이라는 여자가 살고 있었다. 그녀는 농부인 프레드 제임슨의 부인으로, 남편과 시부모와 함께 오두막집에서 살고 있었다. 그들은 신혼부부였다. 결혼하기 전 여자의 이름은 메리 리였는데, 쌍둥이들은 그들만의 언어로 메리 리를 메릴리라고 불렀다. 그 이름은 그녀에게 어울렸다. 메리는 남편이 일하고 있는 밭으로 산책 나가곤 했다. 하루가 저물 때면 담배를 피우는 남편과 함께 나란히 나무 그늘에 앉아 있었다. 그녀의 남편은 발이 커다랗고 키가 큰, 구릿빛 피부의 남자였다. 그는 메리의 허리에 팔을 두르고 그녀를 간질이거나, 그녀의 앞가슴에 입김을 불어, 그녀를 웃기곤 했다. 그녀는 그를 골려주려고 애써 웃음을 참아보기도 했지만 결국에는 항상 웃고 말았다.

그 환한 웃음이 아니었다면 그녀는 그저 그런 보통 여자였을 것이다. 그녀의 머리카락은 금발과 비교하면 너무 어두운 갈색이었고 턱은 지나치게 뭉툭했으며 눈도 작았다. 그러나 그녀에게는 특유의 웃음이 있었다. 그녀의 웃음소리는 너무도 아름다워서 그 소리를 들으면, 그 소리를 듣는 사람의 귀가 두 눈에 조화를 부려서 그녀를 순식간에 딴사람으로 만들었다. 그렇게 웃을 때면 그녀의 두 눈은 동그란 뺨 속으로 숨어버렸고 갑작스럽게 사라진 눈 대신 입이 눈길을 끌었다. 통통한 체리 빛 입술에 희고 고른 치아. 엔젤필드의 그 누구도 그녀처럼 흰 치아를 가진 사람은 없었다. 조그만 분홍빛 혀는 고양이 혀 같았다. 그리고 그 웃음소리. 아름답고 물결치는 듯, 멈출 수 없는 음악 같은 웃음소리가 지하에서 솟아오르는 샘물처럼 그녀의 목에서 쏟아져 나왔다. 그것은 기쁨의 소리였다. 프레드는 그 웃음소리 때문에 그녀와 결혼했다. 그녀가 웃을 때면 그의 목소리도 부드러워졌다. 프레드는 그녀의 목에 입술을 대고 메리라는 이름을 속삭이고, 속삭이고, 또 속삭였다. 그의 목소리의 파장이 살갗을 간질일 때면 메리는 웃고, 웃고, 또 웃었다.

어쨌건 쌍둥이들이 저택의 정원과 공원에서 벗어나지 않았던 겨울, 메릴리는 아기를 낳았다. 그녀의 정원에 따스한 봄 햇살이 찾아올 무렵의 어느 날 그녀는 빨랫줄에 빨래를 널고 있었다. 그녀의 뒤에 검은 유모차가 한 대 있었다. 그 유모차가 어디서 난 것인지 아무도 알지 못했다. 농부의 아내가 그런 유모차를 갖는 것은 흔한 일은 아니었다. 고급 유모차였지만 두 번, 혹은 세 번 사용했던 물건을 가족 중 누군가가 자식, 혹은 손자에 대한 특별한 사랑을 표현하기 위해 싼값에 얻어다 준 것이 분명했다. 조그만 조끼와 조그만 속옷을 빨랫줄에 널면서 그녀는 지저귀는 새처럼 노래를 부르고 있었다. 그녀의 노래는 마치 검고 아름다운 유모차에 바치는 찬가 같았다. 유모차의 바퀴는 은색이었고 높았다. 그래서 유모차가 크고 검고 둥글었음에도 불구하고 왠지 가볍고 빠를 것 같은 인상을 주었다.

정원은 들판으로 이어졌는데, 낮은 울타리가 그 두 공간을 분리했다. 울타리 뒤 네 개의 초록색 눈동자가 유모차에 고정되어 있다는 것을 메릴리가 알 리 없었다.

아기가 태어나면 빨래가 많아지는 법. 메릴리는 부지런하고도 헌신적인 엄마였다. 그녀는 매일 정원에 나와 빨래를 걷고 새 빨래를 널었다. 부엌에서 행주와 아기 옷을 빠는 동안에도 그녀는 햇살을 받고 서 있는 유모차에서 눈을 떼지 않았다. 5분 간격으로 그녀는 밖으로 나와 유모차 차양의 각을 조절하고 담요를 하나 더 덮어주거나 그저 노래를 부르다가 들어갔다.

유모차에 마음을 빼앗긴 사람은 메릴리만이 아니었다. 에멀린과 애덜린 역시 유모차에 반했다.

그러던 어느 날, 메릴리가 빨래 바구니를 들고 나와 보니 유모차가 사라지고 없었다. 그녀는 그 자리에 얼어붙었다. 입을 벌렸고 양손으로 뺨을 감쌌다. 빨래 바구니가 화단에 떨어졌고 옷가지와 양말이 화초 위로 흩어졌다. 메릴리는 울타리와 덤불 쪽으로는 눈길도 주지 않았다. 그녀는 믿을 수 없다는 듯 왼쪽, 오른쪽으로 두리번거렸다. 두려움은 걷잡을 수 없이 커졌고 결국 그녀는 파란 하늘이 두 쪽으로 갈라질 정도로 높은 외마디 비명을 질렀다.

세 집 건너 채소밭에서 일하던 그리핀 씨가 하던 일을 멈추고 울타리 쪽으로 걸어 나왔다. 부엌일을 하던 이웃집 스톡스 할머니도 현관으로 달려 나왔다. 그들은 모두 놀란 얼굴로 메릴리를 바라보았다. 늘 웃기만 하던 그녀가 그런 비명을 지를 수도 있다는 것을 미처 몰랐다는 듯이.

비명소리에 말할 기운마저 모두 쏟아 부은 듯 그녀는 멍하니 그들을 바라보았다.

그리고 마침내 말했다.

"아기가 없어졌어요!"

말이 떨어지기 무섭게 모두들 민첩하게 움직이기 시작했다. 그리핀 씨는 세 개의 울타리를 한달음에 넘어 눈 깜짝할 사이에 달려와 메릴리의 팔을 잡고 그녀를 현관 쪽으로 부축했다.

"없어졌다고? 어떻게 없어졌단 거야?"

스톡스 할머니는 현관에서 사라지는가 싶더니 잠시 후 그녀의 정원에 서서 사람들에게 도와달라고 소리를 지르고 있었다.

사람들이 웅성거리며 모여들었다.

"무슨 일이야? 왜들 그래?"

"없어졌대! 정원에서! 유모차에 탄 채로!"

"자네 둘은 저쪽으로! 나머지는 이쪽으로!"

"누가 가서 애 아빠 좀 데려오지!"

그녀의 집 앞이 시끌벅적해졌고 모두들 분주하게 움직였다.

반면 집 뒤쪽은 조용했다. 메릴리의 빨래는 나른한 오후의 햇살을 받으며 사방에 널려 있었고 그리핀 씨의 삽이 흙더미 옆에 나뒹굴었으며 에멀린은 유모차의 은빛 손잡이를 황홀한 듯 어루만지고 있었고 애덜린이 유모차를 움직여볼 생각으로 에멀린을 걷어찼다.

그들은 유모차를 '붕!'이라고 불렀다.

그들은 오두막집의 뒤쪽 들길을 따라 유모차를 끌었다. 생각만큼 쉽지는 않았다. 유모차가 아주 무거웠던 데다, 길이 워낙 울퉁불퉁했다. 길 가장자리 쪽이 조금 높았기 때문에 유모차는 비스듬히 굴러갔다. 평지에서라면 네 바퀴가 모두 굴렀겠지만 새로 길을 다지느라 파헤쳐놓은 흙 속으로 바퀴가 파묻혔다. 손잡이에 부딪히는 엉겅퀴와 가시나무 때문에 걸음은 더욱 더뎌졌다. 2킬로미터 가까이 끌고 갔다는 건 그야말로 기적이었다. 그러나 그곳은 그들의 영역이었다. 그들은 필사적으로 유모차를 끌며 집으로 향했다. 온힘을 쏟아부었지만 하나도 힘이 들지 않았다. 바퀴에서 엉겅퀴를 떼어내느라 손가락에서 피가 났지만 멈추지 않았다. 에멀린은 노래까지 부르면서 유모차를 쓰다듬으며 키스를 했다.

마침내 들판을 지났고 저택이 눈에 들어왔다. 그러나 곧바로 집으로 가는 대신 그들은 사슴 공원의 언덕으로 방향을 틀었다. 장난을 치고 싶었다. 그들은 지칠 줄 모르는 열정으로 가장 먼 언덕 꼭대기까지 끌고 가서 유모차를 세웠다. 그들은 유모차에서 아기를 꺼내 땅에 내려놓았다. 애덜린이 유모차에 올라탔다. 무릎을 세우고 유모차의 양쪽 가장자리를 잡은 애덜린은 얼굴이 창백해졌다. 애덜린이 눈짓을 하자 에멀린이 있는 힘을 다해 유모차를 밀었다.

처음에는 천천히 굴러갔다. 땅이 고르지 않았던 데다 윗부분은 경사가 심하지 않았다. 그러나 차츰 가속도가 붙었다. 검은 유모차는 한낮의 태양 속에서 쏜살같이 굴러 내려갔다. 속도는 점점 더 빨라졌고, 은빛 손잡이가 흐릿해졌고, 마침내는 보이지도 않았다. 경사가 급해졌고 곳곳에 널린 돌부리에 양옆으로 요동을 쳐서 금방이라도 뒤집힐 것만 같았다.

비명소리가 하늘을 갈랐다.

"아아아아아!"

유모차가 질주하는 동안 애덜린은 쾌감으로 몸을 부르르 떨었다. 온몸의 감각이 얼얼해졌다.

그러다가 어느 순간, 유모차의 운명이 결정되었다. 유모차의 바퀴 중 하나가 돌부리에 세게 부딪혔다. 바퀴가 돌에 부딪히는 순간, 불꽃이 일었다. 그리고 유모차는 언덕 아래쪽이 아닌 태양을 향해 바퀴를 위로 한 채로 날아올랐다. 푸른 하늘에서 한 바퀴를 회전한 다음, 마치 대지가 유모차를 잡으려고 솟아오른 듯했고, 곧바로 뭔가 부서지는 듯한 소리가 들려왔다. 애덜린의 높은 비명소리가 하늘에 울려 퍼졌고 갑자기 주위가 고요해졌다.

에멀린이 언덕을 달려 내려왔다. 하늘을 향한 유모차의 바퀴는 반은 빠져나간 채로 비틀어져 있었고 또 하나의 바퀴가 조금 전의 긴박함을 잊은 채 천천히 돌아가고 있었다.

찌그러진 검은 유모차 속에서 흰 팔 하나가 삐져나왔다. 자갈로 뒤덮인 땅바닥에서 이상한 각도로 뻗은 손이었다. 그 손에는 자줏빛 산딸기 얼룩과 엉겅퀴에 긁힌 자국이 있었다.

에멀린은 무릎을 꿇었다. 찌그러진 유모차 속은 컴컴했다.

그 속에서 무언가가 움직였다. 한 쌍의 초록색 눈동자가 그녀를 바라보고 있었다.

"붕!"

애덜린이 말하며 웃었다.

게임은 끝났다. 이제 집으로 돌아갈 시간이었다.

자신의 이야기를 할 때를 빼면 윈터 여사는 인터뷰 중에 거의 말을 하지 않았다. 처음에는 서재에 들어서면서 "몸은 좀 어떠세요?"라고 묻곤 했지만 그녀는 꾸짖는 투로 퉁명스럽게, "안 좋아. 자넨 어떤가?"라고 대답할 뿐이었다.

나는 그녀의 질문에 대답하지 않았다. 그녀도 내 대답을 기다리지 않았다. 대화는 그렇게 끝나고 말았다. 나는 늘 약속 시간보다 1분 일찍 서재에 가서 벽난로 맞은편에 놓인 내 의자에 앉아 가방에서 노트를 꺼냈다. 그러면 서론도 없이, 지난번에 끝낸 부분에서부터 그녀의 이야기가 시작되었다. 이야기는 시간에 구애받지 않았다. 때로는 하나의 이야기가 끝나면서 자연스럽게 인터뷰가 끝났다. 이야기를 끝맺을 때면 그녀의 목소리에서 비장함이 묻어났기 때문에 결코 혼란스럽지는 않았다. 그녀의 맺음말 뒤에는 책에서 한 장章이 끝났을 때 나오는 백지처럼 분명한 침묵이 이어졌다. 나는 마지막 한 줄을 쓴 다음 노트를 덮고 내 물건들을 챙겨서 일어섰다. 때로는 느닷없이 이야기의 중간에서, 혹은 문장 중간에서 이야기가 끊어진 적도 있었다. 그럴 때면 그녀의 창백한 얼굴에서 무언가를 견디는 것 같은 긴장감이 감돌았다.

"제가 도울 일이라도……."

그녀의 그런 모습을 처음 보았을 때 내가 물었다.

그러나 그녀는 눈을 감고 내게 그만 가보라는 손짓을 할 뿐이었다.

메릴리와 유모차 이야기를 마쳤을 때 나는 연필과 노트를 가방에 넣은 뒤 일어서며 말했다.

"며칠만 나갔다 올게요."

"안 돼."

그녀는 단호했다.

"죄송하지만 어쩔 수 없어요. 며칠만 있을 생각으로 짐을 챙겨 왔는데 벌써 일주일이 넘었어요. 이렇게 오래 있게 될 줄은 몰랐거든요. 챙겨 올 것들이 좀 있어요."

"모리스가 시내로 자넬 데려다줄 테니, 거기서 필요한 것들을 사도록 해."

"책들이 필요해요."

그녀가 서재의 책장들을 가리켰다.

나는 고개를 저었다.

"죄송해요. 하지만 꼭 다녀와야겠어요."

"시간이 많다고 생각하고 있는 모양이군. **자네한텐** 그렇겠지. 하지만 분명히 말해두겠는데, 내겐 시간이 많지 않아. 그 얘기는 더 듣고 싶지 않으니, 이걸로 끝내지."

나는 입술을 깨물었다. 조금 망설여지긴 했다. 그러나 용기를 냈다.

"우리 약속 기억하세요? 세 가지 진실. 직접 확인해보고 싶어요."

그녀가 머뭇거렸다.

"내 말을 못 믿겠다는 건가?"

나는 그녀의 질문을 무시했다.

"제가 확인해볼 수 있는 세 가지 사실. 약속하셨잖아요."

그녀는 화가 난 듯 입술에 힘을 주었지만 결국 허락했다.

"월요일 날 떠나게. 꼭 사흘이야. 그 이상은 안 돼. 모리스가 역까지 데려다줄 거야."

메릴리와 유모차 이야기를 정리하고 있는데 누군가 방문을 두드렸다. 저녁시간이 아니었기 때문에 조금 의외였다. 주디스는 한 번도 내 작업을 방해한 적이 없었다.

"응접실로 좀 나오시겠어요? 박사님께서 좀 보자고 하십니다."

그녀가 말했다.

거실로 들어서자 현관에서 보았던 남자가 자리에서 일어섰다. 나는 악수에 서툴렀기 때문에 그가 악수를 청하지 않는 것이 반가웠다. 그러나 우리는 어떻게 인사를 해야 할지 몰라 잠시 허둥거렸다.

"윈터 여사의 전기 작가 되십니까?"

"아직은 모르겠어요."

"아직은 모르신다고요."

"여사님의 이야기가 진실이라면 제가 그분의 전기 작가가 맞아요. 하지만 그렇지 않을 경우에는, 전 그냥 비서일 뿐이죠."

"흠…… 그게 뭐 중요합니까?"

그가 물었다.

"누구한테 말인가요?"

"당신한테요."

알 수 없었다. 그러나 그의 질문이 무례하다는 것은 알고 있었다. 나는 대답을 하지 않았다.

"윈터 여사의 주치의이신가요?"

"그렇습니다."

"왜 절 보자고 하셨죠?"

"제가 보자고 한 게 아니라, 윈터 여사께서 당신을 좀 만나달라고 하시더군요. 여사님의 건강 상태를 정확히 알려주었으면 좋겠다고 하셨습니다."

"그렇군요."

그는 과학적 명쾌함으로 설명을 시작했다. 그는 단 몇 마디로 그녀를 죽음으로 몰고 가고 있는 병명과 그녀가 겪고 있는 증상, 고통의 정도에 대해 이야기했고 하루 중 약물로 고통을 최소화할 수 있는 시간이 언제인지도 알려주었다. 그리고 그녀가 앓고 있는 몇 가지 다른 질환들에 대해서도 이야기했다. 다른 병이 먼저 그녀를 무너뜨리지 않는다면 그것들 역시 그녀를 죽음에 이르게 할 수도 있다고 했다. 그는 마지막으로 자신이 아는 범위 내에서 병의 예후를 설명했고, 정말 필요할 때를 대비하여 약물의 투입량을 조절해야 한다고 말했다.

"시간이 얼마나 남았죠?"

그가 설명을 끝냈을 때 내가 물었다.

"그건 말할 수 없습니다. 다른 사람 같았으면 벌써 끝났을 테니까요. 윈터 여사는 강한 분입니다. 그리고 당신이 여기 온 이후로……."

그가 말을 멈추었다. 자기도 모르게 비밀을 털어놓은 사람 같은 표정이었다.

"**제가** 여기 온 이후로?"

그가 나를 보았다. 그는 잠시 망설이는 듯했지만 이내 결심을 하는 듯이 보였다.

"당신이 여기 온 이후로 상태가 조금 호전된 것 같습니다. 여사님은 이야기의 마취 효과 때문이라고 하시더군요."

그의 말을 어떻게 받아들여야 할지 당혹스러웠다. 내 생각을 정리하기도 전에 그가 다시 말을 이었다.

"어딜 다녀오신다고요?"

"그것 때문에 제게 이 얘기를 하시는 건가요?"

"시간이 많지 않다는 것을 당신이 알았으면 하는 것뿐입니다."

"잘 알았다고 전해주세요."

우리의 대화는 그걸로 끝이었다.

그는 나를 위해 문을 열어주었다. 그리고 내가 문을 나서는 순간 그는 또 한 번 뜻밖의 말을 했다.

"혹시 열세 번째 이야기……."

그 순간 나는 그때까지 비교적 냉정했던 그의 얼굴에 떠오른, 인내심을 잃은 독자의 조바심을 보았다.

"그런 말씀은 안 하셨어요. 설사 말씀하셨다고 해도 말씀드릴 수 없고요."

그의 눈빛이 냉랭해졌고 입술과 코끝이 씰룩거렸다.

"그럼, 리 양, 또 뵙겠습니다."

"안녕히 가세요."

모슬리 부부

마지막 날 윈터 여사는 모슬리 부부 이야기를 들려주었다.

남의 문을 열어놓고 다닌다거나 남의 집 안을 제멋대로 돌아다니는 것과 아기를 태운 채로 유모차를 끌고 가는 것은 사뭇 얘기가 달랐다. 아기를 찾았다고 해서 문제가 해결되는 게 아니었다. 도저히 그냥 넘어갈 수 없는 일이었고 무언가 조처가 필요한 일이었다.

사람들은 이런 일로 찰리를 찾아갈 생각은 하지 않았다. 이상한 집안이라는 것을 그들도 알고 있었고 그를 만나는 것이 두렵기도 했을 것이다. 이웃사람들이 거리를 두었던 것이 찰리 때문이었는지, 이사벨 때문이었는지, 아니면 유령 때문이었는지는 분명치 않았다. 대신 사람들은 모슬리 박사를 찾아갔다. 그는 이사벨의 어머니가 아기를 낳을 때 늦게 도착해서 산모를 죽음에 이르게 한 원인을 제공한 그 의사는 아니었다. 그 마을에 온 지 8년, 혹은 9년쯤 된 새 의사였다.

모슬리 박사는 40대 중반으로 젊다고는 말할 수 없었지만 젊어 보였다. 키는 크지 않았고 체격이 좋은 편도 아니었지만 늘 생기가 넘쳤다. 몸에 비해 다리가 길어서 힘 들이지 않고도 빨리 걸을 수가 있었다. 실제로 그는 누구보다도 걸음이 빨랐다. 허공에 대고 이야기를 하다가 뒤를 돌아보면 같이 걷던 사람이 저 뒤에서 허겁지겁 쫓아오는 일도 그에겐 허다했다. 이러한 신체적 에너지는 내면의 열정과도 조화를 이루었다. 항상 때와 장소를 알고, 적절한 사람에게 적절한 말을 하는, 조용하면서도 빠른 그의 목소리에서는 사려 깊은 성품이 배어났다. 새의 눈처럼 짙은 갈색 눈동자는 날카롭고 진지하고도 강렬했으며 눈동자 위에 자리 잡은 눈썹도 단정했다.

모슬리 박사는 자신의 에너지를 주위에 전파하는 능력을 지니고 있었다. 그것은 의사인 그에게 장점으로 작용했다. 그가 집으로 찾아와 문을 두드리면 환자들은 벌써 기분이 좋아졌다. 모두들 그를 좋아했다. 그 자신이 원기 회복제라고 사람들은 말하곤 했다. 마을 사람들의 삶과 죽음이 그의 손에 달려 있었고, 살아날 경우에는(대부분의 경우 살아났지만), 어떻게 사는가도 그의 손에 달려 있었다.

모슬리 박사는 지적인 활동을 즐기는 사람이었다. 모든 병은 그에게 수수께끼와도 같았다. 그는 수수께끼를 풀 때까지 결코 쉬지 않았다. 환자들은 밤새도록 그 수수께끼와 씨름하다가 환자에게 몇 가지 질문을 더 하려고 날이 밝기 무섭게 찾아오는 그의 모습이 낯설지 않았다. 그렇게 해서 진단이 내려지고 나면 병은 치료되었다. 그는 물론 많은 책들을 탐독했고 통상적인 치료법에 대해서도 훤했다. 그러나 그는 목이 부은 것과 같은 단순한 증상을 다룰 때조차도 다른 각도로 보려고 노력함으로써 단지 목을 낫게 하는 것뿐 아니라, 그것을 전혀 새로운 각도에서 이해하려는 남다른 자세를 갖고 있었다. 열정적이고 지적이며 사랑스러운 그는 뛰어난 의사였으며 인격적으로도 범상치 않았다. 그러나 모든 인간이 그렇듯이 그에게도 약점은 있었다.

마을 대표단은 아기의 아버지와 할아버지, 무슨 일이건 나서기 좋아하는, 피로한 기색이 역력한 술집 주인으로 이루어졌다. 모슬리 박사는 그 세 사람을 반갑게 맞아들인 뒤 두 사람이 그간의 이야기를 하는 동안 주의 깊게 들었다. 그들은 열려 있는 문 이야기에서 시작했고 그다음엔 프라이팬이 사라진 이야기를 했으며, 마지막으로 유모차에 탄 아기가 사라진 이야기를 했다.

"꼭 미친 애들 같아요."

젊은 프레드 제임슨이 결론적으로 말했다.

"제정신이 아닌 게 분명해."

늙은 프레드 제임슨도 거들었다.

"보너 씨 생각은 어떠세요?"

그때까지 한마디도 하지 않고 있던 술집 주인 윌프레드 보너에게 모슬리 박사가 물었다.

보너 씨는 천천히 모자를 벗으며 한숨을 쉬었다.

"글쎄요. 저는 의사는 아니지만, 제가 보기에도 그 아이들한테는 **뭔가 문제가 있습니다.**"

그는 자못 심각한 표정으로 그렇게 말한 뒤 모슬리 박사가 이해하지 못했을 경우를 대비하여 자신의 대머리를 한 번, 두 번, 세 번 두드렸다.

세 사람 모두 바닥만 내려다보고 있었다.

"저한테 맡기세요. 제가 만나서 얘기를 해보겠습니다."

마을 사람들은 일어섰다. 그들은 할 일을 했다. 이제 그 문제는 마을의 해결사인 의사에게로 넘어갔다.

만나서 얘기를 해보겠다고는 했지만 박사가 먼저 만나 이야기한 사람은 그의 아내였다. 남편의 이야기를 듣고 나서 아내가 말했다.

"그 사람들이 나쁜 뜻으로 그런 말을 한 건 아니겠지만, 여자애들이 어떻게 노는지 당신도 알잖아요? 인형보다는 진짜 아기가 훨씬 더 재미있었겠죠. 다치게 할 생각은 없었을 거예요. 물론 다시는 그런 일이 없도록 주의를 주어야 하겠지만요. 어쨌건 메리가 무척 속이 상했겠네요."

그녀는 바느질을 하면서 고개를 들어 남편을 바라보았다.

모슬리 부인은 매력적인 여자였다. 커다란 갈색 눈동자와 추켜 올라간 긴 속눈썹, 희끗희끗한 짙은 갈색 머리카락은 소박하게 하나로 틀어 올렸지만 그녀의 아름다움을 감추지는 못했다. 그녀가 움직일 때면 특유의 여성스러운 우아함이 배어났다.

박사 역시 아내가 아름답다는 것을 알고 있었지만 그 아름다움을 느끼기에는 두 사람의 결혼 생활이 너무 길었다.

"마을 사람들은 그 아이들이 정신적으로 문제가 있다고 생각하고 있소."

"그럴 리가요!"

"적어도 윌프레드 보너는 그렇게 생각하고 있는 것 같아."

그녀는 믿을 수 없다는 듯 고개를 저었다.

"그 아이들이 쌍둥이라서 괜히 이상하게 생각하는 거겠죠. 다 옛날에나 하던 얘기고 요즘 사람들은 그렇게 생각하지 않아요."

박사는 과학적인 사람이었다. 물론 쌍둥이라고 해서 정신적으로 문제가 있다고 보는 것은 통계학적으로 전혀 근거가 없는 얘기였지만 직접 확인하기 전에는 그 가능성을 배제할 수 없었다. 종교적 소신 때문에 어떤 사람이건 정신적으로 문제가 있다고 생각하는 것을 금기시하는 아내가 마을 사람들의 이야기가 근거 없는 추측이라고 생각하는 것은 당연했다.

"당신 말이 옳아."

그녀의 말이 틀렸음을 확신하는 듯한 모호함으로 그가 중얼거렸다. 그는 아내가 진실만을 믿도록 설득하는 것을 이미 오래전에 포기했다. 아내는 옳은 것과 좋은 것의 차이를 인정하지 않는 종교 속에서 성장한 사람이었다.

"어쩔 생각이에요?"

아내가 그에게 물었다.

"일단 가서 만나봐야지. 찰스 엔젤필드는 좀 괴짜이긴 하지만 내가 가면 만나주겠지."

모슬리 부인이 고개를 끄덕였다. 남편의 말에 동의하지 않는다는 그녀만의 표현이었지만 그는 알지 못했다.

"아이들 엄마는요? 그 여자에 대해 아는 게 좀 있어요?"

"아주 조금."

박사는 생각에 잠겼고 그의 아내는 바느질을 계속했다. 15분쯤 지난 뒤 박사가 말했다.

"테오도라, 당신이 가보면 어떻겠소? 아무래도 여자가 가면 더 편하게 생각하지 않을까? 당신 생각은 어때?"

그렇게 해서 사흘 뒤 모슬리 부인이 저택 앞에서 현관문을 두드리게 되었다. 아무도 나오지 않았고 그녀는 얼굴을 찌푸렸다. 오늘 방문하겠다고 미리 전갈까지 보내놓은 터였다. 하는 수 없이 그녀는 저택을 돌아 뒷문 쪽으로 갔다. 부엌문이 열려 있었고 그녀는 노크를 하며 안으로 들어섰다. 아무도 없었다. 모슬리 부인은 주위를 둘러보았다. 식탁 위에 사과 세 알이 뒹굴고 있었다. 갈색으로 쪼글쪼글해진 사과는 썩어가고 있었다. 싱크대 옆에는 더러운 접시들과 행주들이 쌓여 있었고 시커먼 유리창은 밖이 밤인지 낮인지조차 분간할 수 없을 정도였다. 그녀는 코를 킁킁거리며 냄새를 맡아보았다. 그 냄새가 그녀가 궁금해하는 모든 것을 말해주고 있었다. 그녀는 입술에 힘을 주고 어깨를 편 뒤 거북 등가죽으로 만든 핸드백 손잡이를 꼭 움켜쥔 다음 걸음을 옮겼다. 그녀는 이사벨을 찾아 이 방 저 방으로 돌아다녔다. 가는 곳마다 불결하고 뒤죽박죽이었으며 난잡했다.

가정부는 쉽게 지쳤다. 때로는 계단을 오르는 것조차 힘들어 했고 눈도 침침했다. 청소를 하지 않고 했다고 생각하기도 했으며 청소를 해야겠다고 생각하다가도 잊어버렸다. 청소 따위는 아무도 신경 쓰지 않는다는 것을 그녀도 알고 있었다. 가정부는 오직 아이들을 먹이는 일에만 신경을 썼다. 어쩌면 그것만이라도 할 수 있다는 것이 다행이었다. 그러니 집 안은 더럽고 먼지가 쌓일 수밖에 없었다. 그림이 비뚤어지면 그 상태로 10년이 갔다. 한번은 찰리가 서재에 있다가 휴지통을 찾았다. 휴지통이 보이지 않자 그는 휴지통이 있던 자리에 휴지를 버렸다. 그리고 어느 순간, 일주일에 한 번 휴지를 버리는 것보다는 1년에 한 번 버리는 게 낫다는 생각이 들었다.

모슬리 부인은 눈앞에 펼쳐진 광경이 마음에 안 들었다. 그녀는 반쯤 닫힌 커튼들과 더러운 은식기들을 바라보며 얼굴을 찌푸렸고 계단에 뒹구는 프라이팬과 복도 바닥에 흩어져 있는 악보들을 보고 고개를 저었다. 거실 바닥에서 카드 한 장이 떨어져 있는 것을 보고 그녀는 무의식적으로 몸을 숙였다. 스페이드 3이었다. 그러나 주위를 둘러보니 나머지 카드들이 전부 바닥에 흩어져 있었다. 그녀는 기가 막혔다. 한마디로 엉망진창이었다. 손에 들고 있던 카드를 본 순간, 그녀는 카드가 온통 먼지투성이임을 깨달았다. 흰 장갑을 끼고 있던 그녀는 카드를 그만 놓고 싶어졌다. 그러나 어디에 놓는단 말인가? 그렇게 몇 초 동안 그녀는 깨끗한 장갑과 먼지투성이 끈끈한 카드와의 접촉을 끝내고 싶다는 욕망에 휩싸였다. 그러나 그 카드를 본래 있던 자리에 놓아두는 것은 옳지 않은 것 같았다. 결국 그녀는 몸서리를 치면서 그 카드를 소파의 가죽 팔걸이 위에 올려놓은 뒤 안도하며 거실을 나왔다.

서재는 그나마 나은 편이었다. 거기에도 먼지가 쌓여 있었지만 최소한 카펫을 볼 수 있었다. 모든 책들이 제자리에 꽂혀 있다는 것이 오히려 신기했다. 이 더럽고 난잡한 집 안에서 그나마 질서라는 것이 조금이라도 남아 있는 곳인 모양이라고 생각하는 순간 그녀는 간이 침상을 발견했다. 두 개의 책장 사이에 놓인 침상 위에는 벼룩이 들끓는 담요와 더러운 베개가 놓여 있었다. 처음에는 고양이의 침상으로 생각했다. 그러나 자세히 들여다보니 베개 밑에 책이 있었다. 꺼내 보았더니 《제인 에어》였다.

그녀는 서재에서 나와 피아노방으로 갔다. 피아노방도 다른 곳들과 똑같이 엉망이었다. 가구들은 마치 숨바꼭질을 하려고 옮긴 것처럼 이상하게 배치되어 있었다. 긴 의자 하나가 벽에 붙어 있었다. 또 다른 의자 하나는 창문 밑에서 조금 앞으로 튀어나온 서랍장 뒤에 반쯤 숨겨져 있었다. 카펫이 저만치 밀려난 자리는 먼지의 두께와 색깔이 확연히 달랐다. 피아노 위에 놓인 꽃병 속에 시커멓게 말라비틀어진 꽃들의 가장자리로 먼지가 재처럼 쌓여 있었다. 모슬리 부인은 손을 뻗어 꽃 한 송이를 꺼냈다. 꽃은 그녀의 흰 장갑에 노란색과 회색 얼룩을 남기며 부스러지고 말았다.

모슬리 부인은 피아노 의자에 털썩 주저앉았다.

그녀는 나쁜 여자가 아니었다. 항상 하느님이 자신의 모든 행동을 지켜보고 있으며 모든 말을 들을 거라고 믿을 정도로 신앙심이 깊은 여자였다. 게다가 자신의 잘못을 인정하기에는 지나치게 자존심이 강한 여자였다. 그녀는 선한 사람이었다. 다시 말해서 그녀가 하는 모든 잘못된 행동은 무의식적인 것이었다.

피아노 의자에 앉아 허공을 바라보면서 그녀는 무슨 생각을 했을까? 이 집 사람들은 꽃병에 물을 채울 줄도 모르는 사람들이었다. 아이들이 그렇게 무례한 것도 당연했다. 죽은 꽃들을 바라보면서 그녀는 상황의 심각성을 깨달았다. 그리고 무의식적으로 장갑을 벗고 피아노 건반 위에 손을 올려놓았다.

집 안에 울려 퍼진 피아노 소리는 피아노 소리 같지 않은 거친 선율이었다. 오랫동안 조율을 하지 않고 닫아둔 것이 한 이유였다. 또 한 가지 이유는 곧바로 또 다른 악기의 선율이 끼어들었기 때문이었다. 그것은 마치 꼬리를 밟힌 고양이의 비명처럼 신경질적이고도 거친 쇳소리 같은 것이었다.

그 소리를 듣는 순간 모슬리 부인은 소스라치게 놀랐다. 그녀는 피아노를 바라보면서 그 자리에서 일어나 양손으로 두 뺨을 가렸다. 당황한 그녀는 자신이 혼자가 아니었음을 어렴풋이 깨닫고 있었다.

가엾은 모슬리 부인.

흰옷을 입은 누군가가 바이올린을 휘두르는 것도, 그 바이올린이 순식간에 엄청난 힘으로 그녀의 머리를 내리친 것도 그녀는 알지 못했다. 그녀가 상황을 파악하기도 전에 바이올린이 그녀의 두개골을 내리쳤고, 암흑이 밀려왔으며, 그녀는 의식을 잃고 바닥에 쓰러졌다.

그녀는 양팔을 늘어뜨린 채로, 흰 손수건은 여전히 시곗줄 안에 끼워둔 채로, 생명이라고는 한 방울도 남아 있지 않은 것처럼 바닥에 뻗었다. 그녀가 바닥에 쓰러질 때 일어났던 먼지가 조용히 도로 내려앉았다.

그녀는 그렇게 30분을 누워 있었다. 달걀을 가지러 나갔던 가정부가 우연히 피아노방 안에 누워 있는 낯선 형체를 보게 되었다. 전에는 본 적이 없던 것이었다.

흰옷 입은 사람은 보이지 않았다.

이야기를 백지에 적어 내려가는 동안 윈터 여사의 목소리가 서재를 채웠던 것과 똑같은 생생함으로 내 방 안을 채우고 있었다. 그녀에게는 마치 나의 기억 속에 말을 새겨 넣는 것 같은 특유의 방식이 있었다. 그녀의 이야기는 사진 기록처럼 정확했다. 그러나 여기서, '흰옷 입은 사람은 보이지 않았어'라고 그녀는 말했다.

그리고 거기서 말을 멈추었다. 나도 기록하던 것을 멈추었다. 그다음엔 어떻게 되었을까 생각하는 동안 내 연필이 허공을 맴돌았다.

이야기에 완전히 몰입했던 나는 바닥에 쓰러져 있는 이야기 속 모슬리 부인에서 그 이야기하는 사람에게로 시선을 옮기기가 쉽지 않았다. 혼란스러웠다. 윈터 여사의 창백한 얼굴에 노란빛과 회색빛이 감돌았고, 항상 꼿꼿하던 자세는 마치 눈에 보이지 않는 공격을 당하고 있는 듯 무너져 있었다. 그녀의 입술이 떨렸다. 마지막이 다가옴에 따라 더 이상은 힘을 주어 반듯하게 입술을 다물 수도, 억지로 근엄한 표정을 지을 수도 없는 지경이 된 게 아닌가 싶었다.

나는 자리에서 일어났지만 어떻게 해야 좋을지 알 수 없었다.

"저…… 많이 아프세요?"

내가 무기력하게 물었다.

"늑대가……."

내 귀에는 그렇게 들렸다. 그러나 말을 하려고 애쓰는 것만으로도 그녀의 입술은 떨리기 시작했다. 그녀가 눈을 감았다. 숨을 쉬려고 사투를 벌이는 것 같았다. 주디스를 찾으러 가려는 순간 윈터 여사가 가까스로 정신을 차렸다. 가쁘게 오르락내리락하던 그녀의 가슴이 천천히 가라앉았고 얼굴에 드리워졌던 고통의 전율도 잦아들었다. 그녀는 죽은 사람처럼 핏기 없는 얼굴로 눈을 뜨고 나를 바라보았다.

"한결 낫군."

그녀가 힘없이 말했다.

나는 천천히 내 의자로 돌아갔다.

"늑대 이야기를 하신 것 같은데……."

"시커먼 늑대 놈이 틈만 나면 내 뼈를 물어뜯는다네. 항상 문 뒤에서 틈을 노리고 있어. 녀석은 이걸 무서워하거든."

그녀가 옆에 놓인 흰 알약을 가리키며 말했다.

"하지만 약 기운은 오래가지 않아. 벌써 12시가 다 되었으니 이제 약 기운이 떨어질 때가 된 거지. 녀석이 내 목에 코를 대고 킁킁거릴 거야. 12시 30분쯤 되면 나를 깨물고 할퀴기 시작하지. 내가 약을 먹을 수 있는 1시가 될 때까지. 1시가 되면 녀석은 다시 문 뒤로 돌아가야만 해. 우리는 항상 시계를 보고 있다네. 녀석과 나 둘이서 말이야. 녀석은 꼭 5분 먼저 나를 공격하지. 하지만 나는 5분 일찍 약을 먹을 수가 없어. 그러니 늘 똑같을 수밖에."

"하지만 의사 선생님이……."

"물론 일주일에 한 번, 아니면 열흘에 한 번만 처방을 했지. 하지만 그 정도론 부족해. 박사는 물론 날 죽이는 장본인이 되고 싶지 않을 테지. 결국 난 때가 되면 늑대한테 물려 죽게 될 거고."

그녀가 덤덤한 표정으로 나를 바라보았다. 그리고 표정이 조금 부드러워졌다.

"여기 약이 있네. 물도 있고. 원하면 언제든지 고통을 끝낼 수 있어. 내가 원한다면 말이야. 그러니 날 동정할 것 없네. 난 해야 할 일이 있고 그래서 이렇게 살기로 선택한 거니까."

나는 고개를 끄덕였다.

"알겠어요."

"그러니 어서 그 할 일을 해야지. 어디까지 했지?"

"의사의 부인, 피아노방, 바이올린……."

우리는 다시 이야기로 돌아갔다.

찰리는 문제를 해결하는 데에는 익숙하지 않았다.

물론 그에게는 해결해야 할 문제들이 **있었다.** 그것도 엄청나게 많았다. 지붕에 뚫린 구멍, 부서진 창틀, 다락방을 썩게 하는 비둘기들. 그러나 찰리는 그 모든 것을 외면했다. 어쩌면 세상으로부터 이미 너무 멀어져 있었기 때문에 그런 것들을 아예 인식조차 하지 못했는지도 모른다. 방에 물이 너무 많이 새면 그는 그 방문을 닫고 다른 방을 썼다. 공간은 얼마든지 있었다. 사람들은 느리게 움직이는 그의 두뇌도 다른 사람들이 그의 집을 돌보아주고 있다는 것 정도는 인식하고 있을까 궁금해하곤 했다. 그러나 난장판은 그에게 자연스러운 환경이었다. 그는 나름대로 그 집을 편안하게 여겼다.

그러나 피아노방에서 죽은 듯 누워 있는 의사의 부인을 외면할 수는 없었다. 집안 식구였다면 또 달랐을 것이다. 그러나 **외부 사람**이라면, 얘기가 달랐다. 어떤 조처를 취해야 하는지는 알 수 없었지만 조처를 취해야만 한다는 것은 분명했다. 찰리가 멍한 얼굴로 의사의 부인을 바라보고 있을 때 그녀가 손을 머리에 얹으며 신음했다. 멍청한 그였지만 그것이 무슨 의미인지 정도는 알고 있었다. 이것은 재앙의 시작이었다.

가정부는 존에게 의사를 불러오게 했고 바로 의사가 도착했다. 그러나 재앙이 오리라는 예측은 잘못된 것이었다. 의사의 부인은 크게 다치지도 않았고 뇌진탕도 아닌 것으로 판명되었기 때문이었다. 그녀는 브랜디는 거절했고 차를 마셨다. 잠시 후 그녀는 정신을 완전히 회복했다.

"여자였어요. 흰옷을 입은 여자."

"그럴 리가 없어요. 이 집에 흰옷을 입은 여자는 없어요."

가정부가 그녀를 안심시키는 듯한, 그러나 다소 거만한 말투로 말했다.

모슬리 부인의 갈색 눈동자에 눈물이 고였다. 그러나 그녀는 강한 여자였다.

"분명히 여자였어요. 약해 보였어요. 저 긴 의자에 앉아서 피아노 소리를 듣고 일어나서……."

"그 여자를 한참 동안 보았소?"

의사가 물었다.

"아니요, 아주 잠깐이었어요."

"그것 보세요. 잘못 보신 거라니까요. 이 집에는 흰옷 입은 여자가 없어요. 아마 유령을 보셨나 봐요."

가정부가 말했다. 동정심 어린 그녀의 목소리는, 그러나 단호했다.

잠시 후 존 더 딕의 목소리가 들려왔다.

"하긴, 이 집에 유령이 산다고 말하는 사람도 있어요."

방 안에 모인 사람들은 바닥에 뒹굴고 있는 부서진 바이올린과 모슬리 부인의 관자놀이에 난 혹을 바라보았다. 그러나 그들이 유령 이야기에 대한 대답을 할 겨를도 없이 이사벨이 문간에 나타났다. 호리호리하고 가냘픈 그녀는 엷은 레몬 색 드레스를 입고 있었다. 리본이 풀어진 앞가슴은 단정치 못했고 그녀의 눈동자는 아름다웠지만 거칠었다.

"혹시 당신이 본 사람이 저 여자요?"

의사가 아내에게 물었다.

모슬리 부인은 자신이 기억하고 있는 여자와 이사벨을 비교해보았다. 흰색과 노란색 사이에는 몇 가지 색이 있을까? 가냘픈 것과 날씬한 것은 어떻게 다를까? 머리에 가해진 충격은 어떤 영향을 미칠까? 그녀는 잠시 망설였다. 그러나 그녀가 기억하고 있는 것과 똑같은 에메랄드빛 눈동자를 보고 마침내 결론을 내렸다.

"네! 저 여자가 맞아요!"

가정부와 정원사는 그들의 시선을 피했다.

그 순간부터, 의사는 자신의 아내를 잊고 이사벨에게만 주의를 집중했다. 그는 주변의 시선들을 의식하며 이사벨을 자세히 관찰하면서 이런저런 질문을 했다. 이사벨이 대답을 거부할 때에도 그는 당황하지 않았다. 그러나 그녀가 대답을 할 때에는, 짓궂은 대답이건 짜증스러운 대답이건, 앞뒤가 안 맞는 대답이건, 열심히 듣고 진료노트에 기록했다. 맥박을 재려고 그녀의 손목을 잡은 순간 의사는 이사벨의 팔 안쪽의 상처들을 보고 깜짝 놀랐다.

"스스로 낸 상처인가요?"

의사가 물었다.

"네."

가정부가 마지못해 솔직하게 대답했다.

의사는 걱정스러운 듯 입술을 깨물었다.

"잠깐 저와 얘기 좀 하시겠습니까?"

찰리에게 돌아서며 의사가 말했다.

찰리는 멍하니 의사를 보았고 의사가 찰리의 팔목을 잡고 밖으로 이끌었다.

가정부와 의사의 아내는 서재의 대화에 신경을 쓰지 않는 척하면서 거실에서 기다렸다. 두 사람의 목소리가 아니라 낮고 침착한 한 사람의 목소리였다. 그 목소리가 멈추자 "안 돼!"라고 소리치는 찰리의 목소리가 들려왔다. 그리고 다시 낮은 의사의 목소리가 이어졌다. 한동안 두 사람의 목소리가 들리지 않았고 잠시 후 항의하는 듯한 찰리의 목소리가 이어졌다. 곧 방문이 열렸고 의사가 나왔다. 심각하고 걱정스러운 표정이었다. 그의 뒤쪽에서 절망감과 무기력함으로 오열하는 소리가 들려왔다. 그러나 의사는 눈을 움찔하며 이내 방문을 닫았다.

"제가 정신병원에 연락을 하지요. 차편도 마련해놓겠습니다. 2시면 되겠지요?"

그가 가정부에게 말했다.

가정부는 멍한 얼굴로 고개를 끄덕였고 의사의 아내가 자리에서 일어났다.

2시가 되자 세 남자가 집으로 왔다. 그들은 이사벨을 마차에 태웠다. 이사벨은 순한 양처럼 마차에 탔고 마차가 저택의 문을 지날 때에도 뒤를 돌아보지 않았다.

아무것도 모르는 쌍둥이들은 자갈길에서 발로 동그라미를 그리며 놀고 있었다.

찰리는 계단에 서서 점점 더 작아지는 마차를 지켜보았다. 가장 좋아하는 장난감을 빼앗긴 어린아이처럼 그는 상황을 받아들일 수가 없었다.

거실에서 가정부와 존은 빨리 정신을 차리기를 바라며 걱정스러운 표정으로 주인을 지켜보고 있었다.

마차가 저택의 문을 지나 점점 더 작아졌다. 찰리는 마차가 사라진 문을 3초, 4초, 5초 동안 바라보았다. 그리고 마침내 입을 벌렸다. 커다랗고 둥그런, 일그러진, 떨리는 입술 사이로 그의 혀와 목젖과 입안의 검은 구멍을 가로지르는 침의 거미줄까지 드러났다. 일그러진 채로 떨리는 그의 커다란 입에서 끔찍한 소리가 새어 나오기를 모두 기다렸지만 아직 소리가 나올 준비가 되지 않은 것 같았다. 몇 초 동안 소리는 안에서 축적되었고 마침내 그의 온몸이 하나의 울부짖음이 되었다. 그는 계단에 무릎을 꿇고 울기 시작했다. 그것은 모두가 예상했던 코끼리의 괴성이 아니었다. 어린아이 같은, 비음 섞인 울음소리였다.

아이들은 자신들이 그려놓은 동그라미 속에서 잠시 고개를 들었다가 이내 다시 놀이에 열중했다. 존은 입술을 깨물며 돌아서서 정원으로 나갔다. 그가 할 일은 없었다. 가정부는 찰리에게 다가가 그의 어깨에 손을 얹으며 안으로 들어가라고 말했다. 그러나 그녀의 말은 그에게 들리지 않았다. 그는 야단맞은 어린아이처럼 엉엉 울었다.

그것으로 모든 게 끝이었다.

끝이었다고? 자신의 어머니의 마지막을 묘사한 것으로는 지나치게 절제된 표현이었다. 윈터 여사가 자신의 어머니를 부모 자격이 없는 여자로 생각하는 건 분명했다. 실제로 **'어머니'**라는 말은 그녀의 사전에 존재하지 않는 것 같았다. 그럴 만도 했다. 내가 보기에도 이사벨은 최악의 어머니였다. 그러나 과연 다른 사람의 모녀 관계에 대해 이러쿵저러쿵 말할 자격이 내게 있을까?

나는 노트를 덮고 연필을 용수철 사이에 끼워 넣은 뒤 자리에서 일어났다.

"사흘 뒤, 목요일에 돌아올게요."

내가 그녀에게 말했다.

그리고 나는 서재를 나섰다. 그녀와 그녀의 늑대만을 남겨둔 채로.

디킨스의 서재

이야기를 다 정리했다. 열두 자루의 연필이 모두 뭉툭해졌기 때문에 전부 새로 깎아야 했다. 하나씩 하나씩, 연필 끝을 연필깎이 속에 밀어 넣었다. 손잡이를 천천히, 규칙적으로 돌리다 보면 연필심 가장자리를 두른 연필 껍질이 한 번도 끊어지지 않고 휴지통까지 길게 늘어지곤 했다. 그러나 오늘 밤에는 너무 피곤했고 연필 껍질은 자주 끊겼다.

나는 오늘 들은 이야기를 생각했다. 가정부와 정원사의 이야기를 들었을 때는 마음이 따듯해졌다. 찰리와 이사벨의 이야기를 들을 때는 신경이 곤두섰다. 의사와 의사의 아내가 끼어든 것은 물론 선한 마음에서였겠지만 쌍둥이의 삶에는 도움이 되지 않았다.

쌍둥이들의 이야기는 한마디로 당혹스러웠다. 사람들이 그들을 어떻게 생각했을지 짐작이 가고도 남았다. 존은 그 아이들이 제대로 말을 하지 못한다고 생각했고 가정부는 아이들이 다른 사람들이 살아 있음을 인식하지 못한다고 생각했다. 마을 사람들은 그 아이들이 머리가 이상하다고 생각했다. 그러나 그 이야기를 하는 사람이 어떻게 생각하는지는 알 수 없었다. 그것이야말로 이상한 일이었다. 자기 자신의 이야기를 하면서도 윈터 여사는 마치 그 자신을 제외한 모든 것을 훤히 비추는 불빛 같았다. 그녀는 이야기의 핵심에서 사라졌다. **'그들'**로 이야기를 끌어갔고 최근에는 **'우리'**라는 말을 자주 사용했다. 내가 이해할 수 없었던 것은, 그렇다면, **'나'**는 어디 있느냐는 것이었다.

그 점에 대해 윈터 여사에게 묻는다면 어떻게 대답할지 뻔했다.

"리 양, 우린 이미 약속을 했어!"

이미 이야기의 세부사항에 대해 한두 가지 질문을 던진 적이 있지만 대답하고 싶지 않을 때마다 그녀는 처음 만났을 때 한 약속을 상기시켜주었다.

"앞을 넘겨짚어서도, 뒤를 돌아보아서도, 질문을 해서도 안 돼. 마지막 장을 훔쳐보는 것도 안 돼."

나는 어쩔 수 없이 궁금증을 참아야 했다. 그러나 조금만 기다리면 궁금했던 것들이 훤하게 드러나곤 했다.

책상을 깨끗이 치우고 가방을 챙기려는 순간 누군가 방문을 두드렸다. 주디스가 복도에 서 있었다.

"여사님께서 지금 잠깐 만날 시간이 있는지 여쭤보라고 하셨습니다."

'가서 데려와'라는 윈터 여사의 말을 주디스가 공손하게 바꿔 말한 것이 틀림없었다.

나는 블라우스를 개어놓은 뒤 서재로 내려갔다.

윈터 여사는 평상시와 똑같은 자세로 앉아 있었고 벽난로에 불이 지펴져 있었다. 서재의 다른 곳은 어두웠다.

"불을 켤까요?"

내가 문 앞에 서서 물었다.

"아니."

멀리서 그녀의 대답이 들려왔다. 나는 그녀에게로 다가갔다. 창문이 열려 있었고 별들이 수놓은 검은 하늘이 거울에 비치고 있었다.

가까이 다가가서 보니 춤추는 벽난로의 불빛 속에서 그녀는 깊은 생각에 잠겨 있었다. 벽난로의 온기에 마음이 편안해졌다. 거울에 비친 밤하늘을 바라보면서 나는 조용히 내 자리에 앉았다. 15분이 흘렀다. 그녀는 무언가를 깊이 생각하는 것 같았다. 나는 기다렸다.

마침내 그녀가 입을 열었다.

"서재에 앉아 있는 디킨스의 사진을 본 적 있나? 버스라는 사람의 작품인 걸로 기억하는데, 어딘가 그 복제품이 있을 거야. 내가 나중에 찾아서 보여주지. 어쨌건, 그 사진 속에서 디킨스는 책상에서 멀찌감치 밀려난 의자에 앉아서 눈을 감고 졸고 있다네. 까칠한 턱을 가슴에 묻고서. 슬리퍼를 신고 있었어. 그의 머리 주변에는 그의 책에 등장하는 주인공들이, 마치 담배 연기처럼 공중을 떠다니고 있지. 그중 몇 명은 책상 위에, 몇 명은 그의 뒤쪽 책장 앞에 있어. 또 몇 명은 마치 금방이라도 걸을 것처럼 바닥에 서 있다네. 사실 안 될 것도 없지. 그들은 작가 자신의 모습처럼 선명했다네. 어쩌면 책장에 꽂혀 있는 책 속에 그려진 그림들, 배경조차 없는 백지에 최소한의 선으로 그려진 삽화보다는 그 사진이 **훨씬 더** 사실적이라고 생각하지 않나?

새삼스럽게 왜 사진 얘기를 꺼내는지 궁금하겠지. 그 사진을 이렇게 또렷하게 기억하는 이유는, 그 사진이 내가 살아온 모습과 똑같다는 생각이 들어서라네.

나는 서재 문을 닫고 세상을 등지고 살았어. 상상 속의 사람들과 함께 나 자신을 고립시켰지. 거의 60여 년 동안, 나는 존재하지도 않는 사람들의 삶을, 한 번도 들키지 않고 엿보아왔던 거야. 나는 조금도 주저하지 않고 그들의 욕실 벽장을 열어보고 그들의 마음을 꿰뚫어 보았지. 그들이 연애편지를 쓰고, 유언장을 쓰고, 참회록을 쓸 때, 그들의 어깨 너머로 펜의 움직임을 훔쳐보았어. 연인들이 사랑을 하고 살인자들이 사람을 죽이고 아이들이 소꿉놀이를 하는 것을 지켜보았네. 죄수와 창녀들은 내게 문을 열어주었어. 군함과 낙타들이 나를 바다 건너, 사막 저편으로 데려다주었지. 시대와 대륙이 내 명령에 따라 움직였어. 나는 영웅들의 비행을 염탐했고 평범한 자들의 숭고함을 목격했지. 그들이 잠들었을 때 나는 내 숨결이 그들의 얼굴에 닿을 정도로 가까이 그들을 바라보았네. 그들의 꿈까지 보일 정도로.

내 서재는 글로 표현되길 기다리는 수많은 사람들로 가득 차 있었다네. 상상 속의 인물들이 생명을 얻기를 열망하면서 내 소매를 잡아끌지. '다음엔 내 차례예요! 어서요! 내 차례예요!' 하고 소리를 지르면서. 그러면 나는 선택을 해야만 해. 일단 한 사람을 선택하고 나면 다른 사람들은 열 달, 혹은 일 년 동안은 잠자코 지내다가 내가 이야기를 끝냈다 싶으면 또다시 아우성을 치지.

지금껏 글을 써오면서, 한 장章이 끝나거나, 죽음의 장면을 끝냈을 때, 적절한 말이 생각이 나지 않을 때 고개를 들어보면 아우성치는 사람들 뒤에 한 사람의 얼굴이 보였어. 낯익은 얼굴이지. 창백한 피부, 붉은 머리카락, 침착한 초록색 눈동자. 그 애가 누구인지 알면서도 그 애를 볼 때마다 매번 놀란다네. 그 애는 항상 내가 방심하고 있는 틈에 찾아오니까. 때로는 내게 말을 걸기 위해 입을 열기도 하지만 너무 멀리 있어서 무슨 말을 하는지 알아들을 수가 없어. 게다가 나 역시, 그 애와 눈이 마주치는 순간, 못 본 척 눈길을 돌리게 된다네. 그래도 그 애는 결코 실망하지 않아.

사람들은 내게, 어떻게 그렇게 많은 책들을 쓸 수 있었느냐고 묻곤 하지. 다 그 아이 때문이었다네. 소설을 하나 끝내고 나서 5분이 채 되기도 전에 또 다른 소설을 쓰기 시작했던 건, 책상에서 고개를 든다는 것이 곧 그 애와 눈을 맞추는 것을 의미했기 때문이었어.

세월이 흘렀고, 서점에 꽂힌 내 책의 숫자도 점점 늘어났고, 내 서재에서 떠돌아다니는 사람들도 줄어들었지. 매번 책을 쓸 때마다 들려오던 아우성도 잠잠해졌고 더듬거리던 목소리들은 차분해졌고 내 마음도 훨씬 더 고요해졌어. 자기를 보아달라고 외치던 사람들은 점점 사라져갔지만 저 뒤에 서서 나를 바라보던 그 아이는 점점 더 내게로 가까이 다가왔어. 초록색 눈동자의 소녀가 날 기다리고 있었지.

마지막 책의 마지막 한 줄을 끝내던 날, 마지막 문장을 쓰고 나서, 나는 이제 다 끝났다고 생각했지. 앞으로 어떻게 되리라는 것을 나는 알고 있었어. 펜이 내 손에서 빠져나간 순간 난, 눈을 감았네.

'자, 이제 너와 나 둘뿐이야.'

그 애가, 어쩌면 나 자신이 하는 말이 들리더군.

난 그 애와 조금 실랑이를 했지.

'그래 봐야 소용없어. 그건 너무 오래전 일이고 그때 난 어렸어. 다 잊어버렸다고.'

그러나 내 말은 괜히 해보는 소리일 뿐이지.

'하지만 **나는** 잊지 않았어. 기억해? 그때…….'"

"어쩔 수 없는 일이었다는 것. 그것만은 **기억해.**"

별을 바라보던 나는 윈터 여사를 돌아보았다. 바로 그 순간, 그녀의 초록빛 눈동자가 붉은 머리카락, 초록빛 눈동자의 소녀가 바로 그 자리에 있었다는 듯 서재 한구석에 고정되어 있었다.

"그 아이는 여사님 자신이시죠?"

"나?"

윈터 여사는 천천히 소녀의 유령에게서 나에게 눈을 돌렸다.

"아니. 내가 아니야. 그 애는……."

그녀는 머뭇거렸다.

"예전의 나, 이미 오래전에 사라진 아이라네. 그 애의 삶은 불이 나던 그날 밤 끝나버렸어. 불 속에 영원히 묻혀버렸지. 지금 자네가 보고 있는 사람은 사실 아무것도 아니야."

"하지만 여사님이 지금까지 써왔던 소설들은……."

"아무것도 아닌 사람은 창조를 하게 마련이지. 그래야 공허감이 채워지니까."

우리는 말없이 앉아 벽난로의 불길을 바라보았다. 윈터 여사는 자신의 손바닥을 무의식적으로 어루만졌다.

"줄스 랜디어와 에드먼드 랜디어 형제에 관한 자네의 글은……."

잠시 시간이 흐른 뒤 그녀가 말했다.

나는 마지못해 그녀를 바라보았다.

"왜 그 두 사람에 대한 글을 쓰게 됐나? 그들 형제에게 특별히 관심을 가질 만한 이유라도 있었나?"

나는 고개를 저었다.

"아뇨. 별다른 이유는 없었어요."

별의 고요함과 장작 타는 소리뿐이었다.

한 시간, 어쩌면 그보다 더 긴 시간이 흐른 것도 같았다. 불길이 잦아들 무렵 그녀가 세 번째로 입을 열었다.

"마거릿."

그녀가 내 이름을 불러준 것은 그때가 처음이었다.

"내일 여길 떠나면 말이야."

"네."

"다시 돌아와주겠나?"

꺼져가는 벽난로의 불빛 속에서 그녀의 표정을 읽는 것은 쉽지 않았다. 그녀의 목소리에 담긴 떨림이 피로와 고통 때문이었는지도 확실하지 않았다. 그러나 내가 "그럼요. 꼭 돌아올게요."

라고 대답하기 직전에, 나는 그녀가 조금 두려워하고 있다고 생각했다.

다음 날 모리스가 나를 역으로 데려다주었고 나는 남쪽으로 향하는 열차에 올라탔다.

인명사전

책방이 아니라면 어디서 조사를 시작하겠는가?

나는 오래된 인명사전 뒤적이는 것을 좋아했다. 어릴 적부터 지루하거나 불안하거나 두려울 때면 인명사전의 이름과 날짜, 기록들을 훑어보곤 했다. 인명사전에는 죽은 사람들의 삶이 간결하고도 덤덤하게 정리되어 있었다. 남자들은 남작이거나 주교이거나 수상이거나 의원이었고, 여자들은 그들의 아내이거나 딸이었다. 그들이 아침식사로 콩팥 요리를 즐겼는지, 그들이 사랑했던 사람이 누구였는지, 밤마다 촛불을 끄고 난 뒤 그들을 괴롭히는 악몽이 무엇이었는지 따위는 알 길이 없었다. 인명사전에는 사적인 내용은 담겨 있지 않았다. 그렇다면 죽은 자들에 관한 빈약한 정보들이 왜 그토록 내 마음을 끌었던 것일까? 그것은 그들이 한때는 살아 있는 사람이었지만 지금은 죽었다는 사실 때문이었다.

인명사전을 읽다 보면 내 몸 안의 무언가가 꿈틀거렸다. 그것은 내 몸 안에 있지만 나의 일부는 아니었다. 인명들을 훑어 내려가다 보면, 어느 틈엔가 깨어난 나의 일부가 나를 포근하게 감싸주었다.

인명사전이 내게 어떤 의미인지 누구에게도 말한 적이 없었다. 인명사전을 좋아한다는 사실조차도 말한 적이 없었다. 그러나 아빠만은 내 취향을 알고 있었다. 경매에 인명사전류의 물건이 나오면 아빠는 반드시 사들고 왔다. 그렇게 몇 세대 전의 저명한 인사들이 우리 책방의 2층 책장에서 평화롭게 사후 시간을 보내고 있었다. 내가 그들의 벗이었다.

2층 창가의 의자에 앉아 인명사전을 뒤적이다가 나는 윈터 여사의 할아버지, 조지 엔젤필드를 찾아냈다. 그는 남작도, 수상도, 주교도 아니었지만 인명사전에 이름을 올렸다. 본래 귀족 집안이었지만 그가 태어나기 몇 세대 전에 집안에 분열이 있었고 그 과정에서 가문의 명예와 재산이 나뉘어 각기 다른 길을 가게 되었다. 그는 재산 쪽이었다. 인명사전은 명예 쪽으로 치우쳐 설명했지만 가족관계를 고려하여 조지 엔젤필드에 대한 인적사항도 수록해놓았다. 생년월일과 함께 옥스퍼드셔 주의 엔젤필드 저택에 살았으며 프랑스 출신의 마틸드 모니에르와 결혼해서 외아들 찰스를 두었다는 기록이 있었다. 10년 뒤 증보판에서는 아들 찰스와 딸 이사벨을 두었다는 기록을 찾을 수 있었다. 몇 권을 더 뒤져본 결과 나는 조지 엔젤필드의 죽음에 대한 기록과 함께 롤랜드 마치와 이사벨의 결혼도 확인할 수 있었다.

문득 윈터 여사의 이야기를 듣기 위해 요크셔까지 갔던 일이 이상하게 느껴졌다. 그 모든 것이 바로 내 침대에서 몇 미터 아래에 꽂혀 있는 인명사전 속에 들어 있었다. 그러나 나는 곧바로 생각을 고쳤다. 이런 종잇장이 무엇을 증명할 수 있단 말인가? 이 책으로 알 수 있는 사실은 조지와 마틸드, 그들의 자식인 찰스와 이사벨이 존재했다는 것, 그것뿐이었다. 윈터 여사가 나와 똑같은 방법으로 인명사전을 뒤져 그들을 찾아내지 않았다는 보장은 없었다. 이 인명사전은 어느 도서관에서나 쉽게 구할 수 있었다. 누구나 들추어 볼 수 있었다. 혹시 그녀가 이 이름을 찾아내서 그 둘을 중심으로 마음대로 이야기를 꾸며낸 건 아닐까?

이러한 의혹과 함께 또 다른 문제가 있었다. 이사벨에 관한 기록이 롤랜드 마치의 죽음과 함께 끝나버린 것이다. 인명사전의 세계에는 묘한 데가 있었다. 현실세계에서 가족은 나무처럼 가지를 뻗고 결혼으로 피가 섞이고 한 세대에서 다음 세대로, 인척관계를 넓혀가게 마련이었다. 반면 작위는 한 사람에게서 다른 사람에게로 넘어가고 그러한 작위의 계보야말로 인명사전에서 집중적으로 조명하고 싶어하는 부분이었다. 작위의 계보 양쪽에는 몇 명의 어린 남자형제와 사촌, 조카 들이 인명사전이 조명하는 불빛의 영역 안에 들어서 있었다. 그들은 지주이거나 남작이었다. 분명히 밝히고 있진 않지만, 그렇게 인명사전에 포함된 사람들은 대체로 비극적인 사고를 당한 경우일 확률이 높았다. 그러나 가계도가 퍼져나감에 따라 그들의 이름은 밀려나기 시작했다. 난파 사고나 전염병, 지진 같은 엄청난 일들을 겪지 않는 한 셋째조카가 인명사전에 복귀할 확률은 없었다. 인명사전이라고 해도 선을 그을 수밖에 없었다. 이사벨 역시 마찬가지였다. 이사벨은 여자였고, 딸만 둘을 낳았으며, 지주가 아니었던 남편은 죽었고, 지주가 아니었던 아버지도 죽었다. 인명사전이 그녀를 버렸기 때문에 그녀의 아이들도 공중에 뜨고 말았다. 이사벨과 그녀의 아이들은, 출생과 죽음, 결혼, 사랑과 두려움, 아침식사로 좋아했던 음식 같은 것을 기록으로 남겨두기에는 너무 하찮은, 보통 사람들이라는 망망대해 속으로 빠져버렸다.

그러나 찰리는 남자였다. 인명사전에도 그는 외면하지 않았다. 비록 보잘것없는 사람의 그림자가 드리워지긴 했지만 그에 대한 기록은 있었다. 물론 정보는 부족했다. 그의 이름은 찰스 엔젤필드였고 세상에 태어난 것이 분명했으며 엔젤필드에 살았다. 결혼은 하지 않았다. 그러나 죽지도 않았다. 인명사전에 기록되어 있는 정보는 그게 전부였다.

나는 다른 인명사전들을 뒤져보았지만 그의 이름 밑에는 어디에서나 똑같은 반쪽짜리 인생만이 기록되어 있었다. 인명사전을 한 권 펼칠 때마다 나는 속으로 이게 마지막이라고 중얼거렸다. 그러나 모든 인명사전에서 그는 찰스 엔젤필드였고 엔젤필드에 살았으며 결혼하지 않은 것으로 기재되어 있었다. 나는 윈터 여사로부터 들었던 찰리와 이사벨의 이야기를 떠올렸다. 그의 오랜 독신 생활이 무엇을 의미하는 것인지를 생각하며 나는 입술을 깨물었다.

그러다가 찰리가 40대에 접어들던 해의 인명사전에서, 나는 새로운 사실을 발견했다. 그의 이름과 생년월일, 거주지와 함께 'ldd'라는 이상한 글자가 적혀 있었다.

나는 약어표에서 ldd가 무슨 뜻인지 찾아보았다. **ldd는 '법적**

사망 판정legal decree of decease'의 약자였다.

나는 다시 앞장으로 돌아가서 찰리에 관한 기록을 한참 응시했다. 그렇게 계속 보면 종이의 결 속에서 미스터리의 실체가 드러날지도 모른다는 듯이.

바로 그해, 찰리는 법적으로 사망한 것으로 처리되었다. 내가 알기로 법적 사망 판정이란 유산 분배 문제를 해결하기 위해 실종된 사람에 대해서 일정한 시간이 흐른 뒤 사망한 것으로 추정할 수 있도록 법률적 허가를 받는 것을 의미했다. 물론 그 사람이 죽었다는 증거도 없고 시신도 없다. 사망 판정을 받으려면 적어도 7년 이상 종적을 감추어야 했다. 그 기간 내 언제 죽었는지는 알 수 없다. 어쩌면 죽은 것이 아니라 그저 사라진 것일 수도 있었다. 그를 아는 사람들로부터 멀리 떨어져서 정처 없이 방황하는 것일 수도 있었다. 법적으로는 죽었다고 해도, 실제로 죽었다는 뜻은 아니었다. 이렇듯 모호하고 어정쩡하게 끝나는 삶이라니. ldd. 도대체 무슨 놈의 인생이 그런가.

나는 인명사전을 덮은 뒤 제자리에 꽂아두고 아래층 책방으로 내려와서 코코아를 탔다.

"법적 사망 판정을 받으려면 어떤 절차를 거쳐야 하는지 혹시 아세요?"

스토브 위에 우유 팬을 올려놓으면서 아빠에게 물었다.

"글쎄. 네가 아는 정도밖엔 모를걸."

아빠의 대답이었다.

잠시 후 아빠는 모서리가 너덜너덜해진 고객카드를 한 장 내밀었다.

"이 사람한테 물어보렴. 은퇴한 법대 교수란다. 웨일스에 살면서, 해마다 여름이면 강변을 산책하고 우리 책방을 둘러보러 오는데 사람이 참 좋더구나. 편지를 한번 써보는 게 어떻겠니? 《자연법 정의론》을 살 생각이 있는지도 물어볼 겸."

코코아를 다 마신 뒤 나는 롤랜드 마치와 그의 가족에 관한 기록이 있는지 알아보기 위해 다시 한 번 인명사전을 뒤졌다. 그의 삼촌은 예술에 조예가 깊은 사람이었다. 화가로서의 그의 경력을 추적하다가 나는 그의 초상화들을 볼 수 있었다. 그의 작품들은, 지금 보기에는 그저 평범한 수준이었지만 짧은 시기나마 전성기를 구가했다. '모티머'라는 사람이 쓴, 《영국 근교 초상화》라는 책에 '화가의 조카 롤랜드'라는 제목의 루이스 안토니 마치의 초기작이 수록되어 있었다. 아직 남자라고 말할 수도 없는 어린 소년의 모습에서 그의 딸인 늙은 여자의 모습을 찾아내자니 기분이 묘했다. 나는 통통하고 관능적인 이목구비에 탐스러운 금발의 그가 고개를 비스듬히 하고 서 있는 것을 한참 동안 바라보았다.

그리고 책을 덮었다. 시간 낭비였다. 밤을 새워 뒤져보아도 그를 아버지로 둔 쌍둥이의 흔적은 찾을 수 없으리라는 것을 나는 잘 알고 있었다.

〈밴버리헤럴드〉의 기록

다음 날 나는 밴버리로 향하는 기차를 탔다. 정확히 말하자면 〈밴버리헤럴드〉로 향했다.

나를 자료실로 안내한 사람은 젊은 남자였다. 평상시에 그런 분위기에 익숙하지 않은 사람들에게는 자료실이라는 곳이 다소 부담스러운 장소일 수도 있겠지만 오랜 세월 동안 모든 휴가를 그런 곳에서 보낸 나 같은 사람에게는 널찍하고 창문이 없는 지하 창고로 들어가는 것이 전혀 낯설지 않았다.

"60년 전 엔젤필드 저택에서 일어난 화재에 대해서 알고 싶어요."

젊은 남자가 당시의 기록이 보관되어 있는 곳으로 나를 안내했다.

"상자를 내려드릴까요?"

"네. 40여 년 전 신간 안내 지면도 좀 부탁드려요. 어느 해인지는 몰라요."

"신간 안내요? **헤럴드엔** 신간 안내 지면이 없습니다."

그는 사다리를 움직여서 상자를 한 개 더 내려준 다음 환하게 불이 켜진 긴 테이블 위에 먼저 꺼낸 상자와 나란히 놓았다.

"그럼 찾아보세요."

그가 경쾌하게 말하며 상자를 내게 넘겼다.

엔젤필드의 화재는 사고로 인한 것으로 추정되었다. 당시에는 헛간에 휘발유를 보관하는 게 드문 일이 아니었다. 화재가 커졌던 데에는 이유가 있었다. 당시 저택에는 주인의 조카 두 명만이 있었고 둘 다 탈출하여 병원으로 이송되었다. 집주인은 외국에 있는 것으로 추정되었다. (**추정되었다니.** 이상하다는 생각이 들었다. 날짜를 확인해보니 ldd 판정을 받은 것은 그로부터 6년 뒤였다.) 기사는 그 집의 건축적 가치에 대한 논평으로 끝을 맺고 있었으며 화재로 더는 사람이 거주할 수 없는 상태가 되었다고 기록하고 있었다.

기사를 복사한 뒤 뒤에 새롭게 보도된 기사가 있을지도 모른다는 생각에 머릿기사들을 훑어보았지만 아무것도 찾을 수가 없었다. 나는 신문철을 옆으로 밀어놓고 다음 상자를 뒤지기 시작했다.

'진실을 말해주세요'라고 그는 말했다. 구식 양복을 입은 그는 40여 년 전 〈밴버리헤럴드〉에 기사를 싣기 위해 비다 윈터를 인터뷰했고 비다 윈터는 그의 말을 잊을 수가 없었다고 했다.

그러나 인터뷰에 관한 기록은 없었다. 사실 신간 안내라고 할 만한 지면 자체가 없었다. 이따금 젠킨솝이라는 평론가가 '읽을 만한 책'이라는 제목으로 쓴 서평이 전부였다. 그의 칼럼에서 비다 윈터의 이름을 발견했을 때 나는 눈이 휘둥그레졌다. 젠킨숍은 분명 비다 윈터의 열렬한 팬이었다. 그녀는 비다 윈터의 작품을 극찬하고 있었다. 그러나 저자를 직접 만난 적은 없는 게 분명했고 갈색 양복을 입은 그 남자가 아닌 것도 분명했다.

나는 마지막 신문을 덮고 잘 접어서 상자 안에 다시 넣었다.

갈색 양복 차림의 남자는 지어낸 이야기였다. 나를 유인하려는 술수였다. 물고기를 잡기 위해 낚시꾼이 낚싯줄 끝에 달아놓은 파리였다. 예상했어야 했다. 조지와 마틸드, 찰리와 이사벨이 실존 인물이었음을 확인하면서 희망을 키웠던 것이 사실이었다. 적어도 그들은 살아 있는 사람이었다. 그러나 갈색 양복을 입은 남자는 그렇지 않았다.

나는 모자를 쓰고 장갑을 낀 다음 신문사에서 나와 거리로 발걸음을 내디뎠다.

카페를 찾아 겨울 거리를 걸으며 나는 윈터 여사가 내게 보낸 편지를 떠올렸다. 나는 갈색 양복 차림의 남자가 했다는 말을 생각했다. 그 말이 얼마나 오랫동안 내 방의 둥근 천장에 울려 퍼졌던가? 그러나 그 남자는 상상 속의 인물일 뿐이었다. 왜 몰랐을까? 어차피 그녀는 허풍쟁이가 아니었던가? 그녀는 작가이고, 이야기꾼이며, 거짓말쟁이였다. 그토록 내 마음을 울렸던 그 말, **'진실을 말해주세요'**, 그 애원은 존재하지도 않는 사람에게서 나온 말이었다.

그 사실을 깨달은 순간의 그 씁쓸한 실망감을 나 자신에게 어떻게 설명해야 좋을지 알 수 없었다.

폐허

밴버리에서 버스를 탔다.

"엔젤필드요?"

버스 기사가 물었다.

"엔젤필드엔 정거장이 없어요. 아직은요. 호텔이 완공되면 좀 나아지겠지요."

"지금 호텔을 짓는 중인가요?"

"폐허가 된 저택을 부수고 최신식 호텔을 짓는답니다. 그러면 호텔 직원들을 위해서 버스를 운행하겠지요. 하지만 지금으로써는 체니 가에서 내려서 걸어가는 수밖엔 없어요. 1.5킬로미터쯤 될 겁니다."

엔젤필드에는 특별한 게 없었다. 하나뿐인 대로에는, '대로'라는 나무 표지판만 있을 뿐이었다. 나는 두 채씩 짝을 이룬 열 채 남짓한 오두막집을 지나쳤다. 가끔 눈에 띄는 것들이 있긴 했다.

커다란 주목나무라든가, 아이들의 그네, 나무 벤치 같은 것들이었다. 그러나 깔끔하게 쌓아놓은 짚더미와 흰 삼각형 모양의 지붕, 단순한 벽돌담은 마치 거울을 세워놓은 듯 집집마다 똑같았다.

오두막의 창문은 울타리로 깨끗하게 구획된 들판을 향하고 있었다. 들판 곳곳에는 나무들이 있었다. 멀리 양과 소들도 보였다. 그 뒤 나무가 빼곡하게 들어선 곳이, 내 지도에 따르면, 사슴 공원이었다. 사슴 공원에는 길이 없었기 때문에 교통편이 없는 것이 당연했다. 마지막 오두막집을 지나쳐 우체국 겸 가게가 있는 곳에 이를 때까지 사람이 사는 흔적을 발견할 수 없었다. 노란 우비를 입은 아이들이 가게에서 뛰어나왔다. 아이들의 엄마는 우체통 앞에 멈추어 섰다. 체구가 작은 금발 여자는 겨드랑이에 낀 신문을 떨어뜨리지 않고 우표를 붙이려 애를 쓰고 있었다. 두 아이 중 손위로 보이는 남자아이가 사탕 종이를 길가 기둥에 붙어 있는 쓰레기통에 넣으려고 손을 뻗었다. 아이는 여동생의 사탕 종이를 빼앗으려고 했지만 여자아이는 "내가 할 거야! 내가!" 하고 소리를 질렀다. 여자아이는 남자아이를 뿌리치고 발끝으로 서서 휴지통으로 손을 뻗었다. 그때 바람이 불어와 종이가 날아가버렸다.

"거봐! 그럴 줄 알았어!"

두 아이가 깔깔거리며 큰길로 달려 나오다가 나를 본 순간 그 자리에 멈추어 섰다. 똑같은 금발이 똑같은 갈색 눈동자 위로 나풀거렸다. 두 개의 입이 똑같이 놀란 듯 벌어졌다. 쌍둥이는 아니었지만 꼭 닮았다. 나는 사탕 종이를 집어 아이들에게 내밀었다. 여자아이가 그것을 받으려고 한 발 앞으로 나왔지만 남자아이는 경계심을 보이며 여자아이를 붙잡고 소리쳤다.

"엄마!"

금발 머리 여자가 우체국에서 아이들을 지켜보고 있었다.

"괜찮아, 톰. 받아도 돼."

여자아이가 나를 보지도 않고 사탕 종이를 받아 들었다.

"고맙습니다, 해야지!"

엄마가 소리쳤다.

아이들은 주눅이 든 목소리로 내게 인사한 뒤 돌아서서 뛰어갔다. 이번에는 아이들의 엄마가 사탕 종이를 아이 대신 쓰레기통에 넣어주었다. 그리고 내 쪽을 돌아보았다. 그녀는 내가 들고 있는 카메라를 의심스러운 눈빛으로 바라보았다.

엔젤필드에서 나는 투명인간이 될 수 없었다.

그녀는 나에게 억지로 미소를 지어 보이며 "여행 잘 하세요!"라고 말한 뒤 이미 오두막집들이 있는 쪽으로 내달리기 시작한 아이들을 쫓아갔다.

나는 아이들의 모습을 지켜보았다.

아이들이 뛰고 있었다. 두 아이들은 마치 보이지 않는 끈으로 연결된 듯, 서로를 밀치고 당기며 뛰었다. 그들은 마음대로 방향과 속도를 바꾸었지만 완벽한 조화 속에서 움직였다. 그들은 마음속에서 들려오는 음악에 따라 춤을 추는 두 명의 무희였고, 같은 바람에 흩날리는 두 장의 나뭇잎이었다. 그들의 모습은 낯설기도 했고 친근하기도 했다. 그 아이들을 더 오래 지켜보고 싶었지만 내가 지켜보는 것을 눈치챌까 봐 두려웠다. 결국 나는 그들에게서 돌아섰다.

한참을 걷다보니 문지기 집이 딸린 저택의 정문이 눈에 들어왔다. 섬세한 금속세공 문은 닫혀 있는 것은 물론이고 안팎을 휘감은 담쟁이덩굴 때문에 양쪽 문과 바닥까지 모두 한 덩어리가 되었다. 철문 위로 높은 석조 아치문이 세워졌고 창문이 달린 조그만 단칸 건물이 그 양쪽에 있었다. 그중 한 개의 창문에 종이가 붙어 있었다. 읽는 것이라면 그냥 지나칠 수 없었다. 나는 그 글을 읽기 위해 길게 자란 축축한 잔디밭을 가로질렀다. 그러나 그것은 유령의 안내문이었다. 건설회사의 로고와 회색 얼룩으로 남은 두 장의 사진, 그보다 조금 진한 서명의 명암만이 남아 있었다. 한때는 분명 글씨가 있었지만 오랜 시간 햇볕에 노출되어 빛이 바랬다.

멀리 돌아서라도 안으로 들어가보려고 몇 발자국을 떼어놓았을 때 빗장 하나만이 달려 있는 조그만 나무문을 발견했다. 잠시 후, 나는 문 안쪽으로 들어서 있었다.

한때는 자갈이 깔려 있었던 길은 흙과 덤불로 뒤덮였고 완만한 곡선을 그리며 교회의 석조 건물과 그 옆의 묘지 문 쪽으로 뻗었다가 교회에서 다시 무성한 수풀 쪽으로 방향을 틀었다. 길 가장자리 위로는 갖가지 나무들이, 아래로는 잔디와 잡초들이 공간을 차지하려고 다투는 것 같았다.

나는 교회를 향해 걸었다. 빅토리아 시대에 재건축된 것으로 보이는 교회 건물에서는 중세의 엄숙함이 묻어났다. 작고 깔끔한 뾰족탑은 하늘을 가리키고 있었지만 하늘에 구멍을 뚫을 정도는 아니었다. 교회는 자갈길 모퉁이에 자리 잡고 있었다. 나는 서서히 묘지 문에서 시선을 거두어 수풀에 가려진, 저택 쪽으로 뻗은 길을 바라보았다. 걸음을 옮겨놓을 때마다 길은 점점 더 넓어졌고 마침내 커다란 바윗덩어리 같은 엔젤필드 저택이 눈앞에 나타난 순간 나는 그 자리에 얼어붙고 말았다.

저택은 이상한 각도로 자리 잡고 있었다. 진입로를 따라 걸어 들어왔지만 저택의 정면이 아닌 측면을 바라보게 되었다. 어느 쪽이 정면인지도 분명치 않았다. 저택은 방문객들을 똑바로 보고 인사를 해야 한다는 것은 알면서도 마지막 순간에 사슴 공원과 정원 쪽으로 고개를 돌려버린 것 같은 형상이었다. 덕분에 방문객은 따듯한 미소 대신 차가운 어깨와 인사를 나누어야 했다.

저택을 바라볼수록 점점 더 이상했다. 앞으로 돌출되어 세 개 층이 한 통으로 이어진 베란다에는 모두 열두 개의 창문이 있었다. 그 창문들이 저택에서 유일하게 조화와 질서를 이루는 부분이었다. 나머지 부분의 창문들은 온통 뒤죽박죽이었다. 오른쪽이나 왼쪽, 위나 아래, 어느 쪽과도 가지런하지 않았으며 모양도 다 달랐다. 제멋대로인 건물을 3층 난간이 하나로 포용해보려는 듯했지만 곳곳에 튀어나온 돌기둥과 퇴창, 비뚤어진 창을 아우르기에는 무리였다. 난간은 장애물을 만날 때마다 끊어졌다가 장애물이 끝나는 곳에서 다시 이어졌다. 난간 위로는 고르지 않은, 크고 작은 지붕 탑과 굴뚝들이 있었는데, 모두 노란색이었다.

폐허라고? 황금빛 석조 기둥들은 방금 채석된 것처럼 깨끗하고 신선해 보였다. 물론 섬세한 세공은 조금 닳았고 난간은 곳곳이 부서졌지만 그럼에도 불구하고 폐허라고 말하기는 어려웠다. 푸른 하늘을 배경으로 서 있는 저택의 모습과 지붕 탑 위로 날아가는 새들, 주변에 펼쳐진 푸른 잔디를 바라보면서 그곳이 한때 사람이 살던 곳이었음을 상상하기란 어렵지 않았다.

나는 좀 더 자세히 보려고 안경을 썼다. 그리고 비로소 깨달았다.

창문에는 유리가 없었고 창틀은 부식되거나 불에 타버렸다. 유리창에 드리워진 그림자라고 생각했던 것은 불에 탄 자국이었다. 건물 위로 날아오르던 새들은 건물 뒤가 아니라 건물 안에서 날아오르는 것이었다. 저택에는 지붕이 없었다. 껍데기만 남아 있었다.

나는 안경을 벗어보았다. 다시 완전한 엘리자베스 시대의 저택으로 바뀌었다.

하늘이 잿빛이라면, 그리고 갑자기 구름이 달을 가린 밤이라면 으스스한 생각이 들 수도 있었을까? 그랬을 것 같았다. 그러나 오늘처럼 구름 한 점 없는 푸른 하늘 아래서라면 저택의 모습은 그 자체만으로도 순수했다.

자갈길을 가로질러 펜스가 둘러져 있었고 펜스에는 **'위험! 물러서시오'**라고 적힌 경고문이 붙어 있었다. 나는 이음새가 허술한 곳의 판자 하나를 떼어내고 안으로 들어섰다.

나는 차갑게 돌아선 어깨를 지나 저택의 정면으로 향했다. 두 개의 베란다 사이에 현관문으로 이어진 널찍하고 낮은 여섯 칸짜리 계단이 있었다. 계단 양쪽 돌 받침대 위에는 반짝이는 검은 돌로 조각한 거대한 고양이가 한 마리씩 앉아 있었다. 얼마나 사실적인지 털의 감촉이 느껴질 것만 같았다. 그러나 조각상을 어루만지는 순간 차갑고 단단한 돌의 감촉에 또 한 번 놀라게 되었다.

가장 심하게 그을린 자국이 남아 있는 곳은 1층 세 번째 방의 창문이었다. 부서진 벽돌 더미 위에 올라서니 안이 훤히 들여다 보였다. 눈앞에 펼쳐진 광경에 순간 가슴이 저렸다. 방이라고 하면 누구나 생각하는 공통적인 이미지가 있다. 책방에 있는 내 침실과 부모님 집에 있는 어린 시절의 침실, 그리고 윈터 여사의 저택에서 내가 묵고 있는 침실은 모두 다르지만 공통점이 있다. 어느 집의 방에서나, 누구의 방에서나 찾아볼 수 있는 공통점이었다. 임시 천막이라고 해도 비바람을 막아주는 지붕과 사람 하나가 들어가서 돌아다니다가 나올 수 있는 공간과 안팎의 구분은 있어야 했다. 그런데 이 방에는 그중 어떤 것도 없었다.

무너진 대들보는 대각선으로 방을 가로질러 벽돌 더미 위에 그 한쪽 끝을 걸쳤다. 나무 조각들과 형체를 알아볼 수 없는 잡동사니들이 창문 높이까지 쌓여 있었다. 곳곳에 새들이 둥지를 틀었다. 새들이 날라온 씨앗은 눈과 비를 맞고 햇살을 받으며 폐허 속에서 싹을 틔웠다. 어린 부들레이아의 갈색 겨울 가지도 보였고 햇빛을 찾아 껑충하게 자라난 딱총나무도 보였다. 벽난로의 무늬처럼 담쟁이덩굴이 벽을 타고 뻗어 있었다. 나는 검은 터널 안을 들여다보듯 목을 길게 빼고 안을 들여다보았다. 사방 벽은 그대로 남아 있었지만 천장은 없었다. 네 개의 두꺼운 대들보가 불규칙하게 뚫린 천장을 가르고 있었고 그 위로는 빈 공간을 사이에 두고 다른 대들보들이 있었다. 그리고 그 위에도 또 빈 공간과 대들보가 있었다. 터널 끝에는 빛이 있었다. 하늘이었다.

이곳은 유령조차 살 수 없는 곳이었다.

한때 이곳에 커튼과 가구, 그림들이 있었다는 것은 상상조차 할 수 없었다. 한때는 햇빛 대신 샹들리에가 이곳을 밝혀주었을까? 이 방은 어떤 방이었을까? 거실이었을까? 피아노방이었을까? 아니면 식당이었을까?

나는 방 안에 쌓인 쓰레기 더미를 흘끗 보았다. 한때는 방이었지만 이제는 형체조차 알아볼 수 없는 곳으로 변해버린 쓰레기 더미 속에서 무언가가 내 눈길을 끌었다. 대들보라고 생각했던 나무기둥이 생각보다 두껍지가 않았다. 그것은 벽에 세워져 있었던 것 같았다. 그런 기둥이 하나 더 보였다. 또 하나가 더 보였다. 간격이 규칙적이었다. 마치 본래는 하나로 연결되어 있었던 듯 이음새도 보였다. 자세히 보니 그중에는 실제로 이어져 있는 부분도 있었다.

서늘한 깨달음이 밀려왔다.

그것은 **책장**이었다. 이 폐허는 바로 서재였다!

나는 유리 없는 창틀을 넘어 안으로 들어가서 조심스럽게 발을 옮겼다. 구석구석 살펴보았지만 책은 없었다. 사실 책이 있을 거라고 기대했던 건 아니었다. 있었다고 해도 결코 이런 끔찍한 상황을 견뎌내지 못했을 것이다. 그러나 나는 책을 찾는 것을 멈출 수가 없었다.

잠시 후 나는 사진을 찍기 시작했다. 유리가 없는 창틀을 찍었고 한때는 책을 지탱했을 나무판도 찍었고 육중해 보이는, 오크재로 만든 문틀도 찍었다.

커다란 석조 벽난로의 모습을 제대로 찍기 위해 허리를 굽히고 몸을 한쪽으로 비스듬히 하는 순간 멈칫했다. 심장 박동이 빨라지는 것을 느끼며 침을 꿀꺽 삼켰다. 소리였던가? 아니면 느낌이었던가? 발밑의 쓰레기 더미 속에서 무언가가 움직이는 것 같았다. 그러나 그럴 리가 없었다. 아무것도 아니었다. 모든 것은 그대로였다. 나는 조심스럽게 방의 가장자리 쪽으로 발을 옮겼다. 벽돌 더미 속에 내가 지나갈 수 있을 정도로 커다란 구멍이 있었다.

내가 서 있는 곳은 거실이었다. 밖에서 보았던 높은 현관문은 이 거실로 통하는 것이었다. 돌로 만든 계단은 불길을 견딘 듯했다. 위층으로 이어진 널찍한 계단과 위층 난간의 손잡이를 온통 담쟁이덩굴이 뒤덮고 있었지만 계단의 윤곽은 여전히 남아 있었다. 계단의 우아한 곡선은 바닥으로 향하면서 조개처럼 폭이 넓어졌다. 통념을 깬 훌륭한 역발상이었다.

계단 위의 난간 뒤로는 한때는 아래층 거실과 폭이 똑같았던 것이 분명한 널찍한 공간이 있었다. 그 한쪽으로는 마룻널이 들추어져 돌바닥이 드러났지만 다른 한쪽은 거의 완벽하게 보존되어 있었다. 난간 손잡이를 따라가다 보니 복도로 이어졌다. 복도의 천장만은 그대로 남아 있었다. 바닥도 있었고 문들도 있었다. 불길이 휩쓸어버리지 않은 유일한 공간인 것 같았다. 이곳이라면 사람이 살 수도 있을 것 같았다.

체중을 싣기 전에 발끝으로 바닥을 시험해보면서 나는 얼른 사진을 몇 장 찍은 뒤 복도 쪽으로 들어섰다.

첫 번째 방은 쉽게 열렸고 곧바로 나무와 푸른 하늘이 펼쳐졌다. 벽도, 천장도, 바닥도 없었고 그저 상쾌한 바깥 공기뿐이었다.

문을 닫고 복도를 따라 걸으면서 위험하다는 생각을 하지 않으려고 애썼다. 발밑을 조심하면서 두 번째 방으로 향했다. 손잡이를 돌렸고 문이 열렸다.

그때 무언가가 움직였다.

그 애였다!

나는 그 애를 향해 한 걸음 내디딜 뻔했다. 거의 그럴 뻔했다.

그러나 그 순간 깨달았다. 그것은 거울이었다. 잉크처럼 검은 얼룩과 먼지로 뒤덮인 거울이었다.

발을 내디디려 했던 바닥을 바라보았다. 바닥이 없었다. 저만치 아래쪽에 포석이 깔려 있을 뿐이었다.

발을 내디디기 전에 깨닫긴 했지만 걷잡을 수 없이 가슴이 뛰었다. 고개를 들었다. 저기, 그 애가 있었다. 어두운 눈동자의 창백한 떠돌이 소녀가 낡은 거울 속에서 떨고 있었다.

그 애도 나를 보았다. 그 애가 나에게로 손을 뻗었다. 애절한 몸짓이었다. 마치 어서 한 발을 내디디고 자기 손을 잡아달라는 듯이. 그렇게만 하면 모든 것이 끝일까? 마침내 그 애의 곁으로 간다면?

"안 돼."

내가 중얼거렸다. 그러나 그 애의 팔이 여전히 나를 유혹했다.

"미안해."

그 애가 천천히 팔을 내렸다.

그리고 카메라를 들더니 내 사진을 찍었다.

그 애가 가여웠다. 거울을 찍은 사진은 제대로 나오지 않는데. 전에도 찍어본 적이 있었다.

나는 세 번째 방 손잡이에 손을 얹은 채 서 있었다. 세 번의 법칙이라고 윈터 여사는 말했다. 그러나 그녀의 이야기라면 더 듣고 싶지 않았다. 방 안에 비가 들이치고 사람을 홀리는 거울이 있는 그녀의 위험한 집에 나는 이제 관심이 없었다.

이 집을 떠날 생각이었다. 교회에 사진을 찍으러 갈까 했지만 그것도 그만둘 생각이었다. 곧장 마을의 가게로 달려갈 생각이었다. 전화로 택시를 불러 역으로 가서 집으로 돌아갈 것이다.

곧바로 그렇게 할 생각이었다. 그러나 잠시 그렇게 있고 싶었다. 손잡이를 잡고 머리를 문에 기댄 채로, 문 뒤에 뭐가 있는지 알지 못한 채로, 눈물이 마르고 마음이 가라앉기를 기다리면서.

나는 기다렸다.

그리고 내 손안에서 세 번째 방문의 손잡이가 스르르 돌아갔다.

친절한 거인

나는 뛰었다.

마룻바닥에 난 구멍들을 건너뛰고 세 칸씩 계단을 뛰어 내려갔다. 발이 빠진 순간 난간 쪽으로 손을 뻗었고 담쟁이덩굴을 움켜쥐며 몸을 일으켜 다시 뛰었다. 서재 쪽으로 갈까? 아니, 거긴 아니야. 나는 아치문 쪽으로 뛰었다. 부들레이아와 딱총나무 가지가 내 옷을 잡았고 벽돌 더미에 걸려 몇 번이나 넘어질 뻔했다.

그러다가 결국 바닥에 주저앉고 말았다. 커다란 울음소리가 입술 사이로 흘러나왔다.

"이런! 저 때문에 놀라셨습니까? 이를 어쩌지?"

나는 아치문을 돌아보았다. 계단 난간에 서 있는 사람은 해골도, 괴물도 아니었다. 거인이었다. 그는 재빨리 계단을 내려와 바닥에 널린 잔해들을 능숙한 솜씨로 뛰어넘은 다음 수심 어린 표정으로 내 앞에 섰다.

"저런!"

그는 키가 2미터는 되어 보였고 체격도 건장했다. 그를 본 순간 저택이 조그맣게 줄어든 것 같았다.

"정말 그럴 생각이…… 전 그저…… 한참을 그렇게 서 계시길래……. 하지만 지금 그게 문제가 아니지요. 많이 다쳤어요?"

나는 어린아이가 된 것 같았다. 엄청나게 큰 체구에 걸맞지 않게 그에겐 어린아이 같은 모습이 남아 있었다. 동그랗고 천진스러운 얼굴은 주름이 잡히기에는 너무 포동포동했고 곱슬거리는 은빛 머리카락은 정수리에만 나지 않았다. 그가 쓰고 있는 안경테처럼 그의 눈동자도 동그랬다. 그의 눈빛은 따스하면서도 푸르고 투명했다.

내가 넋이 나간 것처럼 보인 모양이었다. 창백해 보였는지도 모르겠다. 그는 내 옆에 무릎을 꿇고 앉아 손목을 잡았다.

"꽤 심하게 넘어지는 것 같던데. 저 때문에 놀라서 그만…… 제가 조심했어야 했는데…… 맥박이 빠르군요. 음……."

정강이가 욱신거렸다. 나는 바지가 찢어졌는지 확인해보려고 무릎을 더듬었다. 손가락에 피가 묻었다.

"이런. 다리를 다쳤나 봐요. 부러졌어요? 움직일 순 있겠어요?"

나는 발목을 움직여보았다. 남자의 얼굴에 안도감이 스쳤다.

"다행이군요. 다리가 부러졌다면 내가 날 용서하지 못했을 거예요. 잠깐 여기 있어봐요. 곧 돌아올게요."

그가 일어섰다. 그는 날카로운 나무 모서리 사이로 춤을 추듯 걸어서 쏜살같이 계단을 올라갔다. 분주하게 움직이는 다리와는 별개라는 듯 그의 상체는 조금도 흔들리지 않았다.

나는 심호흡을 하며 기다렸다.

"주전자를 올려놓았어요."

그가 돌아와서 말했다.

그는 빨간색 십자가가 그려진 구급약 상자를 들고 있었다. 그가 상자에서 소독약과 거즈를 꺼냈다.

"언젠간 여기서 사고가 날 줄 알았어요. 그래서 몇 년 동안 구급약 상자를 들고 다녔지요. 후회하는 것보다는 미리 준비하는 게 낫잖아요? 쯧쯧……."

그는 소독약을 내 무릎에 난 상처에 누르며 자기가 아픈 것처럼 얼굴을 찌푸렸다.

"우리 씩씩해지자고요. 그럴 수 있겠죠?"

"여기 전기가 들어오나요?"

내가 물었다. 여전히 어리둥절한 상태였다.

"전기라……. 하지만 여긴 폐허인걸요."

내 질문이 이상하다는 듯 그가 나를 바라보았다. 넘어진 충격으로 머리가 이상해진 게 아니냐고 묻는 것 같았다.

"조금 전에 주전자를 올려놓았다고 하셔서요."

"아! 그거요. 캠핑용 스토브를 가지고 왔거든요. 전에는 보온병을 가지고 다녔는데."

그가 코를 찡긋하고 말을 이었다.

"보온병 물로 마시는 차는 별로이더라고요. 따갑지 않아요?"

"조금요."

"착한 아가씨네. 심하게 넘어졌는데. 자, 그럼 이제 레몬하고 설탕을 넣은 차 한 잔, 어때요? 미안하지만 우유는 없어요. 냉장고가 없어서요."

"레몬차면 충분해요."

"다행이네요. 우리, 좀 더 편안한 자리를 찾아볼까요? 비가 그쳤어요. 밖에서 차 마시는 게 어때요?"

그는 커다란 현관문 앞으로 다가가더니 빗장을 젖혔다. 생각보다 작은 소리를 내며 문이 열렸고 나는 일어서려고 몸을 움직였다.

"움직이지 말아요!"

그가 다시 내 쪽으로 다가와 몸을 숙이며 나를 번쩍 안아 들었다. 공중으로 붕 떠오르는가 싶더니 어느새 밖으로 나와 있었다. 그는 한 시간 전에 내가 만져보았던 검은 고양이 옆으로 기대앉도록 나를 내려놓았다.

"잠깐만 기다려요. 이제 나하고 맛있는 차를 마시는 거예요."

그가 다시 저택 안으로 들어갔다. 그의 커다란 뒷모습이 미끄러지듯 계단을 올라가서 난간 위에서 복도 쪽으로 사라졌다.

"좀 편안해요?"

나는 고개를 끄덕였다.

"다행이네."

그가 정말 다행이라는 듯 환하게 미소를 지었다.

"우리 통성명 좀 합시다. 내 이름은 러브예요. 오릴리어스 알폰스 러브. 그냥 오릴리어스라고 불러요."

그가 기대하는 듯한 눈빛으로 나를 바라보았다.

"마거릿 리예요."

"마거릿!"

그가 웃으며 말했다.

"이름이 참 예뻐요. 자, 어서 들어요."

커다란 검은 고양이의 머리 위에 그가 냅킨을 한 장 펼쳤다. 냅킨 안에는 큼직하게 자른 짙은 색의 끈끈한 케이크 한 조각이 들어 있었다. 나는 케이크를 한 입 베어 먹었다. 차가운 날씨에 먹기 좋은 케이크였다. 생강에 절여 달콤하면서도 매콤했다. 낯선 남자는 우아한 도자기 컵에 차를 따라주었다. 그는 설탕 한 조각을 내게 권한 뒤 안주머니에서 파란 벨벳 주머니를 꺼냈다. 손잡이에 단순한 도안의 천사 문양 속에 A라는 글자가 새겨진 은색 스푼이 들어 있었다. 나는 스푼을 받아 차를 저은 뒤 그에게 돌려주었다.

내가 차를 마시는 동안 그는 또 다른 고양이 위에 앉아 있었다. 그의 거대한 체구를 받치고 있는 고양이 동상이 갑자기 새끼 고양이처럼 연약해 보였다. 그는 아무 말도 하지 않고 정성스럽게, 깔끔하게 케이크를 먹으면서 맛있게 먹어주었으면 하는 표정으로 내가 먹는 모습을 지켜보았다.

"맛있네요. 집에서 만든 건가요?"

내가 물었다.

두 마리의 고양이는 서로 3미터 정도 떨어져 있었기 때문에 목소리를 조금 높여야만 했고 덕분에 우리의 대화는 마치 공연의 대사처럼 조금 연극적일 수밖에 없었다. 관객도 있었다. 빗물이 씻어낸 햇살 속에서 숲에서 나온 사슴 한 마리가 꼼짝 않고 서서 호기심 어린 눈빛으로 우리를 지켜보고 있었다. 사슴은 눈을 깜빡이지 않았고 조금 긴장한 듯 코를 씰룩거렸다. 나와 눈이 마주쳤지만 녀석은 달아나지 않았고 오히려 더 대범해지기로 결심한 것 같았다.

내 앞에 앉은 남자가 냅킨으로 손가락을 닦은 뒤 냅킨을 털고는 다시 4분의 1로 접었다.

"맛이 괜찮은가요? 러브 부인한테서 전수 받은 비법이지요. 어렸을 때부터 이 케이크를 만들어 먹었어요. 러브 부인은 훌륭한 요리사였거든요. 요리 말고도 다 훌륭했지만요. 물론 지금은 세상을 떠났어요. 영원히 사는 사람은 없으니까요."

"그렇군요."

대답을 하면서도 나는 뭐가 그렇다는 것인지 확실히 알 수 없었다. 러브 부인이라면 그의 아내를 말하는 것일까? 그러나 어렸을 때부터 케이크를 만들었다고 했다. 그러나 어머니를 말하는 것일 리도 없었다. 자기 어머니를 러브 부인이라고 부를 리가 있겠는가? 어쨌건 두 가지만은 분명했다. 그는 러브 부인을 사랑했고 그녀가 세상을 떠났다는 것이었다.

"마음이 아팠겠어요."

내가 말했다.

그가 슬픈 표정으로 내 인사를 받은 뒤 다시 환한 표정으로 내게 물었다.

"그래도 이렇게라도 기억할 수 있으니 얼마나 좋아요? 케이크 말이에요."

"그러게요. 돌아가신 지가 오래됐나요?"

그는 생각에 잠겼다.

"20년 전 일이에요. 긴 시간인 것도 같고, 짧은 시간인 것도 같고."

나는 고개를 끄덕였다. 적절한 말이 떠오르지 않았다.

잠시 우리는 아무 말도 하지 않고 앉아 있었다. 나는 사슴 공원 쪽을 바라보았다. 숲이 끝나는 곳에 사슴이 모여들고 있었다. 사슴들은 햇살과 함께 초록색 풀밭 위를 거닐었다. 발목의 통증도 가셨다. 한결 마음이 편안했다.

"그런데……."

그가 입을 열었다. 내게 무언가를 물어보기 위해 용기를 끌어모으는 것 같았다.

"혹시 어머니가 계신가요?"

나는 깜짝 놀랐다.

대체로 사람들은 사적인 질문을 할 때 시간을 끌지 않았다.

"얘기하기 불편해요? 미안해요. 괜한 걸 물어서. 어떻게 설명하면 좋을지 모르겠는데, 가족이라는 건…… 그만두죠. 괜히 불편하게 하고 싶지 않아요."

"괜찮아요. 아무렇지도 않은걸요."

내가 말했다.

나는 정말 아무렇지도 않았다. 어쩌면 그동안 연이어 충격적인 일들을 경험했기 때문일 수도 있었다. 어쩌면 당시의 특이한 상황 때문일 수도 있었다. 왠지 그 순간 그에게 내가 하는 모든 말들은 이 세상 어느 곳도 아닌 오직 그곳에만, 그에게만 머물러 있을 것 같았다. 그에게 무슨 말을 하건 아무것도 달라지지 않을 것 같았다. 그래서 나는 그의 질문에 대답했다.

"네. 있어요."

"어머니가 있다고요! 우와!"

그의 눈동자에는 슬픔 혹은 그리움 같은 강렬한 감정이 깃들어 있었다.

"어머니가 있는 것보다 더 좋은 일이 세상에 또 있을까!"

그가 탄성을 질렀다. 이야기를 더 듣고 싶은 것이 분명했다.

"어머니가 안 계세요?"

오릴리어스의 얼굴이 잠시 일그러졌다.

"슬픈 일이지만 그래요. 평생 어머니를 그리워했지요. 어머니가 아니라면 아버지라도, 아니면 형제나 자매라도 있었으면 했어요. 진짜 가족 말이에요. 어렸을 때는 상상 속에서 가족을 통째로 만들어내곤 했어요. 그것도 여러 세대를! 우습지요?"

그러나 그의 표정은 하나도 우습지 않았다.

"하지만 진짜 어머니, 나를 낳아준 어머니는…… 물론 누구한테나 어머니는 있어요. 안 그래요? 그건 나도 알아요. 문제는 어머니가 누구인지 아느냐 그거지요. 언젠가는 꼭…… 안 될 일도 없잖아요? 아직 희망을 버리지 않았어요."

"그렇군요."

"정말 슬픈 일이죠. 어머니가 있었으면 정말 좋았을 텐데……."

그는 괜찮다는 듯 어깨를 으쓱해 보였지만 괜찮아 보이지 않았다.

"러브 씨."

"오릴리어스라고 불러요."

"오릴리어스, 어머니가 있어도 당신이 생각하는 것처럼 늘 행복하지만은 않아요."

"그래요?"

내 말이 그에게는 놀라운 폭로였던 모양이었다. 그가 나를 똑바로 보았다.

"말다툼 때문인가요?"

"아뇨."

그가 얼굴을 찌푸렸다.

"아니면 오해?"

나는 고개를 저었다.

"그것보다 더 나쁜 거예요?"

그는 도저히 모르겠다는 표정을 지었다. 그는 대답을 찾으려는 듯, 하늘을, 숲을, 그리고 마지막으로 내 눈동자를 바라보았다.

"비밀 때문이에요."

내가 말했다.

"비밀!"

그의 눈이 완벽한 동그라미가 되었다. 그는 당황한 표정으로 내 말의 의미를 헤아리며 고개를 저었다. 마침내 그가 입을 열었다.

"미안하지만 난 도저히 이해가…… 무슨 말을 해야 할지 모르겠군요. 가족에 대해선 거의 아는 게 없어서요. 나의 무지는 바다보다도 넓답니다. 하지만 비밀 때문이라니, 정말 속상했겠어요. 그러니 그런 감정을 느끼는 게 당연하죠."

그의 눈빛이 연민으로 따듯해졌다. 그는 내게 반듯하게 접은 흰 손수건을 내밀었다.

"아마 충격을 미루기 위한 거였겠지요."

내가 말했다.

"그랬을 거예요."

내가 눈물을 닦는 동안 그는 고개를 돌려 사슴 공원을 바라보았다. 하늘이 천천히 어두워지고 있었다. 나는 그의 시선을 따라가보았다. 하얗게 반짝이는 것이 있었다. 숲으로 뛰어 들어가는 사슴의 흰 털이었다.

"손잡이가 돌아갔을 때, 유령인 줄 알았어요. 아니면 해골이거나."

"해골이요? 내가요?"

그가 큰 소리로 웃기 시작했다. 그의 표정이 환해졌다. 그의 몸 전체가 웃음소리와 함께 흔들렸다.

"그런데 알고 보니 거인이더군요."

"정말 그렇지요? 거인."

그가 눈가에서 웃음을 닦아냈다.

"사람들이 그러는데, 유령이 정말 있대요."

'알아요. 저도 봤어요'라고 대답할 뻔했지만 그가 말하는 것은 나의 유령이 아닌 게 분명했다.

"유령 본 적 있으세요?"

"아뇨. 유령은 그림자도 못 봤어요."

그가 한숨을 쉬며 말했다.

우리는 각자의 유령을 생각하며 한동안 말없이 앉아 있었다.

"추워지네요."

내가 말했다.

"다리는 괜찮아요?"

나는 고양이 동상에서 일어서서 다리에 체중을 실어보았다.

"괜찮아요. 훨씬 나아졌어요."

"다행이네. 정말 다행이에요."

우리의 목소리는 어스름한 황혼의 햇살 속에서 속삭임처럼 낮아져 있었다.

"러브 부인은 정확히 누구를 말하는 건가요?"

"나를 키워준 분이에요. 그분이 내게 이름을 주셨지요. 요리법도 전수해주셨고요. 내게 모든 걸 주신 분이에요."

나는 고개를 끄덕였다. 그리고 카메라를 들었다.

"그만 가봐야겠어요. 너무 어두워지기 전에 교회에서 사진을 몇 장 찍으려고요. 차 잘 마셨어요."

"나도 곧 가야 해요. 만나서 반가웠어요, 마거릿, 여기 또 올 건가요?"

"혹시 이 집에 사시는 건 아니죠?"

내가 의심스럽다는 듯 그에게 물었다.

그가 웃었다. 그의 케이크처럼 어둡고도 부드러운 웃음이었다.

"그럴 리가요. 전 저쪽에 삽니다."

그가 숲을 가리키며 말했다.

"오후에 가끔 여기 들러요. 그저…… 생각을 좀 하려고 왔다고 해두죠."

"곧 철거한다면서요? 그 얘기 들으셨어요?"

"들었어요."

그가 고양이를 무심히 어루만지며 대답했다.

"아쉬워요. 여기가 그리울 거예요. 난 당신도 그쪽 사람인 줄 알았어요. 측량기사나 뭐 그런 사람. 하지만 아니었네요."

"측량기사는 아니에요. 예전에 여기 살았던 사람에 관한 글을 쓰고 있어요."

"엔젤필드의 딸들 말인가요?"

"네."

오릴리어스는 생각에 잠긴 듯 고개를 끄덕였다.

"쌍둥이였다죠?"

그의 시선이 먼 곳을 향했다.

"마거릿, 여기 다시 올 건가요?"

가방을 드는 내게 그가 다시 물었다.

"그럴 생각이에요."

그는 주머니를 뒤져 명함을 꺼냈다. '오릴리어스 러브—결혼, 크리스마스, 파티 요리 전문'이라고 적혀 있었다. 그는 주소와 전화번호를 가리키며 말했다.

"여기 다시 오게 되면 연락해요. 우리 집에서 제대로 된 차를 대접하죠."

헤어지기 전 오릴리어스는 내 손을 잡고 가볍게 두드려주었다. 옛날식 인사법이었다. 거대한 체구의 그가 우아하게 넓은 계단을 올라갔고 그 뒤로 육중한 문이 닫혔다.

나는 천천히 교회 쪽으로 걸었다. 내 마음은 조금 전에 만났고 곧바로 친구가 된 낯선 남자로 가득 채워졌다. 나답지 않았다. 묘지 문으로 들어서는 동안 이곳에서의 **내 모습이** 낯설다는 생각이 들었다. 그저 나 혼자만의 생각일까? 아니면 윈터 여사를 만난 이후로 내가 정말 변한 걸까?

묘지

시간이 지체되는 바람에 사진은 찍을 수 없었다. 교회 묘지를 향해 걸으며 나는 노트를 꺼냈다. 엔젤필드는 역사가 길었지만 워낙 작은 마을이었기 때문에 묘가 많지는 않았다. '존 디젠스, **하늘나라 정원으로 가다**'와 '마사 던, **하느님의 충직한 일꾼**'이라는 묘비명을 찾을 수 있었다. 사망일은 내가 예상한 것과 거의 일치했다. 나는 이름과 날짜, 묘비명을 노트에 적었다. 싱그러운 꽃들이 놓여 있는 묘비가 눈에 뜨였다. 노란 국화가 한 다발 있었다. 그토록 생생하게 기억되는 사람이 누구일까 가까이 다가가 보았다. **'존 마리 러브, 영원히 기억되다'**라고 쓰여 있었다.

그러나 엔젤필드의 이름은 어디에도 보이지 않았다. 허나 궁금증은 오래가지 않았다. 대저택의 가족들이 마을 교회의 공동묘지에 묻힐 리가 없었다. 그들의 묘는 훨씬 더 웅장할 것이 분명했다. 대리석에 길게 개인의 이력을 새겨 넣거나 동상을 세웠을 것이다. 그리고 교회 안에 안치되었을 것이다.

교회 안은 왠지 음울했다. 두꺼운 아치형 창틀에 조그만 조각으로 박힌 초록빛 낡은 유리로 음산한 햇볕이 들어와 실내의 흰 아치문과 돌기둥, 둥근 천장, 반들거리는 신도석을 비추었다. 실내조명에 적응이 되자 조그만 교회 안의 묘비들을 찾아보았다.

수세기에 걸쳐 엔젤필드 가문 사람들에 대한 장황한 찬사가 새겨진 고급 대리석 묘비들이 길게 늘어서 있었다. 나는 언젠가 다 읽어보리라고 생각했다. 그러나 우선은 몇 사람의 이름만 확인할 생각이었다.

조지 엔젤필드의 죽음과 함께 엔젤필드의 찬사도 끝이었다. 찰리와 이사벨은 후세들을 위해 아버지의 삶을 미화할 생각이 없었던 게 분명했다. **'지상의 슬픔에서 해방되어 하늘로 가다'**라는 간결한 글이었다. 이사벨의 삶과 죽음은 가장 상투적인 글로 정리되었다. **'사랑받던 어머니이자 누이, 더 좋은 세상으로 가다'**라고 적혀 있었다. 나는 그 글을 노트에 옮겨 적은 뒤 얼른 나이를 계산해보았다. 나보다 어린 나이였다! 그녀의 남편처럼 아까운 죽음은 아니었지만 그래도 죽기엔 이른 나이였다.

찰리의 묘비는 하마터면 지나칠 뻔했다. 교회 안에 있는 묘비들을 거의 다 훑어보고 포기하려는 순간 마침내 작고 허름한 묘비 하나가 눈에 들어왔다. 너무 작고 허름해서 일부러 보이지 않게 만든 묘비이거나 하찮은 사람의 묘비일 거라 생각했다. 묘비명의 바탕에 글씨를 돋보이게 하는 금빛 잎새 장식이 없었기 때문에 글자를 읽을 수가 없었다. 나는 점자를 읽듯 글씨가 새겨진 부분을 손으로 만져가며 한 자씩 읽어 내려갔다.

찰리 엔젤필드

밤의 어둠 속으로 사라지다

다시는 그를 볼 수 없으리

날짜도 기록되어 있지 않았다.

문득 가슴이 서늘해졌다. 이 글은 누가 쓴 것일까? 비다 윈터가 썼을까? 이 글은 무엇을 암시하고 있을까? 그의 묘비명에는 왠지 모호한 부분이 있었다. 묘비명에 담겨 있는 것은, 그를 잃은 사람의 슬픔일까? 아니면 인생의 패배자에게 고하는, 살아 있는 자들의 오만한 작별의 인사일까?

교회를 나서서 정문을 향해 걷는데, 거의 무게감이 느껴지지 않는 누군가의 시선 같은 것이 뒤쪽에서 느껴졌다. 지금쯤 오릴리어스는 저택을 떠났을 것이다. 그렇다면 누구일까? 엔젤필드의 유령들일까? 아니면 불타버린 저택의 눈동자일까? 아마도 숲에서 나를 지켜보았던 사슴이었을 것이다.

"집에 못 들른다니 아쉽구나."

그날 저녁 책방에서 아빠가 말했다.

"집에 와 있잖아요."

아빠의 말을 못 알아들은 척하며 내가 말했다. 그러나 아빠가 엄마를 염두에 두고 하는 말이라는 것을 나는 알고 있었다. 솔직히 말하자면, 나는 엄마의 일시적인 명랑함도 싫었고 엄마가 사는 집의 청결함도 싫었다. 나는 슬픔을 벗 삼아 그 그림자 속에서 살고 있지만 엄마의 집에서는 나의 슬픔이 환영받지 못한다는 걸 알고 있었다. 엄마는 활달하고 수다스러운 딸을 원했을 것이다. 딸의 명랑함이 자신의 두려움을 쫓아내주기를 원했을 것이다. 엄마는 내 침묵을 두려워했고 나는 엄마와 거리를 유지하고 싶었다.

"시간이 없어요."

내가 핑계를 댔다.

"윈터 여사가 일을 빨리 추진하고 싶어해요. 게다가 얼마 안 있으면 크리스마스잖아요. 그땐 돌아올게요."

"그래. 그러고 보니 크리스마스가 얼마 안 남았구나."

아빠는 슬퍼 보였고 걱정하는 것 같았다. 나 때문이란 걸 알고 있었지만 어쩔 수 없었다.

"윈터 여사의 집에 가져가려고 책을 몇 권 챙겼어요. 카드에 기록 남겨두었고요."

"잘했다."

그날 밤 꿈속에서 무언가가 나를 짓누르는 것 같았다. 이불 위로 내 몸을 누르는 앙상한 뼈가 느껴졌다.

그 애였다. 마침내 그 애가 온 것이다!

눈을 뜨고 그 애를 바라보면 그걸로 끝이었다. 그러나 두려움이 나를 마비시켰다. 그 애는 어떤 모습일까? 나와 똑같은 모습일까? 검은 눈에 키가 크고 마른 편일까? 무덤에서 나온 것일까? (내가 두려웠던 건 바로 그것이었다. 하지만 내가 그 애와 함께 있게 된다면, **다시 함께 있게 된다면,** 그런 것 따위가 무슨 문제일까?)

그 순간 두려움이 사라졌다.

나는 눈을 떴다.

담요를 누르던 힘은 사라졌고 나의 잠도 사라졌다. 내가 안도한 것인지, 실망한 것인지 알 수 없었다.

나는 일어나 짐을 다시 싼 다음, 겨울 아침의 차가운 바람을 맞으며, 북쪽으로 향하는 첫 열차를 타기 위해 역으로 향했다.

Middles
전개

헤스터

요크셔를 떠날 무렵에도 완연한 11월의 날씨였다. 다시 돌아와보니 어느덧 11월은 저물어가고 12월로 넘어갈 채비를 하고 있었다.

12월은 내게 두통을 일으켰고 안 그래도 시원치 않은 식욕마저 거두어갔다. 12월에는 책을 읽는 것조차 편치 않았다. 밤이면 음습한 어둠 속에서 뒤척이게 되었다. 내 머릿속 시계는 12월 1일부터 그날이 될 때까지 매일, 매시간, 매분 똑딱거린다. 그날은 내 삶이 만들어졌다가 사라져버린 날, 바로 내 생일이었다. 나는 12월을 좋아하지 않았다.

올해는 날씨까지 궂어서 더욱 예감이 불길했다. 저택 위로 무겁게 내려앉은 하늘이 어스름한 황혼의 빛을 드리웠다. 돌아오자마자 나는 주디스를 불러서 이 방 저 방으로 돌아다니며 한 번도 사용한 적이 없는 책상 램프와 실내용 램프, 독서용 램프들을 손님방에서 모아 서재와 응접실, 내 방에 두도록 했다. 의자 밑과 커튼 주름, 가구의 틈새, 저택 구석구석에 도사리고 있는 음산한 어둠을 걷어내기 위해서였다.

윈터 여사는 나의 여행에 대해서 아무것도 묻지 않았다. 자신의 건강에 대해서도 일절 말하지 않았지만 병세가 악화되었음을 한눈에 알 수 있었다. 캐시미어 숄은 부쩍 마른 그녀의 앙상한 몸에서 자주 흘러내렸고 손가락에 낀 루비와 에메랄드도 손이 가늘어져서인지 전보다 더 커 보였다. 떠나기 전에 보았던 가느다란 흰 가르마는 한층 더 넓어져 있었다. 흰 기운이 머리카락을 잠식하여 갈색을 옮은 오렌지 빛으로 물들였다. 몸이 쇠약해졌음에도 그녀는 그 어느 때보다도 힘과 에너지로 충만했다. 병들고 나이가 들었어도 꺾일 줄 모르는 열정이 그녀를 더욱 강하게 만드는 것 같았다. 서재에 들어서서 자리에 앉아 노트를 꺼내기도 전에 그녀는 지난 이야기에 이어진 이야기를 시작했다. 마치 이야기가 넘쳐흐를까 봐 한순간도 지체할 수 없다는 듯이.

이사벨이 떠난 뒤 마을 사람들은 누군가 아이들을 돌보아야 한다는 데에 의견을 모았다. 아이들은 열세 살이었고 더는 그렇게 방치할 수만은 없었다. 아이들을 돌볼 여자가 필요했다. 학교엘 보내야 하는 게 아닐까? 그러나 어떤 학교에서 이런 아이들을 받아줄까? 학교를 보내는 건 불가능하다는 데에 의견이 모아지자 입주 가정교사를 구해야 한다는 결론이 났다.

그리고 가정교사가 채용되었다. 헤스터 배로라는 여자였다. 예쁜 이름은 아니었다. 예쁜 여자도 아니었다.

모슬리 박사가 모든 일을 주선했다. 절망의 늪에 빠진 찰리는 상황을 거의 알지 못했고 하인에 불과했던 정원사와 가정부는 의논의 대상이 되지 못했다. 모슬리 박사가 엔젤필드 가족의 변호사 로맥스 씨를 찾아갔고 그 두 사람과 은행 측의 협조로 일이 성사되었다.

무력하고 수동적이었던 우리는 여러 가지 감정이 뒤섞인 상태로 앞으로 벌어질 일에 대해 불안해하고 있었다. 가정부의 감정은 두 가지였다. 우선 자신의 영역을 침범하게 될 낯선 여자에 대한 본능적인 거부감이 있었다. 그러한 거부감은 자신의 부족함이 드러날지도 모른다는 두려움과도 관련이 있었다. 가정부는 오랫동안 이 아이들을 책임져왔고 자신의 한계를 잘 알고 있었다. 그러나 한편으로는 기대감도 있었다. 새로운 사람이 와서 아이들을 제대로 가르치고 이 집안에 예절과 청결함을 되살릴 수 있을지도 모른다는 희망이었다. 사실 가정교사의 출현과 함께 평화롭고 안정된 삶을 되찾을 수 있을지도 모른다는 기대가 얼마나 컸는지 가정부는 우리에게 이런저런 요구를 하기 시작했다. 마치 우리가 그런 명령을 듣는 아이들이라는 듯이. 말할 것도 없이 우리는 전혀 신경을 쓰지 않았다.

존 더 딕의 감정은 그보다는 덜 복잡해서 오직 적대적일 뿐이었다. 그는 가정부의 근거 없는 낙관에 절대 동조하지 않았다. 그는 침묵을 지켰다. 그러나 그의 침묵은 이미 그녀의 마음에 뿌리를 내리기 시작한 낙관론을 한층 더 강화할 뿐이었다.

"제대로 된 선생이 오기만 한다면……."

"누가 알아? 앞으로는 좋은 일만 생길지도……."

가정부가 그런 말을 할 때마다 그는 창밖을 내다보며 외면했다. 모슬리 박사가 그에게 마차를 끌고 나가서 역에서 가정교사를 모셔 오라고 했을 때에도 그는 노골적으로 무례하게 굴었다. 그는 '가정교사 마중이나 나갈 시간은 없는데요'라고 대답했다. 결국 모슬리 박사가 직접 가서 데리고 오는 수밖에 없었다. 조형정원 사건 이후로 존은 사람이 달라졌다. 게다가 집안에 변화가 닥치자, 미래에 대한 불안과 두려움으로 집 안에서 우울한 시간을 보냈다. 새로운 사람이 온다는 것은 새로운 눈과 새로운 귀가 생기는 것을 의미했다. 오랜 세월 동안 보는 사람도, 듣는 사람도 없는 집에 살면서 나름대로 조용한 생활에 익숙해져 있던 그에게는 다 골치 아픈 일일 뿐이었다.

저마다 다른 모습이긴 했지만 모두 조금은 주눅이 들어 있었다. 찰리를 제외하고는 모두가 그랬다. 마침내 그날이 왔고 오직 찰리만이 평상시와 똑같은 모습이었다. 사람들의 눈에 띄지는 않았지만 가끔 집 안에 울려 퍼지는 고함소리와 쿵쿵거리는 소리가 그의 존재를 확인시켜주었다. 우리는 이미 너무도 익숙해져서 거의 의식하지 않는 소리였다. 이사벨에 대한 그리움을 주체하지 못했던 그에게는 밤도 낮도 없었다. 가정교사가 오는 것 따위는 안중에도 없었다.

그날 아침 우리는 1층 방에서 어슬렁거리고 있었다. 본래는 침실로 쓰던 방이었다. 그러나 수십 년 동안 쌓인 쓰레기 더미 속에서 침대는 보이지도 않았다. 에멀린은 커튼의 무늬를 수놓은 은색 자수실을 못으로 뽑아내는 데에 열중하고 있었다. 마침내 자수실 한 가닥을 뽑아낸 에멀린은 그것을 조심스럽게 주머니에 넣었다. 침대 밑 비밀상자에 넣어둘 생각이었다. 그러나 그녀의 주의가 분산되었다. 누군가 오고 있었다. 그 사람이 누군지는 몰라도 집 안에 감도는 긴장감을 에멀린도 느끼고 있었다.

마차 소리를 처음 들은 사람은 에멀린이었다.

우리는 창문을 통해 낯선 사람이 들어오는 것을 지켜보았다. 그녀는 손바닥으로 활기 넘치게 스커트를 털어내고 있었다. 그녀는 현관 쪽을 바라본 다음 다시 왼쪽, 오른쪽을 둘러보더니 위를 올려다보았다. 나는 뒤로 물러섰다. 그녀는 우리를 굴절된 빛이나 부서진 창틀에서 바람에 흔들리는 커튼으로 생각했을 것이다. 그녀가 본 것이 무엇이었건 우리 모습을 제대로 보았을 리는 없었다.

하지만 우리는 그녀를 보았다. 에멀린이 커튼에 새로 내놓은 구멍을 통해서. 어떻게 받아들여야 할지 알 수 없었다. 헤스터는 보통 키에 보통 체격이었다. 머리카락은 금발도 갈색도 아니었다. 피부색도 마찬가지였다. 코트와 구두, 드레스와 모자까지 이렇다 할 특징이 없었다. 이목구비도 눈에 띄는 부분이 없었다. 그러나 우리는 계속 그녀를 바라보았다. 눈이 아프도록 그녀를 바라보았다. 조그맣고 수수한 얼굴에 빛나는 무언가가 있었다. 그녀의 옷과 머리카락에서도 무언가가 반짝였다. 그녀의 짐에서도 광채가 나는 것 같았다. 마치 불을 밝힌 전구처럼 그녀의 주위는 환했고 낯선 기운이 감돌았다.

그게 무언지 우리는 알지 못했다. 그와 비슷한 것조차 본 적이 없었으니까. 그러나 나중에는 알게 되었다.

헤스터는 깔끔했던 것이다!

그런 그녀가 엔젤필드를 보고 어떤 생각을 했을지는 짐작할 수 있을 것이다.

집에 도착한 뒤 15분쯤 지났을 때 그녀는 가정부에게 우리를 데려오라고 했다. 우리는 그 말을 무시하고 일이 어떻게 되는지를 지켜보았다. 우리는 기다렸다. 그리고 또 기다렸다. 아무 일도 일어나지 않았다. 우리는 깨닫지 못하고 있었지만 그것은 일종의 선제공격이었다. 우리를 찾으러 오지 않는다면 기를 쓰고 숨어봐야 소용이 없었다. 그녀는 오지 않았다. 우리는 방 안에서 지루해하며 빈둥거렸다. 가정교사에 대한 반감에도 불구하고 호기심이 고개를 들기 시작했다. 우리는 아래층에서 나는 소리에 귀를 기울였다. 존의 목소리, 가구를 움직이는 소리, 두드리는 소리, 부딪치는 소리가 들렸다. 마침내 잠잠해졌다. 점심시간이 되었고 우리를 부르는 소리가 들렸지만 우리는 가지 않았다. 저녁 6시에 가정부가 다시 우리를 불렀다.

"새로 오신 선생님하고 같이 저녁 드세요!"

우리는 방 안에 있었다. 아무도 오지 않았다. 처음으로 새로 온 가정교사가 만만치 않은 상대일지도 모른다는 생각이 들었다.

마침내 잠자리에 들 준비를 하는 소리가 들렸다. 계단에서 발자국 소리가 들렸고 가정부가 "그럼, 편히 쉬세요."라고 말했다. 그녀는 부드럽고도 힘있는 목소리로 "그럴게요. 오늘 수고 많았어요."라고 대답했다.

"저…… 쌍둥이 아씨들은……."

"그 문젠 걱정 말아요. 다 잘될 테니까."

가정부가 계단을 내려가는 소리가 들렸고 그 뒤로는 집 안이 고요했다.

밤이 되었고 온 집안이 잠들었다. 우리만 빼고.

밤이 되면 잠자리에 들어야 한다는 가정부의 훈계는, 다른 모든 훈계들과 마찬가지로 실패로 끝났고 우리는 어둠을 두려워하지 않았다. 우리는 가정교사의 침실 문에 귀를 대보았다. 쥐 한 마리가 마룻바닥 밑에서 바스락거리는 소리 외에는 아무 소리도 들리지 않았다. 우리는 아래층 저장실로 내려갔다.

저장실 문이 열리지 않았다. 지금껏 한 번도 사용해본 적이 없는 자물쇠가 기름을 친 흔적과 함께 단단히 채워져 있었다.

에멀린은 참을성 있게, 멍하니 서서 문이 열리기를 기다렸다. 항상 그래 왔던 것처럼. 조금만 기다리면 빵과 버터, 잼을 먹을 수 있을 것을 의심하지 않았다.

걱정할 필요는 없었다. 가정부의 앞치마가 있으니까. 앞치마 주머니에 열쇠가 있을 것이다. 모든 열쇠가 그 안에 들어 있었다. 녹슨 열쇠 꾸러미였다. 한 번도 사용한 적이 없는, 집 안의 모든 방과 저장실의 열쇠였다. 어떤 열쇠가 어떤 자물쇠의 것인지만 알아내면 되는 일이었다.

그런데 주머니도 비어 있었다.

곧바로 먹을 것을 구할 수 없을지도 모른다는 생각에 에멀린은 불안해졌다.

가정교사는 정식으로 도전장을 내밀었다. 그러나 그런 식으로는 우리를 잡을 수 없었다. 밖으로 나가면 그만이니까. 나가기만 하면 다른 집 부엌에서 얼마든지 먹을 것을 구할 수 있었다.

부엌문 손잡이를 돌려보았지만 다시 제자리로 돌아왔다. 아무리 돌려보아도 열 수가 없었다. 맹꽁이자물쇠로 잠겨 있었다.

거실의 부서진 창문은 수리되어 있었고 식당의 창문도 잠겨 있었다. 그렇다면 방법은 한 가지밖에 없었다. 커다란 현관문뿐이었다. 초조해진 에멀린이 내 뒤를 따라왔다. 에멀린은 배가 고팠다. 도대체 왜 문을 죄다 잠가버린 것일까? 얼마나 기다려야 에멀린의 굶주린 배를 채울 수 있을까? 현관 옆 파란 색유리로 달빛이 흘러 들어왔다. 우리 손이 닿지도 않는 문 위쪽에 기름을 치고 수리해서 가로지른 커다란 빗장을 비추고도 남을 정도로 환했다.

우리는 갇혔다.

"냠냠……."

에멀린이 말했다.

에멀린은 배가 고팠다. 에멀린은 배가 고프면 무조건 먹어야 하는 아이였다. 상황은 분명했다. 우리는 곤경에 처했다. 시간이 한참 걸리긴 했지만 결국엔 가엾은 에멀린의 머리로도 먹을 것이 없다는 사실을 깨달을 수 있었다. 그녀의 눈에 낭패감이 스쳤다. 에멀린은 입을 벌리고 울기 시작했다.

그녀의 울음소리는 돌계단을 타고 올라가 왼쪽 복도로 돌아서 또 한 번 계단을 올라가서 새로 온 가정교사의 침실 방문 밑으로 흘러들었다.

잠시 후 또 다른 소음이 이어졌다. 가정부의 굼뜬 발걸음이 아니었다. 헤스터 배로의 민첩한 발걸음이었다. 신속하되 조급하지 않은, 규칙적인 발걸음이었다. 발걸음 소리는 계단을 내려왔고 복도를 지나 다시 계단 위 난간으로 다가왔다.

그녀가 2층 난간에 나타나기 직전에 나는 커튼 뒤로 숨었다. 자정이었다. 난간에 그녀가 서 있었다. 마르지도 뚱뚱하지도 않은 아담한 체구에, 다리는 굵은 편이었으며, 침착하고 단호한 인상이었다. 푸른색 가운을 단단하게 여미고 머리를 깔끔하게 빗어 넘긴 그녀는 마치 앉아서 자다가 아침이 되자마자 일어나서 나온 사람 같았다. 가는 머리카락이 머리에 착 달라붙었고 얼굴은 밋밋했고 코는 뭉툭했다. 한마디로 그녀는 좋게 보아야 수수한 외모였다. 그러나 헤스터의 수수함에는 다른 여자들의 수수함과는 다른 무언가가 있었다. 사람들의 시선을 끄는 데가 있었다.

조금 전까지만 해도 계단 밑에서 배가 고파 울던 에멀린은, 마치 커다란 케이크가 나타나기라도 한 듯 헤스터가 나타난 순간 울음을 그치고 그녀를 바라보았다.

"만나서 반가워."

계단을 내려오며 헤스터가 말했다.

"넌 누구니? 애덜린? 아니면 에멀린?"

에멀린은 입을 벌린 채 아무 말도 하지 못했다.

"누구든 상관없어. 먹을 것 줄까? 또 한 명은 어디 있지? 그 애도 먹을 거니?"

"냠냠……."

에멀린이 말했다. 에멀린이 그 말을 한 것이 '먹을 것'이라는 말 때문이었는지 헤스터 때문이었는지는 확실치 않았다.

헤스터가 주위를 둘러보면서 쌍둥이 중 한 명을 찾았다. 커튼은 그저 커튼일 뿐이었다. 잠시 주위를 둘러보다가 그녀는 다시 에멀린에게 주의를 집중했다.

"가자!"

헤스터가 미소를 지었다. 헤스터는 들고 있던 푸른색 주머니에서 열쇠를 꺼냈다. 반짝이는 열쇠가 푸른 불빛 속에서 매력적인 빛을 발했다.

그것은 마법의 열쇠였다.

"반짝반짝!"

에멀린이 말했다. 그것이 무엇인지, 그 열쇠가 어떤 마술을 부릴지도 알지 못한 채 에멀린은 열쇠와 헤스터를 따라 서늘한 복도를 지나 부엌으로 향했다.

커튼 뒤에 숨어 있던 나의 배고픔은 분노에 밀려났다. 헤스터와 열쇠, 그리고 에멀린을 향한 분노였다. 유모차가 그랬던 것처럼 이제 에멀린의 마음속에는 온통 한 가지뿐이었다. 에멀린에게 사랑은 그런 것이었다.

첫날 밤은 그렇게 헤스터의 승리로 끝났다.

더러운 집이 깔끔한 가정교사의 취향에 맞게 하룻밤 사이에 마술처럼 변한 건 아니었다. 오히려 그 반대였다. 더러운 창문과 무거운 커튼을 비집고 가까스로 새어 들어오는 가냘프고도 탁한 햇살은 헤스터만 쫓아다니며 공격하는 것 같았다. 헤스터는 그 햇살들을 한데 모아서 만나는 것마다 환하고 상쾌하고 활기 넘치게 변화시켰다. 조금씩 조금씩 헤스터의 광채가 집 안으로 퍼져갔다. 첫날, 그 광채는 하루 종일 그녀의 방을 벗어나지 않았다. 헤스터는 먼저 커튼을 걷어 비눗물을 풀어놓은 커다란 욕조에 담갔다. 커튼을 빨랫줄에 널자 햇빛과 바람이 커튼의 분홍색과 노란색 장미를 되살려 놓았다. 커튼이 마르는 동안 헤스터는 신문지와 식초로 창문을 닦아 햇살을 들였다. 자신의 모습을 비출 정도로 유리창이 투명해지자 천장에서 바닥까지 닦아내기 시작했다. 결국 저녁 무렵에는 네 개의 벽 안에 깨끗한 그녀만의 천국을 만들 수 있었다. 그러나 그것은 시작에 불과했다.

비누와 표백제, 열정과 단호함으로 헤스터는 집 안에 청결함을 불어넣었다. 수세대에 걸쳐 음울한 강박증에 휩싸인 사람들이 아무런 목적도 없이 무기력하게 살아가면서 방치해두었던 집에 기적에 가까운 대청소를 감행한 것이다. 30여 년 동안의 폐쇄된 삶은 가냘픈 햇살 속에 떠다니는 먼지로도 짐작할 수 있었다. 헤스터의 조그만 발이 먼지떨이와 함께 한시도 쉬지 않고 움직인 덕분에 집 안의 먼지는 모두 사라졌다.

먼지가 사라지고 난 뒤에도 집 안 곳곳에서 변화는 계속되었다. 가정교사는 철저한 탐색 작업을 펼쳤다. 그녀는 천장에서 바닥까지 훑어내리면서, 혀를 끌끌 차고 얼굴을 찌푸린 채로, 층마다 돌아다녔다. 찬장 하나, 골방 하나도 그냥 넘어가지 않았다. 연필과 노트를 들고 방마다 돌아다니면서 구석구석을 살폈다. 창문을 흔들어보고 문을 닫아보고 바닥이 삐걱거리는지 확인해보고 낡은 열쇠와 자물쇠를 일일이 맞추어본 다음 이름표를 붙였다. 방에서 나올 땐 문을 잠갔다. 아직 기초 조사에 불과했고 본격적인 공사의 전초 작업일 뿐이었지만 들어가는 방마다 변화를 일으켰다. 한쪽 구석에 뭉쳐져 있던 담요는 깔끔하게 개어 의자 위에 걸쳐놓았고 바닥에 뒹굴던 책은 겨드랑이 사이에 끼워두었다가 나중에 서재로 가져갔다. 커튼도 반듯하게 펴졌다. 이 모든 것이 신속하게 이루어졌지만 서두르는 기색은 조금도 없었다. 마치 그녀가 눈길만 주어도 어둠이 사라지고 엉망으로 널려 있던 것들이 부끄러운 얼굴로 제자리로 되돌아가고 유령들은 달아나버리는 것 같았다. 이런 식으로 저택의 모든 방이 헤스터식으로 변했다.

다락방에서는 그녀도 기겁을 했다. 천장에 뚫린 구멍을 본 순간 입을 쩍 벌리며 기막혀 했다. 그러나 그 정도로 물러설 그녀가 아니었다. 헤스터는 자신을 추스르고 입술을 깨물고 더욱 열정적으로 노트에 기록하고 페이지를 넘겼다. 그다음 날 수리공이 왔다. 우리도 아는 사람이었다. 걸음걸이가 굼뜬, 좀처럼 서두르는 법이 없는 사람이었다. 말을 할 때에도 다음 단어를 말하기 전에 뜸 들이는 소리를 내며 입이 쉴 시간을 주었다. 그는 항상 예닐곱 가지의 일을 진행하고 있었지만 제대로 끝내는 것은 하나도 없었다. 담배를 피우거나 고개를 설레설레 저으며 맡은 일을 바라보며 시간을 보내기 일쑤였다. 그런 그가 특유의 굼뜬 걸음걸이로 우리 집 계단을 올라와서 헤스터와 5분 정도 이야기를 나누었다. 곧바로 망치 소리가 열 번 남짓 들려왔다. 헤스터는 그에게마저 자신의 활기를 전염시킨 것이었다.

며칠이 지나자 식사시간, 취침시간, 기상시간이 정해졌다. 그로부터 또 며칠이 지나자 집 안에서 신는 깨끗한 신발과 밖에서 신는 구두가 구분되었다. 그뿐이 아니었다. 실크 드레스들은 수

선되고 세탁되었으며 더 아름답게 꾸며지고 재단되었다. 날마다 남색과 초록색 면에 흰 레이스와 칼라가 달린 새 드레스들이 선을 보였다.

에멀린은 새로운 왕국에서 나날이 발전해갔다. 제시간에 식사를 했고 엄격한 통제 하에서이긴 하지만 헤스터의 반짝이는 열쇠들을 가지고 놀 수도 있었다. 심지어는 목욕을 좋아하게 되었다. 처음에는 헤스터에게 저항하고 소리를 지르며 발로 찼지만 가정부가 에멀린의 옷을 벗기고 욕조에 밀어 넣었다. 목욕이 끝나고 단정하게 머리를 땋아 초록색 리본으로 묶은 깨끗한 자신의 모습을 본 순간 에멀린은 입을 벌린 채로 황홀경에 빠졌다. 눈부신 자신의 모습이 마음에 들었던 것이다. 헤스터와 함께 있을 때면 에멀린은 헤스터가 혹시 웃어주지 않을까 표정을 살피곤 했다. 자주 있는 일은 아니었지만 어쩌다가 헤스터가 웃기라도 하면 에멀린은 표정이 환해졌다. 머지않아 에멀린은 미소로 답하는 법을 알게 되었다.

집 안의 다른 사람들도 건강해졌다. 가정부는 의사에게 눈을 진찰받은 다음 한숨소리와 함께 안과 전문의에게 보내졌다. 집으로 돌아왔을 때 그녀는 다시 볼 수 있었다. 오랜 세월을 어둠 속에서 살았던 그녀는 환하고 깨끗해진 집을 볼 수 있게 되어 기뻤다. 가정부는 가정교사의 새로운 도전을 열렬히 지지했다. 헤스터의 지시를 마지못해 따르면서도 한편으로는 그녀의 예리한 눈길을 피했던 존마저도 그녀가 집안에 일으킨 긍정적인 변화만은 인정하지 않을 수 없었다. 그는 그 누구에게도 한마디도 하지 않고 전지가위를 들었고 정원 사건 이후 처음으로 조형 정원으로 돌아갔다. 정원에서 그는 손질할 수 있을 만큼 자라난 나무의 상처를 치료하기 시작했다.

찰리는 비교적 간접적으로 영향을 받았다. 그는 헤스터를 피해 다녔고 그것은 두 사람 모두에게 좋은 일이었다. 헤스터는 자신에게 주어진 임무 외에는 관심이 없었고 그 임무는 바로 우리였다. 우리의 마음, 우리의 몸, 우리의 영혼이었다. 게다가 우리의 보호자는 그녀의 영역 밖에 있었고 헤스터는 그를 그대로 내버려두었다. 그녀는 제인 에어가 아니었고 그도 로체스터가 아니었다. 헤스터의 에너지에 밀려 찰리는 2층의 오래된 아기방으로 들어가 문을 잠갔다. 그와 그의 추억이 불결하게 곪아터진 곳이었다. 그가 느낄 수 있는 헤스터의 영향력이란 음식이 나아졌다는 것, 그리고 정직하지만 셈이 흐렸던 가정부의 눈길을 피해 교활한 장사꾼들이 마음대로 주무르던 집안의 돈이 좀 더 꼼꼼하게 관리되었다는 것 정도였다. 그러나 그는 이 두 가지 변화 모두 눈치채지 못했다. 만약 눈치챘다고 하더라도 신경 쓰지 않았을 것이다.

그러나 헤스터가 아이들을 통제했기 때문에 아이들은 그의 눈에 띄지 않았다. 그가 조금이라도 생각이 있는 사람이었다면 이 점만큼은 감사해야 할 것이다.

헤스터가 있어 쌍둥이가 저지르는 말썽에 항의하는 성난 이웃들을 상대할 일도 사라졌고 갑자기 부엌에 들어가 가정부에게 샌드위치를 만들어달라고 할 일도 없어졌으며, 무엇보다도, 단 1분도 이사벨과 함께 살았던 그들만의 왕국을 떠날 필요가 없어졌다. 그에겐 오직 이사벨뿐이었다. 그는 늘 이사벨과 함께 있었다. 집안의 모든 권리를 포기한 대신 그는 자유를 얻었다. 그는 헤스터의 말을 들어본 적도 없었고 그녀를 직접 본 적도 없었다. 헤스터라는 여자는 그의 머릿속에 한 번도 들어오지 않았고 헤스터는 그 점에 대해 불만이 없었다.

헤스터는 승리했다. 비록 겉모습은 감자처럼 소박했지만 그녀가 마음먹으면 안 되는 일이 없었다.

원터 여사는 이야기를 멈추었다. 그녀의 눈동자가 방 한구석에 고정되어 있었다. 그녀의 시선이 고정된 바로 그곳에, 그녀의 지나온 세월이 지금 이 순간보다도 더, 그녀 앞에 앉아 있는 내 모습보다도 더 선명하게 펼쳐져 있는 듯했다. 그녀의 입가에, 그리고 눈동자에 슬픔과 혼란이 뒤섞인 무언가가 스쳤다. 그녀와 그녀의 과거를 잇는 가느다란 줄을 바라보면서 나는 한편으로는 그 줄이 영원히 끊어지지 않을까 봐 두려웠고, 한편으로는 이야기가 중단될까 봐 두려웠다.

침묵이 길어졌다.

"그리고 여사님은요? 여사님은 어떠셨어요?"

내가 조심스럽게 물었다.

"나?"

그녀가 눈을 깜박였다.

"나도 헤스터를 좋아했어. 바로 그게 문제였지."

"문제였다고요?"

그녀는 다시 한 번 눈을 깜박인 뒤 몸을 뒤척이고는 지금까지와는 다른 날카로운 눈빛으로 나를 바라보았다. 그녀가 줄을 끊었다.

"오늘은 이쯤 하지. 그만 가보게."

인생 상자

헤스터의 이야기와 함께 나는 곧바로 일상으로 돌아왔다. 아침이면 윈터 여사의 이야기를 들었다. 기록은 거의 하지 않았다. 나중에 방으로 돌아오면 백지를 쌓아놓고 열두 자루의 붉은색 연필과 믿음직스러운 연필깎이로 내가 기억하고 있는 것들을 써 내려갔다. 연필이 종이에 닿는 그 순간 이야기가 풀려 나오기 시작하면 윈터 여사의 목소리가 귓가에 들려오는 것만 같았다. 나중에 내가 써놓은 글을 읽다 보면 윈터 여사의 표정이 내 얼굴에 그대로 살아났다. 윈터 여사의 열정적인 제스처를 흉내 내며 나의 왼손도 올라갔다 내려왔지만 오른손은 불구가 된 듯 힘없이 무릎 위에 머물렀다. 글을 읽을 때면 머릿속에 영상이 떠올랐다. 깔끔하고 단정한 헤스터의 모습. 그녀의 주변에 감도는 은빛 광채. 그 광채가 조금씩 커져서 처음에는 그녀의 방에, 그다음에는 집 전체로 퍼져가는 모습. 어둠 속에서 초점 없이 먼 곳을 응시하며 굼뜨게 움직이다가 시력을 회복해서 한결 밝아진 가정부의 모습도 그려졌다. 에멀린은 영양실조에 걸린 불결한 소녀에서 헤스터의 마법으로 깨끗하고 매혹적이며 통통한 소녀로 변했다. 헤스터가 발산하는 광채는 조형 정원에까지 뻗어나갔고 무참히 잘려나간 나뭇가지에는 어느덧 파릇파릇하게 새싹이 돋아나기 시작했다. 물론 찰리도 있었다. 그녀의 광채가 미치지 않는 어둠 속에서, 이따금 소리는 들려왔지만 모습을 드러내진 않았다. 재미있는 이름의 정원사는 빛 속으로 들어서기를 망설이면서 빛과 어둠의 경계에서 서성거렸다. 그리고 애덜린이 있었다.

베일에 싸인, 암흑 속의 소녀 애덜린.

전기를 집필하기 시작하면서 나는 조그만 상자를 하나 만들었다. 중요한 인물들의 이름, 직업, 거주지, 그 밖의 중요한 정보를 기록한 색인카드를 담아놓은 상자였다. 여러 인물의 인생이 들어 있는 상자를 볼 때마다 기분이 묘했다. 때로는 내가 만든 카드들이 죽은 자들을 위로하는 추모비처럼 느껴졌다. 그들이 창문 밖에서 나를 지켜보면서 이렇게 말하는 것을 상상하기도 했다.

'봐! 재가 우리 이름을 카드에 적고 있어! 죽은 지 200년도 더 된 우리의 이름을!'

그러나 창문이 어두워지고 이쪽 세상에 오직 나 혼자인 것 같은 기분이 들 때면 그 카드들은 생명이 없고 차가운 종이 묘비명처럼 느껴졌다. 등장인물들에 대한 윈터 여사의 설명은 충분치 않았다. 그들의 색인카드를 만지작거릴 때마다 빈약한 내용이 날 혼돈스럽게 했다. 그들에 대한 이야기를 듣긴 했지만 아직도 알아야 할 것들이 많았다.

나는 빈 카드를 한 장 꺼냈다.

헤스터 배로

가정 교사

엔젤필드 저택

출생일 : ?

사망일 : ?

거기서 나는 멈추었다. 그리고 생각했다. 손가락으로 간단한 계산을 해보았다. 당시 쌍둥이들의 나이는 열세 살이었고 헤스터는 젊은 여자였다. 그녀가 보여준 열정으로 짐작해보건대 나이가 많을 리 없었다. 대략 서른 살 정도가 아니었을까? 어쩌면 스물다섯일 수도 있었다. 쌍둥이들보다 고작 열두 살 더 많았다는 얘기였다.

'그렇다면 혹시…….'

나는 생각했다. 70대의 윈터 여사는 죽어가고 있었다. 그러나 그녀보다 나이가 많다고 해서 반드시 죽었으리란 보장은 없었다. 살아 있을 확률은 얼마나 될까?

내가 할 일은 한 가지밖에 없었다.

나는 색인카드에 한 줄을 더 쓰고 밑줄을 그었다.

찾아볼 것

헤스터를 찾아보기로 결심했기 때문이었을까? 그날 밤 꿈속에서 나는 그녀를 만났다. 수수한 용모의 헤스터 배로가 단정하게 여민 가운을 입고 2층 난간에 서 있었다. 그녀는 시커멓게 그을린 벽과 부서지고 빠진 마룻바닥, 계단을 휘감은 담쟁이덩굴을 바라보면서 고개를 저으며 혀를 차고 있었다. 폐허 속에서도 그녀의 주변은 너무도 환했다. 그녀의 모습은 얼마나 푸근했던가! 나는 나방처럼 그녀에게로 이끌렸다. 그러나 헤스터의 광채 속에 들어섰는데도 아무 일도 일어나지 않았다. 나는 여전히 암흑 속에 있었다. 헤스터의 눈동자가 이리저리 움직이며 주위를 살펴보다가 내 뒤쪽 무언가에 고정되었다. 내 쌍둥이 자매였다. 꿈속에서 나는 그렇게 생각했다. 그녀의 눈빛은 나를 보지 못하고 지나쳤다.

나는 옆구리에 익숙한 한기를 느끼며 눈을 떴다. 그리고 꿈속에서 보았던 것을 되살려보면서 내 두려움이 어디에서 연유한 것인지 생각해보았다. 헤스터가 두려웠던 건 아니었다. 나를 관통하는 그녀의 눈빛도 전혀 두렵지 않았다. 내가 두려웠던 건 내가 **본 것**이 아니었다. 나를 침대에 누운 채 떨게 만들었던 건 꿈속의 **나 자신이었다.** 헤스터가 나를 보지 못했던 건 내가 유령이기 때문이었다. 내가 유령이라면 나는 죽은 셈이었다. 달리 어떻게 설명할 수 있겠는가?

나는 자리에서 일어나 욕실로 가서 두려움을 씻어냈다. 거울을 피하며 물에 담근 내 손을 바라보았다. 그러나 물에 잠긴 손마저도 섬뜩하게 느껴졌다. 이 세상에 존재하는 것처럼 저쪽 세상, 죽은 자들의 세상에도 나의 손이 존재하고 있었다. 그 손을 바라보고 있는 나의 눈도 저 세상에서는 죽은 자의 눈이겠지. 그렇다면 이런 생각을 하고 있는 나도 저 세상에서는 죽은 것일까? 두려움이 밀려왔다. 나는 얼마나 괴물 같은 존재인가? 한 생명을 두 개의 육체로 나누었다가 그중 한 생명을 죽여버리는 것은 무슨 끔찍한 자연의 조화인가? 살아남은 나는 무엇일까? 낮에는 살아 있는 자들의 세상에 갇혔다가 밤이면 어둠의 세계에 살고 있는 내 반쪽에게로 다가가는 나는 반만 죽은 사람이었다.

나는 일찌감치 불을 지피고 코코아를 만든 다음 가운을 입고 담요를 뒤집어쓴 채로 아빠에게 편지를 썼다. 도서전은 어땠는지, 엄마는 어떤지, 그리고 아빠도 잘 지내고 있는지 묻고 나서, 사람을 하나 찾아봐줄 수 있느냐고 물었다. 사설탐정이라는 게 현실세계에서도 존재하는지, 아니면 책 속에서만 존재하는지 물었다. 그리고 헤스터에 관해 내가 알고 있는 것들을 설명했다. 이렇게 부족한 정보만으로도 조사가 가능한지도 물었다. 이런 일을 사설탐정들한테 맡기는 게 옳은지, 그들이 아니라면 누구에게 의뢰해야 하는지도 물었다.

나는 편지를 다시 읽어보았다.

짧고 이성적인 편지였다. 나의 두려움은 조금도 묻어나지 않았다. 아침이 밝아오고 있었다. 이제 몸은 떨리지 않았다. 조금 있으면 주디스가 아침식사를 가져올 시간이었다.

나무 속의 눈동자

새 가정교사가 마음을 먹으면 안 되는 일이 없었다.

적어도 처음엔 그렇게 보였다.

그러나 시간이 흐를수록 골치 아픈 일들이 생겨나기 시작했다. 첫 번째 문제는 가정부와의 실랑이였다. 가정교사는 깨끗하게 정리한 다음 잠가놓은 방문이 어느 틈엔가 열려 있는 것을 보게 되었다. 가정교사는 가정부를 불렀다.

"쓰지도 않는 방문을 왜 자꾸만 열어두는 거죠? 문을 열어놓으면 어떻게 되는지 잘 아시잖아요. 아이들이 마음대로 들어가서 예전처럼 엉망으로 만들어놓으면 우리 일만 많아져요."

가정부는 그녀의 말에 전적으로 동의했고 헤스터는 만족스럽게 대화를 끝냈다. 그러나 일주일 뒤 잠겨 있어야 할 문이 또다시 열려 있었고 가정교사는 얼굴을 찌푸리며 다시 가정부를 불렀다. 이번에는 대충 넘어가지 않고 문제의 핵심을 짚고 넘어갈

작정이었다.

"환기를 시키려고 그랬지요. 환기를 시키지 않으면 집 안이 눅눅해서요."

가정부가 말했다.

헤스터는 환기와 실내의 습도에 관해 짤막한 연설을 한 다음 가정부를 돌려보냈다. 이번엔 문제가 해결되었음을 확신하면서.

그런데 일주일 뒤 또다시 방문이 열려 있었다. 이번에는 가정부를 부르지 않았다. 대신 곰곰이 생각해보았다. 눈을 똑바로 보고 얘기하는 것으로 해결될 문제가 아니었다. 그녀는 가정부를 잘 관찰해서 왜 자꾸 문을 열어두게 되는지 이유를 찾아낼 생각이었다.

두 번째 문제는 존 더 딕과 관련이 있었다. 존이 자신을 불신하고 있음을 그녀 역시 느끼고 있었지만 그런다고 주눅들 그녀가 아니었다. 이 집에서 그녀는 여전히 이방인이었다. 이곳에 영원히 머물겠다는 의사를 분명히 함으로써 그들과 잘 지내는 것이야말로 그녀의 과제였다. 머지않아 존도 그녀의 편이 되어줄 것이 분명했다. 그러나 그녀의 위치를 인정하는 것 같으면서도 아직은 불신의 벽을 허물지 않았다. 불신이 다른 감정으로 표출되었던 적도 있었다. 대단한 일은 아니었다. 하루는 그의 정원에서 학교에 있어야 할 아이가 돌아다니는 것을 보았다. 적어도 헤스터는 분명히 그 아이를 보았다고 믿었다.

"그 아이가 누구죠? 부모가 어떤 사람들인가요?"

헤스터는 궁금했다.

"그런 걸 제가 왜 알아야 하죠?"

존이 퉁명스럽게 대답했고 헤스터는 멈칫했다.

"당신 책임이라고 말하려는 게 아니에요. 하지만 학교에 가야 할 시간이잖아요. 당신도 그 점은 인정하겠지요. 그 애가 누군지 말해주면 내가 아이의 부모와 학교 선생님과 의논할게요."

존은 어깨를 으쓱하고 돌아서서 가버렸다. 그러나 그 정도로 물러설 그녀가 아니었다. 헤스터는 존에게 달려가 그의 앞을 가로막고 서서 다시 한 번 그에게 물었다. 못할 이유가 무엇이겠는가? 그것은 합리적인 질문이었고 헤스터는 교양 있는 태도로 그에게 묻고 있었다. 존이 대답을 거부할 이유가 없었다.

그러나 그는 대답을 거부했다.

"마을 아이들은 여기 오지 않아요."

그것이 그의 대답이었다.

"분명히 왔었어요."

"아이들은 여길 무서워해요."

"말도 안 되는 소리예요. 여기 무서울 게 뭐가 있어요? 커다란 챙 모자를 쓰고 어른 바지를 잘라서 입고 있었어요. 겉모습이 좀 특이하던데. 당신이 그 애를 모를 리가 없어요."

"그런 아인 못 봤습니다."

존이 말하고 다시 한 번 돌아섰다.

집요하기로 말하자면 헤스터도 만만치 않았다.

"그럴 리가 없어요. 당신도 분명히 그 애를……."

"있지도 않은 것을 봤다면 그게 잘못된 거지요. 전 이성적인 사람입니다. 보이지 않는 건 보지 않아요. 제가 당신이라면, 저도 그렇게 하겠어요. 그럼 이만……."

그는 돌아서서 가버렸고 헤스터는 그를 더 막지 않았다. 도대체 이 남자에겐 무슨 꿍꿍이가 있는 것일까? 헤스터는 놀라움과 당혹감 속에서 고개를 저으며 서 있을 뿐이었다. 엔젤필드는 수수께끼로 가득한 집이었다. 그러나 다듬어지지 않은 정신을 훈련하는 것이야말로 그녀가 가장 좋아하는 일이었다. 언젠가는 이 모든 것을 바로잡고 말 생각이었다.

헤스터는 남다른 통찰력과 지성을 지닌 여자였다. 그러나 상대를 제대로 파악하지 못한다면 그러한 재능도 무용지물에 불과하다는 것을 그녀도 잘 알고 있었다. 헤스터는 자신의 용무를 처리하는 동안 아이들이 마음대로 놀도록 내버려두었다. 그 시간 동안 그녀는 쌍둥이들을 세심하게 관찰했다. 그들의 기분, 피로함의 정도, 식사시간, 기운이 넘칠 때와 휴식이 필요할 때를 파악했다. 그 결과, 아이들이 한 시간 정도는 실내에서 조용히 있을 수 있으며 그 시간만큼은 아이들에게 주의를 집중하지 않아도 된다는 결론에 도달했다. 바로 그런 시간에 헤스터는 하고 싶은 일이 있었다. 모슬리 박사가 집으로 찾아왔고 헤스터는 그에게 의논할 일이 있다고 말했다. **단둘이** 이야기를 나누고 싶다고 했다.

가엾은 헤스터.

아이들이 있는 집에 단둘이 하는 이야기란 있을 수 없었다.

헤스터가 현관 앞에서 그를 만났다.

"날씨가 좋은데 정원에서 산책이나 할까요?"

그녀가 말했다.

두 사람은 조형 정원으로 향했다. 미행당하고 있다는 사실을 알지 못한 채.

"배로 양, 정말 기적을 일으키셨군요. 에멀린은 완전히 다른 아이가 됐어요."

의사가 말했다.

"그렇지 않아요."

헤스터가 대답했다.

"그렇지 않긴요. 기대 이상입니다. 정말 대단하세요."

헤스터는 고개를 숙이고는 그에게서 멀찌감치 떨어졌다.

의사는 그녀의 반응을 겸손의 제스처로 받아들이고 아무 말도 하지 않았다. 그의 칭찬에 그녀가 어쩔 줄을 모르는 거라고 생각했다. 의사는 새로 다듬은 주목나무를 바라보며 경탄했지만 가정교사는 주목나무를 바라보면서 냉정을 되찾고 있었다. 주목나무의 기하학적인 아름다움에 취하지 않았다면 그 역시 그녀의 눈빛을 보고 자신의 생각이 틀렸음을 깨달았을 수도 있었다.

가정교사의 '그렇지 않아요!'라는 말은 의사가 생각했던 것처럼 여성적인 겸손함의 표현과는 거리가 멀었다. 그것은 사실에 대한 직접적인 설명이었다. 물론 에멀린은 달라졌다. 그녀가 이 집에 있는 이상 달라지지 않을 리 없었다. 그것은 기적이 아니었다. 그녀가 **'그렇지 않아요'**라고 말한 것은 바로 그런 의미였다.

생색내는 듯한 의사의 태도 역시 놀라운 건 아니었다. 세상은 그녀의 재능을 알아주지 않았다. 그러나 가정교사는 실망을 감출 수가 없었다. 그녀는 의사가 이 마을에서 유일하게 자신을 이해해줄 사람이라고 믿었다. 그러나 그는 그녀를 이해하지 못했다.

헤스터는 의사 쪽으로 돌아섰다. 의사는 그녀에게 등을 돌린 채 서 있었다. 그는 주머니에 손을 꽂고 어깨를 반듯하게 펴고 주목나무와 하늘이 만나는 곳을 바라보고 있었다. 그의 단정한 머리는 회색빛이었고 정수리에는 지름 3센티미터 정도의 완벽한 원으로 머리가 벗겨져 있었다.

"아이들이 망가뜨려놓은 정원을 존이 완전히 복원했어요."

헤스터가 말했다.

"도대체 그 아이들이 왜 그랬을까요?"

"에멀린의 경우에는 대답하기 쉬워요. 애덜린이 시켰으니까요. 하지만 애덜린이 왜 그랬는지는 대답하기 어려워요. 어쩌면 그 애 자신도 모를 거예요. 애덜린은 아무 의식 없이 충동으로 행동해요. 이유야 어떻든 간에, 존에게는 정말 끔찍한 일이었죠. 그의 선조들이 대대로 관리해온 정원이었으니까요."

"정말 잔인하군요. 어린아이가 그런 짓을 하다니."

의사가 눈치채지 못하는 사이 헤스터는 표정을 바꾸었다. 분명 그는 아이들을 잘 모르는 사람이었다.

"잔인하죠. 하지만 정말 잔인할 수 있는 게 바로 어린아이들예요. 우리가 그렇게 생각하고 싶지 않을 뿐이죠."

두 사람은 헤스터의 일 이야기를 하면서 천천히 조형 정원 사이로 난 길을 걸으며 정원을 감상했다. 그들과의 안전거리를 확보하면서, 그러나 그들의 목소리가 들릴 정도의 거리를 유지하면서, 어린 스파이가 나무에서 나무로 옮겨 다니며 그들의 뒤를 따르고 있었다. 그들은 왼쪽, 오른쪽으로 돌았고 때로는 온 길을 되돌아가기도 했다. 어린 스파이에게 그것은 흥미로운 숨바꼭질이었고 섬세한 춤이었다.

"에멀린에 대해서는 만족하십니까?"

"네. 앞으로 1년쯤 지나면 에멀린은 나쁜 습관들을 전부 버리고 자기한테 이로운 게 무언지를 아는 착한 숙녀가 되어 있을 거예요. 그 아인 영리하진 않지만 언젠가는 애덜린과 떨어져서 행복한 삶을 살 수도 있을 거예요. 어쩌면 결혼도 할 수 있겠죠. 남자들이 똑똑한 여자들만 좋아하는 건 아니니까요. 에멀린은 정이 많은 아이예요."

"다행이군요."

"하지만 애덜린의 경우는, 상황이 좀 심각해요."

두 사람은 베인 흔적이 남아 있는 첨탑 모양의 나무 옆에 멈추어 섰다. 헤스터는 늙은 나무의 속을 들여다보고 햇볕을 향해 밝은 초록색 잎을 틔운 나뭇가지를 어루만져보았다.

"애덜린은 도무지 어떻게 해야 좋을지 모르겠어요. 그래서 박사님의 의견을 듣고 싶어요."

의사는 머리를 조금 숙였다.

"언제든지요. 뭐가 문제입니까?"

"그렇게 이상한 아이는 처음 봐요. 자꾸 뜸을 들여서 죄송하지만, 그 아이한테서 제가 발견한 이상한 점들은 말로 다 표현할 수 없을 만큼 많아요."

"천천히 말씀해보세요. 시간은 얼마든지 있으니까요."

의사가 벤치를 가리켰다. 벤치 뒤쪽에는 회양목을 소용돌이 모양으로 공들여 깎아 만든 아치문이 있었다. 섬세하게 조각한 침대 머리판에서나 볼 수 있는 모양이었다. 조형 정원에서 가장 큰 기하학 작품이 그들이 앉은 벤치에서 보였다.

"12면체로군요!"

의사가 말했다.

헤스터는 의사의 말을 무시하고 설명을 시작했다.

"애덜린은 적대적이고 공격적인 아이예요. 그 아이는 제가 이 집에 있는 것 자체를 싫어하고 집안의 기강을 잡기 위해 제가 하는 모든 일들을 방해하고 있어요. 식사도 불규칙해요. 굶어 죽기 직전까지 가서야 먹을 걸 찾는데 그나마 아주 조금 먹을 뿐이죠. 목욕도 강제로 시켜야 해요. 그렇게 마른 아이를 욕조에 집어넣는데도 두 사람이 필요할 정도니까요. 아무리 따듯하게 대해주려고 해도 전혀 반응이 없어요. 정상적인 인간이 느낄 수 있는 감정들을 그 아인 전혀 느끼지 못하는 것 같아요. 솔직히 전 그 아이가 평범한 인간으로 살아가는 데에 필요한 자질들을 갖고 있긴 한 건지 의심스러워요."

"영리하긴 한가요?"

"교활하죠. 간사하기도 하고요. 자기가 원하는 것, 바라는 것, 먹고 싶은 것 외에는 그 어떤 것에도 관심이 없어요."

"수업 시간에도 그런가요?"

"짐작하시겠지만 이런 아이들에겐 정상적인 아이들처럼 수업 시간이라는 것이 있을 수가 없어요. 산수도, 라틴어도, 지리학도 없어요. 그래도 규칙적인 일과를 유지하기 위해서 적어도 두 시간은 공부방에 있게 하지요. 하루에 두 번이요. 이야기를 해주는 것으로 수업을 대신해요."

"이야기 시간은 좋아하던가요?"

"좋아하느냐고요? 글쎄요. 어떻게 대답해야 좋을지 모르겠군요. 그 아인 굉장히 거칠어요. 어쩔 때는 방 안에서 꼼짝을 하지 않아서 존을 시켜 그 아일 데려와야 해요. 발버둥을 칠 때도 있고 뻣뻣하게 온몸에 힘을 주어서 송장처럼 실려 올 때도 있어요. 그 아일 의자에 앉히는 건 불가능해요. 존은 그 아이를 바닥에 눕혀놓고 나가버려요. 공부방에선 절 쳐다보지도 않고 자기만의 세계로 숨어버리죠."

열심히 이야기를 듣던 의사는 고개를 끄덕였다.

"정말 다루기 힘든 아이로군요. 그런 아이를 가르치려니 당연히 걱정이 많으시겠지요. 또 그 아이에게 쏟아붓는 노력이 에멀린한테서처럼 성공할 수 없을지도 모른다는 게 두려우실 겁니다. 하지만……."

그의 미소는 매혹적이었다.

"하지만 배로 양, 왜 그 아이에 대한 당신의 노력이 실패라고 생각하시죠? 제가 보기에는 그 아이의 행동이나 정신 상태에 관해서만큼은 그 어떤 학자보다도 정확하게 이해하고 계신 것 같은데요."

헤스터가 그를 보았다.

"정말 심각한 부분은 지금부터예요."

"아, 그렇군요."

"애덜린과 같은 아이들을 가르치는 데에 효과적인 방법이 있어요. 말하자면, 저만의 비법 같은 것이죠. 한 가지 문제만 없으면 곧바로 실행에 옮길 수 있겠는데……."

헤스터가 망설였다.

이번에는 의사도 그녀가 다시 말을 이을 때까지 기다렸다. 마침내 다시 입을 열었을 때 헤스터는 한 마디 한 마디에 무게를 실으며 조심스럽게 설명하기 시작했다.

"애덜린은 마치 안개 속에 서 있는 아이 같아요. 안개가 아이를 세상과 차단하는 것은 물론 자기 자신과도 차단하고 있어요. 안개는 옅어질 때도 있고 짙어질 때도 있어요. 안개가 옅어지면 전혀 다른 애덜린이 나타났다가 안개가 짙어지면 다시 예전의 모습으로 돌아가죠."

헤스터가 의사를 바라보며 그의 반응을 살폈다. 그는 얼굴을 찌푸렸다. 그러나 찌푸린 그의 얼굴 위로 머리가 벗겨지기 시작하면서 드러난 피부는 여전히 주름 하나 없는 분홍빛이었다.

"그럴 때면 어떻게 달라지던가요?"

"겉으로 드러나는 건 별로 없어요. 처음 몇 주 동안에는 그 증상을 파악할 수가 없었어요. 그래서 박사님께 좀 더 분명히 말씀드릴 수 있을 때까지 기다렸어요."

"그러셨군요."

"먼저 호흡이 달라져요. 그럴 때 그 아이는 다른 세상에 있는 척하면서도 사실은 제 이야기를 듣고 있다는 걸 알 수 있어요. 그리고 손이……."

"손이 어떻게 달라집니까?"

"평상시에는 쫙 펼쳐져서 긴장한 상태예요."

헤스터가 시범을 보이며 말했다.

"그러다가 긴장이 풀어져서 이렇게 돼요."

헤스터가 자신의 손가락을 안으로 모으며 말했다.

"이야기에 깊이 몰입한 나머지 경계심이 느슨해져서 반항심을 드러내는 것을 잊고 편안해진 것 같은 모습이에요. 박사님, 저는 다루기 힘들다는 아이들을 여러 명 가르쳐봤답니다. 나름대로 많은 경험을 쌓았지요. 지금까지 저의 경험에 비추어 보건대, 이 아이의 머리엔 뭔가 **문제가** 있어요."

의사는 곧바로 대답하지 않고 잠시 생각했다. 헤스터는 그의 신중함이 마음에 들었다.

"그런 증상이 나타날 때 특별한 주기 같은 것이 있습니까?"

"아뇨. 그런 것 같지는 않아요. 하지만……."

그가 고개를 한쪽으로 기울이며 그녀를 재촉했다.

"별건 아닌데, 어떤 이야기를 하면……."

"이야기요?"

"예를 들면《제인 에어》이야기를 들려줄 때요. 앞부분을 짧게 각색해서 며칠에 걸쳐 이야기를 해주었는데, 그때 그런 증상이 확연하게 나타났어요. 디킨스도 그렇고요. 역사나 전기를 읽어 주었을 때는 그런 적이 한 번도 없었어요."

의사가 얼굴을 찌푸렸다.

"항상 그렇습니까?《제인 에어》를 읽어줄 때마다 항상 말씀하신 증상이 나타납니까?"

"아뇨. 그렇게 간단하진 않아요."

"흠…… 그래서 앞으론 어쩔 생각이신가요?"

"애덜린과 같은 이기적이고 고집 센 아이들을 다루는 방법들이 있어요. 나중에 정신병원에 감금되는 신세로 끝나지 않으려면 지금 엄격한 통제가 필요할 수도 있어요. 하지만 규칙적인 생활을 강요하고 어떤 식으로든 자극을 줄 수 있는 요인들을 철저히 배제한다면……."

"안개가 걷혔을 때 나타나는 아이에게는 치명적일 수도 있다는 거군요."

"바로 그거예요. 사실 그 아이에게는 그것보다 더 나쁜 게 없겠죠."

"그렇다면 그 안개 속 아이의 미래에 대해서는 어떤 기대를 할 수 있겠습니까?"

"그건 조금 성급한 질문이군요. 지금으로선 그저 그 아이가 사라져버리는 것을 원치 않는다는 것 정도밖엔 드릴 말씀이 없어요. 그 아이가 어떤 사람이 될지 누가 알겠어요?"

그들은 말없이 앉아서 기하학 도형을 바라보았다. 그들은 의식하지 못했지만 지금까지 헤스터가 얘기했던 바로 그 문제의 주인공이 다듬어진 나무 뒤에서 나뭇가지 사이로 그들을 바라보고 있었다.

마침내 의사가 입을 열었다.

"지금 말씀하신 것과 같은 정신질환을 유발하는 요인에 대해서는 의학적으로 전혀 검증된 바가 없습니다. 어쩌면 제가 무지해서인지도 모르겠군요."

그는 헤스터가 펄쩍 뛰어주기를 기대했지만 헤스터는 아무 말도 하지 않았다.

"제 생각에는, 일단 정신적 육체적으로 건강한 상태인지 파악해보기 위해 그 아이를 종합적으로 검진해보는 것이 어떨까 싶습니다."

의사가 말했다.

"저도 그렇게 생각하고 있었어요."

헤스터가 대답했다.

"그리고 이건……."

헤스터가 주머니에서 종이를 꺼냈다.

"제가 기록해둔 거예요. 증상이 나타날 때마다 기록해두었어요. 어떤 상황이었는지도 같이 적었어요. 검진이 끝나면 잠깐 들러서 소견을 말씀해주시겠어요? 어떤 조처를 취해야 할지 의논해요."

의사는 놀란 얼굴로 그녀를 바라보았다. 그녀는 가정교사로서의 자기 위치를 망각한 채 그를 마치 동료처럼 대하고 있었다.

헤스터도 그 사실을 깨달았다.

그녀는 잠시 망설였다. 지금 한 말을 취소해야 할까? 너무 늦은 걸까? 헤스터는 밀어붙이기로 했다. 한번 시작한 이상 끝을 봐야만 했다.

"12면체가 아니라 4면체예요."

헤스터가 교활하게 말했다.

의사는 벤치에서 일어나 다듬어진 나무 쪽으로 다가갔다. 하나, 둘, 셋, 넷.

그가 소리를 내며 세었다. 나는 심장이 얼어붙는 것 같았다. 나무를 돌아 면과 꼭짓점을 전부 세어볼 생각일까? 결국 이렇게 들키고 마는 걸까?

그러나 그는 여섯까지 세고 나서 멈추었다. 그녀가 옳았다. 두 사람 사이에 잠시 불편한 기운이 감돌았다. 그는 혼란스러웠다. 도대체 이 여자는 누굴까? 도대체 무슨 권한으로 이렇게 스스럼없이 이야기를 하는 걸까? 그녀는 그저 볼품없고 못생긴 변두리 가정교사였다. 그뿐이었다.

그녀는 말없이 그를 바라보았다. 그의 얼굴에 드리워진 의혹을 꿰뚫어 보면서.

세상이 축에서 약간 벗어난 것 같았고 어색해진 두 사람은 서로의 시선을 피했다.

"그럼 검진은……."

먼저 헤스터가 입을 열었다.

"수요일 오후가 어떨까요?"

그녀가 의사에게 제안했다.

"그러죠."

세상이 다시 본래의 축으로 돌아왔다.

그들은 저택을 향해 걸었다. 갈림길에서 의사는 바로 떠났다.

주목나무 뒤에서 어린 스파이는 손톱을 깨물며 생각에 잠겼다.

다섯 개의 음

베일처럼 온몸에 드리워진 피로감 때문에 눈까지 따가웠다. 신경이 있는 대로 곤두서 있었다. 낮 시간 내내, 그리고 밤 시간의 반을 일에만 매달렸지만 여전히 잠을 자기가 두려웠다.

내 마음이 날 속이는 걸까? 어디선가 소리가 들려오는 것 같았다. 하나의 음이 아니었다. 다섯 개의 음이었다. 창문을 열어보았다. 분명히 정원 쪽에서 나는 소리였다.

글에 관해서라면 자신이 있었다. 아무렇게나 찢어진 책장의 일부만 보아도 잘려나간 문장의 앞과 뒤에 어떤 글자가 있었는지 알아낼 수 있었다. 정확한 글자를 알아낼 수 없다면 최소한 가장 근접한 단어라도 추측해낼 수 있었다. 그러나 음악은 나의 언어가 아니었다. 꼭 다섯 개의 음이었다. 그 다섯 개의 음이 자장가의 첫 구절인지 아니면 애도의 노래 마지막 구절인지 짐작조차 가지 않았다. 다섯 개의 음에는 시작도 끝도 없었고 그 음들을 하나로 이어주는 선율도 없었다. 한마디로 그 다섯 개의 음을 한데 모으는 힘은, 그것이 무엇이건 간에 상당히 불안정했다. 첫 번째 음이 울리고 나면, 두 번째 음이 들리기까지, 마치 자신의 벗이 곁에 있는지, 바람결에 다른 곳으로 떠나가버렸는지, 아니면 영원히 사라져버렸는지를 궁금해하는 듯한 초조한 시간이 흘렀다. 세 번째와 네 번째 역시 마찬가지였다. 다섯 번째 음도 나머지 음들을 불협화음에서 건져주지는 못했다. 오히려 아무렇게나 고른 것 같은 다섯 개의 음을 잇던 줄이 머지않아 끊어질 것 같은 느낌마저 주었다. 마지막으로 울리는 공허한 그 음마저도, 겨울나무에 가까스로 매달린 잎사귀처럼 바람에 날아가버릴 듯 위태로웠다.

그 소리는 내가 의식적으로 귀를 기울이면 고집스럽게 침묵을 지키고 있다가 완전히 잊어버릴 때쯤 다시 들려오곤 했다. 저녁 무렵 작업에 몰두해 있다 보면, 어느 순간 내가 그 음들을 흥얼거리고 있었다. 침대에 누운 채로 잠이 들었다가 깨어났다 할 때에도 멀리서 희미한, 정체불명의 소리가 들려오곤 했다.

그러나 이번만큼은 분명히 들을 수 있었다. 첫 번째 음이 들려왔다. 그러나 나머지 음들은 창문을 두드리는 빗방울 소리에 묻혀버렸다. '역시 아무것도 아니었어'라고 생각하며 다시 잠을 청했지만 빗물 속에서 다시 세 개의 음이 떠올랐다.

유난히 어두운 밤이었다. 하늘은 칠흑처럼 검었고 오직 빗소리로 정원의 풍경을 그려볼 수 있을 뿐이었다. 타악기의 둔탁한 음은 창문을 두드리는 빗소리였다. 부드럽고 불규칙한 소리는 잔디에 내리는 빗소리였다. 흐르는 소리는 처마와 배수구로 흐르는 빗물 소리였다.

똑. 똑. 똑.

나뭇잎에서 땅으로 물방울이 떨어졌다. 이 모든 소리의 뒤, 혹은 아래, 아니면 그 사이에, 만약 내가 미친 게 아니라면, 다섯 개의 음이 있었다. 라. 라. 라. 라. 라.

나는 장화를 신고 코트를 걸친 뒤 어둠 속으로 나섰다. 내 손조차 보이지 않았다. 잔디를 밟는 장화 소리 외에는 아무 소리도 들리지 않았다. 그때 소리가 들려왔다. 음악과는 거리가 먼 거친 소리였다. 악기가 아니었다. 선율도 없는, 서로 어우러지지 않는 인간의 목소리였다.

나는 천천히, 몇 번이고 걸음을 멈추면서 소리를 따라갔다. 산책로를 따라 걷다가 연못이 있는 정원 쪽으로 돌아섰다. 아니, 돌아섰다고 생각했다. 그러나 포장된 길이 있을 거라 짐작하고 발을 내디딘 곳은 진흙탕이었다. 주목나무 옆에 서려던 당초의 계획과는 달리 나는 옷을 긁는 무릎 높이의 가시덤불 속에 서게 되었다. 그때부터 나는 내가 서 있는 곳이 어디인지 알아내려는 생각을 접었다. 소리로 나의 위치를 가늠하면서 마치 미궁 속에서 아리안의 실을 따라가듯 소리를 쫓아갔다. 소리의 간격은 불규칙했다. 소리가 멈추면 그 자리에 서서 소리가 들릴 때까지 기다렸다. 어둠 속에서 얼마나 오래 헤매었을까? 15분? 30분? 내가 아는 것이라고는 그 시간이 흐른 뒤 내가 처음 출발한 바로 그곳, 저택 앞으로 돌아와 있었다는 게 전부였다. 나는 결국 한 바퀴를 빙 돌아온 셈이었다.

그 뒤로 이어진 침묵은 다시 깨어지지 않았다. 소리는 사라졌고 그 자리를 빗소리가 채웠다.

나는 곧바로 안으로 들어가지 않고 벤치에 앉아 팔짱을 끼고 얼굴을 파묻었다. 등과 목, 머리에 빗방울이 떨어졌다.

결국 아무것도 아니었던 소리를 쫓아 정원을 헤매고 다닌 내가 한심하게 느껴졌다. 내가 들은 소리는 상상의 소리였다는 결론을 내렸다. 나의 생각은 다른 방향으로 흘렀다. 헤스터를 찾는 문제에 대해 아버지가 어떤 답장을 해줄지 궁금했다. 나는 엔젤필드를 생각하며 얼굴을 찌푸렸다. 저택이 철거되면 오릴리어스는 어떻게 되는 걸까? 엔젤필드를 생각하다 보니 유령 생각이 났고, 나의 유령이 떠올랐다. 하얀 점 속에 사라진, 유령의 사진도 떠올랐다. 문득 내일은 엄마에게 전화를 해야겠다는 생각이 들었다. 그러나 진지하게 생각한 건 아니었다. 한밤중에 내린 결정을 이튿날 실천하는 사람은 없으니까.

그때 갑자기 등골이 오싹해졌다.

누군가가 있었다.

지금. 여기. 바로 내 옆에.

나는 돌아보았다.

어둠뿐이었다. 아무것도 없었다. 아무도 없었다. 모든 것이, 심지어는 커다란 참나무마저도 어둠이 집어삼켰다. 온 세상이 나를 지켜보고 있는 두 개의 눈동자 속으로 오그라드는 것 같았다. 내 심장은 걷잡을 수 없이 뛰기 시작했다.

윈터 여사는 아니었다. 그녀가 이 시간에, 이런 곳에 있을 리가 없었다.

그렇다면 누구일까?

그것은 느낌 **이전의** 느낌이었다. 내 옆구리에 닿던 그 느낌은…… 고양이 새도였다.

녀석은 내 옆구리로 파고들더니 내 가슴에 뺨을 비볐다. 그리고 자신의 존재를 알리듯 마지못해 야옹! 하고 울었다. 나는 새도를 쓰다듬어주었고 그동안 내 심장도 서서히 본래의 박자를 되찾았다. 고양이가 가르랑거리는 소리를 냈다.

"다 젖었구나! 바보. 이런 날은 돌아다니면 안 돼."

새도는 나를 따라 방으로 들어왔다. 내가 타월로 젖은 머리를 닦아내는 동안 새도는 제 몸을 핥았다. 우리는 침대에서 함께 잠들었다. 처음으로 나는 악몽을 꾸지 않았다. 새도가 나를 지켜주었다.

다음 날은 음울하고 어두웠다. 인터뷰를 마친 뒤 나는 정원을 산책했다. 이른 오후의 쓸쓸한 햇살 아래, 어젯밤에 걸었던 길을 따라가보았다. 정원 가장자리를 따라 걷다가 연못이 있는 곳에서 모퉁이를 돌았다. 그러나 그다음에는 길을 잃었다. 보드라운 진흙탕에 빠졌던 기억이 나를 혼란에 빠뜨렸다. 왜냐하면 모든 화단과 경계는 깔끔하게 경사지고 반듯하게 정돈되어 있었기 때문이었다. 나는 이런저런 추측을 해보면서 내키는 대로 정원을 거닐었다. 어젯밤 걸었던 길과 적어도 조금은 포개어질 거라고 기대하면서.

평상시와 다른 건 아무것도 없었다. 모리스를 만난 것을 제외하면. 그가 처음으로 내게 말을 걸었다. 그는 파헤쳐놓은 화단

앞에 무릎을 꿇고 앉아 있었다. 그가 인기척을 느끼고 고개를 들었다. 그는 "망할 놈의 여우 놈들!" 하고는 다시 하던 일에 열중했다.

나는 방으로 돌아와 그날의 인터뷰를 정리했다.

검사

건강 검진을 하기로 한 날이 왔고 모슬리 박사가 저택으로 왔다. 언제나 그랬듯이 찰리는 방문객을 맞이하러 나오지 않았다. 헤스터는 의사가 찾아올 거라는 메모를 그녀만의 방식으로(그의 방문 앞에 놓인 접시 위에 메모를 남기는 것) 찰리에게 알렸지만 아무 얘기도 듣지 못했기 때문에 그 문제에 대해 전혀 관심이 없음을 추측할 수 있을 뿐이었다.

환자는 침울했지만 반항하지는 않았다. 애덜린은 말없이 방으로 들어가 찌르고 꽂는 검사를 받았다. 입을 벌리고 혀를 내밀어보라는 지시는 따르지 않았지만 의사가 강제로 그녀의 입을 벌리고 안을 들여다보았을 때 그의 손을 깨물지 않았다. 아이의 눈빛은 의사와 의사의 지시에서 벗어나 있었다. 그녀는 의사와 의사의 검진을 거의 의식하지 못하는 듯했고 한마디도 하지 않았다.

모슬리 박사는 환자가 체중 미달이며 몸에 이가 있다는 사실을 알아냈다. 그 외에는 신체적으로 모든 면에서 지극히 정상이었다. 그러나 정신 상태는 단정하기가 어려웠다. 존이 암시했던 것처럼 아이에게 정신적 결함이 있는 걸까? 아니면 그저 부모의 무관심과 교육의 결핍으로 인해 나타나는 증상일까? 그것은, 적어도 공식적으로는, 가정부가 쌍둥이들을 감싸며 내세운 주장이었다.

그러나 쌍둥이 중 난폭한 아이를 검사하면서 의사는 그렇게만은 생각할 수가 없었다. 전날 밤 그는 집에서 파이프를 입에 물고 벽난로에 손을 쬐면서 이 문제에 대해 깊이 생각해보았다. 그는 아내와 이야기 나누기를 좋아했다. 아내와 이야기를 하다 보면 모든 게 쉽게 정리가 되었다. 그는 자신이 들었던 아이의 행동들을 일일이 열거했다. 이웃집 부엌에서 도둑질 한 일, 조형 정원을 망쳐놓은 일, 에멀린에게 휘두르는 폭력, 불장난을 좋아하는 것까지. 그가 여러 가지 가능성을 생각해보고 있을 때 아내의 부드러운 목소리가 끼어들었다.

"혹시 본래 사악한 아이는 아닐까요?"

그는 너무 놀란 나머지 바로 대답을 할 수가 없었다.

"그냥 해본 소리예요."

아내가 자신이 뱉은 말을 지우려는 듯 손을 내저으며 말했다. 아내는 담담하게 말했지만 그런 건 중요하지 않았다. 그녀가 그런 말을 했다는 것만으로도 상당한 무게감이 느껴졌다.

그리고 헤스터도 있었다.

"분명히 말씀드리지만, 부모와의 애착 관계가 형성되지 않은 상태에서, 누구도 그들을 바른 길로 이끌어줄 수 없었다면, 오늘날까지 그 아이의 성장 과정은 오직 쌍둥이 자매와의 관계를 통해서만 형성될 수밖에 없었을 거예요. 그 아이의 의식세계에서는 오직 쌍둥이 자매만이 영원하고 안정적인 존재였겠지요. 그러니까 그 아이와의 관계를 통해서 이 세상을 바라보게 된 거예요."

그녀의 말은 일리가 있었다. 어디서 그런 얘기를 들었는지는 모르지만 그렇게 정리를 한 것을 보면 책을 꽤 열심히 읽은 게 분명했다. 그는 그녀의 날카롭고도 낮은 목소리에 적잖이 충격을 받았다. 여성스러운 목소리였지만 어딘가 남성적인 권위 같은 것이 느껴졌다. 그녀는 논리 정연했다. 자신의 생각을 말할 때, 권위 있는 학자의 이론을 설명할 때처럼 절제된 언어로 표현해내는 능력이 있었다. 그녀는 한 문장을 끝내고 잠시 멈추고는 얼른 그의 눈빛을 살폈다. 처음에는 그럴 때마다 몹시 당혹스러웠지만 지금은 그것이, 그녀 자신이 계속 말을 할 생각인지 아니면 그가 말을 해도 좋은지를 알려주기 위한 하나의 방편임을 깨닫게 되었다.

"좀 더 연구해봐야겠습니다."

검사가 끝나고 나서 의사가 헤스터에게 말했다.

"그 아이가 쌍둥이라는 점을 특히 염두에 두고 연구해보겠습니다."

헤스터가 고개를 끄덕였다.

"제 생각을 말씀드리자면 이렇습니다. 쌍둥이들을 관찰하다 보면 하나의 성격이 둘로 나뉘어 있다는 생각이 드실 거예요. 건

강한 보통 사람이라면 다양한 양상의 감정들을 느끼고 다양한 유형의 행동을 보이게 마련이지요. 하지만 쌍둥이들은, 그 다양한 감정과 행태를 둘로 나누어서 각자 한 가지씩을 갖게 되는 거예요. 둘 중 한 사람은 거칠고 육체적으로 분노를 표출하며 다른 한 사람은 게으르고 수동적이지요. 한 사람은 깨끗한 걸 좋아하고 한 사람은 더러운 걸 좋아합니다. 한 사람은 식욕이 왕성하고 한 사람은 며칠을 굶어도 끄떡없지요. 이런 양극 현상은, 물론 그것이 의식적인 것인지에 관해서는 따로 논의가 필요하겠지만, 애덜린의 자아 정체성에 중대한 영향을 미쳤어요. 그렇다면 자신의 내면에서 에멀린과 동일한 무언가를 발견할 때마다 본능적으로 그것을 억압하는 게 당연하지 않을까요?"

현학적인 질문이었고 의사에게 대답을 해야 한다는 인상은 주지 않았다. 그녀는 잠시 호흡을 가다듬은 뒤 말을 이었다.

"그럼 안개 속의 아이에 대해 생각해보죠. 그 아이는 이야기를 듣고 이해할 수 있을 뿐 아니라 쌍둥이의 언어가 아닌 다른 언어에 의해 감동을 받기도 해요. 다른 사람들과 어울릴 수도 있음을 암시하는 대목이지요. 하지만 쌍둥이 중에서 다른 사람들과 어울리는 것은 누구의 역할이던가요? 그건 에멀린의 역할이에요. 그래서 애덜린은 자신의 그러한 욕구를 억누르고 있는 거예요."

헤스터는 의사에게 고개를 돌린 뒤 이제 그가 말할 차례임을 암시하는 표정을 지어 보였다.

"흥미로운 얘기로군요."

그가 조심스럽게 말했다.

"사실 전 그 반대로 생각했습니다. 쌍둥이라면 다른 한 명과 달라지려고 하기보다는 닮고 싶어할 거라고 생각했죠."

"하지만 보시다시피 이 아이들은 그렇지가 않아요."

헤스터가 명쾌한 말투로 반박했다.

"흠……."

그녀는 아무 말도 하지 않고 그에게 시간을 주었다. 그는 벽을 바라보며 생각에 잠겼고 헤스터는 초조한 눈빛으로 그를 바라보면서 자신의 이론을 그가 받아들이고 있는지 살펴보았다. 마침내 그가 결심한 듯 입을 열었다.

"흥미로운 이론인 건 사실이지만……."

그는 자신의 반대 의사를 누그러뜨리려는 듯 동정 어린 미소를 지었다.

"저는 쌍둥이의 성격이 그런 식으로 분리된다는 이론을 들어본 적이 없습니다만……."

헤스터는 모슬리 박사의 미소를 무시하고 도전적인 눈빛으로 그를 응시했다.

"물론 그런 이론은 없어요. 있다면 로슨의 논문에서나 찾아볼 수 있겠지만 로슨의 논문에도 나와 있지 않아요."

"로슨을 읽으셨습니까?"

"물론이에요. 기본적인 조사도 하지 않고 제 생각을 말할 만큼 어리석진 않아요."

"그렇군요."

"페루의 남자 쌍둥이에 관한 사례연구를 추천할 수는 있겠군요. 결론이 조금 애매하기는 하지만요."

"그 사례연구라면…… 아, 생각해보니 거기서도 연관성을 찾을 수가 있겠군요. 브레이슨비의 사례연구는 도움이 될까요?"

"그건 아직 구하지 못했어요. 혹시 저한테 빌려주실 수 있으신가요?"

그렇게 시작되었다.

헤스터의 예리한 관찰력에 감동한 박사는 그녀에게 브레이슨비 사례연구를 빌려주었다. 헤스터가 그 책을 되돌려주었을 때 그 책에는 간결한 논평과 질문이 첨부되어 있었다. 의사는 쌍둥이에 관한 자신의 연구를 완성하기 위해 수많은 저서와 기사들을 수집했다. 최근에 출판된 것은 물론이고 다양한 전문가들이 진행하고 있는 연구와 외국의 논문까지 두루 섭렵했다. 1, 2주가 지난 뒤, 그는 그 책들을 헤스터에게 넘겨주고 그녀에게서 간결하고도 훌륭한 요약을 듣는 편이 훨씬 더 시간이 절약된다는 사실을 깨달았다. 두 사람은 자신들이 읽을 수 있는 모든 것을 읽은 뒤 다시 그들이 관찰한 내용으로 돌아왔다. 두 사람은 서로의 의견을 조율했다. 그의 의학적 소견과 그녀의 심리학적 소견이 오고갔다. 그녀의 소견서 여백에는 그의 세심한 논평들이 채워졌고 그의 소견서는 그보다 더 많은 그녀의 논평들로 채워졌으며 별도의 종이가 첨부될 정도였다.

그들은 읽었고, 생각했고, 또 읽었으며, 글을 썼고, 만났으며, 토론했다. 그들은 쌍둥이에 대한 모든 자료를 섭렵했지만 여전히 한 가지 문제만은 해결되지 않았다. 그것이야말로 가장 중요한 문제였다.

"이렇게 많은 책을 읽었지만 아직도 우린 정작 중요한 문제에는 가까이 다가가지도 못했군요."

하루는 저택의 서재에서 의사가 말했다. 그는 초조한 듯 자신의 머리를 쓸어 넘겼다. 아내에게 7시 반까지 돌아오겠다고 했지만 오늘도 늦을 것 같았다.

"애덜린이 안개 속의 아이를 억누르는 것이 과연 에멀린 때문인지…… 그 질문에 대한 대답은 현대 지식의 범위 밖에 있는 것 같습니다."

그가 한숨을 쉬며 반은 짜증스럽게, 반은 체념하는 듯한 표정으로 연필을 책상 위에 던졌다.

"맞아요. 정말 그래요."

그녀의 목소리에 짜증이 묻어난 것은 용서해야 했다. 그것은 처음부터 그녀가 내려놓은 결론이었다. 그가 선뜻 인정을 해주었다면 이미 몇 주 전에 도달했을 결론이었다.

그가 그녀를 바라보았다.

"해답을 알 방법은 한 가지뿐이에요."

그녀가 조용히 말했다.

의사는 눈썹을 추켜올렸다.

"제가 조사한 바로는 이번 연구는 한 번도 시도된 적이 없는 독창적인 연구가 될 거예요. 물론 한낱 가정교사 주제에 이런 연구의 결과를 학술지에 게재하기가 쉽진 않겠죠. 사람들은 제 경력을 흘낏거리고 주제넘은 연구를 한 멍청한 여자 취급을 할 거예요."

그녀는 어깨를 으쓱하며 고개를 숙였다.

"어쩌면 그 사람들 말이 맞을지도 몰라요. 전 그저…… 평범한 여자니까요."

그녀가 다시 고개를 들었다.

"하지만 적절한 학식과 경력을 갖춘 분에겐 이것이야말로 훌륭한 연구 논문의 주제가 될 거예요."

의사는 처음에는 놀랐다가 이내 눈빛이 흐릿해졌다.

독창적인 연구라! 틀린 얘기는 아니었다. 최근 몇 달간 그가 읽은 논문들을 생각해볼 때 그는 쌍둥이에 관한 한 가장 많은 지식을 확보한 의사임이 분명했다. 그만큼 알고 있는 사람이 또 누가 있단 말인가? 게다가 이보다 더 완벽한 사례가 어디 있단 말인가? 독창적인 연구라고? 안 될 것도 없었다.

그녀는 잠시 그가 생각에 잠기도록 내버려두었다. 그녀의 생각이 그의 마음속에 뿌리를 내렸다는 느낌이 드는 순간 이렇게 덧붙였다.

"조교가 필요하시다면 제가 언제든지 돕겠어요."

"고맙군요. 당신은 실제로 아이들과 함께 생활했고 또 직접 관찰했으니…… 당신의 역할이야말로 중요하죠. 중요하고말고요."

그는 저택을 나섰고 구름 위를 걷는 기분으로 집으로 돌아왔다. 저녁식사가 차갑게 식어 있었고 아내가 몹시 화가 나 있다는 것조차 그다지 신경 쓰이지 않았다.

헤스터는 책상에서 자료들을 챙겨 방을 나섰다. 그녀의 가벼운 발걸음과 문닫는 소리가 두 사람의 만족감을 대변해주었다.

서재는 비어 있는 것 같았지만 사실은 그렇지 않았다.

책장 위에 길게 누워 있던 한 소녀가 입술을 깨물며 생각에 잠겼다.

독창적인 연구라고 그들은 말했다.

'애덜린이 안개 속의 아이를 억압하는 게 에멀린 때문일까요?'

앞으로 벌어질 일을 짐작하기란 조금도 어렵지 않았다.

그날 밤 그들은 계획을 실행에 옮겼다.

그들이 침대에서 에멀린을 안아 들었을 때 에멀린은 완전히 곯아떨어진 상태였다. 어쩌면 헤스터의 품이 편안했을지도 모른다. 어쩌면 방에서 나와 복도를 걷는 동안 헤스터의 비누 냄새를 맡았을지도 모른다. 이유가 무엇이었건 간에, 에멀린은 그날 밤 무슨 일이 일어나고 있는지 알지 못했다. 그녀가 상황을 깨닫게 된 것은 그로부터 몇 시간 뒤였다.

애덜린의 경우는 달랐다. 애덜린은 자신의 쌍둥이 자매가 사라진 것을 곧바로 알아챘다. 문 쪽으로 뛰어가보았지만 이미 헤스터가 잠가버린 뒤였다. 그녀는 그 순간 모든 것을 알게 되었다. 격리였다. 애덜린은 비명을 지르지 않았다. 주먹으로 방문을 두드리지도 않았고 손톱으로 자물쇠 구멍을 긁지도 않았다. 애덜린의 몸에서 모든 기력이 빠져나갔다. 그녀는 방문에 기댄 채로 바닥에 털썩 주저앉았다. 그리고 그 상태로 밤을 새웠다. 맨바닥이 앙상한 뼈마디를 파고들었지만 고통조차 느끼지 않았다. 방 안에는 온기가 없었고 잠옷은 얇았지만 추위도 느끼지 않았다. 아무것도 느낄 수 없었다. 그녀는 망가졌다.

다음 날 아침 사람들이 왔을 때 그녀는 자물쇠를 여는 소리도 듣지 못했다. 문이 열려서 옆으로 밀려나면서도 아무런 반응이 없었다. 그녀의 눈은 죽어 있었고 피부는 창백했다. 몸은 얼마나 차가웠던가? 마치 진언을 외우듯 쉬지 않고 **'에멀린, 에멀린, 에멀린……'**이라고 중얼거리지 않았다면 시체와 다르지 않았을 것이다.

헤스터가 애덜린을 품에 안았다. 어렵지 않았다. 열네 살이었지만 애덜린은 뼈만 앙상했다. 애덜린의 힘은 오직 자신의 의지에서 솟아났고 이제 그게 사라져버렸다. 남은 건 아무것도 없었다. 그들은 마치 깃털 베개를 나르듯 그녀를 아래층으로 옮겼다.

존이 마차를 몰았다. 아무 말도 하지 않았다. 그가 동의했건 동의하지 않았건 그런 건 중요하지 않았다. 결정은 헤스터가 내렸다.

그들은 애덜린에게 에멀린을 만나러 간다고 했다. 불필요한 거짓말이었다. 그들은 애덜린을 어디로든 데려갈 수 있었다. 애덜린은 저항하지 않았다. 완전히 정신을 놓아버렸다. 자기 자신을 잃어버렸다. 에멀린이 없으면 그녀는 아무것도 아니었고 그 누구도 아니었다. 그들이 의사의 집으로 데려간 건 아이의 껍데기일 뿐이었다.

집으로 돌아온 그들은 헤스터의 방 침대에 잠들어 있던 에멀린을 잠든 상태 그대로 다시 아이들의 방으로 옮겼다. 에멀린은 한 시간을 더 잤다. 마침내 눈을 떴을 때 애덜린이 없는 것을 알고 에멀린은 조금 놀라는 듯했다. 시간이 흐를수록 그녀의 놀라움은 점점 더 커져갔고 오후 무렵에는 놀라움이 불안감으로 바뀌었다. 에멀린은 집 안을 샅샅이 뒤졌다. 정원도 뒤졌다. 숲과 마을도 최대한 멀리까지 찾아다녔다.

차를 마실 시간에 헤스터는 에멀린을 찾았다. 에멀린은 길가에 서 있었다. 에멀린은 의사의 집으로 가는 길을 바라보고 서 있었다. 그러나 그 길을 따라가지는 않았다. 헤스터가 에멀린의 어깨에 손을 얹으며 그녀를 집으로 데려왔다. 가끔 에멀린은 가던 길을 멈추고 머뭇거리면서 자신이 서 있던 자리로 되돌아가려 했지만 헤스터가 단호하게 에멀린을 집으로 끌었다. 에멀린은 무기력하고도 혼란스러운 발걸음을 내디뎠다. 차를 마신 뒤 에멀린은 창가에 서서 밖을 내다보았다. 어두워질수록 두려움도 커졌다. 헤스터가 저택의 문을 잠그고 잠자리에 들 준비를 할 무렵 에멀린은 완전히 이성을 잃었다.

에멀린은 밤새 울었다. 외로운 울음소리는 영원히 멈추지 않을 것만 같았다. 애덜린이 곧바로 알아차린 것을 에멀린은 스물네 시간이 지난 뒤에야 깨달았던 것이다. 그러나 아침이 오자 에멀린은 잠잠해졌다. 실컷 울고 난 뒤 망각의 세계로 숨어버렸다.

쌍둥이의 이별은 보통 사람들의 이별과는 다르다. 지진에서 살아난 사람을 생각해보면 알 수 있다. 온 세상이 그가 알고 있는 모습이 아니다. 수평선의 위치가 달라졌고 태양의 색도 달라졌다. 그가 알고 있는 세상은 더 이상 남아 있지 않다. 그는 살아 있지만 살아 있는 것이 아니다. 지진에서 살아남은 사람들이 차라리 다른 사람들과 함께 땅에 묻히는 편이 나았을 거라고 생각하는 건 너무도 당연하다.

윈터 여사는 허공을 응시하고 있었다. 유명한 적갈색 머리카락은 엷은 살구빛으로 변해 있었다. 헤어스프레이를 사용하지 않은, 동그랗게 말거나 틀어 올리지 않은 머리카락은 부드럽고 불규칙하게 곱슬거렸다. 그러나 얼굴엔 긴장이 감돌았다. 그녀는 오직 자신만이 느낄 수 있는 거센 바람과 맞서 싸우고 있는 듯 꼿꼿한 자세를 유지하고 있었다. 그녀의 시선이 천천히 나에게로 향했다.

"괜찮으세요? 주디스가 요즘 통 드시질 않는다고 걱정하던데요."

"늘 그래왔던걸 뭐."

"안색이 좋지 않아요."

"피곤해서 그렇겠지."

우리는 일찍 인터뷰를 끝냈다. 그녀와 나, 둘 다 더는 버티기 힘들었다.

유령의 존재를 믿는가?

그 다음번에 윈터 여사를 만났을 때 그녀의 모습은 사뭇 달라져 있었다. 그녀는 피곤한 듯 자주 눈을 감았고 지난번에 끝난 대목에 이어 새로운 이야기를 시작하기까지 평소보다 긴 시간이 걸렸다. 그녀가 과거와의 끈을 잇는 동안 나는 그녀의 모습을 관찰했다. 인조 속눈썹은 없었지만 보라색 아이섀도와 짙은 아이라인은 여전했다. 그러나 긴 속눈썹을 떼어낸 그녀의 눈은 엄마의 화장품을 가지고 논 어린아이를 연상시켰다.

상황은 가정교사와 의사가 기대했던 것과는 다른 방향으로 흘러갔다. 그들은 애덜린이 고래고래 소리를 지르고 날뛰고 발길질을 하고 몸부림칠 거라고 생각했다. 에멀린으로 말하자면, 헤스터에 대한 그녀의 애정이 갑자기 사라져버린 애덜린의 자리를 채워줄 거라고 생각했다. 한마디로 그들은, 함께 있었던 쌍둥이가 떨어졌을 때에도 예전과 똑같기를 기대했다. 애덜린과 에멀린이 생명이 없는 두 개의 봉제인형으로 전락했을 때 그들은 놀라지 않을 수 없었다.

생명이 없는 건 아니었다. 느리긴 했지만 그들의 혈관에는 피가 흐르고 있었다. 한쪽에서는 가정부가, 또 한쪽에서는 의사의 부인이 떠 넣어주는 수프도 받아 넘기긴 했다. 그러나 삼키는 것도 일종의 반사작용일 뿐 식욕은 전혀 없는 것 같았다. 하루 종일 눈을 뜨고 있었지만 아무것도 보지 못했고 밤이면 눈을 감았지만 잠들지 못했다. 그들은 떨어져 있었고 혼자였다. 그들은 떠돌이였다. 그들은 절단자였다. 다만, 그들이 잃어버린 것은 사지가 아닌 영혼이었다.

두 학자도 문득 회의가 들 때가 있었을까? 잠시 연구를 멈추고 자신들의 연구가 과연 옳은 것인지 고민했을까? 아무것도 의식하지 못한 채 축 늘어진 쌍둥이의 모습이 그들의 훌륭한 연구에 검은 그림자를 드리웠을까? 그들이 결코 고의적으로 잔인하게 행동한 것은 아니었다. 다만 어리석었을 뿐. 자신들의 학식과 야망, 그리고 맹목 때문에 잘못된 길로 접어들었을 뿐이었다.

의사는 실험을 했고 헤스터는 관찰했다. 그들은 자신들의 기록을 비교하기 위해 매일 만났다. 그들이 일종의 '발전'이라고 낙관했던 증상들에 대해 의견을 주고받기 위해서였다. 의사의 책상 혹은 엔젤필드의 서재 책상 앞에서 두 사람은 나란히 앉아 쌍둥이의 일과를 낱낱이 적은 관찰 기록을 읽었다. 행동, 식사, 수면에 관한 기록이었다. 아이들이 식욕이 전혀 없고 항상 잠만 자려고 한다는 사실이 놀라웠다. 그러나 실제로 잠을 자는 것도 아니었다. 그들은 쌍둥이의 변화를 설명할 만한 이론들을 수집했다. 실험은 그들이 생각했던 것만큼 잘 진행되지는 않았다. 사실 처음부터 엉망이었다. 그러나 두 학자는 자신들이 아이들에게 해를 입힐지도 모른다는 가능성은 고려하지 않았고 자신들이 기적을 이룰 수 있으리라는 신념을 결코 버리지 않았다.

의사는 수십 년 만에 처음으로 수준 높은 학자들의 세계로 돌아가 훌륭한 연구를 하게 되어 뿌듯했다. 그는 원칙을 발견하여 그것을 전문가적 독창성으로 주어진 상황에 적용하고 분석해내는 조교의 뛰어난 능력에 경탄을 금치 못했다. 머지않아 그는 그녀를 조교가 아닌 동료로 인정하게 되었다. 헤스터 역시 마침내 자신의 지적인 욕구가 충족되는 것을 느꼈다. 그녀는 흥분과 설렘으로 매일 회의에 참석했다. 당연히 그들은 맹목적일 수밖에 없었다. 그들에게 그토록 즐거운 일이 아이들에게 그토록 치명적일 수도 있다는 것을 어떻게 알 수 있었겠는가? 그러나 때로는 늦은 밤 그날 일어났던 일을 혼자 기록하다가 고개를 들고 방 한구석 의자에 앉아서 꼼짝도 하지 않는, 눈이 죽어버린 아이를 바라보면서, 한두 번쯤 자신들의 연구에 대한 회의가 들었을지도 모른다. 그러나 그랬다고 해도 그들은 그런 것까지는 적지 않았고 서로에게 그런 얘기를 꺼내지도 않았다.

그들은 공동 연구에 열을 올린 나머지 그 연구 자체가 전혀 진전이 없다는 것조차 깨닫지 못했다. 에멀린과 애덜린은 한마디로 정신 분열 상태였고 안개 속 소녀는 어디에서도 찾을 수가 없었다. 특별한 성과는 없었지만 두 학자는 연구를 멈추지 않았다. 그들은 표와 차트를 만들고 아이들을 대상으로 한 공들인 실험으로 이론들을 정립했다. 실패할 때마다 그들은 임상 실험에서 미처 생각하지 못한 부분이 있었다고 말하며 다음번 실험을 구상했다.

의사의 아내와 가정부도 연구에 참여했지만 두 사람은 한발 물러나 있었다. 아이들의 육체를 돌보는 것이 그들의 임무였다. 그들은 하루에 세 번, 아무런 저항 없는 아이들의 입에 수프를 떠 넣어주었다. 쌍둥이에게 옷을 입히고 목욕을 시켜주고 빨래를 하고 머리를 빗겨주었다. 두 사람 모두 나름대로 이 연구가 탐탁지 않은 이유가 있었고, 입을 다물어야 할 이유도 있었다. 존으로 말하자면, 그는 이 모든 일에서 멀찌감치 떨어져 있었다. 그는 누구에게도 자신의 생각을 말하지 않았지만 매일 아침 가정부에게 이렇게 말하는 것은 잊지 않았다.

"부질없는 짓이에요. 내가 분명히 말해두겠는데, 이건 다 쓸데없는 짓이라고요."

그러다가 마침내 더 이상은 연구를 진행할 수 없는 상황에 이르렀다. 모든 실험에서 그들은 아무런 성과도 거두지 못했다. 머리를 쥐어짜보아도 더는 새로운 실험을 생각해낼 수가 없었다. 헤스터가 에멀린에게서 미약하나마 발전의 기미를 발견한 건 바로 그 무렵이었다. 에멀린이 창문 쪽으로 고개를 돌린 것이다. 에멀린은 항상 반짝이는 물건을 손에 쥐고 있으려 했고 결코 그것을 놓지 않았다. 문밖에서 헤스터가 엿들었을 때(연구를 목적으로 한 것일 때에는 엿듣는 행위조차 예의에 어긋나는 것이 아니었다) 에멀린은 예전에 사용했던 쌍둥이의 언어로 중얼거리곤 했다.

"저렇게 자신을 달래는 거예요. 애덜린이 있다고 상상하는 거죠."

그녀가 의사에게 말했다.

의사도 애덜린을 몇 시간 동안 혼자 있게 한 뒤 펜과 노트를 들고 기다렸지만 아무 말도 들을 수가 없었다.

가정교사와 의사는 상태가 심각한 애덜린의 경우에는 좀 더 인내심을 갖고 기다려야 한다고 스스로를 위로했다. 반면 그들은 에멀린에게서 발견된 변화를 자축했다. 에멀린은 식욕을 회복했고, 자리에 앉았으며, 혼자 힘으로 몇 발을 떼어놓았다. 그리고 예전처럼 아무 생각 없이 정원과 저택 주변을 돌아다녔다.

의사와 헤스터는 그들의 실험이 성공할 거라고 믿어 의심치 않았다. 그들이 에멀린에게서 발견한 '발전'이라는 것이 그들이 실험을 시작하기 전 에멀린의 모습으로 돌아간 것에 불과하다는 것을 그들도 깨닫고 있었는지는 확실치 않다.

에멀린의 경우도 항상 순조롭지만은 않았다. 하루는 애덜린의 냄새를 쫓다가 애덜린이 입던 옷을 넣어둔 벽장을 찾았다. 에멀린은 그 옷들을 꺼내서 옷에 밴 음식 냄새와 가축들 냄새를 한껏 들이마신 뒤 그 옷을 입었다. 그 옷을 입은 에멀린의 모습은 어딘가 이상했다. 그러나 거기서 끝나지 않았다. 에멀린은 그 옷을 입고 돌아다니다가 우연히 거울에 비친 자신의 모습을 보았다. 그리고 애덜린이라고 착각하고 거울로 달려들었다. 쨍그랑!

하고 거울이 깨지는 소리에 가정부가 뛰어왔을 때 에멀린은 거울 옆에서 울고 있었다. 자기가 아파서가 아니었다. 애덜린이 산산조각 난 채로 피를 흘리고 있었기 때문이었다.

헤스터는 존을 시켜서 그 옷들을 태워버리게 했다. 그리고 또 다른 사고를 막기 위해 모든 거울을 벽으로 돌려놓으라고 지시했다. 에멀린은 슬퍼했지만 그런 사고는 다시 일어나지 않았다.

에멀린은 좀처럼 입을 열지 않았다. 닫힌 문 안에서 들려오는 독백은 모두 오래된 쌍둥이의 언어였고 에멀린은 가정부나 헤스터에게 그들이 알아들을 수 있는 말을 단 한마디도 하지 않았다. 분명 심각한 문제였다. 헤스터와 의사는 서재에서 오래도록 회의를 했고 결국 전혀 걱정할 필요가 없다는 결론에 도달했다. 에멀린은 말을 할 줄 아는 아이였다. 다만 시간이 필요한 것뿐이었다. 말을 거부하는 것, 거울 충돌 사건은 실망스러운 일임에 틀림없었지만 학문적으로 설명할 수 없는 일이란 항상 존재하게 마련이었다. 게다가 에멀린이 얼마나 발전했는가! 에멀린은 외출을 해도 좋을 만큼 건강해지지 않았는가? 에멀린은 요즘 길가에서 서성거리는 시간도 줄었고 자신이 그어놓은 보이지 않는 경계에 서서 의사의 집 쪽을 바라보는 횟수도 줄었다. 모든 게 순조롭게 돌아가고 있었다.

발전이라고? 그것은 처음 연구를 시작했을 때 그들의 목표가 아니었다. 그것은 헤스터가 처음 왔을 때 이룬 성과와 비교하면 아무것도 아니었다. 그러나 그것이 그들이 이루어낸 것의 전부였고 두 사람은 그것을 확대해석했다. 어쩌면 그들은 남몰래 안도하고 있었는지도 모른다. 만약 그들의 실험이 완벽한 성공으로 끝났다면 어떻게 되었을까? 그렇게 되면 두 사람이 함께 연구할 명분이 사라져버렸을 것이다. 당시 그들은 그 사실을 미처 깨닫지 못했겠지만 그것은 그들이 원하는 바가 아니었다.

그들은 결코 그 실험을 멈추지 않았을 것이다. 절대로. 그 실험을 멈추기 위해서는 뭔가 다른, 외부적인 무언가가 필요했다. 전혀 예기치 못한 무언가가 필요했다.

"그게 뭐였죠?"

인터뷰 시간이 끝나가고 있었고 그녀는 깊은 생각에 잠길 때마다 늘 그랬듯이 어두운 표정을 짓고 있었지만, 그리고 질문을 하는 것은 금지되어 있었지만, 나는 도저히 참을 수가 없었다.

고통 속에서도 확신에 찬 듯 앞을 바라보는 그녀의 초록색 눈동자에는 장난기가 서려 있었다.

"마거릿, 자네 유령의 존재를 믿나?"

유령의 존재를 믿느냐고? 내가 달리 어떻게 대답할 수 있겠는가? 나는 고개를 끄덕였다.

내 대답이 만족스러웠는지 윈터 여사는 의자에 등을 기대었다. 나는 나 자신에 대해 너무 많은 것을 드러낸 것 같은, 낯설지 않은 감정을 다시 한 번 느꼈다.

"헤스터는 믿지 않았지. 유령이라는 건 과학적인 근거가 없는 거니까. 유령을 믿지 않았기 때문에 유령을 보았을 때 도저히 감당할 수가 없었던 거야."

전혀 예기치 못했던 '무언가'는 바로 이런 것이었다.

어느 화창한 날, 헤스터는 할 일을 모두 마친 다음 저택을 나섰다. 그녀는 일부러 먼 길을 돌아 의사의 집으로 향했다. 하늘은 눈부시도록 파란 빛이었고 바람도 상쾌했다. 헤스터는 말로 표현할 수 없는 열정을 느꼈고 그 열정을 발산하고 싶었다.

밭을 돌아가려면 언덕길을 올라가야 했다. 높은 언덕은 아니었지만 그곳에 올라서면 마을이 한눈에 내려다보였다. 의사의 집으로 가는 길 중간쯤에 접어들었을 때였다. 그녀는 활기찬 걸음걸이로 걷고 있었다. 마음만 먹으면 하늘로 날아오를 수도 있을 것 같았다. 그때 무언가가 그녀를 얼어붙게 만들었다.

저만치 밭의 가장자리에서 에멀린과 애덜린이 놀고 있었다. 분명히 그 아이들이었다. 적갈색 머리카락, 검은색 구두. 한 아이는 그날 아침 가정부가 입혀놓은 남색 포플린 옷을 입고 있었고 또 한 아이는 초록색 옷을 입고 있었다.

있을 수 없는 일이었다.

그럴 리가 없었다. 헤스터는 이성적인 사람이었다. 그녀는 분명히 그 아이들을 보고 있었고 그 아이들은 그곳에 있었다. 이유가 있을 것이다. 애덜린이 의사의 집에서 도망쳐 나온 것이 분명했다. 갑자기 의식을 잃었던 것처럼 갑자기 의식을 되찾아서, 아무도 그 사실을 알아채지 못한 사이, 열린 창문으로 빠져나왔거나 집 안에 있던 열쇠로 문을 열고 나왔을 것이다. 그렇게 된 게 틀림없었다.

어떻게 해야 할까? 아이들에게 뛰어가봐야 소용없었다. 밭을 가로질러 가다 보면 반도 못 가 아이들이 그녀를 발견하고 달아날 게 뻔했다. 헤스터는 의사의 집으로 한달음에 달려갔다.

헤스터는 정신없이 문을 두드렸다. 갑작스러운 소란에 모슬리 부인이 굳은 표정으로 문을 열어주었다. 그러나 헤스터에겐 부인에게 사과하는 것보다 더 중요한 일이 있었다. 헤스터는 부인을 밀치고 진료실로 달려갔다. 노크도 하지 않았다.

의사가 고개를 들었다. 그는 땀을 흘리며 벌겋게 상기된 동료의 얼굴을 보았다. 항상 깔끔하게 정돈되어 있던 그녀의 머리칼이 엉망으로 헝클어져 있었다. 그녀는 숨을 헐떡거렸다. 말을 하고 싶었지만 말이 나오지 않았다.

"왜 그래요?"

그가 의자에서 일어나 책상을 돌아 그녀의 어깨에 손을 얹으며 물었다.

"애덜린! 애덜린이 빠져나왔어요!"

의사는 혼란스러운 듯 얼굴을 찌푸렸다. 의사는 진료실의 맞은편 구석을 볼 수 있도록 헤스터를 돌려세웠다.

애덜린이 그곳에 있었다.

헤스터는 의사에게 돌아섰다.

"조금 전에 애덜린을 봤어요! 에멀린하고 같이 오츠 씨네 밭 옆에……."

처음에 컸던 목소리는 점점 작아지고 있었다.

"진정해요. 일단 여기 앉아서, 물을 좀 마셔요."

의사가 말했다.

"도망쳤던 게 분명해요. 어떻게 빠져나갈 수 있었을까요? 어떻게 그렇게 빨리 돌아왔을까요?"

헤스터는 상황을 이해하려 애썼다.

"애덜린은 두 시간 내내 방 안에만 있었어요. 아침식사 이후로 줄곧 내가 지켜보고 있었어요."

의사가 헤스터의 눈을 바라보았다. 그녀의 말에 그도 혼란스러웠다.

"아마 다른 아이들이었겠지요."

의사로서의 진중함을 잃지 않으려는 듯 그가 어깨를 으쓱했다.

"그럴 리가 없어요. 애덜린과 에멀린의 옷이었어요. 머리색도 똑같았어요."

헤스터는 돌아서서 애덜린을 바라보았다. 애덜린의 눈은 여전히 초점이 없었고 조금 전 헤스터가 보았던 초록색 옷이 아닌 남색 옷을 입고 있었다. 머리카락은 풀지 않고 땋아져 있었다.

헤스터는 어리둥절한 표정으로 다시 의사를 바라보았다. 그녀의 호흡이 거칠어졌다. 그녀가 본 것을 이성적으로 설명할 방법은 없었다. 그것은 논리를 벗어난 일이었다. 헤스터에게 세상은 논리적으로 설명할 수 있는 대상이었다. 그렇다면 이 상황을 설명할 수 있는 방법은 한 가지밖에 없었다.

"제가 미쳤나 봐요."

그녀가 중얼거렸다.

그녀의 눈이 흐릿해졌고 입술이 떨렸다.

"유령을 봤어요!"

그녀의 눈에 눈물이 차올랐다.

동료가 그토록 극심한 혼란에 휩싸이는 모습을 지켜보면서 그는 묘한 감정을 느꼈다. 헤스터의 냉철하고도 합리적인 두뇌에 경탄했던 사람이 학자로서의 그였다면, 혼란에 빠진 그녀를 열정적으로 끌어안으며 키스한 것은 남자로서의 그였다.

헤스터는 저항하지 않았다.

문 앞에서 엿듣는 행위는, 연구가 목적일 때에는 예의에 어긋난 것이 아니었다. 의사의 아내는 남편을 관찰하는 것에 관해서라면 학자나 다름없었다. 의사와 헤스터에게는 너무도 충격적이었던 그날의 키스가 의사의 아내에게만큼은 전혀 충격적이지 않았다. 그녀는 언젠가는 이런 날이 올 거라고 짐작하고 있었다.

모슬리 부인이 갑자기 문을 열어젖히고 진료실 안으로 들이닥쳤다.

"내 집에서 당장 나가주시면 고맙겠어요. 존에게 당장 이 아이를 데려가라고 해요."

그녀가 헤스터에게 말했다.

그리고 의사에게 말했다.

"그리고 당신은, 나하고 얘기 좀 해요."

연구는 끝났다. 연구와 함께 많은 것들이 끝났다.

존은 애덜린을 데리고 왔다. 의사도, 의사의 아내도 만날 수 없었지만 그 집 가정부로부터 그날 아침에 있었던 일에 대해 전해 들었다.

존은 애덜린을 제 방으로 데리고 가서 제 방 침대에 눕혔다. 문은 열어두었다.

숲에서 돌아다니던 에멀린은 고개를 들고 코를 킁킁거리더니 곧장 집으로 돌아왔다. 에멀린은 부엌문으로 들어와서는 곧바로 한번에 두 칸씩 계단을 올라가서 예전에 쓰던 방으로 갔다. 에멀린은 방문을 닫았다.

헤스터는 어떻게 되었냐고? 헤스터가 돌아오는 것을 그 누구도 보지 못했다. 그녀가 떠나는 것도 아무도 알지 못했다. 그러나 다음 날 아침 가정부가 방문을 두드렸을 때 헤스터의 방은 깔끔하게 정리되어 있었다. 헤스터는 없었다.

이야기의 최면 속에서 깨어나 보니 윈터 여사의 어두운 서재였다.

"헤스터는 어디로 갔죠?"

나는 궁금했다.

윈터 여사는 얼굴을 조금 찌푸리며 나를 바라보았다.

"그야 모르지. 그걸 왜 묻나?"

"분명히 어딘가로 갔을 텐데……."

윈터 여사는 나를 곁눈질하며 말했다.

"부수적인 인물에 시간 낭비 할 것 없네. 이건 그들의 이야기가 아니니까. 그 사람들은 왔다가 사라지는 사람들이야. 한번 떠나면 다시는 돌아오지 않아. 중요한 건 바로 그거야."

나는 연필을 노트의 용수철에 끼운 뒤 돌아서서 문 쪽으로 향했다. 문 앞에서 나는 뒤를 돌아보았다.

"그럼 어디서 온 분인지는 아세요?"

"이거야 원! 그 여잔 한낱 가정교사였어. 말하지 않았나! 중요한 인물이 아니라고!"

"분명히 어딘가 기록이 남아 있을 거예요. 엔젤필드에 오기 전의 직업이라든가, 집주소가 적힌 지원 서류라든가…… 혹시 소개를 받아 온 사람이었나요?"

윈터 여사는 눈을 감았다. 긴 고통이 그녀의 얼굴을 스치고 있었다.

"엔젤필드의 사무 변호사 로맥스 씨가 모든 정보를 가지고 있을 거야. 자네한테 필요할 거라고 생각해서가 아니야. 이건 내 이야기이고 난 모든 걸 알고 있어야 해. 그의 사무실은 밴버리의 마켓 가에 있네. 자네의 질문에 답해주라고 연락을 해두지."

그날 밤 나는 로맥스 씨에게 편지를 썼다.

헤스터 이후

다음 날 주디스가 아침식사를 들고 왔을 때 나는 로맥스 씨에게 쓴 편지를 건네주었고 그녀는 앞치마 주머니에서 편지를 하나 꺼내 내게 내밀었다. 아빠의 필체를 바로 알아볼 수 있었다.

아빠의 편지는 항상 푸근했다. 이번 편지도 예외는 아니었다. 아빠는 내가 잘 지내기를 바랐다. 작업이 잘 진행되고 있는지도 물었다. 집으로 돌아오면 아주 특이하고 재미있는 19세기 덴마크 소설 이야기를 해주겠다고 했다. 경매에서 아빠는 아무도 관심을 보이지 않았던 18세기 편지들을 한 뭉치 샀다고 했다. 내게 관심이 있느냐고도 물었다. 만약을 대비해서 사두었다고 했다. 사설탐정에 대해서는, 그런 일이라면 계보학자에게 의뢰하는 편이 낫지 않겠느냐고 했다. 아빠가 아는 사람 중에 그런 일을 잘 아는 사람이 있는데, 생각해보니 그 사람이 아빠한테 신세를 진 적이 있다면서 가끔 인명사전을 찾아보기 위해 서점에 들른 사람이라고 했다. 마지막으로 언제나처럼 편지는, 아빠의 마음이 담긴, 그러나 의미를 잃어버린 한 문장으로 끝을 맺고 있었다.

'엄마가 안부 전하라는구나.'

정말 엄마가 그렇게 말했을까? 궁금했다. 아빠가 **'오늘 오후 마거릿한테 편지를 쓸 작정이야'**라고 말했을 때, 엄마가 무심하게, 어쩌면 다정하게, **'안부 좀 전해줘요!'**라고 말했을까?

아니. 엄마는 그러지 않았을 것이다. 그냥 아빠가 써넣은 말일 것이다. 엄마는 아빠가 편지를 쓰는 것조차 알지 못했을 것이다. 아빠는 왜 그렇게까지 해야 했을까? 나를 기쁘게 해주기 위해서였을까? 아니면 그렇게 되기를 바랐기 때문이었을까? 엄마와 나를 이어주기 위한 이러한 노력은 아빠를 위한 것일까? 아니면 날 위한 것일까? 사실 엄마와 나를 잇는다는 건 불가능한 일이었다. 엄마와 나는 천천히 움직이는, 그러나 결코 닿을 수 없는 두 개의 거대한 대륙 같았다. 두 대륙을 잇는 다리를 놓으려는 아빠는 자신이 만든 부실한 다리를 항상 어깨에 메고 다니면서 기회를 엿보고 있었다.

아빠는 내 앞으로 온 편지 한 통을 동봉했다. 아빠가 추천한 법대 교수가 쓴 편지였다.

리 양,

이반 리 씨에게 따님이 있는 줄은 몰랐습니다. 어쨌건 이렇게 알게 되어 반갑습니다. 제가 도움을 드릴 수 있어서 얼마나 기쁜지요. 'Idd'라는 것은 짐작하시는 그대로입니다. 오랜 시간 행방이 파악되지 않아 사망했다고 추정할 수밖에 없는 경우에 내려지는 법적인 판결이지요. 대부분의 경우,

'Idd'는 실종된 사람의 재산을 그 상속자들이 물려받을 수 있게 하기 위한 조처입니다.

리 양이 궁금해하시는 부분에 대해 제가 좀 더 조사를 해보았습니다. 찰리 엔젤필드라는 사람은 분명히 은둔 생활을 했던 것으로 보입니다. 그가 사라진 시점이나 상황에 대해서는 거의 알려진 바가 없습니다. 그러나 두 명의 조카인 그의 상속인들을 대신해서 로맥스라는 사람이 여러모로 애를 쓴 덕분에 Idd 판정에 필요한 법적 절차를 밟을 수 있었습니다. 화재로 소실되어서 저택에서 사람이 살 수 없게 되긴 했지만 엔젤필드의 재산은 상당했더군요. 제가 첨부한 서류들을 통해 직접 확인하실 수 있을 겁니다.

사무 변호사가 상속인 중 한 사람을 대신하여 직접 서명을 했습니다. 상속인에게 특별한 사유가 있는 경우(대체로 질병이나 다른 결격 사유 등으로 인한 것이지요) 집안의 사무 변호사가 대신 서명하는 것은 드문 일이 아니었지요.

또 다른 상속인의 이름을 발견한 순간 저는 놀라움을 감출 수 없었습니다. 거의 알아볼 수 없는 글씨였지만 결국엔 알아내고 말았지요. 제가 지금 금세기 최고의 비밀을 알게 된 겁니까? 어쩌면 리 양은 이미 알고 있었나요? 이 일에 관심을 갖게 된 것도 그런 이유 때문이었습니까?

걱정 마십시오. 저는 입이 무거운 사람입니다. 아버님께 《자연법 정의론》은 좀 깎아달라고 전해주십시오. 아무한테도 말하지 않겠다고요.

윌리엄 헨리 캐드월러드

나는 곧바로 캐드월러드 교수가 첨부한 서류들을 살펴보았다. 찰리의 조카들의 사인이 있었다. 에멀린의 자리에는, 그가 말했던 대로 로맥스 씨가 대신 사인했다. 그것은 에멀린이 화재에서 살아났다는 의미였다. 두 번째 사인란에 내가 찾던 이름이 있었다. **'비다 윈터'**였다. **그 옆에는 괄호 속에 '본명-애덜린 마치'**라고 적혀 있었다.

이것으로 충분했다.

비다 윈터는 애덜린 마치였다.

그녀는 진실을 말하고 있었다.

그 점을 가슴에 새기고 나는 윈터 여사를 만나기 위해 서재로 갔다. 그녀가 헤스터가 떠난 이후의 이야기를 들려주는 동안 나는 노트에 받아 적으며 귀를 기울였다.

애덜린과 에멀린은 그들의 침대에 누워 서로를 끌어안은 채 서로를 바라보며 하루 밤과 낮을 보냈다. 가정부와 존 사이에는 두 아이를 회복기 환자를 다루듯 해야 한다는 무언의 합의가 있었다. 어떻게 보면 두 아이들은 실제로 회복기의 환자였다. 그들은 상처를 입었다. 그래서 코를 맞대고 서로에게 시선을 고정한 채로 침대에 누워 있는 것이었다. 한마디도 하지 않았다. 웃지도 않았다. 그저 두 아이가 똑같이 눈을 깜박일 뿐이었다. 이십사 시간 동안 마주 보는 것으로 그들은 끊어졌던 줄을 다시 이었다. 그러나 모든 상처가 그렇듯 흉터는 사라지지 않았다.

가정부는 헤스터가 어떻게 된 건지 궁금해했다. 가정부의 환상을 깨고 싶지 않았던 존은 아무 말도 하지 않았지만 그의 침묵은 가정부로 하여금 궁금증을 소리내어 말하도록 부추길 뿐이었다.

"의사 선생님은 알고 계실 텐데. 가서 연락처도 물어보고 언제쯤 돌아올지 물어봐야겠어."

그제야 존이 입을 열었다.

"의사 선생님한테 가서 물어볼 생각일랑 마세요. 아무것도 물어봐선 안 돼요. 앞으론 의사 선생님 얼굴도 보기 힘들 거예요."

가정부는 얼굴을 찌푸리며 그에게서 고개를 돌렸다. 다들 왜 이러는 거지? 헤스터는 왜 나타나지 않는 걸까? 존은 왜 화가 난 걸까? 게다가 늘 찾아오던 의사는 왜 이제 오지 않는다는 걸까? 그 모든 일들을 그녀는 이해할 수 없었다. 최근 들어 점점 더 자주, 점점 더 오랜 시간 동안 그녀는 세상이 잘못된 것 같은 느낌이 들었다. 때로는 정신이 번쩍 들어 그녀의 머릿속에 아무런 흔적도 남기지 않고 흘러가버린 시간을 찾으려 애써보기도 했다. 다른 사람들은 쉽게 이해하는 것조차 그녀는 쉽게 이해할 수가 없었다. 이해가 가지 않아서 사람들에게 물어보면 이상한 표정으로 그녀를 보다가 얼른 표정을 바꾸었다. 이상한 일이 일어나고 있었다. 헤스터가 말없이 떠나버린 것도 그중 일부인 게 분명했다. 가정부가 속상해하는 것이 측은하기는 했지만 존은 헤스터가 떠나서 다행이라고 생각했다. 가정교사가 떠나자 큰 짐을 던 것 같았다. 집 안으로 들어오는 것도 좀 더 편안해졌고 가정부와 함께 부엌에서 보내는 시간도 길어졌다. 존의 입장에서는 헤스터가 떠난 게 조금도 아쉽지 않았다. 헤스터가 그의 삶에 보탬이 된 것이 있다면, 정원 일을 다시 시작하게 했다는 것뿐이었다. 그러나 헤스터의 방식이 얼마나 미묘하고도 조심스러웠는지 머지않아 그는 그것마저 그 자신이 내린 결정이었다고 믿게 되었다. 그녀가 영원히 돌아오지 않는다면 이제 그가 부츠를 들고 들어와서 난로 옆에 앉아 광을 내거나 다리를 테이블 위에 올려놓아도 아무도 막을 사람이 없었다.

한편 아기방에서는 찰리를 황폐하게 만들었던 분노와 열정이 이제 그를 극도의 탈진 상태로 몰아가고 있었다. 때로는 그의 끄는 듯한, 느린 발자국 소리가 들려오기도 했다. 방문에 귀를 대어보면 두 살짜리 어린아이의 울음소리 같이 지치고 흐느끼는 소리가 들려오기도 했다. 그동안 불가사의한 방법으로 헤스터의 마법이 잠긴 방문을 통과하여 그를 최악의 상태에서 지켜주었던 것일까? 전혀 불가능한 얘기는 아닐 것이다.

헤스터가 떠나버린 이후의 여파는 사람들에게서 끝나지 않았다. 집 안 전체가 즉각적인 반응을 보였다. 첫 번째 변화는 정적이었다. 계단을 오르내리거나 복도를 걷는 헤스터의 발자국 소리는 들리지 않았다. 지붕 위에서 인부들이 망치질 하는 소리도 멈추었다. 헤스터가 사라졌음을 알게 된 지붕 수리공은 찰리 앞에 자신의 청구서를 내밀 수 있는 사람이 없다는 사실을 깨달았고 결국 임금을 떼일 거라는 결론을 내렸다. 그는 가방을 챙겨 바로 떠났다. 사다리를 찾으러 한 번 더 왔지만 그 후로 다시는 그를 볼 수 없었다.

그러한 정적의 첫날부터, 저택은 마치 그동안 한 번도 방해받지 않았다는 듯, 다시 오랜 쇠락의 길을 걷기 시작했다. 처음엔 작은 것에서 시작되었다. 갈라진 틈으로 새어 들어온 먼지들이 집 안의 모든 물건에 내려앉기 시작했다. 집 안의 모든 것들이 뽀얗게 변했다. 창문은 먼지로 뒤덮였다. 헤스터가 일으킨 변화는 모두 인위적인 것이었다. 그 상태를 유지하려면 매일 관심을 기울여야만 했다. 가정부는 청소를 해야겠다고 마음을 먹었지만 조금 망설이다가 이내 생각을 접었다. 저택의 진정한, 그리고 영원한 본성이 드러나기 시작했고 결국 손가락에 시커먼 먼지를 묻히지 않고서는 아무것도 집을 수가 없는 지경에 이르렀다.

집 안의 물건들도 곧바로 예전 상태로 돌아갔다. 열쇠 꾸러미가 가장 먼저 아무 데나 굴러다니기 시작했다. 아이들은 밤마다 밖으로 나갔다. 자물쇠와 열쇠 꾸러미에서 빠진 열쇠들은 마룻바닥의 헐거운 널판 속 공간에 다른 더러운 물건들과 함께 처박혔다. 헤스터의 손길이 아직 남아 있는 반짝이는 촛대는 거실 벽난로 위에서 침대 밑 에멀린의 비밀 장소로 자리를 옮겼다. 서재의 책장에서 빠져나온 책들은 2층으로 올라가서 방구석이나 소파 밑에서 뒹굴었다. 커튼은 그림을 그리거나 뒤집어쓰는 천으로 사용되었다. 가구들마저도 관리가 소홀한 틈을 타 움직이기 시작했다. 소파는 벽에서 몇 센티미터 튀어나왔고 의자는 왼쪽으로 5미터가 밀려났다. 집 안의 유령은 그런 식으로 자신의 존재를 드러냈다.

지붕에 뚫린 구멍들은 보수되기도 전에 더욱 커졌다. 그중에는 수리공이 오기 전보다 더 커진 것들도 있었다. 다락방에 누워 햇볕을 쪼이는 것까지는 크게 문제 될 게 없었지만 비가 오기라도 하면 얘기가 달라졌다. 바닥으로 스며든 물이 아래층 방에까지 떨어졌다. 밟으면 안 되는 곳들이 생겨나기 시작했다. 밟는 순간 마룻널이 밑으로 꺼지는 곳이었다. 그러나 시간이 흐르면 마룻널은 결국 빠져버렸고 그렇게 되면 아래층 방이 훤히 내려다보였다. 마룻널이 얼마나 더 무너져야 서재를 들여다볼 수 있을까? 서재 마룻널도 무너질까? 언젠가는 지하실에서 하늘을 볼 수 있을까?

물은, 마치 신의 손길처럼 신비롭게 움직였다. 집 안으로 들어온 물은 중력의 법칙만 따르지는 않았다. 벽 안으로, 마룻바닥 밑으로 숨겨진 도랑을 따라 흘렀고 전혀 예기치 못한 곳에서 스며 나왔으며 방울이 맺혔다. 집 안 전체에 물 닦는 걸레가 넘쳐났지만 누구도 그 걸레를 짤 생각을 하지 않았다. 빗물을 받기 위해 여기저기 냄비와 그릇을 놓아두었지만 누군가 물을 버리기 전에 넘쳐흘렀다. 항상 젖어 있다 보니 회벽이 녹아 다시 반죽 상태가 되었다. 약해진 다락방 벽은 흔들리는 이처럼 한 손으로 밀기만 하면 뒤로 넘어갈 판이었다.

이런 상황에서 쌍둥이는 어떻게 되었을까?

헤스터와 의사가 그들에게 입힌 상처는 치명적인 것이었다. 그들은 이제 예전의 모습으로 돌아갈 수 없었다. 쌍둥이는 항상 그 상처를 공유했고 결코 이별의 충격에서 벗어날 수 없었다. 그러나 두 아이가 그 상처를 받아들이는 방식은 달랐다. 애덜린은 헤스터와 의사가 저지른 일을 이해한 그 순간부터 곧바로 일종의 무의식 상태로 빠져들었다. 그녀는 쌍둥이 자매를 잃은 그 순간부터 자기 자신을 잊었고 그 시간에 대한 기억은 남아 있지 않았다. 애덜린에게는 에멀린과 헤어졌다가 다시 만나기까지의 시간이 1년일 수도 있었고 1초일 수도 있었다. 그러나 그런 것들은 중요하지 않았다. 그 시간은 끝났고 그녀는 다시 삶을 되찾았다.

에멀린의 경우는 조금 달랐다. 그녀는 기억상실로 위로받지 못했다. 그녀는 조금 더 오래, 조금 더 많이 괴로워했다. 처음 몇 주 동안 그녀는 매 순간 고통에 시달렸다. 에멀린은, 마취 상태에 들기 전 인간의 육체가 이토록 엄청난 고통을 겪으면서도 죽지 않을 수 있다는 사실에 놀란 절단 환자와도 같았다. 그러나 고통을 느끼던 세포들은 서서히, 하나씩 치유되기 시작했다. 결국 고통의 불에 타버린 것이 그녀의 온몸이 아닌 마음뿐인 것처럼 느껴지는 순간이 왔다. 그리고 슬픔 이외의 다른 감정들도, 비록 잠시나마, 느낄 수 있는 순간도 왔다. 한마디로 에멀린은 쌍둥이 자매가 없는 상황에 적응했다. 헤어져 있을 때 어떻게 그 시간을 견뎌야 하는지를 터득했던 것이다.

그러나 그들의 영혼은 다시 이어졌고 그들은 다시 쌍둥이가 되었다. 에멀린이 전과 달라지긴 했지만 그 변화는 애덜린이 곧바로 눈치챌 수 있는 것은 아니었다.

처음에는 재회의 기쁨만이 있었다. 그들은 한시도 떨어지지 않았다. 한 아이가 있는 곳에 다른 아이도 있었다. 조형 정원에서 아이들은 오래된 나무 주위를 돌며 숨바꼭질을 했다. 헤어졌다가 다시 만났던 최근의 기억을 놀이로 재현하면서 애덜린은 좀처럼 싫증을 내지 않았다. 에멀린의 경우에는 재회의 기쁨이 서서히 엷어지면서 오래된 적대감이 고개를 들기 시작했다. 에멀린은 이쪽으로 가고 싶어했고 애덜린은 저쪽으로 가고 싶어했다. 둘은 싸웠다. 예전 같으면 주로 에멀린이 말없이 따라주었겠지만 에멀린의 새로운 자아는 왠지 그러고 싶지가 않았다.

에멀린이 헤스터를 좋아했던 건 사실이지만 그녀를 그리워하지는 않았다. 실험 기간 동안 그녀의 애정은 빛이 바랬다. 둘을 떼어놓은 것이 헤스터였다는 것을 에멀린도 알고 있었다. 이유는 그게 다가 아니었다. 헤스터는 자신의 연구와 토론에 심취한 나머지, 물론 본인은 인식하지 못했겠지만, 에멀린에게 소홀했던 것이다. 낯선 고독 속에서 에멀린은 슬픔에서 벗어나는 법을 깨닫게 되었다. 에멀린은 혼자 할 수 있는 놀이를 만들었다. 애덜린이 돌아왔다고 해서 그만두고 싶지는 않은 놀이들이었다.

둘이 다시 만나고 나서 사흘째 되는 날, 에멀린은 정원에서 하는 숨바꼭질이 시들해졌다. 에멀린은 카드를 모아둔 당구실로 갔다. 베이지색 테이블 위에 배를 깔고 엎드린 채로 게임을 시작했다. 그것은 지극히 아이들다운, 간단한 게임이었다. 에멀린은 매번 이겼다. 결코 질 수가 없게 되어 있는 게임이었지만 에멀린은 매번 기뻐했다.

한창 게임에 열중하다가 에멀린은 고개를 갸우뚱했다. 소리가 들린 건 아니었지만 애덜린에게로 맞추어져 있는 마음의 귀가 애덜린이 자신을 부르고 있음을 알려주었다. 에멀린은 무시했다. 그녀는 바빴다. 애덜린은 나중에 보면 될 것이다. 게임을 다 끝낸 후에.

한 시간 뒤, 애덜린이 눈을 부릅뜨고 방 안으로 뛰어 들어왔고 에멀린은 자신을 방어할 겨를이 없었다. 있는 대로 화가 난 애덜린이 테이블 위로 뛰어올라 에멀린에게 돌진했다.

에멀린은 손 하나 까딱하지 않았다. 울지도 않았다. 얻어맞을 때에도, 그리고 다 맞은 뒤에도 소리 한번 내지 않았다.

분이 가라앉은 애덜린은 한동안 에멀린을 바라보며 서 있었다. 초록색 천 위에 핏방울이 떨어졌다. 카드는 사방으로 흩어져 있었다. 에멀린은 공처럼 동그랗게 몸을 웅크린 채 어깨를 들썩이며 가쁜 숨을 몰아쉬었다.

애덜린은 돌아서서 방을 나섰다.

몇 시간 뒤 존이 테이블 위에 앉아 있는 에멀린을 보았다. 존은 에멀린을 가정부에게 데려갔고 가정부가 에멀린의 머리카락에 묻은 피를 닦아주고 눈가의 멍에 연고를 바른 뒤 붕대를 감아주었다.

"가정교사가 있었으면 이런 일이 없었을 텐데. 언제 돌아올지나 알았으면 좋으련만."

가정부가 말했다.

"그 여잔 돌아오지 않는다고 했잖아요."

존이 화가 치미는 것을 억누르며 말했다. 존 역시 에멀린이 다치는 것은 보고 싶지 않았다.

"인사도 없이 떠나버리다니…… 아무리 생각해도 이해할 수가 없어. 한마디도 없이…… 무슨 일이 있었던 게 틀림없어. 아마 피치 못할 사정이 있었겠지. 가족들한테 무슨 일이 있다거나……"

존은 고개를 저었다. 이미 열 번도 더 들었던 얘기였다. 가정부는 헤스터가 돌아오리라는 믿음을 버리지 못하고 있었다. 헤스터가 돌아오지 않는다는 걸 마을 사람들 모두가 알고 있었다. 의사의 집 가정부는 사건의 전말을 알고 있었다. 게다가 직접 그

현장을 눈으로 보았다고 했다. 이제 마을에서 그 못생긴 가정교사가 의사와 연인 사이였다는 사실을 모르는 사람은 한 사람도 없었다.

결국 헤스터의 행실에 대한 소문이 가정부의 귀에까지 들어갔다. 처음에 가정부는 펄쩍 뛰었다. 헤스터가, **자신이 좋아했던 헤스터가** 그런 짓을 했을 리가 없다며 믿으려 하지 않았다. 존에게 그 사실을 전했을 때 존은 소문이 사실임을 확인해주었다. 그날 자신이 의사의 집에 가서 애덜린을 데리고 왔음을 상기시키면서. 존은 그 집 가정부에게서 직접 전해 들었다고 말했다. 그 일이 일어난 바로 그날에 들었다고. 그런 상황이 아니었다면 말 한마디 없이 갑자기 떠날 이유가 어디 있었겠느냐고.

"분명히 집안에 무슨 일이…… 피치 못할 사정이……."

가정부가 중얼거렸다.

"그럼 편지가 왔겠지요. 다시 돌아올 생각이었다면, 당연히 편지를 쓰지 않았겠어요? 자신의 처지를 설명했겠지요. 그런데, 그런 편지가 왔던가요?"

가정부는 고개를 저었다.

"그 여자는 해서는 안 되는 일을 저질렀어요. 다시는 돌아오지 않아요. 영원히 떠났다고요. 내 말 믿으라니까요."

존이 후련해진 속을 드러내며 그녀에게 말했다.

가정부는 끊임없이 머릿속으로 되뇌었다. 대체 무엇을 믿어야 할지 알 수가 없었다. 세상이 점점 복잡하게 변해가고 있었다.

실종

찰리만은 아무런 영향도 받지 않았다. 물론 찰리에게도 변화는 있었다. 헤스터가 있을 때 제때 규칙적으로 제공되던 식사는 가정부가 생각날 때마다 올려다놓는 샌드위치나 식은 고기와 토마토, 굳은 달걀 요리로 바뀌었다. 그러나 찰리는 조금도 개의치 않았다. 배가 고플 때면 어제 먹다 남은 고기 조각이나 말라붙은 빵 조각을 집어 먹었지만 먹을 게 없으면 안 먹어도 그만이었다. 굶주림은 문제가 되지 않았다. 그에게는 더 심각한 굶주림이 있었다. 그것은 그의 삶의 전부였고, 헤스터가 왔을 때나 떠났을 때나 조금도 달라지지 않았다.

그러나 비록 헤스터와는 상관없는 것이긴 하지만, 찰리의 신상에도 변화가 생겼다.

저택에는 이따금 편지가 날아들곤 했는데, 가끔은 누군가가 그것을 열어보기도 했다. 헤스터에게 편지가 왔느냐고 존이 물은 날로부터 며칠이 지난 뒤 가정부는 거실에서 뽀얗게 먼지가 쌓인 몇 통의 편지를 발견했다.

하나는 은행에서 온 것이었다. 찰리에게 투자할 생각이 있는지 묻고 있었다. 두 번째 편지는 지붕 수리공이 보낸 청구서였다. 세 번째는 헤스터에게 온 것이었느냐고? 그렇지 않았다. 그것은 정신병원에서 온 편지였다. 이사벨이 죽었다는 소식이었다.

가정부는 멍하니 편지를 보았다. 이사벨이 죽었다니! 사실일까? 편지에는 전염병으로 죽었다고 되어 있었다.

찰리에게 알려야겠다고 가정부는 생각했다. 그러나 곧바로 그 생각을 접었다. 존에게 먼저 얘기하는 편이 낫겠다는 생각이 들었던 것이다. 가정부는 편지를 옆으로 밀어놓았다.

그러나 그날 저녁 존이 식탁에 앉았을 때, 가정부가 그의 잔에 새로 끓인 차를 부어줄 때, 편지에 대한 기억은 그녀의 머릿속에 남아 있지 않았다. 편지는, 최근 들어 부쩍 늘어난 다른 잃어버린 시간들과 함께, 아무런 흔적도 남기지 않고 묻혀버렸다. 그로부터 며칠 뒤 토스트와 베이컨이 담긴 쟁반을 들고 거실을 지나치다가 그녀는 아무 생각 없이 그 편지들을 음식 옆에 놓았다.

그렇게 며칠이 흘렀고 아무 일도 일어나지 않았다. 먼지가 더 두껍게 쌓였고 창틀이 시커멓게 변하고 점점 더 많은 카드들이 상자에서 거실로 옮겨진 것 외에는. 한때 이 집에 살았던 헤스터의 흔적은 점점 더 흐릿해졌다.

집 안의 정적 속에서 뭔가 일이 벌어졌음을 처음 감지한 사람은 존이었다.

그는 주로 집 밖에서 생활했고 집안일에 대해서라면 아는 게 없었다. 그러나 새 차를 따르려면 먼저 사용했던 컵을 씻어야 한다든가, 날고기를 담았던 접시에 익힌 고기를 담아서는 안 된다는 것쯤은 알고 있었다. 가정부가 집안일을 어떻게 하고 있는지 그 역시 알고 있었다. 그는 바보가 아니었다. 더러운 쟁반과 접시가 쌓이면 직접 설거지를 하기도 했다. 부츠를 신고 모자를 쓴 채로, 테라코타 화분과 여린 식물들을 능숙하게 다루던 바로 그 수돗가에서, 서툰 솜씨로 접시를 닦고 행주질을 하는 그의 모습은 어딘가 낯설었다. 그러던 어느 날, 그는 컵과 접시의 숫자가 줄어들고 있음을 깨달았다. 머지않아 당장 쓸 접시와 컵이 부족한 지경에 이르렀다. 접시들이 다 어디로 간 것일까?

그는 위층으로 올라가보았다. 잠긴 문 밖에 접시와 컵이 길게 놓여 있었다. 손대지 않은 음식 위에서 파리 떼가 축제를 벌였고 지독한 악취가 코를 찔렀다. 가정부가 전날 음식이 그대로 있는 것을 보고도 새 음식을 가져다 놓은 게 언제부터였을까? 그는 접시와 컵의 숫자를 세어보고 얼굴을 찌푸렸다. 그제야 그는 상황을 깨달았다.

그는 노크를 하지 않았다. 노크가 무슨 의미가 있단 말인가? 그는 자물쇠를 부술 수 있을 정도로 단단한 각목을 들고 왔다. 각목이 참나무 문에 부딪히는 소리와 문의 경첩이 나무에서 떨어지는 소리에 우리와 가정부가 모두 달려갔다.

경첩에서 반쯤 떨어진 문짝이 쓰러지는 순간 윙윙거리는 파리 떼와 코를 찌르는 악취 속에 에멀린과 가정부는 뒷걸음질을 쳤다. 손으로 입을 막은 존마저도 하얗게 얼굴이 질렸다. 우리에게 그 자리에 가만히 있으라고 말한 뒤 존이 안으로 들어갔다.

몇 발자국 뒤에서 우리도 좇아갔다.

우리는 바닥에 널린 썩은 음식 더미를 헤치고 조심스럽게 발걸음을 옮겼다. 음식 위에서 들끓던 파리 떼가 놀라 공중으로 흩어졌다. 찰리는 동물처럼 살고 있었다. 곰팡이 핀 더러운 접시들이 바닥에, 벽난로에, 테이블 위에 뒹굴었다. 침실 문이 열려 있었다. 문을 부수었던 각목을 여전히 손에 들고 있던 존이 조심스럽게 문을 밀어보았다. 놀란 쥐 한 마리가 우리의 발을 스치고 달아났다. 눈앞에 펼쳐진 광경은 끔찍했다. 더 많은 파리와, 더 많은 썩은 음식들이 있었다. 그뿐이 아니었다. 찰리는 어딘가 아픈 게 분명했다. 카펫 곳곳에 그의 구토물이 말라붙어 있었다. 침대 옆 테이블에는 피 묻은 손수건과 대바늘이 놓여 있었다.

침대가 비었다. 피와 배설물이 묻은 더러운 시트가 구겨져 있을 뿐이었다.

우리는 아무 말도 하지 않았다. 되도록 숨을 쉬지 않으려 했다. 그러나 어쩔 수 없이 숨을 들이켠 순간 지독한 냄새가 목에 걸려 구역질이 났다. 그러나 그게 다가 아니었다. 방이 하나 더 있었다. 화장실 문을 열기 위해 존은 마음을 단단히 먹어야만 했다. 문이 완전히 열리기도 전에 우리는 그 참혹함을 감지할 수 있었다. 악취가 코를 찌르기 전 피부가 먼저 느끼는 것 같았다. 온몸에서 식은땀이 흘렀다. 변기는 정말 끔찍했다. 뚜껑이 닫혀 있었지만 그 안에서 넘쳐나는 배설물을 가두기에는 역부족이었다. 그러나 그것은 약과였다. 욕조는 더 기가 막혔다. 존이 갑자기 뒷걸음을 치는 바람에, 만약 그 순간 나도 뒷걸음을 치지 않았다면 그의 발에 밟혔을 것이다. 욕조 한가득 배설물이 담겨 있었다. 코를 찌르는 악취에 존과 나는 문밖으로 뛰쳐나갔다. 쥐똥과 파리 사이를 헤치고 복도로 나가서 아래층으로, 현관 밖으로 뛰어나갔다.

구역질이 났다. 푸른 풀밭 위에 내가 토해놓은 구토물이 신선하고 깨끗하고 달콤하게 보였다.

"진정하세요."

존이 말했다.

그는 떨리는 손으로 내 등을 두드려주었다.

우리를 따라 허겁지겁 잔디로 달려온 가정부의 얼굴은 온갖 의문으로 뒤덮여 있었다. 그녀에게 무슨 말을 할 수 있을까?

우리는 찰리의 피를 보았고 찰리의 똥을 보았고 찰리의 오줌을 보았고 찰리의 구토물을 보았다. 그러나 찰리는 어디 있단 말인가?

"그 방에 없어요. 사라졌어요."

우리가 가정부에게 말했다.

나는 윈터 여사의 이야기를 생각하며 방으로 돌아왔다. 여러 가지 의문이 생겼다. 찰리의 실종은 흥미로운 반전이었다. 나는 인명사전의 기록을 떠올렸고 'ldd'라는 이상한 약자를 떠올렸다. 그러나 그게 다가 아니었다. 그녀도 내가 눈치챘다는 걸 알고 있을까? 나는 겉으로는 조금도 내색하지 않았다. 그러나 분명히 변화가 있었다.

오늘 윈터 여사는 처음으로 **'나'**라는 표현을 사용했다.

내 방으로 돌아와 보니 햄샌드위치 옆에 커다란 갈색 봉투가 놓여 있었다. 로맥스 씨가 보낸 것이었다. 짧고도 친절한 글과 함께 헤스터의 계약서가 첨부되어 있었다. 계약서 외에 나폴리의 블레이크 부인이라는 사람이 쓴 추천서도 들어 있었다. 헤스터의 재능에 대해 높이 평가한다는 내용이었다. 더욱 재미있는 것은, 엔젤필드의 가정교사 직을 맡겠다는 내용의 편지였다. 기적의 주인공 헤스터가 직접 쓴 답장이었다.

모슬리 박사님,

저에게 좋은 자리를 제안해주셔서 감사합니다.

말씀하신 대로 4월 19일 엔젤필드 역에 내리겠습니다. 알아보니 열차는 밴버리까지만 운행이 되더군요. 밴버리에서 엔젤필드까지 어떻게 찾아가야 하는지 알려주시면 감사하겠습니다. 저는 밴버리 역에 10시 30분경에 도착할 예정입니다.

헤스터 배로

헤스터의 대문자는 견고해 보였고 글자의 각도에는 일관성이 있었으며, g와 y의 고리에는 부드러움도 느껴졌다. 글자의 크기는 적당했다. 잉크와 종이를 낭비하지 않을 만큼 작았고 분명히 알아볼 수 있을 정도로 컸다. 불필요한 장식은 없었다. 특별히 공을 들여 구부리거나 흘리거나 과장한 부분은 없었다. 모든 글자에서 질서와 균형, 조화에서 배어난 아름다움이 느껴졌다. 반듯하고 깨끗한 필체였고 헤스터 자신의 모습이 엿보이는 글이었다.

오른쪽 귀퉁이에는 런던의 주소가 적혀 있었다.

이제 찾아볼 수 있겠다고 생각했다.

나는 편지지를 찾았다. 아빠가 추천해준 계보학자에게 편지를 쓸 참이었다. 긴 편지를 써야 했다. 내 소개부터 해야 했기 때문이었다. 그 역시 이반 리에게 딸이 있다는 사실을 모를 것이 분명했다. 그의 도움을 받으려면 먼저 인명사전 문제를 가볍게 언급해야 할 것이다. 그리고 헤스터에 대해 내가 알고 있는 모든 것을 열거해야 했다. 나폴리, 런던, 그리고 엔젤필드까지.

그러나 내 편지의 요지는 간단했다. 헤스터를 찾아달라는 것이었다.

찰리 이후

변호사와 편지를 주고받은 일과 관련하여 윈터 여사는 아무런 언급을 하지 않았지만 나는 그녀가 다 알고 있다고 확신했다. 내가 요청한 자료들은 그녀가 동의하지 않았다면 결코 내게 발송되지 않았을 것이다. 이것도 그녀가 그토록 질색하는, 이야기를 훔쳐보거나 넘겨짚는 것에 속하는지는 알 수 없었다. 그러나 내가 로맥스 씨로부터 편지를 받고 다시 계보학자에게 편지를 쓴 날, 그녀는 아무 일도 없었다는 듯, 지난번에 이야기를 끝낸 부분에서 다시 이야기를 시작했다.

찰리는 두 번째로 사라진 사람이었다. 이사벨까지 포함한다면 세 번째가 되겠지만 그녀는 이미 2년 전부터 그 집에 살지 않았기 때문에 이사벨의 죽음은 그다지 의미가 없었다.

존은 헤스터가 떠난 것보다는 찰리가 사라진 것에 더 큰 충격을 받았다. 찰리는 은둔자였고 괴짜였지만 저택의 주인이었다. 일 년에 네 번 정도는, 대여섯 번 반복해서 부탁을 하면, 그가 서명을 해주었고 은행에서는 집안 살림을 유지하는 데에 필요한 돈을 내주었다. 그런 그가 이제 사라진 것이다. 이 집은 어떻게 되는 것인가? 어떻게 해서 돈을 마련할 것인가?

그는 고통스러운 시간을 보냈다. 마침내 그는, 이러다간 모두 다 병에 걸리겠다며 찰리가 있던 방을 치우겠다고 나섰다. 도저히 냄새를 견딜 수 없을 때면 계단에 앉아 마치 물에 빠졌다가 겨우 살아난 사람처럼 맑은 공기를 들이마셨다. 그날 저녁 그는 오랫동안 목욕을 했다. 비누 한 통을 다 써버리면서 살갗이 분홍색이 될 때까지 문질렀고 콧속까지 비누칠을 했다.

그는 음식도 만들었다. 요리를 할 때 가정부가 얼마나 정신이 없는지는 모두가 익히 알고 있었다. 채소는 죽이 될 때까지 끓다가 결국에는 냄비 바닥에 시커멓게 눌어붙곤 했다. 음식 타는 냄새가 가실 날이 없었다. 그러다가 어느 날 우리는 존이 부엌일을 하는 것을 보았다. 우리가 더럽다고 생각했던, 밭에서 감자를 캐던 그의 손이 노란 빛깔의 채소를 씻고 껍질을 깎고 프라이팬에 볶았다. 우리는 채소를 잔뜩 곁들인 고기와 생선을 먹고 독하고 뜨거운 차를 마셨다. 가정부는 부엌 한구석에 앉아 있었다. 그 모든 것이 자신의 일이었다는 것조차 알지 못하는 것 같았다. 설거지가 끝나고 밤이 오면 두 사람은 부엌 식탁에 앉아 이야기를 나누곤 했다. 그의 걱정은 한결같았다. 이제 어떻게 할 것인가? 어떻게 살아야 하나? 이제 우리 모두 앞으로 어떻게 될 것인가?

"걱정 마. 곧 나올 테니까."

가정부가 말했다.

나온다고?

존은 한숨 쉬며 고개를 저었다. 이미 여러 번 들었던 얘기였다.

"거기 안 계시다고요. 사라졌어요. 벌써 잊었어요?"

"사라졌다고!"

가정부는 고개를 저으며 그가 농담이라도 한 듯 소리 내어 웃었다.

찰리가 사라졌다는 걸 처음 알았을 때 가정부는 순간적으로나마 의식이 맑은 상태였다. 그러나 그 상태는 오래 지속되지 않았다. 그녀의 생각들을 이어주던, 그리고 한편으로는 그 생각들을 정리해주던 마음의 통로와 복도, 계단이 모두 무너지고 있었다. 생각의 한쪽 끝을 붙잡으면 그녀는 그것을 들고 벽의 구멍 속으로 들어가서 결국 마룻바닥으로 빠져나왔다. 그리고 그곳에서 멈칫하며 당혹감에 휩싸였다. 분명히 여기였는데…… 전에는 여기가 이렇지 않았는데…….

여동생에 대한 사랑에 미쳐 방에 틀어박힌 찰리를 생각하다가 가정부는 어느덧 아내를 잃은 슬픔으로 서재에 틀어박힌 그 아버지에 대한 기억의 문을 열었다.

"어떻게 하면 방에서 나오는지 나는 알지."

가정부가 윙크를 하며 말했다.

"아기를 데리고 가서 안겨주면 돼. 그러면 다 해결된다고. 얼른 가서 아기를 데려와야지."

존은 이사벨이 죽었다는 얘기를 하지 않았다. 그 얘기를 해봐야 슬픔과 충격에 휩싸일 것이 뻔하고 언제, 어떻게 죽었느냐고 되물을 것이 뻔했다.

"정신병원이라고?"

가정부는 놀라 소리를 지르곤 했다.

"이사벨 아씨가 정신병원에 있단 얘기를 왜 여태 안 해준 거야? 아씨의 아버님이 얼마나 슬퍼하실까? 아씨를 얼마나 사랑하셨는데…… 아마 당장이라도 죽고 싶으실걸!"

가정부는 그렇게 부서진 과거의 복도에 서서 오래전의 비극이 마치 어제 일어난 일이라는 듯 슬퍼하면서도 정작 오늘의 비극에는 무관심했다. 존은 이 과정을 벌써 여러 번 거쳤고 다시 반복하고 싶지 않았다.

가정부는 천천히 의자에서 몸을 일으키고는 힘겨운 발걸음을 떼어놓았다. 그녀의 잃어버린 기억 속에서 이미 어른이 되어 결혼하고 쌍둥이를 낳은 뒤 죽은, 바로 그 아기를 데리러 갈 참이었다. 존은 가정부를 말리지 않았다. 어차피 계단까지 가기도 전에 자신이 하려던 일을 잊어버릴 것이 분명했다. 그녀의 뒷모습을 바라보면서 존은 두 손으로 얼굴을 감싸고 한숨을 쉬었다.

어떻게 해야 하나. 찰리, 가정부, 그리고 이 모든 상황을 어떻게 하면 좋을까. 존의 머릿속에는 오직 그 생각뿐이었다. 일주일이 지났다. 찰리의 방은 깨끗하게 치워졌고 며칠 밤을 생각한 끝에 마침내 그의 머릿속에서 몇 가지가 정리되었다.

찰리에 관한 소식은 어디에서도 들려오지 않았다. 그가 나가는 것을 본 사람도 없었고 마을 사람들은 그가 사라진 것조차 알지 못했다. 그의 오랜 은둔생활을 감안하면 앞으로도 그가 사라졌다는 것을 알게 될 사람은 없었다. 존은 혹시 찰리가 누구한테건 자신의 행적을 알려야 할 의무감 같은 것을 느끼지 않았을까 생각해보았다. 의사? 아니면 변호사? 그는 수없이 그 질문을 되풀이해보았지만 대답은 부정적이었다. 고용인들이 자기가 원하는 곳에서 살 권리가 있는 것처럼 주인에게는 자신의 고용인에게 행선지를 알리지 않고 여행할 권리가 있었다. 이 집안을 도우려고 나섰다가 결과적으로 피해만 주었던 의사에게 물어보아야 득 될 게 없을 것 같았다. 그렇다면 변호사와 의논을 해야 할까?

여기서부터 존의 생각은 더디어졌고 복잡해졌다. 만약 찰리가 돌아오지 않는다면 은행에서 돈을 인출할 때 누가 서명을 할 것인가? 찰리가 오랫동안 나타나지 않는다면 변호사가 개입될 수밖에 없다는 것 정도는 막연하게 알고 있었다. 그러나 아직은 그럴 때가 아니었다. 그가 선뜻 나서지 못하는 것은 당연했다. 엔젤필드에서 그들은 오랜 세월 세상에 등을 돌리고 살았다. 헤스터는 바깥세상에서 그들의 세상으로 들어와 저택 내부를 들여다본 유일한 사람이었다. 게다가 그는 변호사라는 사람들을 신뢰하지 않았다. 로맥스 씨에 대해 특별히 나쁜 감정이 있는 것은 아니었다. 그는 점잖고 이성적인 사람이었다. 그러나 다른 사람의 사생활에 참견하는 것을 업으로 삼고 있는 사람들에게 집안의 어려움을 의논하고 싶지가 않았다. 게다가 괴짜로 소문났던 찰리가 사라져버린 것이 세상에 알려지면, 과연 변호사가 존과 가정부의 생활비를 지급하기 위해 찰리의 인출 서류에 사인을 해줄 것인가? 그렇지 않을 것이다. 변호사가 대신 사인을 한다는 것이 그렇게 간단한 일이 아니란 것 정도는 존도 알고 있었다. 존은 로맥스 씨가 집 안에 들어와 방문들을 열어보고 찬장을 훑어보고 암울한 엔젤필드의 세계를 구석구석 들여다보는 것을 생각하며 얼굴을 찌푸렸다. 그런 일은 끝없이 이어질 것이다.

변호사는 곧바로 가정부가 제정신이 아님을 알아차릴 것이다. 곧바로 의사를 부를 것이고 가정부는 이사벨과 똑같은 신세가 될 것이다. 멀리 보내질 것이다. 그렇게 해서 좋을 게 뭐가 있겠는가?

안 될 일이었다. 이제 막 헤스터가 떠났는데, 또 다른 사람을 끌어들일 수는 없었다. 이런 문제는 조용히 처리해야 했다. 그것은 다시 말해서, 그가 혼자 힘으로 해결해야 한다는 의미였다.

급할 건 없었다. 몇 주 전에 돈을 인출했기 때문에 아직은 여유가 있었다. 게다가 헤스터가 임금을 받지도 않고 가버렸기 때문에 그녀가 편지를 쓰지 않는 한, 그리고 다른 일이 일어나지 않는 한 당분간 버틸 수 있을 만큼의 현금이 있는 셈이었다. 식비로 많은 돈이 들어가는 것도 아니었다. 정원에는 군대 하나를 먹이고도 남을 만큼의 채소와 과일들이 있었고 숲에는 꿩과 뇌조가 얼마든지 있었다. 만약 끔찍한 일이 일어난다면(그때만 해도 존은 끔찍한 일이라는 것이 정확히 무엇을 의미하는지 알지 못했던 게 분명했다. 그들이 겪어온 일들은 끔찍한 일이 아니었을까? 그보다 더 나쁜 일도 일어날 수 있을까? 어쨌건 그는 더 끔찍한 일이 일어날 수도 있다고 생각했던 게 분명했다) 저장실에서 포도주 몇 상자를 내어 주면 값을 쳐줄 만한 사람을 알고 있었다.

"당분간은 괜찮을 거예요."

그가 어느 날 밤, 부엌에서 담배를 피우다 가정부에게 말했다.

"넉 달 정도는 버틸 수 있어요. 그다음에 어떻게 할지는 그때 가서 생각해보자고요."

존은 그렇게 스스로를 위로하고 있었다. 가정부에게서 제대로 된 대답을 들을 수 없다는 건 그도 잘 알고 있었다. 그러나 가정부에게 이야기하던 습관은 너무도 오래된 것이어서 쉽게 버릴 수가 없었다. 그는 부엌 식탁에 가정부와 마주 앉아서, 그의 생각, 꿈, 걱정을 그녀와 나누었다. 어쩌다가 그녀가 대답을 하기라도 하면, 주로 아무 생각 없이 지껄이는 말이었지만, 그녀의 대답과 자신의 질문의 연관성을 찾기 위해 애를 쓰곤 했다. 그러나 그녀의 머릿속 미로는 출구가 없었고 단어와 단어를 이어주던 실 가닥은 그녀의 손가락 사이 어둠 속으로 사라져버렸다.

그는 텃밭에서 식량을 조달했다. 직접 음식을 만들어 가정부의 접시에 고기를 잘라주었고 조그만 포크로 찍어 그녀의 입에 넣어주었다. 차가 식으면 버리고 따뜻한 차를 채워주었다. 그는 목수가 아니었지만 썩은 마룻널 판자를 떼어내고 새 판자를 못질해 넣었다. 빗물이 고인 냄비들을 수시로 비웠고 다락방에서 천장에 뚫린 구멍을 바라보며 머리를 긁었다.

"손을 써야겠어."

그는 사뭇 단호하게 말하곤 했지만 비가 많이 내리지도 눈이 오지도 않았기 때문에 좀 더 미루어도 상관없을 것 같았다. 그것 말고도 해야 할 일이 많았다. 그는 이불과 옷가지들을 빨았다. 비눗기가 남아서 빨래는 뻣뻣했다. 그는 토끼 가죽을 벗겼고 꿩의 털을 뽑았으며 고기를 구웠다. 설거지를 하고 싱크대를 닦았다. 그런 일들을 어떻게 해야 하는지 잘 알고 있었다. 가정부가 일하는 것을 백 번도 더 보았던 그였다.

이따금 조형 정원에서 30분 정도 시간을 보내기도 했지만 예전처럼 그 일을 즐길 수는 없었다. 정원 일의 즐거움은 그가 없는 동안 집 안에서 무슨 일이 벌어질지 모른다는 두려움으로 빛이 바랬다. 게다가 정원 일은 제대로 하려면 많은 시간이 필요했다. 결국 그가 제대로 관리하는 정원은 텃밭뿐이었고 나머지는 손을 놓을 수밖에 없었다.

우리는 달라진 환경에 적응했다. 새로운 생활방식은 나름대로 편안한 면이 있었다. 포도주 저장고가 집안의 중요한 소득원으로 자리 잡기 시작하면서 어쩌면 앞으로도 이런 생활이 지속될 수도 있을 것 같았다. 찰리는 사라진 편이 나았다. 어디서도 발견되지 않고, 돌아오지도 않은, 죽은 것도 산 것도 아닌 상태로는 누구에게도 해를 끼칠 수가 없었다.

그래서 나는 혼자 비밀을 간직하기로 했다.

숲속에는 헛간이 하나 있었다. 100년 넘도록 사용되지 않아서 가시덤불과 쐐기풀로 뒤덮인 그 헛간은 찰리와 이사벨이 함께 시간을 보내곤 했던 장소였다. 이사벨이 정신병원에 수용되고 난 뒤에도 찰리는 그곳을 찾았다. 나는 그곳에서 그가 낡은 바늘로 자신의 몸에 이사벨에 대한 사랑의 편지를 쓰는 것을 본 적이 있었다.

그가 갈 곳은 그곳뿐이었다. 그가 사라졌을 때 나는 그곳에 가 보았다. 입구를 뒤덮은 가시덤불을 헤치고 썩은 내가 진동하는 헛간 안에 들어선 순간, 나는 어둠 속에서 그를 보았다. 그는 반쯤 녹아버린 얼굴로 바닥에 총을 떨어뜨린 채 한구석에 쓰러져 있었다. 구더기가 끓고 있었지만 반쪽 얼굴만으로도 알아볼 수 있었다. 분명히 그였다.

나는 가시덤불과 쐐기풀을 의식하지 않고 뒷걸음질 쳤다. 그에게서 벗어나고 싶다는 생각뿐이었다. 그러나 그의 모습은, 달리는 동안에도 내 머릿속을 떠나지 않았다. 나를 바라보던 공허한, 하나뿐인 눈동자를 떨쳐버릴 수가 없었다.

어디서 마음을 달래야 할까?

내가 아는 오두막집이 있었다. 숲속의 작은 집이었다. 그 집에서 한두 번 먹을 것을 훔친 적이 있었다. 그곳으로 갔다. 그리고 창문 밑에 몸을 숨겼다. 숨을 고르는 동안 서서히 마음이 가라앉았다. 마침내 숨소리가 차분해졌을 때 일어서서 창문 안을 들여다보았다. 할머니가 의자에 앉아 뜨개질을 하고 있었다. 그녀는 내가 거기 있다는 것을 알지 못했지만 나는 그녀를 보는 것만으로도 마음이 편안해졌다. 마치 동화에 나오는 푸근한 할머니 같았다. 나는 한동안 그녀를 바라보았다. 찰리의 시체가 서서히 옅어지고 내 눈이 깨끗해질 때까지. 그리고 심장 박동이 평상시의 박자를 되찾을 때까지.

그리고 엔젤필드로 걸어서 돌아왔다. 나는 아무에게도 말하지 않았다. 지금 이대로가 좋았다. 사람들에게 알린다고 해서 그가 살아날 리도 없었다.

그는 나의 유령들 중 첫 번째 유령이었다.

주치의가 타고 온 차가 윈터 여사 저택에서 떠날 줄 몰랐다. 내가 처음 요크셔에 왔을 때만 해도 그는 사흘에 한 번꼴로 이곳을 찾아왔다. 그러다가 이틀에 한 번이 되었고 최근 들어 하루에 두 번이 되었다. 나는 윈터 여사를 주의 깊게 관찰했다. 상황이 어떤지는 나도 알고 있었다. 그녀는 병이 들었다. 죽어가고 있었다. 그러나 나에게 이야기를 들려줄 때면, 나이와 병세에 전혀 영향받지 않는 열정이 솟아나는 것 같았다. 나는 이 일이 여사를 버티게 해주고 있다는 의사의 설명으로 그 역설을 이해했다.

그러나, 비록 내 눈에는 보이지 않았지만, 그녀의 상태는 급격히 악화되고 있었다. 그렇지 않다면 주디스가 어느 날 아침 느닷없이 내 방문을 두드리지 않았을 것이다. 주디스는 내게 윈터 여사가 건강이 악화되어 당분간 나를 만날 수 없다고 말했다. 하루나 이틀 정도 인터뷰를 할 수 없을 거라고. 특별히 할 일이 없으면 하루나 이틀, 휴가를 가도 좋다고.

"휴가라고요? 지난번에 외출하겠다고 했을 때 그렇게 탐탁지 않아 하셨잖아요. 지금 여사님이 가장 원하지 않는 일이 있다면, 그건 바로 제가 휴가를 가는 걸 거예요. 게다가 크리스마스도 얼마 안 남았잖아요."

주디스가 얼굴을 붉혔지만 더는 정보를 주지 않았다. 뭔가 잘못된 게 분명했다. 그녀는 지금 나를 쫓아내려 하고 있었다.

"짐 싸는 것 도와드릴까요?"

그녀가 말했다.

뭔가 숨기고 있음을 들켜버린 주디스는 미안한 기색이었다.

"내가 할게요."

화가 나서 말이 퉁명스럽게 나왔다.

"오늘은 모리스가 쉬는 날이에요. 클립튼 박사님이 역까지 모셔다드릴 거예요."

가엾은 주디스는 거짓말을 싫어했고 남을 속이는 데에 능숙하지 못했다.

"떠나기 전에 여사님을 잠깐 뵙고 싶어요."

"여사님께선…… 지금은 좀……."

"절 안 만나겠다고 하셨나요?"

"만날 수가 없는 상황이에요."

그녀의 얼굴에 진실을 말하게 된 것에 대한 안도감이 스쳤다. 그녀의 목소리에서 정직함이 묻어났다.

"제 말 믿으세요. 도저히 만날 수가 없는 상황이에요."

주디스가 알고 있는 게 무엇이건, 클립튼 박사도 알고 있을 게 분명했다.

"부친이 운영하신다는 책방이 케임브리지 어느 동네에 있지요? 의학사 책 같은 것도 있습니까?"

그가 내게 물었다. 나는 그의 질문에 간단하게 대답해주었다.

그의 질문보다는 내 머릿속에 떠오른 질문에 더 신경이 쓰였다. 잠시 후 그는 나와 이야기를 나누려는 노력을 접었다. 해러게이트 역에 도착할 무렵 차 안의 분위기는 윈터 여사의 침묵처럼 무거워져 있었다.

다시 엔젤필드로

전날 기차 안에서 나는 그곳이 무척 어수선하고 시끄러울 거라고 생각했다. 큰 소리로 지시가 오가고, 손짓으로 긴급 메시지를 전달하고, 곳곳에 서 있는 크레인이 천천히, 그러나 어딘가 쓸쓸하게 돌 더미 위에 돌덩이들을 쏟아놓고 있을 거라고 생각했다. 그러나 저택 정문의 문지기 집 앞에 서서 안을 들여다보니 조용했고 아무런 움직임도 느껴지지 않았다.

그리고 아무것도 보이지 않았다. 짙게 드리워진 안개 때문에 바로 눈앞에 있는 것 말고는 아무것도 볼 수 없었다. 길이 어디인지도 알 수 없었다. 내 발은 한 번은 길 안에 들었고 한 번은 길 밖으로 벗어났다. 나는 지난번에 왔을 때의 기억을 더듬으면서, 그리고 윈터 여사의 설명을 떠올리면서 고개를 들고 무작정 걸었다.

내 머릿속 지도는 정확했다. 이쯤에 정원이 있었다고 생각했는데, 정말 바로 정원 앞이었다. 어두운 주목나무의 그림자는 마치 흐릿하게 그려진 무대의 장식처럼 안개를 배경 삼아 평면적으로 펼쳐져 있었다. 하늘에 떠 있는 한 쌍의 모자처럼 구름 같은 안개 속에 두 개의 둥근 지붕이 보였다. 둥근 지붕을 받치고 있는 나무 몸통은 흰 안개 속으로 사라졌다. 60년이라는 세월이 흐르는 동안 나무들은 웃자랐고 본래의 모습을 잃어버렸다. 그러나 오늘만큼은 기하학적인 도형의 선을 안개가 부드럽게 만들어주었고 공사 현장도, 폐허도 아닌 곳에 옮겨 심기만 하면 언제건 본래의 완벽한 기하학적 형태를 드러낼 것만 같았다.

반세기라는 긴 시간이 공중에 뿌려진 물방울처럼 한 가닥 겨울 햇살에 자취를 감추어버릴 채비를 하고 있었다.

나는 손목을 눈앞에 대고 시각을 확인했다. 오릴리어스를 만나기로 했는데 이 안개 속에서 그를 어떻게 찾는다? 그가 바로 내 곁을 스쳐 지나간다고 해도 모를 것 같았다.

"어디 계세요?"

내가 소리쳤고 남자의 목소리가 들려왔다.

"여기요!"

가까이에서 들려오는 소린지 멀리서 들려오는 소린지조차 분간할 수 없었다.

"어디요?"

안개 속에서 나를 찾는 그의 모습을 머릿속으로 그려보았다.

"나무 옆에요!"

안개에 묻힌 그의 목소리였다.

"저도 나무 옆인데요! 같은 나무가 아닌가 봐요! 목소리가 감이 멀어요!"

내가 소리쳤다.

"난 가깝게 들리는데!"

"그래요? 그 자리에서 계속 얘기해볼래요? 내가 찾아갈게요!"

"그럴래요? 그거 좋은 생각이네! 그럼 내가 계속 할 말을 찾아야겠네요? 그런데 갑자기 무슨 얘기를 하죠? 평상시에는 말하기가 그렇게 쉬웠는데 말이에요. 날씨가 정말 우중충하죠? 이렇게 짙은 안개는 처음 봐요!"

그렇게 오릴리어스가 이야기를 하는 동안 나는 그의 목소리를 따라 구름 속으로 발걸음을 내디뎠다.

바로 그 순간 나는 보았다. 뿌연 안개 속에서 그림자 하나가 내 곁을 스쳐 지나갔다. 그것이 오릴리어스가 아니라는 걸 나는 직감으로 알았다. 가슴이 방망이질을 했고 나는 손을 뻗었다. 두려움 반, 기대 반이었다. 그러나 그 그림자는 나를 피해 저쪽으로 사라져버렸다.

"오릴리어스?"

내가 듣기에도 내 목소리는 떨리고 있었다.

"네!"

"아직 거기 있어요?"

"그럼요!"

그의 목소리는 전혀 다른 방향에서 들려왔다. 내가 본 건 무엇이었을까? 오릴리어스는 아니었다. 어쩌면 그저 안개였을지도 모른다. 나는 기다리다 보면 무언가 더 볼 수 있을지도 모른다는 생각으로 그 자리에 서서 축축한 안개 속을 들여다보았다. 금방이라도 다시 나타날 것만 같았다.

"여기 있었군요!"

내 뒤에서 커다란 목소리가 들렸다. 오릴리어스였다. 그가 장갑 낀 손을 내 어깨에 얹었고 나는 돌아섰다.

"마거릿! 얼굴이 창백해요! 유령이라도 본 거예요?"

우리는 함께 정원을 걸었다. 코트를 입은 그는 키가 더 크고 어깨가 더 넓어 보였다. 회색 레인코트를 입고 그의 곁에 서 있는 내가 초라하게 느껴졌다.

"책은 잘돼가요?"

"아직은 윈터 여사와의 인터뷰 기록일 뿐이에요. 조사 자료 몇 가지하고요."

"오늘도 조사차 온 거군요."

"네."

"어떤 자료가 필요하죠?"

"사진을 좀 찍고 싶어요. 날씨가 전혀 협조를 안 하고 있지만."

"안개는 몇 시간 내로 걷힐 거예요. 오래가지 않아요."

우리는 어느덧 양쪽으로 소나무가 길게 늘어선 길을 걷고 있었다. 무성하게 자란 소나무는 울타리 구실을 하고 있었다.

"**당신은** 왜 이곳에 오시죠?"

내가 물었다.

우리가 걷던 길이 끝나가고 있었다. 우리는 안개 외에는 아무것도 없는 것 같은 공간에 들어섰다. 키가 오릴리어스의 두 배는 될 것 같은 주목나무 숲길이 이어졌고 우리는 그 길을 따라 걸었다. 잔디와 나뭇잎이 반짝이고 있었다. 마침내 태양이 모습을 드러냈다. 공기 중의 수증기가 증발하기 시작했고 시야도 차츰 넓어졌다. 주목나무 길을 따라 걷다 보니 어느새 한 바퀴를 빙 돌아 처음 그 길에 와 있었다.

한동안 침묵이 흘렀고 내가 정말 그에게 질문을 했었던가 의심이 들 무렵 오릴리어스가 대답했다.

"여기서 태어났거든요."

나는 걸음을 멈추었다. 그의 말이 내게 어떤 파장을 일으켰는지 전혀 알지 못한 채 오릴리어스는 계속 걸었다. 나는 거의 뛰다시피 하여 그를 따라잡았다.

"오릴리어스!"

나는 그의 코트 소매를 붙잡았다.

"정말이에요? 정말 여기서 태어났어요?"

"그렇다니까요."

"언제요?"

그는 묘한, 조금은 슬픈 듯한 미소를 지어 보였다.

"내 생일에."

나는 생각할 겨를도 없이 곧바로 되물었다.

"알아요. 그러니까 그게 언제냐고요."

"아마 1월이었을 거예요. 2월이었을 수도 있고요. 어쩌면 12월일 수도 있어요. 대략 60년 전에. 미안하지만 그 이상은 나도 몰라요."

지난번에 만났을 때 그가 러브 부인 이야기와, 어머니가 없다는 이야기를 했던 것을 떠올렸다. 입양아라고 해도 자신의 출생에 대해서 그처럼 아는 것이 없다니, 더구나 생일조차 모른다니 도대체 어떤 사연이 있는 것일까?

"당신이 주운 아이였다는 뜻인가요?"

"네. 난 그런 아이였어요. 주운 아이."

무슨 말을 해야 할지 알 수 없었다.

"세월이 흐르다 보니 익숙해지더라고요."

그가 말했다.

상실감을 스스로 위로할 수밖에 없었다는 것이 마음에 걸렸다.

"정말 이젠 익숙해지셨어요?"

그가 어디까지 말해야 할지 망설이는 듯한 얼굴로 나를 보았다.

"솔직히 말하자면, 아니에요."

우리는 환자처럼 무겁고 느린 걸음으로 걷고 있었다. 안개가 걷히고 있었다. 신비로움을 잃은 정원의 도형들은 본래의 거친 모습을 드러내기 시작했다.

"그러니까 러브 부인이 당신을……."

내가 입을 열었다.

"날 발견했지요."

"그럼 부모님은……."

"누군지 몰라요."

"하지만 여기서 태어났다면서요."

오릴리어스는 주머니에 양손을 깊이 찔러 넣었다. 그의 어깨가 굳어지는 듯했다.

"다른 사람이 이해할 거라곤 기대하지 않아요. 아무 증거도 없으니까. 하지만 그냥 **저절로 알게 됐어요.**"

그가 나를 흘긋 보았다. 나는 눈빛으로나마 그에게 용기를 북돋워주었다.

"왜 그럴 때 있잖아요. 말로 설명할 순 없지만 내가 기억하기 이전의 시간에 일어난 일을 알게 되는 거."

나는 고개를 끄덕였고 오릴리어스는 말을 이었다.

"내가 발견되던 날 밤, 큰불이 났었어요. 내가 아홉 살이 되던 해에, 러브 부인이 말해주었어요. 내 옷에서 탄내가 나서 알았대요. 그래서 그 후에 이곳을 보러 왔었죠. 그 이후로 죽 여길 찾아왔어요. 나중에는 지역 신문에서 찾아봤어요. 어쨌든……."

그의 목소리에는 자신의 가장 은밀한 이야기를 털어놓는 사람 특유의 가벼움 같은 것이 배어났다. 너무도 은밀한 이야기라서 듣는 사람이 전혀 공감하지 못할 경우를 대비하여 애써 아무렇지도 않은 듯 표정을 꾸밀 때의 그런 가벼움이었다.

"어쨌건, 여기 오자마자 난 바로 알았어요. **여기가 내 고향이고 여기서 태어났다고** 중얼거렸지요. 한 치의 의심도 없었어요. 그냥 알 수 있었어요."

마지막 말에서 오릴리어스는 가벼움 대신 확고한 믿음을 드러냈다. 그가 헛기침을 했다.

"다른 사람이 내 말을 믿어줄 거라곤 기대하지 않아요. 그럴 만한 증거가 없으니까. 어쩌면 그저 날짜가 일치했던 것뿐일 수도 있어요. 러브 부인이 탄 냄새를 맡았다는 희미한 기억과 나의 믿음이 전부니까요."

"전 믿어요."

내가 말했다.

오릴리어스는 입술을 깨물며 경계하는 듯한 표정으로 나를 보았다.

그의 확신과 안개가 낯선 친밀감의 세계로 나를 인도했고 나는 그 누구에게도 말하지 않았던 것을 그에게 말하려고 하고 있었다. 내가 하려는 말은 이미 내 머릿속에서 문장으로, 그것도 아주 긴 문장으로 영글어져 있었고 언제고 내 입 밖으로 튀어나올 것만 같았다. 마치 오랫동안 바로 이 순간만을 기다려왔다는 듯이.

"전 믿어요."

내가 다시 한 번 말했다. 내가 말해주기를 기다리는 말들에 혀가 굳어졌다.

"어떤 기분인지 알아요. 알아서는 안 되는 것을 안다는 것, 기억할 수 없는 시간의 일을 알게 된다는 것……."

그때였다. 저쪽에서 무언가가 움직였고 곧바로 사라졌다.

"보셨어요?"

그가 내 시선을 따라 피라미드 모양의 나무와 그 뒤쪽을 바라보았다.

"뭘요? 난 아무것도 못 봤는데."

그것은 사라져버렸다. 어쩌면 처음부터 존재하지 않았던 것인지도 모른다.

나는 오릴리어스에게로 돌아섰다. 그러나 이미 용기가 사라져버린 뒤였다. 확신의 순간은 지나가버렸다.

"마거릿은 생일이 있어요?"

오릴리어스가 물었다.

"네. 있어요."

밖으로 나오지 못한 말들은 오랜 세월 동안 묻혀 있던 그곳으로 다시 돌아가버렸다.

"생일 적어둬도 되죠? 카드 보내줄게요."

그가 밝은 목소리로 말했다.

나는 엷은 미소를 지었다.

"실은, 얼마 안 남았어요."

오릴리어스는 월별로 나뉘어 있는 파란 수첩을 꺼냈다.

"19일이에요."

내가 말했고 그의 손안에서 이쑤시개처럼 작아 보이는 연필로 그가 수첩에 기록했다.

러브 부인과 뜨개질 이야기

빗방울이 떨어지기 시작했다. 우리는 겉옷에 달린 모자를 쓰고 서둘러 교회로 향했다. 교회 입구에서 빗방울을 털어내느라 한바탕 소란을 피운 뒤 안으로 들어갔다.

우리는 제대 가까이에 놓인 긴 의자에 앉았다. 나는 희고 둥근 천장을 현기증이 날 때까지 바라보았다.

"처음 발견되었을 때 얘기 좀 해주세요. 어디까지 알고 있어요?"

"내가 아는 건 러브 부인이 들려준 얘기예요. 그 얘긴 해줄 수 있어요. 그리고 물려받은 것도 있고요."

"유산을 받았나요?"

"대단한 건 아니에요. 사람들이 생각하는 그런 유산은 아니지만 그래도 내겐…… 나중에 보여줄게요."

"저도 보고 싶어요."

"9시에 케이크를 먹으면 좀 부담스럽겠죠? 아침식사 한 지가 얼마 안 됐을 테니까요."

그가 짐짓 심각한 표정을 지으며 묻더니 환한 얼굴로 다시 물었다.

"그래서 마거릿을 11시쯤 초대할까 하는데. 케이크하고 커피 한 잔. 어때요? 그 시간이면 양껏 먹을 수 있으니까요. 그때 내가 받은 유산을 보여줄게요. 사실 별로 볼 것도 없지만."

나는 그의 제안을 받아들였다.

오릴리어스는 주머니에서 안경을 꺼내 손수건으로 닦았다.

"자, 그럼……."

그가 천천히 숨을 들이쉬었다가 천천히 내쉬었다.

"내가 들은 얘기를 해줄게요. 러브 부인의 이야기예요."

그의 얼굴은 어느새 차분한 이야기꾼의 표정으로 변해 있었다. 모든 이야기꾼들이 그렇듯이 그는 이야기 자체의 목소리에 길을 내어주고 자신은 물러나려 하고 있었다. 그렇게 그는 이야기를 시작했다. 그가 이야기를 시작한 그 순간부터 그의 목소리 속에서 나는 러브 부인의 목소리를 들었다. 그녀의 이야기와 함께 그녀가 다시 살아 돌아온 것만 같았다. 그녀의 이야기, 오릴리어스의 이야기, 어쩌면 에멀린의 이야기와 함께.

칠흑처럼 어두운 밤이었단다. 비바람이 몰아치고 있었지. 나무 꼭대기에서 바람이 윙윙 소리를 냈고 창문이 부서질 정도로 빗줄기가 거세더구나. 나는 벽난로 옆의 의자에 앉아서 뜨개질을 하고 있었지. 회색 양말의 두 번째 짝을 뜨는 중이었어. 발꿈치를 뜨고 있는데, 부르르 몸이 떨리더구나. 추워서가 아니었단다. 그날 오후 헛간에서 장작을 잔뜩 날라다놓았기 때문에 땔감은 충분했어. 벽난로에 넣기만 하면 되었지. 그래서 춥지는 않았어. 하지만 난 혼자 중얼거렸지.

"날씨 한번 사납군. 이런 밤에 집 밖에서 떠는 불쌍한 늙은이가 아니라서 다행이지 뭐야."

나는 바로 그런 불쌍한 영혼들을 생각하면서 몸을 떨었던 거야.

집 안은 아주 고요했어. 이따금 장작 타는 소리가 들렸고 뜨개바늘이 움직이는 소리와 내 한숨 소리만이 들렸으니까. 웬 한숨 소리냐고? 난 한숨을 쉬었단다. 행복하지 않았거든. 나는 회상에 잠겼어. 오십 줄에 접어든 여자의 좋지 않은 습관이라고나 할까. 따듯한 불과 안락한 집이 있고 든든하게 저녁식사도 했건만 행복했느냐 하면, 그렇지 않았어. 그래서 비가 내리는 동안 회색 양말을 뜨면서 한숨을 쉬었단다. 조금 있다가 찬장에서 자두 케이크를 한 조각 꺼내려고 일어났지. 브랜디 한 잔과 케이크를 먹고 나니 기분이 조금 좋아지더구나. 다시 의자로 돌아와 뜨개질하던 것을 집어 들었는데, 심장이 멎는 것 같았단다. 왜냐고? 양말의 뒤꿈치를 두 번이나 떠놓았지 뭐냐.

왠지 불길한 생각이 들더구나. 정말 그랬단다. 왜냐하면 나는 뜨개질이라면 꽤 하는 편이었거든. 내 여동생 키티처럼 아무렇게나 대충 뜨지도 않았고 돌아가신 엄마가 임종이 가까워서 그랬던 것처럼 눈이 멀지도 않았단다. 그런 실수를 한 건 내 평생에 딱 두 번뿐이었지.

처음 발꿈치를 두 번 뜬 건 어렸을 때였어. 화창한 오후였는데 열린 창가에서 정원에 핀 꽃향기를 맡고 있었지. 그땐 파란색 양말을 뜨고 있었는데, 누구 거였냐 하면, 어떤 남자한테 선물할 양말이었어. 내가 좋아했던 남자. 그 사람 이름은 말하지 않으마. 이름까지 밝힐 필요는 없을 것 같으니까. 난 그 사람에게 푹 빠져 있었단다. 어리석었지. 흰 드레스와 흰 케이크. 그런 것들을 꿈꾸었단다. 그런데 갑자기 뜨개질하던 걸 내려다보았더니, 발꿈치를 두 번 떴지 뭐냐. 골이 지게 짠 다리 부분에 더 많은 골을 넣어 짠 발꿈치, 발바닥, 그리고 또 한 번의 발꿈치. 나는 크게 웃었지. 하지만 상관없었어. 풀어서 다시 뜨면 그만이었으니까.

키티가 정원을 가로질러 달려올 때쯤엔 이미 바늘을 뺀 뒤였어.

'재가 왜 저러지?' 하고 생각했어. 키티는 다급해 보였지. 얼굴에 핏기가 없었어. 창가에 있는 나를 본 순간 그 자리에 얼어붙더구나. 그 순간 나는 그게 키티의 일이 아니라 내 일이라는 걸 깨달았지. 키티가 무슨 말인가 하려고 입을 열었지만 내 이름조차 부르지 못했어. 울고 있었지. 그리고 마침내 내게 말을 해주더구나.

사고가 있었다고. 나의 연인이었던 그가 남동생과 함께 뇌조를 잡으러 나갔는데, 금지구역까지 들어가게 되었다고. 그러다가 누군가가 그들을 보았고 그 둘은 겁을 먹었던 거야. 그래서 뛰기 시작했지. 그의 동생 다니엘은 먼저 울타리를 뛰어넘었는데 뒤쫓아 오던 그는 너무 서두른 나머지 총이 울타리에 걸리고 말았다지. 침착하게, 천천히 빠져나왔더라면 좋았을걸. 그들을 뒤쫓는 발자국 소리가 들리자 당황했던 그는 총을 확 당겼어. 그다음에 어떻게 됐는지는 설명 안 해도 되겠지? 무슨 일이 일어났는지 너도 짐작할 수 있을게다.

난 뜨개질하던 걸 풀고 있었지. 양말을 뜨려고 만든 조그만 매듭들을, 한 줄 한 줄 전부 풀었어. 풀기는 쉬웠지. 바늘을 빼고 잡아당기기만 하면 한 번에 풀어지니까. 한 줄, 또 한 줄. 전부 풀려나갔어. 뒤꿈치 하나를 다 풀고 나서도 계속 풀었어. 발바닥, 발꿈치, 다리. 꼬불꼬불한 실이 줄줄이 풀려나왔어. 더는 풀 게 없을 때까지. 내 무릎 위에 꼬불꼬불한 푸른색 실이 한 무더기 쌓일 때까지.

양말 한 짝을 뜨는 데에는 시간이 많이 걸리지 않았단다. 푸는 건 더 금방이었지.

나는 실을 동그랗게 감았어. 다른 걸 뜰 생각이었지. 하지만 그다음에 무얼 떴는지는 기억이 나지 않는구나.

그다음으로 발꿈치를 두 번 뜬 건 더 나이가 들어서였어. 키티와 나는 벽난로 옆에 함께 앉아 있었지. 1년 전에 남편이 세상을 떠난 뒤 키티는 나하고 함께 살기 위해 우리 집으로 왔어. 키티가 잘 견디고 있다고 나는 생각했지. 전보다는 자주 웃었으니까. 다른 일에 관심을 보이기도 했고, 눈물을 글썽이지 않고도 남편의 이름을 말할 수도 있었어. 나란히 앉아서 나는 뜨개질을 했어. 키티에게 줄 양말을 뜨고 있었단다. 분홍색 잠옷과 어울리는 분홍색 양말을 말이야. 잠자리에 들 때 신고 자라고 보드라운 양털 실로 짰지. 키티는 무릎 위에 책을 올려놓고 있었는데, 별로 열심히 읽는 것 같지 않았어. 왜냐하면 나에게, "언니, 발꿈치를 두 번 떴잖아"라고 말해주었거든.

자세히 보니 키티 말이 맞았어.

"내 정신 좀 봐."

내가 말했지. 키티는 자기가 발꿈치를 두 번 뜨는 건 별로 놀랄 일이 아니라고 했어. 자기는 늘 두 번 뜨거나 아니면 한 번도 뜨지 않는다고. 남편한테 발꿈치가 아예 없고 다리하고 발가락 부분만 있는 양말을 떠준 적도 여러 번 있다고 하더구나. 우리는 함께 웃었어. 키티는 내가 그런 실수를 한다는 게 믿기지 않는다고 했어.

나는 전에도 이런 실수를 한 적이 있다고 했지. 딱 한 번. 그리고 조금 전에 네게 해주었던 이야기를 해주었지. 내가 사랑했던 남자에 대해서. 그날의 일을 떠올리면서 나는 조심스럽게 발꿈치를 풀고 다시 뜨기 시작했어. 날이 어두워지기 시작했기 때문에 주의를 기울여야만 했지. 내 이야기를 다 끝냈을 때 키티는 아무런 대꾸도 하지 않았어. 제 남편을 생각하는 모양이라고 나는 생각했지. 나의 슬픔은 이미 오래전에 지나간 일이지만, 키티는 불과 얼마 전의 일이었으니까.

발가락까지 뜨기에는 너무 날이 어두워서 나는 뜨개질감을 옆으로 밀어놓고는 고개를 들었어.

"키티?"

대답이 없었어.

"키티?"

역시 대답이 없더구나. 잠이 든 모양이라고 생각했지. 그런데,

잠이 든 게 아니었단다.

키티의 모습은 너무도 평화로웠지. 미소를 짓고 있었어. 마치 남편 곁으로 가게 되어서 행복하다는 듯이. 어둠 속에서 긴 양말을 뜨고 있는 동안, 내가 옛날이야기를 늘어놓는 동안 키티는 남편에게로 가버렸던 거야.

그래서 칠흑처럼 어두웠던 그날 밤, 발꿈치를 두 번 떴다는 것을 깨닫는 순간, 불길한 생각이 들었어. 처음엔 내가 사랑했던 남자를 잃었고, 두 번째로 여동생을 잃었고 이제 세 번째는, 더는 잃을 게 없었지. 나 자신밖에는.

나는 양말을 바라보았어. 회색 울 양말. 수수한 양말이었지. 내가 신을 양말.

상관없다고 생각했어. 내 죽음을 아쉬워할 사람은 아무도 없었으니까. 내가 사라진다고 해도 아무도 고통을 겪지 않을 거라고, 그건 축복이라고 생각했지. 적어도 난 살 만큼 살았으니까. 내가 사랑했던 사람처럼 그렇게 허망하게 죽는 것은 아니었으니까. 키티의 표정이 떠올랐어. 행복하고 평화로웠던 그 얼굴이. 죽는 것도 그렇게 나쁠 건 없다고 생각했단다.

나는 발꿈치를 풀기 시작했어. 그런 상황에서 그런 게 뭐가 중요하냐고 묻고 싶겠지? 그건, 내가 죽었을 때 잘못 뜬 양말과 함께 발견되고 싶지 않아서였단다.

"바보 같은 노인네로군."

사람들이 이렇게 말할지도 모르지 않니?

"뜨개질을 하다가 죽었다는군. 그런데 그거 알아? 발꿈치를 두 번 떴다지 뭐야!"

그런 소리를 듣고 싶지 않더구나. 그래서 나는 실을 풀었단다. 실을 푸는 동안, 죽음을 받아들일 마음의 준비를 했지.

얼마나 오래 그렇게 앉아 있었는지. 갑자기 무슨 소리가 들려오더구나. 밖에서 들려오는 소리였어. 길 잃은 짐승의 울음소리 같았어. 죽기 전에 다른 일이 일어날 수도 있다는 생각은 꿈에도 하지 못했던 나는 처음에는 별로 신경을 쓰지 않았어. 그런데 그 소리가 계속 들려왔단다. 마치 나를 부르는 것처럼. 그런 외딴 곳에서 내가 아니면 그 소리를 들을 사람이 누가 있겠니? 나는 어미를 잃어버린 고양이일지도 모른다고 생각했단다. 나를 만드신 분을 만날 준비가 되어 있었음에도 불구하고 비에 젖은 어린 고양이가 계속 내 마음을 흔들더구나. 난 생각했지. 죽어가는 사람이라고 해서 하느님이 만드신 생명을 따듯하게 품어주고 먹을 것을 주지 말라는 법은 없다고 말이야. 게다가, 그 순간 고양이 한 마리와 같이 있는 것도 나쁘지 않을 것 같다는 생각이 들었단다. 그래서 나는 문 쪽으로 다가갔어.

문 앞에서 내가 무엇을 발견했느냐고?

아기였어. 비가 들이치지 않는 현관 안쪽에 놓여 있었어. 포대기에 폭 싸인 아기가 고양이처럼 울고 있더구나. 불쌍한 어린것이 말이야. 너는 추위에 떨며 비를 맞은 배고픈 아기였어. 내 눈을 믿을 수가 없었지. 나는 널 안아 들었어. 날 바라본 순간 울음을 멈추더구나.

문밖에 오래 머물 수가 없었지. 넌 배가 고팠고 온몸이 젖어 있었으니까. 한참 망설이진 않았단다. 얼른 주위를 둘러보았지. 아무것도, 아무도 없었어. 나무를 흔드는 바람과, 이상하게도 엔젤필드 저택 쪽에서 피어오르는 검은 연기 말고는.

나는 너를 꼭 끌어안고 안으로 들어와 문을 닫았지.

예전에 발꿈치를 두 번 떴을 때는 죽음이 날 찾아왔어. 세 번째는 생명이 나를 찾아왔단다. 우연의 일치에 너무 집착해선 안 된다는 생각이 들더구나. 그날 이후, 나는 죽음에 대해 생각할 겨를이 없었어. 네가 있었으니까.

그 후로 우리는 오래오래 행복하게 살았단다.

오릴리어스는 침을 꿀꺽 삼켰다. 그의 목소리는 거칠게 떨리고 있었다. 그의 이야기는 마치 주문처럼 그의 입에서 흘러나왔다. 어렸을 때 수천 번도 더 들었고, 수십 년 동안 그의 마음속에서 되풀이되었던 주문이었다.

이야기가 끝난 뒤 우리는 제단을 바라보며 한동안 말없이 앉아 있었다. 조금 잦아들긴 했지만 여전히 비가 내리고 있었다. 오릴리어스는 마치 석고상처럼 꼼짝도 하지 않았지만, 그의 머릿속은 결코 고요하지 않을 것 같았다.

하고 싶은 말들이 많았지만 나는 아무 말도 하지 않았다. 그리고 그가 현실로 돌아올 때까지 기다렸다. 마침내 현실로 돌아온 그가 입을 열었다.

"그런데 사실, 이건 내 이야기라고 할 수가 없어요. 그렇지 않아요? 내가 등장하는 건 사실이지만, 이건 나의 이야기가 아니라 러브 부인의 이야기예요. 러브 부인이 결혼하고 싶어했던 남자, 그리고 여동생 키티, 뜨개질, 그리고 그녀가 만든 케이크에 관한 이야기죠. 전부 다 그녀의 이야기예요. 모든 게 끝이라고 생각한 그 순간에, 내가 와서 이야기가 새로 시작된 거예요. 하지만 그렇다고 그게 나의 이야긴가요? 그녀가 문을 열기 **전**, 그녀가 내 울음소리를 듣기 전에 나는……."

그가 숨을 몰아쉬며 하던 말을 멈추었다. 더 이상은 말하고 싶지 않다는 몸짓을 하고는 다시 말을 이었다.

"누군가가 그렇게 아기를 **발견**했다는 것은, 빗속에서 혼자 울고 있는 아기를 발견했다는 것은, 다시 말해서, 그러니까 그런 일이 일어나기 위해서는……."

그가 다시 한 번 그만두겠다는 듯 손을 내둘렀다. 그의 눈동자가 천장 이곳저곳을 살폈다. 마치 그곳에 그가 하려는 말을 할 수 있게 해줄 무언가가 있다는 듯이.

"러브 부인이 그렇게 **나를 발견했다는 건** 그 일이 일어나기 전에 누군가가, 그녀가 아닌 다른 사람이, 그러니까 나의 **어머니가**……."

바로 그 단어였다.

그의 얼굴에 절망이 감돌았다. 흥분한 듯 이리저리 움직이던 그의 양손은 마치 애원하듯, 그리고 기도하듯 한데 모아졌다.

때로는 인간의 얼굴이나 몸이 마음속의 갈망을 너무도 정확하게 표현해서 마치 책을 읽을 때처럼 읽히는 때가 있다. 그 순간 나는 오릴리어스를 읽었다.

'어머니! 날 버리지 마세요!'

나는 그의 손을 붙잡았고 얼어붙었던 석고상은 다시 생명을 되찾았다.

"비가 멈출 때까지 기다릴 필요가 없을 것 같아요. 종일 비가 올 것 같으니까. 사진 찍는 일은 다음으로 미루어도 돼요. 그만 가요."

내가 속삭였다.

"그래요. 그만 가요."

잠긴 목소리로 그가 대답했다.

유산

"지름길로 가면 2.5킬로미터 정도예요. 큰길로 가면 더 멀고요."

그가 숲을 가리키며 말했다.

사슴 공원을 가로지른 뒤 숲길로 들어서려는 순간 사람들의 목소리가 들려왔다. 여자의 목소리는 빗속을 헤치고 자갈이 깔린 도로에 서 있는 아이들에게, 그리고 우리에게까지 들려왔다.

"톰, 엄마가 뭐라든? 이렇게 비 오는 날에는 일을 안 한다니까."

정지된 크레인과 철거 장비들을 보고 실망한 아이들이 걸음을 멈추었다. 금발 머리 위에 우비 모자를 쓴 두 아이들은 거의 구분이 가지 않았다. 여자가 아이들 곁으로 다가왔고 우비를 입은 세 사람이 잠시 수선을 떨며 이야기를 주고받았다.

오릴리어스는 그들 가족의 모습을 넋을 잃고 바라보았다.

"저 사람들 전에도 본 적 있어요. 혹시 아는 사람들이에요?"

"대로변에 사는 가족이에요. 그네가 있는 집. 카렌이 이곳 사슴들을 돌봐주고 있어요."

"요즘도 사냥을 하나요?"

"아뇨. 그냥 돌봐주는 거예요. 좋은 사람들이에요."

그는 부러운 듯 그들을 보다가 이내 고개를 저으며 그들에게서 돌아섰다.

"러브 부인은 좋은 분이었어요. 그분을 사랑했지요. 그걸로 된 거예요. 다른 건 다……."

그는 부질없다는 듯 손을 내두르고 숲 쪽으로 돌아섰다.

"자, 어서 집으로 갑시다."

우비를 입은 가족도 정문 쪽으로 가는 것을 보니 우리와 같은 결론을 내린 것 같았다.

오릴리어스와 나는 오랜 친구처럼 아무 말도 하지 않고 숲길을 걸었다. 해를 가로막는 나뭇잎도 없었다. 빗줄기에 색이 짙어진 나뭇가지들이 물기를 머금은 하늘을 향해 검게 뻗어 있었다. 오릴리어스는 한 손으로 낮은 나뭇가지들을 밀쳐내며 하늘에서 떨어지는 빗방울 외에 다른 빗방울이 우리에게로 떨어지는 것을 막아냈다. 쓰러진 나무 하나를 넘어서면서 나는 나무에 난 구멍에 고인 검은 빗물을 바라보았다. 나무껍질이 동물의 털처럼 보드랍게 썩어가고 있었다.

"여기가 우리 집이에요."

오릴리어스가 말했다.

조그만 벽돌집이었다. 미관보다는 견고함을 염두에 두고 지은 집이었지만 굵고 간결한 선에서 아름다움이 느껴졌다. 오릴리어스는 나를 집 뒤쪽으로 안내했다. 100년쯤 되었을까? 아니면 200년쯤? 알 수 없었다. 그러나 이런 집이라면 100년을 더 하고 덜 하고가 큰 의미가 없을 것 같았다. 집 뒤쪽에는 부엌 전체에 연결된, 집 자체만큼 커다란 새 부속건물이 있었다.

"나의 은신처랍니다!"

그가 안으로 안내하며 말했다.

대형 스테인리스 오븐과 흰 벽, 두 대의 대형 냉장고. 진짜 요리사의 진짜 주방이었다.

그가 의자를 꺼내 주었고 나는 책장 옆 조그만 테이블 앞에 앉았다. 책장에는 온통 요리책뿐이었다. 프랑스어, 영어, 이탈리아어로 된 책들이었다. 다른 책들과 달리 한 권이 테이블 위에 놓여 있었다. 가장자리가 너덜너덜한 노트였다. 버터 묻은 손으로 수십 년을 만져서인지 갈색 겉장이 거의 투명해졌다. 누군가가 겉장에 **'조리법'**이라고 써놓았는데, **학생의** 글씨 같은 고풍스러운 대문자였다. 몇 년이 지난 뒤 다른 펜으로 글씨를 수정한 흔적이 있었다.

"봐도 돼요?"

내가 물었다.

"그럼요."

나는 노트를 펼치고 한 장씩 훑어보았다. 빅토리아 스펀지케이크, 야자와 호두빵, 핫케이크, 생강 케이크, 푸딩, 과일 케이크……. 페이지가 넘어갈수록 철자와 글씨가 나아졌다.

오릴리어스는 오븐의 다이얼을 돌려놓은 다음 필요한 재료들을 모으기 시작했다. 재료가 전부 손 닿는 거리 안에 모아지자 가벼운 동작으로 재료를 섞기 시작했다. 칼과 체는 보지도 않고 꺼냈다. 운전수가 자신의 차를 몰며 기어를 움직이는 것과 같은 익숙함으로 움직이고 있었다. 무엇을 해야 할지 정확히 아는 그의 팔은 부드럽고도 자유롭게 움직였지만 시선은 앞에 놓인, 재료들을 한데 섞는 반죽 그릇에서 단 한 번도 떠나지 않았다. 그는 밀가루를 체에 거르고 버터를 정육면체로 자르고 오렌지 즙을 냈다. 모든 일이 숨 쉬는 것처럼 자연스러웠다.

"저기 찬장 보이죠? 왼쪽에요. 그걸 좀 열어볼래요?"

그가 말했다.

주방기구가 필요한 모양이라고 생각하며 찬장을 열었다.

"안에 보면 가방 하나가 못에 걸려 있을 거예요."

낡고 모양이 이상한 가방이었다. 양쪽 가장자리는 바느질이 되어 있지 않은 채 안으로 접혀 있었고 윗부분은 버클로 조이게 되어 있었다. 양 끝을 쇠붙이로 고정한, 길고 널찍한 가죽 끈은 가방을 어깨에 사선으로 걸치기 위한 용도인 것 같았다. 가죽은 바짝 말라 갈라졌고 한때는 카키색이었던 것 같은 캔버스 천은 세월의 색을 머금었다.

"이게 뭐죠?"

내가 물었다.

그가 반죽 그릇에서 두 번째로 고개를 들었다.

"그 가방 속에 내가 들어 있었대요."

이 가방 속에 들어 있었다고? 나는 천천히 가방에서 눈을 들어 그를 바라보았다. 몸을 숙이고 있었음에도 그는 키가 180센티미터 넘는 거구였다. 그를 처음 보았을 때 나는 동화에 나오는 거인을 떠올렸다. 60년 전, 그가 둘러메기에도 작아 보이는 이 조그만 가방 속에 그가 들어 있었다니. 세월은 얼마나 많은 일을 할 수 있는가! 나는 현기증을 느끼며 자리에 앉았다. 오래전에 이 가방에 아기를 넣었던 사람은 누구일까? 가방 속에 아기를 넣고 찬바람이 들어가지 않게 버클을 조인 다음 가죽 끈을 어깨에 메고 러브 부인의 집에 왔던 그 사람은 누구였을까?

나는 그녀의 손이 닿았을 그곳에 손을 대어보았다. 캔버스 천, 버클, 가죽 끈. 그녀의 흔적을 찾아보고 싶었다. 점자이건, 보이지 않는 잉크이건, 암호이건, 어떤 단서라도 손끝에 느껴지지 않을까 생각했다. 그러나 아무것도 느낄 수가 없었다.

"기가 막힐 노릇이죠."

오릴리어스가 말했다.

그가 오븐에 뭔가를 밀어 넣은 다음 문 닫는 소리가 들렸다. 잠시 후 그가 내 뒤로 와서 어깨 너머를 바라보았다.

"열어봐요. 난 손에 밀가루가 묻어서."

나는 버클을 풀고 캔버스의 주름을 폈다. 동그란 입구를 들여다보니 구겨진 종이 뭉치와 낡은 헝겊 조각이 들어 있었다.

"내가 받은 유산이에요."

그가 말했다.

언제고 쓰레기통에 버려져도 좋을 만큼 허접스러운 물건들을 그는 보물 상자를 바라보는 소년의 얼굴로 바라보고 있었다.

"이것들이 나의 이야기예요. 내가 누구인지를 말해주는 것들. 내가 이해를 못하는 게 문제이긴 하지만."

그가 말했다.

그의 좌절감은 골이 깊었지만 이미 어느 정도 체념한 듯했다.

"평생 조각들을 맞추려 애쓰면서 살아왔어요. 항상 생각했지요. 여기서 실마리를 찾을 수만 있다면 조각들을 맞출 수도 있을 거라고. 이것 좀 봐요."

헝겊 조각이었다. 리넨이었고 한때는 분명히 흰색이었겠지만 노랗게 색이 바래 있었다. 나는 헝겊을 펼쳐보았다. 별과 꽃무늬가 수놓아져 있었고 예쁜 자개단추 네 개가 달려 있었다. 배냇저고리였다. 밀가루가 묻은 오릴리어스의 커다란 손이, 만지고 싶다는 듯, 그러나 옷에 자국을 남기고 싶지 않다는 듯, 조그만 옷 주위에서 서성거렸다. 좁은 소매는 이제 그의 손가락 하나가 겨우 들어갈 정도였다.

"내가 입고 있던 옷이래요."

오릴리어스가 설명했다.

"오래된 거네요."

"내 나이만큼요."

"그보다 더 오래된 것 같아요."

"그래요?"

"여기 바느질 자국을 봐요. 한 번 이상 수선을 했어요. 단추 하나는 짝이 다르잖아요. 당신이 입기 전에 다른 아기들이 입었던 거예요."

그가 아기 옷에서 내게로 시선을 돌렸다가 무언가에 굶주린 사람처럼 다시 아기 옷을 바라보았다.

"이것도 있어요."

그가 인쇄된 종이 한 장을 가리켰다. 책의 한 페이지 같았고 심하게 구겨져 있었다. 나는 그것을 읽기 시작했다.

"…… 처음엔 그의 의도를 알아차리지 못했다. 그러나 그가 책을 들고 던질 태세를 갖추는 동안 나는 본능적으로 비명을 지르며 옆으로 피했다……."

오릴리어스는 내 말을 받아 이미 외워버린 뒷부분을 읊었다.

"그러나 이미 늦었다. 책은 곧장 내게 날아왔고 나는 쓰러지면서 머리를 벽에 부딪혀 머리가 찢어지고 말았다……."

물론 나는 이 구절을 알고 있었다. 어떻게 모를 수가 있겠는가? 셀 수도 없을 만큼 여러 번 읽었던 책이었다.

"《제인 에어》!"

놀랍다는 듯 내가 말했다.

"아는군요. 맞아요. 《제인 에어》. 도서관 사서한테 물어봤지요. 샬롯 아무개라는 사람이 쓴 거라면서요? 작가가 여자 형제가 여럿인 것 같던데."

"읽어봤어요?"

"얼마 전부터요. 어떤 여자애에 관한 이야기더군요. 가족을 잃어서 외숙모 손에 자라죠. 혹시 그 대목이 나하고 연관이 있는 게 아닌가 싶더군요. 외숙모는 못된 여자였죠. 러브 부인하곤 전혀 달랐어요. 이 대목은, 여자아이의 사촌이 책을 던지는 장면이죠. 어쨌건 그 아이는 학교에 가요. 형편없는 학교였어요. 음식도 형편없었고. 하지만 친구도 사귀죠."

그는 자신이 읽은 대목을 생각하며 엷은 미소를 지었다.

"그런데 그만 그 친구가 죽고 말아요."

그 말을 하는 순간 그의 얼굴이 어두워졌다.

“그다음부터는 재미가 없어져서 끝까지 다 못 읽었어요. 나하고 무슨 관계가 있는지도 모르겠고…….”

그가 어깨를 으쓱하며 애써 의문을 떨쳐버리려 했다.

“끝까지 읽었어요? 그 아인 나중에 어떻게 되죠? 나하고 무슨 연관이 있을까요?”

그가 물었다.

“제인은 자신을 고용한 남자와 사랑에 빠져요. 그의 아내는 미쳤어요. 저택에 숨어 살면서 집에 불을 지르려고 해요. 제인은 결국 그곳을 떠나요. 다시 돌아왔을 때 그의 아내는 죽었고 로체스터는 눈이 멀었어요. 제인은 그와 결혼해요.”

“그렇군요.”

퍼즐을 맞추려는 듯 그가 이마를 찌푸렸다. 그러나 이내 포기하는 것 같았다.

“도무지 이해가 안 가요. 앞부분은, 엄마 없이 자란 여자아이 얘기는 몰라도 그 뒤로는…… 그게 무슨 뜻인지 내게 설명해줄 사람이 있었으면 좋겠어요. 그 사람에게 말하고 싶어요. **진실을 말해달라고…….**”

그가 찢긴 책장에서 돌아서며 말했다.

“어쩌면 그 책은 아무 의미도 없을지도 몰라요. 중요한 건 이 페이지일 수도 있어요. 특별한 의미가 담겨 있을지도…… 이것 좀 봐요.”

그의 어린 시절 요리법 노트의 뒷표지 안쪽에, 남자아이의 큼지막한 글씨로 빼곡하게 쓴 숫자와 글자들이 있었다.

"난 그게 암호일 거라고 생각했어요. 암호를 해독해보려고 했죠. 모든 단어의 첫 번째 글자, 모든 줄의 첫 번째 글자, 아니면 두 번째 글자를 써봤어요. 철자 하나를 전부 다른 걸로 바꾸어보기도 했고요."

그가 자신이 애쓴 흔적들을 가리키며 말했다. 그의 눈빛이, 마치 지금이라도 예전에 그가 놓쳤던 것을 발견할 수 있을지도 모른다는 듯 반짝였다.

그러나 소용없는 일이었다.

"이건 뭐예요?"

내가 그다음 물건을 집어 들며 말했다. 몸서리 치지 않을 수가 없었다. 분명히 예전에는 깃털이었던 것 같은데, 지금은 그저 지저분하고 징그러운 물건일 뿐이었다. 유분이 말라버린 털들은 갈라진 깃대를 따라 솟아난 뻣뻣한 갈색 못들 같았다.

오릴리어스는 어깨를 으쓱하며 무기력하게 고개를 저었고 나는 안도하며 깃털을 놓았다.

그것 외에도 한 가지가 더 있었다.

"이건……."

오릴리어스는 말을 끝내지 못했다. 아무렇게나 찢어진 종잇조각이었는데, 빛바랜 잉크 자국이 한때는 그곳에 글씨가 있었음을 말해주고 있었다. 나는 종이를 뚫어져라 바라보았다.

"나와 러브 부인은 이것에 대해서만큼은 의견이 일치했어요. 이게 바로 **내 이름**일 거라고."

그가 기대감 가득한 표정으로 나를 보았다.

"비에 젖어서 흐려지긴 했지만, 여길 봐요. 그리고 여기도."

그가 나를 창가로 이끌면서 종이를 불빛에 비춰보라는 시늉을 했다.

"첫 글자는 A인 것 같아요. 그리고 끝부분에 S가 있죠. 물론 너무 오래된 거라 알아보기 힘들긴 하지만 그 두 글자는 **읽을 수가** 있어요. 안 그래요?"

나는 얼룩을 바라보았다.

"안 보여요?"

나는 고개를 젓는 것도 끄덕이는 것도 아닌, 애매한 몸짓을 했다.

"보이죠? 무언가를 찾으려고 애쓰는 사람에겐 아주 분명하게 보이겠지요. 안 그래요?"

나는 계속 들여다보았다. 그러나 그가 보았다는 유령 글자가 나에겐 보이지 않았다.

"그래서 **그 글자로** 러브 부인이 내게 오릴리어스라는 이름을 붙여주었단 거예요. 알폰스가 될 수도 있었겠지요."

그는 자신을 비웃듯 슬프고도 어색한 표정으로 말하고는 돌아섰다.

"여기 이것들 말고는 스푼뿐이에요. 이건 전에 봤지요?"

그가 나와 처음 만나던 날, 엔젤필드 저택의 계단에서, 거대한 고양이 위에 앉아 생강 케이크를 먹을 때 사용했던 은색 스푼을 안주머니에서 꺼내 보이며 말했다.

"그런데 이 가방은, 어떤 용도로 쓰던 걸까요?"

내가 물었다.

"글쎄요."

그가 가방을 들어 코에 대보며 말했다.

"전엔 여기서 탄내가 났는데 이젠 나지 않아요."

그가 내게 가방을 건네주었고 나도 가방을 코에 대어보았다.

"안 나죠? 거의 없어졌어요."

오릴리어스는 오븐을 열고 엷은 황금색 비스킷을 꺼내 식혔다. 그러고는 주전자에 물을 채운 뒤 쟁반을 꺼냈다. 컵과 컵 받침, 설탕 그릇, 우유 주전자, 조그만 접시들이 준비되었다.

"자, 받아요."

그가 내게 쟁반을 건네주며 말했다. 그는 문을 열고 거실 쪽으로 나를 안내했다. 푹신한 의자와 꽃무늬 쿠션들이 있었다.

"편히 앉아요. 바로 갈 테니까."

그는 내게서 돌아서서 고개를 숙이고 손을 닦았다.

"이것 좀 정리하고 갈게요."

나는 러브 부인의 거실로 들어가서 벽난로 옆 의자에 앉아 그를 기다렸다. 그가 자신이 물려받은 유산, 소중하지만 의미를 알 수 없는 유산들을 제자리에 정리할 때까지.

그의 집을 나설 때 뭔가 마음에 걸리는 게 있었다. 오릴리어스가 한 말이었을까? 그런 것 같았다. 분명히 어디서 들었던 것만 같은, 여운이 남는 말이 있었다. 그러나 그 말은 그의 나머지 이야기 속에 묻혀버렸다. 상관없었다. 언제고 다시 떠오를 테니까.

숲속에는 공터가 있었다. 공터 뒤로는 가파르게 경사진 내리막길이 이어졌고 곳곳에 덤불이 우거진 내리막길이 끝나면 다시 나무들이 자란 평지가 이어졌다. 덕분에 숲속 공터는 저택이 한눈에 보이는 전망대 역할을 하고 있었다. 오릴리어스의 집을 나선 뒤 돌아가는 길에 바로 그 공터에서 멈추어 섰다.

쓸쓸한 풍경이었다. 저택 아니, 저택의 잔해는 유령 같았다. 저택은 잿빛 하늘 아래 서 있는 잿빛 그림자였다. 저택 왼쪽의 위층은 이미 완전히 철거된 상태였다. 1층에는 바닥과 문 위의 석조 가로대, 문에 이르는 계단이 남아 있었지만 문 자체는 없었다. 그렇게 훌훌 벗어버리기엔 너무 쌀쌀한 날씨였다. 맨몸을 반쯤 드러낸 저택을 바라보면서 나는 몸서리를 쳤다. 석조 고양이들마저 그 집을 떠났다. 사슴처럼 그들도 비를 피한 것일까. 오른쪽 건물들은 대부분 아직 남아 있었다. 그러나 크레인의 위치로 보아 그쪽이 다음 차례인 것 같았다. 저런 장비들이 필요할까? 나는 생각했다. 저택의 벽은 빗물에 녹아내리는 것 같았다. 얄팍한 백지처럼 창백하고 무기력하게 서 있는 벽들은 조금만 더 내버려두면 눈앞에서 무너져버릴 것만 같았다.

나는 목에 카메라를 걸고 있었다. 코트 단추를 풀고 카메라를 꺼내 들었다. 이런 빗속에서 무너져가는 저택의 모습을 찍는 게 가능할까? 안 될 것 같았지만 한번 찍어보기로 했다.

렌즈로 거리를 조절하고 있는데 무언가가 내 옆을 스치는 것 같았다. 나의 유령은 아니었다. 아이들이었다. 아이들은 풀밭의 무언가를 재미있다는 듯이 들여다보고 있었다.

뭘까? 고슴도치? 뱀?

호기심을 느끼며 나는 자세히 보기 위해 렌즈를 그곳에 맞추었다.

아이들 중 하나가 긴 풀을 헤치고 그 속에서 무언가를 꺼내 들었다. 공사장에서 쓰는 노란 헬멧이었다. 환하게 웃으며 아이가 우비 모자를 벗고 그 헬멧을 썼다. 자세히 보니 남자아이였다. 아이는 마치 군인처럼 허리를 펴고 가슴을 내민 다음 고개를 쳐들고 차렷 자세를 취했다. 너무 큰 헬멧이 미끄러지지 않도록 애쓰는 표정이 역력했다. 아이가 포즈를 취하는 동안 작은 기적이 일어났다. 구름을 헤치고 새어나온 한줄기 햇살이 행복한 아이의 얼굴을 비추었다. 나는 셔터를 눌렀다. 헬멧을 쓴 아이의 왼쪽 어깨 뒤로는 '위험! 물러서시오'라고 적힌 노란색 경고문이 있었고 오른쪽에는 회색 그림자 같은 저택이 배경으로 서 있었다.

햇살은 사라졌다. 나는 아이에게 눈을 떼고 필름을 감은 뒤 카메라를 코트 안에 넣었다. 어느새 아이들은 자갈길을 달리고 있었다. 남자아이의 왼손이 여자아이의 오른손을 붙잡고 있었다. 빙글빙글 돌며 문지기 집 쪽으로 향하는 아이들의 걸음걸이는 폭도, 무게도, 똑같았다. 두 아이는 서로에게 완벽한 짝이었다.

우비 자락을 흩날리며 두 발이 땅에 닿을 새 없이 내달리던 그 아이들은 금방이라도 하늘로 날아오를 것만 같았다.

《제인 에어》와 고통의 시간

다시 요크셔로 돌아갔을 때에도 나를 쫓아낸 것에 대한 설명을 들을 수 없었다. 주디스는 절제된 미소로 나를 맞이했다. 오후의 음울함이 그녀의 살갗 속으로 파고들었고 눈 밑 그늘에서 모아졌다. 그녀가 창문이 보이도록 내 거실 커튼을 젖혔지만 별로 달라지는 게 없었다.

"이 지긋지긋한 날씨……."

그녀가 중얼거렸다.

주디스도 한계에 달한 모양이었다. 불과 며칠이었지만 영원처럼 긴 시간이었다. 무겁고 어두운 하늘이 밤낮의 구분조차 허물었다. 낮은 없고 밤만 계속 이어지는 것 같았다. 윈터 여사는 약속한 시간보다 늦게 도착했다. 안색이 좋지 않았다. 어두운 눈빛은 최근에 겪은 고통으로 인한 것인지, 아니면 다른 이유가 있는지 알 수 없었다.

"시간을 좀 더 유동적으로 조절해도 되겠나?"

불빛이 그리는 동그라미 속에 앉으며 그녀가 말했다.

"그렇게 하세요."

그녀의 주치의로부터 지난 며칠 동안 그녀가 몹시 고통스러워했다는 이야기를 들었던 터였다. 약 기운이 떨어졌을 때나 약의 효력이 나타나기 전에는 윈터 여사의 표정만 보아도 알 수 있었다. 우리는 매일 아침 9시로 시간을 정하는 대신, 내가 항상 문 두드리는 소리를 기다리며 대기하고 있기로 합의했다.

처음에는 9시에서 10시 사이에 노크 소리가 들려왔다. 그러다가 점점 더 늦어졌다. 의사가 진통제의 양을 조절하고 난 뒤에는 아침 일찍 나를 불렀다. 그러나 인터뷰 시간은 훨씬 짧아졌다. 결국 우리는 하루에 두세 번 아무 때나 만나게 되었다. 때로는 그녀가 몸 상태가 좋을 때 나를 불러서 상세하고 긴 이야기를 들려주었다. 때로는 극심한 고통을 느끼며 나를 불렀다. 그럴 때면 그녀가 이야기를 듣는 사람이 필요해서라기보다는 이야기 자체의 진통 효과를 원하는 것임을 알 수 있었다.

시도 때도 없이 그녀의 이야기를 듣게 되면서 그녀와의 만남이 나의 시계가 되었다. 나는 그녀의 이야기를 들었고 그 이야기를 기록했다. 잠을 잘 때면 그 이야기의 꿈을 꾸었고 눈을 뜨면 그 이야기가 내 생각의 배경이 되었다. 나는 이야기책 속에서 살고 있었다. 식사를 하러 나갈 필요도 없었다. 주디스가 가져다준 음식을 먹는 동안에도 정리해놓은 글을 읽었다. 죽은 아침을 의미했고 수프와 샐러드는 점심을 의미했다. 스테이크와 콩팥 요리는 저녁을 뜻했다. 스크램블드에그를 바라보면서 오랫동안 생각에 잠긴 적도 있었다. 이건 무슨 의미일까? 아침, 점심, 저녁, 모두 가능했다. 나는 조금 먹은 뒤 접시를 옆으로 밀어놓았다.

그 길고도 단조로웠던 나날 속에도 몇 가지 사건이 있었다. 나는 그 사건들을 이야기와는 별개로 기록해두었다. 지금쯤 그 일을 돌이켜보는 것도 좋을 것 같다.

그중 한 이야기이다.

나는 서재에 있었다.《제인 에어》를 찾고 있었고 책장 하나 분량의《제인 에어》를 찾을 수 있었다. 열성적인 팬의 수집품인 게 분명했다. 헌책으로서 전혀 가치가 없는 싸구려 문고판에서부터 시중에서 구하기 힘든, 값을 매길 수도 없는 희귀본, 그리고 그 중간에 해당되는 것들이 전부 다 있었다. 내가 찾고 있던 것은 평범한, 그러나 특별하기도 한, 세기가 바뀌던 시점에 출판된 것이었다. 내가 서재를 둘러보는 동안 주디스가 윈터 여사를 부축하여 의자에 앉혔다.

주디스가 나간 뒤 윈터 여사가 내게 물었다.

"뭘 찾고 있지?"

"《제인 에어》요."

"《제인 에어》를 좋아하나?"

"많이요. 여사님은요?"

"좋아하지."

그녀가 몸을 떨었다.

"장작을 더 넣을까요?"

고통이 밀려오는 듯 그녀는 눈을 내리깔았다.

"그래 주겠나?"

불길이 거세게 타오르기 시작하자 그녀가 말했다.

"잠깐 시간 좀 있나? 거기 앉게."

잠시 침묵이 흐른 뒤 그녀가 입을 열었다.

"컨베이어 벨트가 하나 있어. 아주 거대한 컨베이어 벨트야. 그 끝에는 용광로가 있지. 컨베이어 벨트 위에 책들이 있어. 자네가 사랑했던 모든 책이, 세상에 출판된 것 전부 다, 한 줄로 죽 늘어서 있다네. 《제인 에어》, 《빌레트》, 《흰옷 입은 여인》……."

"《미들마치》……."

내가 덧붙였다.

"고맙네. 《미들마치》도. 레버를 올리면 벨트가 돌아가고 레버를 내리면 벨트가 멈추어 서는 거야. 지금은 레버가 내려져 있어. 그런데 그 옆에 사람이 하나 서 있어. 한 손을 레버에 올려놓고서. 이제 막 레버를 올리려고 하고 있어. 자네가 그를 막을 수 있지. 자네 손에 총이 있거든. 자넨 그저 방아쇠를 당기기만 하면 돼. 자, 이제 어쩔 셈인가?"

"말도 안 돼요."

"그가 레버를 올렸군. 컨베이어 벨트가 움직이기 시작했어."

"너무 극단적인 가정이에요."

"먼저 **셜리**의 모든 책들이 용광로 쪽으로 움직이고 있어."

"전 이런 게임은 좋아하지 않아요."

"이제 조지 샌드의 모든 책들이 불타기 시작했군."

나는 한숨을 쉬며 눈을 감았다.

"《폭풍의 언덕》 차례가 다가오고 있어. 그것도 불에 타게 내버려둘 셈인가?"

나는 당혹스러웠다. 서서히 불길 속으로 떨어지는 책들을 바라보며 나는 몸서리를 쳤다.

"마음대로 해.《제인 에어》가 전부 불구덩이에 처박혀도 상관없겠지?"

《제인 에어》.

입안이 바짝 말랐다.

"방아쇠를 당기기만 하면 돼. 난 아무에게도 말하지 않아. 아무도 알지 못해."

그녀는 기다렸다.

"책들이 떨어지기 시작했군. 처음 몇 권이 떨어졌어. 하지만 아직은 책이 많이 남아 있으니 생각할 시간은 충분해."

나는 엄지손가락을 가운뎃손가락의 굳은살에 초조하게 문질렀다.

"점점 빨라지고 있어!"

그녀는 내게서 시선을 떼지 않았다.

"반이 타버렸군. 잘 생각하게, 마거릿. 이 세상의 모든《제인 에어》가 불길 속으로 사라질 참이야. 잘 생각하게."

윈터 여사가 눈을 깜박였다.

"3분의 2쯤 타버렸군. 한 사람일 뿐이야. 보잘것없고, 시시한 한 사람!"

나는 눈을 깜박였다.

"이제 딱 한 권 남았어. 책을 불태우는 사람, 그런 사람이 과연 살 자격이 있을까?"

깜빡. 깜빡.

"마지막 기회야."

깜빡. 깜빡. 깜빡.

이제《제인 에어》는 없었다.

"마거릿!"

윈터 여사의 얼굴이 고통으로 일그러졌다. 그녀는 왼손으로 의자의 팔걸이를 내리쳤다. 오른손마저도, 상처 입은 오른손마저도 무릎 위에서 꿈틀거렸다.

훗날, 그 순간을 기록하면서, 나는 그때가 윈터 여사가 가장 솔직하게 자신의 감정을 표출한 순간이었다는 생각이 들었다. 그저 게임이었다고 생각하기엔 놀랄 만큼 격한 감정이었다.

내 기분이 어땠느냐고? 나는 부끄러웠다. 거짓말을 했기 때문이었다. 물론 나는 사람보다 책을 더 사랑했다. 레버에 손을 대고 있는 낯선 사람보다는《제인 에어》가 훨씬 더 소중했다. 물론 셰익스피어의 모든 작품들이 한 사람의 생명보다 소중했다. 나도 그렇게 생각하고 있었다. 다만 윈터 여사와는 달리 그렇게 말할 용기가 없었던 것뿐.

서재에서 나오면서 나는《제인 에어》가 꽂혀 있는 책장에서 내가 찾던 조건에 들어맞는 한 권을 꺼냈다. 출판 연도와 종이의 재질, 서체가 모두 일치했다. 방에 돌아와서 나는 그 대목을 찾을 때까지 책장을 넘겼다.

……처음에는 그의 의도를 알아차리지 못했다. 그러나 그가 책을 들고 그것을 던질 태세를 갖추는 동안 나는 본능적으로 비명을 지르며 옆으로 피했다. 그러나 이미 늦었다. 책은 곧장 내게 날아왔고 나는 쓰러지면서 벽에

부딪혀 머리가 찢어지고 말았다…….

그 부분은 찢겨 나가지 않고 그대로 남아 있었다. 찢겨 나간 곳은 한 페이지도 없었다. 오렐리어스가 가지고 있던 페이지는 이 책의 일부가 아니었다. 그러나 이 책이어야 할 이유가 어디 있단 말인가? **만약** 찢어진 책장이 엔젤필드 저택에 있던 책의 일부였다면, 그 책 역시 집 안의 다른 것들과 함께 불에 타버렸어야 옳았다.

한동안 나는 아무것도 하지 않고 오직 《제인 에어》와 서재, 용광로, 화재만을 생각했다. 아무리 애를 써보아도 짜 맞출 수가 없었다.

또 한 가지 기억나는 사건은 사진에 관한 것이었다. 아침식사와 함께 소포 하나가 배달되었다. 아버지의 날씬한 필체로 내 주소와 이름이 적힌 소포였다. 엔젤필드에서 찍은 사진들이었다. 필름을 아빠에게 보냈고 아빠가 대신 현상을 해주었다. 첫날 찍은 사진 중에는 선명하게 나온 것이 몇 장 있었다. 서재의 폐허 속에 핀 가시나무, 계단을 뒤덮은 담쟁이 덩굴……. 나의 유령을 찍은 사진을 보고 흠칫 놀랐다. 낡은 벽난로 위에 플래시 빛이 만든 동그라미만이 있었다. 나는 사진들을 노트 사이에 끼워두었다.

나머지 사진들은 두 번째로 엔젤필드에 갔을 때 찍은 것들이라 선명하지 않았다. 사진은 형체를 알 수 없는 그림자들의 조합에 불과했다. 내가 **기억하는 것**은 은빛이 감도는 회색 그림자, 흰 베일처럼 드리워진 안개, 바람과 빗방울 틈에서 느껴지던 나의 숨결이었다. 그러나 나의 카메라는 그중 어느 것도 포착하지 못했다. 바위와 벽, 나무와 숲의 구분조차 흐려놓은 짙은 안개 속에서는 불가능한 일이었다. 대여섯 장이 그런 사진들이었고 나는 사진을 판별하려는 노력을 접었다. 나는 사진들을 카디건 주머니 속에 넣은 채 서재로 내려갔다.

인터뷰가 반쯤 진행되었을 때 나는 문득 침묵이 이어지고 있음을 깨달았다. 나는 꿈을 꾸고 있었다. 언제나처럼 그녀의 어린 시절 이야기에 취해 있었다. 그녀의 목소리가 달라진 것으로 보아 나에게 무슨 말을 한 것 같았지만 그 말이 무엇인지는 기억할 수가 없었다.

"네?"

내가 되물었다.

"주머니 속에 뭐가 있느냐고 물었네."

"이거요? 사진이에요."

이야기와 현실의 중간 지대에서 아직 정신을 완전히 추스르지 못한 상태로 내가 중얼거렸다.

"엔젤필드요."

내가 정신을 차렸을 때 사진들은 이미 그녀의 손안에 있었다.

그녀는 사진을 찬찬히 훑어보았다. 흐릿한 형체들이 무엇인지 알아내려 애쓰면서, 판독이 불가능한 사진들을 차례로 넘기면서 그녀는 비다 윈터 식 한숨을 내쉬었다. 예상대로 형편없는 사진이라고 말하는 것 같은 한숨이었다. 그녀의 입술은 냉소적으로 일그러졌다. 다치지 않은 손으로 그녀는 점점 더 빨리 사진을 넘기기 시작했다. 더는 아무것도 기대하지 않는다는 듯 흘긋

보고는 테이블 위로 던졌다.

나는 테이블 위에 규칙적인 간격으로 쌓여가는 사진들을 멍하니 바라보았다. 사진들이 쌓이고 미끄러지는 소리가 마치, **'형편없어', '형편없어', '형편없어'**라는 소리처럼 들렸다.

그러다가 그 리듬이 깨어졌다. 윈터 여사는 얼굴을 찌푸린 채, 뻣뻣하게 굳은 자세로 앉아 한 장의 사진을 들여다보고 있었다. 유령이라도 본 모양이라고 나는 생각했다. 한참 뒤에, 그녀는 나의 시선을 느끼지 못한 척하면서 그 사진을 남은 사진 사이에 끼워 넣었다. 그녀는 다시 나머지 사진들을 보고 테이블 위로 던졌다. 그녀의 주의를 끌었던 사진이 다시 나왔을 때 그녀는 흘긋 보고는 테이블 위로 던졌다.

"전혀 못 알아보겠어. 자네가 엔젤필드라고 말하지 않았다면 아마……."

그녀가 차갑게 말하면서 서툰 동작으로 사진을 추려서 내게 내밀다가 바닥에 떨어뜨렸다.

"이놈의 손…… 미안하네."

그녀가 중얼거렸고 나는 엎드려 사진을 주웠지만 그녀에게 속진 않았다.

그녀는 이야기를 멈추었던 부분에서부터 다시 이야기를 시작했다.

나중에 나는 사진들을 다시 훑어보았다. 그녀가 고의적으로 사진들을 떨어뜨려 순서를 뒤섞어놓긴 했지만 그토록 그녀에게 큰 충격을 주었던 사진이 어떤 것인지 알아내기란 어렵지 않았다. 흐릿한 잿빛 이미지들 속에서 다른 것들과 구별되는 무언가가 있었다. 나는 침대 가장자리에 앉아 사진들을 보면서 그 순간을 떠올렸다. 엷은 안개와 따스한 햇살이 적절하게 배합되어 소년의 얼굴을 환하게 비추었던 그 순간을 생각했다. 머리에 쓴 헬멧이 금방이라도 떨어질 듯 위태로웠지만 카메라 앞에서 소년은 고개를 들고 허리를 펴고 의기양양한 표정으로 서 있었다.

이 사진의 무엇이 그녀의 주의를 끌었을까? 나는 사진의 배경을 살펴보았다. 그러나 반쯤 무너진 저택은 소년의 오른쪽 어깨 뒤의 잿빛 그림자일 뿐이었다. 그 외에 보이는 것이라고는 저택에 둘러진 안전 펜스와 '위험! 물러서시오'라는 경고문뿐이었다.

이 아이의 무엇이 그녀를 사로잡았던 것일까?

30분도 넘게 사진을 들여다보았지만 결국 아무것도 발견할 수 없었다. 그 사진을 이해할 수 없었기 때문에 나는 거울 속의 흰 동그라미 사진과 함께 노트 표지 안쪽에 끼워 두었다.

소년의 사진, 그리고 《제인 에어》와 용광로 게임을 제외하면 그녀가 들려주는 이야기의 마법을 뚫고 들어온 사건은 없었다. 물론 고양이도 있었다. 녀석은 밤이나 낮이나 아무 때고 찾아와서 내 방문을 긁어댔고 내가 먹다 남긴 달걀이나 생선을 먹어치웠다. 녀석은 백지 위에 올라앉아 내가 글 쓰는 것을 보기를 좋아했다. 덕분에 윈터 여사의 이야기의 미궁 속에서 헤매며 나 자신을 완전히 잊고 글쓰기에 몰입할 때조차도 누군가에게 감시당하는 것 같은 기분을 떨쳐버릴 수가 없었다. 특히 혼돈에 빠질 때마다 진흙에 빠진 나를 다시 내 방으로, 내 노트로, 내 연필로, 내 연필깎이로 돌아오게 해준 것은 바로 녀석의 눈동자였다. 가끔은 내 침대에서 함께 잠이 들 때도 있었다. 그럴 때면 나는 녀석이 아침에 눈을 떴을 때 창틀에 앉아 사람의 눈에는 보이지 않는 어둠 속의 움직임을 관찰할 수 있도록 커튼을 열어두곤 했다.

그게 전부였다. 그것 말고는 아무것도 없었다. 영원히 끝나지 않는 황혼과 이야기뿐이었다.

몰락

이사벨은 떠났다. 헤스터도 떠났다. 찰리도 떠났다. 윈터 여사가 그 이후의 이별에 대해 들려주었다.

다락방에서 나는 균열이 생긴 벽에 등을 대고 서 있었다. 있는 힘을 다해 벽을 밀어보았다. 한 번. 또 한 번. 나는 운명을 시험하고 있었다. 궁금했다. 만약 벽이 무너진다면 어떻게 될까? 지붕이 무너질까? 지붕이 무너지면 바닥도 무너질까? 지붕의 벽돌과 대들보가 천장을 뚫고 침대 위로 우르르 무너져 내릴까? 마치 지진이 난 것처럼? 그다음에는 어떻게 될까? 거기서 끝날까? 어디까지 무너질까? 나는 벽을 무너뜨릴 생각으로 몇 번이고 벽에 등을 힘껏 부딪혀보았지만 벽은 꿈쩍도 하지 않았다. 그렇게 밀어붙여도 꿈쩍도 하지 않는다는 게 놀라울 뿐이었다.

그날 밤 나는 요란한 소리에 눈을 떴다. 소리는 이미 멈추었지만 내 귀와 가슴속에서 여전히 메아리치고 있었다. 나는 벌떡 일어나 계단으로 뛰어갔다. 에멀린도 내 뒤를 쫓아왔다.

우리가 계단 위 난간에 도착했을 때 부엌에서 자고 있던 존이 계단 아래쪽에 서 있었다. 우리는 모두 바라보았다. 가정부가 잠옷 차림으로 거실 한복판에 서서 천장을 바라보고 있었다. 그녀의 발치에는 커다란 돌덩이가 하나 있었고 머리 위 천장에는 거친 속살을 드러낸 구멍이 뚫려 있었다. 짙은 회색 먼지가 거실을 뒤덮었다. 먼지는 어디에 앉아야 할지 망설이며 공중에서 떠돌았고 회벽과 목재 파편들이 아직도 위층 바닥에서 떨어지고 있었다. 위층에서 벽돌이나 목재가 떨어질 때마다 에멀린은 쥐처럼 가냘픈 비명을 질렀다.

석조 계단은 차가웠다. 나무 파편과 석고 부스러기가 발을 찔렀다. 무너져가는 집의 파편 더미 한복판에, 소용돌이치는 먼지 바람의 한복판에, 가정부는 유령처럼 서 있었다. 머리와 얼굴, 손, 긴 잠옷의 앞섶까지 온통 먼지투성이였다. 그녀는 꼼짝도 않고 서서 천장을 바라보았다. 나는 그녀의 곁에 다가가 그녀가 보는 곳을 바라보았다. 우리는 천장에 뚫린 구멍과 그 위로 또 뚫린 구멍, 그 위의 또 다른 구멍을 보았다. 위층 침실의 짙은 적색 벽지와 그 위층 방의 격자무늬 벽지, 그 위층 조그만 다락방의 회색 벽지를 보았다. 그 위로는, 우리가 서 있는 곳에서 한참 위인 그곳에는, 뻥 뚫린 구멍으로 하늘이 보였다. 별들은 보이지 않았다.

나는 가정부의 손을 잡았다.

"그렇게 쳐다봐야 소용없어요."

내가 말했다.

나는 그녀를 끌었고 그녀는 어린아이처럼 나를 따라왔다.

"방으로 데려갈게요."

내가 존에게 말했다.

핏기를 잃은 얼굴로 그가 고개를 끄덕였다.

그는 차마 그녀를 보지 못했다. 그는 느린 동작으로 무너진 천장을 가리켰다. 급류에 휘말려 허우적거리는 사람의 움직임 같았다.

"어떻게든 손을 써야겠는데……."

먼지로 그의 목소리가 갈라졌다.

그로부터 한 시간 뒤, 가정부가 몸을 닦고 깨끗한 잠옷으로 갈아입고 잠자리에 들었을 때에도 그는 여전히 그 자리에 있었다. 한 시간 전과 똑같은 모습이었다. 그는 가정부가 서 있었던 그 자리에서 천장을 바라보고 있었다.

다음 날 아침, 가정부가 부엌에 나오지 않았고 나는 그녀를 깨우러 갔다. 그러나 그녀는 깨어날 수 없었다. 그녀의 영혼은 천장에 뚫린 구멍으로 빠져나가버렸다. 그녀는 그렇게 떠났다.

"가정부가 죽었어요."

내가 부엌에서 존에게 말했다.

그의 표정은 달라지지 않았다. 그는 내 말을 듣지 못한 사람처럼 부엌 테이블의 맞은편을 바라보았다.

"음……."

마침내 그가 말했다. 들릴 듯 말 듯 작은 목소리였다.

마침내 모든 게 끝장인 것 같았다. 내가 바라는 것은 오직 한 가지뿐이었다. 존처럼 의자에 앉아 꼼짝하지 않고, 허공을 바라보며, 아무것도 하지 않는 것이었다. 그러나 시간은 멈추지 않았다. 내 심장은 여전히 뛰고 있었다. 배가 고픈 것도, 목이 마른 것도 느낄 수 있었다. 내가 죽을지도 모른다는 생각을 하니 슬펐지만, 나는 수치스럽게도, 그리고 우스꽝스럽게도 여전히 살아 있었다. 내 머리카락과 손톱이 자라는 것마저 느낄 수 있을 정도로 생생하게 살아 있었다.

견딜 수 없을 정도로 무서운 중압감이 나를 짓눌렀지만 나는 존처럼 이 비극 속에 침몰할 수 없었다. 헤스터는 떠났고 찰리도 떠났다. 가정부도 떠났다. 존은, 부디 다시 돌아오기를 바라지만, 그만의 방식으로 떠난 것이나 마찬가지였다. 이제 안개 속의 소녀가 어둠 속에서 나와야 할 때가 온 것이다. 이제 놀이는 끝났고 어른이 되어야 할 시간이었다.

"물을 올려놓을게요. 차 한 잔 드세요."

내가 말했다.

내 목소리는 나의 것이 아니었다. 다른 아이의 것이었다. 똑똑하고 유능한 정상적인 소녀가 내 속으로 들어와 나를 점령했다. 그 아이는 앞으로 어떻게 해야 하는지 잘 알고 있는 것 같았다. 당연한 일이었다. 이미 인생의 반을 다른 사람들의 삶을 지켜보며 살았던 내가 아니었던가? 헤스터를 지켜보면서, 가정부를 지켜보면서, 그리고 마을 사람들을 지켜보면서.

똑똑한 소녀가 주전자를 올려놓고 찻잎을 넣어서 물을 끓인 뒤 잔에 따르는 동안 나는 내 속에서 평화를 찾았다. 그 아이는 존의 잔에 설탕을 두 스푼, 내 잔에는 설탕을 세 스푼 넣었다. 차가 준비되자 나는 차를 마셨다. 따끈한 차가 위 속으로 들어가는 순간 더는 떨리지 않았다.

은빛 정원

잠에서 깨어나기도 전에 이미 뭔가 다르다는 것을 느꼈다. 눈을 뜨기 직전에 나는 그게 무언지 깨달았다. 그것은 **빛**이었다.

새달이 시작되면서부터 줄곧 내 방에 짙게 드리워졌던 어둠이 사라졌다. 방구석을 채웠던 음울함과 음산한 기운도 모두 사라지고 없었다. 창문의 환한 직사각형으로부터 새어 들어온 빛이 내 방 구석구석을 비추었다. 환한 빛을 본 게 얼마나 오랜만인지 나는 밤이 끝난 것이 아니라 겨울이 끝나기라도 한 듯 기쁨에 들떴다. 봄이 온 것만 같았다.

고양이가 창가의 선반에 앉아 정원을 바라보고 있었다. 내가 뒤척이는 소리를 듣고 얼른 뛰어 내려와 문을 긁으며 나가자고 졸랐다. 나는 옷을 입고 코트를 걸친 뒤 고양이와 함께 조용히 계단을 내려가서 부엌으로, 그리고 정원으로 나갔다.

문을 연 순간 내가 잘못 생각했음을 깨달았다. 아침이 아니었다. 정원의 빛은, 나뭇잎의 가장자리를 은빛으로 물들이고 조각상의 윤곽을 선명하게 드러내주었던 빛은, 햇빛이 아니라 달빛이었다.

나는 가만히 서서 달을 바라보았다. 완벽한 원이 맑은 하늘 위에 걸려 있었다. 아침이 밝아올 때까지 달에 취한 채 그렇게 서 있을 수도 있을 것 같았다. 그러나 참을성 없는 고양이가 자기를 봐달라며 발목에 감겨 왔고 나는 몸을 숙여 녀석을 쓰다듬어주었다. 내가 쓰다듬자마자 녀석은 바로 걷기 시작했다. 몇 발자국 걷다가 뒤를 돌아보았다.

나는 코트 깃을 세우고 시린 손을 주머니에 찔러 넣은 뒤 고양이를 쫓아갔다.

고양이는 테를 두른 긴 화단 사이의 풀밭 길로 나를 이끌었다. 왼쪽으로는 주목나무 울타리가 달빛을 받아 환하게 빛났고 오른쪽으로는 회양목 울타리가 달빛의 그늘 속에 서 있었다. 우리는 장미 정원으로 들어섰다. 잘 다듬어진 장미 덩굴이 마치 죽은 나뭇가지들을 쌓아놓은 것 같았다. 정성 들여 손질한 회양목 울타리가 달빛의 안과 밖을 드나들며 굽이치는 은빛과 검은빛 물결을 만들어냈다. 나는 열 번도 넘게 잠시 멈추고 싶었다. 완벽한 각도로 달빛을 받고 있는 담쟁이덩굴의 잎사귀 하나에, 맑은 하늘 아래 비현실적으로 느껴질 만큼 선명한, 갑자기 시야에 들어온 커다란 참나무 한 그루에. 그러나 나는 멈출 수가 없었다. 고양이는 저만치 앞서서 갈 길이 정해진 듯 분명하고도 규칙적인 발걸음을 내디뎠다. 녀석은 마치 **'이쪽으로 오세요'**라고 적힌 표지판을 들고 다니는 여행 가이드처럼 꼬리를 세우고 나를 이

끌었다. 연못에 이르자 고양이는 연못을 두른 울타리에 올라가더니 연못 바닥에 떨어진 동전처럼 수면 위에 선명하게 떠 있는 달은 외면한 채 가장자리를 따라 연못의 반을 돌아 겨울정원의 아치문 앞 울타리에서 뛰어내려 그쪽으로 달려갔다.

아치문 아래서 고양이는 잠시 멈춰 서서 주의 깊게 좌우를 살폈다. 그러고는 무언가를 보았는지 곧바로 시야에서 사라져버렸다.

나는 호기심을 느끼며 고양이가 섰던 자리에 서서 주위를 둘러보았다.

겨울 정원은 일 년 중 제때에, 혹은 하루 중 제시간에 보기만 하면 갖가지 빛깔의 꽃들을 감상할 수 있는 곳이었다. 그러나 한밤중이라면 그 매혹적인 모습을 감상하기가 쉽지 않았다. 검은 토양 위에 낮게 펼쳐진 크리스마스로즈를 보기엔 너무 어두웠고, 아네모네의 화사함을 보기엔 너무 이른 시기였으며, 월계수 향을 맡기에도 너무 추운 날씨였다. 그러나 조롱나무만은 볼 수 있었다. 조롱나무 가지에는 머지않아 노란색과 주황색 술이 달리겠지만 지금은 나뭇가지 자체만으로도 시선을 끌기에 충분했다. 잎사귀 하나 없는 순결한 나뭇가지는 불규칙한, 그러나 우아하고 절제된 느낌의 섬세한 마디를 드러내고 있었다.

그 나무 밑에 사람 형상의 둥근 그림자가 있었다.

나는 그 자리에 얼어붙었다.

그 형상이 힘겨운 듯, 천천히 몸을 일으키더니 숨을 들이쉬고 내쉬며 그르렁거리는 소리를 냈다.

길고도 느리게 지나갔던 그 순간, 나는 한밤중에, 윈터 여사의 정원을 또 다른 누군가가 거닐고 있다는 사실을 이해하려 애썼다. 생각할 필요조차 없이 알게 되는 일들이 있었다. 바닥에 웅크리고 앉아 있던 사람은 모리스가 아니었다. 이 시간에 정원에 나온 사람이라면 모리스일 확률이 가장 높았지만 처음부터 모리스라는 생각은 아예 들지 않았다. 그렇게 건장한 체격이 아니었다. 주디스도 아니었다. 단정하고 차분하고 항상 손톱을 깨끗하게 다듬고, 머리를 단정하게 매만지고, 깨끗하게 광을 낸 구두를 신는 주디스가 한밤중에 정원에서 서성거린다고? 있을 수 없는 일이었다. 그 두 사람은 고려의 대상조차 되지 않았고 생각할 필요조차 없었다.

내 마음은 두 가지 가능성 사이를 백 번도 더 오가고 있었다.

그 사람은 바로 윈터 여사였다.

그러나 윈터 여사일 리가 없었다.

분명히 윈터 여사였다. 확실히 알 수 있었다. 느낄 수 있었다. 분명히 그녀였다.

그러나 그녀일 리가 없었다. 윈터 여사는 환자였다. 그녀는 늘 휠체어에 앉아 있었다. 차가운 땅바닥에 앉아 흙장난을 하는 것은 고사하고 몸을 구부려 잡초를 뽑을 기운도 없었다.

윈터 여사가 아니었다.

불가능한 일이었지만 그래도 분명히 윈터 여사였다.

그 순간은 길고도 혼란스러웠다. 그다음 순간은 갑작스럽게 이어졌다.

어둠 속의 그림자가 얼어붙었다가, 돌아앉았다가, 일어섰다. 그리고 나는 깨달았다.

윈터 여사의 눈. 신비롭게 반짝이는 초록색 눈동자였다.

그러나 윈터 여사의 얼굴이 아니었다.

얼룩덜룩한 살점과 상처들로 뒤덮인, 세월이 만든 것보다 훨씬 더 깊은 굴곡으로 일그러진 얼굴이었다. 양쪽 뺨은 비대칭이었다. 비틀린 입술의 반은 예전의 아름다움을 상기시키듯 반듯한 활 모양이었고 나머지 반은 일그러진 허연 살덩어리일 뿐이었다.

에멀린!

윈터 여사의 쌍둥이 자매가 살아 있었다. 바로 이 집에서 살고 있었다!

나는 걷잡을 수 없는 혼란에 휩싸였다. 피가 거꾸로 흐르는 듯했고 온몸이 충격으로 마비되는 것 같았다. 그녀는 눈을 깜박이지 않고 똑바로 나를 보았다. 나보다는 충격이 덜한 것 같았다. 그러나 그녀도 나처럼 어쩔 줄을 몰랐다. 우리는 한동안 그렇게 서 있었다.

먼저 정신을 차린 사람은 그녀였다. 그녀는 흙 묻은 검은 손을 내게 내밀면서 알아들을 수 없는 소리로 내게 무어라고 말했다.

당황한 나는 곧바로 대꾸를 할 수 없었다. 내가 그녀의 이름을 말하기도 전에 그녀는 몸을 앞으로 숙이고 어깨를 구부정하게 한 뒤 서둘러 어디론가 사라졌다. 어둠 속에서 고양이가 나타났다. 녀석은 기지개를 켜더니 나를 외면하고 그녀를 좇아갔다. 둘 다 아치문 쪽으로 사라졌고 나는 혼자 남았다. 나와 파헤쳐놓은 흙 한 무더기.

여우 짓이라고? 맞는 말이었다.

그들이 사라진 뒤 꿈이었다고 나 자신을 설득할 수도 있었다. 내가 꿈속에서 정원을 거닐다가 애덜린의 쌍둥이 자매가 나타나서 내가 알아들을 수 없는 비밀을 말해준 것이라고 믿을 수도 있었다. 그러나 그건 꿈이 아니었다. 그녀의 모습은 보이지 않았지만 노랫소리만은 또렷하게 들렸다. 나를 괴롭히던 다섯 개의 불협화음. 라 라 라 라 라.

그 소리가 완전히 들리지 않을 때까지 나는 그 자리에 서서 귀를 기울였다.

그러다가 손과 발이 시려오자 서둘러 집으로 향했다.

음성기호

내가 음성기호를 배운 건 아주 오래전의 일이었다. 아빠의 책방에 있던 언어학 책에서 처음 음성기호라는 것을 보았다. 처음엔 별 관심이 없었지만 특별히 할 일이 없는 어느 주말에 기호와 부호의 마법에 빠져들고 말았다. 익숙한 글자도 있었고 낯선 글자들도 있었다. 소문자 n과 다른 발음을 가진 대문자 N이 있었고 소문자 y와 다른 발음을 가진 대문자 Y도 있었다. n과 d, s와 z에는 우스운 꼬리 같은 것이 달려 있었고 h나 I, u 같은 글자에는 t처럼 줄이 그어져 있었다. 나는 제멋대로인 변종 글자들이 마음에 들었다. 나는 끝부분이 j처럼 생긴 m, 공 위에서 재주를 부리는 강아지처럼 o 위에 사뿐히 올라앉은 v들로 종이를 가득 메웠다. 내가 써놓은 기호들을 보고 아빠가 그 글자들이 어떤 소리를 내는지 가르쳐주었다. 국제음성기호를 이용하여 수학 공식이나 비밀 암호, 잊힌 언어처럼 보이는 글을 쓸 수 있다는 것도 알게 되었다.

나에겐 잊힌 언어가 필요했다. 잊힌 사람들과 소통할 수 있는 언어가 필요했다. 나는 똑같은 단어를 반복해서 썼다. 내 쌍둥이 자매의 이름이었다. 내게 부적과도 같은 이름이었다. 나는 그 단어를 적은 쪽지를 공들여 조그맣게 접어서 항상 지니고 다녔다. 겨울에는 코트 주머니 속에서, 여름에는 양말 속에서 그 쪽지가 나를 간질였다. 밤이면 꼭 움켜쥔 채 잠들었다. 그렇게 주의를 기울였지만 항상 간수를 잘하진 못 했다. 얼마 못 가서 잃어버렸고 새것을 만들어 가지고 다니다 보면 잃어버렸던 쪽지가 나오곤 했다. 엄마가 내 손안에 있는 걸 보자고 했을 땐 들키지 않으려고 삼켜버렸다. 물론 엄마가 보았다고 해도 읽을 수 없었겠지만. 그러나 아빠가 서랍 한구석에서 먼지 묻은, 접힌 쪽지를 발견하고 그것을 열어보았을 때 아빠를 막진 않았다. 쪽지에 적힌 이름을 읽은 순간 아빠의 얼굴은 하얗게 질렸고 슬픔으로 눈이 흐릿해졌다.

아빠는 말을 할 수도 있었을 것이다. 그러나 아빠가 말을 하려고 입을 벌린 순간 나는 손가락을 입에 대고 침묵할 것을 명령했다. 아빠가 그 애의 이름을 말하는 것을 결코 용납할 수 없었다. 아빠는 그 애를 어둠 속으로 떠밀지 않았던가? 그 애를 잊으려 하지 않았던가? 그 애를 내게서 떼어놓으려 하지 않았던가? 아빠에겐 그 애의 이름을 말할 권리가 없었다.

나는 아빠의 손안에 든 종이를 빼앗았다. 그리고 한마디도 하지 않고 2층으로 올라갔다. 2층 창가에서 나는 입안 가득 종이를 씹었다. 나무 향이 밴, 건조한 맛이었다. 나는 종이를 삼켰다.

10년 동안 부모님은 그 애를 잊기 위해 그 애의 이름을 침묵 속에 묻어두었다. 지금부터는 나의 침묵 속에서 그 애를 보호하리라. 그리고 기억하리라.

'안녕하세요', '안녕히 계세요', '죄송합니다'라는 세 가지 말을, 비록 부정확한 발음이긴 하지만 17개의 언어로 말할 수 있다는 것, 그리스 알파벳을 앞으로, 뒤로 암기할 수 있다는 것(비록 그리스어 단어는 한 개도 모르지만)과 함께 음성기호는 책을 좋아했던 내 어린 시절의 비밀스러운, 그러나 더는 쓸모없는 유물로 남게 되었다. 나는 재미로 그런 것들을 익혔을 뿐이고 세월이 지나면서 굳이 사용하려고 애쓰지 않았다. 그런데 그날 정원에서 돌아와서 나는 에멀린이 다급하게 속삭이듯 내뱉었던 마찰음과 파열음을 기록해두기 위해 연필을 들었다. 내가 들은 것을 정확히 기록해두고 싶었다.

서너 개를 적어본 다음 침대에 앉아 내가 적은 음성기호들을 바라보았다. 이것이 정확할까? 의심이 고개를 들었다. 방으로 돌아오기까지 5분이라는 시간이 흘렀는데 나의 기억이 정확할까? 내가 정확하게 듣기는 한 것일까? 잘못 적은 첫 글자가 내 기억을 오염시킨 것은 아닐까?

나는 종이에 적은 글자를 발음해보았다. 그리고 또 한 번 발음해보았다. 내가 적은 글자가 정확한 것임을 확인해주는 무언가가 떠오르기를 기다렸다. 그러나 아무것도 떠오르지 않았다. 내가 적어놓은 것은 잘못 들은 말의 일부만 기억해서 받아 적은 글일 뿐이었다. 아무짝에도 쓸모가 없었다.

나는 비밀스러운 이름을 적어보았다. 마법을 지닌, 너무도 매혹적인, 부적과도 같은 그 이름을.

그러나 기적은 일어나지 않았다. 그 애는 오지 않았고 나는 여전히 혼자였다.

나는 종이를 구겨 구석 쓰레기통에 던져버렸다.

사다리

"내 이야기가 지루한가?"

지난 며칠 동안 윈터 여사는 여러 차례 그런 질문을 했다. 윈터 여사의 이야기를 듣는 동안 나는 하품을 참기 위해 수시로 눈을 비볐다.

"죄송해요. 그냥 좀 피곤해서요."

"피곤하다고!"

그녀가 소리를 질렀다.

"꼭 시체를 데워놓은 것 같은 얼굴을 하고서는……. 식사는 제대로 하고 있나? 도대체 뭐가 문제지?"

나는 어깨를 으쓱했다.

"그냥 좀…… 피곤하네요."

그녀는 입술을 깨물고 나를 똑바로 응시했다. 그러나 나는 아무 말도 하지 않았고 그녀는 이야기를 시작했다.

그로부터 6개월 동안 크게 달라진 건 없었다. 우리는 몇 개의 방만 오가며 살았다. 존이 밤에 잠을 자는 부엌과 거실, 서재, 세 곳 정도였다. 우리는 부엌 뒷계단을 이용하여 비교적 안전해 보이는 침실에서 잤다. 다른 방에서 매트리스를 끌어다가 그 위에서 잤다. 침대를 움직이는 건 무리였다. 식구 수가 줄자 집이 너무 크다는 생각이 들었다. 살아남은 사람들은 작은 방을 더 편안해 했다. 그러나 닫힌 문 뒤에서 서서히 상처가 곪아가는 빈사 상태의 환자와도 같은 저택의 다른 방들을 완전히 잊을 수는 없었다.

에멀린은 카드 게임을 개발하며 많은 시간을 보냈다.

"나하고 게임 하자. 자, 네가 먼저 해."

에멀린은 졸라대곤 했다. 그럴 때면 나는 결국 못 이기는 척 함께 게임을 했다. 게임은 모호했고 규칙은 계속 바뀌었다. 오직 에멀린만이 이해하는 게임이었고 에멀린만이 이기는 게임이었다. 그래서 에멀린은 그 게임을 좋아했다.

에멀린은 목욕도 좋아했다. 비누와 뜨거운 물에 대한 사랑은 식을 줄을 몰랐다. 내가 빨래를 하려고 데워놓은 물로 몇 시간이고 목욕을 즐기는 호사를 누렸다. 그러나 나는 에멀린이 쓰는 물이 아깝지 않았다. 한 사람이라도 행복할 수 있다면 다행이라 생각했다.

문단속을 하기 전 에멀린은 이사벨의 옷장에서 드레스와 향

수, 구두를 꺼내 잠을 자는 방으로 가져오곤 했다. 우리 방은 마치 인형놀이 세트 같았다. 10년쯤 묵은 옷도 있었고 이사벨의 어머니 것으로 추정되는, 30년, 40년 전 옷도 있었다. 에멀린은 화려하게 치장하고 과장스러운 몸짓으로 부엌에 나타나곤 했다. 그 옷을 입은 에멀린은 열다섯 살보다 훨씬 더 성숙해 보였고, 여성스러워 보였다. 나는 정원에서 헤스터가 의사와 주고받던 대화를 떠올렸다.

'어쩌면 결혼도 할 수 있겠죠.'

그리고 가정부에게 들은 이사벨과 야유회 이야기를 떠올렸다.

'아씨는 보는 순간 만지고 싶다는 충동을 불러일으키는 그런 여자였지.'

나는 갑자기 불안해졌다. 그때 에멀린이 부엌 의자에서 뛰어내려서는 은색 핸드백 안에서 카드를 꺼내더니 어린아이 같은 목소리로 말했다.

"나하고 카드 게임 하자. 먼저 해."

그 순간 나는 조금 안심이 되었다. 에멀린이 멋지게 차려입고 이 집을 나가는 일은 없을 거란 생각이 들어서였다.

존은 무기력했다. 그러던 어느 날 그는 불가능한 일에 도전해 보기로 결심하고 자신을 도울 조수를 하나 구했다.

"걱정 마세요. 프록터 씨 아들 앰브로즈라고, 착한 녀석이에요. 오래 있을 건 아니고 집 수리가 끝날 때까지만 오라고 했어요."

그렇다면 영원히 이곳에 있어야 할 거라고 나는 생각했다.

마침내 그가 왔다. 그는 존보다 키가 더 컸고 어깨도 더 넓었다. 두 사람은 주머니에 손을 넣고 그날 할 일을 의논했고 그러고 나면 곧바로 일을 시작했다. 그는 정확하고도 침착하게 땅을 갈았다. 부드럽게, 쉬지 않고 흙 고르는 소리가 신경에 거슬렸다.

"저런 애를 왜 데려왔어요? 다른 사람들처럼 저 애도 바깥 사람이잖아요."

나는 궁금했다.

그러나 그 아이는, 존에게만큼은 바깥 사람이 아닌 것 같았다. 아마도 내가 알지 못하는 존의 세계, 남자들의 세계에서 왔기 때문인 것 같았다.

"성실한 친구예요. 부지런하고 말수도 적어요."

내가 물을 때마다 존은 항상 똑같이 대답했다.

"아마 혀가 없나 보죠. 하지만 눈은 있는 것 같던데요?"

존은 어깨를 으쓱하며 불편한 듯 시선을 돌렸다.

"당분간만이에요. 계속 이렇게 살 순 없잖아요."

마침내 그가 말했다.

그가 우리의 집과 그 집에 살고 있는 사람들, 그 사람들이 살고 있는 삶을 모두 가리키는 듯한 몸짓을 하며 말했다.

"때가 되면 모든 게 달라질 거예요."

그가 다시 말했다.

"**달라질 거라니,** 뭐가요?"

"어른이 되면 말이에요. 이렇게 살 순 없어요. 어른이 되면……."

그러나 나는 이미 그 자리에 없었다. 그가 하려는 말을 듣고 싶지 않았다.

에멀린은 혼자 침실에 있었다. 보물 상자에서 꺼낸 스카프의 장식을 떼어내고 있었다. 나는 그녀 곁에 앉았다. 에멀린은 놀이에 열중한 나머지 내가 들어온 것조차 알지 못했다. 통통하지만 끝으로 갈수록 가늘어지는 에멀린의 손가락이 스카프에 달린 금장식을 떼어 상자 안에 떨어뜨렸다. 느린 동작이었지만 에멀린에게는 항상 시간이 충분했다. 스카프를 바라보는 그녀의 평온한 얼굴은 좀처럼 동요하는 법이 없었다. 입술을 꼭 다물고 있었고 시선은 꿈을 꾸는 것 같으면서도 집중하는 듯이 보였다. 이따금 눈꺼풀이 내려앉으며 홍채를 가렸지만 눈 밑에 닿은 순간 다시 올라가 변함없는 초록빛 눈동자를 드러냈다.

내가 에멀린과 닮았을까? 궁금했다. 물론 거울을 보면 내 눈이 얼마나 에멀린과 똑같은지 알 수 있었다. 목 뒤쪽 적갈색 머리카락 속에 에멀린과 똑같은 곱슬머리가 있다는 것도 알고 있었다. 똑같은 옷을 입고 대로를 걸을 때 우리의 모습이 사람들에게 어떤 느낌을 주는지도 잘 알고 있었다. 그러나 나는 에멀린과 똑같지 않았다. 나는 에멀린처럼 평화로운 표정을 지을 수 없었다. 내 얼굴은 항상 분노로 일그러져 있었다. 입술을 깨물거나 수시로 흘러내리는 머리카락을 신경질적으로 넘기면서 한숨을 내쉬었다. 나는 결코 에멀린처럼 평온한 표정을 지을 수 없었다. 나라면 저 장식을 이로 물어뜯었을 것이다.

'날 두고 떠나지 않을 거지?'

나는 묻고 싶었다. 나는 널 떠나지 않을 거야. 존이 무슨 말을 하건, 우린 영원히 같이 있는 거야. 영원히.

"우리 같이 놀까?"

에멀린은 내 말을 듣지 못한 채, 하던 일에만 열중하고 있었다.

"우리 결혼 놀이 하자. 네가 신부 해. 어서. 무슨 옷을 입을까…… 이거 입어."

방구석에 쌓여 있던 옷가지들 중에 노란색 얇은 천을 들어 올리며 내가 말했다.

"이게 베일이야. 해봐."

내가 베일을 그녀의 머리에 씌웠는데도 에멀린은 나를 보지 않았다. 에멀린은 천을 걷어내고 다시 금장식을 뜯기 시작했다.

어쩔 수 없이 나도 에멀린의 보물 상자를 바라보았다. 헤스터의 열쇠가 아직도 그 안에서 반짝이고 있었다. 열쇠의 주인에게서 잊힌 게 분명했다. 이사벨의 보석들도 있었고 헤스터가 언젠가 에멀린에게 준 사탕의 알록달록한 껍질도 있었다. 깨어진 초록색 유리병 조각과 오래전 가정부가 나에게 주었던, 금으로 가장자리를 두른 리본도 있었다. 잡동사니 밑에는 헤스터가 처음 도착한 날 커튼에서 뽑아낸 은색 실도 있었다. 보석과 유리 같은 잡동사니 속에 어울리지 않는 게 한 가지 있었다. 가죽이었다. 나는 제대로 보기 위해 고개를 비스듬히 했다. 에멀린이 이걸 여기에 둘 만한 이유가 있었다. 가죽 위의 글자가 금색이었던 것이다. 'IAR'이라고 적혀 있었다. IAR. 무엇일까? 누구일까? 자세히 보니 눈에 띄는 게 있었다. 조그만 자물쇠와 열쇠였다. 그러고 보니 에멀린의 보물 상자에 들어 있는 게 너무도 당연했다. 금색 글자 **그리고 열쇠.** 에멀린이 탐내고도 남을 만한 물건이었다. 그때 갑자기 떠오른 생각이 있었다. IAR은 바로 일기DIARY였다!

나는 손을 뻗었다.

그러나 에멀린의 손이 번개처럼 내 손목을 잡았다. 에멀린은 여전히 내 쪽은 보지도 않았다. 내 손을 단호하게 홱 밀쳐낸 뒤 보물 상자의 뚜껑을 닫았다. 내 손목에 에멀린의 손자국이 하얗게 남았다.

"난 떠날 거야."

에멀린의 반응을 보려고 내가 말했다. 그러나 내 목소리에서 자신감이 느껴지지 않았다.

"정말이야. 지금 당장 떠날 거야. 나도 이젠 어른이니까 **내 인생**을 살겠어."

자기 연민에 휩싸인 나는 일어서서 방을 나왔다.

해가 질 무렵, 에멀린이 서재 창가에 앉아 있는 나를 찾아왔다. 나는 커튼으로 몸을 가렸지만 에멀린은 곧장 창가 쪽으로 다가왔다. 에멀린의 발자국 소리가 들렸고 커튼이 젖혔다. 나는 창문에 이마를 대고 창문을 때리는 빗줄기를 바라보고 있었다. 유리창에 맺힌 빗방울이 바람에 떨렸다. 빗방울들은 유리 위에 지그재그를 그리겠다고, 짧은 은빛 꼬리만 남긴 채 그 길에서 만나는 빗방울들을 죄다 삼켜버리겠다고 끊임없이 으름장을 놓고 있었다. 에멀린이 다가와 내 어깨에 머리를 기대었다. 나는 에멀린을 밀쳐냈다. 말을 하지 않을 생각이었다. 에멀린이 내 손을 잡더니 손가락에 무언가를 끼웠다.

에멀린이 가기를 기다렸다가 손을 보았다. 반지였다. 에멀린은 내게 반지를 주었다. 반지에 달린 보석을 손바닥 쪽으로 돌린 뒤 창가로 가져갔다. 보석이 빛을 발했다. 내 눈동자와 똑같은, 에멀린의 눈동자와 똑같은 초록색이었다. 에멀린이 내게 반지를 주었다. 나는 손가락을 오므린 다음 힘주어 보석을 꼭 움켜쥐었다.

존은 빗물이 담긴 양동이들을 거두어 빗물을 쏟아버렸다. 수프를 만들 채소를 손질했고 농장에 가서 우유와 버터를 가져왔다. 그러나 한 가지 일을 끝낼 때마다 그의 체력은 서서히 고갈되었다. 식탁에서 몸을 일으켜 또다시 일을 시작할 기운이 있을지 의문이 들 정도였다.

"우리 정원에 가요. 정원 일 가르쳐줘요. 네?"

그는 대답하지 않았다. 아마도 내 말을 못 들은 것 같았다. 나는 며칠을 기다렸다가 다시 졸랐다. 조르고 또 졸랐다.

결국 그는 헛간에 가서 익숙한 리듬으로 전지가위를 갈기 시작했다. 우리는 함께 사다리를 들고 헛간 밖으로 나왔다.

"잘 보세요."

그는 사다리의 잠금장치를 가리키며 말했다.

그는 사다리를 길게 늘여 잠금장치로 고정한 다음 정원 돌담에 기대어 세웠다. 나는 사다리를 고정하는 것을 몇 번 연습해보고 몇 발자국 올라갔다가 다시 내려오기를 반복했다.

"나무에 기대어놓으면 지금처럼 안정적인 느낌이 들지 않을 거예요. 안전하게 세워졌을 땐 느낌으로 알 수 있지요. 먼저 느낌이 와야 해요."

우리는 함께 조형 정원으로 향했다. 그는 모양이 흐트러진 중간 크기의 주목나무가 있는 곳으로 나를 데려갔다. 내가 바로 사다리를 나무에 기대려 하자 그가 "잠깐! 뭐가 그렇게 급해요!"라고 소리쳤다. 그는 나무 주위를 세 바퀴쯤 돌았다. 그리고 자리에 앉아 담배에 불을 붙였다. 내가 그 옆에 앉자 그는 내게도 불을 붙인 담배 한 개비를 건넸다.

"태양을 마주 보고 잘라선 안 돼요. 자기 그림자 속에서 잘라서도 안 되고요."

그가 말했다.

그는 담배를 길게 몇 모금 빨았다.

"구름을 조심해야 해요. 구름이 있을 땐 선이 흐트러져요. 뭔가 고정돼 있는 것을 찾으세요. 이를테면 지붕이라든가, 울타리라든가. 그런 것들에 의지해야 해요. 절대로 서둘러선 안 돼요. 자르기 전에 세 번을 보세요."

말을 하는 중에도 그의 시선은 한 번도 나무를 떠나지 않았다. 나 역시 그랬다.

"앞을 자를 때에도 뒤를 생각해야 하고, 뒤를 자를 때에도 앞을 생각해야 해요. 가위만 움직이는 게 아니에요. 팔 전체를 움직여야 해요. 어깨까지요."

우리는 담배를 바닥에 던진 다음 밟아서 껐다.

"지금 이렇게 떨어져서 본 모습을, 가까이서 자를 때에도 머릿속에 잘 기억해둬야 해요."

나는 준비가 되었다.

그가 안전하다고 판단할 때까지 나는 사다리를 나무에 세 번이나 다시 세웠다. 마침내 나는 가위를 들고 사다리를 올라갔다.

나는 세 시간 동안 나무를 다듬었다. 처음에는 높이를 신경쓰느라 계속 밑을 내려다보았고 겨우 한 칸씩 올라갔다. 사다리를 움직일 때마다 안전을 위해 몇 번씩 확인해야 했다. 그러나 서서히 나는 그 일에 빠져들었다. 어느 순간부터는 얼마나 높이 있는지 거의 의식하지 않고 내가 만드는 모양에만 집중할 수 있었다. 존은 거의 말을 하지 않았고 그저 내 곁에 서 있었다. 가끔, **"그림자예요!"**, **"뒤를 생각하세요!"**라고 말하기도 했지만 대부분은 그저 나를 지켜보며 담배를 피웠다. 마침내 사다리에서 내려와 잠금장치를 푼 뒤에야 나는 전지가위의 무게 때문에 손이 욱신거린다는 것을 깨달았다. 그러나 상관없었다.

나는 멀찌감치 떨어져 내 작품을 감상했다. 그리고 나무를 세 바퀴 돌았다. 가슴이 벅찼다. 썩 훌륭했다.

존은 고개를 끄덕였다.

"괜찮네요. 잘하셨어요."

그가 말했다.

커다란 모자의 가장자리를 좀 더 다듬어야겠다는 생각으로 헛간에 사다리를 가지러 갔다. 사다리가 보이지 않았다. 내가 좋아하지 않는 소년이 갈퀴를 들고 부엌에 서 있었다. 그에게 다가가 으르렁거리듯 물었다.

"사다리 어디 있어?"

내가 그에게 처음으로 건넨 말이었다.

나의 무례함에도 아랑곳하지 않고 그는 공손하게 대답했다.

"디젠스 씨가 가져갔어요. 아마 3층 난간에서 지붕을 고치고 계실 거예요."

나는 존이 헛간에 남겨둔 담배를 피웠고 부러운 듯 나를 바라보는 소년을 경멸의 눈길로 보았다. 나는 전지가위의 날을 갈았다. 가는 일에 재미를 붙인 나는 풀 베는 칼도 갈았다. 천천히, 여유 있게, 잘 해냈다. 칼날이 돌에 닿는 부드러운 리듬의 배경에 소년이 밭을 가는 리듬이 있었다. 문득 해를 바라본 나는 어느덧 날이 저물고 있음을 깨달았다. 커다란 모자를 다듬으려면 빨리 시작해야 했다. **그러려면** 먼저 존부터 찾아야 할텐데.

사다리는 바닥에 뒹굴고 있었다. 두 개의 시곗바늘처럼 이상한 각도로. 펼친 사다리를 일자로 유지하기 위한 철제 잠금장치가 비틀어졌고 사다리 측면의 깊게 팬 자국에서 부서진 나뭇조각이 비죽 튀어나왔다.

사다리 옆에는 존이 누워 있었다. 내가 어깨를 만졌는데도 존은 꿈쩍도 하지 않았다. 그러나 피로 범벅이 된 머리카락과 축 늘어진 사지는 그것들을 비추는 태양만큼이나 뜨거웠다. 그는 맑고 푸른 하늘을 바라보고 있었지만 그의 푸른 눈동자는 이상할 정도로 음산했다.

똑똑한 여자아이는 그 순간 나를 저버렸다. 나는 다시 어리석고, 아무것도 아닌, 나 자신으로 돌아가 있었다.

"어떻게 하지?"

내가 중얼거렸다.

"어떻게 **하지?**"

나 자신의 목소리조차 두려웠다.

나는 존의 손을 꼭 잡고 자갈밭에 누워, 관자놀이에 돌멩이들이 파고들 정도로 오랫동안 시간이 흘러가는 것만 지켜보았다. 밖으로 돌출된 서재 퇴창의 그림자가 자갈밭에 뒹구는 사다리의 가장 먼 디딤판까지 드리워졌다. 그림자는 한 칸씩, 한 칸씩 사다리를 올라왔고 결국 잠금장치에까지 이르렀다.

잠금장치.

존은 왜 잠금장치를 확인하지 않았을까? 아니, 확인했을까? 물론 그는 확인했을 것이다. 그렇다면 어떻게…… 왜……?

생각해봐야 소용없는 일이었다.

한 칸씩 한 칸씩, 그림자가 사다리를 오르며 점점 더 가까이 다가왔다. 존의 모직 바지와 초록색 셔츠, 그리고 그의 머리카락까지. 그의 머리카락이 이렇게 성글었던가? 왜 전엔 그걸 알지 못했을까?

생각해봐야 소용없는 일이었다. 그러나 어떻게 그런 생각을 하지 않을 수가 있었을까? 희끗희끗해진 그의 머리카락을 바라보면서 나는 사다리가 무너지는 순간 바닥에 난 깊이 파인 자국을 바라보았다. 다른 자국은 아무것도 없었다. 자갈밭은 모래밭도 아니었고, 눈밭도 아니었다. 새로 갈아엎은 흙도 아니었다. 자갈밭에는 발자국이 남지 않았다. 누군가 왔을지도 모른다는 흔적도, 누군가 사다리 주변을 서성거렸다는 흔적도, 일을 끝낸 뒤 사라졌다는 흔적도 없었다. 자갈밭에 남은 흔적이라고는 유령의 흔적뿐이었다.

모든 게 차가웠다. 자갈밭도, 존의 손도, 나의 심장도.

나는 일어나서 뒤를 돌아보지 않고 걸었다. 그리고 집을 한 바퀴 돌아 부엌 정원으로 갔다. 소년은 아직도 그 자리에 있었다. 그는 갈퀴와 빗자루를 정돈하고 있었다. 나를 본 순간 소년은 그 자리에 얼어붙었다. 나는 걸음을 멈추고, '기절하면 안 돼! 기절하면 안 돼!'라고 나 자신에게 소리쳤다. 그가 나를 붙잡으려고 달려왔다. 그의 모습이 멀리 있는 듯 아득했다. 나는 기절하지 않았다. 그가 내게 달려왔을 때 가슴 속에서 목소리가 차올랐지만 무슨 말을 해야 할지 알 수 없었다.

"나 좀 도와줄래?"

그가 내 겨드랑이 밑에 팔을 넣었고 나는 그에게 쓰러졌다. 그가 천천히 나를 풀밭에 눕혔다.

"내가 도울게요. 내가요."

그가 말했다.

존의 죽음에 대한 충격은 쉽게 가시지 않았고 깊은 상실감이 드리워진 윈터 여사의 얼굴도 머릿속에서 지워지지 않았다. 내 방에 편지가 와 있는 것조차 알지 못했다.

정리를 끝내고 나서 더는 할 일이 없을 때 나는 편지를 읽었다.

리 양,

그간 부친께 큰 신세를 지고 있었는데 따님께 조금이나마 보답해드릴 수 있게 되어 얼마나 기쁜지 모르겠습니다.

영국에서 조사한 바에 의하면 엔젤필드를 떠난 이후 헤스터 배로라는 분의 행적에 관한 기록은 찾을 수 없었습니다. 그 시기 이전의 기록은 지금 조사하는 중이고 몇 주 내로 결과를 알려드리겠습니다.

아직 저의 조사가 끝난 건 아닙니다. 이탈리아 쪽에도 이 계통에 있는 사람을 알고 있는데, 그 이전 기록을 조사하다 보면 엔젤필드 이후의 행적에 대한 단서를 얻을 수도 있지 않을까 생각합니다.

실망하지 마세요. 끝까지 추적해보겠습니다.

그럼 이만 줄입니다.

에마뉘엘 드레이크

나는 편지를 서랍에 넣어두고 코트를 입은 다음 장갑을 끼었다.

"가자!"

내가 섀도에게 말했다.

섀도는 나를 따라 계단을 내려가 문을 나섰다. 우리는 저택의 측면을 따라 난 길을 걸었다. 벽에 붙어 자란 덤불이 잠식한 길은 꼬불꼬불했고 자꾸만 저택의 벽에서 멀어져 미로 같은 정원으로 들어서라고 나를 유혹했다. 그러나 나는 정원으로 돌아서지 않고 똑바로 걸었다. 저택 벽을 왼쪽에 두고 걷는다는 것은 갈수록 무성해지는 커다란 관목 수풀 사이를 헤치며 걷는 것을 의미했다. 꼬불꼬불한 나뭇가지들이 내 발목을 잡았고 나뭇가지에 긁히지 않기 위해 목도리를 얼굴에 둘러야 했다. 나를 따라오던 새도도 무성하고 빼곡한 수풀에 질렸는지 걸음을 멈추었다.

나는 계속 걸었다. 그리고 마침내 찾던 것을 찾았다. 창문이었다. 정원과 창문 사이에는 빼곡하게 소나무가 들어섰고 담쟁이덩굴이 창문을 뒤덮었기 때문에 창문에서 새어나오는 불빛은 전혀 눈에 띄지 않았다.

그 창문 안쪽에 윈터 여사의 쌍둥이 자매가 앉아 있었다. 그 맞은편에는 주디스가 있었다. 주디스는 뒤틀리고 일그러진 입술 사이로 수프를 떠 넣고 있었다. 그릇에서 스푼을 떠서 입에 넣기 직전에 주디스가 잠시 멈추고 나를 똑바로 보았다. 그러나 주디스는 나를 볼 수 없었다. 담쟁이덩굴이 너무 무성했다. 아마 내 시선을 느낀 모양이었다. 잠시 후 주디스는 다시 하던 일로 돌아갔다. 그때 나는 그 스푼에서 뭔가 이상한 점을 발견했다.

스푼의 손잡이에 천사 문양과 함께 새겨진 A라는 글자!

저 스푼을 본 적이 있었다. A. 엔젤. 엔젤필드.

에멀린이 오릴리어스와 똑같은 스푼을 갖고 있었다!

담쟁이덩굴에 머리를 헝클어뜨리며 벽에 납작하게 붙어 서 있던 나는 덤불 숲에서 빠져나왔다. 내가 부러진 나뭇가지와 죽은 나뭇잎들을 털어내는 것을 섀도가 지켜보았다.

"들어갈래?"

섀도는 내 말이 반가운 모양이었다.

드레이크 씨는 헤스터를 찾는 데 실패했지만 그날 나는 에멀린을 찾았다.

영원한 황혼

방에서 글을 썼고, 정원에서 방황했으며, 침실에서 고양이를 쓰다듬으며 아예 잠을 자지 않는 것으로 악몽을 피했다. 달빛이 환한 밤에 정원에서 에멀린을 보았던 게 꿈만 같았다. 하늘은 다시 어두워졌고 또다시 끝없는 황혼이 시작되었기 때문이었다. 가정부와 존의 죽음으로 윈터 여사의 이야기도 점점 더 우울해지고 있었다. 정원에서 사다리를 쓰러뜨린 사람은 에멀린이었을까? 나는 범인이 밝혀질 때까지 기다릴 수밖에 없었다. 12월이 하루하루 지나갈수록 내 창가의 그림자도 점점 더 선명해졌다. 그 애가 가까이 있으면 우울했고 그 애가 멀리 있으면 마음이 아팠다. 그 애의 모습은 언제나 두려움과 그리움이 뒤섞인 익숙한 감정을 불러일으켰다.

그날 나는 윈터 여사보다 먼저 서재에 도착했다. 아침인지 오후인지 저녁인지, 알 수 없었다. 어느 때나 똑같았다. 창가에서 윈터 여사를 기다렸다. 내 창백한 쌍둥이 자매가 유리창에 자신의 손가락을 대고 애원하는 듯한 시선으로 날 붙잡아두고는 차가운 숨결로 유리창을 흐리고 있었다. 저 유리창을 부수면 언제건 그 애 곁으로 갈 수 있을 텐데.

"뭘 보고 있나?"

등 뒤에서 윈터 여사의 목소리가 들렸다.

나는 천천히 돌아섰다.

"앉아."

그녀가 고함치듯 말했다.

"주디스, 장작을 좀 더 넣어주고, 이 아가씨한테 먹을 걸 좀 갖다주겠나?"

그녀가 말했다.

나는 자리에 앉았다.

주디스가 코코아와 토스트를 가져왔다.

윈터 여사가 이야기를 시작했고 나는 코코아를 홀짝거렸다.

'내가 도울게요'라고 그는 말했다.

그러나 그가 어떻게 나를 돕는단 말인가? 그는 어린애일 뿐이었다.

나는 일단 그를 밀어냈다. 나는 그에게 의사를 불러오라고 했다. 그가 없는 동안 나는 차를 독하게 타서 한 주전자를 다 마셨다. 나는 깊이, 그리고 빨리 생각했다. 주전자에 차 찌꺼기만 남았을 때, 눈을 괴롭히던 눈물은 어느새 말라 있었다. 이제 행동을 취해야 할 시간이었다.

소년이 모슬리 박사와 함께 돌아왔을 때 나는 이미 마음의 준비를 하고 있었다. 그들이 저택 계단을 올라오는 소리가 들려왔고 나는 그들을 맞이했다.

"에멀린! 딱하기도 하지!"

의사가 마치 나를 안으려는 듯 양팔을 벌리고 내게 다가오며 소리쳤다.

내가 한 발 물러섰고 의사는 멈칫했다.

"에멀린?"

그의 눈동자에 설마 하는 빛이 역력했다.

'네가 애덜린이라고? 그럴 리가. 절대 그럴 리가 없어.'

애덜린이라는 이름은 그의 입술 속에서 죽어버렸다.

"미, 미안해요."

그가 우물거렸다.

그러나 그는 여전히 내가 누구인지 알지 못했다. 나는 그의 혼란을 걷어내주지 않았다. 대신 울었다. 진짜 눈물은 아니었다. 진짜 눈물. 내겐 그게 넘칠 만큼 있었다. 오늘 밤, 아니면 내일, 아니면 조만간, 언제라고는 말할 수 없지만, 나 혼자 있게 되면 실컷 울 생각이었다. 존을 위해서. 그리고 나 자신을 위해서. 크게 소리 내어 울 생각이었다. 어렸을 때처럼 그렇게 울어볼 생각이었다. 내가 그렇게 울 때면 오직 존만이 나를 위로할 수 있었다. 그는 흙냄새와 담배 냄새가 밴 손으로 내 머리칼을 쓰다듬어주었다. 뜨겁고 보기 흉한 눈물이었다. 마침내 울음을 그치고 나면 나의 두 눈은 가늘게 찢어진, 두 개의 붉은 상처가 되곤 했다.

그러나 그것은 은밀한 눈물이었고 모슬리 박사 같은 사람을 위한 눈물이 아니었다. 그를 만족시키기 위해 나는 거짓 눈물을 흘렸다. 에메랄드를 장식하는 다이아몬드처럼 초록빛 눈동자에 눈물이 고였다. 그 눈물은 효과가 있었다. 초록빛 눈동자로 남자를 홀리면 남자는 그 눈빛에 취해 초록빛 눈동자 속에 자신을 감시하는 또 다른 사람이 있다는 것을 결코 알아차리지 못한다.

"안됐지만 디젠스 씨를 위해서는 제가 할 수 있는 일이 아무것도 없군요."

그가 존의 곁에서 일어서며 말했다.

존의 본명을 듣자니 기분이 이상했다.

"어떻게 된 거지요? 잠금장치가 풀렸나요?"

존이 작업을 하고 있던 현관을 바라보며 그가 물었다. 그는 몸을 숙여 사다리도 살펴보았다.

나는 아무런 감정도 느끼지 않고 시체를 바라볼 수 있었다. 거의 그럴 수 있었다.

"미끄러진 게 아닐까요? 떨어지면서 사다리를 잡아서 존 아저씨가 먼저 떨어지고 그다음에 사다리가 쓰러진 게 아닐까요?"

내가 말했다.

"본 사람이 없나요?"

"저희 방은 반대편에 있어요. 앰브로즈는 채소밭에 있었고요."

그는 우리에게서 조금 떨어진 곳에서 고개를 돌린 채 서 있었다.

"흠…… 가족이 없는 걸로 알고 있는데……."

"아저씬 항상 혼자였어요."

"삼촌은 어디 계신가요? 왜 안 나오시죠?"

존이 소년에게 우리의 상황을 어떻게 얘기했는지 알 수 없었기 때문에 나는 잘 생각해서 대답해야만 했다.

나는 모슬리 박사에게 삼촌은 안 계시다고 울먹이며 말했다.

"안 계시다고!"

모슬리 박사가 얼굴을 찌푸렸다.

소년은 아무런 반응도 보이지 않았다. 아직은 놀라지 않았다는 의미였다. 그는 시체를 보지 않으려고 자기 발을 보고 서 있었다. 나는 그가 계집아이 같다고 생각했다.

"삼촌은 당분간 돌아오지 않으실 거예요."

내가 말했다.

"얼마 동안이나요?"

"글쎄요. 삼촌이 가신 지가 벌써……."

나는 얼굴을 찌푸리며 날짜를 세는 시늉을 했다. 그러고 나서 여전히 시체에 시선을 고정한 채 현기증이 나는 척 비틀거렸다.

모슬리 박사와 소년이 내 곁으로 다가와 팔꿈치를 붙잡아주었다.

"됐어요. 그 얘긴 나중에 하죠."

나는 그들이 저택을 돌아 부엌 쪽으로 나를 부축하도록 내버려두었다.

"어떻게 해야 좋을지 모르겠어요!"

모퉁이를 돌아설 때 내가 말했다.

"뭐가 걱정이지요?"

"장례식이요."

"걱정 말아요. 내가 연락을 할 테니까. 나머지는 목사님이 알아서 해주실 거예요."

"하지만 비용은 어떻게 해요?"

"삼촌이 돌아오면 해결하시겠지요. 그나저나, 삼촌은 어딜 가셨나요?"

"삼촌이 늦게 오시면 어떻게 해요?"

"삼촌이 늦게 오실 것 같은가요?"

"삼촌은 워낙…… 예측할 수 없는 분이라서요."

"그렇긴 하지요."

소년이 부엌문을 열어주었고 모슬리 박사는 나를 부엌 안으로 데리고 들어갔다. 나는 의자에 털썩 앉았다.

"변호사가 필요한 일들을 알아서 처리할 겁니다. 또 한 명은 어디 갔지요? 이 일을 알고 있나요?"

나는 눈을 깜박이지 않았다.

"자고 있어요."

"일부러 자게 내버려두었나요?"

나는 고개를 끄덕였다.

"이제 두 사람만 남게 되었는데 누가 두 사람을 돌봐줍니까?"

"돌봐주다니요?"

"둘이서만 지낼 순 없잖아요. 이런 일까지 겪고서 말이에요. 가정부를 잃은 지 얼마 되지도 않았는데 사람을 구하기도 전에 조카들을 두고 떠나시다니 삼촌도 너무하십니다. 아무래도 누군가 와야 할 것 같은데……."

"꼭 그래야 할까요?"

초록색 눈동자에 눈물이 그렁한 채로 내가 물었다. 여성스러운 모습은 에멀린에게만 있는 게 아니었다.

"그럼 둘이서만……."

"전에도 우리를 돌봐주러 오셨던 분이 있었어요. 박사님도 아시잖아요. 그 가정교사……."

나는 순간 짓궂은 눈빛으로 그를 바라보았지만 너무도 짧은 순간이었기 때문에 그가 내 눈빛을 보았는지 확신할 수는 없었다. 그가 얼굴을 붉히며 고개를 돌렸다. 그가 다시 나를 보았을 때 나의 눈은 또다시 반짝이는 다이아몬드와 에메랄드가 되었다.

소년이 헛기침을 했다.

"저희 할머니가 와주실 수 있을 거예요. 여기서 사실 순 없겠지만 매일 잠깐씩 여기 일을 봐주실 수는 있을 거예요."

뜻밖의 제안에 모슬리 박사는 잠시 당황했고, 그 제안을 생각해보았다. 그것은 하나의 탈출구였고 모슬리 박사가 그 순간 찾고 있었던 바로 그것이었다.

"잘됐구나, 앰브로즈. 아무래도 그게 최선인 것 같다. 당분간만이라도. 삼촌이 곧 돌아오시겠지요. 그러면 두 사람도, 그러니까, 다른 사람의 도움 없이……."

"네."

내가 의자에서 일어났다.

"박사님은 장의사를 알아봐주세요. 저는 목사님을 만나겠어요."

나는 손을 내밀었다.

"이렇게 빨리 와주셔서 고맙습니다."

박사는 완전히 설 자리를 잃었다. 내가 일어서자 그도 얼른 따라 일어났다. 그와 나의 손이 가볍게 스쳤다. 그의 손은 축축했다.

그는 다시 한 번 내 얼굴을 살피며 내가 누구인지 알아내려 했다. 애덜린일까? 에멀린일까? 에멀린일까? 애덜린일까? 그는 유일한 탈출구를 선택했다.

"디젠스 씨 일에 대해선 정말 유감입니다, 마치 양."

"고맙습니다."

나는 눈물 뒤에 미소를 감추었다.

그는 소년에게 고갯짓을 한 뒤 부엌을 나섰고 문을 닫았다.

이제 소년만 남게 되었다.

나는 모슬리 박사가 나가기를 기다렸다가 문을 열고 소년에게 그만 나가보라는 눈짓을 했다.

그가 문을 나서려는 순간, 나는 이 집의 안주인임을 분명히 하는 목소리로 말했다.

"할머니는 오시라고 할 필요 없어."

그는 호기심 어린 눈빛으로 나를 보았다.

그는 초록빛 눈동자와 그 뒤에 숨어 있는 소녀를 본 적이 있었다.

그는 아무렇지도 않다는 듯 모자 언저리를 매만지며 말했다.

"알아요. 어차피 저한텐 할머니도 없어요."

'내가 도울게요'라고 말했지만 그는 어린애일 뿐이었다. 그는 마차를 몰 줄도 몰랐다.

다음 날 그는 밴버리에 있는 사무 변호사에게 우리를 데려다 주었다. 내가 그의 옆에 앉았고 에멀린은 뒷자리에 앉았다. 비서의 감시 하에 15분을 기다린 뒤에야 그의 사무실로 들어갈 수 있었다. 그는 에멀린과 나를 번갈아 보더니 "두 분이 누구인지 알 것 같군요"라고 말했다.

"실은, 좀 곤란한 일이 있어서요."

내가 상황을 설명했다.

"삼촌이 출타 중이신데, 정원사가 세상을 떠났어요. 사고였어요. 끔찍한 사고였죠. 가족도 없고 저희를 위해 오랫동안 일해주신 분이라 저희가 장례식 비용을 지불해야 하는데, 저희 상황이……."

그의 시선이 에멀린에게 향했다가 다시 나에게로 돌아왔다.

"죄송해요. 얘는 정상이 아니에요."

에멀린은 겉으로 보기에도 조금 이상했다. 나는 에멀린이 시대에 뒤떨어진 옷을 입도록 내버려두었다. 에멀린의 눈동자는 속세의 이치를 헤아리기에는 너무도 신비롭고 아름다웠다.

"그렇군요."

로맥스 씨가 말했다.

그는 동정이 섞인 낮은 목소리로 "사고가 있었다는 소식은 저도 들었습니다"라고 대답했다.

그의 친절함에 용기를 얻은 나는 그의 책상 앞으로 몸을 숙이고 속을 털어놓았다.

"저…… 삼촌 말인데요. 오랫동안 삼촌과 일을 하셨다면 변호사님도 삼촌이 어떤 분인지 잘 아시겠지요? 결코 평범한 분은 아니시죠. 솔직히, 이렇게 얘기가 통하는 분을 뵙게 되어서 얼마나 반가운지 모르겠어요."

나는 그에게 나의 가장 투명한 눈빛을 보여주었다.

그는 머릿속으로 자신이 들어온 소문들을 생각해보는 것 같았다. 쌍둥이 중 하나가 정신적으로 문제가 있다고 사람들이 수군댔을 것이다. 어느 쪽이 문제가 있는지 너무도 분명했다.

"동감입니다. 저…… 실례지만 어떻게 불러야 할지……."

"변호사님이 찾고 계시는 저희의 성은 마치입니다만 저희는 어머니 이름으로 더 많이 알려져 있어요. 마을 사람들은 엔젤필드의 쌍둥이라고 부르니까요. 마치라는 이름을 기억하는 사람은 아무도 없어요. 우리도 그렇고요. 아시다시피 아버지를 만날 기회도 없었고, 아버지 쪽 가족들과는 전혀 교류가 없었거든요. 아예 성을 바꾸면 어떨까 하는 생각도 했어요."

"가능한 일입니다. 사실 아주 간단하지요."

"하지만 그건 다른 날로 미루고, 일단 오늘은……."

"그럼 다시 장례식 문제로 돌아가서, 삼촌이 언제 돌아오실지 모른다고요?"

"당분간은 안 오실 것 같아요."

내가 말했다.

딱히 거짓말이라고는 할 수 없었다.

"상관없습니다. 일찍 돌아오신다면 비용 문제를 처리하면 될 테고, 그렇지 않다면, 제가 대신 처리한 다음 삼촌이 돌아오신 뒤에 정리를 하면 되니까요."

나는 그가 바라던 안도의 표정을 지어 보였다. 그가 내 짐을 덜어준 것으로 흐뭇해하고 있을 때를 이용하여, 나는 그에게 여러 가지 질문을 퍼부었다. 나처럼 정신적으로 문제가 있는 자매와 무책임한 보호자를 둔 소녀에게 일어날 수 있는 일들에 대해서. 그는 몇 마디로 내가 처한 상황을 요약해주었고, 나는 앞으로 어떤 절차를 밟아야 하는지, 그리고 언제 그 절차를 밟아야 하는지를 분명히 이해하게 되었다.

"물론 마치 양에게는 전혀 해당되지 않는 얘기겠지만요. 머지않아 삼촌이 돌아오실 테니까요."

그가 자신이 말한 것은 지나치게 극단적인 시나리오라는 듯, 내뱉은 말을 주워 담으려 애쓰며 말했다.

"그렇게 말씀해주셔서 고맙습니다."

나는 그를 향해 미소를 지어 보였다.

우리가 문 앞에 서 있을 때 로맥스 씨가 핵심을 찌르는 질문 한 가지를 생각해냈다.

"그러니까 삼촌께서 어디로 가신다고도 말씀을 안 하셨다는 건가요?"

"삼촌이 어떤 분인지 잘 아시잖아요."

"그렇긴 합니다만, 짐작이 가는 곳도 없으신가요?"

나는 그가 마음에 들었다. 그러나 거짓말을 할 수 없을 정도는 아니었다. 거짓말은 나 같은 여자애에게 또 하나의 본성이었다.

"그게…… 그렇다고 해야겠죠."

내 말에 그의 표정이 어두워졌다.

"만약 삼촌이 어디 계신지 전혀 모르신다면……."

그는 조금 전에 내게 설명했던 법률적 절차들을 실제로 고려해보는 듯했다.

"삼촌이 말씀하신 곳이 있기는 한데……."

로맥스 씨가 눈썹을 추켜올리며 나를 보았다.

"페루에 간다고 하셨어요."

로맥스 씨의 입이 쩍 벌어졌고 눈이 휘둥그레졌다.

"하지만 그게 말도 안 되는 소리라는 걸, 변호사님도 저도 잘 알고 있지요. 삼촌이 페루에 계실 리가 있겠어요?"

나는 자신감이 넘치는, 대담한 미소를 지어 보이며 사무실 문을 닫았다. 걱정은 로맥스 씨의 몫으로 남겨두었다.

마침내 장례식 날이 다가왔지만 울 기회는 좀체 생기지 않았다. 매일 해야 할 일이 있었다. 먼저 목사가 찾아왔고, 그다음에는 마을 사람들이 화환이나 꽃다발에 대해 묻기 위해 조심스럽게 문을 두드렸다. 모슬리 부인도 찾아왔다. 그녀는 헤스터가 저지른 죄에 내가 오염되었을 거라고 생각하는 듯 깍듯하지만 냉랭한 태도로 나를 대했다.

"앰브로즈의 할머니 프록터 부인은 얼마나 좋은 분인지 몰라요. 그런 제안을 해주셔서 감사드린다고 박사님께 전해주세요."

그녀와 이야기를 나누는 동안, 나는 소년이 나를 주시하고 있는 것 같은 기분이 들었지만 그 순간을 포착할 수는 없었다.

존의 장례식도 울 수 있는 자리는 아니었다. 그날이야말로 결코 울어서는 안 되는 자리였다.

나는 엔젤필드의 안주인이었다. 그러나 그는 누구였던가? 한낱 정원사가 아니었던가?

예배가 끝나자 목사가 에멀린에게 친절하게, 그러나 아무 소용없는 이야기를 하기 시작했다. 교회에 좀 더 자주 나오지 않겠느냐고, 하느님은 모든 인간을 사랑하신다고. 나는 로맥스 씨와 모슬리 박사가 내가 듣지 못할 거라고 생각하고 내 등 뒤에서 주고받는 이야기를 들었다.

변호사가 의사에게 말했다.

"똑똑한 아가씨예요. 상황이 얼마나 심각한지 아직은 잘 모르고 있는 것 같지만 말입니다. 삼촌이 어디 있는지를 모른다지 뭡니까? 하지만 삼촌이 돌아오지 않는다고 해도 잘 헤쳐나갈 수 있을 거예요. 돈 문제는 제가 조처를 취해놓았어요. 장례식 비용을 걱정하더군요. 똑똑한 머리에 마음씨까지 따듯한 아가씨예요."

"그러게요."

의사가 힘없이 대답했다.

"전 항상 이 집 쌍둥이가 어딘가 정상이 아니라고만 생각했어요. 왜 그렇게 생각하게 되었는지는 모르겠습니다. 그러나 지난번에 만나보니 둘 중 한 사람만 문제가 있는 것 같더군요. 다행스러운 일이지요. 오랫동안 저 두 사람을 보아오셨으니 잘 아시겠지만 말입니다."

변호사가 말했다.

의사가 내가 알아들을 수 없는 말을 중얼거렸다.

"뭐라고 하셨습니까? 안개가…… 어쨌다고요?"

변호사가 물었다. 의사는 대답하지 않았고 변호사는 다시 물었다.

"그런데, 누가 누구지요? 절 찾아왔는데 누가 누군지 도무지 알 수가 없더군요. 똑똑한 아가씨 이름이 뭡니까?"

나는 그의 모습을 곁눈질로 확인할 수 있을 만큼 돌아섰다. 의사는 장례식이 진행되는 내내 나를 바라보던 그 눈빛으로 다시 나를 바라보고 있었다. 그가 몇 달 동안 자신의 집에 가두었던 그 멍청한 아이는 어디로 갔단 말인가? 장례식을 지휘하고 변호사에게 똑똑한 질문을 할 줄 아는 것은 고사하고 제 힘으로 스푼 하나 들 줄 모르고 영어라고는 한마디도 할 줄 몰랐던 그 아이는 어디로 갔단 말인가? 그의 당혹스러움을 나는 이해할 수 있었다.

그의 눈빛이 나에게서 에멀린에게로, 에멀린에게서 나에게로 움직였다.

"애덜린인 것 같습니다."

나는 그의 입술이 그 이름을 발음하는 것을 확인했다. 그의 의학적 실험과 이론들이 그의 발치에 무너져 내리던 그 순간 나는 미소를 지었다.

그와 눈이 마주쳤을 때 나는 그들 두 사람에게 손을 내밀었다.

잘 알지도 못하는 사람의 장례식에 단지 나를 위해 찾아와준 것에 대한 감사의 표시였다. 적어도 변호사는 그렇게 받아들였을 것이다. 그러나 의사는 사뭇 다르게 받아들였을 것이 분명했다.

그로부터 몇 시간이 흘렀다.

마침내 장례식이 끝났고 나는 울 수 있었다.

그러나 눈물이 나오지 않았다. 너무 오랫동안 갇혀 있던 내 눈물은 화석이 되어버렸다. 눈물은 영원히 나오지 않을 것이다.

화석이 된 눈물

"저…… 죄송하지만……."

주디스는 말을 잇지 못했다. 그녀는 입술을 굳게 다물고 손을 부들부들 떨고 있었다.

"클립튼 박사님이 다른 곳에 왕진을 가셔서…… 아마 한 시간 내로는 오시기 힘들 것 같은데…… 여사님이……."

나는 가운을 걸치고 그녀를 따라갔다. 앞장 선 주디스는 거의 뛰다시피 하고 있었다. 우리는 몇 차례 계단을 올라갔다 내려왔고 복도를 걸었으며 결국 내가 한 번도 가본 적이 없는 1층 거실에 이르렀다. 우리는 윈터 여사의 은신처인 것 같은 몇 개의 방을 지나친 다음 문이 닫혀 있는 방 앞에 멈추어 섰다. 주디스는 당혹스러운 표정을 지어 보였다. 그녀의 심정을 이해할 수 있었다. 문 뒤에서 인간의 것 같지 않은 깊고도 거친 고통의 절규가 불규칙한 호흡과 함께 새어나오고 있었다. 주디스가 문을 열었고 우리는 안으로 들어섰다.

나는 깜짝 놀랐다. 비명 소리가 그렇게 생생하게 울려 퍼졌던 것도 당연했다. 속이 꽉 채워진 방석과 소파, 커튼, 장식용 비단으로 꾸며진 다른 방들과는 달리 아무것도 없는, 벌거벗은 조그만 방이었다. 벽은 그저 회벽이었고 바닥은 그저 마룻바닥이었다. 한쪽 구석의 책장은 노란 서류들이 가득 메웠고 또 한구석에는 소박한 흰 커버를 씌운 좁은 침대가 있었다. 벽에는 옥양목 커튼이 창틀 양쪽에 수수하게 걸려 있었고 창문으로 어두운 밤이 스며들고 있었다. 조그만 책상 위에 내게 등을 돌린 채로 엎드려 있는 사람은 윈터 여사였다. 열정적인 오렌지색도, 눈부신 보라색도 없었다. 그녀는 긴 소매가 달린 흰색 잠옷 차림이었고 울고 있었다.

무음의 거친 숨소리로 이루어진 울음이 그녀의 목 안쪽에서 흘러나오고 있었다. 울음소리는 차츰 동물의 신음 소리로 바뀌고 있었다. 어깨가 들썩였고, 상체가 떨렸으며, 그 전율이 가냘픈 목과 머리, 책상 위에 포개어놓은 팔에서 손까지 번져갔다. 주디스는 윈터 여사가 엎드려 있던 쿠션을 다른 것으로 바꾸어주었지만 윈터 여사는 우리가 그곳에 있는 것조차 의식하지 못한 채로 울고 있었다.

"전에는 한 번도 이런 일이 없었어요."

주디스가 손을 입술에 대며 말했다.

"어떻게 해야 좋을지 모르겠어요."

주디스가 겁에 질린 목소리로 말했다.

윈터 여사의 입은 감당할 수 없는 엄청난 슬픔에 거칠고 흉하게 벌어지고 일그러졌다.

"괜찮아요."

내가 주디스에게 말했다.

그것은 내가 알고 있는 고통이었다. 나는 의자를 끌어 그녀의 곁에 앉았다.

"쉿……."

내가 한 팔을 그녀의 어깨에 두르며 그녀의 두 손을 내 한 손으로 감쌌다. 나는 그녀와 함께 몸을 떨면서 귀를 그녀의 머리에 가까이 대고 주문을 외우기 시작했다.

"괜찮아요. 곧 지나갈 거예요. 쉿…… 내가 곁에 있을게요."

나는 그녀를 쓰다듬으며 마법의 말들을 멈추지 않았다. 그 말들은 나의 것이 아니었다. 아빠의 것이었다. 그 말들이 효험이 있다는 것을 나는 알고 있었다. 나에게 항상 효험이 있었기 때문이었다.

"쉿. 알아요. 알아요. 이제 곧 지나가요."

격정은 멈추지 않았고 울음소리도 잦아들지 않았지만 조금 덜 거칠어졌다. 그녀는 울음 사이사이에 절망적으로 몸서리를 치듯 숨을 들이켰다.

"혼자가 아니에요. 내가 여기 있어요."

마침내 그녀가 잠잠해졌다. 그녀의 머리가 내 뺨에 닿았다. 그녀의 머리카락은 내 입술에 닿았다. 갈비뼈 부근에서 가냘픈 호흡과 폐의 움직임이 느껴졌다. 손이 너무 차가웠다.

"됐어요. 다 끝났어요."

우리는 한동안 침묵 속에 앉아 있었다. 나는 흘러내린 숄을 단단히 여미어준 다음 그녀의 손을 쓰다듬어서 따듯하게 해주었다. 그녀의 얼굴은 참혹했다. 앞이 보이지 않을 정도로 퉁퉁 부은 눈과 갈라지고 부풀어 오른 입술에 책상에 부딪힌 이마에는 멍이 들었다.

"좋은 분이었어요. 당신을 사랑하셨죠."

내가 말했다.

그녀가 천천히 고개를 끄덕였다. 그녀의 입술이 떨렸다. 무슨 말을 하려는 것일까? 그녀의 입술은 다시 움직였다.

잠금장치? 그녀가 말하려던 것은 그것이었을까?

"잠금장치를 건드린 사람은 에멀린이었나요?"

조금 잔인한 질문이긴 했지만 쏟아지는 눈물이 격식을 걷어낸 상황이었기 때문에 그 질문은 전혀 이상하게 느껴지지 않았다.

나의 질문이 또 한 차례 고통을 일으키는 듯했지만 그녀의 목소리는 알아들을 수 있었다.

"에멀린이 아니야."

"그럼 누구죠?"

윈터 여사는 눈을 꼭 감고 머리를 세차게 흔들었다. 나는 동물원에서 그런 행동을 하는 동물들을 본 적이 있었다. 감금당한 동물들이 미칠 지경에 이르면 그런 행동을 했다. 그녀의 고통이 다시금 시작되는 것이 두려웠던 나는 어렸을 때 아빠가 나를 위로했던 방법을 떠올려보았다. 나는 다정하고도 부드러운 손길로 그녀의 머리를 쓰다듬어주었다. 그녀가 내 어깨에 머리를 기댈 때까지.

마침내 여사는 안정을 찾았고 주디스가 그녀를 침대에 눕혔다. 졸린 듯한, 어린아이 같은 목소리로 여사는 내게 곁에 있어 달라고 말했고 나는 무릎을 꿇고 앉아 그녀가 잠드는 것을 지켜보았다. 때때로 흐느낌이 그녀의 잠을 방해했고 잠든 얼굴에 두려움이 스치기도 했다. 그럴 때마다 나는 머리카락을 쓰다듬으며 그녀의 눈꺼풀이 잠잠해지기를 기다렸다.

아빠가 이렇게 나를 위로해주었던 게 언제였던가? 기억 저편에서 떠오르는 사건이 있었다. 아마 열두 살 무렵이었을 것이다. 일요일이었고 아빠와 나는 강변에서 샌드위치를 먹고 있었다. 그때 쌍둥이 아이들이 우리 쪽으로 다가왔다. 금발 머리 부모와 금발 머리 쌍둥이 가족이었다. 시내를 구경하고 햇볕을 쪼이기 위해 나들이를 나온 모양이었다. 모두가 그들을 보았다. 그들은 사람들의 시선에 익숙한 듯이 보였다. 그러나 나의 시선만큼은 낯설었을 것이다. 그들을 본 순간 나는 심장이 멎는 듯했다. 그 순간은 마치, 거울에 비친 완벽한 나의 모습을 바라보는 것 같았다. 그런 열정으로 나는 그들을 보았다. 그런 갈망으로 나는 그들을 보았다. 아이들은 자신을 뚫어져라 보는 여자애한테서 돌아서서 제 부모의 손을 잡았다. 그들의 두려움을 읽은 나는 가슴을 쥐어짜는 것 같은 고통을 느꼈다. 어둠이 내려도 고통은 사라지지 않았다. 그날 저녁 책방의 창가에 앉아 잠과 악몽 사이를 오가고 있을 때 아빠가 다가와 내 머리칼을 쓰다듬으며 주문을 외었다.

"쉿…… 곧 지나갈 거야. 괜찮아. 넌 혼자가 아니야."

시간이 흘렀고 클립튼 박사가 왔다. 문간에 서 있는 그를 보았을 때 왠지 그가 한동안 그렇게 서 있었던 것 같은 느낌이 들었다. 나는 그의 곁을 지나 내 방으로 돌아왔다. 그의 표정에는 내가 이해할 수 없는 무언가가 담겨 있었다.

물속에서 암호를 풀다

내 생각만큼이나 느린 걸음으로 내 방으로 걸었다. 도무지 이해할 수가 없었다. 존은 왜 죽었을까? 누군가 잠금장치를 건드렸기 때문이었다. 소년이었을 리는 없었다. 윈터 여사의 이야기에 따르면 소년에겐 완벽한 알리바이가 있었다. 존과 그의 사다리가 난간에서 공중으로 날아올랐다가 바닥에 떨어질 때 그는 애덜린의 담배를 바라보고 있었다. 감히 달라고도 못하고 바라만 보고 있었다.

그렇다면 에멀린밖에 없었다. 그러나 에멀린이 그런 짓을 저지를 만한 동기는 한 번도 암시된 적이 없었다. 에멀린은 온순한 아이였다. 헤스터도 그렇게 말했다. 윈터 여사도 그 점을 분명히 했다. 아니, 에멀린은 아니었다. 그렇다면 누구일까? 이사벨은 죽었고 찰리도 없었다.

방으로 돌아온 나는 창가로 갔다. 너무 어두워서 아무것도 보이지 않았다. 유리에 비친 내 모습, 밤새도록 날 지켜볼 그 창백한 그림자뿐이었다.

'누구일까?'

그림자에게 물었다.

머릿속에서 애써 외면하려고 했던 나지막하고도 집요한 목소리가 들려왔다.

'애덜린.'

'아냐. 애덜린은 아니야.'

내가 말했다.

'애덜린이야.'

목소리가 말했다.

있을 수 없는 일이었다. 존의 죽음을 슬퍼하는 고통스러운 오열이 아직도 기억 속에 생생했다. 만약 그를 죽였다면 그렇게 슬퍼할 수 있을까? 그를 위해 그렇게 많은 눈물을 흘릴 수 있는 사람이 어떻게 그를 죽일 수 있단 말인가?

그러나 내 마음속 목소리는 내가 너무도 잘 알고 있는 이야기들을 반복해서 재생하고 있었다. 조형 정원을 황폐하게 만들어 존의 가슴을 찢어놓은 일, 에멀린의 머리를 잡아당기고 때리고 깨물었던 일, 유모차에서 아기를 꺼내 죽든 말든 아무렇게나 방치해두었던 일……. 쌍둥이 중 한 아이는 어딘가 이상하다고 마을 사람들은 말했다. 나는 그 말을 떠올리며 생각해보았다. 가능한 일일까? 조금 전에 내가 보았던 눈물은 죄책감의 눈물이었을까? 가책의 눈물이었을까? 내가 품에 안고 위로해주었던 사람은 살인자일까? 이것이 윈터 여사가 그토록 오랫동안 숨겨왔던 비밀일까? 갑자기 불길한 의혹이 고개를 들었다. 이것이 윈터 여사가 내게 이야기를 들려주는 목적일까? 내게 위로를 받고 죄책감에서 해방되고 용서받기 위해서? 몸이 떨렸다.

한 가지만은 분명했다. 그녀는 그를 사랑했다. 사랑하지 않았을 리가 있었겠는가? 고통으로 무너져가는 그녀의 몸을 끌어안고 있을 때 나는 그녀의 슬픔이 오직 사랑을 잃었을 때에만 느낄 수 있는 절망감이라는 것을 확신할 수 있었다. 가정부가 세상을 떠난 뒤 존의 외로움을 달래주었던 어린 애덜린의 모습과 조형 정원에서 나무를 손질하는 법을 가르쳐달라고 졸라 그를 다시 정원으로 돌아가게 했던 일을 떠올렸다.

그녀가 망가뜨렸던 바로 그 정원이었다.

어쩌면 내 생각은 처음부터 틀렸는지도 모른다.

나의 시선이 창문 밖 어둠 속을 배회했다. 이 아름다운 정원은, 존에 대한 그녀의 마음을 표현한 것일까? 자신이 저지른 일에 대한 평생에 걸친 속죄일까?

나는 피로한 눈을 손으로 문질렀다. 그만 자야 한다는 걸 알고 있었다. 그러나 잠을 자기엔 너무 피곤했다. 내 생각들은, 억지로 잠재우지 않으면 밤새도록 나를 괴롭힐 것이 분명했다. 나는 목욕을 해야겠다고 생각했다.

욕조에 물을 채우는 동안, 나는 뭔가 다른 생각할 거리를 찾으며 방 안을 둘러보았다. 화장대 밑에 동그랗게 구겨진 종이 뭉치가 눈에 뜨였다. 종이를 펼쳐보았다. 음성기호였다.

욕실의 물소리를 배경 삼아, 내가 적어놓은 기호들을 바탕으로 몇 가지 추측을 해보았다. 에멀린의 발음을 정확하게 받아 적지 못한 것이 아닐까 하는 의심이 매번 고개를 들었다. 달빛이 쏟아지는 정원과 뒤틀리고 섬뜩하고 다급했던 그녀의 표정을 떠올렸다. 그리고 에멀린의 목소리를 다시 한 번 재현해보았다. 그러나 아무리 애를 써도 그녀의 발음을 기억해낼 수가 없었다.

나는 종이를 욕조 가장자리에 놓고 욕조 안으로 들어갔다. 발과 다리, 등에서는 따뜻하게 느껴지는 물이 옆구리의 반점에서만은 차가웠다. 눈을 감은 채로 수면 아래로 서서히 미끄러졌다. 귀와 코, 눈, 그리고 머리까지 물속으로 가라앉았다. 귀가 멍했고 머리카락이 위로 곤두섰다.

나는 물 위로 잠시 올라왔다가 다시 가라앉았다. 공기보다는 물이 더 필요했다.

자유로운 물속 세상에서 내 생각도 헤엄치기 시작했다. 쌍둥이들의 언어가 전혀 새로운 언어가 아니었으리라는 것은 짐작할 수 있었다. 에멀린과 애덜린의 경우에는 영어나 프랑스어, 혹은 그 두 가지를 모두 바탕으로 하고 있었던 게 분명했다.

다시 공기, 그리고 다시 물이었다.

발음이 왜곡되거나 억양이 달라졌을 수도 있었다. 어쩌면 모음이 변형되었을 수도 있었다. 때로는 의미 전달을 위해서라기보다는 단지 위장하기 위해 음절이 추가되었을 수도 있었다.

공기, 그리고 물.

이것은 퍼즐이었다. 비밀 암호였다. 암호를 해독해야 했다. 그러나 이집트의 상형문자나 미케네 문명의 선문자보다 어렵지는 않을 것이다. 어떻게 해독해야 할까? 우선 각 음절을 분리해야 했다. 분리된 음절은 한 단어일 수도 있고 한 단어의 일부일 수도 있었다. 그다음 강세를 제거한다. 그다음엔 모음을 길게, 혹은 짧게, 약하게 변형시켜본다. 영어 혹은 프랑스어에서 그와 가까운 단어가 있을까? 아니면 다른 것은 모두 그대로 두고 음절만 다양하게 끊어보면 어떻게 될까? 아마도 수천 가지 조합이 생겨날 것이다. 그러나 끝이 없는 것은 아니었다. 컴퓨터라면 할 수 있을 것이다. 인간의 두뇌로는 1년 혹은 2년이 걸릴 수도 있었다.

'죽으면 땅속에 묻혀.'

'뭐?'

나는 깜짝 놀라 똑바로 앉았다. 머릿속에서 느닷없이 떠오른 말이었다. 그 말이 내 가슴을 힘껏 때렸다.

황당한 일이었다. 이럴 수가!

떨리는 손으로 욕조 가장자리에 놓아둔 종이로 손을 뻗었다. 불안한 마음으로 종이를 살펴보았다. 글자와 부호, 기호, 점 들이 모두 사라졌다. 물에 젖어 익사해버린 것이다.

나는 물속에서 떠올랐던 문장을 다시 기억해보았다. 그러나 벌써 기억 속에서 씻겨나간 뒤였다. 기억할 수 있는 것이라고는 무엇엔가 열중하고 있는 그녀의 표정과 떠나면서 그녀가 부른 다섯 음의 노래뿐이었다.

'죽으면 땅속에 묻혀.'

내 머릿속에서 떠오른 완전한 문장은 그 어떤 흔적도 남기지 않았다. 도대체 어디에서 온 것일까? 내 마음은 도대체 무슨 신통한 재주를 부려서 이런 문장을 만들어낸 것일까? 그녀가 정말 그렇게 말했을까? 알 수 없었다.

'제발 정신 차려!'라고 내 자신에게 말했다. 그러고는 비누를 집어 들었다.

물속에서의 공상 따위는 그만 떨쳐버릴 생각이었다.

머리카락

윈터 여사의 저택에 머무는 동안 나는 한 번도 시계를 보지 않았다. 글자가 초침이었고 문장이 분침이었다. 한 줄에 열한 단어, 한 페이지에 스물네 줄이 나의 새 시계였다. 나는 규칙적으로 글쓰기를 멈추고 연필깎이의 손잡이를 돌리며 동그랗게 말린 연필 껍질이 쓰레기통으로 떨어지는 것을 지켜보았다. 그것은 한 시간이 지났음을 의미했다.

내가 듣고 쓰는 이야기에 너무도 몰입한 나머지 다른 건 아무것도 필요하지 않았다. 내 삶은, 실제로 그렇기도 하지만, 너무도 하찮게 느껴졌다. 한낮의 공상과 한밤의 꿈속에 등장하는 사람들은 내 세계가 아니라, 윈터 여사의 세계에 속한 사람들이었다. 헤스터와 에멀린, 이사벨과 찰리가 내 공상 속에서 서성거렸고 내 공상의 배경은 엔젤필드였다.

솔직히 말하자면, 나는 얼마든지 내 삶을 외면할 수 있었다.

윈터 여사의 이야기 속으로 빠져드는 건 곧 내 삶에 등 돌리는 것을 의미했다. 그러나 한 사람의 삶이 그렇게 쉽게 잊힐 리가 있겠는가? 의도적으로 외면했음에도 불구하고 지금이 12월이라는 생각마저 떨쳐버릴 수는 없었다. 내 마음 깊은 곳에서, 내 수면의 가장자리에서, 열정적으로 채워진 백지의 여백에서, 나는 12월이 시작되었으며 그날이 다가오고 있음을 의식하고 있었다.

눈물의 밤 이후 나는 윈터 여사를 볼 수 없었다. 그녀는 주디스와 주치의만을 만나며 침대에서 지냈다. 사실 그편이 좋았다. 나 역시 잠을 이루지 못했다. 그러나 다음 날 그녀가 나를 불렀고 나는 그녀의 소박한 방으로 갔다. 그녀는 침대에 누워 있었다.

눈이 더 커진 것 같았고 화장을 전혀 하지 않은 맨 얼굴이었다. 엄청난 양의 약물이 투여되고 있는 게 분명했지만 그녀의 모습에는 예전에 볼 수 없었던 평화로움 같은 것이 깃들어 있었다.

그녀는 나를 보고 웃지는 않았다. 그러나 방에 들어서는 나를 바라보는 눈빛이 왠지 따듯했다.

"오늘은 연필하고 노트는 필요 없네. 다른 일을 부탁할 생각이야."

"네?"

주디스가 들어왔다.

주디스는 바닥에 시트를 깐 다음 옆방에서 윈터 여사의 의자를 가져와 창밖이 내다보이는 위치에 놓았다. 주디스는 윈터 여사의 어깨에 타월을 두른 뒤 그 위에 오렌지색 머리카락을 늘어뜨렸다.

방을 나서기 전 주디스는 내게 가위를 쥐여주었다.

"그럼, 수고하세요."

주디스가 웃으며 말했다.

"제가 해야 할 일이 뭐죠?"

내가 물었다.

"그야 물론 내 머리를 자르는 거지."

"머리를 자르라고요?"

"그래. 그런 표정 짓지 말게. 별거 아니니까."

"머리 자를 줄 몰라요."

"그냥 가위를 들고 자르면 돼."

그녀가 한숨을 쉰 다음 말을 이었다.

"어떻게 자르건 상관없네. 보기 흉해도 상관없어. 그냥 이 머리카락을 좀 없애줘."

"하지만 전……."

"부탁이야."

나는 마지못해 그녀의 뒤에 자리를 잡고 섰다. 이틀을 침대에 누워 지냈던 그녀의 머리카락은 뒤엉킨 오렌지색 실 뭉치였다. 금방이라도 부서질 것만 같은 푸석푸석한 머리카락이 곳곳에 매듭처럼 단단하게 뒤엉켜 있었다.

"먼저 빗어야겠어요."

매듭은 셀 수도 없이 많았다. 빗질을 할 때마다 몸을 움찔하긴 했지만 그녀는 신음 소리 한번 내지 않았다. 나는 빗을 내려놓았다. 그냥 잘라버리는 편이 그녀에게 훨씬 더 나을 것 같았다.

조심스럽게 머리를 잘라냈다. 등의 중간까지 내려오는 머리카락을 끝에서 몇 인치 잘라냈다. 가윗날이 머리를 가르는 순간 잘린 머리카락이 시트에 떨어졌다.

"더 짧게."

윈터 여사가 나지막이 말했다.

"이쯤이면 될까요?"

내가 어깨를 짚으며 말했다.

"더 짧게."

나는 머리를 한 움큼 움켜쥐고 신경질적으로 싹둑 잘라냈다. 오렌지색 뱀이 발치에서 꿈틀거렸고 윈터 여사는 이야기를 시작했다.

장례식이 끝난 뒤 며칠이 지났고 나는 헤스터가 쓰던 방에 있었다. 특별한 이유는 없었다. 나는 그 방의 창가에 서서 멍하니 밖을 내다보고 있었다. 내 손가락이 커튼의 기운 자리를 더듬었다. 헤스터가 수선한 자리였다. 헤스터는 바느질 솜씨가 뛰어났다. 커튼을 기운 실의 올이 풀려 있었다. 나는 아무 생각 없이 실을 잡아당겼다. 실을 당길 생각은 없었다. 어떤 의도도 없었다. 그러나 갑자기 손끝에 휑한 구멍이 만져졌다. 꼬불꼬불하게 커튼을 기웠던 흔적이 남아 있는 긴 실 가닥이 풀려나왔고 커튼에 구멍이 뚫렸다. 이제 커튼은 줄줄이 올이 풀려나갈 것이다.

존은 헤스터를 좋아하지 않았다. 그녀가 떠났을 때에도 오히려 기뻐했다. 그러나 헤스터가 있었다면 존이 지붕에 올라갈 일도 없었을 것이라는 사실만큼은 부정할 수 없었다. 헤스터가 있었다면 그 누구도 잠금장치를 건드리지 않았을 것이다. 헤스터가 있었다면, 그날도 다른 날과 똑같이 아침이 밝았을 것이고 다른 날과 똑같이 존은 정원에 있었을 것이다. 퇴창의 그림자가 사다리와 사다리의 디딤판을 타고 올라와 존의 몸 위로 음울하게 드리워지지도 않았을 것이다. 다른 날과 똑같이 시작되어 다른 날과 똑같이 끝났을 것이고 존은 침대에서 편안히 잠들었을 것이다. 사다리에서 떨어지는 일 따위는 꿈속에서도 일어나지 않았을 것이다.

헤스터만 있었더라면.

올이 풀린 커튼의 구멍이 걷잡을 수 없이 커져 있었다.

그녀가 이야기하는 동안 나는 계속 머리를 잘랐다. 귀 정도 길이가 되었을 때 나는 멈추었다.

그녀가 손으로 길이를 확인했다.

"더 짧게."

그녀가 말했다.

나는 가위를 들고 다시 자르기 시작했다.

소년은 그 이후에도 계속 찾아왔다. 그는 땅을 파고 잡초를 뽑고 씨를 뿌리고 짚을 덮었다. 나는 그가 밀린 임금 때문에 계속 오는 거라고 생각했다. 그러나 삼촌이 돌아올 때까지 생활비로 쓰라며 변호사가 인출해준 돈에서 임금을 떼어 주었는데도 날마다 왔다. 나는 2층 창가에서 그를 관찰했다. 그는 가끔 내 쪽을 보았고 그럴 때마다 나는 얼른 뒤로 물러섰다. 그러나 한번은 그와 눈이 마주치고 말았다. 그는 손을 흔들었지만 나는 손을 흔들지 않았다.

매일 아침 그가 채소를 들고 부엌문으로 들어왔고 때로는 토끼 가죽을 벗기거나 닭 털을 뽑기도 했다. 오후가 되면 퇴비로 쓰기 위해 채소에서 벗겨낸 껍질들을 모았다. 그는 문간에 서성거렸다. 내가 임금을 주었기 때문에 그는 수시로 담배를 물었다.

존의 담배는 내가 이미 다 피워버렸기 때문에 그 애는 담배를 피울 수 있고 나는 피울 수 없다는 사실이 무척 화가 났다. 나는 한마디도 하지 않았지만 한번은 문간에 어깨를 기대고 서 있던 그의 가슴 주머니 속의 담배를 보다가 들키고 말았다.

"차 한 잔 주시면 한 개비 드리죠."

그가 말했다.

그는 부엌 안으로 들어왔다.

존이 죽은 뒤로 그가 부엌에 들어온 건 그날이 처음이었다. 그는 존의 의자에 앉아 팔꿈치를 테이블 위에 올렸다. 나는 가정부가 앉던 의자에 앉았다. 우리는 아무 말없이 차를 마셨고 천장에 구름과 나선 모양으로 담배 연기를 뿜었다. 마지막 한 모금을 빨아들인 뒤 우리는 담뱃불을 찻잔 받침에 껐고 그는 말 한마디 없이 부엌에서 나가 다시 일을 시작했다. 다음 날 그는 채소를 들고 곧장 부엌으로 들어와 존의 의자에 앉더니 내가 주전자에 물을 올려놓기도 전에 내게 담배를 한 개비 내밀었다.

우리는 아무 말도 하지 않았지만 나름대로 그러한 일과에 익숙해져갔다.

점심시간 전에는 일어나지 않는 에멀린은 오후가 되면 밖에서 소년이 일하는 것을 구경하곤 했다. 나는 에멀린을 꾸짖었다.

"넌 이 집 안주인이야. 그 앤 한낱 정원사일 뿐이고. 알아듣겠니?"

그러나 소용없었다. 그녀는 사람들을 단번에 사로잡는 특유의 천진한 미소를 지어 보일 뿐이었다. 나는 그 둘을 유심히 관찰했다. 이사벨이 모든 남자들이 만지고 싶어하는 그런 여자였다는 가정부의 말을 떠올리면서. 그러나 에멀린에게 친절하게 말을 건네고 그녀를 웃기고 싶어하긴 했지만 소년이 에멀린을 만지고 싶어한다는 징후는 발견할 수 없었다.

가끔 나는 2층 창가에서 그 두 사람을 관찰하곤 했다. 에멀린은 손으로 턱을 괴고 잔디에 누워 있었다. 그녀의 허리와 엉덩이의 곡선이 드러났다. 그때 그녀가 한 말에 대답하기 위해 그가 돌아섰고 그가 바라볼 때 에멀린은 등을 바닥에 대고 누워 앞이마에 흘러내린 머리를 뒤로 젖혔다. 나른하고도 육감적인 동작이었고 그 순간 나는, 만약 그가 에멀린을 건드린다고 해도 에멀린은 전혀 개의치 않을 거란 생각이 들었다.

그러나 그는 할 말을 하고 난 뒤, 마치 아무것도 보지 못했다는 듯 에멀린에게서 돌아서서 하던 일을 계속했다.

다음 날 부엌에서 담배를 피울 때 나는 처음으로 침묵을 깼다.

"에멀린한테 손대지 마."

내가 말했다.

그는 놀란 표정이었다.

"그런 적 없습니다."

"다행이군. 어쨌건 앞으로도 그러지 마."

나는 그걸로 끝이라고 생각했다. 우리는 마지막으로 담배를 들이켰고 나는 다시 침묵으로 돌아갈 생각이었다. 그러나 담배 연기를 뿜어낸 뒤 그가 다시 침묵을 깼다.

"에멀린 양은 건드리고 싶지 않아요."

나는 그의 말을 들었다. 그의 묘한 억양도 감지했다. 그 말이 무슨 의미인지 알 수 있었다.

나는 담배를 깊이 들이마셨고 그를 보지 않았다. 천천히 연기를 내뿜을 때에도 그를 보지 않았다.

"당신보다 상냥하니까요."

나는 반도 피우지 않은 담배를 눌러 꺼버린 뒤 문 쪽으로 다가가 부엌문을 홱 열어젖혔다.

그는 문간에서 나와 마주 섰다. 나는 그의 셔츠 단추를 똑바로 보며 꼿꼿하게 서 있었다.

침을 꿀꺽 삼키는 순간 그의 후골이 솟아올랐다 내려갔다. 그의 목소리는 나지막했다.

"좀 상냥해질 수 없어요?"

화가 치민 나는 쏘아볼 생각으로 그를 올려다보았다. 그러나 그의 얼굴에 깃든 다정함에 멈칫하고 말았다. 아주 잠깐이었지만 나는 혼란스러웠다.

그는 그 순간을 놓치지 않았다. 그가 손을 들었다. 내 뺨을 어루만질 참이었다. 그러나 내가 더 빨랐다. 나는 얼른 그의 손을 뿌리쳤다.

그를 다치게 하진 않았다. 그럴 수는 없었다. 그러나 그는 어쩔 줄을 몰랐다. 몹시 실망한 것 같았다. 그리고 그는 떠났다.

그 후로 부엌은 텅 비었다. 가정부도 떠났고, 존도 떠났고, 소년마저 떠나버렸다.

'내가 도울게요'라고 소년은 말했다. 그러나 그것은 불가능했다. 그런 애송이가 어떻게 날 돕는단 말인가. 이 세상 **그 누가** 나를 도울 수 있단 말인가.

시트가 오렌지색 머리카락으로 뒤덮였다. 나는 머리카락 위를 걸어 다녔고 머리카락은 내 신발 속으로 파고들었다. 염색한 부분은 모두 잘려나갔고 윈터 여사의 머리에 남아 있는 성긴 머리카락은 완연한 백발이었다.

나는 타월을 걷었고 목 뒤에 남아 있는 머리카락을 훅 불었다.

"거울을 좀 주게."

윈터 여사가 말했다.

나는 그녀에게 거울을 주었다. 머리를 짧게 자른 윈터 여사는 마치 백발의 소년 같았다.

그녀는 거울 속을 들여다보았다. 자신의 발가벗은 음울한 눈동자와 눈을 맞추고 한동안 자신의 모습을 바라보았다. 그러고는 테이블 위에 거울을 엎어놓았다.

"내가 원한 게 바로 이거야. 고맙네, 마거릿."

그녀를 남겨두고 방으로 향하면서 나는 소년에 대해 생각했다. 그와 애덜린을 생각했고 그와 에멀린을 생각했다. 그리고 엔젤필드의 스푼, 《제인 에어》 한 페이지와 함께 낡은 가방 속에 들어 있었던, 버려진 아기 오릴리어스에 대해 생각했다. 아무리 생각해보아도 그 어떤 결론에도 도달할 수 없었다.

알 수 없는 내 마음속의 샛길에서 한 가지 떠오른 게 있다면, 엔젤필드에 있을 때 오릴리어스가 마지막으로 내게 했던 말이었다.

'그 사람에게 말하고 싶어요. 진실을 말해달라고.'

'진실을 말해주세요'라는 말이 메아리처럼 귓가에 맴돌았다.

갈색 양복을 입은 소년.

비로소 나는 요크셔에 갔던 젊은 기자의 인터뷰 기사가 〈밴버리헤럴드〉에 실리지 않았던 이유를 알 것 같았다. 그는 기자가 아니었다.

그는 처음부터 오릴리어스였던 것이다.

비와 케이크

다음 날 그것이 나를 깨웠다.

'오늘이야! 오늘이야! 오늘이야!'

나만이 들을 수 있는 벨소리였다. 황혼이 내 영혼까지 잠식해 오는 것 같았다. 예사롭지 않은 피로감이 밀려왔다. 탄생의 날이었고 죽음의 날이었다.

주디스가 아침식사와 함께 아빠가 보낸 카드를 가져왔다. 언제나처럼 꽃이 그려진 카드에 조심스러운 축하 인사와 짤막한 안부의 글이 담겨 있었다. 내가 건강하길 바란다고, 아빠도 건강하다고 했다. 내게 줄 책을 몇 권 구해놓았다고, 필요하면 보내주겠다고도 했다. 엄마는 카드에 사인을 하지 않았고 아빠가 엄마 몫까지 사인을 했다.

'사랑하는 아빠 엄마가.'

이건 아니라고, 나는 생각했다. 나도 알고 아빠도 알았다. 그러나 안다고 달라질 건 없었다.

주디스가 찾아왔다.

"윈터 여사님께서 혹시 지금……."

나는 그녀가 보기 전에 얼른 카드를 베개 밑에 넣었다.

"좋아요."

나는 연필과 노트를 들었다.

"잠은 잘 자고 있나? 안색이 좋지 않아. 먹는 게 영 시원치 않은 것 같더군."

윈터 여사가 물었다.

"괜찮아요."

괜찮지 않았지만 그렇게 말했다.

매일 아침 눈을 뜰 때마다 서로 다른 두 개의 세계가 뒤엉키는 것 같은 기분이 들었다. 먼저 읽던 책의 여운이 채 가시기 전에 새 책을 읽을 때의 기분을 아는지. 먼저 읽던 책에 담긴 생각이나 주제, 인물들이 여전히 당신의 옷자락에 배어 있는데 새 책을 펼쳤을 때의 그 기분 말이다. 하루 종일 마음이 어지러웠다. 생각들, 기억들, 감정들, 내 삶의 어그러진 조각들 때문에 집중할 수가 없었다.

윈터 여사가 이야기를 하다 말고 "듣고 있나?"라고 물었다.

나는 몽상에서 깨어나 대답을 찾았다. 내가 듣고 있었던가? 알 수 없었다. 그 순간 윈터 여사가 무슨 얘기를 하고 있었는지는 정확히 말할 수 없었지만 마음속 어딘가에서 이야기가 녹음되고 있을 거라고 믿었다. 그러나 그녀가 나를 현실로 끌어내준 그 순간, 나는 공간 사이의 공간, 무인 지대에 머물고 있었다. 세상 모든 것을 구경꾼의 무심함으로 바라보게 되는 백색 지대로 침몰하다 보면 마음이 온갖 농간을 부려 별의별 것들을 다 만들어내곤 한다.

할 말을 찾지 못해 멍한 표정을 짓고 있는 날 보면서 그녀의 분노가 점점 더 커졌다. 나는 내게 떠오른 여러 가지 질문들 중에서 가장 적절해 보이는 것 하나를 붙잡았다.

"아이를 낳은 적 있으세요?"

"이건 또 무슨 엉뚱한 소린가? 아이를 낳은 적은 없어. 혹시 자네 미쳤나?"

"에멀린도요?"

"합의하지 않았나? 질문은 하지 않기로."

여사는 표정을 바꾸더니 몸을 앞으로 숙여 나를 빤히 보았다.

"자네 어디 아픈가?"

"아뇨. 아프지 않아요."

"내가 보기에 자넨 오늘 일을 할 상태가 아니야."

그것은 퇴장 명령이었다.

방으로 돌아온 나는 따분하고 불안하고 지긋지긋한 한 시간을 보냈다. 연필을 쥐고 책상 앞에 앉았지만 아무것도 쓸 수 없었다. 한기가 느껴져 라디에이터를 켰지만 곧바로 너무 더워져서 카디건을 벗었다. 목욕을 할 수 있으면 좋았겠지만 더운물이 나오지 않는 시간이었다. 나는 설탕을 잔뜩 넣어 코코아를 만들었다. 그러나 단맛에 구역질이 났다. 책? 책이라면 괜찮을까? 서재는 온통 죽은 글자들로 넘쳐났다. 그런 것들이 도움이 될 리 없었다.

빗방울이 창문을 때리기 시작했고 나는 가슴이 뛰었다. 외출. 내게 필요한 건 외출이었다. 정원을 거니는 걸로는 부족했다. 지금 당장, **밖으로** 나가야만 했다. 저 황무지로.

저택 정문이 잠겨 있었지만 모리스에게 열어달라고 부탁하고 싶진 않았다. 대신 나는 저택에서 가장 멀리까지 정원을 가로질렀다. 정원 담장에 문이 하나 있었다. 담쟁이덩굴로 뒤덮인 정원의 문은 오랫동안 사용하지 않은 것 같았다. 빗장을 열기 전에 먼저 겹겹이 쌓인 덩굴을 헤쳐야 했다. 문이 열리자 더 많은 담쟁이덩굴을 헤쳐야 했고 나는 부스스한 모습이 되어 밖으로 나섰다.

나는 내가 비를 좋아한다고 생각했다. 그러나 내가 몰랐던 사실이 있었다. 내가 좋아하는 건 우아한 도시의 비였다는 것. 하늘을 가로막은 온갖 장애물들로 한결 부드러워지고 도심의 열기로 한결 따듯해진 비였다는 것. 황무지에서 바람으로 더 거칠어지고 냉기로 더 음산해진 비는 심술궂었다. 얼굴에 떨어지는 얼음처럼 차가운 빗줄기도 그렇거니와 등 뒤에서 얼음물을 어깨에 쏟아 붓는 것만 같았다.

'생일 축하해.'

집에 있었다면 계단을 내려올 때 아빠가 책상 밑에서 내 선물을 꺼냈을 것이다. 선물은 그동안 감추어두었던, 경매에서 산 책이나 레코드, 향수, 그림 같은 것들이었다. 아빠는 어느 한가한 오후, 내가 우체국이나 도서관에 간 사이, 책방의 책상 위에서 선물을 포장했을 것이다. 또 어느 점심시간에 내게 줄 카드를 고르러 시내에 혼자 나갔다 와서 책상에 앉아 내게 카드를 썼을 것이다. '사랑하는 아빠 엄마가'라고 혼자 썼을 것이다. 아빠는 케이크를 사러 제과점에도 갔을 것이다. 그리고 책방에 케이크를 감추어두었을 것이다. 나는 한 번도 그 비밀 장소를 찾은 적이 없었다. 아빠는 해마다 내 생일이면 꺼내놓는 초를 꺼내 촛불을 켰다. 나는 그 촛불을 끄면서 최대한 행복한 표정을 지어 보였다. 우리는 케이크를 먹고 차를 마신 다음 조용히 소화를 시키며 책 목록을 정리하곤 했다.

아빠가 어떤 심정이었을지 나는 알고 있었다. 어렸을 때보다는 어른이 된 지금 훨씬 더 헤아리기 쉬웠다. 집에서 생일을 치르기가 훨씬 더 힘들었을 것이다. 차고에 숨겨둔 선물은 내가 보지 못하게 숨겨둔 게 아니라 엄마가 보지 못하게 숨겨둔 것이었다. 특별한 날이면 반드시 찾아오고 마는 엄마의 두통은 한사코 지키려 애쓰는 회상의 의식이었고, 그로 인해 다른 아이들을 집으로 초대하는 것도, 엄마를 혼자 남겨두고 공원이나 동물원에 가는 것도 불가능했다. 내 생일 장난감들은 항상 조용한 것들이었다. 집에서 만든 케이크는 한 번도 먹어본 적 없었다. 먹다 남은 케이크의 초와 장식들은 다음 날 쓰레기통에 버려지기 전에 미리 치워야 했다.

"생일 축하해."

아빠는 내 귀에 대고 들뜬 목소리로 그렇게 속삭였다. 우리는 조용히 카드 게임을 했다. 이긴 사람은 즐거운 표정을 지었고 진 사람은 슬픈 표정을 지으며 풀이 죽었지만 위층의 방에서 들리지 않도록 환호성도, 탄식도 그 어떤 소리도 내지 않았다.

아빠는 게임을 하다 말고 수시로 위층에 올라갔다 내려오곤 했다. 가엾은 아빠는 위층 침실의 고통스러운 침묵과 아래층의 비밀 생일 파티 사이를 오가며 계단에서 표정을 바꾸어야 했을 것이다. 즐거움에서 연민으로, 연민에서 즐거움으로.

생일은 행복하지 않았다. 내가 태어난 그날부터 슬픔은 항상 내 곁에 머물렀다. 슬픔은 먼지처럼 집 안의 모든 사람, 모든 물건에 내려앉았다. 슬픔은 우리가 숨을 쉴 때마다 우리 몸속으로 스며들었고 우리를 저마다의 불행 속으로 침몰하게 했다.

지독하게 추운 날씨가 아니었다면 이런 추억을 견뎌내기 힘들었을 것 같았다.

엄마는 왜 날 사랑할 수 없었을까? 엄마에겐 나의 삶보다 그 애의 죽음이 더 소중했을까? 나 때문이었다고 생각하는 걸까? 어쩌면 엄마의 생각이 옳은지도 모르겠다. 내가 살아 있는 건 그 애가 죽었기 때문이니까. 나의 모든 것이 엄마의 상실을 일깨워 주었다.

차라리 우리가 둘 다 죽었다면 엄마는 더 편안하지 않았을까?

멍한 상태로 나는 걸었다. 한 발을 내디디고 또 다른 발을 내디뎠다. 또 한 번. 그리고 또 한 번. 마치 홀린 듯이 걸었다. 어디로 가는지 알고 싶지 않았다. 아무것도 보지 않고 그저 비틀거리며 걸었다.

그러다가 무언가와 부딪쳤다.

"마거릿! 마거릿!"

그 소리에 놀라기엔 너무 추웠다. 내 앞에 선 거대한 형체. 텐트 같은 초록색 방수 천으로 덮인 무언가에 반응을 보이기엔 너무 추웠다. 그것이 움직였고 커다란 두 손이 내 어깨를 흔들었다.

"마거릿!"

오릴리어스였다.

"꼴이 말이 아니네! 따라와요!"

그가 내 팔을 잡고 황급하게 어디론가 이끌었다. 나는 비틀거리며 그를 따라갔고 우리는 길가에 세워진 차 앞에 섰다. 그가 나를 차에 태웠다. 차 문이 닫혔고 시동이 걸리는 소리가 들렸고 발목과 무릎에서 온기가 느껴졌다. 그는 보온병을 열어 머그컵에 오렌지 차를 따랐다.

"마셔요."

나는 마셨다. 차는 뜨겁고 달콤했다.

"먹어요."

나는 그가 내미는 샌드위치를 먹었다.

훈훈해진 차 안에서 뜨거운 차를 마시며 닭고기 샌드위치를 먹는 동안 나는 그 어느 때보다도 추웠다. 이가 딱딱 부딪쳤고 걷잡을 수 없을 정도로 몸이 떨렸다.

"쯧쯧……."

나에게 샌드위치를 하나씩 내밀 때마다 오릴리어스는 나지막이 혀를 찼다.

음식이 내 감각을 조금 되살려주었다.

"여긴 어쩐 일이세요?"

"이걸 주려고요."

그가 뒷좌석 사이에서 커다란 케이크 상자를 들었다. 그는 상자를 내 무릎 위에 올려놓았다. 상자 뚜껑을 여는 순간 그는 나를 향해 환하게 웃었다.

상자 안에는 케이크가 들어 있었다. 집에서 만든 케이크였다. 케이크 위에는 화려한 글씨체로 **'마거릿의 생일을 축하합니다'**라고 쓰여 있었다.

울기엔 너무 추웠다. 추위와 케이크의 조합이 말을 하게 만들었다. 말들이 떠올랐다. 무작위로, 마치 빙하가 녹아내리며 그 형체를 드러내듯이. 한밤의 노랫소리. 정원에서 만난 눈동자. 아기. 그리고 스푼.

"그 집을 알고 있었어요."

오릴리어스가 종이 타월로 내 머릴 말리는 동안 내가 말했다.

"당신의 집. 러브 부인의 집을요. 창문으로 안을 들여다보면서 러브 부인이 동화에 나오는 할머니 같다고 생각했대요. 무슨 뜻인지 모르겠어요?"

오릴리어스는 고개를 저었다.

"하지만 나한테는……."

"거짓말을 한 거예요. 당신이 갈색 양복을 입고 찾아왔을 때 거짓말을 했던 거예요. 그 사실은 인정했어요."

"마거릿! 내가 갈색 양복을 입고 비다 윈터를 찾아갔던 걸 어떻게 알았어요? 신문기자인 척 위장을 했는데……."

서서히 내가 한 말들이 그의 마음에 스며들고 있었다.

"내 것하고 똑같은 스푼이라고요? 그리고 우리 집을 알고 있었다고요?"

"그 여잔 당신의 이모예요. 당신의 어머니는 에멀린이에요."

오릴리어스는 내 머리카락을 두드리는 것을 멈추고 차창 밖으로 저택을 한참 바라보았다.

"그럼 나의 어머니가 저기……."

나는 고개를 끄덕였다.

또다시 침묵이 흘렀고 그가 나를 향해 돌아섰다.

"날 어머니한테 데려다줘요."

나는 갑자기 정신이 번쩍 들었다.

"오릴리어스, 당신의 어머니는…… 아파요."

"아파요? 그렇다면 더더욱 만나야죠. 지금 당장!"

"아니, 아프다기보다는……."

어떻게 설명해야 할까?

"화상을 당했어요. 얼굴뿐 아니라 마음까지도."

그는 새로 알게 된 사실들을 이해하려 애썼다. 그리고 그것을 이미 지니고 있던 고통과 상실의 창고에 보태었다. 다시 입을 열었을 때 그의 목소리에서 단호한 목적의식이 배어났다.

"데려다줘요."

내가 아팠기 때문에 그런 대답을 했던 것일까? 아니면 내 생일이었기 때문일까? 나 역시 엄마 없는 아이였기 때문일까? 어쩌면 이 모든 것들은 전혀 서로 연관이 없었는지도 모른다. 아마도 나의 대답을 기다리던 오릴리어스의 표정 때문이었을 것이다. 그의 요구를 거절해야 할 이유는 백 가지도 넘었지만 그의 표정에 담긴 절실함에 비하면 그것들은 아무것도 아니었다.

나는 그러겠다고 했다.

재회

언 몸은 목욕으로 녹일 수 있었지만 눈 뒤의 욱신거림은 가라앉지 않았다. 오후가 되자 일하겠다는 생각을 아예 접고 침대로 파고들어 이불을 귀밑까지 끌어 올렸다. 이불 속에서도 떨었다. 얕은 잠 속에서 나는 이상한 환영들을 보았다. 헤스터와 아빠, 쌍둥이 소녀와 우리 엄마가 모두 다른 사람의 얼굴로 나타났다. 모두가 다른 사람의 얼굴로 위장했고 내 얼굴마저도 계속 바뀌었다. 어쩔 땐 내 얼굴이었고 어쩔 땐 다른 사람 얼굴이었다. 그러다가 오릴리어스의 밝은 색 머리카락이 보였다. 그는 항상 그 자신이었고 그가 미소를 짓자 모든 유령들이 사라졌다. 어둠이 물처럼 나를 감쌌고 나는 깊은 잠 속으로 빠져들었다.

두통과 함께 잠에서 깨어났다. 팔다리와 뼈마디, 등이 욱신거렸다. 과로나 수면 부족과는 상관없는 피로감이 나를 짓눌렀고 생각을 더디게 했다. 어둠은 더욱 짙어져 있었다. 혹시 오릴리어스와 만나기로 한 시간이 지나버린 건 아닐까? 그 생각마저도 아득하게 먼 곳에서 나를 괴롭힐 뿐이었다. 그로부터 몇 분이 지난 뒤에야 나는 몸을 일으켜 시계를 보았다. 잠을 자는 동안에도 내 마음은 알 수 없는 감정으로 출렁거렸다. 불안감이었을까? 아니면 향수? 긴장감? 그것이 무엇이었든 이제 그것은 기대감으로 바뀌고 있었다.

마침내 그날이 왔다. 그 애가 가까이에 있었다. 분명히 느낄 수 있었다. 그 애를 볼 수 없지만, 냄새를 맡을 수도 없지만, 내 마음의 귀는 오직 그 애한테만 맞추어져 있었고 그 애의 파장을 느낄 수 있었다. 그 파장은 음침하고도 나른한 기쁨으로 나를 채웠다.

오릴리어스와의 약속을 미룰 필요는 없었다. 내가 어디에 있건 그 애는 날 찾을 것이다. 어쨌든 그 애는 나와 쌍둥이가 아니었던가? 정원 문 앞에서 그를 만나기까지 아직 30분이나 남아 있었다. 나는 침대에서 힘겹게 몸을 일으켰다. 옷을 입으려고 잠옷을 벗자니 너무 춥고 으스스했다. 나는 잠옷 위에 두꺼운 스커트와 스웨터를 껴입었다. 불꽃놀이를 하러 나온 어린아이처럼 둔한 차림으로 아래층으로 내려가 부엌으로 갔다. 주디스가 날 위해 차가운 식사를 준비해 놓았지만 입맛이 없어서 손을 대지 않았다. 10여 분 동안 나는 부엌 식탁에 앉아 있었다. 눈을 감고 싶었지만 의식을 잃고 식탁 위에 머리를 곤두박질칠 것 같아 그럴 수가 없었다. 약속 시간이 5분쯤 남았을 때 나는 부엌문을 열고 정원으로 나갔다.

저택에서 새어나오는 불빛도 없었고 별들도 없었다. 어둠 속에서 나는 비틀거리며 걸었다. 보드라운 흙의 감촉과 옷깃에 스치는 나뭇잎과 가지들이 언제 모퉁이를 돌아야 하는지 알려주었다. 어디선가 날아온 것 같은 나뭇가지가 내 얼굴을 할퀴었고 나는 순간 눈을 감았다. 머릿속에서 고통과 쾌감이 뒤섞인 진동이 느껴졌다. 그게 무언지 나는 알고 있었다. 그 애가 부르는 노랫소리였다. 그 애가 다가오고 있었다.

마침내 약속 장소에 도착했다. 어둠이 움직였다. 오릴리어스였다. 나는 더듬거리며 그를 향해 손을 뻗었고 그의 손이 내 손을 잡는 것을 느꼈다.

"괜찮아요?"

그의 말이 들리긴 했지만 먼 곳에서 들려오는 소리처럼 아득했다.

"열 있는 거 아니에요?"

그의 말이 들리긴 했지만 이상하게도 아무런 의미가 없는 소리일 뿐이었다. 그에게 말하고 싶었다. 내가 느끼고 있는 황홀한 파장에 대해서 말하고 싶었다. 내 쌍둥이 자매가 온다고, 이제 곧 내게 올 거라고 말하고 싶었다. 나는 알 수 있었다. 내 옆구리에 그 애가 남긴 흉터에서 뿜어져 나오는 열기로 느낄 수 있었다. 그러나 그 애가 일으키는 투명한 파장은 나와 내가 하는 말 사이의 어떤 것이었다. 나는 결국 벙어리가 되어버렸다.

오릴리어스는 장갑을 벗기 위해 내 손을 놓았다. 이상할 정도로 서늘한 그의 손이 내 이마를 짚었다.

"아무래도 누워야겠어요."

나는 오릴리어스의 소매를 끌었다. 슬쩍 끌었지만 그것만으로도 충분했다. 그는 수레에 실린 동상처럼 나에게 이끌려 스르르 정원을 가로질렀다.

언제 챙겼는지 기억이 없지만 주디스의 열쇠가 내 손에 쥐여 있었다. 에멀린이 있는 곳까지 긴 복도를 걸었던 게 분명했지만 그 부분 역시 내 기억에는 남아 있지 않다.

그 문만큼은 기억하고 있다. 그러나 내 기억에 의하면, 우리가 그곳에 도착했을 때 그 문은 천천히, 저절로 열렸다. 있을 수 없는 일이었다. 아마 열쇠로 문을 열었을 것이다. 그러나 그 순간의 기억은 사라졌고 저절로 열리는 문의 모습이 그 자리를 채웠다.

그날 밤 에멀린의 방에서 일어난 일에 대한 기억은 단편적으로만 남아 있다. 시간 개념이 완전히 무너져버린 채로 각각의 사건들이 내 머릿속에서 끊임없이 재현되었다. 얼굴들과 표정들만 커다랗게 확대되어 떠다니다가 에멀린과 오릴리어스의 모습이 무대 위의 꼭두각시처럼 조그맣게 보였다. 나는 다른 것에 사로잡혀 있었고, 졸렸고, 추웠다. 그 모든 일이 일어나는 동안 나는 내 일에 정신을 빼앗겼다. 나는 오직 그 애만을 생각하고 있었다.

마치 꿈속에서 일어난 일들처럼 불완전하고 뒤죽박죽으로 남아 있는 그날의 일들을 논리적이고 이성적으로 정리해보면 대강 이런 식이 될 것이다.

오릴리어스와 나는 에멀린의 별채로 향했다. 우리의 발자국 소리는 두꺼운 카펫이 삼켰다. 우리는 방을 하나씩 지나쳤다. 그러다가 정원 쪽으로 문이 열려 있는 방에 이르렀다. 머리가 허옇게 센 노파가 우리에게 등을 돌린 채 문간에 서 있었다. 그녀는 노래를 부르고 있었다. 라 라 라 라 라. 시작도 끝도 없는 그 불완전한 멜로디는 저택에 도착한 이후로 줄곧 내 머릿속을 맴돌았다. 그 멜로디가 내 머릿속으로 파고들어 그 애가 만드는 높은 파장과 힘을 겨루었다. 에멀린에게 자신을 소개해주기를 기다리며 오릴리어스가 내 곁에 서 있었다. 그러나 나는 말을 할 수 없었다. 내 머릿속에서 우주 전체가 견딜 수 없는 하나의 굉음이 되어 울려 퍼졌고 시간은 영원히 지속되는 순간으로 정지되었다. 나는 아무 말도 할 수 없었다. 양손으로 귀를 틀어막았다. 그 불협화음을 견딜 수가 없었다. 내 모습을 보고 어쩔 수 없이 오릴리어스가 먼저 입을 열었다.

"마거릿!"

낯선 목소리에 에멀린이 돌아섰다. 당황한 그녀의 초록색 눈동자에 고통이 스쳤다. 입술이 없는 그녀의 입이 일그러진 동그라미가 되었다. 그러나 노랫소리는 멈추지 않았고 차츰 칼날처럼 날카로운 울부짖음이 되어 내 머릿속으로 파고들었다.

충격에 휩싸인 오릴리어스는 나에게서 에멀린에게로 돌아섰다. 그의 시선이 자신의 어머니의 일그러진 얼굴에 고정되었다. 마치 가위처럼 그녀의 입에서 새어나오는 소리가 허공을 난도질했다.

그 순간 이후로 나는 장님이었고 귀머거리였다. 다시 볼 수 있었을 때 에멀린은 바닥에 웅크리고 있었고 날카로운 울음소리는 훌쩍임이 되어 있었다. 오릴리어스가 그녀의 곁에 무릎을 꿇었다. 그녀의 손은 그의 곁에서 허둥댔다. 처음엔 그가 그녀를 붙잡으려는 것인지 아니면 밀어내려는 것인지 알 수 없었지만 결국 그는 그녀의 손을 꼭 잡았다.

손과 손. 핏줄과 핏줄.

그 순간의 오릴리어스는 슬픔 그 자체였다.

머릿속에서는 여전히 밝고 투명한 소리가 나를 고문했다.

나의 쌍둥이 자매. 그 애였다.

온 세상이 멀어졌고 나는 소음의 고문 속에 홀로 남았다.

기억할 수는 없지만 그다음에 어떻게 되었는지는 알고 있다. 별채의 문 쪽에서 발자국 소리가 들려왔고 오릴리어스는 에멀린의 손을 놓았다. 주디스가 자신에게 열쇠가 없다는 사실을 깨닫고 비명을 질렀다. 주디스가 모리스가 가지고 있던 여벌의 열쇠를 찾으러 간 사이, 오릴리어스는 정원 쪽으로 사라졌다. 마침내 주디스가 방으로 들어왔을 때 에멀린은 나를 바라보며 비명을 질렀다.

그러나 당시에 나는 이 모든 것을 전혀 알지 못했다. 그 애의 빛이 나를 감싸며, 의식의 세계에서 벗어나게 해주었기 때문이었다.

마침내 그 애가 날 찾아온 것이다.

누구에게나 이야기는 있다

윈터 여사의 초록빛 눈동자처럼 날카로운 불안감이 나를 깨웠다. 꿈속에서 누구의 이름을 불렀던가? 누가 내 옷을 벗기고 침대에 눕혔던가? 그가 내 반점을 보고 무슨 생각을 했을까? 오릴리어스는 어떻게 되었을까? 나는 에멀린에게 무슨 짓을 했던가? 잠에서 서서히 깨어나는 동안 나의 의식을 괴롭혔던 건 바로 그녀의 고통스러운 표정이었다.

잠에서 깨어났을 때, 나는 날짜도 시간도 알지 못했다. 주디스가 곁에 있었다. 내가 뒤척이는 것을 보고 주디스가 내 입술에 유리잔을 대어주었고 나는 물을 마셨다.

말을 하기도 전에, 다시 잠이 밀려왔다.

두 번째로 눈을 떴을 때 윈터 여사가 책을 들고 침대 맡에 앉아 있었다. 언제나처럼 푹신한 벨벳 쿠션이 있는 의자였지만 한

줌의 백발만이 남아 있는 맨 얼굴의 그녀는 마치 잠시 여왕의 권좌에 앉아 있는 개구쟁이 소년 같았다.

내가 뒤척이는 소리를 듣고 그녀가 책에서 고개를 들어 나를 쳐다보았다.

"클립튼 박사가 다녀갔네. 열이 높더군."

나는 아무 말도 하지 않았다.

"자네 생일인 줄은 몰랐어. 생일 카드를 찾을 수가 있어야지. 이 집에선 생일 따위는 아무도 신경을 쓰지 않으니까. 하지만 정원에서 월계수 꽃을 좀 따 왔지."

꽃병에는 잎사귀가 없는, 그러나 가지 전체에 우아한 보라색 꽃이 핀 검은 나뭇가지들이 꽂혀 있었다. 달콤하고도 자극적인 꽃향기가 방 안을 가득 채웠다.

"어떻게 아셨어요?"

"자네가 말했으니 알지. 자면서 떠들더군. 자네 이야기는 언제 들려줄 텐가, 마거릿?"

"제 이야기라니요? 들려드릴 이야기가 없어요."

"그럴 리가. 누구에게나 이야기는 있는 법이지."

"저한텐 없어요."

나는 고개를 저었다. 머릿속에서 내가 꿈결에 중얼거렸을 말들이 메아리쳤다.

윈터 여사는 읽던 페이지에 가름끈을 끼우고 책을 덮었다.

"누구에게나 이야기는 있다네. 이야기는 마치 가족과도 같은 거야. 우리가 그들이 누구인지 알지 못하더라도, 그리고 그들을 잃었다고 해도 항상 우리와 함께 살아 있으니까. 그들에게서 멀어지거나 등을 돌려도 가족이 없다고는 말할 수 없는 거야. 이야기도 마찬가지라네. 누구에게나 이야기는 있는 법이지. 언제 들려줄 텐가?"

"얘기 안 할 거예요."

그녀는 고개를 비스듬히 하고 내가 말을 잇기를 기다렸다.

"아무한테도 제 이야기를 한 적이 없어요. 그러니까, **설령** 할 이야기가 있다고 해도 말이에요. 이제 와서 굳이 바꾸고 싶지 않아요."

"알겠네."

그녀는 진심으로 이해한다는 듯 천천히 고개를 끄덕였다.

"물론 자네가 결정할 일이야."

그녀는 무릎 위에 얹어놓은 손바닥을 뒤집어 흉터를 바라보았다.

"자네가 원한다면 아무 말도 안 해도 좋아. 하지만 이야기는 침묵을 좋아하지 않아. 이야기에겐 말이 필요해. 말을 하지 않으면 이야기는 시름시름 앓다가 결국엔 죽어버리고 말아. 그리고 영원히 우릴 따라다니지."

그녀가 다시 나를 보았다.

"내 말 믿게, 마거릿. 난 알아."

한참을 잤다. 잠에서 깨어날 때마다 주디스가 가져다 놓은 식사 쟁반이 있었다. 나는 한두 숟가락, 혹은 그보다 조금 더 떠먹곤 했다. 쟁반을 가지러 올 때마다 주디스는 내가 남겨놓은 음식을 보고 실망하는 기색이 역력했지만 말을 한 적은 한 번도 없었다. 고통은 모두 사라졌다. 두통도, 오한도, 구역질도 없었다. 극도의 피로감, 그리고 머리와 가슴을 짓누르는 죄책감이 전부였다. 내가 에멀린에게 무슨 짓을 했던가? 그리고 오릴리어스에게는? 깨어 있는 시간에는 그날 밤의 기억이 나를 괴롭혔고 죄책감은 잠 속까지 따라왔다.

"에멀린 양은 괜찮으신가요?"

주디스에게 물었다.

그녀는 대답을 피했다. 내 몸도 추스르지 못하는 상황에서 왜 에멀린을 걱정해야 하는가? 에멀린은 오랫동안 건강하지 않았고 상태는 점점 더 악화되고 있었다.

굳이 말하지 않으려는 주디스의 태도로 나는 알아야 할 것을 전부 다 알 수 있었다. 에멀린은 상태가 좋지 않았다. 그리고 그렇게 된 건 내 잘못이었다.

오릴리어스에게 내가 할 수 있는 일은 한 가지뿐이었다. 조금 기운을 차리자마자 나는 주디스에게 펜과 종이를 가져다달라고 부탁했다. 나는 베개에 기대어 앉아 편지를 썼다. 마음에 들지 않았다. 또 한 장을 썼고 또 한 장을 썼다. 글을 쓰는 것이 그토록 힘든 적은 없었다. 편지들로 침대가 가득 차자 나는 절망에 빠졌다. 나는 그중 아무거나 한 장을 집어 깨끗하게 다시 옮겨 썼다.

오릴리어스,

괜찮으세요?

지난밤 일 때문에 걱정이 되어서요. 마음 아프게 할 생각은 없었어요.

아마 제가 미쳤었나 봐요.

언제 다시 만날 수 있을까요? 우린 아직 친구인가요?

마거릿

이 정도면 충분했다.

클립튼 박사가 왔다. 그는 청진기를 대보고 이것저것 물었다.

"불면증이 있습니까? 수면 시간이 불규칙합니까? 악몽을 꿉니까?"

나는 고개를 세 번 끄덕였다.

"그럴 줄 알았어요."

그는 체온계를 건네며 내게 혀 밑에 넣으라고 한 뒤 일어서서 창가로 걸어갔다. 그는 내게 등을 돌린 채로 물었다.

"무슨 책을 읽고 있나요?"

체온계를 입에 문 채로는 대답을 할 수가 없었다.

"《폭풍의 언덕》을 읽으셨나요?"

"으흠."

"《제인 에어》는요?"

"으흠."

"《이성과 감성》은요?"

"으흠."

그는 돌아서서 심각한 표정으로 나를 바라보았다.

"적어도 한 번 이상 읽으셨겠지요?"

나는 고개를 끄덕였고 그는 얼굴을 찌푸렸다.

"읽고, 또 읽고, 여러 번 읽었나요?"

나는 다시 고개를 끄덕였고 그의 얼굴 주름은 더욱 깊어졌다.

"어렸을 때부터 읽었겠지요?"

그의 질문이 황당했지만 그의 심각한 표정에 주눅이 들어 다시 한 번 고개를 끄덕였다.

짙은 눈썹 아래의 두 눈동자가 가늘어졌다. 나는 그가 어떤 식으로 환자들에게 회복을 강요하는지 알 것 같았다. 그의 무서운 표정을 다시 보지 않으려면 나아야만 했다. 체온계의 눈금을 살피기 위해 그가 몸을 숙였다. 가까이서 보면 사람들은 전혀 다른 모습이 되곤 한다. 짙은 눈썹은 여전히 짙은 눈썹이지만 눈썹을 이루고 있는 털들을 볼 수 있고 그 털들이 얼마나 촘촘한지도 볼 수 있다. 눈썹의 마지막 몇 가닥은 관자놀이에서 벗어나 뱀의 꼬리처럼 그의 귀를 향해 뻗어 있었다. 짧은 수염이 피부를 빼곡하게 뒤덮고 있었다. 그리고 바로 그것, 거의 감지하기 어려운 코끝과 입가의 씰룩거림이 있었다. 나는 늘 그 두 가지를 심각하게 받아들였다. 그가 날 무시한다는 증거라고 믿었다. 그러나 가까이서 보니 어쩌면 그게 아닐 수도 있다는 생각이 들었다. 나는 클립튼 박사가 몰래 나를 비웃고 있을 가능성이 있는지 생각해보았다.

그는 내 입에서 체온계를 꺼내 팔 사이에 낀 다음, 진단을 내렸다.

"당신은 낭만적인 공상을 즐기는 여자들에게 흔히 나타나는 만성질환을 앓고 있습니다. 실신, 피로감, 식욕부진, 의욕부진 같은 증상이 있지요. 우비도 입지 않고 겨울비를 맞으며 돌아다니는 것도 병의 원인이 될 수는 있지만 정신적 충격이 더 심각한 원인입니다. 그러나 당신이 좋아하는 소설 속의 여주인공들과는 달리, 과거에는 생명을 잃을 수도 있었던 이런 증상들 때문에 건강이 악화되지는 않을 겁니다. 결핵도 없고, 소아마비도 아니고, 위생 상태가 불결한 것도 아니니까요. 그러니까 곧 괜찮아질 겁니다."

그는 내 눈을 똑바로 보았다.

나는 그의 눈을 피할 수가 없었다.

"식사를 제대로 안 하는군요."

"식욕이 없어요."

"라페티 비엥탕 망장L'appétit vient en mangeant."

"식욕은 먹는 데서 온다……."

내가 번역했다.

"맞아요. 식욕은 돌아옵니다. 하지만 마중을 나가야 하지요. 먼저 식욕을 되찾고 싶어해야 해요."

이제 내가 얼굴을 찌푸릴 차례였다.

"처방은 간단합니다. 잘 먹고, 잘 쉬고, 그리고 이걸 드세요."

그가 진료용 차트에 무언가를 급히 쓰더니 그것을 내 침대 맡에 놓았다.

"피로감과 탈진 증세는 며칠 내로 사라질 겁니다."

그는 가방을 들고 펜과 진료용 차트를 가방 안에 넣었다.

그가 일어서서 잠시 머뭇거렸다.

"무슨 꿈을 꾸는지도 묻고 싶지만, 얘기하고 싶지 않겠지요?"

나는 굳은 표정으로 그를 보면서, "네"라고 대답했다.

그가 풀이 죽었다.

"그럴 줄 알았어요."
그는 문 앞에서 내게 인사를 한 뒤 돌아서서 방을 나섰다.
나는 그의 처방을 읽어보았다. 힘 있는 필체로 그는 이렇게 썼다.

《아서 코난 도일 소설집》, '셜록 홈스 시리즈'

하루에 두 번, 열 페이지씩. 증상이 완화될 때까지.

12월의 시간들

클립튼 박사의 지시에 따라 나는 이틀 동안 침대에서 먹고, 자고, 셜록 홈스를 읽었다. 사실 나는 약을 과다복용하고 있었다. 정신없이 책장을 넘겼다. 두 번째 날 저녁 무렵에는 주디스가 서재에 내려가 코난 도일의 책을 한 권 더 가져왔다. 내가 실신한 이후 주디스는 나에게 더 상냥해졌다. 그녀의 태도가 달라진 건 날 측은히 여겨서라기보다는, 에멀린의 존재가 더는 비밀이 아니기 때문이었다. 이제는 항상 흐트러짐 없는 표정으로 나를 대하는 대신 보다 자연스럽게 감정을 표현할 수 있게 되었다.

"열세 번째 이야기에 대해서는 아무 말씀도 안 하시던가요?"

하루는 몹시 궁금하다는 듯 주디스가 내게 물었다.

"한마디도요. 주디스한테도 말씀 안 하셨어요?"

그녀는 고개를 저었다.

"한번도요. 정말 이상하지 않아요? 지금까지 쓰신 모든 책들

중에 가장 유명한 책이 존재하지도 않는 책이라니. 생각해봤는데, 윈터 여사님이 책을 냈는데 책 속에 내용이 하나도 없다고 해도 아마 불티나게 팔릴 걸요."

주디스는 이내 부질없는 생각이라는 듯 고개를 저으며 어조를 바꾸어 내게 물었다.

"클립튼 박사님에 대해서 어떻게 생각하세요?"

클립튼 박사가 내 상태를 확인하기 위해 방에 들렀을 때 그의 시선은 내 침대 맡에 있는 책들에 잠시 머물렀다. 그는 아무 말도 하지 않았지만 그의 코와 입이 조금 씰룩거렸다.

세 번째 날, 갓 태어난 아기처럼 무기력했지만 나는 일어났다. 커튼을 젖히자 상큼하고 깨끗한 햇살이 들어왔다. 창밖에는 구름 한 점 없는, 눈부시게 푸른 하늘이 지평선 끝까지 펼쳐져 있었고 그 아래로 서리가 내려앉은 정원이 반짝였다. 마치 길고 암울했던 시간 동안 구름 뒤에 차곡차곡 쌓여 있던 햇살이, 구름이 사라져버리고 더는 가로막을 게 없음을 깨닫고 지난 2주간의 암울함을 만회하려는 듯 마음껏 쏟아져 내리는 것 같았다.

아침식사를 하기 전에 밖으로 나갔다. 천천히, 조심스럽게 잔디를 걸었고 섀도가 내 뒤를 따랐다. 발밑에 바스락거리는 풀의 감촉이 느껴졌고 얼음처럼 차가운 풀잎마다 햇살이 반짝였다. 서리 내린 풀밭에는 내 발자국이 남았지만 내 옆에 따라오는 섀도는 우아한 유령처럼 아무런 흔적도 남기지 않았다. 차고 메마른 바람은 처음엔 칼날처럼 내 목을 베었지만 시간이 지날수록 내게 활기를 불어넣었고 나는 곧 그 상쾌함을 즐기게 되었다. 그러나 그 상쾌함은 몇 분으로 족했다. 뺨이 간지러웠고 손이 분홍빛이 되었으며 발이 욱신거렸다. 집 안으로 들어오니 좋았고 섀도도 기꺼이 나를 따라 들어왔다. 먼저 아침식사를 했고 그다음에 서재 소파에서 불을 쬐며 앉아 있다가 읽을 거리를 찾았다.

윈터 여사의 서재에 소장된 책이 아닌, 윈터 여사의 이야기를 생각하는 것을 보니 몸 상태가 좋아진 게 분명했다. 위층에 올라가서 실신한 날부터 거의 손을 대지 않았던 노트를 가져왔다. 나는 다시 벽난로 앞에 앉아 섀도를 곁에 앉혀두고 오후 내내 내가 쓴 글을 읽었다. 나는 읽고, 읽고, 또 읽었다. 그 이야기를 전부 되새겨보면서 퍼즐과 미스터리, 비밀들을 떠올렸다. 그러나 새로 깨닫게 된 건 아무것도 없었다. 전부 다 읽고 난 뒤에도 읽기 전과 똑같이 혼란스러웠다. 누가 존의 사다리를 건드린 것일까? 헤스터가 유령이라고 생각했던 그 아이들은 누구였을까? 가장 이해할 수 없는 부분은, 폭력적이고 제멋대로였던 아이, 자신의 둔한 쌍둥이 자매 외에 다른 사람과는 의사소통을 할 수 없었고, 정원을 참혹하게 망가뜨렸던 아이가 어떻게 자신을 통제할 줄 아는 사람이 되고 수십 권의 베스트셀러 소설을 쓴 유명 작가가 되어 멋진 정원을 가꿀 수가 있었을까 하는 것이었다.

나는 노트를 옆으로 밀어놓고 섀도를 쓰다듬으며 벽난로의 불길을 바라보았다. 모든 게 완벽하게 정리된 이야기가 주는 위안이 그리웠다. 중간의 혼란은 오직 재미를 위한 것이고 남아 있는 페이지를 가늠해보면 사건이 해결되기까지 얼마나 남았는지 정확히 가늠해볼 수 있는 그런 이야기가 그리웠다. 에멀린과 애덜린의 이야기가 끝나기까지 얼마나 많은 페이지가 남았는지 알 수 없었다. 그 이야기를 끝낼 시간이 있는지조차 알 수 없었다.

내가 쓴 글에 완전히 몰입해 있었지만 한편으로는 그동안 만나지 못한 윈터 여사가 궁금했다. 주디스에게 물어볼 때마다 똑같은 대답이 돌아왔다.

"에멀린 양과 함께 계십니다."

저녁이 되기 전, 주디스가 윈터 여사의 메시지를 전해왔다. 몸 상태가 괜찮다면 저녁식사 전에 책을 읽어줄 수 있겠느냐는 것이었다.

그녀의 방에 내려가 보니 《오들리 부인의 비밀》이 테이블 위에 놓여 있었다. 나는 표시가 된 곳을 펼쳐 읽기 시작했다. 그러나 한 장을 끝내고 잠시 멈추었을 때 그녀가 얘기를 하고 싶어한다는 것을 느낄 수 있었다.

"그날 밤에 무슨 일이 있었지? 자네가 쓰러지던 날 밤에."

그녀가 물었다.

나 역시 마침내 해명할 기회를 얻은 것이 무척 기뻤다.

"에멀린이 여기 있다는 사실을 이미 알고 있었어요. 밤중에 노랫소리를 들었고, 정원에서 만났고, 별채가 어디인지도 알아냈어요. 그날 밤 제가 어떤 분을 데리고 갔는데 많이 놀라셨어요. 놀라게 해드릴 생각은 없었는데. 하지만 저희를 본 순간 놀라셨어요. 그리고……."

내 목소리가 잦아들었다.

"자네 잘못이 아니니 걱정하지 말게. 에멀린이 소리를 지르고 쓰러지는 것은, 나와 주디스, 주치의 모두 이미 여러 번 겪었던 일이니까. 잘못이 있다면 나한테 있겠지. 자네한테 에멀린이 여기 있단 이야기를 하지 않았으니 말이야. 내가 에멀린을 좀 과잉 보호하는 경향이 있는 게 사실이네. 하지만 자네한테 말하지 않은 건 잘못이었어."

그녀가 잠시 말을 멈추었다가 내게 물었다.

"그날 밤 자네가 데리고 온 사람이 누군지 말해줄 수 있겠나?"

"에멀린에겐 아기가 있었어요. 제가 데리고 온 사람이 바로 그 사람이었어요. 갈색 양복을 입은 소년."

나는 내가 알고 있는 것을 전부 털어놓았다. 내가 대답을 찾을 수 없었던 질문들이 입가에 맴돌았다. 혹시 나의 솔직함이 그녀의 솔직함을 이끌어낼 수 있지 않을까 하는 생각과 함께.

"그날 밤 정원에서 에멀린은 무얼 찾고 있었던 거죠? 제가 보았을 때, 땅을 파고 있었어요. 자주 그러시는 것 같던데. 모리스는 여우들 짓이라고 말했지만, 사실이 아니죠?"

윈터 여사는 조용했고, 꼼짝도 하지 않았다.

"죽으면 땅속에 묻혀……."

내가 말했다.

"제게 그렇게 말했어요. 누가 땅속에 묻혔다는 거죠? 자신의 아기인가요? 아니면 헤스터인가요? 땅속에서 누구를 찾고 있었던 거죠?"

윈터 여사가 무어라고 중얼거렸다. 작은 목소리였지만 그날 밤 정원에서 들었던 거친 발음의 기억을 생생하게 되살리기에는 충분했다. 바로 그 말이었다.

"이렇게 말하던가? 그날 밤 에멀린이?"

나는 고개를 끄덕였다.

"쌍둥이의 언어로?"

나는 다시 한 번 고개를 끄덕였다.

윈터 여사는 재미있다는 듯 나를 바라보았다.

"아주 잘하고 있군, 마거릿. 내가 생각했던 것보다 훨씬 더 훌륭해. 문제는, 아직은 그 이야기를 할 때가 아니라는 거야."

그녀가 자신의 손바닥을, 그리고 나를 똑바로 바라보면서 말했다.

"마거릿, 진실을 말하겠다고 내가 약속했지? 진실을 말할 생각이네. 하지만 그 이야기를 하기 전에 먼저 일어나야 하는 일이 있다네. 곧 그 일이 일어나겠지만 아직은 아니야."

"그게 무슨……."

그러나 내 말이 끝나기도 전에 그녀는 고개를 저었다.

"그만《오들리 부인의 비밀》로 돌아갈까?"

나는 30여 분을 더 읽었지만 이야기 속에 빠져들지 못했다. 윈터 여사의 마음도 방황하는 것 같았다. 주디스가 저녁식사 시간을 알리며 문을 두드리자 나는 책을 덮고 옆으로 밀어두었다. 윈터 여사는, 하던 이야기를 하듯 아무렇지도 않게, "피곤하지 않다면 오늘 밤 에멀린을 만나러 와주겠나?" 하고 물었다.

자매

약속 시간이 되었고 나는 에멀린의 별채로 갔다. 정식 초대를 받고 들어가기는 처음이었고 안으로 들어서기도 전에 집 안에 감도는 무거운 정적을 깨닫기도 처음이었다. 나는 침실 문 앞에서 멈추었다. 두 사람이 속삭이고 있었다. 두 사람은 아직 나를 보기 전이었다. 알아들을 수 없는 말들의 언저리에서 성대의 마찰음이 파장을 일으켰다. 부드러운 파열음은 들었다고 생각한 순간 사라져버렸고 마찰음은 내 귀의 실핏줄에서 피가 흐르는 소리였나 하는 착각이 들 정도로 가냘팠다. 끝났다고 생각할 때마다, 마치 머리카락에 앉아 있다가 다시 날갯짓을 하는 나방처럼, 그들의 속삭임이 내 귀를 간질였다.

내가 헛기침을 했다.

"마거릿!"

에멀린의 침대 바로 옆, 휠체어에 앉아 있던 윈터 여사가 침대

맞은편 의자를 가리켰다.

"와주어서 고맙네."

나는 베개를 베고 누운 에멀린의 얼굴을 바라보았다. 붉은색과 흰색의 화상 흉터는 그때 보았던 그대로였지만 그때처럼 통통한 얼굴이 아니었다. 머리칼은 여전히 뒤엉킨 흰 실타래였다. 그녀의 시선은 허공을 맴돌고 있었다. 그녀는 나에게 무관심했다. 뭐가 달라진 걸까? 그녀는 분명 어딘가 달라져 있었다. 그녀에게 변화가 있었던 게 분명했다. 말로 표현하기는 어렵지만 내 눈에도 확연한 변화였다. 그러나 완전히 기력이 떨어진 것 같지는 않았다. 그녀는 한쪽 팔을 이불 위로 뻗어 윈터 여사의 손을 꼭 움켜쥐고 있었다.

"안녕하세요?"

내가 조심스럽게 말했다.

"안녕하지 않아."

윈터 여사가 대신 대답했다.

윈터 여사 역시 최근 들어 모습이 달라졌다. 그러나 그녀의 병에는 일종의 정제 작용이 있는 것 같았다. 병이 그녀를 잠식할수록 그녀의 본모습은 더욱 선명하게 드러났다. 만날 때마다 윈터 여사는 조금씩 줄어드는 것 같았다. 더 가냘파졌고, 더 수척해졌고, 더 투명해졌다. 기력이 쇠퇴할수록 강인한 내면이 드러나는 것 같았다.

에멀린이 꼭 움켜잡고 있는 손은 윈터 여사와 똑같은 가냘프고 약한 손이었다.

"책 읽어드릴까요?"

"그래 주겠나?"

내가 한 장章을 읽었을 때 윈터 여사가 "잠들었어"라고 속삭였다. 에멀린은 눈을 감고 있었고 호흡은 깊고 규칙적이었다. 에멀린이 잡고 있던 손을 놓자 윈터 여사는 손을 문질러 혈색을 되찾았다. 손가락에 멍들기 직전의 자국이 남았다.

나의 시선을 느낀 윈터 여사는 얼른 손을 숄 안으로 감추었다.

"일정에 차질을 빚어 미안하네. 지난번에도 에멀린의 병세가 악화되어서 자넬 떠나보내야 했었지. 이번에도 에멀린 곁을 떠날 수가 없어서 우리 작업을 조금 미루어야겠네. 오래 걸리진 않을 거야. 게다가 얼마 있으면 크리스마스이고 하니, 자네도 가족들하고 시간을 보내는 게 어떻겠나? 휴일이 지나고 돌아오면 아마도 상황이……."

그녀는 잠시 말을 중단했다.

"아마 다시 일을 시작할 수 있겠지."

나는 그 말의 의미를 곧바로 이해하지는 못했다. 그녀의 말은 다소 모호했다. 그러나 그녀의 목소리로 그 의미를 헤아릴 수 있었다. 나는 잠든 에멀린의 얼굴을 바라보았다.

"그렇다면……."

내가 말했고 윈터 여사는 한숨을 쉬었다.

"건강해 보이는 얼굴에 속지 말게. 아주 오랫동안 앓아왔어. 지난 몇 년 동안 난 오직 에멀린이 나보다 먼저 떠나는 걸 보기 위해 살아왔다네. 그러다가 내 상태가 악화되면 갑자기 자신이 없어지곤 했지. 지금 우린 결승점을 향해 경주를 하고 있는 셈이야."

우리가 기다려야 하는 그 일이란 바로 그것이었다. 그것 없이는 이야기를 끝낼 수 없다는 그것은.

나는 갑자기 목이 메었고 어린아이처럼 가슴이 두근거렸다.

죽어가고 있었다. 에멀린은 죽어가고 있었다.

"제 잘못인가요?"

"자네 잘못이냐고? 어떻게 자네 잘못이겠나?"

윈터 여사가 고개를 저었다.

"그날 밤 일과는 아무 상관이 없어."

그녀는 내가 드러내고 싶은 것보다 훨씬 더 많은 것을 꿰뚫어 보는 특유의 노련하고 날카로운 눈빛으로 나를 보았다.

"뭐가 그렇게 두려운가? 에멀린은 자네에겐 낯선 사람일 뿐인데. 자네가 그토록 두려워하는 건 나에 대한 연민 때문인가? 말해보게. 뭐가 문제인지."

아주 틀린 얘기는 아니었다. 나는 그녀에게 연민을 느꼈다. 나는 윈터 여사가 앞으로 치러야 할 고통을 알고 있었다. 이제 그녀는 나와 함께 절단자 클럽의 일원이 되려 하고 있었다. 살아남은 자는 반쪽짜리 영혼일 뿐이다. 삶과 죽음 사이의 길은 좁고 어둡지만 살아남은 쌍둥이는 그 누구보다도 그 길 가까이에서 살아야 한다. 다소 괴팍하고 고집불통이긴 하지만 나는 윈터 여사를 좋아하게 되었다. 요즘 들어 그녀에게서 자주 엿보이는 어린 시절의 모습이 특히 마음에 들었다. 짧게 자른 머리카락, 화장기 없는 얼굴, 보석으로 치장하지 않은 가냘픈 손가락. 그녀는 점점 더 어린아이처럼 변해가고 있었다. 자신의 짝을 잃어야 할 사람이 바로 그 어린아이인 것만 같았다. 바로 그 지점에서 윈터 여사의 슬픔과 나의 슬픔이 맞닿아 있었다. 그녀의 비극은 머지않아 이 집에서 일어날 일이었다. 비록 내가 기억할 수 없는 시기에 일어난 일이긴 했지만 내 인생을 결정짓고 말았던 바로 그 비극.

나는 베개를 베고 잠든 에멀린의 얼굴을 바라보았다. 그녀는 내 쌍둥이 자매와 나를 갈라놓은 그 경계로 다가가고 있었다. 머지않아 그녀는 그 경계를 넘어 우리를 떠날 것이고 다른 세상에 머물게 될 것이다. 그녀의 귓가에, 머지않아 그녀가 만나게 될 나의 반쪽에게 전할 말을 속삭이고 싶다는 충동을 느꼈다. 그러나 무슨 말을 해야 할까?

윈터 여사의 호기심 어린 시선이 느껴졌다. 나는 얼른 나의 어리석음을 감추었다.

"언제 돌아오면 될까요?"

"한 일주일쯤. 오래 걸리지 않아."

그날 밤 늦도록 나는 윈터 여사와 함께 있었고 그다음 날도 에멀린의 침대 맡을 지켰다. 우리는 앉아서 큰 소리로 책을 읽거나 오랫동안 침묵을 지켰다. 이따금 클립튼 박사가 우리의 밤샘을 격려하기 위해 찾아왔다. 그는 내가 그곳에 있는 것을 자연스럽게 받아들이는 것 같았다. 에멀린의 병세에 대해 이야기할 때면 나에게도 심각한 표정을 지어 보였다. 때로는 우리와 함께 앉아 한 시간 정도 고통을 나누기도 했고 내가 책 읽는 소리를 듣고 있기도 했다. 나는 아무 책이나 뽑아 아무 데나 펼쳤고 펼친 페이지의 아무 데서나 시작해서 아무 데서나 끝냈다. 때로는 문장 중간에 끝내기도 했다. 《폭풍의 언덕》에서 《엠마》로, 《엠마》에서 《유스타스의 다이아몬드》로, 《하드 타임스》로 《흰옷 입은 여인》으로 옮겨갔다. 단편들이었다. 그러나 상관없었다. 문학, 그것의 완성도 형태, 결말에는 사람을 위로하는 힘이 없었다. 반면 문장이야말로 생명의 줄이었다. 문장은 서서히 내쉬고 들이쉬는 에멀린의 호흡과 함께 조용한 여운을 남겼다.

그렇게 하루가 사라졌고 내일이면 크리스마스이브였다. 내가 떠나는 날이기도 했다. 나는 한편으론 떠나고 싶지 않았다. 집 안에 감도는 정적과 정원에 드리워진 찬란한 고독이야말로 지금 이 순간 내가 원하는 것 전부였다. 책방과 아빠는 먼 세상처럼 느껴졌고, 엄마는 항상 그래 왔던 것처럼 내게 먼 존재였다.

내 생일에 곧바로 이어지는 크리스마스 휴일이 되면 엄마는, 아주 오래전 다른 여자에게서 태어난 아기를 기억하는 것조차 견디지 못했다. 아빠는 얼마 되지 않는 친구들에게서 받은 크리스마스카드를 펴보고 비교적 무해한 산타클로스나 울새가 그려진 카드만 골라 벽난로 위에 올려두고 성모 마리아와 아기가 있는 카드들은 모두 치웠다. 해마다 아빠는 사랑과 완전함을 상징하는 환한 원 속에서 사랑스러운 아기를 보고 있는 마리아와, 마리아를 보는 아기가 그려진 카드들을 골라냈고 추려진 카드들은 곧바로 쓰레기통에 버려졌다.

내가 남겠다고 했다면 윈터 여사는 허락했을 것이다. 함께할 친구가 있는 것을 반겼을지도 모른다. 그러나 나는 그렇게 말하지 않았다. 그럴 수가 없었다. 나는 에멀린이 죽어가는 모습을 보았다. 그녀가 약해질수록 나의 심장은 더욱 고통스럽게 조여

왔다. 그 고통으로 마지막이 멀지 않았음을 느낄 수 있었다. 비겁하긴 했지만 크리스마스 덕분에 달아날 기회가 주어졌고 나는 그 기회를 잡았다.

저녁이 되자 나는 방으로 돌아가 짐을 꾸렸다. 그리고 윈터 여사에게 작별 인사를 하기 위해 에멀린의 방으로 갔다. 자매간의 속삭임이 잦아든 시간, 암울함이 무겁게 드리워진 방은 전보다 훨씬 더 고요했다. 윈터 여사는 무릎에 책을 올려놓고 있었지만, 책을 읽고 있었다고 해도 읽고 있는 것이 아니었을 것이다. 슬픔을 머금은 눈빛으로 그녀가 에멀린을 바라보고 있었다. 에멀린은 꼼짝 않고 침대에 누워 있었고 그녀의 숨결에 따라 이불이 조용히 오르락내리락했다. 그녀는 두 눈을 굳게 감고 있었고 깊이 잠든 것처럼 보였다.

"마거릿!"

윈터 여사가 내 이름을 부르며 의자를 가리켰다. 내가 와준 게 반가운 모양이었다. 우리는 에멀린의 숨소리를 들으며 어둠이 내리기를 기다렸다.

윈터 여사와 나 사이에 놓인 침대에서 에멀린의 숨결이 마치 바닷가의 파도 소리처럼 부드럽고도 평화로운 리듬으로 우리를 위로했다.

윈터 여사는 말이 없었다. 나 역시 아무 말도 하지 않았다. 나는 머지않아 다른 세계로 여행을 떠날 사람을 통해 나의 쌍둥이 자매에게 부칠 편지를 썼다. 그녀가 숨을 내쉴 때마다 방 안에 점점 더 짙은 슬픔이 드리워졌다.

창문에 비친 윈터 여사의 검은 그림자가 움직였다.

"이걸 가져가게."

그녀가 말했다.

어둠 속의 기척으로 나는 그녀가 침대 위로 내게 무언가를 건네고 있음을 깨달았다.

금속 자물쇠가 달린 직사각형 모양의 가죽이 손에 잡혔다. 책인 것 같았다.

"에멀린의 보물 상자에서 나온 것이라네. 더는 필요 없어. 가져가서 읽게. 돌아오면 그때 다시 이야기를 시작하지."

책을 들고 나는 방을 가로질러 문으로 향했다. 가구의 위치로 방향을 가늠했다. 내 뒤에서 에멀린의 숨결이 이어지고 있었다.

일기와 기차

헤스터의 일기는 손상되어 있었다. 열쇠는 없어졌고 녹슨 자물쇠가 손가락에 오렌지색 얼룩을 남겼다. 처음 세 페이지는 표지 안쪽의 풀이 녹아 하나로 엉겨 붙었다. 모든 페이지의 마지막 줄은 먼지와 습기에 노출된 탓인지 갈색 얼룩 속으로 사라지고 없었다. 찢겨 나간 곳도 있었다. 찢겨 나간 페이지의 가장자리에는 abn, cr, ta, est처럼 애를 태우는 단어의 일부만이 남아 있었다. 가장 끔찍한 것은, 일기장이 어느 시점엔가 물에 빠졌다가 건져졌다는 점이었다. 덕분에 종이에 굴곡이 생겨서 일기장을 덮었을 때에도 본래의 두께보다 훨씬 더 불룩했다.

물에 빠졌던 게 일기를 읽는 데에 가장 큰 걸림돌이었다. 언뜻 보아도 육필 일기가 분명했다. 그 누구의 것도 아닌 헤스터의 일기였다. 가름한 필체와 안정되고도 기복이 있는 곡선, 편안한 각도, 경제적이면서도 효율적인 여백. 그러나 가까이 들여다보는 순간 글자들은 뭉그러지거나 사라져버렸다. 이 선은 l일까 t일까? 이 곡선은 a일까, e일까, 혹은 s일까? 이 윤곽은 bet일까 lost일까?

일기장은 하나의 퍼즐이었다. 나는 쉬지 않고 일기장을 해독했지만, 그날 기차 안은 연필과 종이를 꺼내 들기엔 너무 복잡했다. 나는 창가 좌석에 앉아 일기장을 코에 대고 뚫어져라 들여다보았다. 처음엔 세 단어 중 한 단어 꼴로 겨우 알아냈지만 차츰 그녀의 글 속에 빠져들면서, 일기장 속 단어들이 중간 지점까지 마중 나오기 시작했고, 결국에는 정체를 드러내며 나의 노력에 보답해주었다. 마침내 나는 속도를 내어 읽을 수 있었다. 크리스마스를 하루 앞둔 그날, 기차 안에서 헤스터가 살아났다.

헤스터의 일기를 내가 읽은 그대로, 잘려나가고 부서진 채로 지면에 실어 독자들의 인내심을 시험하고 싶지는 않다. 헤스터의 정신을 이어받아 나는 일기를 말끔하게 수선하고 정리했다. 혼란은 모두 걷어냈다. 나는 의심을 확신으로, 암흑을 선명함으로, 빈칸을 글자로 채웠다. 그 과정에서 가끔은 원본에 없었던 글자가 생겨나기도 했지만 설령 내가 실수를 했다 하더라도 대수롭지 않은 실수라 장담할 수 있다. 본래의 글자를 확실히 알 수 없을 때에는 그녀의 의도가 분명히 파악될 때까지 보고 또 보았다.

일기를 다 싣지는 않을 생각이다. 편집된 일부만을 수록하고자 한다. 첫째, 당시 내가 듣고 있던 윈터 여사의 이야기와 관련이 있는 것들을 골랐고 둘째, 엔젤필드에서의 헤스터의 삶을 정확하게 묘사하고 있는 것들을 골랐다.

엔젤필드 저택은, 비록 남향이 아니고 창문들이 이상하게 나 있긴 하지만 나름대로 위엄이 느껴진다. 그러나 가까이서 보면 폐허나 다름없는 상태임을 바로 알 수 있다. 석조물들은 위험할 정도로 손상되어 있고 창틀은 썩어가고 있다. 지붕의 일부는 폭풍에 부서진 것 같다. 다락방 천장부터 확인해보아야겠다.

가정부가 나를 반겨주었다. 숨기려고 했지만 보고 듣는 데도 문제가 있음을 곧바로 알 수 있었다. 나이를 감안하면 당연한 일이다. 집 안이 불결한 이유도 알 것 같다. 그러나 이 집 사람들은 자신의 삶을 이곳에 바친 그녀를 쫓아낼 생각은 없는 것 같다. 그들의 신의는 높이 살 만하지만 왜 그녀를 도울 젊고 건강한 가정부를 고용하지 않는지 의문이다.

가정부인 던 부인이 집안 이야기를 들려주었다. 이렇게 일할 사람이 부족한 상태로 지낸 지도 꽤 오래되었다고 했고 이제 이것은 이 집에서 삶의 방식으로 자리 잡은 것 같다. 왜 그래야 하는지는 확실히 알 수 없지만 분명한 것은, 엔젤필드 가족을 제외하면 이 집에서 일하는 사람은 던 부인과 존 디젠스라는 정원사가 전부라는 사실이다. 비록 사냥하는 사람은 없지만 사슴들도 있다. 그러나 그들 두 사람을 고용한 주인의 모습은 볼 수가 없다. 이 집 주인은 나를 이곳에 소개한 변호사에게서 재정 자문을 받고 있는데 그 변호사가 저택의 관리자 역할을 하고 있다. 물론 지금까지 관리한 적이 있기나 하다면 말이다. 던 부인이 집안의 고정 지출을 관리하고 있다. 나는 찰스 엔젤필드가 적어도 일주일에 한 번은 회계장부와 영수증을 확인하겠거니 짐작했지만 던 부인은 장부에 기록을 할 수 있을 정도로 자기 시력이 좋아 보이느냐고 반문하며 웃었다. 물론 던 부인이 믿을 수 없는 사람이란 얘기는 아니다. 내가 보기에 던 부인은 어디로 보나 착하고 정직한 여자였고 언젠가 그녀의 무뚝뚝함이 다만 귀가 먹었기 때문임을 깨닫게 된다면 더 바랄 나위가 없을 것이다. 나는 엔젤필드 씨에게 설명하기 위해 장부를 기록하는 것의 이점에 대해 기록해두었다. 그가 너무 바쁘다면 내가 그 일을 맡겠다고 자청해볼 생각이다.

생각해보니 이제 나를 고용한 사람을 만나야 할 때가 된 것 같아서 던 부인에게 이야기했더니 그가 하루 종일 아기방에 틀어박혀 지내고 결코 나오는 법이 없다고 해서 깜짝 놀랐다. 이것저것 물어본 결과 나는 그가 일종의 정신착란을 앓고 있다는 결론을 내렸다. 딱한 노릇이었다. 제대로 기능을 하지 못하는 인간의 두뇌보다 더 슬픈 게 있을까?

던 부인은 내게 차를 만들어주고는 자신의 이야기를 들려주었다. (예의상 마시는 척하긴 했지만 부엌의 상태로 짐작하건대 찻잔이 깨끗해 보이지 않아 나중에 싱크대에 쏟아버렸다) 던 부인은 80대이며 결혼은 하지 않았고 평생 이곳에서 살았다. 대화는 자연스럽게 엔젤필드 가족의 이야기로 흘렀다. 던 부인은 쌍둥이의 생모가 소녀였던, 그리고 숙녀였던 시절을 기억하고 있었다. 나는 내가 들은 이야기를 다시 한 번 확인할 수 있었다. 아이들의 엄마가 최근에 정신병원에 수용되었기 때문에 내가 이곳에 오게 된 것이었다. 던 부인은 아이들의 엄마가 정신병원에 가게 된 결정적인 사건에 대해 두서없이 들려주었지만 나는 도대체 그 여자가 바이올린으로 의사의 부인을 때렸다는 건지 때리지 않았다는 건지 확실히 알 수가 없었다. 그러나 그런 것은 중요하지 않다. 이 집안에는 정신 병력이 있는 것이 분명하다. 솔직히, 그 사실을 깨달았을 때 가슴이 두근거렸다. 가정교사로서 아무 문제도 없는 집안의 아이들을 가르친다면 무슨 보람이 있겠는가? 이미 반듯하고 교양 있는 아이들을 가르치는 게 도전이 되겠는가? 나는 내게 주어진 일을 해낼 준비가 되었을 뿐 아니라 오랜 시간 동안 이 순간을 기다려왔다. 마침내 나는, 내가 알고 있는 것들이 정말 가치 있는 것인지 알게 될 것이다.

나는 아이들의 아버지 쪽 집안에 대해서도 물었다. 마치 씨가 세상을 떠났고 아이들은 아버지를 본 적도 없지만 그래도 아이들의 몸속에는 그의 피가 흐르고 있고 그들 집안의 성향을 물려받았을 것이다. 그러나 던 부인은 마치 집안에 대해서는 거의 아는 게 없었다. 대신 그녀는 자신이 알고 있는 아이들의 어머니와 삼촌의 일화들을 들려주었다. 행간의 의미를 읽자면(던 부인도 내가 알아서 이해해주기를 바라는 것 같았다), 그 이야기 속에는 다소…… 문란한 인상을 주는 대목도 있었다. 물론 부인이 하는 얘기들은 결코 있을 법한 일들이 아니었다. 적어도 영국에서는 있을 수 없는 일이었다. 부인이 이야기를 꾸며낸 게 아닌가 하는 생각마저 들었다. 상상을 한다는 건 건전한 일이고, 위대한 과학의 발견은 상상 없이 불가능했던 게 사실이다. 그러나 상상이 결실을 맺기 위해서는 확고한 사실에 바탕을 두어야만 한다. 상상을 제멋대로 자라도록 내버려두면 결국 우매함으로 인도될 뿐이다. 던 부인의 마음이 제멋대로 돌아다니는 것은 아마도 나이 때문일 것이다. 평소의 그녀를 관찰해보면 이야기를 지어내거나 할 사람으로 보이지는 않기 때문이다. 어느 쪽이건 나는 그 문제는 더는 생각하지 않기로 했다.

이 글을 쓰는 지금, 밖에서 아이들의 소리가 들려온다. 아이들이 자기들의 비밀 장소에서 나와 집 안을 돌아다니고 있다. 아이들은 조금도 협조적이지 않으며 저렇게 제멋대로 날뛴다. 아이들은 내가 이 집안에 불어넣으려는 질서와 청결, 훈련의 세계에서 많은 이득을 볼 것이다. 나는 아이들에게 다가가지 않을 것이다. 그들은 내가 먼저 다가갈 거라고 기대하겠지만, 그들의 기대를 저버리는 게 지금 나의 목표다.

던 부인이 1층 방을 보여주었다. 사방이 먼지였다. 평평한 곳에는 두껍게 먼지가 쌓였고 커튼은 누더기가 되었지만 그녀는 알지 못했고 쌍둥이의 할아버지가 살았던 시절, 일손이 많았던 시절만을 기억하고 있었다. 도저히 사용할 수 없을 것 같은 피아노도 한 대 있었다. 어떻게든 고쳐볼 생각이다. 한때 지식의 창고였을 서재도 있는데, 일단 먼지를 걷어내야 어떤 책들이 있는지 알 수 있을 것 같다.

다른 층은 나 혼자 둘러보았다. 던 부인에게 한꺼번에 여러 층을 오르게 하는 부담을 주고 싶지 않아서였다. 1층에서 우당탕거리는 소리, 숨죽인 속삭임과 웃음소리를 들을 수 있었다. 마침내 나의 학생들을 찾은 것이다!

아이들은 문을 잠갔고 내가 손잡이를 돌리자 조용해졌다. 나는 아이들의 이름을 한 번 부른 다음 아이들을 남겨두고 2층으로 올라갔다. 아이들을 쫓아가지 않고 그들이 내게 오도록 훈련해야 한다는 게 나의 기본 원칙이다.

2층 방들은 그야말로 끔찍한 상태였다. 역시 더러웠지만 예상했던 일이었다. 지붕에서 빗물이 새고 있었다(이것 역시 어느 정도는 예상했었다). 그리고 썩은 마룻바닥에서 곰팡이가 자라고 있었다. 아이들을 키우기엔 그야말로 최악의 환경이었다. 마치 일부러 뜯어낸 것처럼 마룻널 몇 장이 빠져 있었다. 엔젤필드 씨에게 이것들을 보수하도록 조처해달라고 해야 할 것 같다. 발이 삐거나 최악의 경우 아래층으로 떨어질 수도 있다는 점도 지적해둘 생각이다. 모든 경첩에는 기름칠이 필요했고 모든 문틀은 휘어져 있었다. 어디를 가건 문의 경첩이 끽 하는 소리를 냈고 마룻바닥이 삐걱거렸고, 커튼을 펄럭이게 하는 바람은 어디서 새어 들어온 건지 알 수가 없었다.

나는 황급히 부엌으로 돌아왔다. 던 부인이 저녁식사를 준비하고 있었고 나는 전에 보았던 더러운 냄비에 끓인 음식을 먹고 싶지 않았기에 엄청나게 쌓인 설거지를 시작했다. 먼저 10년도 더 묵은 것 같은 싱크대의 때를 벗겨내야 했다. 그다음에는 그녀가 저녁을 준비하는 것을 지켜보았다. 그녀는 나름대로 최선을 다하고 있었다.

아이들은 식사를 하러 내려오지 않았다. 나는 한 번 더 불렀다. 던 부인은 달래고 애원해서라도 아이들을 데려오려 했지만 나에게도 생각이 있으니 내 편이 되어달라고 그녀에게 말했다.

모슬리 박사가 저녁식사를 하러 왔다. 예상했던 대로 이 집 주인은 나타나지 않았다. 나는 박사가 불쾌해할 거라 생각했지만 그는 아무렇지도 않아 보였다. 결국 우리 두 사람이 식사를 하게 되었고 던 부인은 나름대로 애를 썼지만 내가 많이 움직여야 했다.

모슬리 박사는 지적이고 교양 있는 사람이었다. 그는 쌍둥이들이 발전하는 모습을 진정으로 보고 싶어했고 나를 엔젤필드에 오게 한 장본인이기도 했다. 그는 이곳에서 내가 겪게 될 어려움에 대해 상세하게 설명했고 나는 공손하게 그의 말을 경청했다. 사실 이 집에 몇 시간만 있어보면 어떤 가정교사라도 앞으로 벌어질 일을 분명하고도 명확하게 인식할 수 있을 것이다. 그러나 그는 남자였고, 이미 알고 있는 이야기를 다시 들어야 하는 게 얼마나 따분한지 알 리가 없었다. 그는 나의 대답에 깃든 불편함이나 예리함을 전혀 알아차리지 못했다. 나는 그의 관찰력이 그의 열정과 분석력에 못 미치는 것은 아닌가 생각했다. 자신이 만나는 모든 사람들을 자기보다 못하다고 생각한다고 해서 그를 비난할 생각은 없다. 그는 나름대로 똑똑한 사람이었고, 무엇보다도 엔젤필드라는 작은 연못에서 노는 큰 물고기였다. 그는 짐짓 겸손을 가장했지만 나 역시 그와 똑같은 겸손으로 위장하고 있었기 때문에 그것을 쉽게 꿰뚫어 볼 수 있었다. 그러나 이번 일을 잘 해내기 위해서는 그의 도움이 필요할 것이고 그의 단점들에도 나는 그를 내 편으로 만들 생각이다.

아래층에서 아이들의 성난 목소리가 들려온다. 식료품 저장실의 문이 잠겨 있는 것을 알아차린 모양이다. 아이들은 화가 났을 것이고 당황스러울 것이다. 그러나 아이들의 식사시간을 달리 어떻게 통제하겠는가? 식사시간도 지킬 수 없다면 어떻게 질서를 유지할 것인가?

내일은 이 방부터 청소해야겠다. 저녁때 젖은 걸레로 먼지를 대충 닦아냈고 바닥까지 닦고 싶었지만 그만두었다. 오늘 청소를 해봐야 내일 벽을 솔로 닦고 먼지에 전 커튼을 내리고 나면 다시 해야 할 테니까. 오늘 밤은 더러운 방에서 자겠지만 내일은 깨끗한 방에서 잘 수 있으리라. 그것은 좋은 출발이 될 것이다. 이 집의 기강을 바로잡으려면 먼저 편안하게 생각에 잠길 수 있는 깨끗한 방이 필요하다. 청결하고 깨끗한 공간에 있지 않으면 그 누구도 제대로 생각을 할 수 없고 발전을 이룰 수 없다.

쌍둥이들이 복도에서 울고 있다. 이제 나의 학생들을 만나야 할 때가 된 것 같다.

집 안을 정리하느라 너무 바빠서 그동안 일기를 쓸 짬을 내지 못했다. 그러나 일부러라도 시간을 내야만 한다. 왜냐하면 나는 주로 글을 쓰면서 교육 방법을 구상하기 때문이다.

에멀린은 한결 나아졌다. 에멀린에게는 다른 아이들에게 통했던 방법이 효과를 거두고 있다. 내가 보기에 에멀린은 사람들이 생각하는 것만큼 상태가 심각하진 않다. 내가 교육을 시키면 에멀린은 온순한 아이가 될 것이다.

에멀린은 정이 많고 착실하며, 청결함, 규칙적인 식사의 이로움을 이해했고, 다독거리면서 조그만 보상을 해주면 나의 지시를 따른다. 다른 사람에 대한 배려가 그 자체만으로도 가치 있는 일임을 이해하게 되면 보상을 줄일 수도 있을 것이다. 에멀린은 결코 똑똑한 아이가 되지는 못할 것이다. 나는 내 교육의 한계 역시 잘 알고 있다. 내가 아무리 유능하다고 해도 아이가 본래 지니고 있는 것을 밖으로 끌어낼 수 있을 뿐이다. 에멀린에 대해서는 아주 만족스럽다.

애덜린의 경우는 훨씬 복잡하다. 폭력성에 대해서라면 이미 알고 있었고 나는 애덜린의 파괴적 성향에 대해 그 아이가 생각하고 있는 것만큼 충격을 받지는 않았다. 그러나 애덜린에게서 나는 정말 충격적인 사실 한 가지를 발견했다. 다른 아이들의 경우, 폭력성은 분노의 부작용일 뿐이며 그 자체가 목적이 아니었다. 다른 아이들의 사례를 관찰해본 결과 지나치게 쌓인 분노가 폭발하는 과정에서 우연히 주변 사람들이나 기물에 손상을 입히는 경우가 대부분이었다. 그러나 애덜린의 경우는 달랐다. 직접 본 것과 다른 사람들의 이야기를 종합해보건대, 폭력성은 애덜린의 유일한 동기이며, 무언가를 파괴할 에너지를 얻기 위해 일부러 분노를 끌어 모아 비축하는 것처럼 보였다. 애덜린은 가냘프고 왜소한, 뼈만 앙상하게 남은 아이이고 거의 먹지를 않는다. 던 부인이 정원 사건에 대해 들려주었다. 애덜린이 정원의 나무를 완전히 망가뜨렸다고 했다. 그것이 사실이라면, 정말 안타까운 일이다. 이 집의 정원은 정말 아름답다. 언제고 다시 복구가 되어야 하겠지만 존은 완전히 의욕을 잃었다. 요즘은 조형 정원뿐 아니라 정원 전체가 그대로 방치되고 있다. 조만간 시간을 내어 그의 자존심을 회복시켜줄 방법을 찾아야겠다. 그가 자신의 일을 통해 행복을 느끼고 정원이 본래의 모습을 되찾는다면 저택의 외관과 환경을 개선하는 데에도 큰 도움이 될 것이다.

존과 정원 이야기를 하다 보니 생각나는 게 있다. 그에게 소년 이야기를 해야 할 것 같다. 오늘 오후 공부방에서 우연히 창가에 서 있게 되었다. 비가 오고 있었고 습기가 들어오지 않도록 창문을 닫아야겠다는 생각이 들었다. 창가의 안쪽 선반은 부서진 지 오래였다. 창가에 바짝 다가가지 않았다면, 코를 유리창에 대지 않았다면 그 아이를 보지 못했을 것이다. 거기 그 아이가 있었다. 남자아이가 화단에 웅크리고 앉아 잡초를 뽑고 있었다. 그 아이는 어른 바지를 발목에서 잘라 멜빵으로 고정해서 입고 있었다. 넓은 챙 모자가 얼굴을 가려서 나이를 정확히 가늠할 수는 없었지만 열한 살이나 열두 살쯤 되어 보였다. 이런 시골 마을에서는 아이들이 정원 일에 동원되기도 한다는 걸 알고 있었다. 실제로는 정원 일보다는 밭일인 경우가 많다는 것도, 일찌감치 자신의 진로를 결정하는 게 이로울 수 있다는 것 역시 모르는 바는 아니었다. 그러나 학교에 가야 할 시간에 다른 곳에서 시간을 보내는 아이들은 절대 그냥 보아 넘길 수가 없다. 나는 존에게 이 문제에 대해 이야기를 해서 그 아이가 학교에 가도록 조처를 취할 생각이다.

다시 본래의 문제로 돌아와서.

에멀린에 대한 애덜린의 폭력에 대해서는, 애덜린이 알면 깜짝 놀라겠지만, 전혀 새로운 일이 아니다. 자매지간의 질투와 분노는 흔한 일이며, 쌍둥이의 경우 경쟁심리는 한층 더 심하다. 시간이 지나면 그러한 공격성도 줄어들겠지만 일단은 에멀린을 다치지 않도록 보호하는 일이 급선무이다. 덕분에 다른 일들이 지체되는 건 안타까운 일이다. 에멀린은 왜 그저 맞기만 하는 것일까? 왜 애덜린에게 머리카락을 뽑히는 것일까? 부지깽이로 뜨거운 석탄을 집어 흔들고 다니는 애덜린을 왜 피해 다니기만 하는 것일까?

아직은 알 수가 없다. 에멀린은 애덜린보다 체격이 두 배나 크기 때문에 마음만 먹으면 더욱 적극적으로 방어할 수도 있을 것이다. 아마도 에멀린은 애덜린에게 상처를 주고 싶지 않을 것이다. 그 애는 영혼이 따듯한 아이이니까.

처음에 나는 애덜린이, 결코 에멀린처럼 독립적이고 정상적인 삶을 살 수는 없지만 정서적인 안정을 찾으면 엄격한 훈련을 통해 분노를 억압할 수 있을 거라고 생각했다. 그 애가 무언가를 이해할 거라고는 눈곱만치도 기대하지 않았다. 에멀린보다 애덜린에게 훨씬 많은 노력을 쏟아붓는데도 눈에 보이는 성과가 없기 때문에 사람들이 알아주기를 기대하지도 않았다.

그러나 놀랍게도 암흑 속에 숨겨졌던 그 애의 지성을 발견한 지금 내 생각을 수정해야만 할 것 같다. 오늘 아침 애덜린은 발을 질질 끌고 공부방에 들어왔지만 싫은 기색이 없었다. 자리에 앉아 항상 그랬던 것처럼 한쪽 팔에 머리를 대고 엎드렸다. 나는 수업을 시작했다. 여자아이들이 좋아하는 《제인 에어》 앞부분을 각색해서 이야기로 들려주었다. 나는 에멀린에게 집중했다. 나는 최대한 생동감 있게 이야기를 하면서 에멀린이 이야기에 몰입하도록 유도했다. 제인의 목소리와 숙모의 목소리, 사촌의 목소리를 제각기 다르게 내면서 주인공들의 감정을 표현하기 위해 몸짓과 표정을 섞었다. 에멀린은 내게서 눈을 떼지 않았고 나는 그 결과에 만족했다.

그때 나는 곁눈질로 애덜린의 움직임을 느꼈다. 애덜린이 내 쪽으로 고개를 돌린 것이다. 여전히 팔에 머리를 기대고 있었고 눈을 감고 있었지만 내 이야기를 듣고 있는 게 분명했다. 자세를 바꾸었다는 건 어떻게 보면 하찮은 변화일 수도 있지만(사실 결코 하찮다고 말할 수는 없다. 지금까지는 항상 내게서 등을 돌리고 있었으니까) 앉아 있는 모습 자체가 달랐다. 평상시에는 책상 위에 누워 의식을 잃은 사람처럼 잠을 잤지만 오늘은 온몸이 긴장한 상태였다. 반듯하게 편 어깨에서 긴장이 감돌았다. 잠든 척하려 애쓰고 있었지만 이야기 속으로 빨려들고 있는 것 같았다.

내가 그 사실을 알아차렸다는 것을 그 애에게 들키고 싶지 않았다. 나는 계속 에멀린에게 읽어주는 척하면서 표정과 목소리로 연기를 했다. 그러나 한편으로는 애덜린을 주시했다. 애덜린은 그저 듣기만 하는 게 아니었다. 그 애의 눈꺼풀이 파르르 떨리는 것을 나는 보았다. 눈을 감고 있었다고 생각했지만 사실 눈썹 사이로 나를 보고 있었던 것이다!

그야말로 대단한 발전일 뿐 아니라, 앞으로 이곳에서 내가 이루어낼 성과의 가장 중요한 부분이 될 것이다.

그것은 정말 뜻밖이었다. 박사의 표정이 변하다니. 그렇다. 분명히 그의 표정은 변했다. 바로 내 눈앞에서. 늘 보아왔던 얼굴이 현기증을 일으키면서 움직이다가 예기치 못한 모습으로 전혀 새롭게 다가온 순간이었다. 나는 인간의 마음속에 무엇이, 지금까지 알고 있던 얼굴을 그렇게 전혀 다른 모습으로 변화시킬 수 있는지 궁금하다. 햇볕 때문이었다든가 하는 낙관적인 추측은 배제했고, 결국 나는 그것이 내 얘기를 듣기만 해야 하는 그의 입장 때문이었다는 결론을 내렸다. 어쨌건 그의 갑작스러운 표정 변화로 나는 한동안 멍하니 그의 얼굴을 보았다. 그는 그런 내 행동을 이상하다고 생각했을 것이다. 본래의 모습을 되찾았을 때에도 그의 표정에는 어딘가 이상한 점이 있었다. 내가 이해할 수 없는 무언가가 있었다. 이해할 수 없는 무언가는 내 마음을 불편하게 한다.

우리는 한동안 서로를 어색하게 보았다. 그리고 그가 황급히 자리를 떴다.

던 부인이 내 책들을 치우지 말았으면 좋겠다. 책을 다 읽기 전에는 치우지 말라고 몇 번이나 얘기를 했건만. 꼭 치워야 한다면 왜 서재에 갖다 놓지 않는 것일까? 계단에 가져다 두는 게 무슨 의미가 있는 걸까?

정원사 존과 이상한 대화를 나누었다.

그는 성실한 일꾼이며 정원 일을 다시 시작한 요즘 한결 활기 있어 보인다. 그는 여러모로 이 집에서 필요한 존재이다. 그는 부엌에서 던 부인과 차를 마시며 이야기를 나누곤 한다. 그들이 낮은 목소리로 이야기를 주고받는 소리를 들었을 때, 던 부인이 생각만큼 귀가 심하게 먹은 건 아니라는 생각이 들었다. 만약 그녀의 나이가 그렇게 많지 않았다면, 두 사람이 연애를 한다고 오해했을 것이다. 연인이 아니라면 두 사람의 관계에 어떤 비밀이 있는지 나로서는 알 길이 없다. 그 점에 대해 나는 조금 불쾌한 내색을 하며 던 부인에게 따졌다. 그녀와 나는, 다른 면에서는 대체로 마음이 잘 맞는 데다, 그녀는 이 집에 온 나를 반기는 것 같았다(사실 그녀가 반기지 않는다고 해도 달라지는 것은 없겠지만). 그녀는 자기들이 주고받는 이야기는 대부분 닭을 잡아야 한다든가, 감자를 캐야 한다든가 하는 등의 그저 하찮은 집안일일 뿐이라고 대답했다.

"그렇다면 왜 그렇게 소곤거려야 하죠?"

내가 물었더니 그녀는 소곤거린 적이 없다면서, 적어도 고의적으로 목소리를 낮춘 건 아니라고 했다. "하지만 제가 그렇게 작게 말하면 못 알아들으시잖아요"라고 내가 말했더니 그녀는, 익숙한 목소리보다는 새로운 목소리가 더 알아듣기 힘들다고 했다. 존이 작은 목소리로 말해도 알아들을 수 있는 건 그 목소리를 수십 년 동안 들어왔기 때문이고 그에 비해 내 목소리를 들은 건 이제 겨우 몇 달이 되었을 뿐이라고.

그 후로 두 사람이 부엌에서 소곤거린다는 사실은 완전히 잊고 있었다. 존에게서 이상한 점을 발견하기 전까지는. 며칠 전 점심식사 직전에 산책을 하다가 얼마 전 창가 화단에서 잡초를 뽑고 있던 그 소년을 정원에서 또 보았다. 나는 시계를 보았다. 역시 학교에 있을 시간이었다. 내가 나무 뒤에 숨어 있었기 때문에 소년은 나를 보지 못했다. 나는 잠시 소년을 관찰했다. 아이는 일을 하고 있는 게 아니었다. 잔디에 엎드려 잔디 속의 무언가에 코를 박고 몰두해 있었다. 전에 보았던 것과 똑같은 모자를 쓰고 있었다. 나는 이름을 물어보고 학교에 가는 게 얼마나 중요한지에 대해 일러줄 생각으로 그 아이에게 다가갔다. 그러나 그 아이는 나를 보자마자 벌떡 일어나더니 모자를 한 손에 쥐고는 쏜살같이 달아났다. 그렇게 날쌘 아이는 처음 보았다. 그렇게 놀라 달아났다는 건 분명 죄책감을 느낀다는 뜻이었다. 그 아이도 자신이 학교에 가야 한다는 걸 알고 있었다. 달아나는 소년의 손에는 책이 한 권 들려 있었다.

나는 존에게 가서 내 생각을 이야기했다. 학교에 가야 할 아이들이 그를 위해 일을 하는 것을 용납할 수 없다고 말했다. 돈 몇 푼을 주고 교육의 기회를 빼앗는 것은 옳지 않은 일이라고. 아이의 부모가 그 점을 인식하지 못한다면 내가 직접 찾아가 그들을 만나겠다고. 그리고 필요하다면 엔젤필드 씨에게 정원에서 일할 사람을 더 고용하도록 설득해주겠다고. 사실 전에도 정원 일이나 집안일을 도울 사람을 더 고용하자고 제안했지만 존이나 던 부인 모두 반대했고 나는 이곳 분위기에 적응할 때까지 기다리는 편이 낫겠다고 생각했다.

존은 고개를 저으며 그런 아이는 모른다고 대답했다. 내가 똑똑히 보았다고 했더니 아마 동네 아이들이 무심코 들어왔던 모양이라면서 가끔 그런 일도 있다고 했다. 그리고 우연히 그의 정원에 들어온 아이들이 학교를 가지 않는 건 그의 책임이 아니라고 했다. 나는 이곳에 온 첫날에도 그 아이를 본 적이 있다고, 그때 그 아이는 분명히 일을 하고 있었다고 했다. 그는 입술에 힘을 주고는 자신은 전혀 아는 바가 없다고 말했다. 원한다면 누구든지 자신의 정원에서 잡초를 뽑을 수 있지만 그런 아이는 본 적이 없다고 했다.

나는 존에게 조금 화를 내며, 학교 교장과 이 문제를 상의할 것이며, 부모를 찾아가서 그들과 이 문제를 의논하겠다고 말했다. 그는 그저 손을 내저었다. 마치 자신과는 상관없는 일이라는 듯이. 그러니 마음대로 하라는 듯이(나는 반드시 그렇게 할 생각이었다). 나는 그가 소년이 누구인지 알고 있다고 확신한다. 그리고 그가 나를 도울 생각이 없다는 게 적잖이 놀라웠다. 본래 고집이 센 사람인 것 같았다. 아마도 어렸을 때부터 도제 생활을 시작했을 것이고 그런 고집스러움은 그의 일에 오히려 장점으로 작용했을 것이다. 엔젤필드 같은 작은 마을에서 그러한 태도는 결코 쉽게 고쳐지지 않는다.

나는 헤스터의 일기에 완전히 빠져들었다. 온갖 장애물들 때문에 천천히 퍼즐을 맞추면서, 내 모든 경험과 지식, 상상을 동원해서 유령의 단어를 찾아야 했지만 그런 장애물조차도 몰입에 방해가 되지는 않았다. 사라져버리거나 뭉개져버린 글자들이 생생한 의미와 함께 되살아나는 것 같았다.

헤스터의 일기에 빠져 있는 동안에도 마음 한편에서 또 다른 결정을 내리고 있었다. 열차가 환승역에 도착했을 때 나는 이미 마음을 정한 상태였다. 나는 집으로 돌아가지 않을 생각이었다. 엔젤필드로 갈 생각이었다.

밴버리행 열차는 크리스마스 귀향객들로 붐벼서 앉을 자리가 없었고 나는 서서는 책을 읽지 않았다. 기차가 요동칠 때마다, 승객들과 부딪칠 때마다, 나는 헤스터의 일기를 가슴에 꼭 품었다. 아직 반밖에 읽지 못했다. 나머지 반은 잠시 미루어야 했다.

'헤스터, 도대체 무슨 일이 있었죠?'

나는 생각했다.

'당신은 도대체 어디로 사라진 건가요?'

과거를 부수다

창문으로 들여다보니 그의 주방은 비어 있었다. 다시 정문으로 돌아가 문을 두드려보았지만 대답이 없었다.

떠난 것일까? 사람들이 모두 여행을 떠나는 시기이긴 했다. 이맘때면 사람들은 가족들을 만나러 간다. 그러나 가족이 없는 오릴리어스는 집에 있을 거라고 생각했다. 나는 그제야 오릴리어스가 집을 비운 이유를 깨달았다. 그는 크리스마스 케이크를 배달하러 갔을 것이다. 크리스마스이브가 아니라면 언제 케이크를 먹겠는가? 나는 편지함에 내가 쓴 카드를 밀어 넣고 엔젤필드 저택의 숲으로 향했다.

추운 날씨였다. 눈이 올 정도로. 발밑에 닿는 땅은 꽁꽁 얼어붙었고 하늘은 안쓰러울 정도로 희었다. 나는 씩씩하게 걸었다. 목도리를 코까지 휘감자 곧바로 몸이 따듯해졌다.

숲속 공터에서 나는 잠시 멈칫했다. 멀리 엔젤필드 저택에서 공사가 한창이었다. 무얼 하는 걸까? 나는 코트 속으로 카메라를 목에 걸고 있었다. 코트 단추를 풀자 차가운 바람이 파고들었다. 원거리 렌즈로 공사장 주변을 살펴보았다. 저택 진입로에 경찰차가 서 있었다. 인부들의 차량과 장비들은 모두 멈추어져 있었고 인부들이 여기저기 모여 서 있었다. 손바닥을 두드리거나 발을 구르고 있는 것으로 보아 조금 전에 작업을 중단한 것 같았다. 헬멧은 바닥에서 뒹굴거나 팔에 찬 완장에 걸려 있었다. 한 사람이 담배를 들고 왔다. 이따금 그들 중 한 사람이 무어라고 말을 했지만 대화는 이어지지 않았다. 나는 그들의 굳은 표정으로 상황을 파악해보려 애썼다. 지루한 걸까? 걱정하는 걸까? 궁금한 걸까? 그들은 저택에서 돌아서서 숲과 내 카메라 쪽을 바라보고 서 있었지만 어깨 너머로 저택 쪽을 수시로 돌아보았다.

남자들이 모여 있는 곳 뒤쪽에 친 하얀 천막이 저택의 일부를 가리고 있었다. 저택은 이미 사라져버렸지만 차고와 자갈길, 교회의 위치로 가늠해보건대, 서재가 있던 자리인 것 같았다. 그 옆에는 인부들과 반장인 것 같은 남자가 또 다른 남자 둘과 이야기를 나누고 있었다. 둘 중 한 사람은 양복에 코트를 입고 있었고 또 한 사람은 경찰 제복을 입고 있었다. 반장인 것 같은 사람이 수시로 고개를 끄덕이거나 저으면서 빠른 속도로 이야기를 했다. 코트 입은 남자는 인부 중 한 사람에게 무언가를 물었고 그가 대답을 하는 동안 나머지 세 사람은 그의 말을 주의 깊게 들었다.

코트 입은 남자는 추위 따위는 아랑곳하지 않는 것 같았다. 그는 짧은 문장으로 말했고 자주 말을 멈추었지만 다른 사람들은 그의 말을 자르지 않고 참을성 있게 기다렸다. 그는 굴삭기를 가리키며 굴삭기가 땅을 파는 동작을 흉내 냈다. 마침내 그가 조금 전에 떠올랐던 생각을 지우려는 듯 어깨를 으쓱하고 이마를 찌푸리면서 양손으로 눈을 감쌌다.

흰 천막의 한쪽 끝이 걷혔고 다섯 번째 남자가 나와 그들과 합류했다. 짧고 심각한 듯이 보이는 대화가 오고 갔고 반장으로 보이는 남자는 인부들과 이야기를 주고받았다. 그들은 예상했던 일이라는 듯 고개를 끄덕이고는 헬멧과 보온병을 챙겨 들고 문지기 집 옆에 세워둔 차 쪽으로 갔다. 제복을 입은 경찰은 천막 입구에 서 있었고 코트 입은 남자는 인부들과 반장을 경찰차 쪽으로 안내했다.

나는 카메라를 낮추어 흰 천막에 고정했다. 내가 알고 있는 장소였다. 그곳에 가본 적이 있었다. 모욕당한 책들의 쓸쓸함을 나는 기억하고 있었다. 쓰러진 책장. 바닥에 뒹구는 대들보. 불타고 부서진 나무에 걸려 넘어졌을 때의 그 섬뜩한 두려움.

그 방에 시체가 있었다. 불타버린 책장 속에 책장을 관 삼아 묻힌 시체가 있었던 것이다. 반세기 동안 무너진 대들보에 의해 숨겨지고 보존된 비밀 무덤이 있었다.

나는 그런 생각을 하지 않을 수 없었다. 내가 누군가를 찾고 있었고 그 사람을 이제 막 찾았다는, 앞뒤가 꼭 맞았다. 어떻게 연관 짓지 않을 수 있겠는가? 헤스터는 이미 오래전에 이 집을 떠났다. 그렇다면 다시 돌아온 걸까? 그러다가 문득 스치는 생각이 있었다. 내 머릿속에 떠오른 생각이 사실일 것 같았던 이유는 너무도 단순했기 때문이었다.

만약 헤스터가 그 집을 떠난 적이 없었다면…….

막 숲을 벗어났을 때 금발 머리 아이들이 시무룩한 표정으로 걸어 내려오고 있었다. 인부들의 중장비들이 드나들면서 바닥에 꼬불꼬불한 홈을 내놓았기 때문에 아이들은 비틀거렸고 어디로 가야 하는지도 모르는 것 같았다. 아이들은 어깨 너머로 공사 현장을 자꾸만 돌아보았다.

발을 잘못 디뎌 넘어질 뻔했던 여자아이가 고개를 들어 먼저 나를 쳐다보았다. 여자아이는 걸음을 멈추었다. 남자아이는 나를 본 순간 뭔가를 알고 있는 것 같은 거만한 표정을 지으며 내게 말했다.

"저기 못 들어가요. 경찰 아저씨가 그랬어요. 들어오면 안 된다고."

"그래?"

"천막도 쳤어요."

여자아이가 수줍은 듯 말했다.

"나도 봤어."

내가 말했다.

문지기 집의 아치문 아래로 아이들의 엄마가 나타났다. 그녀는 숨을 헐떡이고 있었다.

"너희들 괜찮니? 대로에 경찰차가 출동해 있던데."

그녀는 다시 내게 물었다.

"어떻게 된 거예요?"

"경찰 아저씨들이 천막을 쳤어. 들어가면 안 된대. 우리보고 집에 가랬어."

여자아이가 대신 대답했다.

금발 머리 여자는 얼굴을 찌푸리며 공사 현장의 흰 천막을 바라보았다.

"천막까지 친 걸 보면 혹시……."

아이들을 의식하고 끝까지 말을 하지는 않았지만 그녀가 하려는 말이 무엇인지 짐작할 수 있었다.

"그런가 봐요."

내가 말했다.

마음 같아서는 아이들을 자기 쪽으로 바짝 끌어당기고 싶었을 것이다. 그러나 그녀는 남자아이의 목도리를 잘 여미어주고 여자아이의 머리를 뒤로 넘겨주는 것으로 대신했다.

"가자. 돌아다니기엔 너무 추워. 집에 가서 코코아 마시자."

아이들은 정문을 지나 대로 쪽으로 달려 나갔다. 보이지 않는 끈으로 이어진 두 아이들은 제각기 마음대로 뛰어다녔지만, 항상 서로가 가까이에 있다는 것을 확신하는 것 같은, 그 끈의 길이보다 멀리 떨어지지 않으리라는 것을 믿는 모습이었다.

그들을 바라보는 동안 내 옆구리가 끔찍할 정도로 허전했다.

아이들의 엄마가 내 곁에서 머뭇거렸다.

"코코아 한 잔 하실래요? 얼굴이 유령처럼 창백해요."

우리는 아이들 쪽으로 걸음을 옮겼다.

"마거릿 리예요. 오릴리어스 러브의 친구고요."

그녀가 미소를 지었다.

"전 카렌이에요. 여기서 사슴을 돌보고 있어요."

"오릴리어스한테 들었어요."

여자아이가 남자아이 쪽으로 달려가자 남자아이가 여동생을 피해 찻길로 뛰어들었다.

"토머스 앰브로즈 프록터! 인도로 올라오지 못하겠니!"

그 이름을 듣는 순간 나는 깜짝 놀랐다.

"아드님의 이름이 뭐라고 하셨죠?"

엄마는 호기심 어린 표정으로 나를 바라보았다.

"다름이 아니고, 오래전에 여기서 일했던 사람 중에 프록터라는 사람이 있었거든요."

내가 설명했다.

"우리 아버지가 앰브로즈 프록터예요."

그녀가 말했다.

나는 생각을 정리하기 위해 걸음을 멈추어야 했다.

"앰브로즈 프록터라면, 존 더 딕 밑에서 일했던 사람이 당신 아버지라고요?"

"존 더 딕? 존 디젠스 씨 말인가요? 맞아요. 그분이 우리 아버지를 이곳으로 데려왔어요. 제가 태어나기 훨씬 전의 일이지요. 제가 태어났을 때 아버진 50대였으니까요."

나는 천천히 다시 걷기 시작했다.

"괜찮으시다면, 코코아 한 잔 주실래요? 보여드릴 게 있어요."

나는 헤스터의 일기장 사이에 책갈피로 끼워두었던 것을 꺼냈다. 사진을 본 순간 카렌은 미소를 지었다. 헬멧을 쓴 그녀의 아들이 허리를 쭉 펴고 어깨를 꼿꼿하게 세운 채 의기양양한 표정을 짓고 있었다.

"자기가 헬멧을 써봤다면서 자랑했던 그날이군요. 사진이 있는 걸 알면 좋아하겠네요."

"저택 주인인 마치 양이 톰을 본 적이 있나요?"

"톰을요? 없어요. 마치 양은 두 명이잖아요. 한 명은 정신적으로 조금 문제가 있어서 다른 한 명이 저택을 관리한다고 들었는데. 은둔생활을 하고 있다죠, 아마. 불이 난 이후로 엔젤필드에는 한 번도 오지 않았대요. 저도 본 적이 없어요. 모든 접촉은 변호사를 통해서만 이루어지니까요."

카렌은 스토브 앞에서 우유가 데워지기를 기다렸다. 그녀의 뒤쪽 조그만 창문으로 정원이 내다보였다. 정원 뒤로는 애덜린과 에멀린이 메릴리의 유모차를 끌고 올라갔던 언덕이 보였다. 세월이 흘러도 거의 변하지 않은 풍경도 있었다.

나는 필요 이상으로 말을 많이 하지 않도록 조심해야 했다. 카렌은 엔젤필드 저택의 마치 양이 이 집 거실 책장에 꽂혀 있는 책을 쓴 비다 윈터라는 사실을 모르는 것 같았다.

"저도 엔젤필드 집안의 일을 하고 있거든요. 그들의 어린 시절에 대해 글을 쓰고 있어요. 제가 그분한테 이 사진들을 보여드렸더니 아이를 알아보는 것 같은 표정을 지었어요."

"그럴 리가요. 어쩌면……."

그녀는 다시 한 번 사진을 바라본 다음 옆방에 있던 아들을 불렀다.

"톰! 벽난로 위에 있는 액자 좀 가져올래? 은색 액자 말이야."

톰이 사진을 들고 왔고 여동생이 그 뒤를 따라왔다.

“톰, 이분이 네 사진을 가져오셨단다.”

카렌이 톰에게 말했다.

자신의 사진을 본 순간 톰의 얼굴에 환하게 미소가 번졌다.

“이거 가져도 돼요?”

톰이 물었다.

“그럼!”

내가 말했다.

“이분한테 할아버지 사진을 보여드리렴.”

톰은 테이블을 돌아 내게로 다가와서 수줍게 액자를 내밀었다. 소년티를 막 벗은 남자의 사진이었다. 열여덟 살이나 되었을까? 아니면 그보다 더 어린 것도 같았다. 그는 잘 다듬어진 주목나무를 배경으로, 벤치 옆에 서 있었다. 나는 그가 서 있는 곳이 조형 정원이라는 것을 대번에 알 수 있었다. 그는 모자를 벗어 손에 들고 있었다. 나는 마음의 눈으로 한 손으로는 모자를 벗고 다른 팔로 이마를 문지르는 그의 모습을 상상해보았다. 그는 머리를 뒤쪽으로 조금 젖히고 있었다. 햇볕에 얼굴을 찌푸리지 않으려는 것 같았고 그의 노력은 거의 성공했다. 셔츠 소매는 팔꿈치까지 걷어붙였고 셔츠의 윗단추가 풀어져 있었지만 바지의 주름은 반듯했고 사진을 찍기 위해 투박한 장화도 깨끗하게 닦은 것 같았다.

“불이 났을 때에도 거기서 일하고 계셨나요?”

카렌은 코코아가 담긴 머그잔들을 테이블 위에 올려놓았고 아이들이 코코아를 마셨다.

“제 생각엔 그때쯤 군대에 계셨을 거예요. 엔젤필드를 오랫동안 떠나 있었거든요. 한 15년쯤."

나는 낡은 사진 속의 얼굴을 들여다보았다. 놀라울 정도로 손자와 닮은 얼굴이었다. 착한 사람 같았다.

"그 시절에 대해서는 거의 얘기를 하지 않으셨어요. 원래 말수가 적은 분이셨죠. 엄마를 만나 결혼한 게 40대 후반이었어요. 그래서 분명히 그 시절에 무슨 일이 있었을 거라는 생각을 했어요. 이를테면 실연을 당했다던가……. 하지만 어렸을 때는 그런 걸 물어볼 생각을 못하잖아요. 그리고 제가 어른이 되었을 때, 아버진 이미……."

그녀가 서글픈 표정으로 어깨를 으쓱했다.

"좋은 아버지였어요. 인내심이 있고 친절한 분이셨어요. 항상 절 도와주셨죠. 하지만 어른이 된 지금 돌이켜보면, 아버지에 대해 아는 게 거의 없었던 것 같아요."

사진 속에서 또 한 가지 내 시선을 끄는 것이 있었다.

"이게 뭐죠?"

그녀가 몸을 숙이고 들여다보았다.

"자루예요. 사냥감을 넣는 자루요. 주로 꿩 같은 것들이죠. 바닥에 평평하게 펼쳐서 사냥감을 그 위에 올려놓고 버클을 조이는 거예요. 그게 왜 사진 속에 있는지 모르겠어요. 사냥감을 들고 다닐 일은 없었을 텐데."

"가끔 토끼나 꿩 같은 걸 잡아 오셨대요."

내가 말했다.

자신의 아버지의 과거가 일부나마 복원된 것이 기쁜 듯했다.

나는 오릴리어스와 그의 유산을 떠올렸다. 그를 감싸고 있었던 것은 사냥용 자루였다. 꿩을 담았던 자루였으니, 깃털이 있었던 것도 당연했다. 그리고 종이쪽지를 떠올렸다.

"첫 글자는 A인 것 같아요. 그리고 끝부분에 S가 있죠. 물론 너무 오래된 거라 알아보기 힘들긴 하지만 그 두 글자는 읽을 수가 있어요. 안 그래요?"

푸른색 잉크가 번진 자국을 창가로 가져가며 그가 했던 말이었다.

내 눈엔 보이지 않았지만 그의 눈에는 분명히 보였을 것이다. 쪽지에 적혔던 건 그의 이름이 아니라 그의 아버지 이름이 아니었을까? 그 이름은 **앰브로즈**가 아니었을까?

카렌의 집에서 택시를 타고 밴버리의 변호사 사무실로 향했다. 헤스터와 관련하여 편지를 주고받았기 때문에 그의 주소를 알고 있었다. 나를 다시 그에게 이끈 것도 헤스터였다.

약속을 하지 않았다고 하자 비서는 로맥스 씨를 방해하고 싶지 않다는 듯한 표정을 지었다.

"아시다시피, 오늘은 크리스마스이브잖아요."

나는 계속 우겼다.

"마거릿 리라고 전해주세요. 엔젤필드와 마치 양 문제로 왔다고요."

그래 봐야 소용없을 거라고 말하는 듯한 표정으로 비서가 사무실로 들어갔다. 그는 사무실에서 나와 영 못마땅한 얼굴로 들어가보라고 했다.

젊은 로맥스는 그다지 젊지 않았다. 엔젤필드의 쌍둥이가 존의 장례식 비용 문제로 이 사무실을 찾아왔을 때, 그의 아버지 로맥스 씨가 지금의 그와 비슷한 나이였을 것이다.

그가 악수를 청했다. 그는 호기심 어린 눈빛으로, 엷은 미소를 머금고 나를 보았다. 그와 나는 공모자였다. 그는 수십 년 동안 자신의 고객 마치 양의 정체를 알고 있던 유일한 사람이었다. 그는 아버지에게서 체리목 책상과 캐비닛, 벽에 걸린 그림들과 함께 그 비밀을 물려받았을 것이다. 수십 년 동안 그는 비밀을 지켰고 마침내 그 비밀을 알고 있는 사람을 만나게 된 것이다.

"만나서 반갑습니다. 어떻게 오셨습니까?"

"엔젤필드에서 오는 길이에요. 공사 현장에 경찰이 와 있더군요. 유골이 나왔대요."

"저런!"

"경찰이 윈터 여사를 찾겠지요?"

그녀의 이름을 듣는 순간 그는 누가 엿듣고 있을지도 모른다는 듯 문 쪽을 흘긋했다.

"수사 과정에서 당연히 그 저택의 소유주를 만나보려 하겠지요."

"저도 그럴 거라고 생각했어요. 제가 찾아온 건, 지금 여사님의 건강 상태가 좋지 않아요. 변호사님도 알고 계시죠?"

그는 고개를 끄덕였다.

"게다가 지금 에멀린 양이 죽어가고 있어요."

그가 심각한 얼굴로 고개를 끄덕였지만 여전히 내 말을 자르지 않았다.

"두 분의 상태를 고려해서 이 사실을 갑작스럽게 알리지 말았으면 해서요. 낯선 사람에게 그 소식을 듣게 할 순 없어요. 그리고 그 소식을 접할 때 혼자 계셔서도 안 되고요."

"그럼 어떻게 하면 좋겠습니까?"

"제가 오늘 요크셔로 돌아갈 생각이에요. 기차를 놓치지 않으면 오늘 저녁에 도착할 수 있을 거예요. 경찰은 먼저 변호사님한테 연락을 취하겠죠?"

"그럴 겁니다. 제가 몇 시간은 끌 수 있어요. 리 양이 도착할 때까지요. 원하신다면 역까지 태워다드리죠."

그 순간 전화벨이 울렸다. 우리는 걱정스러운 표정으로 서로를 보았고 그가 전화기를 들었다.

"유골이라고요? ……맞습니다. 그분이 소유주이십니다……. 워낙 연로하신 데다 건강이 좋지 않아서…… 게다가 자매 분까지 위중하셔서…… 심한 충격을 받을 수도 있을 것 같습니다만……. 제 생각엔 상황을 고려해볼 때…… 오늘 저녁 그분을 만나러 가는 분을 알고 있습니다만……. 믿을 만한 분이에요……. 걱정 마십시오."

그는 무언가를 받아 적은 뒤 책상 맞은편에 앉아 있던 내게 내밀었다. 이름과 전화번호였다.

"그곳에 가시면 상황이 어떤지 알려달랍니다. 건강이 괜찮으시다면 직접 만나보고 몇 가지 묻고 싶답니다. 그렇지 않다면 기다리겠대요. 유골은 아주 오래되었답니다. 자, 열차 시간이 언제라고 하셨죠? 바로 출발해야겠군요."

내가 깊은 생각에 잠겨 있는 것을 보고, '그다지 젊지 않은' 로맥스 씨도 침묵을 지켰다. 그는 묘한 흥분감에 젖어드는 것 같았고 결국 모퉁이를 돌아설 때에는 도저히 더는 참을 수가 없는 듯 내게 물어왔다.

"혹시 열세 번째 이야기는……."

"저도 알았으면 좋겠어요. 죄송해요."

그는 실망한 기색이 역력했다.

기차역이 보이자 내가 물었다.

"혹시 오릴리어스 러브라는 분 아세요?"

"요리 배달하는 친구요? 알고말고요. 천재적인 요리사죠."

"안 지 얼마나 되셨어요?"

"학교 동창이에요."

그가 별 생각 없이 대답했다. 그러나 대답을 하는 그의 목소리가 중간부터 묘하게 떨렸다. 마치 내가 왜 그런 질문을 하는지 깨달았다는 듯이.

내 다음 질문에 그는 전혀 놀라지 않았다.

"마치 양이 윈터 여사라는 걸 언제 처음 아셨어요? 아버지한테 이 일을 물려받을 때 아셨나요?"

그는 침을 꿀꺽 삼켰다.

"아뇨."

그가 눈을 깜박였다.

"그전에요. 학교에 다닐 때였어요. 그분이 저희 집에 오셨어요. 아버지를 만나려고요. 사무실보다는 집이 더 안전했으니까요. 두 분이 업무상의 대화를 주고받는 동안, 마치 양이 바로 비다 윈터라는 사실을 쉽게 알 수 있었어요. 그렇다고 제가 두 분의 대화를 엿들은 건 아닙니다. 그러니까, 고의적으로 엿들은 건 아니라는 거죠. 두 분이 집에 들어오셨을 때 저는 이미 테이블 밑에 들어가 있었어요. 테이블에는 길게 테이블보가 늘어져 있었는데 그 속이 참 아늑했지요. 갑자기 뛰쳐나와 아버지를 놀라게 하고 싶지 않아서, 조용히 숨어 있었던 것뿐입니다."

윈터 여사가 뭐라고 했던가? **과연 아이들이 있는 집에는 비밀이 없었다.**

역에 도착하자 젊은 로맥스 씨는 굳은 표정으로 나를 바라보았다.

"오릴리어스한테 제가 말했어요. 엔젤필드에 불이 나던 날 밤 자신이 발견되었다는 얘기를 했을 때, 애덜린 마치가 비다 윈터와 동일 인물이라고 말해주었어요. 죄송합니다."

"걱정 마세요. 이미 상관없는 일이니까. 그저 궁금했을 뿐이에요."

"윈터 여사도 제가 오릴리어스에게 그 얘기를 했다는 걸 알고 계신가요?"

나는 윈터 여사가 처음에 내게 보냈던 편지 속에 등장하는, 자신의 비밀을 알고 싶어하는 갈색 양복을 입은 소년의 이야기를 떠올렸다.

"알았다고 해도 아마 수십 년 전일 거예요. 그리고 별로 개의치 않으셨을 거예요."

그의 이마에 드리워진 그늘이 걷혔다.

"태워다주셔서 고맙습니다."

나는 기차를 향해 뛰었다.

헤스터의 일기 2

나는 역에서 책방으로 전화를 걸었다. 집에 못 갈 것 같다고 했을 때 아빠는 실망감을 감추지 못했다.

"엄마가 서운해할 텐데."

아빠가 말했다.

"정말 그럴까요?"

"그렇고말고."

"아무래도 요크셔로 돌아가야겠어요. 헤스터를 찾은 것 같아요."

"어디서?"

"엔젤필드 저택에서 유골이 나왔어요."

"유골이라고?"

"오늘 서재를 철거하다가 인부들이 발견했나 봐요."

"저런!"

"조만간 그 일로 사람들이 윈터 여사를 찾아갈 거예요. 게다가 에멀린이 죽어가고 있어요. 혼자 계시게 할 수가 없어요. 제가 필요할 거예요."

"알았다."

아빠의 목소리도 심각해져 있었다.

"엄마한텐 말하지 마세요. 윈터 여사하고 에멀린은 쌍둥이에요."

아빠는 아무 말도 하지 않았다.

그리고 잠시 후 "마거릿, 몸조심해야 한다. 알았지?"라고 말했다.

15분 뒤 나는 열차의 창가 쪽 자리에 앉았고 코트 주머니에서 헤스터의 일기를 꺼냈다.

인간의 시력에 대해 좀 더 연구를 해보아야겠다. 던 부인과 거실에 앉아 일주일 식단을 의논하고 있는데 거울에 누군가의 모습이 스치는 것을 보았다.

"에멀린!"

내가 화를 내며 소리쳤다. 왜냐하면 에멀린은 집 안에 있을 시간이 아니라 바깥에서 운동을 하고 맑은 공기를 쐬어야 할 시간이기 때문이었다. 그러나 그건 나의 착각이었다. 창밖을 내다보니 에멀린은 밖에 있었고 웬일인지 애덜린까지도 열심히 운동을 하고 있었다. 아마도 창문으로 새어 들어온 햇살이 거울에 반사되었던 모양이다.

내가 거울을 통해 본 것은, 모든 착시 현상이 그렇듯이 나의 심리상태가 원인이라고 할 수 있다. 집 안 곳곳에서 쌍둥이의 모습을 보는 데에 익숙해진 나머지 때로는 그들이 뜻밖의 장소에 있을지도 모른다는 생각에, 곁눈질로 누군가의 움직임을 포착하면 무조건 그 아이들이라고 생각해버리는 것이다. 그래서 거울에 반사된 햇빛이 흰옷을 입은 여자애로 보였던 것이다. 그러한 실수를 막기 위해서는 항상 모든 것을 선입견 없이 바라보아야 하고 타성에 젖은 사고방식을 버려야 한다. 그러한 태도를 지니는 것에 관한 말들은 너무도 많다. 항상 마음을 새롭게 유지하라! 세상의 모든 것에 대해 순수하게 반응하라! 수많은 학문이 이미 보아온 것을 새로운 눈으로 보고 수세기 동안 익숙해왔던 것을 새롭게 생각하는 것에서 시작해야 했다. 그러나 일상생활 속에서 항상 그러한 자세를 유지하기는 어렵다. 일상에서 일어나는 모든 일들을 매일, 매 순간 처음 대하듯 한다면 얼마나 많은 시간이 낭비되겠는가? 자유로운 사고를 하기 위해서는 오히려 우리가 바라보는 세상의 모든 것들을 예측 가능한 것들을 다루는 이성의 영역으로 옮기는 것이 중요하다. 비록 때로는 그것이 우리를 잘못 인도하고, 햇빛을 흰옷 입은 소녀로 착각하게 만들고, 그 둘은 조금도 비슷하지 않을지라도.

던 부인의 마음은 아무 데로나 정처 없이 떠돌아다닌다. 식단과 관련하여 나와 주고받은 대화를 그녀가 다 기억할지도 의문이다. 어쩌면 내일 처음부터 다시 얘기를 해야 할지도 모르겠다.

이곳에서의 내 임무와 관련하여 한 가지 계획을 세웠다. 나는 모슬리 박사에게 애덜린이 내가 알지 못하는 정신분열증을 앓고 있는 것 같다는 이야기를 상세하게 했다. 나는 쌍둥이와 발달장애와 관련하여 내가 읽은 논문들에 대해 언급했고 그는 나의 연구에 감탄하는 것 같았다. 박사도 이제는 나의 재능과 실력을 인정하게 되었으리라 믿는다. 내가 말한 책 중에는 그가 모르는 것도 있었고 나는 그 책의 내용을 요약해주었다. 나는 그 책에서 내가 발견한, 앞뒤가 맞지 않은 중대한 오류를 지적해주었고, 만약 내가 책을 쓴다면 어떤 식으로 결론을 낼 것인지도 이야기했다.

내 이야기를 듣고 그는 미소를 지으면서 '직접 책을 써보는 게 어떻겠습니까?'라고 말했다. 그것이야말로 오랫동안 내가 기다려왔던 기회였다.

나는 그에게 이곳, 엔젤필드 저택에 그런 책의 소재가 될 만한 완벽한 사례가 있음을 일깨워주었다. 그리고 매일 몇 시간 정도는 내가 관찰한 바를 기록하는 데에 할애할 용의가 있다고 말했다. 나의 가설을 검증해볼 수 있는 몇 가지 실험에 대해서도 간략하게 설명했다. 내가 쓸 책의 의학적 가치에 대해서도 언급했다. 또한, 비록 이 방면의 경험은 풍부하지만, 내 직업이 출판사 사람들이 구미가 당길 만큼 대단치 않은 데다, 여자로서 혼자 이런 엄청난 일을 진행할 수는 없을 것 같다고 솔직하게 고백했다. 남자라면, 지적이고 현명하고 이성적이며 과학적인 남자라면, 나의 경험과 사례연구로 더 훌륭한 책을 쓸 수 있을 것 같다고 했다.

나는 그의 마음속에 씨앗을 뿌렸고 그 결과는 정확하게 내가 의도했던 대로였다. 우리는 함께 책을 쓰기로 했다.

던 부인이 제정신이 아닌 것 같아 걱정이다. 내가 문을 잠그면 열어놓고 커튼을 젖히면 닫아놓는다. 게다가 내 책들은 여전히 아무 데서나 굴러다닌다.

그녀는 계속 집 안에 유령이 있다며 자기가 저지른 일의 책임을 회피하려 한다.

우연히도, 그녀가 유령 이야기를 했던 그날 내가 읽고 있던 책이 사라졌고 그 자리에 대신 헨리 제임스의 소설이 놓여 있었다. 던 부인이 다른 책을 가져다 놓았을 거라고는 생각하기 힘들다. 그녀는 책을 읽을 줄 모를 뿐 아니라, 그런 장난을 칠 사람도 아니다. 쌍둥이 중 한 명의 소행이 틀림없다. 그러나 이상한 건, 그들의 소행이라고 보기에는 책을 너무도 잘 골랐다는 사실이다. 왜냐하면 그 책은, 가정교사와 유령에 홀린 두 아이들의 한심한 이야기였기 때문이다. 그 책에서 헨리 제임스는 자신의 무지를 드러냈다. 그는 아이들에 대해 아는 게 거의 없을 뿐 아니라 가정교사에 대해서는 전혀 아는 게 없었다.

드디어 시작이다. 실험이 시작되었다.

이별은 고통스러웠다. 이별을 통해 그들이 얻게 될 이로움을 몰랐다면 아이들에게 너무 가혹한 일이라 생각했을 것이다. 에멀린의 울음소리가 그 아이의 상실감이 얼마나 큰 것인지 말해주었다. 애덜린은 어떨까? 애덜린이야말로 독립적인 삶으로 달라져야 할 아이인데. 내일 첫 번째 회의를 통해 알게 될 것이다.

요즘은 연구 때문에 다른 일은 생각할 겨를이 없지만 오늘 한 가지 보람 있는 일을 했다. 오늘 우체국 앞에서 학교 교사와 이야기를 나누게 되었다. 나는 학교를 무단결석한 아이에 대해 이야기를 했고 그 아이가 또다시 결석을 하거든 엔젤필드로 날 찾아오라고 말했다. 그녀는 추수 때는 아이들이 부모와 함께 밭에 나가서 일을 해야 하기 때문에 학급의 반이 결석할 때도 있다고 했다. 나는 지금은 추수 때도 아니고 그 아이는 화단에서 잡초를 뽑고 있었다고 했다. 그녀는 내게 그 아이가 누구냐고 물었고 나는 대답을 해줄 수 없는 내가 한심하게 느껴졌다. 아이가 쓰고 있던 모자도 도움이 되지 않았다. 교실에서는 모자를 쓰지 않으니까. 존에게 가서 다시 물어볼까도 생각했지만 지난번보다 더 많은 정보를 줄 것 같지가 않았다.

최근 들어 거의 일기를 쓰지 못했다. 밤늦게까지 에멀린의 경과 보고서를 작성하고 나면 너무 피곤해서 일기를 쓸 기운이 없다. 그러나 최근 며칠, 몇 주간의 기록을 남기고 싶다. 지금 박사와 중요한 연구를 진행하고 있고 몇 년 뒤 내가 이곳을 떠나게 되면 이 시기를 되돌아보고 회상하고 싶을 것 같아서이다. 박사와의 연구가 앞으로 나에게 기회의 문을 제공할 수도 있다. 과학적이고 지적인 연구는 지금까지 내가 해왔던 그 어떤 일보다도 매혹적일 뿐 아니라 만족감을 준다. 오늘 아침만 해도, 박사와 나는 에멀린의 발음과 관련하여 가장 고무적인 대화를 나누었다. 에멀린은 그 어느 때보다도 나와 이야기를 하고 싶어하고 의사소통 능력이 날마다 향상되고 있다. 그러나 에멀린의 화법에서 가장 고쳐지지 않는 문제점은, 1인칭으로 이야기를 하지 않는다는 점이다. 에멀린이 '우리는 숲에 갔어요'라고 말하면, 내가 '나는 숲에 갔어요'라고 고쳐준다. 에멀린은 앵무새처럼 '나는'이라는 말을 따라 하지만 그다음에는 곧바로 '우린 숲에서 고양이를 봤어요'라고 말한다.

박사와 나는 이러한 특성에 대해 무척 흥미롭게 여기고 있다. 쌍둥이들의 언어가 표준어로 바뀌는 과정에서 생겨난 습관일까? 언젠가는 고쳐질 수 있을까? 아니면 쌍둥이라는 특수한 상황이 언어에까지 뿌리 깊이 스며 있어서 독립된 정체성을 갖기를 거부하고 있는 걸까? 나는 박사에게 정신분열을 앓고 있는 아이들이 상상 속의 친구를 만들어내는 경우에 대해 이야기했고 우리는 그것이 어떤 의미가 있는지에 관해 토론했다. 자매에 대한 의존도가 지나치게 높아서 자매와의 이별이 심각한 정신적인 손상을 입힌 것이라면, 그래서 상처 받은 마음이 환상 속의 친구를 만들어냄으로써 위안을 얻으려는 것이라면? 결국 만족할 만한 결론에 도달하진 못했지만 또 하나의 연구 분야를 개척했다는 뿌듯함으로 토론을 끝냈다. 그것은, 언어학이었다.

에멀린을 가르치는 일과 연구과제, 그리고 갖가지 집안일까지 해야 하는 요즈음, 잠이 너무 부족하다는 생각이 들었다. 규칙적인 식사와 운동으로 항상 건강을 유지하려고 노력하고 있음에도 불구하고 수면 부족으로 인한 증상들이 나타나고 있다. 물건을 어디다 두었는지를 잊어버려서 짜증스럽다.

늦은 밤에 책을 읽으려고 책갈피가 꽂힌 페이지를 펼치면 전날 밤에 아무 생각 없이 페이지를 넘겼는지 지나간 페이지에 대한 기억이 전혀 없다. 이러한 사소한 문제점들과 피로감은 박사와 함께 숭고한 연구 작업을 지속하기 위해 치러야 하는 대가일 것이다.

그러나 그런 것들을 일일이 기록하고 싶지는 않다. 나는 우리의 연구에 대해서만 쓰고 싶다. 내가 상세하게 기록하고 있는 실험 결과에 대해서가 아니라 우리의 마음에 관해서이다. 우리가 서로 얼마나 잘 통하는지, 그리고 말로 설명하지 않아도 상대방을 얼마나 빨리 이해하는지에 대해서.

예를 들면, 아이들의 수면 습관 변화에 대해 각자의 기록을 읽고 있다가 그가 나에게 무언가를 얘기하고 싶을 때, 굳이 그가 말을 하지 않아도 나는 그가 나를 바라보고 있으며 나를 부르고 있다는 것을 느낄 수 있다. 그럴 때면 나는 고개를 들고 그의 말을 기다린다.

회의론자들은 이것이 단순한 우연의 일치라고 여기거나, 아니면 어쩌다 일어난 일을 마치 항상 그렇다는 듯 확대해석하는 거라고 말할지도 모르겠지만 두 사람이 함께 일할 때,—물론 지적인 두 사람이어야 겠지만—두 사람 사이의 유대감은 일에 도움이 될 수 있다. 두 사람이 함께 일할 때 상대방의 움직임을 의식하고 그것에 민감해질 때 더 명확하게 상대방을 이해할 수 있다. 때로는 상대방을 보지 않아도 그의 움직임을 느낄 수도 있는 것이다. 이러한 친밀감은 연구에 전혀 방해가 되지 않는다. 오히려 서로를 빨리 이해할 수 있기 때문에 효율적이라고 말할 수 있다. 한 가지 더 예를 들자면, 그 자체로는 대단한 것은 아니지만 여러 가지 의미가 담겨 있다. 오늘 아침 나는 애덜린에 관한 그의 기록을 읽어보면서 어떤 패턴을 찾아보려고 애쓰고 있었다. 여백에 주석을 달기 위해 연필을 집으려고 손을 뻗는 순간 박사의 손이 스치는 것을 느꼈다. 내가 찾고 있던 연필을 그가 내게 건네고 있었다. 고맙다고 인사하려고 고개를 들어 그를 바라보았지만 그는 자신의 논문에 완전히 몰입해 있어서 무슨 일이 일어나고 있는지 거의 의식하지 못하는 것 같았다. 우리는 거의 그런 식으로 함께 일했다. 마음과 손이 한데 어우러져 항상 상대방의 필요와 생각을 읽는다. 많은 시간을 떨어져 지내지만 우리는 떨어져 있을 때조차도 항상 연구의 세세한 부분을 생각하고 나아가 인생과 학문에 관한 여러 가지 문제들을 고민한다. 이것조차도 우리가 함께 일하기에 얼마나 잘 맞는 동료인지를 보여주는 증거이다.

잠이 쏟아진다. 공동 연구의 즐거움에 대해 얼마든지 길게 쓸 수도 있지만 지금은 잠자리에 들 시간이다.

일주일도 넘게 일기를 쓰지 못했다. 그러나 그럴 만한 이유가 있었다. 일기장이 없어졌던 것이다.

나는 에멀린을 추궁했다. 상냥하지만 단호하게. 초콜릿의 유혹과 체벌의 위협을 적당히 섞어가면서. (물론 내가 조금 감정적으로 말했던 건 사실이다. 그러나 일기장을 잃어버리는 것은 무척 민감한 문제이다) 에멀린은 계속 부인했다. 에멀린의 부인은 일관성이 있었고 진실성이 엿보였다. 모르는 사람 같으면 에멀린의 말을 믿을 것이다. 에멀린을 잘 아는 나조차도 에멀린이 물건을 훔쳤다는 사실은 선뜻 납득이 가지 않는다. 지금까지 에멀린이 보여준 태도로는 설명하기 어려운 게 사실이다. 에멀린은 글을 읽을 줄 모를 뿐 아니라 본인에게 직접적인 영향을 미치는 게 아니라면 다른 사람의 생각이나 내면세계에 대해 일절 관심이 없는 아이이다. 그렇다면 왜 내 일기장을 탐냈을까? 아마 일기장에 달린 자물쇠 때문일 것이다. 반짝이는 물건에 대한 에멀린의 열정은 조금도 수그러들지 않았고 나 역시 그걸 막을 생각은 없다. 그것은 남한테 해를 주는 일이 아니기 때문이다. 그러나 나는 에멀린에게 무척 실망했다.

에멀린이 부정하고 있다는 것과 그 아이의 성격만을 생각해본다면, 에멀린은 그런 짓을 할 아이가 아니라는 결론에 도달한다. 그러나 에멀린 말고는 그런 짓을 저지를 사람이 없다는 게 문제다.

존이 그랬을까? 아니면 던 부인이? 설령 그들이 내 일기를 훔쳤다고 해도, 물론 아무리 생각해도 그럴 것 같진 않지만, 일기장이 사라졌을 때 그들은 모두 다른 곳에서 자신의 일로 바빴다. 혹시 내가 잘못 알고 있는 게 아닐까 하는 생각에 그들에게 무얼 하고 있었느냐고 물었더니, 존은 던 부인이 그날 아침 내내 부엌에 있었다고 했고 (존은 '수선을 떨고 있었다'고 표현했다) 던 부인은 존이 헛간에서 마차를 수리하고 있었다고 했다. (던 부인은 '늘상 하는 시끄러운 일'이라고 표현했다) 그 두 사람은 아니었다.

다른 가능성들을 모두 배제하고 나면 에멀린의 소행이라고 생각할 수밖에 없다.

그러나 아직도 의심을 떨쳐버릴 수가 없다. 지금도 나는 에멀린의 표정이 생생하게 떠오른다. 천진난만한 그 표정. 내가 다그쳤을 때 너무도 혼란스러워하던 그 표정. 혹시 이 집에 내가 모르는 무언가가 있는 건 아닐까? 이런 생각을 하다 보면 왠지 불안해진다. 내가 하고 있는 모든 일들이 아무런 결실도 맺지 못하는 게 아닐까 하는 두려움이 밀려든다. 내가 이 집에 온 그 순간부터 무언가가 나를 방해하고 있는 건 아닐까? 내가 하는 일마다 훼방을 놓고 나를 좌절시키려 하는 건 아닐까? 나는 나의 사고에 문제가 있는 건 아닌지 다시 한 번 되짚어보았다. 나에겐 문제가 없었다. 그러나 의심을 떨쳐버릴 수가 없다. 도대체 내가 보지 못하는 게 무얼까?

위의 문장을 읽다 보니 내 어투가 그 어느 때보다도 나약하게 느껴진다. 아마 너무 피곤해서 그런 것 같다. 피로에 지친 마음은 쓸데없는 공상에 빠져들곤 한다. 한잠 푹 자고 나면 다 좋아지겠지.

어쨌건 상황은 종료되었다. 나는 잃어버렸던 일기장에 다시 일기를 쓰고 있다. 나는 에멀린을 네 시간 동안 방에 가두었고 그다음 날은 여섯 시간을 가두었다. 그다음 날은 여덟 시간을 가둔다는 것을 에멀린은 알고 있었다. 두 번째 날 에멀린의 방문을 열어주고 나서 나는 공부방의 내 책상 위에 일기장이 놓여 있는 것을 보았다. 일부러 공부방의 문을 열어두긴 했지만 에멀린이 서재 앞을 지나가는 걸 보지는 못했다. 아마 조용히 가서 살짝 놓고 온 모양이다.

일기장은 돌아왔다. 그러니 더 의심할 필요는 없을 것이다.

몹시 피로하지만 잠을 잘 수가 없다. 한밤중에 발자국 소리가 들려서 문을 열어보면 복도에 아무도 없다.

그 사건이 나를 불안하게 만들었다. 지금까지도. 비록 이틀 동안이라도 이 일기장이 나를 떠나 있었다는 것이. 다른 사람이 내 일기를 읽었을지도 모른다는 건 생각만 해도 끔찍하다. 다른 사람이 내가 쓴 글을 어떻게 받아들였을지 생각해보지 않을 수가 없다. 왜냐하면 이 일기는 오직 나 자신만을 위해 쓴 것이고 나는 내가 쓴 글의 진실을 잘 알고 있다. 어쩌면 부주의한 표현이 있을 수도 있고 빠르게 써내려가다 보면 나의 진의를 알지 못하는 사람이 읽었을 때 오해를 불러일으킬 수 표현도 있을 것이다.

내가 썼던 글들을(박사와 연필 이야기 같은 하찮은 사건들은 사실 전혀 글로 남길 가치가 없는 일들이었다) 다른 사람들은 나의 의도와는 다르게 받아들일 수도 있을 것이다. 그 부분을 찢어버려야 할지 망설여진다. 그러나 찢어버리고 싶지 않다. 그것이야말로 내가 가장 남겨두고 싶은 부분이다. 나이가 들어 이곳을 떠나게 되면 이 일을 통해 느꼈던 성취감과 훌륭한 연구에 참여하면서 겪은 어려움을 돌이켜보고 싶을 테니까.

학문적 동료 의식을 즐겨서는 안 되는 것일까? 그것 역시 학문의 일부일 뿐인데.

아무래도 일기를 그만 써야 할 것 같다. 지금 이 순간에도 이 문장, 이 단어를 쓰는 동안에도, 내 뒤에서 유령이 내 펜의 움직임을 지켜보면서 내가 쓴 글의 의미를 왜곡하고 있을 것만 같아서 생각을 자유롭게 표현할 수가 없다.

전혀 다른 세계에 살고 있는 낯선 사람이 내 생각을 엿본다는 건 정말 끔찍한 일이다. 내가 아닌 그 사람의 생각이 분명히 잘못된 것이라고 해도.

이제 일기를 쓰지 않겠다.

Endings
결말

이야기 속의 유령

나는 헤스터의 일기 마지막 장에서 천천히 고개를 들었다. 일기를 읽는 동안 주의를 끈 것이 몇 가지 있었다. 일기를 다 읽은 뒤에야 비로소 찬찬히 생각해볼 수가 있었다.

'혹시…….'

나는 생각했다.

'어쩌면…….'

그리고 생각했다.

'설마!'

나의 유레카를 어떻게 표현해야 할까? 처음에는 무심코 떠오른, '혹시……'로 시작된, 도무지 있을 수 없을 것 같은 생각이었다. 그것은 불가능할 뿐 아니라 말도 안 되는 이야기였다. 적어도 처음에는.

논리적인 반박을 시작하려는 순간 나는 그 자리에 얼어붙고 말았다. 이미 저만치 앞서 내달리며 상황을 예측하고 있던 나의 마음은 전혀 새로운 이야기의 반전에 굴복하고 있었다. 짧은 순간, 현기증 속에서 마치 만화경처럼 변화무쌍하게, 윈터 여사가 들려주었던 이야기들이 재구성되었다. 모든 이야기가 그대로였고, 그녀가 들려준 것과 다름없었지만 한편으로는 전혀 다른 이야기처럼 느껴졌다.

마치 어떤 각도에서 보면 아름다운 신부가 보이는데 조금 기울여서 보면 쭈글쭈글한 노파의 얼굴이 보이는 그림처럼.

아무렇게나 찍은 점들이 어떻게 보면 차 주전자나 광대의 얼굴인데 또 어떻게 보면 노트르담 성당이 되는 그림처럼.

진실은 처음부터 그곳에 있었다. 내가 보지 못했을 뿐.

나는 한참을 생각했다. 한 번에 한 가지씩, 모든 사건들을 다른 각도에서 바라보았고 내가 아는 모든 사실들을 되짚어보았다. 내가 들은 것과 내가 발견한 것 전부 다 차근차근 되짚어보았다.

'맞아.'

나는 생각했다.

'분명해!'

다시 생각했다. 그것, 그것, 그리고 그것. 나의 새로운 깨달음이 이야기에 생명을 불어넣었다. 이야기가 숨을 쉬기 시작했다. 그리고 완전해지기 시작했다. 삐죽삐죽했던 모서리들이 둥글어졌다. 빈자리는 저절로 채워졌다. 빠져나갔던 부분들은 다시 제자리로 돌아왔다. 마침내 퍼즐이 완성되었고 미스터리는 이제 미스터리가 아니었다.

윈터 여사가 온갖 허풍을 떨고 연막을 치고 속임수와 허세로 감추었지만 마침내 **나는 알아내고 만 것이다.**

헤스터가 유령을 보았다고 생각했던 그날, 그녀가 본 것이 무엇인지 나는 비로소 깨달았다.

정원에서 놀던 소년의 정체가 무엇인지, 누가 바이올린으로 모슬리 부인을 내려쳤는지, 누가 존 더 딕을 죽였는지, 에멀린이 땅속에서 무엇을 찾고 있었는지도.

모든 게 들어맞았다. 애덜린이 모슬리 박사의 집에 있을 때 에멀린은 누군가와 이야기를 나누고 있었다. 이야기 속에는《제인 에어》가 반복해서 등장한다. 마치 걸개그림의 은색 실 한 가닥처럼. 왜 헤스터의 책갈피가 움직였는지, 왜 일기장 대신《나사의 회전》이 놓여 있었는지, 왜 존이 한때 자신의 정원을 망가뜨려놓은 애덜린에게 나무를 손질하는 법을 가르쳐주었는지에 대한 의문도 비로소 풀렸다.

나는 안개 속의 소녀를 이해할 수 있었다. 그 애가 어떻게, 왜 그 안개 밖으로 나오게 되었는지, 애덜린 같은 아이가 어떻게 타고난 본성을 버리고 비다 윈터로 살 수 있었는지 이해할 수 있었다.

"옛날 옛날에, 쌍둥이 소녀가 있었어……."

나와 만난 첫날, 내가 밖으로 나가려던 순간, 윈터 여사는 내게 소리쳤다. 나 자신의 이야기이기도 한 그 한 마디가 나를 그녀에게로 돌아서게 했다.

옛날 옛날에 아기가 둘 있었다.

그러나 이제 나는 그게 전부가 아니라는 것을 알게 되었다.

윈터 여사는 첫날 밤부터 나에게 암시했다. 다만 내가 들을 준비가 되어 있지 않았을 뿐.

"자네 유령을 믿나? 내가 유령 이야기를 해줄까?"

그녀는 내게 물었다.

"다음에요."

내가 대답했다.

그러나 그녀는 내게 유령 이야기를 들려주었다.

옛날 옛날에 여자 아기가 둘 있었다.

아니, 옛날 옛날에, 여자 아기가 셋 있었다.

옛날 옛날에, 저택이 있었고 그 저택에는 유령이 살았다. 유령은 사람들의 눈에는 띄지 않았지만 때로는 흔적을 남기기도 했다. 열려 있던 문을 닫아놓기도 했고 닫혀 있던 문을 열어놓기도 했다. 거울을 스치는 그림자가 되어 사람들이 고개를 들게 만들기도 했다. 창문이 닫혀 있을 때 커튼을 움직이기도 했다. 책이 이 방에서 저 방으로 옮겨졌거나 책갈피가 엉뚱한 곳에 꽂혀 있다면 꼬마 유령이 다녀간 것이다. 일기장을 들춰보고 감추어놓은 것도 그 아이의 손이었고 다시 가져다 놓은 것도 그 아이의 손이었다. 복도 저 끝에서 막 모퉁이를 돌아나가는 신발 축을 본 것 같다면, 꼬마 유령이 가까이에 있다는 뜻이다. 목덜미에 누군가 지켜보고 있는 것 같은 기운이 엄습할 때, 뒤를 돌아보아도 방 안에는 아무도 없지만 작은 유령이 어딘가에 숨어 있는 것이 틀림없다. 눈이 있는 사람이라면 누구든 그 아이를 볼 수 있었지만 누구도 그 아이를 보지 못했다.

그 아이는 소리 없이 돌아다녔다. 맨발로 발꿈치를 들고 다녔고, 결코 소리를 내는 법이 없었다. 그러나 그 아이는 집안사람들의 발자국 소리를 정확하게 구별했고 마루의 삐걱거리는 부분이 어디인지, 소리가 나는 문이 어떤 문인지 훤히 꿰고 있었다. 찬장이나 책장 사이, 소파 뒤나 의자 밑의 빈 공간도 다 알고 있었다. 저택에는 아이가 숨을 곳이 무궁무진했고 사람들 눈에 띄지 않고 그 사이를 옮겨 다니는 법을 아이는 알고 있었다.

이사벨과 찰리는 유령을 보지 못했다. 비현실적이고 비논리적인 삶을 살았던 그들은 설명할 수 없는 현상들에 당황하지 않았다. 물건이 사라지거나 망가지거나 이리저리 옮겨 다니는 것 따위는 그저 자연스러운 일들일 뿐이었다. 그림자가 있어서는 안 되는 장소에 그림자가 드리워졌다고 해도 그들은 멈추어 서서 생각해보지 않았다. 그러한 미스터리는 그들의 마음에 드리워진 그림자들의 일부일 뿐이었다. 꼬마 유령은 그들의 가시권 밖에서 움직였고, 그들의 마음속에서 맞추어지지 않은 퍼즐이었으며, 늘 따라다니는 그림자였지만 두 사람은 알아차리지 못했다. 그 아이는 쥐처럼 저장실에서 남은 음식을 먹었고 사람들이 잠자리에 든 뒤 남은 불씨로 몸을 덥히다가 누군가가 나타나면 곧바로 어둠 속으로 사라졌다.

그 아이는 집안의 비밀이었다.

비밀이 유지되려면 그 비밀을 지켜주는 사람들이 필요했다.

비록 시력을 잃긴 했지만 가정부는 꼬마 유령의 존재를 분명히 알고 있었다. 다행스러운 일이었다. 그녀의 도움이 없었다면 찬장에는 음식이 남아 있지 않았을 것이고 아침식사로 먹고 남은 빵 부스러기도 없었을 것이다. 그 유령이 실체가 없는 존재라고 생각하는 것은 잘못이다. 그녀에게도 위가 있었고 위가 비었을 때는 채워주어야 했다.

다행히 그 아이는 먹을 것을 얻을 수 있었다. 먹어서 없어진 만큼 다시 채워졌다. 유령의 존재를 알고 있는 또 한 사람은 정원사였다. 그는 자신을 도울 일손이 있다는 게 기뻤다. 그 아이는 검은 챙 모자를 쓰고 존의 낡은 바지를 발목에서 잘라 멜빵을 메었다. 그 아이는 정원 일에 소질이 있었다. 아이의 손길이 닿으면 땅 밑에서는 감자가 탐스럽게 익어갔고, 땅 위 덤불 속에는 산딸기가 잔뜩 열렸다. 마법의 손길은 과일과 채소만 만드는 게 아니었다. 장미꽃은 한 번도 피워본 적 없는 커다란 꽃봉오리를 맺었다. 아이는 주목과 회양목을 기하학적인 도형으로 다듬고 싶었다. 그 아이의 손길이 닿은 나뭇잎과 나뭇가지들이 모퉁이가 되고 각이 되고 곡선이 되고 직선이 되었다.

정원에서나 부엌에서나 꼬마 유령은 숨을 필요가 없었다. 가정부와 정원사는 그녀의 보호자였다. 그들은 아이에게 저택에서 안전하게 지내는 데에 필요한 모든 것을 가르쳐주었다. 그들이 그 아이를 먹여주고 입혀주었다. 예사롭지 않은 눈매를 지닌 이 방인이 그들의 집에 함께 살게 되었을 때, 그녀가 어둠을 걷어내고 문을 잠그기 시작했을 때, 그 두 사람은 그 아이를 걱정했다.

무엇보다도 그들은 그 아이를 사랑했다.

도대체 그 아이는 어디서 왔을까? 그 아이에겐 어떤 이야기가 있을까? 유령은 아무 곳에서나 살지 않는다. 유령은 제 집이라고 믿는 곳에서만 산다. 꼬마 유령에게는 그 집이 자기 집이었다. 그 집에 살고 있는 사람들이 가족이었다. 이름도 성도 없었지만 정원사와 가정부는 그 아이가 누구인지 알고 있었다. 적갈색 머리카락과 에메랄드빛 눈동자가 모든 것을 말해주었으니까.

이것이 가장 흥미로운 부분이다. 그 유령은 이 집에 살고 있는 쌍둥이와 너무도 닮았다. 그렇지 않고서야 그렇게 오랫동안 그 집에 몰래 사는 것이 가능했겠는가? 긴 적갈색 머리카락을 뒤로 늘어뜨린 세 소녀. 반짝이는 에메랄드빛 눈동자를 지닌 세 소녀. 그렇다면 유령과 쌍둥이가 그렇게 닮았다는 사실이 이상하지 않은가?

"사실 세상에 태어났을 때 나는 이야기의 중심에 있지도 않았다네."

윈터 여사는 말했다.

여사는 이사벨이 소풍을 가서 롤랜드를 만나고 결국 그와 결혼하기 위해 자신의 오빠를 여동생에 대한 검은 욕정 속에 남겨두고 떠난 이야기를 들려주었다. 동생에게 버림받은 찰리는 분노와 열정, 질투에 눈이 멀어 다른 여자들과 어울렸다. 백작의 딸들과 상인의 딸, 은행가의 딸, 굴뚝청소부의 딸. 그들이 누구인지는 그다지 중요하지 않았다. 그들이 동조하건, 동조하지 않건 그는 현실을 잊기 위해 절망적으로 자신의 욕정을 해소했다.

이사벨은 런던 병원에서 쌍둥이를 낳았다. 쌍둥이는 어머니의 남편과는 조금도 닮지 않았다. 삼촌을 닮은 적갈색 머리카락,

삼촌을 닮은 초록빛 눈동자…….

반면 조연의 이야기도 진행되고 있었다. 비슷한 무렵, 마을 헛간이나 흐릿하게 불을 밝힌 오두막의 침실에서 또 한 여자가 아이를 낳았다. 여자는 백작의 딸은 아닐 것이다. 은행가의 딸도 아닐 것이다. 부자들에겐 나름대로 이러한 일을 처리하는 방법이 있었다. 그녀는 아마도 이름 없는, 평범한, 힘없는 여자였을 것이다. 그녀가 낳은 아이도 딸이었다. 적갈색 머리카락과 에메랄드빛 눈동자를 지닌.

분노로 태어난 아이. 강간으로 태어난 아이. 찰리의 아이였다.

옛날 옛날에, 엔젤필드 저택이 있었다.

옛날 옛날에, 쌍둥이가 있었다.

옛날 옛날에, 쌍둥이의 사촌이 엔젤필드 저택으로 왔다. 쌍둥이의 이복 자매라고 해야 할지도 모르겠다.

기차 안에서 헤스터의 일기를 덮고 무릎 위에 올려놓았을 때, 윈터 여사에 대한 말할 수 없는 연민이 밀려왔다. 그러나 또 다른 사생아의 모습이 떠오른 순간 연민은 사라졌다. 오릴리어스! 나의 연민은 분노로 변했다. 왜 그를 어머니로부터 떼어놓아야 했을까? 왜 버려야만 했을까? 왜 그가 자신의 이야기를 모르는 채 혼자 살아가게 내버려두었을까?

나는 흰 천막과 그 안에 누워 있는 유골을 생각했다. 그것은 헤스터의 유골이 아니었다.

화재가 나던 날 모든 게 묻혀버렸다. 방화, 살인, 영아 유기, 그 모든 것이.

해러게이트 역에 도착했을 때 기차에서 내린 순간 발목까지 쌓인 눈을 보고 나는 깜짝 놀랐다. 한 시간 동안 창밖을 내다보고 있었는데도 눈이 펑펑 내리는 것조차 알지 못했다.

유레카의 순간, 모든 것을 알았다고 생각했다. 엔젤필드에 둘이 아닌 세 소녀가 살았다는 사실을 안 순간 이야기의 열쇠를 손에 쥐었다고 생각했다. 그러나 곰곰이 생각해보니 화재가 있던 날 밤 무슨 일이 있었는지를 알기 전에는 아무것도 안다고 말할 수가 없었다.

유골

크리스마스이브였고 늦은 밤이었다. 눈까지 내리고 있었다. 첫 번째, 그리고 두 번째 택시가 크리스마스이브 날 밤 시내에서 멀리 나갈 수 없다며 승차를 거부했다. 세 번째 택시 기사는 무표정했지만 내 처지가 딱해 보였는지 어깨를 으쓱하며 타라고 했다.

"한번 가봅시다."

그가 퉁명스럽게 말했다.

우리는 시내를 벗어났다. 눈은 계속 내렸고 조금씩 쌓여갔다. 지붕과 나뭇가지, 지상의 모든 것들 위에 눈송이가 쌓이고 있었다. 마지막 마을의 마지막 농장을 지나자 우리는 온통 흰 세상 속에 있었다. 도로가 어딘지 분간이 가지 않을 때마다 나는 운전기사가 포기하고 돌아가자고 할까 봐 뒷좌석에서 움츠러들었다. 우리가 탄 택시는 오직 내 기억에만 의존하여 달리고 있었다. 저택으로 들어가는 첫 번째 문을 열기 위해 내가 차에서 내렸고 마침내 저택의 정문인 두 번째 문 앞에 이르렀다.

"나가는 길을 잘 찾으셔야 할 텐데……."

내가 말했다.

"걱정 마슈."

그가 또 한 번 어깨를 으쓱하며 말했다.

예상했던 대로 저택의 문은 잠겨 있었다. 택시 기사가 나를 도둑으로 오인할까 봐 나는 그가 차를 돌리는 동안 가방에서 열쇠를 찾는 척했다. 그의 차가 멀어지자 나는 철문의 창살을 잡고 올라가서 문을 타 넘었다.

부엌문은 잠겨 있지 않았다. 나는 부츠와 코트를 벗어 눈을 털어내고 손에 들었다. 텅 빈 부엌을 지나 에멀린의 별채로 향했다. 윈터 여사는 분명 그곳에 있을 것이다. 그녀에게 퍼부을 비난과 질문들이 떠올랐지만 애써 억눌렀다. 분노는 오릴리어스와 엔젤필드의 잿더미가 된 책들 속에 60년 동안이나 파묻혀 있던 유골 주인의 몫이었다. 마음속의 소용돌이에도 불구하고 나는 조용히 움직였다. 카펫이 분노의 발걸음을 삼켰다.

나는 노크도 하지 않고 문을 열고 안으로 들어갔다. 여전히 커튼이 쳐져 있었다. 에멀린의 침대 맡에 윈터 여사가 조용히 앉아 있었다. 내가 들어가자 윈터 여사가 나를 돌아보았다. 눈동자가 유난히 반짝였다.

"유골이 있었어요! 엔젤필드에서 유골이 발견됐다고요!"

내가 소리쳤다.

나의 눈과 귀는 오직 그녀에게로 향해 있었다. 나는 그녀가 시인하기를, 그리고 조바심을 내기를 기다렸다. 그것이 말이건, 표정이건, 몸짓이건 상관없었다. 어떤 것이건 그 의미를 읽어낼 수 있었다.

그러나 방 안에 나의 주의를 흩어놓는 무언가가 있었다.

"유골?"

윈터 여사가 말했다. 그녀의 얼굴은 백지처럼 희었고 눈 속에는, 나의 분노를 모두 익사시킬 수도 있을 것만 같은 광활한 바다가 출렁이고 있었다.

"세상에!"

단 한 마디의 말에 얼마나 많은 감정이 담길 수 있을까? 두려움. 절망. 슬픔과 체념. 어두운, 그러나 올 것이 왔다는 안도감. 깊고도 오래된 슬픔…….

문득 예사롭지 않은 방 안의 분위기가 섬뜩하게 느껴졌다. 더는 아무것도 생각할 수 없었다. 무얼까? 내가 꺼내놓은 유골 이야기와는 전혀 상관없는 무언가가 있었다. 내 인식의 범위를 넘어선 무언가가 있었다. 잠시 혼란스러웠다. 그리고 그다지 심각하게 생각하지 않았던 모든 것들이 갑자기 눈에 들어왔다. 방 안의 분위기. 닫힌 커튼. 물기를 머금은 윈터 여사의 눈동자. 특유의 강철 같은 꼿꼿함은 지금 이 순간만큼은 찾아볼 수 없었다.

나의 주의가 한곳으로 집중되었다. 에멀린의 느린 숨결은 어디로 갔는가? 아무런 소리도 들리지 않았다.

"혹시……."

나는 무릎을 꿇고 에멀린을 바라보았다.

"에멀린이 떠났네. 조금 전에."

나는 텅 빈 에멀린의 얼굴을 바라보았다. 달라진 건 아무것도 없었다. 흉터는 여전히 붉었고 입술은 여전히 뒤틀려 있었다. 그녀의 눈동자는 여전히 초록빛이었다. 나는 뒤틀린 살점을 이어 붙인 것 같은 그녀의 손을 잡았다. 아직도 따듯했다. 정말 떠나버린 걸까? 영원히, 돌아올 수 없는 곳으로? 그럴 리가 없었다. 그렇게 떠날 수는 없었다. 남아 있는 우리를 위해 무언가 남겨두었을 것이다. 마법이나 부적, 요술로도 다시 그녀를 되살릴 수는 없는 걸까? 어떤 방법으로도 그녀를 다시 만날 수는 없는 걸까?

그녀의 따듯한 손이, 어쩌면 내 말이 들릴지도 모른다는 희망을 주었다. 그녀의 따듯한 손이, 그녀의 귀에 속삭일 수많은 말들이 내 가슴속에서 아우성치게 만들었다.

"그 앨 만나주세요. 꼭 만나주세요. 그리고 내가 기다리고 있다고 전해주세요. 내가……."

수많은 말들을 쏟아내기에는 내 목이 너무 비좁았다. 수많은 말들이 서로를 밀쳐내면서 밖으로 나오려고 안간힘을 썼다.

"보고 싶다고 전해주세요. 너무 외롭다고요!"

나의 말이 성급하게 입술 사이로 쏟아져 나왔다. 그 말들이 에멀린과 나 사이의 공간을 가로지르며 그녀의 뒤를 쫓아갔다.

"더는 기다릴 수 없다고, 빨리 **오라고요!**"

그러나 너무 늦었다. 이미 선은 그어졌다. 보이지 않는, 돌이킬 수 없는, 냉혹한 선이었다.

나의 말들은 유리창으로 돌진하는 새가 되었다.

"가엾기도 하지……."

윈터 여사의 손이 어깨에 느껴졌다. 내가 에멀린의 시신 앞에서 부서진 말들을 쏟아내며 오열하는 동안 윈터 여사의 손은 계속 내 어깨에 머물렀다.

마침내 눈물이 말랐다. 이제 남아 있는 말들은 거의 없었다. 오랫동안 머물렀던 친구들을 잃고 어쩔 줄 모르는 몇 개의 말들만이 떠돌고 있었다.

"우린 쌍둥이였어요. 여기, 이렇게 자국이 있어요."

내가 스커트에서 셔츠를 올려 허리를 불빛에 드러냈다. 나의 흉터. 나의 반달. 은빛이 감도는 분홍색. 진주처럼 투명한 상처. 그 애와 나를 갈라놓는 선.

"그 애는 여기 있었어요. 우린 이렇게 붙어 있었어요. 사람들이 우릴 갈라놓았고 그 애는 죽었어요. 나 없이는 살 수가 없었나 봐요."

내 옆구리에 윈터 여사의 떨리는 손길이 느껴졌다. 연민이 담긴 눈빛도 느낄 수 있었다.

"그런데……."

그다음에 이어진 마지막 말들. 그 말 이후로는, 더는, 그 어떤 말도 필요치가 않았다.

"저도 **그 애** 없인 못 살 것 같아요……."

"가엾은 것……."

윈터 여사가 나를 바라보았다. 그리고 연민이 담긴 눈빛 속에 나를 가두었다.

나는 아무것도 생각하지 않았다. 내 마음의 수면은 고요했다. 그러나 그 수면 밑에는 동요와 혼란이 있었다. 고요한 수면 밑의 급류를 느낄 수 있었다. 오랜 세월 동안 난파선이 바다 밑에 잠겨 있었다. 유골을 잔뜩 실은 녹슨 난파선이었다. 이제 그 배가 움직였다. 내가 그 배를 건드렸다. 바다 밑 모래가 구름처럼 일어났고 작은 모래알들이 어둠 속에서 파문을 일으켰다.

윈터 여사의 초록빛 눈동자가 오랫동안 나에게 머물렀다. 천천히 모래알들이 가라앉았다. 바다 밑 세상은 천천히, 아주 천천히 고요함을 되찾았다. 유골들은 다시 녹슨 배 속에 가라앉았다.

"제 이야기에 대해 물으셨죠?"

내가 말했다.

"이야기 따윈 없다고 자네가 말했지."

"제게도 이야기가 있어요."

"있고말고. 그 사실을 의심해본 적은 한 번도 없다네."

윈터 여사는 서글픈 미소를 지었다.

"내가 자넬 불렀을 때 난 이미 자네의 이야기를 알고 있었어. 랜디어 형제에 대한 글을 읽었어. 잘 쓴 글이더군. 형제애를 잘 이해하고 있었어. 본인의 경험에서 얻은 지식일 거라고 생각했지. 글을 읽을수록 쌍둥이 자매가 있을 거란 생각이 들더군. 그래서 자네를 내 전기 작가로 점찍었던 거야. 오랜 세월 동안 이야기를 꾸며냈던 내가 이번에도 거짓말을 한다고 해도 자네한테는 들키고 말 거라고 생각했지."

"여사님이 누군지 알아냈어요."

그녀가 고개를 끄덕였다. 평화롭고도 서글프고 담담한 표정이었다.

"그럴 때가 됐지. 얼마나 알아냈나?"

"제게 말씀해주신 것만큼요. 이야기의 중심에 있지 않다고 말씀하셨죠? 이사벨과 이사벨이 낳은 쌍둥이 이야기를 하셨던 건데 전 주의를 기울이지 않았어요. 찰리와 찰리의 문란한 생활이 또 하나의 이야기였어요. 그리고 《제인 에어》로 계속 암시를 주셨죠. 《제인 에어》는 겉도는 아이에 관한 이야기잖아요. 엄마 없는 아이요. 하지만 여사님의 어머니가 누구인지, 어떻게 어머니를 떠나 엔젤필드로 오게 되었는지는 아직도 모르겠어요."

윈터 여사는 슬픈 표정으로 고개를 저었다.

"그 질문에 대답할 수 있는 사람들은 모두 세상을 떠났어."

"기억나는 것도 없으세요?"

"난 그저 평범한 인간일 뿐이야. 다른 인간들처럼 나도 내가 어떻게 태어났는지 기억하지 못한다네. 정신을 차려보면 이미 자라 있고, 우리가 태어난 건 이미 오래전, 시간이 시작되었을 때의 일이지. 결국 우리는 극장에 늦게 도착한 사람처럼 살아갈 수밖에 없어. 탄생 이후에 일어난 일들로 우리가 태어나던 순간의 기억을 최대한 짜 맞추어보면서. 기억의 가장자리를 기웃거리며 어둠 저편을 흘금거렸던 게 얼마나 여러 번이었는지. 하지만 그 가장자리에 있던 건 단지 추억만이 아니었지. 추억의 왕국에는 온갖 환영들이 함께 머물고 있었어. 외로운 아이의 악몽들 말이야. 자신의 이야기를 갈망하는 마음이 지어낸 이야기들. 설명할 수 없는 것들을 설명하려고 몸부림치던, 상상력 풍부한 아이가 만들어낸 환상들. 하지만 기억과 망각의 경계에서 어떤 이야기를 지어냈건 나 자신까지 속일 수는 없었다네."

"아이들은 누구나 자신의 탄생을 신화화한다……."

"그렇지. 내가 확실히 알 수 있었던 것은 존 더 딕이 들려준 이야기뿐이야."

"그분이 무슨 얘기를 했죠?"

"존은 내가 두 개의 딸기 사이에 돋아난 잡초 같았다고 했지."

그녀가 다시 이야기를 시작했다.

누군가 딸기를 훔쳐 먹고 있었다. 새들은 아니었다. 새들이 쪼아 먹은 딸기는 흔적이 남았다. 쌍둥이도 아니었다. 그 아이들은 제멋대로 덤불을 밟고 다녀서 사방에 발자국을 남겨놓았다. 도둑은 숨죽인 발걸음으로 여기서 한 개, 저기서 한 개, 딸기를 따고 있었다. 덤불 하나도 다치지 않고 깔끔하게 딸기를 따냈다. 정원사가 보아도 알 수 없었을 것이다. 바로 그날 존은 정원 수도꼭지 밑에 물이 고여 있는 것을 보았다. 수도꼭지에서 물이 뚝뚝 떨어지고 있었다. 존은 수도꼭지를 꼭 잠근 다음 머리를 긁적이고 하던 일을 계속했다. 그러면서도 곁눈질로 주위를 살폈다.

다음 날 그는 딸기밭에 누군가가 있는 것을 보았다. 커다란 모자가 얼굴의 반을 가린, 키가 그의 무릎 정도밖에 되지 않는 조그만 허수아비였다. 그를 본 순간 허수아비는 달아났다. 그러나 그다음 날에는 딸기를 먹는 데에 열중한 나머지, 그가 소리를 질러 쫓아내야만 했다. 그 아이가 누구인지 알 수 없었다. 이 동네에 그렇게 조그만, 굶주린 아이를 둔 집이 있었던가? 남의 집 정원에서 열매를 훔쳐 먹도록 내버려두는 집이 있었던가? 알 수 없었다. 누군가 그의 헛간에 들어왔던 게 분명했다. 그는 그곳에 신문지를 놓아둔 적이 없었다. 나무 상자들은, 분명히 한구석에 가지런히 정리해두었다.

어느 날 그는 일을 마치고 헛간 문을 잠갔다. 정원 수도꼭지를 지나칠 때 수도꼭지에서 물이 떨어지고 있었다. 그는 별 생각 없이 수도꼭지를 단단히 잠갔다. 그러고 나서 무게를 실어서 다시 한 번 힘주어 돌렸다. 이 정도면 되겠지.

그는 한밤중에 알 수 없는 불안감을 느끼며 잠에서 깨어났다. 헛간에 들어가 나무 상자 위에 신문지를 깔고 잘 수 없다면 어디서 잠을 잘까? 돌릴 수 없을 정도로 단단하게 수도꼭지가 잠겨 있다면 어디서 목을 축일까? 그는 자신의 어리석음을 꾸짖으며 창문을 열어 기온을 가늠해보았다. 서리가 내릴 정도는 아니었다. 그러나 제법 쌀쌀했다. 배가 고프면 얼마나 더 추울까? 어린 아이라면 얼마나 더 무서울까?

그는 고개를 저으며 창문을 닫았다. 정원에 아이를 버릴 사람은 없었다. 그럴 리가 있겠는가? 그러나 그는 5시도 채 되지 않아 눈을 떴다. 그는 일찌감치 정원을 산책하면서 채소밭과 조형 정원을 살펴보며 하루 일과를 준비했다.

그는 오전 내내 딸기 덤불에서 비스듬한 모자를 찾았다. 그러나 아무것도 찾을 수 없었다.

"무슨 일 있어?"

부엌 식탁에서 한마디도 하지 않고 커피를 마시는 그를 보고 가정부가 물었다.

"아무것도 아니에요."

그가 커피를 마신 뒤 정원으로 나갔다. 그는 걱정스러운 눈빛으로 딸기 덤불을 살펴보았다.

아무도 없었다.

점심때가 되자 그는 샌드위치를 반만 먹었다. 입맛이 없었다. 나머지 반은 정원 수도꼭지 옆 화단 위에 남겨두었다. 한심한 놈이라고 스스로를 질책하면서 비스킷도 한쪽 놓았다. 그는 수도꼭지를 돌렸다. 그에게도 힘이 들었다. 그는 물을 틀어 물통을 헹구어낸 다음 물을 가까운 화단에 쏟아 붓고 다시 물을 채웠다. 물소리가 채소밭에 울려 퍼졌다. 그는 일부러 고개를 들고 주위를 둘러보지 않으려고 애썼다.

그러고 나서 그는 수도꼭지를 등지고 풀밭에 무릎을 꿇고 앉아 낡은 화분의 흙을 털어내기 시작했다. 화분 청소는 중요한 작업이었다. 반드시 해야 하는 일이었다. 새로운 것을 심기 전에 화분을 깨끗이 청소하지 않으면 병균을 옮길 수도 있었다.

그의 뒤에서 수도꼭지가 돌아가는 소리가 들렸다. 그는 곧바로 돌아보지 않았다. 그는 화분을 솔로 털고, 털고, 또 털었다.

그러고는 잽싸게 움직였다. 벌떡 일어서서 여우보다 날쌔게 돌아섰다.

그러나 그렇게 서두를 필요가 없었다.

겁에 질린 어린아이가 달아나려다가 넘어져 있었다. 아이는 비틀거리며 일어서서, 몇 발자국을 떼어놓더니, 다시 쓰러졌다. 존이 아이를 잡아 번쩍 들었다. 고양이처럼 가벼운 아이가 그를 바라보았다. 모자가 땅바닥으로 떨어졌다.

아이는 뼈만 앙상했다. 굶주린 게 분명했다. 눈은 퀭했고 머리는 흙투성이에 냄새가 지독했고 양쪽 뺨에는 벌건 동그라미가 있었다. 그는 아이의 이마에 손을 대어보았다. 이마가 펄펄 끓었다. 헛간으로 아이를 데려갔을 때 아이의 발을 처음 보았다. 신발도 신지 않은 발은 더러웠고, 부어 있었으며, 고름으로 뒤덮였다. 가시가 깊이 박혀 있었다. 아이는 몸을 떨었다. 열과 고통, 굶주림과 두려움으로. 만약 동물이 그런 상태였다면 총으로 쏘아 그 고통에서 벗어나게 해주었을 거라고 존은 생각했다.

존은 헛간 문을 잠그고 가정부를 데리러 갔다. 그녀가 왔고 아이를 가까이 들여다보았다. 그리고 움찔하며 뒤로 물러섰다.

"이 아이가 누군지 나도 모르겠는걸? 씻겨보면 알 수 있을까?"

"물통에 담글까요?"

"그래야겠어. 부엌에 가서 물을 받아야지."

두 사람은 아이에게서 더러운 누더기를 벗겨냈다.

"다 태워버려야겠어."

가정부가 말하며 옷가지를 던졌다. 먼지가 피부 속까지 파고들어 아이의 몸을 두껍게 감싸고 있었다. 첫 번째 양동이 물은 곧바로 시커멓게 변했다. 물통을 비우고 다시 채우는 동안 아이는 성한 발에 체중을 싣고 몸을 떨며 서 있었다. 시커먼 물줄기가 발가벗은 몸을 타고 흘렀다. 아이는 뼈와 팔꿈치밖엔 없는 것 같았다.

그들은 아이를 바라보았고, 다시 서로를 바라보았고, 다시 아이를 바라보았다.

"존, 내가 눈이 침침해서 그러는데, 자네도 내가 본 것을 봤나?"

"네."

"여자아이였구먼!"

그들은 물을 끓이고 또 끓였다. 살갗을 문지르고 머리에 비누칠을 했고 손톱 밑에서 묵은 때를 벗겨냈다. 깨끗하게 아이를 씻긴 뒤에는 집게를 소독해서 가시를 뽑았다. 아이는 움찔했지만 울지는 않았다. 그들은 상처를 소독하고 붕대를 감아주었다. 눈가의 부스럼에는 피마자기름을 발라주었다. 벌레 물린 곳에는 연고를, 갈라진 입술에는 바셀린을 발라주었다. 길고 푸석푸석한 머리를 빗겨주었고 뜨거운 이마와 뺨에는 차가운 수건을 대어주었다. 마침내 깨끗한 타월로 아이를 감싼 뒤 부엌 식탁 앞에 앉혀놓고 가정부가 아이의 입에 수프를 떠 넣어주었고 존은 사과를 깎아주었다.

아이는 허겁지겁 수프를 받아먹었고 정신없이 사과를 베어먹었다. 가정부는 빵을 잘라 버터를 발라주었다. 아이는 빵도 단숨에 먹어 치웠다.

그들은 아이를 바라보았다. 눈꺼풀의 먼지를 씻어낸 아이의 눈은 은빛이 감도는 에메랄드빛이었고 머리카락은 밝은 적갈색이었다. 굶주린 얼굴에는 널찍하고 날카로운 광대뼈가 돌출되어 있었다.

"나하고 같은 생각을 하고 있어요?"

존이 물었다.

"응."

"주인님께 말씀드려야 할까요?"

"아니."

"하지만 이 집 아이예요."

"맞아."

그들은 잠시 생각에 잠겼다.

"의사를 불러야 할까요?"

아이의 뺨을 물들인 분홍색 점은 더는 선명하지 않았다. 가정부는 아이의 이마를 짚어보았다. 여전히 뜨거웠지만 나아지고 있었다.

"일단 오늘 밤을 지내고 보자고. 아침에 모셔 와도 늦지 않을 테니."

"상황을 봐서요."

"그래. 상황을 봐서."

"그렇게 해서, 난 그 집에 머물 수 있었지."

윈터 여사가 말했다.

"이름이 뭐였죠?"

"가정부는 나를 마리라고 불렀지만 오래가진 않았어. 존은 새도라고 불렀지. 내가 그림자처럼 자기를 쫓아다녔다고 붙여준 이름이야. 화단에 이름표를 붙이면서 존이 내게 글자를 처음 가르쳐주었어. 머지않아 내가 서재를 발견했고. 에멀린은 내 이름을 부르지 않았어. 그럴 필요가 없었지. 내가 항상 곁에 있었으니까. 이름이라는 건 곁에 없는 사람을 부르라고 있는 것이지."

나는 잠시 그녀의 말을 생각해보았다.

유령 소녀. 엄마도 없고 이름도 없는 아이. 존재 자체가 비밀인 아이. 그녀에게 연민을 느끼지 않을 수 없었다. 하지만…….

"하지만 오릴리어스는요? 엄마 없이 자란다는 게 어떤 건지 잘 아시잖아요. 왜 그를 버렸죠? 엔젤필드에서 발견된 유골은…… 존을 죽인 애덜린이겠지요. 애덜린은 어떻게 된 건가요? 얘기해주세요. 불이 나던 날 밤, 애덜린에게 무슨 일이 있었는지."

우리는 어둠 속에서 이야기를 나누고 있었고 나는 윈터 여사의 표정을 볼 수 없었지만 침대에 누워 있는 에멀린의 얼굴을 보면서 떨고 있는 것을 느낄 수는 있었다.

"얼굴을 좀 덮어주겠나? 그 아기에 대한 이야기를 들려주지. 화재에 대해서도. 하지만 먼저, 주디스를 불러주게. 주디스는 아직 모르고 있어. 클립튼 박사한테 연락을 해야 해. 먼저 해야 할 일들을 해야지."

주디스가 왔다. 주디스는 먼저 살아 있는 사람을 돌보았다. 그녀는 윈터 여사의 창백한 얼굴을 보고 그녀에게 얼른 침대에 누워야 한다고, 빨리 약을 먹어야 한다고 말했다. 우리는 윈터 여사의 휠체어를 방으로 끌고 가서 잠옷으로 갈아입혔다. 그동안 나는 물을 끓였고 침대의 이불을 걷었다.

"클립튼 박사님한테 연락을 하고 올게요. 그동안 여기 좀 지켜주시겠어요?"

주디스가 말했다.

그러나 주디스는 잠시 후 돌아와 옆방으로 나를 불렀다.

"아직 전화를 못했어요. 폭설 때문에 전화가 불통이에요."

주디스가 속삭였다.

우리는 갇힌 셈이었다.

나는 가방 안에 있던 경찰서 전화번호를 떠올리면서 안도의 한숨을 쉬었다.

나는 윈터 여사 곁에 머물기로 하고 주디스가 에멀린의 방으로 가서 뒤처리를 하기로 했다. 그녀는 윈터 여사가 약을 먹을 시간이 되면 그때부터는 자기가 지키겠다고 했다.

긴 밤이 될 것 같았다.

아기

좁은 침대 위에 누운 윈터 여사는 오직 조용하게 오르락내리락하는 이불로만 살아 있음을 알 수 있었다. 금방이라도 끊어질 듯 위태로운 숨결이었다. 램프의 불빛이 그녀의 가냘픈 몸과 창백한 광대뼈, 아치 모양의 흰 눈썹을 비추었고, 눈가에 어두운 그림자를 드리웠다.

내가 앉은 의자에는 황금색 실크 숄이 걸쳐져 있었다. 나는 숄로 램프를 덮었다. 램프의 불빛이 윈터 여사의 얼굴을 잔인하게 비추지 못하도록.

나는 말없이 앉아 그녀를 바라보았다. 마침내 그녀가 입을 열었을 때 그녀의 속삭임을 겨우 알아들을 수 있었다.

"진실…… 어디 보자……."

그녀의 입술 사이로 이야기가 흘러나왔다. 이야기는 공중에서 머뭇거리다가 마침내 제 갈 길을 찾아 여행을 시작했다.

나는 앰브로즈에게 친절하지 않았다. 친절할 수도 있었을 것이다. 다른 세상에서라면 그럴 수도 있었을 것이다. 그다지 어렵지 않았을 것이다. 그는 키가 컸고 힘이 세었고 그의 머리는 햇살에 황금빛으로 반짝였다. 그가 나를 좋아한다는 것을 알고 있었고 나 역시 그에게 관심이 아주 없지는 않았다. 하지만 나는 마음을 다잡았다. 나의 마음은 에멀린에게로 향해 있었다.

"내가 눈에 안 차서 그래요?"

하루는 그가 내게 물었다.

그는 그렇게 직설적으로 말했다.

"내가 싫으면 싫다고 말해봐요."

"넌 읽을 줄도 모르잖아. 쓸 줄도 모르고."

내가 말했다.

그가 미소를 지었다. 그는 부엌 창가에 있던 내 연필을 집어 들고 종이에 글씨를 쓰기 시작했다. 서툴렀다. 글자도 고르지 않았다. 그러나 읽을 수는 있었다. 앰브로즈. 그는 글씨를 쓰고 나서 종이를 내게 내밀었다. 나는 종이를 구겨 바닥에 팽개쳤다.

그 뒤로 그는 차를 마시러 부엌에 오지 않았다. 나는 가정부의 의자에 앉아 담배를 아쉬워하면서 그의 발자국 소리나 삽질하는 소리가 들리기를 기다렸다. 사냥감을 들고 올 때면 그는 한마디도 하지 않고 굳은 표정으로 시선을 피했다. 그는 나에 대한 마음을 접었다. 나중에 부엌을 청소하다 나는 그의 이름이 적힌 종이를 보았다. 나 자신이 부끄러웠다. 나는 눈에 띄지 않도록 그 종이를 부엌문에 걸려 있던 그의 사냥 자루에 집어넣었다.

에멀린이 임신했다는 걸 언제 처음 알았던가? 그가 마지막으로 차를 마시러 온 지 몇 달이 지났을 때였다. 에멀린이 알기 전에 내가 먼저 알았다. 에멀린은 자신의 몸에서 일어나는 변화도, 그 변화의 결과도 알지 못했다. 나는 에멀린에게 앰브로즈에 관해 물었다. 내 질문이 무엇을 의미하는지 에멀린은 알지 못했고 내가 왜 화를 내는지도 이해하지 못했다.

"앰브로즈가 너무 슬퍼했어."

에멀린이 내게 한 말은 그것뿐이었다.

"넌 너무 불친절해."

에멀린은 앰브로즈에 대한 연민이 가득 담긴, 그리고 나를 꾸짖는 듯한 목소리로 말했다.

나는 정신을 차리라고 말하고 싶었다.

"이제 넌 아기를 낳게 되는 거야. 알아?"

에멀린의 표정에 살짝 놀라움이 스쳤다. 그러나 이내 예전처럼 평온해졌다. 에멀린의 평온함을 방해하는 것은 아무것도 없었다.

나는 앰브로즈를 해고했다. 주말 치까지 임금을 계산해주고 그를 보내버렸다. 그와 말을 하는 동안 나는 그와 눈을 맞추지 않았다. 나는 이유를 말하지 않았고 그 역시 아무것도 묻지 않았다.

"지금 당장 가."

내가 말했지만 그것은 그의 방식이 아니었다.

그는 나 때문에 중단된 씨 뿌리는 일을 마치고 존이 가르쳐준

대로 연장들을 깨끗하게 닦은 뒤, 헛간에 반듯하게 정돈해놓았다. 그러고 나서 부엌문을 두드렸다.

"앞으로 고기는 어쩔 셈인데요? 닭 잡을 줄 알아요?"

나는 고개를 저었다.

"따라와요."

그는 머리로 닭장이 있는 방향을 가리켰고 나는 그를 따라갔다.

"단숨에 해치워야 해요. 우물쭈물하지 말고."

그는 우리 발치에서 모이를 쪼고 있던 갈색 닭 한 마리를 붙잡았다. 그는 목을 비트는 시늉을 하며, "이렇게요"라고 말했다.

나는 고개를 끄덕였다.

"한번 해봐요."

그가 닭을 놓아주었고 녀석은 퍼덕거리며 무리 속으로 들어갔다. 둥근 뒷모습은 다른 닭들과 구분이 가지 않았다.

"지금?"

"오늘 저녁에 뭘 먹을 거죠?"

모이를 쪼는 닭의 깃털 위로 햇볕이 내리쬐고 있었다. 나는 한 마리를 붙잡으려 손을 뻗었지만 잽싸게 달아났다. 두 번째 녀석도 똑같이 달아나고 말았다. 세 번째 녀석은, 어설프긴 했지만 꽉 붙잡을 수 있었다. 놀란 닭이 꽥꽥거리며 달아나려 발버둥을 쳤다. 앰브로즈는 어떻게 그렇게 쉽게 닭을 잡았는지 이해가 가지 않았다. 나는 닭을 겨드랑이에 끼고 손으로 닭의 목을 잡았다. 나를 바라보는 소년의 심각한 눈빛이 느껴졌다.

"단숨에 확!"

그가 내게 상기시켜주었다.

그는 나를 의심하고 있었다. 그의 목소리로 알 수 있었다.

나는 닭을 죽일 작정이었다. 닭을 죽이기로 결심했다. 나는 닭의 목을 잡고 비틀었다. 그러나 내 손은 내 명령을 반만 따랐다. 닭의 목에서 비명이 새어나왔고 나는 망설였다. 반쯤 목이 비틀린 닭의 몸통이 내 겨드랑이에서 빠져나갔다. 그러나 내 손은 여전히 닭의 목을 붙잡고 있었다. 나는 두려움에 온몸이 마비되었다. 날개를 퍼덕이며 미친 듯이 양발을 허우적대면서 닭이 거의 내게서 빠져나가려는 순간이었다. 그가 내게서 닭을 빼앗더니 단 한 번의 동작으로 일을 끝냈다.

그는 내게 죽은 닭을 내밀었고 나는 마지못해 받아 들었다. 따듯하고 무거웠으며, 움직이지 않았다.

그가 나를 바라보았고 햇살이 그의 머리카락 위에서 반짝였다. 그의 표정은 허둥대던 닭의 발톱보다도, 퍼덕거리던 닭의 날개보다도, 내 손에 있는 축 늘어진 닭의 몸뚱이보다도 더 끔찍했다.

그는 한마디도 하지 않고 돌아서서 떠났다.

그가 내게 어떤 존재였느냐고? 나의 마음은 그에게 줄 수 없는 것이었다. 내 마음은 다른 사람의 것이었다. 항상 그랬다.

나는 에멀린을 사랑했다.

에멀린 역시 나를 사랑했다고 믿는다. 하지만 에멀린은 애덜린을 더 사랑했다.

쌍둥이 중 한 명을 사랑한다는 것은 고통스러운 일이다. 애덜린이 있을 때 에멀린의 마음은 꽉 차 있었다. 에멀린에겐 내가 필요치 않았다. 그럴 때면 나는 겉도는 아이였고 버림받은 아이였으며, 있어도 좋고 없어도 좋은 아이, 쌍둥이 자매를 지켜보는 아이였다.

혼자 있을 때면 에멀린의 마음에 다른 사람을 위한 공간이 생겼다. 그럴 때면 그녀의 슬픔이 곧 나의 기쁨이었다. 나는 은색 실이나 반짝이는 물건들로 조금씩 에멀린을 외로움에서 끌어냈다. 자신이 버림받았다는 걸 잊을 때까지. 그리고 내가 줄 수 있는 우정과 동지애에 굴복할 때까지. 우리는 벽난로 가에 앉아 카드놀이를 하고 노래를 부르고 이야기를 했다. 우리는 행복했다. 애덜린이 돌아오기 전까지는.

추위와 굶주림에 지친 애덜린이 집으로 돌아오면 그 순간부터 우리 두 사람의 세상은 끝이었다. 나는 다시 겉돌아야 했다.

불공평했다. 애덜린은 에멀린을 때리고 머리카락을 잡아당겼지만 에멀린은 애덜린을 사랑했다. 자기를 버려도 애덜린을 사랑했다. 애덜린이 무슨 짓을 하건 달라지는 건 아무것도 없었다. 에멀린의 사랑은 완전한 것이었으므로.

그렇다면 나는 어떤가? 내 머리는 애덜린과 똑같은 적갈색이었다. 내 눈은 애덜린과 똑같은 초록빛이었다. 애덜린이 없을 때면 누구라도 속일 수가 있었다. 그러나 에멀린만은 속일 수가 없었다. 에멀린은 진실을 알고 있었다.

에멀린은 1월에 아기를 낳았다. 아무도 알지 못했다.

몸이 무거워질수록 에멀린은 점점 더 게을러졌다. 에멀린을 집 안에 가두는 것은 조금도 어렵지 않았다. 에멀린은 집 안에만 틀어박혀 지내는 생활에 만족했고 서재나 부엌, 침실에서 하품을 하며 하루를 보냈다. 에멀린의 은둔을 그 누구도 눈치채지 못했다. 알려질 필요가 없었다. 우리 집을 찾아오는 사람은 로맥스 씨뿐이었고 그는 항상 정해진 날짜, 정해진 시각에 찾아왔다. 그가 문을 두드리기 전에 에멀린을 방 안에 가두는 것은 식은 죽 먹기였다.

외부 사람들과의 접촉은 지극히 제한되어 있었다. 고기와 채소는 안에서 해결했다. 닭 잡는 일은 아무리 해도 나아지지 않았지만 어쨌건 해야만 했다. 그 외에 치즈와 우유는 직접 농장에 가서 구했고, 다른 물건들은 일주일에 한 번씩 시내 상점에서 남자아이가 자전거로 배달을 해주었다. 나는 큰길까지 나가 물건이 담긴 바구니를 받아 들고 왔다. 나는 만약을 대비하여 다른 사람에게 가끔씩이라도 쌍둥이 중 다른 한 명을 보여줄 필요가 있겠다고 생각했다. 애덜린의 상태가 괜찮을 때면 나는 애덜린에게 돈을 주어서 자전거를 타고 온 소년을 만나게 했다.

"오늘은 다른 여자가 나왔어요. 좀 이상한 여자 있잖아요."

나는 상점으로 돌아가서 소년이 주인에게 말하는 것을 상상해보곤 했다.

소문이 의사의 귀에까지 들어가면 의사는 상황을 이해할 거라고 생각했다. 그러나 시간이 흐를수록 그런 식으로 애덜린을 이용하는 것이 불가능해졌다. 에멀린의 임신은 애덜린에게 묘하게 영향을 미쳤다. 태어나서 처음으로 애덜린도 식욕을 느낀 것이다. 뼈만 앙상했던 애덜린의 몸에는 굴곡이 생겼고 가슴도 풍만해졌다. 때로는, 불빛이 흐릿할 때면, 나조차도 그 두 사람을 분간할 수 없을 때도 있었다. 수요일 아침이 되면 나는 애덜린이 되었다. 머리를 헝클어뜨리고 손톱을 시커멓게 만들고 잔뜩 찡그린 얼굴로 자전거를 타고 온 소년을 만나러 갔다. 내 걸음걸이만 보아도 오늘은 '다른 여자'라는 것을 그도 알았을 것이다. 그가 자전거 손잡이를 꽉 움켜쥐는 것을 나는 보았다. 그는 내 표정을 살피며 바구니를 내민 다음 돈을 주머니에 넣고 쏜살같이 페달을 밟고 달아났다. 그다음 주, 본래의 모습으로 돌아온 나를 보면 그의 미소에서 안도감을 엿볼 수 있었다.

에멀린의 임신을 숨기기란 어렵지 않았다. 그러나 출산을 기다리는 그 몇 달간이 나에겐 고통의 나날이었다. 출산에 수반되는 위험을 나는 알고 있었다. 이사벨의 어머니도 둘째를 낳다가 목숨을 잃었고 하루에도 몇 번씩 그 생각이 떠올랐다. 에멀린이 고통을 겪어야 한다는 것, 그리고 그녀의 목숨이 위험에 처한다는 것. 나에게는 생각만으로도 힘든 일이었다. 게다가 의사는 우리 편이 아니었고 나는 그를 집으로 불러들이고 싶지 않았다. 그는 전에도 이사벨을 떠나보낸 적이 있었다. 에멀린도 그렇게 되도록 내버려둘 수는 없었다. 그는 에멀린과 애덜린을 갈라놓았었다. 에멀린과 나까지 갈라놓게 할 수는 없었다. 게다가 그가 오는 순간 모든 게 복잡해질 것이다. 설사 그가 마침내 안개 속의 소녀가, 그의 집에서 말도 못하고 축 늘어져 있던 애덜린이라는 껍질을 깨고 밖으로 나온 것이라고 믿어왔다고 해도 엔젤필드에 세 소녀가 있다는 사실을 알게 되면 대번에 내막을 알아차릴 것이 분명했다. 아기를 낳을 때만 한 번 찾아온다면 애덜린을 방에 가둘 수도 있을 것이고 그렇게 넘어갈 수도 있을 것이다. 그러나 집에 아기가 있다는 사실이 알려지면 계속 사람들이 찾아올 것이다. 그렇다면 비밀을 지킨다는 건 불가능했다.

이 집에서의 나의 입지가 얼마나 불안정한 것인지 나는 잘 알고 있었다. 나는 내가 이곳에 속해 있으며, 이곳이 나의 집이라는 걸 알고 있었다. 내가 있을 곳은 오직 엔젤필드뿐이었고 나의 사랑은 에멀린뿐이었으며 다른 삶은 내게 존재하지 않았지만 다른 사람들에게 내가 어떻게 비칠지는 너무도 잘 알고 있었다. 나에게 친구가 있었던가? 의사는 결코 나를 위해 나서주지 않을 것이다. 로맥스 씨는 내게 지금까지 친절하게 대해주었지만 내가 애덜린인 척 그를 속여왔다는 것을 안다면 태도가 달라질 것이 분명했다. 나에 대한 에멀린의 사랑과 에멀린에 대한 내 사랑은 아무 의미도 없는 것이었다.

정작 에멀린은 무심하고 태평하게 감금된 시간을 보내고 있었다. 나는 결단을 내리지 못한 채 안절부절했다. 에멀린을 어떻게 지켜주어야 할까? 나 자신은 어떻게 지켜야 할까? 나는 날마다 다음 날로 결단을 미루었다. 처음 몇 달간은, 어떻게든 결론을 낼 수 있을 거라 확신했다. 지금까지 모든 어려움을 해결해오지 않았던가? 이번 일도 해결할 수 있을 거라고 생각했다. 그러나 시간이 흐를수록 상황은 더욱 급박해졌고 나는 어떠한 결론에도 도달하지 못했다. 나는 매 순간, 코트를 입고 의사의 집으로 달려가 그에게 모든 것을 털어놓아야 한다는 생각과 나 자신을 드러내는 순간 이 집에서 쫓겨날 것이라는 생각 사이를 오갔다. 나는 코트를 다시 옷걸이에 걸어놓으면서 내일, 내일 생각하자고 중얼거렸다.

그러나 그 내일은 없었다.

나는 비명 소리에 잠에서 깨어났다.

에멀린!

그러나 에멀린이 아니었다. 에멀린은 숨을 헐떡이고 있었다. 마치 한 마리의 짐승처럼 콧김을 내뿜으며 땀을 흘렸고 눈을 뒤집고 이를 드러내고 있었다. 그러나 울지는 않았다. 에멀린은 고통을 참았고 그것은 그녀의 몸 안에서 에너지가 되었다. 나를 깨운 비명 소리는, 집 안에 울려 퍼지는 비명 소리의 주인은 에멀린이 아니라 애덜린이었다. 그 비명 소리는 아침이 오고 에멀린의 아기, 남자아이가 태어날 때까지 멈추지 않았다.

1월 7일이었다.

에멀린은 잠이 들었다. 에멀린은 자면서 웃고 있었다.

나는 아기를 씻겼다. 따듯한 물이 닿는 순간 아기는 눈을 뜨고 두리번거렸다.

태양이 떠올랐다.

결단의 시간은 그렇게 찾아왔고 그렇게 가버렸다. 어떤 결단도 내려지지 않았지만 우리는 어느덧 끔찍한 고통의 저편으로 건너가 있었다. 우리는 모두 무사했다.

나의 삶도 계속 이어지리라.

화재

윈터 여사가 주디스가 온 것을 알아차린 듯했다. 그녀가 방 안에 들어선 순간 우리 두 사람은 입을 다물었다. 주디스는 내게 코코아를 권하면서 그만 가서 눈 좀 붙이라고 했다. 나는 고개를 저었다.

"괜찮아요."

주디스가 필요하면 흰 알약을 더 먹어도 좋다고 했지만 윈터 여사도 고개를 저었다.

주디스가 가고 난 뒤, 윈터 여사는 다시 눈을 감았다.

"늑대는 잘 있어요?"

내가 물었다.

"저쪽 구석에 웅크리고 있어. 당연하지 않은가? 자기가 승리한 게 확실하니 말이야. 그래서 가만히 기다리는 거야. 내가 저항하지 않으리란 걸 녀석도 알고 있거든. 우린 타협을 했어."

"타협이요?"

"내가 이야기를 끝낼 때까지 녀석이 기다려주면 그다음에 내가 녀석한테 내 숨통을 끊어놓게 해주기로."

늑대가 느긋하게 남은 시간을 헤아려보는 동안 그녀는 불이 나던 날 밤의 이야기를 들려주었다.

아기가 태어나기 전까지 아기에 대해서는 별로 생각해본 적이 없었다. 물론 아기를 어떻게 숨길지도 아기의 장래에 대해서도 생각해본 적이 있었다. 한동안 비밀을 지키다가 나중에 아기의 존재를 알릴 생각이었다. 물론 사람들이 수군거리겠지만 먼 친척의 고아라고 말해야지. 아기의 친부모가 누군지 캐내려 한다면 마음대로 하라고 내버려두어야지. 우리에게 진실을 말하라고 강요할 순 없을 테니까. 이런 계획을 세우면서 나는 아기를 해결해야 할 문제 정도로만 생각했다. 아기도 살과 피가 있는 사람이라는 사실을 미처 생각하지 못했다. 더구나 내가 그 아기를 사랑하게 될 줄은 꿈에도 몰랐다.

아기는 에멀린의 아들이었고 그것만으로도 사랑할 이유는 충분했다. 아기는 앰브로즈의 아들이기도 했다. 그 사실은 굳이 생각하고 싶지 않았다. 아기는 나의 아기였다. 나는 아기의 진주빛 피부와 분홍빛 입술, 조그만 손의 움직임에 매혹되었다. 아기를 보호해야 한다는 생각이 나를 압도했다. 에멀린을 위해 아기를 보호해야 했고 그 아기를 위해 에멀린을 보호해야 했고 나를 위해 그들 둘을 보호해야 했다. 아기와 에멀린이 함께 있을 때면 나는 눈을 뗄 수 없었다. 그 둘은 아름다웠다. 두 사람을 지켜주고 싶었다. 그리고 머지않아 그 두 사람을 누군가가 지켜주어야만 한다는 사실을 분명히 깨닫게 되었다.

애덜린은 아기를 질투했다. 헤스터를 질투했던 것보다, 나를 질투했던 것보다 더. 예상했던 일이었다. 에멀린은 헤스터에게 반했고 날 사랑했지만 애덜린에 대한 사랑이 항상 그보다 앞섰다. 그러나 아기에 대한 사랑만큼은 조금 달랐다. 그것은 다른 모든 사랑을 초월했다.

애덜린이 보여준 증오심은 내게는 그다지 놀라운 일은 아니었다. 애덜린의 분노가 얼마나 잔인하게 표출될 수 있는지 알고 있었고 그녀의 폭력성을 직접 목격해온 나였다. 그러나 그녀의 잔혹함이 어느 정도인지 처음으로 똑바로 인식하게 되었을 때, 나는 거의 믿을 수가 없었다.

에멀린의 침실을 지나치다가 아직도 에멀린이 자고 있는지 보려고 살짝 문을 열었다. 그 방에 애덜린이 있었다. 애덜린은 침대 옆 아기 바구니에 몸을 숙이고 있었다. 그 자세가 왠지 섬뜩하게 느껴졌다. 내 발자국 소리를 듣더니 애덜린은 깜짝 놀라 돌아서서 밖으로 나갔다. 손에는 조그만 쿠션을 들고 있었다.

나는 얼른 바구니로 달려갔다. 아기는 귀 옆에 손을 웅크리고 가볍고 섬세한 숨결을 내쉬며 편안히 잠들어 있었다.

무사했다.

적어도 그때까지는.

나는 애덜린을 감시하기 시작했다. 커튼 뒤에서, 주목나무 뒤에서, 나는 애덜린을 관찰했다. 유령처럼 숨어 지내던 옛날의 기억이 되살아났다. 애덜린의 행동은 예측할 수 없었다. 집 안에서나 집 밖에서나 시간도 날씨도 상관없이 애덜린은 의미 없는 행동들을 반복했다. 애덜린은 내가 이해할 수 없는 세계의 명령을 따르고 있었다. 그러나 서서히, 그녀의 한 가지 행동이 나의 주의를 끌었다. 하루에 한 번, 두 번, 때로는 세 번, 애덜린은 마차 차고에 들어갔다가 매번 휘발유통을 한 개씩 들고 나와서 거실이나 서재, 정원으로 갔다. 그러다가 어느 순간 흥미를 잃었다. 처음에는 어떤 생각이 있었겠지만 목표가 흐려지거나 잊어버리는 것 같았다. 애덜린이 다른 일에 몰두할 때마다 나는 휘발유통을 치웠다. 휘발유통이 사라지는 것을 애덜린은 어떻게 이해했을까? 어쩌면 휘발유통이 제 발로 움직였다고 생각했을지도 모른다. 어쩌면 자신이 생각만 하고 실제로 실행에 옮기지는 않았다고 믿었을지도 모른다. 이유가 무엇이건 간에, 애덜린은 자신이 둔 자리에 휘발유통이 없는 것에 대해 별로 이상하게 생각하지 않았다. 그러나 애덜린은 그만두지 않았다. 계속 차고에서 휘발유통을 들고 와 집 안 곳곳에 놓아두었다.

나는 하루의 반을 휘발유통을 치우는 일에 소모했다. 그러던 어느 날 잠든 에멀린과 아기 곁을 떠날 수가 없어서 나는 휘발유통을 서재에 한 개 남겨두었다. 눈에 띄지 않게 책장 위쪽, 책 뒤에 숨겨두었다. 문득 이렇게 하는 편이 나을지도 모른다는 생각이 들었다. 차고로 다시 가져다 놓으면 이 순환은 끝나지 않을 것이다. 회전목마처럼 끊임없이 돌아갈 것이다.

휘발유통의 숫자를 줄이면 의미 없는 순환을 끝낼 수도 있지 않을까?

애덜린을 감시하는 일에 나는 지쳐갔다. 그러나 애덜린은 좀처럼 지치지 않았다. 애덜린은 잠깐만 자도 오랫동안 버텼다. 한밤중에도 아무 때고 일어났다. 그러나 나는 항상 졸렸다.

그러던 어느 날, 초저녁 무렵 에멀린은 잠자리에 들었고 아기는 바구니 안에 있었다. 하루 종일 잠도 안 자고 칭얼대던 아기가 기분이 좋아졌는지 깊이 잠이 들었다.

나는 커튼을 쳤다.

이제 애덜린을 감시해야 할 시간이었다. 항상 긴장해야 하는 생활로 몹시 피곤했다. 에멀린과 아기가 잠들었을 때는 그 두 사람을 지켜야 했고, 그들이 깨어 있을 때는 애덜린을 감시해야 했기 때문에, 나는 거의 잠을 잘 수가 없었다. 방 안이 얼마나 평화로웠던가. 에멀린의 숨소리에 나는 나른해졌고, 긴장이 풀렸다. 그 곁에 얕은 아기의 숨결이 있었다. 나는 그 두 사람의 숨소리를 지금도 기억한다. 그 숨소리의 조화, 그 평화로움을. 그때 나는 그 숨소리를 어떻게 표현해야 할지를 생각하고 있었다. 나는 보거나 들은 것을 글로 표현하기를 좋아했다. 나와 에멀린, 그리고 우리의 아기가 하나의 숨을 쉬는 세 사람처럼 느껴졌다. 그 숨소리가 어떻게 내 마음속으로 파고들어, 어떻게 나의 숨결을 잠식하고 있는지를 생각했다. 그러한 생각은 나를 사로잡았고 나는 그들의 숨결에 휩쓸리며 깊은 잠 속으로 빠져들었다.

무언가가 나를 깨웠다. 마치 고양이처럼 나는 눈을 뜨기도 전에 잠에서 깨었다. 나는 움직이지 않았다. 숨결을 고르게 유지하면서 눈썹 사이로 애덜린을 바라보았다.

애덜린은 바구니에 몸을 숙여 아기를 들고 밖으로 나가는 중이었다. 애덜린을 불러서 붙잡을 수도 있었지만 그러지 않았다. 내가 소리를 지르면 애덜린은 계획을 뒤로 미룰 것이다. 나는 애덜린이 무슨 꿍꿍이로 아기를 데려가는지 알아내서 그 계획을 완전히, 영원히 무산시킬 생각이었다. 애덜린의 품 안에서 아기가 꿈틀거렸다. 잠에서 깨어나는 모양이었다. 아기는 에멀린이 아닌 다른 사람에게 안기는 걸 좋아하지 않았다. 아기는 쌍둥이 자매에게 속지 않았다.

나는 아래층 서재로 애덜린을 좇아가서 그녀가 열어놓은 문틈으로 안을 들여다보았다. 아기는 책상 위에 있었고 아기 옆에는, 내가 항상 읽는 책들이 쌓여 있었다. 사각형 책 더미 옆으로 아기의 담요가 움직이는 게 보였다. 가르랑거리는 소리도 들려왔다. 아기가 깨어난 모양이었다.

애덜린은 벽난로 옆에 무릎을 꿇고 앉았다. 그리고 석탄통에서 꺼낸 석탄 몇 개와 옆에 쌓여 있던 장작을 아무렇게나 벽난로에 던져 넣었다. 애덜린은 불을 지필 줄 몰랐다. 나는 가정부한테서 종이와 불쏘시개, 석탄, 장작을 배합하는 방법을 배웠다. 그러나 애덜린처럼 아무 생각 없이 이것저것 쑤셔 넣어서는 결코 불을 일으킬 수 없었다.

나는 비로소 애덜린이 무슨 짓을 하려는지 깨달았다. 그러나 애덜린은 성공할 수 없었다. 벽난로의 잿더미에는 미약한 온기가 남아 있을 뿐 석탄과 장작을 태울 만한 열기는 없었다. 게다가 나는 성냥이나 불쏘시개를 손 닿는 곳에 남겨두지 않았다. 애덜린의 방식은 엉터리였다. 불이 붙을 리 없었다. 그러나 안심할 수는 없었다. 불에 대한 애덜린의 열망이 불쏘시개나 다름없었다. 그녀에게 필요한 것은 불꽃을 일으킬 만한 작은 무엇이었다. 불에 대한 애덜린의 집착은 너무도 강력한 것이어서, 원한다면 물로도 불을 일으킬 수 있을 것 같았다.

나는 애덜린이 아기를 담요 채로 석탄 위에 올려놓는 것을 두려움에 떨며 지켜보았다.

애덜린은 방 안을 두리번거렸다. 무얼 찾는 걸까?

애덜린이 문을 여는 순간 나는 얼른 뒷걸음을 쳤다. 애덜린은 내가 보고 있다는 걸 알지 못했다. 애덜린은 다른 무엇을 찾고 있었다. 그녀는 계단 밑 복도 쪽으로 사라졌다.

나는 벽난로 앞으로 뛰어가 장작더미 위에 있던 아기를 안아 들었다. 나는 긴 의자 위에 있던 좀먹은 쿠션을 담요로 싼 다음 아기가 있던 자리에 올려놓았다. 그러나 달아날 시간은 없었다. 발자국 소리가 들렸고 휘발유통이 마룻바닥에 끌리는 소리가 들렸다. 문이 열리는 순간 나는 얼른 서재의 퇴창 베란다로 숨었다.

'쉿!'

나는 속으로 기도했다.

'제발 울지 마!'

나는 담요의 포근함을 아쉬워하지 않도록 아기를 꼭 끌어안았다.

벽난로 앞에서 애덜린은 고개를 비스듬히 한 채 불을 살피고 있었다.

뭐가 잘못된 걸까? 뭔가 달라졌음을 알아차렸을까? 그런 것 같진 않았다. 애덜린이 방 안을 둘러보았다. 뭘 찾는 것일까?

아기가 꿈틀거렸다. 팔을 뻗고 발길질을 했고 허리를 쭉 폈다. 곧 울겠다는 신호였다. 나는 아기를 내 어깨 위로 고쳐 안았다. 아기의 숨결이 목에 느껴졌다.

'울면 안 돼. 제발…… 울면 안 돼.'

아기는 다시 잠잠해졌고 나는 애덜린을 지켜보았다.

나의 책들. 책상 위에 있던 책들. 아무 데나 펼쳐서 단 몇 줄이라도 읽어보고 짧은 인사를 나누지 않고는 지나칠 수 없는 책들. 애덜린의 손에 들린 그 책들은 얼마나 낯설었던가. 애덜린과 책. 어울리지 않는 조합이었다. 애덜린이 책장을 펼쳤을 때에도, 아주 짧은 순간이라도 나는 그녀가 책을 **읽을 거라고는** 생각하지 않았다.

애덜린은 한 장씩 책장을 뜯기 시작했다. 찢긴 책장이 책상 위에 흩어졌고 몇 장은 바닥으로 떨어졌다. 다 찢고 난 뒤 그녀는 책장을 동그랗게 뭉쳤다. 빠른 동작이었다. 회오리바람 같았다. 나의 깨끗하고 조그만 책들이 갑자기 종이 산으로 변하고 있었다. 한 권의 책에 얼마나 많은 종이가 들어 있는지 생각해보라. 소리 내어 울고 싶었다. 책 속의 모든 글자들, 아름다운 문장들이 찢겨서 구겨지고 있는데 나는 어둠 속에서 멍하니 바라보고만 있었다.

애덜린은 종이 공을 한아름 끌어안아 벽난로 위의 하얀 담요 위에 쌓았다. 책상에서 벽난로로 한아름 종이 공을 들고 세 번을 오가는 것을 나는 지켜보았다. 벽난로가 찢겨진 책들의 산이 될 때까지. 《제인 에어》,《폭풍의 언덕》,《흰옷 입은 여인》……. 꼭대기에 있던 공이 밑으로 굴러 떨어졌고 어떤 공은 카펫 위로 굴러가서 옮기다 떨어진 다른 공들과 섞였다.

그중 한 개가 내 발치로 굴러왔다. 나는 그것을 주우려고 몸을 숙였다.

'아!'

구겨진 책장을 본 순간 분노가 치밀었다. 글자들이 제각기 다른 방향으로 의미 없이 날아다녔다. 가슴이 찢어졌다. 분노가 나를 집어삼켰다. 분노는 나를 볼 수도, 숨을 쉴 수도 없는, 물 위를 떠다니는 표류물로 만들었다. 분노는 머릿속에서 바다처럼 출렁거렸다. 숨어 있던 곳에서 뛰쳐나와 미친 여자처럼 소리를 지르고 날뛰고 싶었다. 그러나 내 품 안에는 에멀린의 보물이 있었다. 나는 그곳에 서서 숨죽여 울면서, 온몸을 떨면서, 나의 보물들이 모욕당하는 것을 지켜보았다.

마침내 애덜린은 자신이 쌓아놓은 장작에 만족했다. 애덜린이 쌓아놓은 장작더미는, 어디로 보나 광기 그 자체였다. 완전히 거꾸로 쌓은 장작이었다. '그렇게 해선 절대 불이 붙지 않아'라고 가정부는 말했다. 종이를 바닥에 깔아야 옳았다. 그러나 바르게 깔았다고 해도 불을 붙일 수는 없었을 것이다. 성냥이 없었으니까. 성냥을 구한다고 해도 그녀는 목적을 달성할 수 없었을 것이다. 아기는 내 품 안에 있었으니까.

그것은 세상에서 가장 끔찍한 광기였다. 만약 내가 아기를 구하지 않았다면 애덜린은 아기를 산 채로 불태울 작정이었을까? 에멀린의 아기를 불에 태우면 에멀린을 되찾을 거라고 생각했을까?

그것은 미친 여자의 불이었다.

내 품 안에서 아기가 꿈틀거리며 입을 벌렸다. 어떻게 해야 할까? 나는 애덜린의 등 뒤로 살금살금 걸어서 부엌으로 달렸다.

먼저 아기를 안전한 곳에 데려다 놓은 뒤 애덜린을 상대할 생각이었다. 미친 듯이 내달리며 궁리를 했다. 애덜린이 무슨 짓을 하려고 했는지 알게 되면 에멀린은 더는 애덜린을 사랑하지 않을 것이다. 그렇게 되면 에멀린과 나만 남게 되겠지. 애덜린이 존을 죽였다고 경찰에 신고하면, 애덜린은 잡혀갈 것이다. 아니! 애덜린에게 당장 이 집을 떠나지 않으면 경찰에 신고하겠다고 협박하는 것이 어떨까? 그러다가 문득 떠오른 생각이 있었다. 우리가 엔젤필드를 떠나면 그만이었다. 그래! 에멀린과 나는 아기와 함께 이 집을 떠날 것이다. 그리고 애덜린이 없는 곳에서, 엔젤필드가 아닌 곳에서, 에멀린과 나는 새 삶을 시작할 것이다!

너무도 단순한 생각이었다. 왜 전에는 그 생각을 하지 못했는지 궁금할 정도로.

부엌문에 앰브로즈의 사냥 자루가 걸려 있었다. 나는 얼른 자루를 벌려 아기를 그 안에 넣었다. 찬란한 미래가 현실보다 더 생생하게 느껴졌다. 나는《제인 에어》의 한 페이지를 자루 속에 넣었다. 부엌 식탁 위에 있던 스푼도 넣었다. 새로운 삶을 시작하기까지 필요한 물건이었다.

이제 어디로 간다? 집에서 멀지 않은 곳, 안전한 곳이어야 했고, 내가 집으로 돌아와 에멀린을 설득해서 데리고 올 때까지 몇 분간 추위를 피할 수 있는 곳이어야 했다.

차고는 위험했다. 애덜린이 가끔 가는 곳이었다. 교회. 애덜린이 절대로 가지 않는 곳이었다.

나는 저택의 자갈길을 달려 묘지 문을 지나 교회로 갔다. 앞줄에는 무릎을 꿇을 때 사용하는 조그만 쿠션이 있었다. 나는 쿠션들을 모아 침대를 만든 뒤 자루 채로 아기를 내려놓았다.

이제 다시 집으로 돌아가야 했다.

집 앞에 이르렀을 때 나의 미래가 산산조각이 나고 있었다. 유리 파편이 공중을 날아다녔고 창문이 하나씩 하나씩 깨지고 있었다. 서재에서 무섭도록 생생한 불길이 솟아오르고 있었다. 창문을 통해 액체처럼 출렁이는 불길과 불타는 휘발유통들이 보였다. 그리고 **두** 사람이 있었다.

에멀린!

나는 달렸다. 바닥이 차가운 것으로 보아 아직 불길이 번지지는 않은 게 분명했지만 집 안에 들어서는 순간 탄내가 코를 찔렀다. 그러나 서재 앞에서 나는 얼어붙고 말았다. 불길은 꼬리에 꼬리를 물고 커튼으로 번지고 있었고 책장도 온통 불길에 휩싸였으며 벽난로는 불구덩이 그 자체였다. 방 한복판에 쌍둥이가 서 있었다. 불길과 소음 속에서 나는 한동안 멍하니 서 있었다. 놀라운 일이 벌어지고 있었다. 온순하고 수동적인 에멀린이 애덜린을 공격하고 있었다. 주먹은 주먹으로, 발길질은 발길질로, 깨무는 것은 깨무는 것으로. 전에는 한 번도 애덜린에게 반항한 적이 없었던 에멀린이 처음으로 애덜린에게 대항하고 있었다. 아기를 위해서였다.

그들 주변과 머리 위로 휘발유통이 하나씩 폭발하면서 불의 비가 내리기 시작했다.

나는 에멀린에게 아기가 안전하다고 말해주기 위해 입을 벌렸지만 열기에 숨이 막혔다. 나는 불길을 뛰어넘었고 위에서 떨어지는 불씨를 피했고 손으로 불씨를 털어내고 옷자락에 붙은 불길을 껐다. 쌍둥이에게 다가갔지만 그들을 볼 수 없었다. 나는 연기 속에서 손을 뻗었다. 내 손길이 닿는 순간 쌍둥이는 깜짝 놀라 서로에게서 떨어졌다. 짧은 한순간, 나는 에멀린을 보았고 에멀린도 나를 보았다. 나는 에멀린의 손을 잡아 불길 사이를 헤치고 문 쪽으로 끌었다. 그러나 내가 무얼 하려는지 깨달은 순간, 내가 자신을 불길에서 구해내려고 한다는 것을 깨달은 순간, 에멀린은 그 자리에 멈추어 섰다. 나는 다시 그녀를 끌었다.

"아기는 안전해!"

내 목소리는 거칠었지만 분명했다.

왜 그녀는 알아듣지 못하는 것일까?

나는 다시 한 번 말했다.

"아기는 안전해! 내가 숨겼다고!"

내 말을 이해하지 못한 걸까? 에멀린은 내 손을 뿌리쳤고 에멀린의 손이 내 손에서 빠져나갔다. 어디로 간 걸까? 아무것도 보이지 않았다.

나는 다시 불길 속으로 들어가 에멀린을 잡아 끌었다.

그러나 에멀린은 순순히 나를 따라오지 않았고 다시 한 번 불길 속으로 돌아섰다.

도대체 왜…….

에멀린은 애덜린을 찾고 있었다!

애덜린에게로 가고 있었다!

앞이 보이지 않았고 폐가 타들어가는 것 같았지만 나는 다시 팔을 뻗어 에멀린을 찾으며 안으로 들어갔다. 내 손이 연기 속에서 그녀에게 닿은 순간 나는 그녀를 놓아주지 않았다. 절대로 죽게 내버려두지 **않으리라고**, 반드시 **살려내리라고** 생각했다. 에멀린이 저항했지만 나는 미친 듯이 문밖으로 끌어냈다.

서재의 참나무 문은 무거웠고 쉽게 타지도 않았다. 나는 문을 닫았고 빗장이 걸렸다.

헤스터가 떠난 이후로 한 번도 사용하지 않았던 열쇠가 자물쇠에 그대로 꽂혀 있었다. 자물쇠와 열쇠는 뜨거웠다. 열쇠를 자물쇠에 넣고 잠그는 동안 내 손바닥이 탔다. 그날 밤 나는 고통은 거의 느끼지 못했다. 그러나 뜨거운 열쇠에 손바닥이 타들어갈 때 풍겨왔던 냄새만은 생생하게 기억한다. 에멀린이 문을 열기 위해 열쇠를 자물쇠에 꽂으려다가 뜨거워서 깜짝 놀라는 순간 나는 그녀의 손을 잡고 밖으로 끌었다.

비명 소리가 울려 퍼졌다. 사람의 소리일까? 아니면 불길 소리일까? 방 안에서 흘러나오는 것이었는지, 아니면 내 곁에서 났던 것인지조차 알 수 없었다. 목 깊은 곳에서 새어나온 비명은 점점 더 커져서 소름끼치는 절정에 달했다가, 이쯤이면 숨이 멎을 거라고 느껴진 순간에도 지속되었다. 믿을 수 없을 정도로 낮았고, 믿을 수 없을 정도로 길었다. 끝없는 비명이 온 세상을 가득 채웠고 세상을 집어삼켰고 세상을 가두었다.

마침내 비명 소리가 사라졌고 오직 불의 포효만이 남았다.

밖이었다. 비가 내리고 있었다. 잔디가 젖어 있었다.

연기 나는 옷과 머리카락을 적시기 위해 우리는 잔디 위에서 굴렀다. 한기가 살갗으로 파고들었다. 우리는 등을 바닥에 대고 누웠다. 나는 입을 벌려 빗물을 마셨다. 빗줄기가 얼굴을 적셨고 눈을 씻어냈다. 나는 다시 볼 수 있었다. 그런 하늘은 본 적이 없었다. 짙은 남색 하늘에 빠르게 움직이는 검은 구름. 그 은빛 가장자리에서 내리는 비. 그리고 집 안에서 치솟는 밝은 오렌지 빛 불길. 그때 번개가 하늘을 둘로 갈랐다. 또 한 번, 그리고 또 한 번.

아기! 에멀린에게 아기에 대해 말해야 했다. 아기가 안전하다고 하면 에멀린은 마음을 놓을 것이다. 그리고 다 괜찮아질 것이다.

나는 에멀린에게로 고개를 돌렸다. 아! 에멀린의 얼굴!

에멀린의 아름다운 얼굴은 검은색과 붉은색 연기와 피, 불길로 뒤범벅되어 있었다.

에멀린의 초록빛 눈동자도 일그러져 아무것도 보지 못했다. 내가 사랑했던 그녀의 모습은 남아 있지 않았다.

"에멀린!"

내가 속삭였다.

"에멀린?"

그녀는 대답하지 않았다.

나는 심장이 멎는 것 같았다.

내가 무슨 짓을 했던가? 혹시…… 혹시…….

알고 싶지 않았다.

그러나 모르고 싶지도 않았다.

"애덜린?"

내 목소리가 떨렸다.

그러나 그녀는, 그녀일 수도 있고 아닐 수도 있는 그 사람은,

내가 사랑하는 사람, 끔찍한 괴물로 변한 사람, 내가 누구인지 모르는 그 사람은, 대답하지 않았다.

사람들이 오고 있었다. 어둠 속에서 다급하게 서로를 부르며 달려오고 있었다. 나는 몸을 일으켜 허겁지겁 달아났다. 사람들의 눈에 띄지 않도록 몸을 낮추었다. 사람들이 풀밭에 누워 있는 여자에게로 달려갔다. 그들이 그녀를 발견한 것을 확인하고 나는 돌아섰다. 교회에 이르자 나는 자루를 어깨에 두르고 아기를 옆구리에 안은 다음 교회를 나섰다.

숲속은 고요했다. 하늘을 뒤덮은 나뭇잎들을 거치며 한풀 꺾인 빗줄기가 보드랍게 땅을 적시고 있었다. 아기는 칭얼대다 잠이 들었다. 나는 숲 맞은편의 조그만 오두막으로 향했다.

나는 그 집을 알고 있었다. 유령으로 지내던 시절 자주 보았던 집이었다. 할머니가 혼자 살고 있었다. 그녀가 뜨개질을 하거나 빵을 굽는 것을 보면서 항상 그녀가 착한 사람일 거라고 생각했다. 동화 속에서 친절한 할머니가 등장할 때면 그녀의 얼굴을 떠올렸다.

나는 아기를 안고 그녀에게로 향했다. 전에 그랬던 것처럼 유리창 안을 들여다보았다. 할머니는 벽난로 옆에서 뜨개질을 하는 중이었다. 생각에 잠긴 듯, 차분한 표정이었다. 그녀는 뜨개질한 것을 풀고 있었다. 그녀 옆 테이블 위에 놓인 바늘들을 가지고 매듭을 풀어내고 있었다. 오두막 앞 베란다에는 비가 들이치지 않는 곳이 있었다. 나는 아기를 그곳에 내려놓고 나무 뒤에 숨었다.

그녀가 문을 열었다. 그리고 아기를 안아 들었다. 그녀의 표정을 본 순간, 아기가 안전하리라는 걸 알 수 있었다. 그녀가 주위를 둘러보았다. 내가 있는 곳도 보았다. 나를 본 것도 같았다. 나뭇잎이 움직였을까? 내 모습이 보였을까? 나는 모습을 드러낼까도 생각해보았다. 혹시 나를 이해해주진 않을까? 나는 망설였고 그 순간 바람의 방향이 바뀌었다. 그녀와 내가 동시에 탄내를 맡았다. 그녀는 고개를 들어 하늘을 보며 엔젤필드 저택 쪽에서 솟아오르는 연기를 보고 입을 벌렸다. 그녀의 얼굴에 당혹감이 스쳤다. 그녀는 아기를 끌어안고 냄새를 맡아보았다. 내 옷에 배어 있던 탄내가 아기에게도 밴 모양이었다. 다시 한 번 연기 쪽을 바라본 다음 그녀는 안으로 들어가 문을 닫았다.

나는 혼자였다.

이름도 없었다.

집도 없었다.

가족도 없었다.

나는 아무것도 아니었다.

갈 곳도 없었다.

내 곁엔 아무도 없었다.

도대체 나는 무엇일까? 과연 내가 살아 있다고 말할 수 있을까?

어디든 갈 수 있었지만 나는 엔젤필드로 향했다. 그곳이 내가 아는 유일한 곳이었다.

나는 숲에서 걸어 나와 집으로 향했다. 소방차 한 대가 보였다. 소방수들이 불을 끄는 동안 연기에 얼굴이 시커멓게 변한 마을 사람들이 멍한 표정으로 불길을 바라보고 있었다. 여자들은 하늘로 솟아오르는 검은 연기에 혀를 내둘렀다. 구급차도 보였다. 모슬리 박사가 풀밭 위에 무릎을 꿇고 있었다.

아무도 날 보지 못했다.

이 소란의 가장자리에 서 있는 나는 투명인간이었다. 어쩌면 나는 정말로 아무것도 아닐지도 모른다. 그 누구도 나를 보지 못할지도 모른다. 어쩌면 불길 속에서 벌써 죽었지만 내가 깨닫지 못하고 있는 건지도 모른다. 마침내 나는, 항상 그래 왔던 것처럼, 진짜 유령이 된 걸까?

여자들 중 한 명이 내 쪽을 바라보았다.

"저기 있어요!"

사람들이 돌아보았다. 한 여자가 남자들에게 소식을 전하러 달려갔다. 남자들도 내 쪽을 바라보았다.

"다행이야!"

누군가가 말했다.

나는 뭔가 말하려고 입을 열었지만 무슨 말을 해야 할지 알 수 없었다. 나는 아무 말도 하지 않았다. 우두커니 서서 움직였지만 어떤 소리도 낼 수 없었고 어떤 말도 할 수 없었다.

"말하려고 애쓰지 말아요."

모슬리 박사가 내 곁으로 다가와서 말했다.

나는 잔디 위에 누워 있는 그녀를 바라보았다.

"괜찮을 거예요."

모슬리 박사가 말했다.

나는 저택을 바라보았다.

솟아오르는 불길. 내 책들.

도저히 견딜 수가 없었다. 장작더미에서 굴러 나온《제인 에어》의 한 페이지. 그것마저 아기와 함께 자루에 넣었다.

나는 울기 시작했다.

"충격이 컸을 거예요. 몸을 따듯하게 해주고 곁에 있어주세요. 그동안 우리가 다른 자매를 구급차에 실어야겠어요."

모슬리 박사가 한 여자에게 말했다.

여자 하나가 혀를 끌끌 차며 내게 다가왔다. 그녀는 코트를 벗어 마치 아기에게 옷을 입히듯 조심스럽게 내게 걸쳐주었다.

"걱정 말아요. 괜찮을 테니까. 둘 다 괜찮을 거예요. 가엾기도 하지……."

사람들이 그녀를 잔디에서 들어 구급차 침대 위에 눕혔다. 그리고 내가 타는 것을 도와주었다. 나는 반대편에 앉았고 우리는 병원으로 향했다.

그녀는 허공을 바라보고 있었다. 눈을 뜨고 있었지만 비어 있었다. 처음 눈을 마주친 이후로 나는 그녀를 바라보지 않았다. 구급차에 탄 남자가 그녀에게 고개를 숙이고 숨을 쉬는지 확인한 다음 나를 보았다.

"손은 괜찮아요?"

나는 왼손으로 오른손을 잡고 있었다. 고통을 느끼지 못한다고 생각했지만 내 몸은 고통을 숨기지 못했다.

그가 내 손을 잡아 손바닥을 펼쳤다. 선명한 자국이 남아 있었다. 열쇠 모양이었다.

"괜찮을 거에요. 걱정 마세요. 그러니까 아가씨가…… 애덜린 양인가요? 아니면 에멀린 양인가요?"

그가 침대를 가리키며 다시 물었다.

"이 아가씨가 에멀린 양인가요?"

나는 대답할 수 없었다. 느낄 수도, 움직일 수도 없었다.

"나중에 얘기하죠."

그는 내게 대답을 듣는 것을 포기했다.

그러나 혼자 중얼거렸다.

"어떻게든 이름을 불러야 할 텐데. 애덜린, 에멀린, 애덜린, 에멀린…… 확률은 반반이군. 어떻게든 알게 되겠지."

병원이었다. 구급차의 문이 열렸고 한 차례의 소란이 이어졌다. 다급한 말들이 오고 갔다. 사람들이 들것을 재빨리 끌고 들어갔다. 휠체어가 왔다. 어깨에 누군가의 손이 느껴졌다.

"앉으세요."

휠체어가 움직였다. 내 뒤에서 누군가가 말했다.

"걱정 마세요. 쌍둥이 아가씨 둘 다 이제 안전하니까요. 이제 애덜린 양은 아무 걱정 말아요."

윈터 여사는 잠들었다.

나는 그녀의 조금 벌어진 입과 관자놀이 주변의 헝클어진 머리카락을 바라보았다. 잠든 그녀의 모습은 무척 늙어 보였고, 또한 무척 어려 보였다. 숨을 쉴 때마다 그녀의 어깨 위로 이불이 조금씩 오르락내리락했다. 이불이 내려앉을 때마다 띠를 댄 이

불 가장자리가 그녀의 얼굴을 스쳤지만 그녀는 의식하지 못하는 듯했다. 나는 몸을 숙여 이불 끝을 젖혀주고 흰 머리카락을 뒤로 넘겨주었다.

그녀는 움직이지 않았다. 벌써 잠이 든 걸까? 아니면 무의식 상태로 빠져든 것일까?

얼마나 오랫동안 그녀를 바라보고 있었는지 모른다. 시계가 있었지만 시곗바늘의 움직임은 망망대해의 지도처럼 아무 의미도 없었다. 시간의 파도가 한 차례, 또 한 차례 밀려왔다. 눈을 감고 있었지만 잠이 들지는 않았다. 나는 어린아이의 숨결을 지켜보는 엄마처럼 조심스레 자리를 지켰다.

그다음에 일어난 일을 어떻게 설명해야 할까? 너무 피로한 나머지 환청을 들었던 걸까? 아니면 잠이 들어 꿈을 꾸었던 걸까? 아니면 윈터 여사가 정말 내게 마지막 말을 했던 것일까?

"그 애한테 네 말을 전해줄게."

내가 눈을 번쩍 떴다. 그러나 그녀의 눈은 감겨 있었다. 여전히 깊이 잠들어 있었다.

나는 늑대가 찾아온 것을 보지 못했다. 늑대의 소리도 듣지 못했다. 그러나 해가 뜨기 직전, 나는 방 안에 감도는 정적을 느꼈다. 방 안의 숨소리는 나의 것 하나뿐이었다.

Beginnings
발단

눈

윈터 여사는 세상을 떠났고 눈은 계속 내렸다.

주디스가 왔을 때 우리는 잠시 함께 창가에 서서 음산한 밤하늘을 바라보았다. 세상에 펼쳐진 순백색의 채도가 서서히 달라지면서 아침을 알렸다. 주디스는 내게 그만 가서 누우라고 했다.

나는 해가 저물기 시작할 무렵 잠에서 깨어났다. 전화를 먹통으로 만든 폭설은 창문까지 쌓여 있었고 문을 반쯤 가로막았다. 눈은 마치 감옥의 자물쇠처럼 세상으로부터 우리를 완전히 차단했다. 윈터 여사는 세상을 떠났고 주디스가 에멀린으로 기억하는, 나는 어떻게 불러야 할지 알 수 없는 여자도 떠났다. 남아 있는 우리, 주디스와 모리스, 그리고 나는 갇혀버렸다.

고양이는 불안해했다. 눈 때문이었다. 달라진 세상의 모습이 마음에 안 드는 모양이었다. 녀석은 창가에 앉아 있다가 잃어버린 세계를 찾아 이쪽 창문에서 저쪽 창문으로 옮겨 다니곤 했다.

그러다가 주디스와 나, 모리스를 보면 절박하게 야옹! 하고 울었다. 마치 세상을 복원하는 것이 우리 손에 달렸다는 듯이. 그에 비해 자신의 주인이 사라졌다는 사실에 대해서는 녀석이 설령 알아챘다고 하더라도 그다지 불안해하는 것 같지는 않았다.

눈은 시간의 변방에 우리를 가두었고 우리는 각자의 방식으로 그 시간을 견디었다. 주디스는 동요하지 않고 채소수프를 만들었고 부엌 찬장을 청소했으며 그래도 시간이 남자 손톱을 칠하고 얼굴에 팩을 했다. 꼼짝없이 갇혀 아무것도 할 수 없게 된 모리스는 혼자서 카드 게임을 했다. 그러나 우유가 떨어져서 차를 블랙으로 마실 수밖에 없게 되자 씁쓸한 차 맛을 잊게 해주려고 주디스가 같이 러미 게임을 해주었다.

나는 이틀은 마지막 인터뷰를 정리하면서 보냈고 그 일을 끝냈을 때 더는 글을 읽을 수가 없었다. 눈 속에 갇힌 세상에서는 셜록 홈스조차도 나를 찾아오지 못했다. 방 안에서 나의 우울함을 분석하다가 문득 그 우울함에 새로운 감정이 싹트고 있음을 깨달았다. 나는 윈터 여사를 그리워하고 있었다. 인간의 온기가 너무도 그리워진 나는 부엌으로 갔다. 모리스는, 비록 어린아이들이 하는 게임밖에 알지 못하는 나였지만 나와 게임을 하게 된 것을 기뻐했다. 그러다가 주디스의 손톱이 말랐을 때 나는 우유를 넣지 않은 코코아와 차를 준비했고 그다음에는 주디스가 내 손톱을 칠해주었다.

죽은 자들과 함께 갇혀 있던 우리 세 사람과 고양이는, 마치 과거에 묻혀 버리기를 망설이는 것 같았던 그 시간을 그렇게 보냈다.

다섯째 날, 나는 걷잡을 수 없는 슬픔에 내 자신을 맡겼다.

그날은 내가 설거지를 했고 모리스가 물기를 닦았고 주디스는 혼자서 카드 게임을 했다. 우리는 모두 이러한 변화가 반가웠다. 설거지가 끝난 뒤 나는 그들을 남겨두고 거실로 갔다. 정원 쪽으로 난 문은 바람을 등지고 있어 눈이 많이 쌓이지 않았다. 나는 문을 열고 순백의 세상 속으로 들어가 눈밭을 가로질렀다. 책으로 억눌러왔던 나의 슬픔이 걷잡을 수 없이 밀려오고 있었다. 주목나무 울타리 밑 벤치에 앉아 나는 눈처럼 깊고도 넓은, 그리고 때 묻지 않은 나의 슬픔을 쏟아냈다. 나는 윈터 여사를 위해 울었고 그녀의 유령을 위해 울었으며 애덜린과 에멀린을 위해 울었다. 나의 쌍둥이 자매, 나의 엄마, 아빠를 위해 울었다. 그리고 무엇보다도, 나 자신을 위해 가장 크게 울었다. 나의 슬픔은 자신의 반쪽과 분리된 아기, 낡은 양철통을 뒤지다가 놀라운 사실을 알게 된 어린 소녀, 눈의 침묵과 어스름한 햇살 속 벤치에 앉아 울고 있는 여자를 위한 것이었다.

정신을 차려보니 클립튼 박사가 서 있었다. 그는 내게 한쪽 팔을 두르며, "압니다. 알아요"라고 말했다.

물론 그는 알지 못했다. 전혀 알지 못했다. 그러나 그 말을 듣는 순간 마음이 편안해졌다. 그 말이 어떤 의미인지 나는 알고 있었다. 누구에게나 저마다의 슬픔이 있다. 그 모양이나 무게, 깊이는 다를지라도 슬픔의 빛깔만큼은 모두 똑같다.

"알아요"라고 그는 말했다.

그도 인간이었고, 어떻게 생각해보면 그도 알고 있는 셈이었다.

그가 나를 안으로, 온기가 있는 곳으로 이끌었다.

“저런! 코코아 드릴까요?”

주디스가 말했다.

“브랜디를 조금 넣는 게 좋겠습니다.”

클립튼 박사가 대신 대답했다.

모리스가 나를 위해 의자를 당겨주었고 벽난로에 불을 지폈다.

나는 천천히 코코아를 마셨다. 우유가 들어 있었다. 클립튼 씨가 농장에서 트랙터를 빌려 타고 오면서 가져온 것이었다.

주디스가 내게 숄을 둘러주었고 저녁식사를 위해 감자를 깎기 시작했다. 그녀와 모리스, 클립튼 박사는 저녁식사로 무얼 먹으면 좋을지, 눈발이 좀 가늘어졌는지, 언제쯤이면 전화선이 복구될지에 대해 서로 한 마디씩을 주고받았다. 그렇게 그들은 죽음이 멈추어놓은 삶을 다시 시작하려 애쓰고 있었다.

그들이 주고받는 짧은 말들이 조금씩 서로 녹아들면서 대화로 이어졌다.

나는 그들의 목소리를 들었다. 그리고 잠시 후, 나도 그 대화에 끼어들었다.

즐거운 생일

나는 집으로 돌아왔다. 책방으로 돌아왔다.

"윈터 여사가 죽었어요."

내가 말했다.

"넌 어떠니? 괜찮니?"

아빠가 물었다.

"살아 있잖아요."

아빠가 미소를 지었다.

"엄마 얘기 좀 해주세요. 엄마가 왜 저렇게 됐는지."

"네가 태어났을 때 엄마는 무척 아팠단다. 네가 태어난 순간에 널 보지도 못했어. 네 쌍둥이 자매도. 엄마는 거의 죽다가 살아났어. 다시 정신을 차렸을 땐 이미 수술이 끝난 뒤였고. 그리고 그 앤 이미……."

"죽었군요."

"그래. 네가 살아남을 거라고 아무도 장담하지 못했단다. 나는 네 엄마 침대와 네 침대 사이를 오가면서 세 사람을 모두 잃을까 봐 두려움에 떨었지. 나는 내가 아는 모든 신에게 두 사람을 살려달라고 기도했어. 내 기도는 이루어졌단다. 적어도 부분적으로는. 네가 살아났으니까. 하지만 네 엄마는, 완전히 돌아오진 않았어."

내가 알아야 할 것이 한 가지 있었다.

"제가 쌍둥이였다는 걸 왜 말해주지 않았어요?"

나를 돌아보는 아빠의 표정은 몹시 당혹스러워 보였다. 아빠는 침을 꿀꺽 삼켰고 목이 잠겼다.

"네가 태어났을 때의 이야기는 슬픈 이야기였어. 네 엄만, 어린아이가 감당하기 힘들 거라고 생각했단다. 널 위해서였어, 마거릿. 널 위해서라면, 아빤 뭐든지 할 수 있었으니까."

우리는 말없이 앉아 있었다. 묻고 싶은 것이 무수히 많았지만, 더는 물을 필요가 없었다.

나는 아빠의 손을 잡으려고 손을 뻗었고 그 순간 아빠도 내게 손을 뻗었다.

며칠 동안 세 차례의 장례식에 참석했다.

윈터 여사의 조문객은 많았다. 가장 사랑받는 이야기꾼을 잃고 온 나라가 슬픔에 잠긴 듯했으며 수많은 독자들이 그녀의 죽음을 애도했다. 이미 작별 인사를 나눈 나는 서둘러 자리를 떴다.

두 번째 장례식은 조용히 치러졌다.

장례 예배가 진행되는 동안 주디스와 모리스, 클럽튼 박사와 내가 에멀린이라는 이름으로 불렸던 여자의 조문객 전부였다. 장례식이 끝난 뒤 우리는 짧은 인사를 나누고 헤어졌다.

세 번째 장례식은 더 쓸쓸했다. 밴버리의 화장터에서 무표정한 화장터 직원이 정체를 알 수 없는 한 구의 유골을 신의 손에 건네는 순간을 나 혼자 지켰다. 모든 게 하느님의 손에 넘겨졌고 '엔젤필드 가족을 대신하여' 나는 유골함을 받았다.

엔젤필드에 아네모네가 싹을 틔웠다. 마침내 얼어붙은 대지를 뚫고 눈밭 위로 초록빛 싱그러운 새싹을 밀어내며 꽃을 피우려는 몸짓을 하고 있었다.

일어서는데 인기척이 느껴졌다. 오릴리어스가 묘지 문으로 들어서고 있었다. 어깨엔 눈이 쌓여 있었고 손에는 꽃을 들고 있었다.

"오릴리어스!"

저렇게 슬퍼 보이다니. 저렇게 수척해지다니.

"조금 달라졌어요."

내가 말했다.

"야생 거위를 사냥하느라고 좀 힘들었어요."

항상 따듯했던 그의 눈빛은 1월의 하늘처럼 엷은 푸른빛이었고 그의 낙담한 마음까지 꿰뚫어 볼 수 있을 만큼 투명했다.

"평생 내 가족을 찾고 싶었어요. 내가 누구인지 알고 싶었지요. 그러다가 마침내 희망을 갖게 되었는데, 이제 내 과거를 찾을 수 있을지도 모른다고 생각했는데, 지금은…… 내가 잘못 생각한 게 아닐까 두렵네요."

우리는 묘지 사이의 풀밭 길을 걸어서 벤치가 있는 곳으로 갔다. 우리는 벤치에 쌓인 눈을 쓸어낸 뒤 벤치에 앉았다. 오릴리어스가 주머니에서 케이크 두 조각을 꺼냈다. 그는 말없이 내게 한 개를 내밀고 자기도 한 입을 베어 물었다.

"나한테 준다는 게 그거예요? 나의 나머지 이야기?"

내가 들고 있던 유골함을 바라보며 그가 물었다.

나는 그에게 유골함을 건네주었다.

"정말 가볍지 않아요? 마치 공기처럼. 하지만……."

그가 자신의 가슴을 움켜쥐었다. 마음이 얼마나 무거운지 몸짓으로 표현하고 싶었던 모양이었다. 그러나 마땅한 표현 방법을 찾지 못한 그는 유골함을 내려놓고 케이크를 한 입 더 베어 먹었다.

마지막으로 한 입을 더 먹은 다음 그가 말했다.

"만약 이분이 내 어머니였다면, 왜 나는 어머니 곁에 있지 않았지요? 왜 난 어머니와 함께 죽지 않았지요? 왜 어머니는 나만 러브 부인의 집에 데려다 놓고 불이 난 집으로 돌아갔지요? 도대체 왜? 이해할 수가 없어요."

그는 일어서서 중앙 통로를 걸어 무덤 사이의 좁은 길로 들어셨다. 그는 전에 내가 본 적이 있는 무덤 앞에 서서 꽃다발을 내려놓았다. 묘비명은 간단했다.

존 마리 러브

영원히 기억되다

가엾은 오릴리어스. 그는 지쳐 있었다. 내가 팔짱을 끼는 것조차 의식하지 못하는 것 같았다. 그가 돌아서서 나를 똑바로 바라보았다.

"계속 바뀌는 이야기를 갖느니, 이야기가 아예 없는 편이 낫겠어요. 평생 내 이야기를 찾아 헤매었는데 결국 알아내지 못했어요. 내가 이야기를 쫓아다닐 때에도 내겐 항상 러브 부인이 있었는데. 날 정말 사랑해주셨어요."

"그랬을 거라고 생각했어요."

러브 부인은 그에게 훌륭한 어머니였다. 쌍둥이 중 누구보다도 훌륭한 어머니였다.

"어쩌면 모르는 편이 나을지도 모르겠어요."

내가 말했다.

그는 묘비에서 고개를 들어 하얀 하늘을 바라보았다.

"정말 그렇게 생각해요?"

"아뇨."

"그럼 왜 그런 말을 해요?"

나는 그에게서 팔을 빼내어 차가운 손을 코트 겨드랑이 사이에 넣었다.

"엄마가 그런 말을 자주 했어요. 엄마는 너무 무거운 이야기보다는 가벼운 이야기가 낫다고 믿었어요."

"그러니까, 내 얘기가 무겁다는 거군요."

나는 아무 말도 하지 않았다. 침묵이 길어지기 시작할 때 나는 그의 이야기가 아닌, 나의 이야기를 시작했다.

"내겐 쌍둥이 자매가 있었어요."

그가 돌아서서 나를 바라보았다. 푸른 하늘 아래, 그의 어깨는 무겁고도 넓었다. 그는 내가 쏟아내는 이야기를 진지하게 들었다.

"우리는 붙어 있었어요. 여기가요."

내가 손으로 옆구리를 만지며 말했다.

"그 앤 나 없이는 살 수 없었어요. 내 심장이 뛰어주어야만 살 수 있었어요. 난 그 애와 함께는 살 수 없었고요. 그 애가 내 힘을 빼앗아 갔으니까요. 그래서 사람들이 우릴 갈라놓았고 그 앤 죽었어요."

나머지 한 손이 다른 한 손을 따라왔고 나는 두 손으로 옆구리를 힘껏 눌렀다.

"엄만 말해주지 않았어요. 내가 모르는 편이 낫다고 생각했어요."

"가벼운 이야기만 했군요."

"그래요."

"하지만 지금은 알잖아요."

나는 옆구리를 더 힘껏 눌렀다.

"우연히 알게 됐어요."

"그랬군요."

그가 말했다.

그가 내 손을 잡는 것이 느껴졌다. 나의 두 손이 그의 커다란 한 손 안에 들어갔다. 그의 다른 팔이 나를 가까이 당겼다. 코트 위로도 나는 그의 따듯한 가슴을 느낄 수 있었고 소리를 들을 수 있었다. 그의 심장이 뛰는 소리일 거라고 생각했다. 다른 사람의 심장을 바로 옆에서 느낀다는 것. 그것은 바로 이런 것이었다. 나는 귀를 기울였다.

그리고 우리는 떨어졌다.

“알고 나니까 좋던가요?”

그가 물었다.

“잘 모르겠어요. 하지만 일단 알고 나면 다시는 돌아갈 수 없어요.”

“내 이야기를 알고 있군요.”

“네.”

“내 진짜 이야기.”

“네.”

그는 망설이지 않았다. 그는 크게 숨을 들이켰다. 그가 조금 더 커진 것 같았다.

“어서 말해봐요.”

그가 말했다.

나는 이야기를 했다. 그동안 우리는 함께 걸었다. 이야기가 끝났을 때 우리는 눈 덮인 대지를 뚫고 싹을 내민 아네모네 앞에 서 있었다.

유골함을 들고 있던 오릴리어스는 잠시 망설였다.
"아무래도 이건 불법인 것 같아요."
나도 그렇게 생각했다.
"하지만 달리 방법이 없잖아요?"
내가 말했다.
"이런 경우에는 법이 적용되지 않겠죠?"
"이 방법밖엔 없어요."
"그럼 어서 해요."
그는 케이크 칼로 내가 에멀린이라고 알고 있었던 여자의 관 위를 덮은 언 땅 위에 구멍을 뚫었다. 오릴리어스는 유골을 그 안에 부었고 우리는 다시 흙을 덮었다. 오릴리어스는 체중을 실어 흙을 밟았고 땅을 파헤친 흔적을 없애기 위해 꽃들을 놓았다.
"눈이 녹으면서 평평해질 거예요."
그가 말하면서 바지에 묻은 눈을 털어냈다.
"오릴리어스, 이야기는 아직 끝나지 않았어요."
나는 그를 묘지의 다른 곳으로 이끌었다.
"이제 어머니에 대해 알게 되었지만 아버지 얘기도 있어요."
나는 앰브로즈의 묘지를 가리켰다.
"나한테 보여준 종이에 적혔던, A와 S가 있는 그 글자는 아버지의 이름이었어요. 가방은 당신 아버지의 자루였고요. 사냥감을 넣는 자루였어요. 그래서 깃털이 있었던 거고요."

나는 잠시 말을 멈추었다. 오릴리어스가 감당하기에 벅찬 일일 것 같았다. 잠시 멍했던 오릴리어스가 마침내 고개를 끄덕이자 나는 말을 이었다.

"좋은 분이었어요. 당신은 그분을 많이 닮았어요."

오릴리어스는 멍한 표정을 지어 보였다. 어리둥절함. 깨달음. 그리고 상실감이 스쳤다.

"하지만 돌아가셨군요."

"그게 다가 아니에요."

내가 나지막이 말했다.

그가 천천히 나를 돌아보았다. 그의 표정에는 자신을 두고 떠난 가족들의 이야기가 영원히 끝나지 않을지도 모른다는 두려움이 담겨 있었다.

나는 그의 손을 잡았다. 그리고 미소를 지었다.

"당신이 태어난 뒤에 아버지는 결혼을 하셨어요. 그리고 딸을 낳았어요."

내 말의 의미를 깨닫기까지 시간이 걸렸다. 그리고 마침내 그가 깨달은 순간 한줄기 희망이 그의 온몸에 생기를 불어넣었다.

"그러니까…… 나한테…… 나한테……."

"맞아요! 여동생이 있어요!"

그의 얼굴이 점점 더 환해졌다.

"그리고 그 여동생에겐 아이들이 있어요. 남자아이와 여자아이가요."

"조카! 나한테 조카가 둘이나 있다고요!"

나는 떨리는 그의 두 손을 잡았다.

"오릴리어스! 당신에겐 가족이 있어요. 이미 알고 있는 사람들이에요. 그 사람들이 지금 당신을 기다리고 있어요."

묘지 문을 지나 저택의 정문으로 향할 때 나는 그의 걸음걸이를 따라잡을 수가 없었다. 오릴리어스는 뒤를 돌아보지 않았다. 정문에 다다랐을 때, 우리는 처음으로 멈추었다. 내가 그를 멈추어 세웠다.

"오릴리어스! 이걸 준다는 걸 깜빡할 뻔했어요."

그는 내가 내민 흰 봉투를 열어보고 기분 좋은, 그러나 어리둥절한 표정을 지었다. 그는 카드를 꺼내며 말했다.

"이게 뭐죠? 설마……."

"맞아요."

"오늘이?"

"오늘이."

그 순간 나는 알 수 없는 충동에 휩싸였다.

나는 평생 한 번도 해본 적이 없었고 계획하지도 않았던 일을 하고 말았다. 나는 있는 힘을 다해 목청껏 소리를 질렀다.

"생일 축하해요!"

아마도 내가 미쳤던 모양이다. 조금 쑥스러웠다. 그러나 오릴리어스는 개의치 않았다. 그는 양팔을 벌리고 서서 얼굴을 하늘로 향하고 눈을 감고 있었다. 세상의 모든 행복이 눈과 함께 그에게로 쏟아져 내리는 것 같았다.

카렌의 정원에는 작은 발자국과 그보다 조금 더 작은 발자국들이 눈밭 위에 원을 그리며 맴돌고 있었다. 아이들은 보이지 않았다. 그러나 주목나무 뒤에서 아이들의 목소리가 들려왔다.

"백설 공주 놀이하자."

"그건 여자애들이나 하는 놀이잖아."

"그럼 오빤 무슨 놀이 하고 싶은데?"

"로켓놀이."

"난 로켓되기 싫어. 우리 보트 놀이 하자."

"어제 했잖아."

울타리의 빗장이 열리는 소리를 듣고 아이들이 고개를 내밀었다. 둘 다 코트에 달린 모자를 쓰고 있어서 누가 누구인지 분간이 가지 않았다.

"케이크 아저씨다!"

아이들이 소리쳤다.

그때 카렌이 나와 잔디를 가로질렀다.

"얘들아, 이분이 누구인지 말해줄까?"

카렌이 아이들에게 말하며 오릴리어스에게 수줍은 미소를 지었다.

"이분이 바로 너희들 삼촌이란다!"

오릴리어스는 카렌과 아이들을 번갈아 바라보았다. 그의 눈은 그가 표현하고 싶은 것 전부를 담아내기에는 턱없이 작았다. 그는 할 말을 잃고 어쩔 줄을 몰랐지만 카렌이 조심스럽게 손을 내밀었고 그가 그녀의 손을 잡았다.

"이건 좀……."

그가 먼저 입을 열었다.

"좀 어색하죠?"

그녀가 맞장구를 쳤다.

"곧 익숙해질 거예요."

그녀의 말에 오릴리어스가 고개를 끄덕였다.

아이들은 호기심 어린 눈빛으로 어른들을 바라보았다.

"너희들, 무슨 놀이 하고 있었니?"

아이들의 주의를 돌리려고 카렌이 물었다.

"몰라요."

여자아이가 말했다.

"아직 결정 못했어요."

남자아이가 말했다.

"아저씨 재미있는 이야기 많이 아세요?"

엠마가 오릴리어스에게 물었다.

"하나밖에 모르는데."

오릴리어스가 말했다.

"딱 하나요? 혹시 개구리 나와요?"

여자아이가 물었다.

"아니."

"그럼 공룡은요?"

"안 나와."

"비밀 통로는요?"

"안 나와."

아이들은 서로를 바라보았다. 대단한 이야기가 아닌 게 분명했다.

"우린 재미있는 얘기를 아주 많이 아는데. 공주도 나오고, 개구리도 나오고, 마법의 성도 나오고, 요술 할머니도 나오고……."

톰이 말했다.

"별거 별거 다 나와요."

엠마가 꿈을 꾸는 듯한 표정으로 덧붙였다.

"애벌레도 나오고, 토끼도 나오고, 코끼리도 나오고……."

"여러 가지 동물이 나와요."

"여러 가지 동물이요."

아이들은 동시에 끝없는 상상의 세계에 빠져든 듯 잠시 조용했다.

오릴리어스는 마치 기적을 바라보듯 두 아이들을 바라보았다.

마침내 아이들이 현실세계로 돌아왔다.

"백만 개도 넘어요."

남자아이가 말했다.

"**아저씨,** 우리가 옛날얘기 해드릴까요?"

여자아이가 물었다.

하루에 감당하기에는 이미 너무도 많은 이야기를 들었건만 오릴리어스는 고개를 끄덕였다.

엠마는 상상 속의 책을 집어 들어 오른손 위에 올려놓았다. 그리고 왼손으로 책장을 펼치는 시늉을 했다. 고개를 들어서 청중들이 자신을 바라보고 있음을 확인한 다음 엠마의 시선은 다시 손 위에 펼쳐진 책으로 향했다.

"옛날 옛날에……."

카렌과 톰, 오릴리어스. 세 사람의 눈동자가 모두 엠마와 엠마의 이야기 속으로 빠져들었다. 이제 그들은 괜찮을 것이다.

아무도 모르게, 나는 그들의 집에서 나와 길을 따라 걷기 시작했다.

열세 번째 이야기

나는 비다 윈터의 전기를 출판하지 않기로 했다. 이 세상은 그 이야기에 열광하겠지만 이제 그 이야기는 내 것이 아니었다. 애덜린과 에멀린, 불과 유령의 이야기는 이제 오릴리어스의 것이었다. 묘지의 무덤들도 그의 것이었고 그가 달력에 표시할 수 있는 생일도 그의 것이었다. 진실은, 세상에 낱낱이 드러내지 않아도 이미 그의 어깨를 무겁게 누르고 있었다. 그들만의 방식으로 그와 카렌은 과거의 페이지를 넘기고 새로운 출발을 할 것이다.

그러나 시간은 흐를 것이다. 언젠가 오릴리어스도 이 세상을 떠날 것이다. 카렌 역시 이 세상을 떠날 것이다. 그들의 아이들인 톰과 엠마는 삼촌보다는 이 이야기에서 훨씬 더 멀리 있는 사람들이다. 어머니의 도움을 받아 그들은 그들 나름대로의 이야기를 맞추어갈 것이다. 강하고 단단하며 진실한 이야기를. 이사벨과 찰리, 애덜린과 에멀린, 가정부와 존 더 딕, 이름 없는 소녀는 이미 먼 옛날의 사람들이라 그들의 이야기가 더는 고통이나 두려움을 일으키지 않는 그날이 찾아올 것이다. 그들의 이야기가 그 누구에게도 고통을 주지 않는, 하나의 옛날이야기가 되는 그날, 나는 이 글을 톰과 엠마에게 넘겨줄 것이다. 그들이 읽어보고, 원한다면 출판할 수도 있을 것이다.

부디 그들이 출판하기를 바란다. 그날이 올 때까지 소녀의 유령이 나를 쫓아다닐 것이다. 소녀는 내 공상 속에서, 내 꿈속에서, 내 추억 속에서 서성일 것이다. 나의 기억이 자신의 유일한 놀이터이므로. 그녀의 생애는 그렇게 나의 기억 속에서만 존재하게 되었지만 그렇다고 해서 망각의 세계에 묻혀 버리는 것은 아니었다. 톰과 엠마가 내 원고를 출판하게 되고 마침내 그녀가 실제로 살아 있을 때보다 죽은 뒤에 더 선명하게 존재하는 날이 올 때까지는 그 정도로도 충분했다.

그래서 유령 소녀의 이야기는 적어도 당분간은, 어쩌면 영원히 출판되지 않을 것이다. 그러나 비다 윈터에 대한 세상 사람들의 궁금증을 충족시킬 만한 것이 나에게 전혀 없는 것은 아니었다. 나에겐 다른 것이 있었다. 로맥스 씨와의 마지막 만남에서 내가 막 일어서려는 순간 그가 나를 잡았다.

"한 가지 더 있습니다."

그가 책상 서랍을 열고 봉투를 하나 내밀었다.

카렌의 정원에서 빠져나와 저택의 정문을 향해 걷고 있을 때 나는 그 봉투를 들고 있었다. 호텔을 짓기 위해 지면을 평평하게 고르는 공사가 진행되고 있었다. 나는 저택의 모습을 되살려보려 애썼지만 사진 속 모습만 떠올랐다. 저택은 얼마나 이상한 방향으로 비틀어져 있었던가. 새로 짓는 건물은 훨씬 보기 좋을 것이다. 이곳에 오는 사람들을 정면으로 맞이할 것이다.

나는 자갈길을 지나 눈 덮인 잔디를 가로지른 뒤 사슴 공원과 숲이 있는 곳으로 향했다. 검은 나뭇가지가 무겁게 이고 있던 눈이 내가 지나가는 길에 한 무더기씩 떨어졌다. 마침내 언덕 꼭대기에 올라섰다. 그곳에서는 전부 다 볼 수 있었다. 교회와 묘지, 눈 위에서 반짝이는 화환들. 푸른 하늘에 분필처럼 희게 빛나는 저택의 정문. 차고. 덤불을 베어버려 모습을 드러낸 차고. 오직 저택만이 보이지 않았다. 저택은 완전히 사라졌다. 노란 헬멧을 쓴 사람들이 과거를 지우고 빈 페이지로 책장을 넘기고 있었다. 이미 분기점을 지났다. 더는 그곳을 파괴의 현장이라고 부를 수 없었다. 내일, 어쩌면 오늘, 인부들이 그곳에 돌아오면, 그곳은 건설의 현장이 될 것이다. 이제 과거는 무너졌다. 미래를 세울 시간이었다.

나는 가방에서 봉투를 꺼냈다. 이 순간을 기다려왔다. 적절한 시간, 적절한 장소를 찾고 있었다.

어딘가 서툴러 보이는 글씨였다. 고르지 않은 획은 중간에서 사라지거나 종이를 파고들 정도로 힘이 들어가 있거나, 둘 중 하나였다. 내 이름의 철자에서도 전혀 흐름이라는 것이 느껴지지 않았다. 모든 철자가 따로 놀았다. 어린아이의 손이거나 아주 나이든 사람의 손이거나 둘 중 하나였다.

봉투에는 '마거릿 리 양에게'라고 적혀 있었다. 나는 봉투를 열고 안에 든 편지를 꺼냈다. 그리고 쓰러진 나무 위에 걸터앉았다. 나는 선 채로는 글을 읽지 않았다.

마거릿.

내가 말했던 이야기가 바로 여기 있네.

끝내고 싶었지만 그럴 수 없다는 걸 알았지. 세상 사람들이 그토록 법석을 떨었던 이야기는 이대로 소개되어야 할 것 같네. 보잘것없는 이야기야. 어쩌면 아무것도 아닌.

이 원고는 자네가 마음대로 처분해주게.

제목은, 머릿속에 떠오르는 것이 한 가지 있는데, 〈신데렐라의 아이〉라고 하면 어떨까.

하지만 내가 뭐라고 제목을 붙이건 독자들은 한 가지 제목으로 그 소설을 기억할 거라는 걸 나는 잘 알고 있지. 이제 이 소설은 나의 것이 아니야.

서명도 없었고 이름도 없었다. 그러나 한 편의 이야기가 있었다. 신데렐라의 이야기였고 한 번도 읽어본 적이 없는 이야기였다. 간결하고도 차갑고 분노가 배어 있는 이야기였다. 윈터 여사의 문장은 유리 파편처럼 반짝이면서도 위험했다.

이야기는 이렇게 시작된다.

생각해보라.

한 소년과 한 소녀가 있었다. 이런 이야기에서는 가난한 쪽은 대체로 소녀이고, 내 이야기에서도 다르지 않다. 소년은 부자였고 소녀는 가난했다. 무도회가 열릴 필요는 없었다. 두 사람이 마주치는 데에는 숲속의 산책만으로도 충분했다. 옛날 옛날에는 요술쟁이 할머니가 있었지만 그 이후로는 없었다. 이 이야기는 요술쟁이 할머니가 없었던 시절의 이야기이다. 소녀의 호박은 그저 호박이었다. 소녀는 자정이 넘어 집으로 돌아왔다.

페티코트에는 피가 묻어 있었다. 내일 아침 비단옷을 입은 마부는 나타나지 않을 것이다. 그 정도는 그녀도 알고 있었다. 그녀는 바보가 아니었다. 그녀는 그렇게 임신을 했다.

그 뒤로 신데렐라는 아기를 낳고 가난과 더러움 속에서 아이를 키우다가 자신을 강간한 남자의 집 정원에 아이를 버린다. 이야기는 허무하게 끝나고 만다.

한 번도 와본 적 없는 정원으로 반쯤 들어섰을 때, 춥고 배가 고팠던 소녀는 문득 자신이 혼자임을 깨닫는다. 그녀의 뒤에는 숲으로 난 정원의 문이 있었다. 정원의 문은 아직도 열려 있었다. 엄마는 아직 저 문 뒤에 있을까? 눈앞에는 헛간이 있었다. 어린 소녀의 눈에는 조그만 집처럼 보였다. 편안히 쉴 수 있는 곳, 어쩌면 먹을 것도 있지 않을까?

정원 문? 아니면 작은 집?

문? 아니면 집?

소녀는 망설였다.

그리고 또 망설였다.

이야기는 그렇게 끝났다. 윈터 여사의 기억일까? 아니면 지어낸 이야기일까? 상상력이 풍부한 소녀가 엄마가 채워주지 못한 부분을 채우려고 지어낸 이야기일까?

열세 번째 이야기. 그것은 마지막 이야기였고 유명한 이야기였으며, 끝나지 않은 이야기였다.

나는 그 이야기를 읽고 슬픔에 잠겼다.

나의 상념은 어느덧 윈터 여사로부터 돌아서서 나 자신에게로 향하고 있었다. 완벽하진 않지만 나에겐 엄마가 있었다. 엄마와 나의 관계는, 돌이키기엔 너무 늦은 걸까? 그것은 또 하나의 이야기였다.

나는 봉투를 가방에 넣고 일어서서 바지에 붙은 덤불을 털어내고 다시 거리로 향했다.

나는 윈터 여사의 생애를 기록하는 일에 고용되었고 이제 그 일이 끝났다. 계약상으로 내겐 더는 할 일이 남아 있지 않았다. 내가 쓴 원고의 사본 한 부는 로맥스 씨가 은행 금고에 보관하기로 했다. 그는 나에게 엄청난 액수의 원고료를 지불하기 위한 서류를 작성했다. 그는 내가 넘긴 원고가 백지가 아닌지도 확인해보지 않았다.

"당신을 무척 신뢰하셨어요."

그가 말했다.

그녀는 나를 신뢰했다. 내가 읽어본 적도 없고 사인을 한 적도 없는 계약서에 그녀의 생각이 잘 나타나 있었다. 그녀는 자신이 죽기 전에 내게 이야기를 하고 싶어했고 내가 그것을 기록하기를 원했을 뿐이었다. 그다음에 그것으로 내가 무엇을 하건 그것은 내 자유였다. 나는 톰과 엠마에 대한 나의 생각을 변호사에게 말했고 우리는 만약에 대비하여 나의 유언장을 만들어놓기로 합의했다. 그것으로 모든 게 끝이었다.

그러나 왠지 끝이 아닌 것 같았다. 어떤 사람들이 혹은 얼마나 많은 사람들이 이 글을 읽게 될지 몰라도, 비록 그들의 수가 많지 않고 먼 시간 혹은 공간 속에 있다고 해도 나는 그들에 대한 책임감을 느낀다. 애덜린과 에멀린, 그리고 유령 소녀에 대해서 내가 아는 모든 것을 밝혔지만 그것만으로는 뭔가 부족했다. 책 한 권을 다 읽고 난 뒤, 하루, 혹은 일주일이 지난 뒤에 '그런데 그 푸줏간 주인은 어떻게 된 거지?', '다이아몬드는 결국 누가 가진 거야?', '그 미망인은 자신의 조카와 재회를 했을까?' 하는 의문이 드는 게 어떤 기분인지 나는 잘 알고 있다. 나는 독자들이 주디스와 모리스는 어떻게 되었는지, 그 아름다운 정원은 누가 지키고 있는지, 그 집엔 누가 살게 되었는지 궁금해할 거라는 생각이 들었다.

궁금해하는 독자들을 위해 그들의 이야기를 하려고 한다. 주디스와 모리스는 그 집에 남았다. 그 집은 팔리지 않았다. 윈터 여사의 유언에 따라 그 집과 정원은 일종의 문학 박물관으로 다시 태어나기 위한 법적인 절차를 밟았다. 물론 그녀의 정원은 그 자체만으로도 대단한 가치를 지닌 것이었다(그녀의 정원은 일찌감치 원예학자들로부터 '숨겨진 보물'이라는 찬사를 들은 바 있다). 그러나 윈터 여사는, 사람들을 끌어들이는 것이 그녀의 정원 가꾸는 솜씨가 아닌 소설가로서의 명성이라는 것을 잘 알고 있었다. 그래서 방들을 둘러볼 수 있도록 했고 카페와 서점도 만들게 했다. 마차를 타면 브론테 박물관을 둘러보고 나서 '비다 윈터의 비밀 정원'에 내리게 된다. 주디스는 가정부로, 모리스는 수석 정원사로 그들이 맡은 일을 수행했다. 박물관을 개관하기 전 그들이 가장 먼저 했던 일은 에멀린의 방을 치우는 것이었다. 그 방은 사람들이 둘러볼 수 없었다. 어차피 볼 것도 없었다.

그리고 헤스터가 있었다. 이 대목에서 독자들은 꽤 놀랄 것이다. 나 역시 놀랐으니까. 나는 에마뉘엘 드레이크로부터 편지를 한 통 받았다. 솔직히 나는 그를 완전히 잊고 있었다. 그러나 그는 천천히, 그러나 끈기 있게 조사를 계속했고 각고 끝에 그녀를 찾았다.

'이탈리아에서 잘못된 정보를 주는 바람에 완전히 헛다리를 짚었다'고 그는 설명했다. 알고 보니 그 가정교사는 전혀 엉뚱한 곳, 미국으로 갔더라고 했다. 미국에서 헤스터는 일 년 동안 신경학자의 사무 보조로 일했다. 그리고 일 년 뒤에 누가 그녀를 찾아왔을까? 바로 모슬리 박사였다! 그의 아내가 죽고(어이없게도 감기로 죽은 것으로 기록되어 있었다) 장례식이 끝난 뒤 며칠 후 그는 배를 탔다. 결국 그것은 사랑이던 것이다! 두 사람 모두 세상을 떠났지만 오래오래 행복하게 살았다. 그들에겐 네 아이가 있었고 그중 한 명이 내게 편지를 보내왔고 나는 그의 어머니의 일기를 그에게 보내주었다. 그는 어머니의 일기를 10분의 1도 이해하지 못할 것이다. 만약 그가 내게 설명을 원한다면 나는 그의 어머니가 영국에서 아버지를 만났으며, 그때 아버지는 이미 결혼한 상태였다고 말해줄 생각이었다. 그러나 그가 묻지 않는다면, 나도 침묵을 지킬 것이다. 편지에서 그는 자신의 부모가 공동으로 저술한 책의 목록을 첨부해 보냈다. 그들은 수십 권의 책을 함께 썼고(쌍둥이에 관한 책은 없었다. 그들은 언제 멈추어야 할지를 아는 사람들이었다) 출판을 했다. 'E.와 H. J. 모슬리'라고 되어 있었다.

H. J.? 헤스터에게는 중간 이름이 있었다. 바로 **조세핀**이었다.

그 밖에 또 무엇이 궁금한가? 고양이를 누가 돌보느냐고? 섀도는 나와 함께 책방에서 살고 있다. 녀석은 책장 위나 책 사이의 공간에 앉아 있다가 사람들이 다가오면 침착하게 계단 위의 제자리로 돌아가곤 했다. 이따금 창가에 앉을 때도 있지만 오래 머물지는 않았다. 섀도는 거리와 자동차, 행인들, 건너편의 빌딩들을 불편해했다. 나는 녀석에게 강변으로 나가는 지름길을 가르쳐주었지만 도무지 그 골목길을 이용할 줄 모른다.

"내가 뭐라든? 요크셔의 고양이한테 강은 아무 소용이 없단다. 녀석이 찾고 있는 건 황무지라고."

나는 아빠 말이 옳다고 생각했다. 섀도는 기대감에 들뜬 표정으로 창가에 앉았다가 밖을 내다보고는 시무룩해진 표정으로 나를 바라보곤 한다. 녀석이 향수병을 앓고 있다고는 생각하기 싫었다.

한번은 클립튼 박사가 아빠의 책방으로 찾아왔다. 그는 일 때문에 이곳에 오게 되었는데 아빠의 책방이 이 부근에 있다는 생각이 나서 한번 들러보았다고 했다. 먼 걸음이긴 했지만 자신이 찾고 있는 18세기의 의학 서적이 있는지도 알아볼 겸 왔다고 했다. 그가 찾는 책은 마침 우리 책방에 **있었다.** 그와 아빠는 유쾌한 대화를 주고받았다. 문 닫을 시간이 훨씬 넘도록. 우리를 늦게까지 붙잡아두어서 미안하다며 그가 저녁을 대접하겠다고 했다. 저녁식사는 즐거웠다. 다음 날도 이곳에 머무를 예정이었기에 우리는 다음 날 그를 집으로 초대했다. 부엌에서 엄마는 그에 대해 "아주 좋은 분 같구나, 마거릿" 하고 말했다. 그는 그다음 날 오후까지 머물 예정이었다. 우리는 강가로 산책을 나갔다.

이번에는 그와 나 둘뿐이었다. 아빠는 편지를 쓰느라 바빠서 함께 나올 수 없었다. 나는 그에게 엔젤필드의 유령 이야기를 들려주었다. 그는 내 이야기를 열심히 들었다. 내가 이야기를 끝냈을 때에도 우리는 조용히, 천천히 걷고 있었다.

"그 보물 상자라면 저도 본 것 같은데, 어떻게 그건 불에 타지 않았을까요?"

그가 물었다.

나는 걸음을 멈추고 생각에 잠겼다.

"그것까진 물어보지 못했어요."

"이제 영원히 알 수 없게 되어버렸군요."

그가 내 팔을 잡고 계속 걸었다.

이제 다시 전개인 섀도와 섀도의 향수병으로 돌아와서.

클립튼 박사가 아빠의 책방에 들렀을 때 그는 고양이가 시무룩한 것을 보고 섀도를 고향집에 데리고 가보는 게 어떻겠느냐고 제안했다. 요크셔로 돌아가면 섀도는 무척 행복할 것이 틀림없었다. 그러나 친절하긴 했지만 그의 제안은 나를 고통스러운 당혹감으로 몰아넣었다. 왜냐하면 그 녀석과 떨어져 지낼 수 있을지 자신이 없었기 때문이었다. 확신하건대, 녀석은 윈터 여사와의 이별을 받아들였던 것처럼 아무 탈 없이 잘 지낼 것이다. 녀석은 인간이 아니라 고양이니까. 그러나 나는 녀석을 좋아하게 되었고 되도록 그 녀석을 가까이에 두고 싶었다.

나는 이런 생각을 편지에 썼고 클립튼 박사는 고양이와 내가 둘 다, 휴가차 그곳에 머물면 어떻겠느냐고 제안했다. 그는 봄에 한 달쯤 머물도록 우리를 초대했다. 한 달이면 무슨 일이든 일어날 수 있는 시간이고 한 달이 지난 뒤 모두에게 최선의 방법을 찾아보자고 했다. 나는 결국 새도만 행복하게 끝날 것이라는 생각을 떨쳐버릴 수 없었다.

이것이 내 이야기의 끝이다.

추신

거의 끝이었다. 그러나 모든 게 끝났다고 생각하는 그 순간 우리는 끝이 아님을 깨닫게 되곤 한다.

누군가 나를 찾아왔다.

방문객을 처음 알아차린 것은 새도였다. 나는 새도와 휴가 여행을 떠나기 위해 침대 위에 가방을 펼쳐놓고 노래를 흥얼거리며 짐을 싸고 있었다. 가방 속에 들어가 내 양말과 스웨터 사이에 보금자리를 틀고 앉았다가 나오기를 반복하던 새도가 갑자기 꼼짝 않고 멈추어 서서 내 뒤 문 쪽을 뚫어져라 바라보았다.

그녀는 황금빛 천사도 아니었고 저승사자의 검은 망토를 두르고 있지도 않았다. 그녀는 나와 닮았다. 키가 컸고, 말랐으며, 머리카락은 갈색이었다. 언제건 길거리에서 마주칠 수 있는 그런 모습이었다.

그 애에게 묻고 싶은 수백 가지, 수천 가지 질문이 떠올랐지만 나는 그 애의 이름조차도 부를 수가 없었다. 그 애가 내게 다가 왔고 두 팔로 나를 꼭 끌어안았다.

"모이라! 그동안 널 본 게 착각이었다는 생각이 들던 참이었어."

내가 겨우 속삭였다.

그러나 그녀는 실제로 있었다. 그 애의 뺨이 나의 뺨과 닿았고 그 애의 팔이 나의 어깨를 둘렀으며 내 손이 그 애의 허리를 감쌌다. 상처와 상처를 맞대고 우리는 서로를 어루만졌다. 그 애의 피가 내 피와 함께 흐르고 그 애의 심장이 내 심장과 함께 뛸 때, 나의 모든 질문은 사라졌다. 놀라운 순간이었다. 벅차고도 고요한 순간이었다. 나는 그 느낌을 **기억하고 있었다.** 그 느낌은 내 마음속에 갇혀 있었고 그 애가 와서 그것을 꺼내주었다. 행복의 회로가 연결된 순간이었고 한때는 우리의 본래 모습이었을 하나됨의 순간이었다. 그날 그 순간 나는 그 느낌들을 되찾았다.

그 애가 왔고 우리는 함께했다.

나는 그 애가 작별 인사를 하러 왔다는 것을 알고 있었다. 다음번에 우리가 만날 때는 내가 그 애를 찾아간 것이리라. 그러나 다음 만남도 그리 멀리 있지는 않을 것이다. 서두를 필요는 없었다. 그 애가 기다릴 수 있다면 나도 기다릴 수 있었다.

내가 그 애의 눈물을 닦아줄 때 그 애의 손길이 내 뺨에 느껴졌다. 그리고 우리 두 사람의 손가락이, 기쁨 속에서 하나가 되었다. 그 애의 숨결이 내 뺨에 느껴졌고 그 애의 얼굴이 내 머리카락에 닿았다. 나는 그 애의 목 밑으로 파고들며 달콤한 체취를 한껏 들이켰다.

나는 행복했다. 그 애가 내 곁에 머무를 수 없어도 상관없었다.

그 애가 나에게 왔다.

그 애가 나에게 왔다.

어떻게, 그리고 언제 그 애가 떠났는지는 알 수 없었다. 그저 어느 순간 그 애가 곁에 없다는 것을 깨달았을 뿐이다. 나는 침대에 앉아 있었다. 평화로웠고 행복했다.

피가 새롭게 흐르는 것 같은, 심장이 새롭게 뛰는 것 같은 기분이 들었다. 그 애가 생명을 불어넣은 내 흉터를 만져보았다. 상처가 서서히 아물었고 마침내 내 몸의 다른 부위와 똑같이 느껴졌다.

그 애가 나에게 왔고 또 떠났다. 죽음의 이편에서는 그 애를 다시 볼 수 없으리라. 이제 나의 삶은 나 혼자만의 것이었다.

새도는 가방 안에서 잠이 들어 있었다. 나는 새도를 쓰다듬어 주었다. 새도는 시원한 초록빛 눈을 뜨고 잠시 나를 바라보다가 이내 다시 감았다.

굴뚝 위에서 포효하는 곰처럼 바람이 거세게 몰아치는 밤, 진실이 도움이 되던가요? 오싹한 두려움이 침대 위에서 당신을 얼어붙게 만들 때, 살점이라고는 하나도 없는 앙상한 뼈다귀 같은 진실이 당신을 구하러 달려올 거라고 기대하진 않겠지요. 그럴 때 당신에게 필요한 것은 포동포동하게 살이 오른 이야기의 위안이지요. 거짓말이 주는 아늑함과 포근함 말이에요.

처음 몇 페이지를 넘겼을 때 만난 이 문장을 번역하는 순간부터 나는 이 소설에 완전히 마음을 빼앗겨버렸다.

매혹적인. 독특한. 슬픈. 아름다운. 음산한. 기이한. 독특한. 신비로운.

이 소설에 바쳐진 그 어떤 형용사도 이 소설을 표현하기에는 부족하다. 황무지와 폐허가 된 저택과 유령이 등장하고, 인간보다 책을 더 사랑하는 여주인공이 나온다고 해서 소위 '고딕 소설'로 분류되는 고전 한두 편을 떠올리며 넘겨짚지 말기를.

《열세 번째 이야기》는 그 어떤 소설과도 다르다.

번역 과정은 물론 행복했다. 10년이 넘게 번역 일을 해왔지만 다음 페이지가 궁금해서 내 번역 속도가 답답하게 느껴지기는 처음이었다.

괴롭기도 했다. 특별한 작가의 놀라운 문장이, 옮겨지는 과정에서 조금이라도 그 맛을 잃지 않을까 두려웠다. 비다 윈터처럼 나는 이 소설을 번역하지 않았다고, 저절로 흘러가는 이야기를 받아 적었을 뿐이라고 말했으면 좋겠지만 천재가 아닌 나에게 그런 일은 일어나지 않았다. 이 소설의 번역 작업은 눈앞에 선명하게 펼쳐진 장면들을, 작가의 그것에 비하면 한없이 빈약했던 나의 단어장에서 건져 올린 단어들과 맞추어보며 좌절하는 과정이었다. 번역을 마친 뒤 나의 단어장은 훨씬 더 두툼해져 있었다.

글로 표현된, 그리고 표현되지 않은, 책에 대한 작가의 열정과 사랑에 경의를 표한다. 요즘 같은 시대에 오래된 책의 향기에 파묻히고 싶다는 충동을 불러일으키는 것만으로도 이 책의 가치는 충분하다. 이 소설을 잡고 있는 동안 여름이 큰 걸음으로 성큼 지나가버렸다. 독자들에게도 그렇게 읽히리라 믿는다. 어떻게 사랑하지 않을 수 있겠는가? 음산한가 하면 따듯하고, 따듯한가 하면 서늘한 이 매혹적인 소설을.

내가 미처 헤아리지 못했던 배려로 《열세 번째 이야기》와 나를 이어준 비채 편집부에 특별한 감사의 인사를 전하고 싶다.

누구에게나 이 세상은 나와 타인으로 이루어진 곳이다. 그러나 쌍둥이는 서로가 서로에게 나도 아닌, 그러나 타인도 아닌, 그 중간 어딘가에 머무는 존재다. 내 영혼이 '생과 사의 경계', '무인 지대'에서 방황하지 않도록 늘 내 곁에 있어준 내 영혼의 반쪽, 내 쌍둥이 자매 향에게도 처음으로 고맙다고, 사랑한다고 고백한다. 늘 그 자리에 있었기에 그의 존재가 축복이며 선물임을 자주 잊는다.

문득, 이런 생각이 들었다.

자신의 불완전함을 채워줄 영혼의 반쪽을 찾아 헤매는 인간은 어쩌면 모두 본래는 쌍둥이였는지도 모른다는.

2006년 겨울, 이진

| 개정판 옮긴이의 말 |

십 년 전, 이 소설의 번역을 처음 의뢰받던 순간을 지금도 선명하게 기억한다. 당시 호흡이 짧고 가벼운 책들을 주로 번역하고 있던 나에게 이 소설은 도도하고 기품 있으며 범접하기 어려운 귀족 부인처럼 매혹적으로 다가왔다.

나는 이 소설을 번역하면서 나의 번역이 가야 할 길을 보았다.

그리고 십 년.《열세 번째 이야기》가 새 단장을 하고 다시 출간된다는 소식을 들었다. 아름다운 이야기는 어떤 시대 어떤 여건에서도 살아남는다는 희망의 증거인 것 같아 가슴이 벅차오른다.

오래전 번역했던 원고를 다시 손볼 수 있는, 번역가로서는 상상하기 어려운 고마운 기회가 주어졌다. 작업을 하는 동안 예전 번역이 원작의 수준에 한참 못 미쳤다는 생각을 했고, 부족한 번역을 초월한 원작을 힘을 다시 한 번 느꼈다.

소설이 설 자리가 갈수록 옹색해지는 요즈음지만 강렬한 이야기의 마법을 믿는 《열세 번째 이야기》의 애독자 여러분과, 언제나 남다른 안목으로 망망대해에서 기막히게 아름다운 이야기를 건져 올려 선물하는 비채 출판사 덕분에, 번역가로서 나에게 다가올 시간들은 결코 외롭지 않을 것 같다.

단언컨대, 나에게 그보다 더 큰 행복은 없다.

2016년 가을, 이진

The
Thirteenth
Tale